Dodenrol

Patricia Cornwell

Dodenrol

Uitgeverij Luitingh-Sijthoff

Eerste druk januari 2008
Zesde druk september 2012

© 2007 Cornwell Enterprises, Inc.
All rights reserved
© 2008, 2012 Nederlandse vertaling
Uitgeverij Luitingh ~ Sijthoff B.V., Amsterdam
Alle rechten voorbehouden
Oorspronkelijke titel: *Book of the Dead*
Vertaling: Carla Benink
Omslagontwerp: Mariska Cock
Omslagfotografie: Trevillion Images Limited
Foto auteur: Debrah Gingrich

ISBN 978 90 218 0730 0
NUR 332

www.boekenwereld.com
www.patriciacornwell.com
www.uitgeverijsijthoff.nl
www.watleesjij.nu

Ik draag dit boek op aan mijn uitgever, Ivan Held.

ROME

Klaterend water. Een diep bad van grijze mozaïektegels in een terracotta vloer.

Het water stroomt langzaam uit een oude koperen kraan, duisternis stroomt door het raam. Aan de andere kant van het oude, golvende glasvenster ligt het plein met de fontein, is het nacht.

Ze zit stil in het water en het water is erg koud. Er drijven ijsklontjes in, en haar ogen hebben een lege blik – ze zeggen niet veel meer. Eerst hadden haar ogen zich als handen naar hem uitgestrekt en hem gesmeekt haar te redden. Nu zijn haar ogen als het gekneusde blauw van de avondschemering. Wat erin lag, is bijna verdwenen. Nog even en ze zal in slaap vallen.

'Hier,' zegt hij en hij reikt haar een handgeblazen glas uit Murano aan, dat hij vol heeft geschonken met wodka.

Hij is gefascineerd door de delen van haar lichaam die nooit de zon hebben gezien, die zo bleek zijn als kalksteen. Hij draait de kraan bijna dicht, en nu druppelt het water alleen nog maar en ziet hij dat haar ademhaling versnelt en hoort hij haar tanden klapperen. Haar witte borsten drijven onder het wateroppervlak: delicate witte bloemen. Haar tepels, hard van de kou, zijn stevige roze knopjes. Hij moet aan potloden denken. Dat hij er op school de roze vlakgombolletjes afknaagde en tegen zijn vader of soms tegen zijn moeder zei dat hij geen vlakgom nodig had, omdat hij nooit fouten maakte. Maar de waarheid was dat hij het heerlijk vond erop te kauwen. Hij kon het niet helpen, dat was ook de waarheid.

'Je zult mijn naam onthouden,' zegt hij tegen haar.

'Niet waar,' zegt ze. 'Ik zal hem vergeten.' Klappertandend.

Hij weet waarom ze dat zegt. Als ze zijn naam vergeet, zal haar lot als een slechte gevechtstactiek opnieuw in overweging worden genomen.

'Hoe heet ik?' vraagt hij. 'Zeg hoe ik heet.'

'Dat weet ik niet meer.' Huilend, trillend.

'Mijn naam,' zegt hij en hij kijkt naar haar gebruinde armen, pukkelig van het kippenvel, waarop de blonde haartjes rechtop staan, en naar haar jonge borsten en de donkere vlek tussen haar benen, onder water.

'Will.'

'En verder?'

'Rambo.'

'En dat vind je grappig,' zegt hij, terwijl hij naakt op het wc-deksel zit.

Ze schudt heftig haar hoofd.

Ze liegt. Ze lachte hem uit toen hij haar vertelde hoe hij heette. Ze zei dat Rambo geen echte naam was, dat het de naam was van een filmheld. Hij zei dat het een Spaanse naam was. Zij zei van niet. Hij zei van wel. Waar dacht zij dan dat die naam vandaan kwam? Het was een echte naam. 'Ja, ja,' zei ze. 'Net als Rocky,' zei ze er lachend achteraan. 'Zoek maar op op internet,' zei hij. 'Het is een echte naam.' Het beviel hem absoluut niet dat hij uitleg moest geven over zijn naam. Dat was twee dagen geleden en hij neemt het haar niet kwalijk, maar hij is zich er wel van bewust. Hij heeft het haar vergeven omdat ze, wát de wereld er ook van mag denken, ondraaglijk lijdt.

'De klank van mijn naam zal een echo zijn,' zegt hij. 'Of je hem al dan niet onthoudt, maakt niets uit. De klank is al uitgesproken.'

'Ik zal hem nooit meer uitspreken.' Paniek.

Haar lippen en nagels zijn blauw en ze rilt onbeheerst. Ze staart hem aan. Hij zegt dat ze nog een slok moet nemen en ze durft niet te weigeren. De geringste ongehoorzaamheid en ze weet wat er zal gebeuren. Het zachtste kreetje en ze weet wat er zal gebeuren. Hij zit kalm op het wc-deksel, wijdbeens, zodat ze zijn opwinding kan zien en vrezen. Ze smeekt niet meer en zegt ook niet meer dat hij met haar mag doen wat hij wil, als dat de reden is voor haar gijzeling. Dat zegt ze niet meer omdat ze weet wat er gebeurt als ze hem beledigt en suggereert dat, als hij iets zou willen doen, dat met haar zou zijn. Ze bedoelt dat ze zich niet gewillig aan hem over zou geven omdat zij dat ook zou willen.

'Je weet dat ik het je vriendelijk heb gevraagd,' zegt hij.

'Dat weet ik niet meer.' Klappertandend.

'Dat weet je wel. Ik heb je gevraagd me te bedanken. Dat is alles, en ik was vriendelijk. Ik heb het je vriendelijk gevraagd en toen vond je dat je dit moest doen,' zegt hij. 'Toen vond je dat je mij dit moest laten doen. Je ziet zelf' – hij staat op en kijkt in de spiegel boven de gladde marmeren wastafel naar zijn naakte lichaam – 'dat jouw lijden dit teweegbrengt,' zegt zijn naakte figuur in de spiegel. 'Ik wil dit niet. Dus doe je me verdriet. Begrijp je dat je me ontzettend veel verdriet doet door me dit aan te doen?' zegt zijn naakte figuur in de spiegel.

Ze zegt dat ze het begrijpt en haar ogen vliegen als glasscherven alle kanten op wanneer hij de gereedschapskist opent, en haar verbrijzelde blik valt op de kniptang, de messen en de kleine zagen. Hij haalt er een zakje zand uit en zet dat op de rand van de wasbak. Hij haalt er flesjes lavendelblauwe lijm uit en zet die ernaast.

'Ik zal alles doen wat je wilt. Je alles geven wat je wilt.' Dat heeft ze al vaker gezegd. Hij heeft haar verboden het nog een keer te zeggen, maar nu heeft ze het toch gedaan.

Hij steekt zijn handen in het water en de kou bijt en hij pakt haar bij haar enkels en trekt ze omhoog. Hij houdt haar omhoog bij haar koude gebruinde benen met hun koude witte voeten en voelt doodsangst in haar in paniek samentrekkende spieren terwijl hij haar koude enkels in een stevige greep houdt. Hij houdt haar iets langer vast dan de vorige keer, ze vecht en trapt en zwaait wild met haar armen en het koude water plonst luid. Hij laat haar los. Ze hijgt en hoest en maakt kokhalzende geluiden. Ze protesteert niet. Ze heeft geleerd niet te protesteren – het duurde een tijdje, maar ze heeft het geleerd. Ze heeft het allemaal voor haar eigen bestwil geleerd en is dankbaar voor een opoffering die zijn leven zal veranderen – niet het hare – maar niet op een goede manier. Die het ook niet op een goede manier heeft veranderd en dat nooit zal kunnen doen. Ze hoort dankbaar te zijn voor zijn geschenk.

Hij pakt de vuilniszak die hij heeft gevuld met ijs uit de ijsblokjesmaker in de bar en giet hem leeg in het bad, en ze kijkt hem aan terwijl de tranen over haar wangen lopen. Leed. De donkere rand ervan wordt zichtbaar.

'We hingen ze daar aan het plafond,' zegt hij. 'Schopten ze tegen de zijkanten van hun knieën, steeds weer. Daar. We stonden allemaal in die kleine ruimte en schopten ze tegen de zijkanten van hun knieën. Het deed verschrikkelijk veel pijn en het kwam natuurlijk nooit meer goed en sommigen gingen natuurlijk dood. Maar vergeleken bij andere dingen die ik daar heb gezien, stelde dat niets voor. Ik heb niet in die gevangenis gewerkt, hoor. Dat hoefde ook niet, want dat soort gedrag zag je overal. Alleen begrijpt niemand dat het absoluut niet stom was het te filmen. Of er foto's van te maken. Dat was onvermijdelijk. Dat moet je gewoon doen. Als je het niet doet, lijkt het alsof het nooit is gebeurd. Dus worden de beelden vastgelegd. Om ze aan anderen te laten zien. Je hoeft ze maar aan één ander te laten zien, dan krijgt de hele wereld ze te zien.'

Ze werpt een blik op de camera die op het marmeren blad tegen de gepleisterde muur staat.

'En ze verdienden immers niet beter?' vervolgt hij. 'Ze dwongen ons iets te zijn wat we niet waren, dus wiens schuld was het? Niet de onze.'

Ze knikt. Ze rilt en haar tanden klapperen.

'Ik deed er niet altijd aan mee,' zegt hij. 'Maar ik keek wel altijd. In het begin was dat moeilijk, misschien zelfs traumatisch. Ik was ertegen, maar wat ze ons aandeden... En door wat ze ons aandeden, waren we gedwongen iets terug te doen. Daarom was het hun schuld dat ze ons daartoe dwongen, en ik weet dat je dat begrijpt.'

Ze knikt en huilt en trilt.

'Die bommen op straat. Ontvoeringen. Veel vaker dan je hoort,' zegt hij. 'Je raakt eraan gewend. Zoals jij gewend raakt aan het koude water. Dat is toch zo?'

Ze is er niet aan gewend geraakt, ze is gevoelloos geworden en raakt onderkoeld. Haar hoofd bonst en ze heeft het gevoel dat haar hart elk moment kan barsten. Hij overhandigt haar het glas wodka en ze neemt een slok.

'Ik zal het raam openen,' zegt hij. 'Dan kun je de fontein van Bernini horen. Die hoor ik al bijna mijn hele leven. Het is een prachtige nacht. Je zou de sterren moeten zien.' Hij opent het raam en kijkt het donker in, naar de sterren, de fontein met de vier rivieren en het plein. Dat op dit uur leeg is. 'Je gaat niet schreeuwen, hè?' zegt hij.

Ze schudt haar hoofd, haar borst gaat wild op en neer en ze rilt hevig.

'Je denkt aan je vriendinnen. Dat weet ik. En zij denken beslist aan jou. Nou ja, dat is dan jammer. Ze zijn hier niet. Ik zie ze nergens.' Hij laat zijn blik over het verlaten plein glijden en haalt zijn schouders op. 'Waarom zouden ze nog hier zijn? Ze zijn vertrokken. Al lang geleden.'

Er loopt snot uit haar neus, er stromen tranen uit haar ogen en ze rilt. Haar ogen stralen niet meer de levenslust uit van toen hij haar ontmoette, en hij neemt het haar kwalijk dat ze niet meer voor hem is wat ze toen was. In het begin, een hele tijd geleden, sprak hij Italiaans tegen haar, omdat het hem veranderde in de vreemdeling die hij op dat moment moest zijn. Nu spreekt hij Engels omdat het er niet meer toe doet. Ze ziet zijn opwinding. Haar blik op zijn opwinding botst er als een mot tegen een lamp tegenaan. Hij voelt haar daar. Ze is bang voor wat zich daar bevindt. Maar niet zo bang als voor al het andere: het water, het gereedschap, het zand, de lijm. Ze weet niet waarom die brede zwarte riem op de heel oude tegelvloer ligt en daar zou ze het meest bang voor moeten zijn.

Hij raapt de riem op en legt uit dat het slaan van hulpeloze mensen een primitieve aandrang is. Waarom? Ze geeft geen antwoord. Waarom? Ze staart hem doodsbang aan en het licht in haar ogen is dof en versplinterd, alsof hij naar een spiegel kijkt die aan diggelen is gegooid. Hij beveelt dat ze moet gaan staan en dat doet ze, trillend, met knikkende knieën. Ze staat in het ijskoude water en hij draait de kraan stevig dicht. Haar lichaam doet hem denken aan een strak gespannen boog, want ze is buigzaam en sterk. Het water druipt van haar af.

'Draai je om,' zegt hij. 'Wees maar niet bang. Ik zal je niet met de riem slaan, zulke dingen doe ik niet.'

Het water klotst zacht in het bad terwijl ze zich omdraait en met haar gezicht naar het oude, gebarsten pleisterwerk van de muur en een gesloten luik gaat staan.

'Nu moet je knielen,' zegt hij. 'Blijf naar de muur kijken, kijk niet naar mij.'

Ze knielt met haar gezicht naar de muur en hij steekt het uiteinde van de riem door de gesp.

I

Tien dagen later. 27 April 2007. Vrijdagmiddag.

In het virtualrealitytheater zitten twaalf machtige Italiaanse ordehandhavers en politici. Forensisch patholoog Kay Scarpetta heeft bijna geen enkele naam verstaan. Alleen zijzelf en forensisch psycholoog Benton Wesley zijn niet Italiaans. Allebei zijn ze consultant bij International Investigative Response, (IIR), een speciale afdeling van het European Network of Forensic Science Institutes (ENFSI). De Italiaanse regering verkeert in een heel delicate positie. Negen dagen geleden is de Amerikaanse tennisster Drew Martin tijdens haar vakantie vermoord en is haar naakte, verminkte lichaam gevonden vlak bij het Piazza Navona, in het hart van het historische deel van Rome. De zaak heeft internationaal veel opwinding veroorzaakt. Details over het leven en de dood van het zestienjarige meisje worden voortdurend op televisie getoond, terwijl de woorden die nieuwslezers en deskundigen uitspreken tegelijkertijd langzaam over de onderkant van het scherm kruipen, eindeloos herhaald.

'Laten we de dingen nog eens duidelijk stellen, dokter Scarpetta, want er heerst blijkbaar veel verwarring over. Volgens u is ze die middag om een uur of twee, drie, overleden,' zegt commissaris Ottorino Poma, *medico legale* bij de Arma dei Carabinieri, de militaire politie, die het onderzoek leidt.

'Niet volgens mij, maar volgens u,' zegt ze. Haar geduld raakt op.

In de schemerige ruimte ziet ze dat hij zijn wenkbrauwen fronst. 'Ik dacht echt dat ik u een paar minuten geleden hoorde praten over de inhoud van haar maag en het alcoholpromillage in haar bloed. Plus het feit dat die erop wezen dat ze enkele uren nadat haar vriendinnen haar voor het laatst hebben gezien, is overleden.'

'Maar ik heb niet gezegd dat ze om een uur of twee, drie, is overleden. Dat beweert ú steeds, commissaris Poma.'

Hoewel hij nog jong is, heeft hij al een reputatie opgebouwd, al is die niet onberispelijk. Toen Scarpetta hem twee jaar geleden voor het eerst ontmoette in Den Haag, tijdens het jaarlijkse congres van het ENFSI, werd hij neerbuigend de 'designercommissaris' genoemd en werd gezegd dat hij bijzonder arrogant en betweterig was. Hij is knap om te zien, een indrukwekkende verschijning, en hij houdt van mooie vrouwen en dure kleren. Vandaag draagt hij een donkerblauw uniform met de brede rode strepen en glimmend zilveren tekens van zijn rang, en glanzend gepoetste zwarte leren laarzen. Toen hij vanmorgen de zaal binnenkwam, droeg hij daar een cape met een rode voering overheen.

Hij zit recht voor Scarpetta in het midden van de eerste rij en houdt zijn ogen bijna voortdurend op haar gericht. Rechts van hem zit Benton Wesley, die niet veel zegt. Alle aanwezigen dragen een stereoscopische bril die synchroon loopt met het Crime Scene Analysis System, een briljante nieuwe ontwikkeling waarmee de Unità per l'Analisi del Crimine Violento van de Polizia Scientifica Italiana de afgunst heeft opgewekt van politiediensten overal ter wereld.

'Ik denk dat we dit nog een keer moeten doornemen, zodat u goed begrijpt hoe ik tot mijn conclusie ben gekomen,' zegt Scarpetta tegen commissaris Poma, die met zijn kin op zijn hand leunt, alsof hij een intiem gesprek met haar voert bij een glas wijn. 'Als ze die middag om een uur of twee, drie, was vermoord zou ze, toen haar lichaam om omstreeks halfnegen de volgende morgen werd gevonden, minstens zeventien uur dood moeten zijn geweest. Maar haar livor mortis, rigor mortis en algor mortis komen daar niet mee overeen.'

Met behulp van een laserpen wijst ze de driedimensionale, modderige bouwput aan die wordt geprojecteerd op een scherm zo groot als de muur. Het lijkt alsof ze daadwerkelijk bij het mishandelde, dode lichaam van Drew Martin staat, dat daar tussen de rommel en de grondverzetmachines ligt. De rode punt van de laserstraal glijdt over Drews linkerschouder, linkerbil, linkerbeen en blote voet. Haar rechterbil is verdwenen en ook een deel van haar rechterdijbeen, alsof ze is aangevallen door een haai.

'Haar livor...' vervolgt Scarpetta.

'Opnieuw spijt het me erg, maar mijn Engels is niet zo goed als dat van u. Ik weet niet precies wat u daarmee bedoelt,' zegt commissaris Poma.

'Ik heb dat woord al eerder gebruikt.'

'Toen kende ik het ook niet.'

Gelach. Behalve de tolk is Scarpetta de enige vrouw. Zij noch de tolk vindt de commissaris grappig, maar de mannen vinden dat wel. Behalve Benton, bij wie er de hele dag nog geen glimlach van af heeft gekund.

'Weet u wat de Italiaanse vertaling van dat woord is?' vraagt commissaris Poma aan Scarpetta.

'Wat denkt u van de taal van het oude Rome?' is Scarpetta's wedervraag. 'Latijn. Het merendeel van de medische terminologie is geworteld in het Latijn.' Ze zegt het niet onbeleefd, maar wel kortaf, omdat ze heel goed weet dat zijn Engels alleen tekortschiet wanneer hem dat uitkomt.

Zijn 3D-bril staart haar aan en doet haar aan Zorro denken. 'Italiaans, alstublieft,' zegt hij. 'Ik ben nooit goed geweest in Latijn.'

'Dan zal ik het u in beide talen uitleggen. Het Italiaanse woord voor "livor" is "livido" en betekent blauwachtig. "Mortis" is "morte" ofwel "dood". Dus met "livor mortis" wordt de blauwe verkleuring van de huid na de dood bedoeld.'

'Het helpt als u Italiaans spreekt,' zei hij. 'En dat doet u erg goed.'

Ze is het hier niet van plan, hoewel ze zich er aardig mee kan redden. Maar voor zakelijke besprekingen geeft ze de voorkeur aan Engels, omdat nuances belangrijk zijn en de tolk die beter kan weergeven dan zij. Het taalprobleem maakt samen met de politieke druk, de stress en de meedogenloze en raadselachtige kuren van commissaris Poma de rampzalige situatie alleen maar erger. De moordenaar met wie ze hier te doen hebben, past niet in een bepaald patroon of bij een bepaald daderprofiel. Ze staan voor een raadsel. Zelfs de wetenschappelijke kant van de zaak is een ergerlijke bron van onenigheid geworden en lijkt ongrijpbaar, leugenachtig. Dat dwingt Scarpetta ertoe zichzelf en anderen voor te houden dat de wetenschap nooit onwaarheid spreekt. Geen fouten maakt. Hen niet opzettelijk op een dwaalspoor brengt of tergt.

Commissaris Poma weigert dit in te zien. Of misschien doet hij alsof. Misschien meent hij het niet als hij het dode lichaam van Drew ervan beschuldigt niet mee te willen werken en ruzie te zoeken, alsof hij er een relatie mee heeft en ze een discussie voeren. Hij beweert dat de veranderingen na haar dood bepaalde dingen zeggen en het alcoholpromillage in haar bloed en haar maaginhoud iets heel anders, maar dat je, in tegenstelling tot wat Scarpetta gelooft, altijd op voedsel en drank kunt afgaan. Dat meent hij in elk geval wel.

'Wat Drew heeft gegeten en gedronken, onthult de waarheid.' Hij herhaalt wat hij die ochtend in zijn geestdriftige inleiding ook al heeft gezegd.

'Het onthult een waarheid, inderdaad. Maar niet uw waarheid,' antwoordt Scarpetta zo beleefd mogelijk. 'Uw waarheid is een misvatting.'

'Ik geloof dat we het hier al over hebben gehad,' zegt Benton vanaf de halfdonkere eerste rij. 'Volgens mij heeft dokter Scarpetta haar standpunt volkomen duidelijk gemaakt.'

De 3D-bril van commissaris Poma en de rijen andere 3D-brillen blijven op haar gericht. 'Het spijt me als ik u verveel met mijn herhalingen, dokter Wesley, maar we moeten hier overeenstemming over bereiken. Dus heb alstublieft nog even geduld met me. Op 17 april at Drew tussen halftwaalf en halfeen een onsmakelijke lasagne en dronk ze vier glazen slechte chianti in een restaurantje voor toeristen bij de Spaanse Trappen. Ze betaalde de rekening en verliet het restaurant, en op het Piazza di Spagna gingen zij en haar twee vriendinnen uiteen met de afspraak elkaar een uur later op het Piazza Navona weer te ontmoeten. Maar daar kwam Drew niet opdagen, dat weten we zeker. De rest is een raadsel voor ons.' Zijn bril met brede rand blijft nog even op Scarpetta gericht voordat hij zich omdraait en tegen de rijen achter zich vervolgt: 'Gedeeltelijk omdat onze geachte collega uit de Verenigde Staten nu zegt dat ze ervan overtuigd is dat Drew niet kort na de lunch of zelfs diezelfde dag is gestorven.'

'Dat zeg ik steeds al en ik zal nog een keer uitleggen waarom. Omdat u het nog steeds niet begrijpt,' zegt Scarpetta.

'We moeten verder,' zegt Benton.

Maar ze kunnen niet verder. Commissaris Poma staat bij de Italianen in zo'n hoog aanzien, heeft zo'n faam verworven, dat hij kan doen wat hij wil. De media noemen hem de Sherlock Holmes van Rome, ook al is hij arts en geen detective. Dat lijkt iedereen, zelfs de Comandante Generale van de Carabinieri, die achteraan in een hoek zit en meer luistert dan spreekt, te zijn vergeten.

'Onder normale omstandigheden,' vervolgt Scarpetta, 'zou wat Drew heeft gegeten een paar uur na de lunch volkomen zijn verteerd en zou het alcoholpromillage in haar bloed beslist niet zo hoog zijn geweest als de nul komma twee die door de toxicologische test is vastgesteld. Dus, commissaris Poma, doen haar maaginhoud en die test inderdaad vermoeden dat ze kort na de lunch is overleden. Maar haar livor mortis en rigor mortis doen vermoeden, sterk vermoeden, mag ik wel zeggen, dat ze pas twaalf tot vijftien uur na haar lunch in de *trattoria* is overleden, en die postmortale artefacten wegen het zwaarst.'

'Zo zijn we weer terug bij de kleur.' Poma slaakt een zucht. 'Bij dat woord waarmee ik zo veel moeite heb. Leg het me alstublieft nog een keer uit, aangezien ik een probleem schijn te hebben met wat u postmortale artefacten noemt. Alsof we archeologen zijn die een ruïne opgraven.' Hij legt zijn kin weer op zijn hand.

'Livedo, livor mortis, postmortale hypostase, het is allemaal hetzelfde. Als je doodgaat, komt je bloedsomloop tot stilstand en door de zwaartekracht zakt het bloed naar de kleine bloedvaten, zoals in een gezonken schip alles naar de bodem zakt.' Ze voelt dat Bentons 3D-bril op haar is gericht en durft niet zijn kant op te kijken. Hij is zichzelf niet.

'Ga door, alstublieft.' Commissaris Poma onderstreept een paar keer iets wat hij op zijn blocnote heeft geschreven.

'Als het lichaam na de dood lang genoeg in een bepaalde houding zit of ligt, zal het bloed zich aan die houding aanpassen. Dat is het postmortale artefact dat we livor mortis noemen,' legt Scarpetta uit. 'Uiteindelijk zet de livor mortis zich vast en krijgt dat deel van het lichaam een paarsrode kleur, met bleke vlekken waar het ergens tegenaan leunt of waar er iets strak omheen zit, bijvoorbeeld een kledingstuk. Mogen we de autopsiefoto zien?' Ze laat haar ogen over een lijstje dat voor haar ligt glijden. 'Nummer eenentwintig.'

Op de muur verschijnt het lichaam van Drew op een stalen tafel in het mortuarium in de Tor Vergata Universiteit. Ze ligt op haar buik. Scarpetta laat de rode stip van de laserpen over de paarsrode en bleke lijkenvlekken op haar rug glijden. Ze heeft nog niets gezegd over de afschuwelijke wonden, die eruitzien als donkerrode kraters.

'De volgende foto, alstublieft. Van het moment dat ze in de lijkzak werd gestopt,' zegt ze.

Opnieuw is het driedimensionale beeld van de bouwput te zien, maar deze keer tillen rechercheurs in een wit *tyvek* pak en handschoenen, met sloffen over hun schoenen, het slappe, naakte lichaam van Drew op en leggen het in een met een laken gevoerde zwarte zak op een brancard. Om hen heen houden andere rechercheurs lakens omhoog om het tafereel af te schermen voor de nieuwsgierigen en paparazzi die eromheen staan.

'Vergelijk dit met de foto die u zojuist hebt gezien. Tegen de tijd dat de sectie werd verricht, acht uur nadat ze was gevonden, hadden de lijkenvlekken zich zo goed als gevormd,' zegt Scarpetta. 'Maar op deze foto kunt u zien dat de livor mortis nog maar net is begonnen.' De rode stip glijdt over de roze vlekken op Drews rug. 'Dat geldt ook voor de rigor mortis.'

'U verwerpt dus een vroegtijdig begin van rigor mortis tengevolge van een spasme vlak na haar dood? Bijvoorbeeld als ze zich vlak voor haar dood bijzonder heeft ingespannen? Misschien omdat ze zich tegen hem verzette? Daar hebt u het nog niet over gehad.' Commissaris Poma onderstreept weer iets op zijn blocnote.

'Niets wijst op een dergelijk spasme,' antwoordt Scarpetta. Welja, haal dat er ook nog maar bij, denkt ze. 'Ongeacht of ze zich bijzonder heeft ingespannen of niet,' gaat ze verder, 'was ze, toen ze werd gevonden, nog niet helemaal verstijfd, dus kan ze geen spasme hebben gehad.'

'Tenzij ze is verstijfd en meteen weer verslapt.'

'Dat kan niet, want pas in het lijkenhuis verstijfde ze volledig. Het bestaat niet dat een lijk stijf en dan slap en dan weer stijf wordt.'

De tolk onderdrukt een glimlach terwijl ze dit vertaalt, en enkele aanwezigen lachen.

'Hier kun je zien' – Scarpetta wijst Drews lichaam aan terwijl het op de brancard wordt getild – 'dat haar spieren absoluut nog niet verstijfd zijn. Integendeel, ze zijn nog heel buigzaam. Ik schat dat ze, toen ze werd gevonden, nog geen zes uur dood was en misschien zelfs veel korter.'

'U bent een van de grootste deskundigen ter wereld, dus hoe kunt u zo vaag zijn?'

'Omdat we niet weten waar ze al die tijd is geweest. Aan welke temperaturen of omstandigheden ze is blootgesteld voordat ze in de bouwput is achtergelaten. Lichaamstemperatuur, rigor mortis en livor mortis kunnen bij elke dode sterk verschillen.'

'Wilt u zeggen dat het, de conditie van het lichaam in aanmerking genomen, onmogelijk is dat ze zo kort na die lunch met haar vriendinnen is vermoord? Misschien toen ze in haar eentje onderweg was naar het Piazza Navona om hen weer te ontmoeten?'

'Ik denk inderdaad dat dat onmogelijk is.'

'Legt u me dan alstublieft nog een keer uit hoe het zit met dat onverteerde voedsel en die twee tiende promille alcohol in haar bloed. Want daaruit trek ík de conclusie dat ze kort na de lunch is overleden en niet vijftien of zestien uur later.'

'De mogelijkheid bestaat dat ze niet lang nadat ze afscheid van haar vriendinnen had genomen opnieuw alcohol heeft gedronken en dat ze toen zo doodsbang en gestresst was dat haar spijsvertering ermee ophield.'

'Wat zegt u nu? Suggereert u dat ze tijd met haar moordenaar heeft doorgebracht, misschien zelfs wel tien, twaalf of vijftien uur, en ook nog een of meer borrels met hem heeft gedronken?'

'Misschien heeft hij haar gedwongen alcohol te drinken, om haar te bedwelmen en gemakkelijker in zijn macht te kunnen krijgen. Zoals dat gebeurt met drugs.'

'Dus hij dwong haar alcohol te drinken, misschien de hele middag, de hele nacht en de volgende morgen, en dat ze zo bang was dat haar voedsel niet meer werd verteerd? Is dat de verklaring die u ons wilt geven?'

'Ik heb het eerder gezien,' zegt Scarpetta.

De bedrijvige bouwput na zonsondergang.

De omliggende winkels, pizzeria's en restaurants zijn helder verlicht en het is er druk. Langs de stoepranden en zelfs op de stoepen staan auto's en scooters geparkeerd. Verkeerslawaai en het geluid van voetstappen en stemmen klinken door de zaal.

Plotseling gaan achter alle ramen de lichten uit. Er valt een stilte.

Het geluid van een auto en dan de vorm ervan. Een vierdeurs zwarte Lancia stopt op de hoek van de Via Di Pasquino en de Via dell'Anima. Het portier van de chauffeur gaat open en er stapt een mannelijke tekenfiguur uit. Hij draagt grijze kleren. Hij is gezichtloos en zijn hoofd en handen zijn ook grijs, wat de toeschouwers in de zaal te kennen geeft dat aan de moordenaar geen leeftijd, ras of lichamelijke kenmerken zijn toegekend. Om het eenvoudig te houden, wordt hij als mannelijk beschouwd. De grijze man opent de kofferbak en tilt er een lichaam uit dat is gewikkeld in een blauwe lap met een patroon in rode, goudgele en groene kleuren.

'Die lap om haar heen is gebaseerd op zijdevezels afkomstig van haar lichaam en uit de modder van de plek waar ze heeft gelegen,' zegt commissaris Poma.

'Die vezels zaten overal op haar lichaam,' voegt Benton Wesley eraan toe. 'Ook in haar haren en aan haar handen en voeten. En er kleefden er een heleboel aan de wonden. Hieruit kunnen we opmaken dat ze van top tot teen was ingepakt. Dus moeten we denken aan een grote lap bontgekleurde zijde. Een laken of een gordijn...'

'Wat wilt u daarmee zeggen?'

'Twee dingen. We mogen niet aannemen dat het een laken was, omdat we niets mogen aannemen. En het kan zijn dat hij iets heeft gepakt wat hij op de plek waar hij woont of werkt of waar hij haar gijzelde bij de hand had.'

'Ja, ja...' Commissaris Poma houdt zijn blik strak gericht op het tafereel op de muur. 'En we weten ook dat er tapijtvezels zijn gevonden die overeenkomen met vezels in de kofferbak van een Lancia uit 2005, wat weer overeenkomt met het voertuig dat om ongeveer zes uur 's morgens van die plek is weggereden. Die getuige over wie ik het had... Een vrouw in een appartement daar vlakbij was opgestaan om naar haar kat te gaan kijken die... Hoe noem je dat?'

'Jankte? Miauwde?' oppert de tolk.

'Ze was opgestaan omdat haar kat jankte en toen ze toevallig uit het raam keek, zag ze een donkere luxesedan langzaam bij de bouwput wegrijden. Ze zei dat hij rechts afsloeg naar dell'Anima, een straat met eenrichtingsverkeer. Ga door, alstublieft.'

De animatiefilm draait door. De grijze man tilt het kleurig ingepakte lichaam uit de kofferbak en draagt het naar een aluminium loopbrug vlakbij, die slechts is afgesloten met een touw. Hij stapt eroverheen. Hij draagt het lichaam verder over een houten plank die naar de bouwput leidt. Hij legt het naast de plank in de modder, hurkt en ontdoet het lichaam van de dode Drew Martin snel van de lap zijde. Vervolgens is het geen animatie meer, maar een driedimensionale foto. Ze is duidelijk herkenbaar: haar beroemde gezicht, de barbaarse wonden op haar slanke, atletische, naakte lichaam. De grijze man rolt de bonte doek op en loopt terug naar de auto. Hij rijdt met normale snelheid weg.

'We geloven dat hij het lichaam heeft gedragen in plaats van het achter zich aan te slepen,' zegt commissaris Poma. 'Omdat die vezels alleen op het lichaam en in de modder eronder zijn gevonden. Nergens anders, en hoewel dat niets bewijst, geeft het wel aan dat hij haar niet heeft gesleept. Ik wil u eraan herinneren dat deze scène met behulp van het lasersysteem is gecreëerd en dat de dimensies en de positie van de voorwerpen en het lichaam exact zijn weergegeven. Het spreekt vanzelf dat alleen mensen en voorwerpen die niet op een videofilm of foto staan, zoals de moordenaar en zijn auto, animatie zijn.'

'Hoeveel woog ze?' vraagt de minister van Binnenlandse Zaken vanaf de achterste rij.

Scarpetta antwoordt dat Drew Martin honderddertig pond woog en rekent het om naar kilo's. 'Hij moet vrij sterk zijn,' voegt ze eraan toe.

De film draait verder. De stille bouwput in de ochtendschemering. Het geluid van regen. De omringende ramen zijn nog donker, de winkels zijn dicht. Geen verkeer. Dan het aanzwellende gebrul van een motorfiets. Op de Via di Paquino komt een rode Ducati aanrijden, de berijder is een animatiefiguur in een regenjas en met een helm op die zijn hele gezicht bedekt. Hij slaat rechts af dell' Anima in, staat abrupt stil en laat de motorfiets met een harde klap op straat vallen, waarna de motor afslaat. De geschrokken berijder stapt over zijn voertuig heen en betreedt aarzelend de aluminium loopbrug, zijn laarzen kletteren luid op het metaal. Het dode lichaam in de modder ziet er des te schokkender en gruwelijker uit vanwege het contrast tussen de driedimensionale foto en de tamelijk harkerige bewegingen van de getekende motorrijder.

'Het is bijna halfnegen en u ziet dat het bewolkt is en regent,' zegt commissaris Poma. 'Laat ons nu de foto van professor Fiorani op de plaats van het misdrijf zien, alstublieft. Nummer veertien. Dan kunt u, dokter Scarpetta, het lichaam samen met de geachte professor ter plekke bekijken. Tot mijn spijt kan hij er vanmiddag niet bij zijn, omdat hij – kunt u het misschien raden? – naar het Vaticaan moest, waar een kardinaal is overleden.'

Benton staart naar het scherm achter Scarpetta en haar maag

krimpt ineen als ze ziet hoe ongelukkig hij is en dat hij weigert naar haar te kijken.

Nieuwe beelden, video-opnamen in 3D, vullen het scherm. Blauwe zwaailichten. Politieauto's en een donkerblauwe bestelbus van de carabinieri. Carabinieri met machinegeweren om de bouwput heen. Rechercheurs in burger die binnen de afzetting bewijsstukken verzamelen en foto's nemen. De geluiden van klikkende camera's, zachte stemmen en de menigte op straat. Een politiehelikopter snort over de hoofden heen. De professor, de meest gerespecteerde forensisch patholoog in Rome, gaat schuil onder bemodderde witte tyvek. Een close-up van waar hij naar kijkt: het lichaam van Drew. Door de stereoscopische bril is het bizar echt. Scarpetta heeft het gevoel dat ze Drews lichaam met de grote donkerrode wonden, vol moddervegen en glinsterend nat van de regen, kan aanraken. Drews lange blonde haar plakt op haar gezicht. Haar ogen zijn stijf gesloten en staan bol onder de oogleden.

'Dokter Scarpetta, u mag haar onderzoeken, als u wilt,' zegt commissaris Poma. 'Vertel ons wat u ziet. U hebt natuurlijk het rapport van professor Fiorani al gelezen, maar nu u naar het driedimensionale lichaam kijkt en erbij staat, wil ik graag uw mening horen. We zullen u niet bekritiseren als u het niet met het oordeel van professor Fiorani eens bent.'

Die als even onfeilbaar wordt beschouwd als de paus die hij een paar jaar geleden heeft gebalsemd.

Scarpetta wijst met de laserpen en zegt: 'De positie van het lichaam. Op de linkerzij, handen gevouwen onder de kin, benen iets gebogen. Volgens mij is ze expres zo neergelegd. Dokter Wesley?' Ze kijkt naar Bentons dikke bril, die langs haar heen op het scherm is gericht. 'Ik zou graag uw commentaar horen.'

'Inderdaad, expres. Zo heeft de moordenaar haar neergelegd.'

'Misschien alsof ze bidt?' oppert het hoofd van de staatspolitie.

'Was ze gelovig?' vraagt de onderdirecteur van het Nationale Directoraat Criminele Politie.

Een regen van vragen en veronderstellingen uit de schemerige zaal.

'Rooms-katholiek.'

'Ik geloof niet dat ze naar de kerk ging.'

'Niet vaak.'

'Zou het toch iets met religie te maken hebben?'

'Dat vraag ik me ook af. De bouwput ligt vlak bij Sant'Agnese in Agone.'

Commissaris Poma geeft uitleg: 'Voor degenen die het niet weten,' – hij werpt een blik op Benton – 'de heilige Agnes was een martelares, die op haar twaalfde werd gemarteld en gedood omdat ze weigerde te trouwen met net zo'n heiden als ik.'

Luid gelach. Een discussie over een eventuele religieuze betekenis van de moord. Maar daar is Benton het niet mee eens.

'Er is hier sprake van seksuele vernedering,' zegt hij. 'Ze is tentoongesteld, ze is naakt en ze is in het openbaar neergelegd op de plek waar ze haar vriendinnen had zullen ontmoeten. De moordenaar wilde dat ze gevonden werd, hij wilde mensen choqueren. Religie is niet het belangrijkste motief, dat is seksuele opwinding.'

'Maar er is geen bewijs dat ze is verkracht.' Dat zegt het hoofd van het forensisch laboratorium van de carabinieri. Hij voegt eraan toe, via de tolk, dat de moordenaar geen spoor van sperma, bloed of speeksel heeft achtergelaten, tenzij dat door de regen is weggespoeld. Maar onder haar vingernagels is DNA van twee verschillende bronnen aangetroffen. Tot nu toe is er niemand gevonden van wie dat afkomstig zou kunnen zijn omdat, legt hij uit, de Italiaanse regering helaas niet toestaat dat er van misdadigers een DNA-monster wordt genomen, want dat zou een inbreuk op hun mensenrechten zijn. Alleen een profiel dat uit een bewijsstuk is verkregen mag in een Italiaanse databank worden ingevoerd, zegt hij. Niet als het rechtstreeks afkomstig is van een persoon.

'Dus beschikken we in Italië niet over een databank waarin we kunnen zoeken,' voegt commissaris Poma eraan toe. 'Het enige wat we nu kunnen zeggen, is dat het DNA afkomstig van Drews nagels niet overeenkomt met dat van wie dan ook in alle databanken buiten Italië, met inbegrip van de Verenigde Staten.'

'Maar u hebt wel vastgesteld dat het DNA van onder haar nagels afkomstig is van mannen van Europese afkomst, dat wil zeggen van blanke mannen,' zegt Benton.

'Inderdaad,' beaamt de directeur van het laboratorium.

'Ga alstublieft verder, dokter Scarpetta,' zegt commissaris Poma.

'Wilt u autopsiefoto nummer zesentwintig laten zien, alstublieft?' vraagt ze. 'Een foto van haar rug tijdens het uitwendig onderzoek. Een close-up van de wonden.'

Ze vullen het scherm. Twee donkere kraters met rafelige randen. Ze wijst met de laserpen en de rode stip beweegt eerst over het gapende gat op de plaats van Drews rechterbil en vervolgens over een grote wond op de achterkant van haar rechterdijbeen.

'Toegebracht met een scherp mes met een gekarteld lemmet, waarmee de spieren zijn doorgesneden en een kleine zaagsnede in het bot is gemaakt,' zegt ze. 'Postmortaal, wat te zien is aan het ontbreken van weefselrespons op de verwondingen.'

'Postmortale verminking sluit uit dat ze gemarteld is, althans met een mes,' voegt Benton eraan toe.

'Wat is hier dan de verklaring voor als het geen marteling is?' vraagt commissaris Poma aan Benton. De twee mannen kijken elkaar aan als dieren die elkaars natuurlijke vijand zijn. 'Wat zou anders de reden kunnen zijn dat iemand een medemens op zo'n sadistische manier verwondt en verminkt? Hebt u, dokter Wesley, in alle door u behandelde zaken ooit eerder iets dergelijks gezien? Terwijl u een beroemde profiler bij de FBI bent geweest?'

'Nee,' antwoordt Benton kortaf. Elke verwijzing naar zijn vroegere loopbaan bij de FBI is een opzettelijke belediging. 'Ik heb wel eerder verminkingen gezien, maar nooit in deze mate. Vooral wat hij met haar ogen heeft gedaan.'

Hij heeft ze eruit gehaald en de kassen gevuld met zand. Daarna heeft hij haar oogleden dichtgeplakt. Scarpetta wijst ernaar en beschrijft het, en Benton verkilt opnieuw. Alle aspecten van deze zaak bezorgen hem koude rillingen, brengen hem van zijn stuk en boeien hem tegelijkertijd. Wat is de symboolfunctie? Niet dat het verwijderen van ogen iets nieuws voor hem is, maar wat commissaris Poma oppert, gaat hem te ver.

'Misschien hebt u ooit gehoord van het pancratium, een oude Griekse vechtsport?' zegt commissaris Poma tegen de hele zaal. 'Bij die sport was alles geoorloofd om de vijand te kunnen verslaan. Het kwam regelmatig voor dat ogen uit hun kassen werden gesneden en de tegenstander werd doodgestoken of gewurgd. Drews ogen zijn uit hun kassen gesneden en ze is gewurgd.'

De generaal van de carabinieri vraagt Benton via de tolk: 'Kan er een verband bestaan met het pancratium? Kan het zijn dat de moordenaar dat bij het verwijderen van haar ogen en toen hij haar wurgde in gedachten had?'

'Ik denk het niet,' antwoordt Benton.

'Wat zou dan een verklaring kunnen zijn?' vraagt de generaal. Net als commissaris Poma draagt hij een prachtig uniform, maar met nog meer zilver en andere versieringen op de mouwen en de opstaande kraag.

'Het is iets wat dieper gaat, wat persoonlijker is,' zegt Benton.

'Misschien komt het door het nieuws,' oppert de generaal. 'Marteling. Moordcommando's in Irak, die tanden trekken en ogen uitsteken.'

'Ik kan er alleen van uitgaan dat deze daad een manifestatie is van de psyche van de moordenaar. Dat wil zeggen dat ik niet geloof dat wat hij met haar heeft gedaan ook maar iets met welk ander verschijnsel dan ook te maken heeft. Via haar wonden kunnen we een glimp opvangen van zijn innerlijke wereld,' zegt Benton.

'Dat is speculatie,' zegt commissaris Poma.

'Het is psychologisch inzicht gebaseerd op mijn jarenlange ervaring met gewelddaden,' antwoordt Benton.

'Maar het is intuïtie.'

'Helaas negeren we onze intuïtie veel te vaak.'

'Wilt u nu de autopsiefoto laten zien van het uitwendig onderzoek van haar voorkant?' vraag Scarpetta. 'De close-up van haar hals.' Ze werpt een blik op de lijst. 'Nummer twintig.'

Op het scherm verschijnt het driedimensionale beeld van Drews lichaam op de roestvrijstalen snijtafel. Haar huid en haren zijn nat van het wassen.

'Hier' – Scarpetta wijst met de laserpen naar Drews hals – 'ziet u een afdruk van een ligatuur.' De stip glijdt horizontaal over de hals. Maar voordat ze verder kan gaan, wordt ze in de rede gevallen door het hoofd van het toerismebureau van Rome.

'Hij heeft haar ogen er pas daarna uitgehaald. Toen ze dood was,' zegt hij. 'Niet toen ze nog leefde. Dat is belangrijk.'

'Inderdaad,' beaamt Scarpetta. 'In de rapporten die ik heb gelezen staat dat alleen de kneuzingen van de enkels en de wurging premortaal zijn veroorzaakt. Mogen we de foto zien waarop haar hals wordt ontleed? Nummer achtendertig.'

Ze wacht tot de volgende foto op het scherm staat. Op een snijplank liggen de larynx en zacht weefsel, die tekenen van een bloeding vertonen. En de tong.

Scarpetta wijst. 'Aan de kneuzing van het zachte weefsel, de onderliggende spieren en aan het gebroken tongbeen kunnen we duidelijk zien dat ze is gewurgd toen ze nog leefde.'

'Petechie?'

'We weten niet of er sprake is van conjunctivale petechie,' antwoordt Scarpetta. 'Haar ogen zijn verwijderd.'

'Wat hij daarmee heeft gedaan, hebt u dat wel eens eerder gezien?'

'Ik heb wel slachtoffers gezien van wie de ogen eruit waren gehaald, maar ik heb nooit gezien of gehoord dat een moordenaar de kassen had gevuld met zand en de oogleden had dichtgeplakt met, zoals in dit geval, een lijm die volgens uw rapport bestaat uit cyanoacrylaat.'

'Tweecomponentenlijm,' zegt commissaris Poma.

'Ik ben vooral geïnteresseerd in het zand,' zegt ze. 'Blijkbaar komt het niet uit de buurt. Bovendien heeft een scan met een elektronenmicroscoop met röntgenmicroanalyse uitgewezen dat het sporen bevat van wat op kruit lijkt. Lood, antimonium en barium.'

'Het zand komt inderdaad niet van een strand hier in de buurt,' zegt commissaris Poma. 'Tenzij daar zonder dat we het weten veel mensen op elkaar schieten.'

Gelach.

'Als het uit Ostia kwam, zou het basalt bevatten,' zegt Scarpetta. 'Plus andere sporen van vulkanische activiteit. Ik neem aan dat u allemaal een kopie hebt van de spectrale analyse van het zand dat afkomstig is uit het lichaam en van zand van een strand bij Ostia.'

Het geluid van ritselende papieren. Zaklantaarntjes worden aangeklikt.

'Beide geanalyseerd met Ramanspectroscopie, met behulp van een acht punt milliwatt rode laser. Zoals u ziet, is het zand van het strand in Ostia heel anders van samenstelling dan het zand uit de oogkassen van Drew Martin. Met de elektronenmicroscoop is de morfologie van het zand zichtbaar gemaakt, en het terugverstrooide elektronenbeeld laat de betreffende GSR-deeltjes zien.'

'De stranden van Ostia zijn erg populair bij toeristen,' zegt commissaris Poma. 'Maar in deze tijd van het jaar is het er nog niet druk. Lokale bewoners en toeristen wachten meestal tot het iets warmer is. Tot eind mei, zelfs juni. Dan gaan vooral mensen uit Rome ernaartoe, omdat het maar een halfuur rijden is, of misschien iets meer. Ik kom er nooit,' voegt hij eraan toe, alsof ook maar iemand zich afvraagt wat hijzelf van die stranden vindt. 'Ik heb een hekel aan dat zwarte zand en ik zou daar nooit in zee zwemmen.'

'Waar het om gaat, is waar dat zand vandaan komt, en dat blijft dus voorlopig een raadsel,' zegt Benton. Het is inmiddels laat in de middag en iedereen wordt onrustig. 'En waarom heeft hij dát zand eigenlijk gebruikt? Dat speciale zand betekent iets voor de moordenaar en kan een aanwijzing zijn voor de plaats waar Drew is vermoord, of misschien voor de plaats waar de moordenaar vandaan komt of waar hij zijn tijd doorbrengt.'

'Ja, ja,' zegt commissaris Poma een beetje ongeduldig. 'En de ogen en de verschrikkelijke wonden betekenen ook iets voor de moordenaar. Gelukkig zijn die details niet bij het publiek bekend. We zijn erin geslaagd ze voor journalisten te verzwijgen. Dus als er nog zo'n soort moord zou plaatsvinden, weten we zeker dat het geen imitatie is.'

2

Ze zitten met z'n drieën in een schemerig hoekje van Tullio, een populaire trattoria met een voorgevel van travertijn, in de buurt van de theaters en op korte loopafstand van de Spaanse Trappen.

Op de tafels staan kaarsen, de kleedjes zijn zachtgoudgeel, en tegen de met donker hout betimmerde muur achter hen staat een groot rek met wijnflessen. Aan de andere muren hangen aquarellen van landelijke Italiaanse taferelen. Het is rustig in het restaurant, behalve aan een tafel met dronken Amerikanen. Ze besteden geen aandacht aan hun omgeving, en de ober in zijn beige jasje en zwarte das kijkt ook nauwelijks om zich heen. Niemand heeft enig idee waar Benton, Scarpetta en commissaris Poma het over hebben. Zodra er iemand bij hen in de buurt komt, gaan ze op een onschuldiger onderwerp over en stoppen foto's en verslagen terug in een map.

Scarpetta nipt aan een Biondi Santi Brunello uit 1996, een heel dure wijn, maar geen wijn die zijzelf zou hebben gekozen als het haar was gevraagd, en meestal wordt het haar gevraagd. Ze zet haar glas terug op tafel zonder haar ogen af te wenden van de foto die naast haar eenvoudige gerecht van Parmaham met meloen ligt. Het zal worden gevolgd door gegrilde zeebaars met een bonensalade. En misschien zal ze frambozen toe nemen, tenzij Benton er dan zo miserabel uitziet dat het haar verder de eetlust ontneemt. Wat heel goed mogelijk is.

'Ik wil niet dom klinken,' zegt ze zacht, 'maar de gedachte dat ons iets ontgaat blijft aan me knagen.' Ze tikt met haar wijsvinger op een foto van het lichaam van Drew Martin.

'Nu klaagt u dus niet dat we te veel in herhaling vervallen,' zegt commissaris Poma op onmiskenbaar flirtzieke toon. 'Ik zeg altijd dat lekker eten en goede wijn goed is voor onze hersens.' Hij tikt tegen zijn hoofd zoals Scarpetta op de foto heeft getikt.

Ze kijkt hem peinzend aan, zoals ze kijkt wanneer ze er niet helemaal meer bij is. 'Iets wat zo voor de hand ligt dat we eroverheen kijken, dat iedereen eroverheen kijkt,' gaat ze verder. 'Vaak zien we iets niet wat open en bloot voor ons ligt. Wat is het? Wat wil ze ons duidelijk maken?'

'Goed, laten we dan eens kijken naar wat open en bloot voor ons ligt,' zegt Benton. Ze heeft zelden meegemaakt dat hij zich zo openlijk vijandig en afstandelijk gedraagt. Hij doet geen moeite zijn minachting voor commissaris Poma, nu perfect gekleed in een streepjespak, te verbergen. Poma's gouden manchetknopen met het wapen van de carabinieri erin gegraveerd glinsteren in het kaarslicht.

'Inderdaad, open en bloot. Elke centimeter van haar naakte vlees, voordat iemand het heeft aangeraakt. Dat moeten we bekijken. Haar onaangeroerde vlees. Precies zoals hij het heeft achtergelaten,' zegt commissaris Poma met zijn blik gericht op Scarpetta. 'De manier waarop hij het heeft achtergelaten is een verhaal, nietwaar? Maar voordat ik het vergeet: op onze laatste ontmoeting in Rome. Voorlopig tenminste. Daar moeten we op drinken.'

Met een onbehaaglijk gevoel heffen ze het glas terwijl de dode jonge vrouw toekijkt, met haar naakte, verminkte lichaam bij hen op tafel, als het ware.

'En een toost op de FBI,' zegt commissaris Poma. 'Op hun vastberaden voornemen dit te bestempelen als een terroristische daad. Het ultieme zachte doel: een Amerikaanse tennisster.'

'Het is tijdverspilling om zoiets zelfs maar te denken,' zegt Benton. Hij heft zijn glas, niet om te toosten, maar om een slok te nemen.

'Zeg dan tegen uw regering dat ze niet die suggestie moet wekken,' zegt commissaris Poma. 'Ik zal er, omdat we hier onder elkaar zijn, geen doekjes om winden. Uw regering verspreidt deze propaganda vanachter de schermen, en de reden dat we dit niet eerder te berde hebben gebracht, is dat de Italianen zoiets belachelijks absoluut niet geloven. Een terrorist heeft dit niet op zijn geweten. Dat de FBI zoiets zegt, is te stom voor woorden.'

'De FBI zit niet aan deze tafel, maar wij zitten hier wel. En wij zijn geen lid van de FBI. Ik heb schoon genoeg van uw opmerkingen over de FBI,' zegt Benton.

'Maar u hebt wel het grootste deel van uw loopbaan bij de FBI gezeten. Tot u daar wegging en alsof u dood was van het toneel verdween. Om de een of andere reden.'

'Als dit een terroristische daad zou zijn, zou iemand daar inmiddels de verantwoordelijkheid voor hebben opgeëist,' zegt Benton. 'Ik heb graag dat u de FBI en mijn persoonlijke geschiedenis voortaan buiten beschouwing laat.'

'Een onstilbare honger naar publiciteit en de huidige behoefte van uw land om iedereen de stuipen op het lijf te jagen en de baas te spelen over de hele wereld.' Commissaris Poma schenkt de glazen weer vol. 'Uw onderzoeksbureau hoort getuigen in Rome, negeert Interpol terwijl het met Interpol hoort samen te werken en heeft hier haar eigen vertegenwoordigers. Bovendien sturen ze hier allerlei idioten uit Washington naartoe die niets van ons weten en nog minder weten hoe ze met een ingewikkelde moordzaak moeten omgaan...'

Benton valt hem in de rede: 'U hoort inmiddels te weten, commissaris Poma, dat politiek en geharrewar over rechtsbevoegdheid erbij horen.'

'Waarom noemt u me geen Otto? Dat doen mijn vrienden ook.' Poma schuift zijn stoel iets dichter naar Scarpetta toe en brengt de geur van zijn reukwater mee, en hij verzet de kaars. Dan werpt hij een afkeurende blik op de tafel met de zich niets van hun omgeving aantrekkende, dronken Amerikanen en zegt: 'We doen oprecht ons best om sympathie voor u te voelen, weet u.'

'Bespaart u zich de moeite,' zegt Benton. 'Niemand anders voelt sympathie voor ons.'

'Ik begrijp niet waarom Amerikanen zo luidruchtig zijn.'

'Omdat we niet luisteren,' zegt Scarpetta. 'Daarom hebben we George Bush.'

Commissaris Poma pakt de foto die naast haar bord ligt en bestudeert die alsof hij hem nooit eerder heeft gezien. 'Ik kijk naar wat open en bloot voor me ligt,' zegt hij. 'Maar ik zie alleen voor de hand liggende dingen.'

Met een onbewogen uitdrukking op zijn knappe gezicht kijkt Benton naar de twee mensen die opeens zo dicht bij elkaar tegenover hem zitten.

'Het is beter ervan uit te gaan dat niets voor de hand ligt. Dat is een uitdrukking, meer niet,' zegt Scarpetta, terwijl ze nog meer foto's uit een envelop laat glijden. 'Een kwestie van persoonlijke waarneming. Ik neem waarschijnlijk heel andere dingen waar dan u doet.'

'Dat hebt u op het hoofdbureau van de staatspolitie uitgebreid laten merken,' zegt de commissaris, terwijl Benton hen blijft aanstaren.

Ze kijkt Benton lang genoeg aan om hem duidelijk te maken dat zijn gedrag haar is opgevallen en dat het onnodig is, dat hij geen reden heeft om jaloers te zijn. Ze doet niets om het geflirt van commissaris Poma aan te moedigen.

'Open en bloot, vooruit dan maar. Laten we beginnen met haar tenen,' zegt Benton. Hij heeft zijn buffelmozzarella nauwelijks aangeraakt en is al met zijn derde glas wijn bezig.

'Dat is een goed idee.' Scarpetta bekijkt foto's van Drew en besteedt extra veel aandacht aan een close-up van haar blote tenen. 'Goed verzorgd. Haar nagels zijn recentelijk gelakt, wat overeenkomt met het feit dat ze vlak voordat ze uit New York is vertrokken bij de pedicure is geweest.' Ze herhaalt wat ze al wisten.

'Is dat belangrijk?' Commissaris kijkt ook naar de foto en leunt zo dicht naar Scarpetta toe dat zijn arm de hare raakt en ze zich bewust wordt van zijn lichaamswarmte en zijn geur. 'Ik vind van niet. Volgens mij is belangrijker wat ze aanhad. Een zwarte spijkerbroek, een witte zijden blouse, een zwartleren jasje met een zwarte zijden voering. Een zwarte onderbroek en een zwarte beha.' Hij zwijgt even en vervolgt: 'Wat vreemd dat er geen vezels van haar kleren op haar lichaam zaten, alleen vezels van dat laken.'

'We weten niet zeker of het een laken is,' wijst Benton hem scherp terecht.

'En haar kleren, horloge, ketting, leren armbandjes en oorbellen zijn niet gevonden, dus die heeft de moordenaar waarschijnlijk gehouden,' zegt de commissaris tegen Scarpetta. 'Waarom? Misschien als aandenken. Maar laten we het over die pedicurebehandeling hebben, omdat u die belangrijk schijnt te vinden. Vlak na haar aankomst in New York is Drew naar een schoonheidsinstituut aan Central Park South gegaan. Daar weten we de details van, via haar creditcardrekening, of liever, die van haar vader. Blijkbaar verwent hij haar nogal.'

'Ik denk dat dat wel duidelijk is,' zegt Benton.

'Volgens mij moeten we voorzichtig zijn met dat soort conclusies,' zegt Scarpetta. 'Ze had alles zelf verdiend, ze trainde zes uur per dag, ze stond altijd op de baan. Ze had net de Family Circle Cup gewonnen en zou waarschijnlijk ook andere...'

'Daar woont u,' onderbreekt commissaris Poma haar. 'In Charleston, South Carolina. Waar dat toernooi wordt gehouden, de Family Circle Cup. Wat een bizarre gedachte, dat ze diezelfde avond naar New York is gevlogen en vandaar naar Rome. Naar dit.' Hij wijst naar de foto's.

'Ik wilde zeggen dat kampioenstitels niet te koop zijn en dat verwende mensen meestal niet zo hard werken als zij heeft gedaan,' zegt Scarpetta.

Benton zegt: 'Haar vader verwende haar, maar hij had geen tijd om vaderlijke dingen met haar te doen. Net zomin als haar moeder.'

'Ja, ja,' knikt commissaris Poma. 'Wat zijn dat voor ouders, die het goedvinden dat een zestienjarige in gezelschap van twee achttienjarige vriendinnen naar het buitenland reist? Vooral als ze nogal wispelturig is? Dan weer vrolijk en dan weer boos?'

'Hoe lastiger je kind is, des te gemakkelijker is het om het zijn zin te geven in plaats van voet bij stuk te houden,' zegt Scarpetta, en ze denkt aan haar nichtje Lucy. Toen Lucy nog klein was, had ze heel wat met haar te stellen. 'En haar coach? Weten we iets van de relatie tussen Drew en haar coach?'

'Gianni Lupano. Ik heb hem gesproken en hij zei dat hij wist dat ze hierheen zou gaan en dat hij daar niet blij mee was, omdat ze de komende maanden zou meedoen aan belangrijke toernooien, onder andere Wimbledon. Meer had hij niet te melden; hij leek boos op haar te zijn.'

'En de Italian Open volgende maand,' zegt Scarpetta. Ze vindt het vreemd dat de commissaris dat toernooi niet heeft genoemd.

'Ach, natuurlijk. Ze hoorde te trainen in plaats van met vriendinnen op reis te gaan. Ik kijk niet naar tennis.'

'Waar was haar coach toen ze werd vermoord?' vraagt Scarpetta.

'In New York. We hebben het hotel gebeld waar hij volgens hem toen logeerde en hij stond er inderdaad ingeschreven. Hij zei ook dat ze erg humeurig was geweest, de ene dag blij en de andere uit haar doen. Dat ze een koppig, moeilijk meisje was, dat onvoorspelbare dingen deed. Hij wist niet hoe lang hij het nog met haar zou volhouden en zei dat hij wel wat anders te doen had dan zich haar gedrag te laten welgevallen.'

'Ik zou wel eens willen weten of er in haar familie meer mensen met stemmingsstoornissen voorkomen,' zegt Benton. 'Dat hebt u waarschijnlijk niet gevraagd.'

'Nee. Het spijt me dat dat niet bij me is opgekomen.'

'Het zou helpen als we wisten of er in haar familie geestesziekten voorkomen die ze verborgen proberen te houden.'

'Het is algemeen bekend dat ze last had van een eetstoornis,' zegt Scarpetta. 'Daar maakte ze geen geheim van.'

'Depressief,' zegt Benton, 'maar geen woord over andere geestelijke stoornissen. Ook niet van haar ouders?' vraagt Benton koeltjes aan de commissaris.

'Alleen dat ze ups en downs had. Zoals elke tiener.'

'Hebt u kinderen?' Benton pakt zijn glas wijn.

'Niet dat ik weet.'

'Een reactiestarter,' zegt Scarpetta. 'Er was iets met haar aan de hand wat niemand ons heeft kunnen vertellen. Misschien iets wat duidelijk te zien was. Haar gedrag was duidelijk te zien. Dat ze dronk, was duidelijk te zien. Waarom dronk ze? Was er iets gebeurd?'

'Dat toernooi in Charleston,' zegt commissaris Poma tegen Scarpetta. 'Waar u uw privépraktijk hebt. Hoe noemen ze die streek ook alweer? De *Lowcountry*? Wat is dat precies?' Langzaam laat hij de wijn ronddraaien in zijn glas, met zijn blik op haar gezicht.

'Bijna op zeeniveau, letterlijk een laag land.'

'En uw plaatselijke politie interesseert zich niet voor deze zaak? Ook al heeft ze daar een dag of twee voordat ze werd vermoord meegedaan aan een toernooi?'

'Dat is inderdaad merkwaardig,' beaamt Scarpetta langzaam.

'De moord op Drew Martin valt buiten de rechtsbevoegdheid van de politie in Charleston,' zegt Benton vlug.

Scarpetta kijkt hem aan en de commissaris kijkt naar hen beiden. Hij heeft al de hele dag gemerkt dat hun verhouding gespannen is.

'Geen rechtsbevoegdheid heeft nog nooit iemand ervan weerhouden ergens op te duiken en met zijn penning te zwaaien,' zegt commissaris Poma.

'Als je het weer over de FBI hebt, heb ik je gehoord,' zegt Benton. 'Als je voor de zoveelste keer verwijst naar mijn vroegere baan bij de FBI, heb ik je beslist gehoord. Als je het hebt over dokter Scarpetta en mij, wijs ik je erop dat jij ons hebt gevraagd hiernaartoe te komen. We zijn hier niet zomaar opgedoken, Otto. Je wilt toch dat we je zo noemen?'

'Ligt het aan mij of smaakt deze wijn niet lekker?' De commissaris houdt zijn glas wijn omhoog alsof het een diamant met een foutje is.

Benton heeft de wijn uitgekozen. Scarpetta weet meer van Italiaanse wijnen dan hij, maar vanavond vindt hij het nodig zich te laten gelden, alsof hij onlangs vijftig sporten op de evolutieladder omlaag is getuimeld. Scarpetta voelt dat commissaris Poma vol belangstelling naar haar kijkt terwijl ze een andere foto bestudeert en dankbaar is dat de ober niet meteen naar hen toe komt. De tafel met de luidruchtige Amerikanen neemt zijn aandacht in beslag.

'Een close-up van haar benen,' zegt ze. 'Kneuzingen bij haar enkels.'

'Recente kneuzingen,' voegt commissaris Poma eraan toe. 'Misschien heeft hij haar daar vastgehouden.'

'Dat zou kunnen. Het zijn geen ligaturen.'

Ze wou dat commissaris Poma niet zo dicht bij haar zat, maar ze kan niet wegschuiven want dan staat haar stoel tegen de muur.

Ze wou dat hij haar niet aanraakte wanneer hij een foto pakte.

'Ze had onlangs haar benen geschoren,' gaat ze verder. 'Ik schat binnen vierentwintig uur voor haar dood. Er is nauwelijks nieuwe haargroei. Ze vond haar uiterlijk belangrijk, zelfs als ze op reis was met vriendinnen. Dat kan van belang zijn. Hoopte ze dat ze iemand zou ontmoeten?'

'Natuurlijk. Drie jonge vrouwen op zoek naar jonge mannen,' zegt commissaris Poma.

Scarpetta kijkt naar Benton, die de ober wenkt om een nieuwe fles wijn te laten brengen. 'Drew was een beroemdheid,' zegt ze. 'Ik heb gehoord dat ze terughoudend was tegen onbekenden. Dat ze er niet van hield als iemand haar lastigviel.'

'Dat ze zo veel gedronken had, vind ik vreemd,' zegt Benton.

'Maar dat deed ze niet vaak,' zegt Scarpetta. 'Als je naar de foto's kijkt, zie je dat ze bijzonder fit, slank en gespierd was. Als ze veel dronk, moet dat pas sinds kort zijn geweest, anders had ze er niet zo uitgezien en de laatste tijd niet zo veel overwinningen behaald. Opnieuw vraag ik me af of er onlangs iets met haar is gebeurd. Iets wat haar erg van streek heeft gemaakt.'

'Depressief. Labiel. Alcoholmisbruik,' zegt Benton. 'Allemaal dingen die iemand kwetsbaar maken voor wie daar misbruik van wil maken.'

'Volgens mij is dat wat er is gebeurd,' zegt commissaris Poma. 'Het was toeval. Ze was een gemakkelijke prooi. Ze liep in haar eentje over het Piazza di Spagna toen ze die met goudverf beschilderde mimespeler tegenkwam.'

De met goudverf beschilderde mimespeler deed wat mimespelers doen en Drew liet nog een muntstuk in zijn schaaltje vallen, waarna hij tot haar blijdschap zijn voorstelling vervolgde.

Ze had geweigerd met haar vriendinnen mee verder te gaan. Het laatste wat ze tegen hen had gezegd, was: 'Onder die goudverf zit een heel knappe Italiaan.' Het laatste wat haar vriendinnen tegen haar hadden gezegd was: 'Ga er niet van uit dat hij een Italiaan is.' Een verstandige opmerking, omdat mimespelers niet praten.

Ze had tegen haar vriendinnen gezegd dat ze alvast moesten doorlopen, misschien wat gaan winkelen in de Via di Condotti, en hun beloofd dat ze hen weer zou ontmoeten op het Piazza Navona, bij de Rivierenfontein, waar de meisjes heel lang tevergeefs op haar hadden gewacht. Ze hadden commissaris Poma verteld dat ze er gratis krokante wafels van eieren, meel en suiker hadden geproefd, giechelend om de Italiaanse jongens die met klapperpistolen op hen hadden geschoten en hun hadden gesmeekt de wafels te kopen. In plaats daarvan hadden ze neptatoeages laten zetten en straatmuzikanten aangemoedigd Amerikaanse liedjes te spelen op hun rieten fluit. Ze hadden bekend dat ze bij de lunch iets te veel hadden gedronken en zich een beetje uitgelaten hadden gedragen.

Ze hadden gezegd dat Drew 'een beetje teut' was geweest en dat ze knap was om te zien, hoewel ze dat zelf niet vond. Ze dacht dat mensen naar haar keken omdat ze haar herkenden, terwijl dat vaak kwam omdat ze zo'n mooi meisje was. 'Mensen die nooit naar tennis kijken, weten meestal niet wie ze is,' had een van de vriendinnen tegen commissaris Poma gezegd. 'Het drong niet tot haar door dat ze echt een schoonheid was.'

Commissaris Poma voert gedurende het hoofdgerecht het woord en Benton neemt nauwelijks een hap en drinkt eigenlijk alleen maar, en Scarpetta weet wat hij denkt: dat ze zich aan de verleidingspogingen van de commissaris moet onttrekken, dat ze op de een of andere manier uit zijn buurt moet komen, wat zou betekenen dat ze van tafel zou moeten opstaan of zelfs het restaurant zou moeten verlaten. Benton vindt de commissaris een blaaskaak, omdat het onlogisch is dat een medico legale getuigen verhoort alsof hij de hoofdrechercheur in deze zaak is en omdat de commissaris nooit de naam van een medewerker noemt. Maar Benton vergeet dat commissaris Poma de Sherlock Holmes van Rome is, of liever, Benton kan die gedachte niet verdragen omdat hij hevig jaloers is.

Scarpetta maakt aantekeningen terwijl de commissaris gedetailleerd verslag doet van zijn lange gesprek met de met goudverf beschilderde mimespeler, die een schijnbaar onwrikbaar alibi heeft: hij heeft tot laat in de middag op diezelfde plek onder aan de Spaanse Trappen staan spelen, tot lang nadat Drews vriendinnen terug waren gekomen om haar te zoeken. Hij heeft gezegd dat hij zich het meisje vaag herinnert, maar dat hij geen idee heeft wie ze is, dat hij dacht dat ze dronken was en dat ze uiteindelijk is weggeslenterd. Hij heeft nauwelijks op haar gelet, heeft hij gezegd. Hij is mimespeler, heeft hij gezegd. En in die vermomming gedraagt hij zich als mimespeler, heeft hij gezegd. 's Avonds, wanneer hij geen mimespeler is, werkt hij als portier in Hotel Hassler, waar Benton en Scarpetta logeren. Het hotel staat boven aan de Spaanse Trappen en is een van de beste in Rome. Benton heeft erop gestaan dat ze daar in het penthouse zouden logeren, hij moet nog uitleggen waarom.

Scarpetta heeft haar vis nog nauwelijks aangeraakt. Ze blijft naar de foto's kijken alsof ze die voor het eerst ziet. Ze mengt zich niet in de discussie tussen Benton en commissaris Poma over waarom sommige moordenaars hun slachtoffers op een groteske manier tentoonstellen. Ze geeft geen commentaar wanneer Benton uitlegt dat seksuele aasgieren opgewonden raken als ze de krantenkoppen lezen en vooral als ze zich in de buurt van het misdrijf schuilhouden in de nieuwsgierige menigte om het drama van de ontdekking en de daaropvolgende paniek mee te maken. Ze bestudeert Drews op haar zij liggende naakte lichaam, met op elkaar liggende benen, gebogen knieën en ellebogen, en de handen onder haar kin.

Bijna alsof ze ligt te slapen.

Haar ogen zitten stijf dicht, stijf dichtgeplakt. Ogen van doden zitten zelden stijf dicht, tenzij ze in een open kist liggen en de begrafenisondernemer de oogleden, vaak met vaseline of anders met lijm, heeft dichtgeplakt.

'Ik ben er niet van overtuigd dat hij haar heeft willen vernederen,' zegt ze.

Benton en commissaris Poma zwijgen abrupt.

'Als je hiernaar kijkt' – ze schuift een van de foto's naar Benton toe – 'zonder meteen aan te nemen dat het een vernederende houding is, kun je je afvragen of het iets heel anders betekent. Ook niet iets wat met religie te maken heeft. Geen gebed tot de heilige Agnes. De manier waarop ze ligt…' Scarpetta spreekt haar gedachten hardop uit. 'Het heeft bijna iets teders.'

'Iets teders? Dat meen je niet,' zegt commissaris Poma.

'Alsof ze slaapt,' vervolgt Scarpetta. 'De manier waarop ze daar ligt doet me niet denken aan seksuele vernedering, zoals bij een slachtoffer dat met gespreide armen en benen op haar rug ligt en zo. Hoe langer ik hiernaar kijk, des te meer ik geloof dat ik gelijk heb.'

'Misschien wel,' zegt Benton en hij pakt de foto op.

'Maar ze is naakt, dat kan iedereen zien,' werpt commissaris Poma tegen.

'Kijk dan nog eens goed naar haar houding. Ik kan me natuurlijk vergissen, maar ik probeer me open te stellen voor andere interpretaties, mijn vooroordelen opzij te zetten en ook mijn boze veronderstelling dat de moordenaar is vervuld van haat. Het is zomaar een gevoel, een hint van een andere mogelijkheid, namelijk dat hij wel wilde dat ze werd gevonden, maar dat hij niet de bedoeling had haar seksueel te vernederen.'

'Dus je ziet geen minachting of woede?' vraagt commissaris Poma verbaasd en zo te zien oprecht ongelovig.

'Ik denk dat zijn daad hem een gevoel van macht gaf. Hij voelde de noodzaak zijn macht te laten gelden. Hij heeft behoefte aan nog veel meer, maar daar kunnen we nu nog niet achter komen,' zegt ze. 'En ik wil niet beweren dat seks geen rol heeft gespeeld. Ook niet dat er geen sprake was van woede. Ik geloof alleen niet dat dat zijn voornaamste drijfveren waren.'

'Charleston boft dat jij daar woont,' zegt hij.

'Ik denk niet dat Charleston daarbij stilstaat,' antwoordt ze. 'De plaatselijke lijkschouwer in elk geval niet.'

De dronken Amerikanen maken steeds meer lawaai. Benton lijkt zich door hun luidruchtige gesprek te laten afleiden.

'Een deskundige zoals jij ter plaatse. Als ik de lijkschouwer was, zou ik dat een groot voordeel vinden. Maakt hij dan helemaal geen gebruik van je talenten?' vraagt commissaris Poma, terwijl hij haar weer aanraakt om een foto te pakken die hij al uitgebreid heeft bekeken.

'Hij overlegt zijn zaken met de medische universiteit van South Carolina, hij heeft zich nooit eerder tot de privépraktijk van een patholoog-anatoom kunnen wenden. In Charleston noch ergens anders. Ik heb een contract met enkele lijkschouwers in afgelegen districten, waar ze geen forensisch arts of laboratorium tot hun beschikking hebben,' legt ze uit, afgeleid door Benton.

Benton gebaart dat ze moet luisteren naar wat de dronken Amerikanen zeggen.

'Ik vind alleen maar dat er iets niet klopt als ze bepaalde dingen niet bekend wil maken,' zegt een van hen op gewichtige toon.

'Waarom zou ze het wél bekend willen maken? Ik begrijp het

best. Kijk maar naar Oprah of Anna Nicole Smith. Als bekend wordt dat zij ergens zijn, gaan mensen er in drommen naartoe.'

'Afschuwelijk. Stel je voor dat je in het ziekenhuis ligt...'

'Of in het geval van Anna Nicole Smith in het mortuarium. Of onder de grond, verdomme...'

'... en massa's mensen op straat je naam schreeuwen.'

'Als je daar niet tegen kunt, moet je er niet aan beginnen, vind ik. Het is de prijs die je voor roem en rijkdom moet betalen.'

'Waar hebben ze het over?' vraagt Scarpetta aan Benton.

'Blijkbaar heeft onze vriendin dokter Self vandaag een noodgeval gehad en zal ze een poosje niet op televisie komen,' antwoordt hij.

Commissaris Poma draait zich om en kijkt naar de tafel met de luidruchtige Amerikanen. 'Kennen jullie haar?' vraagt hij.

Benton antwoordt: 'We hebben een paar keer een aanvaring met haar gehad, vooral Kay.'

'Ach ja, daar heb ik iets over gelezen toen ik jullie achtergrond onderzocht. Een sensationele en heel wrede moordzaak in Florida, waarbij jullie alle drie betrokken waren.'

'Ik ben blij te horen dat je onze achtergrond hebt onderzocht,' zegt Benton. 'Je bent grondig te werk gegaan.'

'Alleen om wat meer van jullie te weten voordat jullie hiernaar-toe kwamen.' Commissaris Poma kijkt Scarpetta recht aan. 'Een heel mooie vrouw die ik ken en die regelmatig naar dokter Self kijkt,' vervolgt hij, 'heeft me verteld dat ze Drew vorig najaar in een van haar uitzendingen heeft gezien. Het had iets te maken met het feit dat ze dat belangrijke toernooi in New York had gewonnen. Ik moet bekennen dat ik niet veel aandacht aan tennis besteed.'

'De U.S. Open,' zegt Scarpetta.

'Ik wist niet dat Drew ooit in een van haar uitzendingen is geweest,' zegt Benton en hij kijkt alsof hij het niet gelooft.

'Toch is het zo, ik heb het gecontroleerd. Dit is heel interessant. Plotseling heeft dokter Self een noodgeval in haar familie. Ik heb geprobeerd haar te bereiken, maar ze heeft nog niet gereageerd. Misschien kun jij me helpen?' vraagt Poma aan Scarpetta.

'Ik denk het niet,' antwoordt ze. 'Dokter Self heeft een hekel aan me.'

Ze lopen terug door de donkere Via Due Macelli.

Scarpetta stelt zich voor hoe Drew Martin hier heeft gelopen en vraagt zich af wie ze is tegengekomen. Hoe ziet hij eruit? Hoe oud is hij? Wat heeft hij gedaan om haar vertrouwen te winnen? Hadden ze elkaar al eerder ontmoet? Het was overdag, er waren meer dan genoeg mensen op straat, maar tot nu toe hebben zich nog geen getuigen gemeld met betrouwbare informatie. Niemand schijnt nadat Drew naar de mimespeler heeft gekeken een meisje te hebben gezien dat overeenkomt met haar beschrijving. Hoe kan dat? Hoe is het mogelijk dat niemand in Rome haar, een van de beroemdste atleten ter wereld, die dag heeft herkend?

'Is het toch toeval geweest? Zoiets als een blikseminslag? Die vraag kunnen we nog steeds niet beantwoorden,' zegt Scarpetta, terwijl ze samen met Benton door de zoele avond loopt en hun schaduwen over de oude stenen glijden. 'Ze is alleen, ze heeft te veel gedronken, misschien is ze verdwaald en in een stil straatje terechtgekomen en daar ziet hij haar lopen. En dan? Hij biedt aan haar de weg te wijzen en dan neemt hij haar mee naar een plek waar hij haar volkomen in zijn macht heeft? Naar zijn huis misschien? Of naar zijn auto? Als dat waar is, moet hij in ieder geval een klein beetje Engels kunnen spreken. Hoe bestaat het dat niemand haar heeft gezien? Niemand!'

Benton zegt niets. Hun schoenen ketsen tegen de trottoirstenen, mensen komen druk pratend uit restaurants en bars, lawaaiige scooters en auto's rijden rakelings langs hen heen.

'Drew sprak nauwelijks Italiaans,' gaat Scarpetta verder.

De lucht staat vol sterren en het maanlicht valt zacht op Casina Rossa, het gepleisterde huis waar Keats op vijfentwintigjarige leeftijd is overleden aan tuberculose.

'Of hij is haar gevolgd,' vervolgt ze. 'Of misschien kende hij haar. We weten het niet en zullen het ook nooit weten, tenzij hij het opnieuw doet en wordt betrapt. Praat je nog met me, Benton? Of zal ik mijn van de hak op de tak springende, overbodige monoloog voortzetten?'

'Ik heb verdomme geen idee wat zich tussen jullie tweeën afspeelt, tenzij dit jouw manier is om me te straffen,' zegt hij.

'Jullie tweeën?'

'Die vervloekte commissaris! Wie denk je verdomme dat ik anders bedoel?'

'Het antwoord op het eerste is dat zich helemaal niets afspeelt. Het is belachelijk van je als je dat denkt, maar daar zullen we het later over hebben. Eerst wil ik weten wat je bedoelt met straffen. Want ik heb jou of wie dan ook nooit gestraft.'

Ze lopen de Spaanse Trappen op, wat door hun gekwetste gevoelens en te veel wijn extra veel inspanning kost. De ineengestrengelde paartjes en groepjes lachende, luidruchtige jongelui letten niet op hen. In de verte, schijnbaar eindeloos hoog, torent het enorme, verlichte Hotel Hassler als een paleis boven de stad uit.

'Iets wat totaal niet in mijn aard ligt,' vervolgt ze, 'is mensen straffen. Ik zal mezelf en anderen beschermen, maar ik zal nooit iemand straffen. Vooral geen mensen van wie ik houd. En jij' – buiten adem – 'bent wel de laatste die ik zou straffen.'

'Als je met anderen wilt omgaan, als je belangstelling krijgt voor andere mannen, kan ik je dat niet kwalijk nemen. Maar dan moet je het me vertellen. Dat is het enige wat ik van je verlang. Gedraag je niet zoals je vandaag de hele dag hebt gedaan. En vanavond. Speel verdomme geen middelbareschoolspelletjes met me.'

'Zoals ik vandaag heb gedaan? Middelbareschoolspelletjes?'

'Hij kon zijn ogen en zijn handen niet van je afhouden.'

'En ik probeerde zo ver mogelijk bij hem vandaan te blijven.'

'Hij heeft de hele dag met je geflirt. Toenadering gezocht. Je met zijn ogen verslonden, waar ik bij was.'

'Benton…'

'En ik weet dat het een knappe vent is en dat het mogelijk is dat je je tot hem aangetrokken voelt. Maar ik duld het niet. Niet waar ik bij ben, verdomme.'

'Benton…'

'Net als met hoe heet-ie ook alweer. Destijds in het zuiden. Wie weet wat zich daar heeft afgespeeld?'

'Benton!'

Stilte.

'Je bent niet goed wijs. Sinds wanneer heb je je in vredesnaam ooit hoeven afvragen of ik je bedrieg? Met opzet?'

Geen andere geluiden dan hun voetstappen op de stenen en hun hijgende ademhaling.

'Met opzet,' herhaalt ze. 'Want de enige keer dat ik een ander had, was toen ik dacht dat je…'

'... dood was,' zegt hij. 'Juist, ja. Je krijgt te horen dat ik dood ben en even later lig je in bed met iemand die je zoon had kunnen zijn.'

'Hou op.' Ze wordt boos. 'Waag het niet.'

Hij houdt zijn mond. Hoewel hij in zijn eentje een hele fles wijn heeft leeggedronken, is hij verstandig genoeg niet over zijn zogenaamde dood te beginnen, toen hij gedwongen werd een andere identiteit aan te nemen om als getuige te kunnen optreden. Wat hij haar toen heeft aangedaan... Hij weet dat hij haar niet mag aanvallen alsof zij degene is die zo emotioneel wreed is geweest.

'Het spijt me,' zegt hij.

'Wat is er nu eigenlijk echt aan de hand?' vraagt ze. 'God, wat een trap.'

'Ik denk dat we er niets meer aan kunnen doen. Het is net zoiets als livor en rigor, zoals je hebt uitgelegd. Het is onveranderlijk. Het staat vast. Dat moeten we inzien.'

'Ik weiger me met "het" bezig te houden. Wat mij betreft, bestaat dat niet. Livor en rigor heeft te maken met mensen die dood zijn. Wij zijn niet dood. Je bent nooit dood geweest.'

Ze zijn allebei buiten adem. Haar hart bonst.

'Het spijt me. Echt waar,' zegt hij en hij bedoelt alles wat er in het verleden is gebeurd. Zijn voorgewende dood en haar verpeste leven.

'Hij heeft te veel aandacht aan me besteed,' zegt ze. 'Hij is te vrijpostig. Wat zou dat?'

Benton is eraan gewend dat andere mannen aandacht aan haar besteden en dat heeft hem tot nu toe nauwelijks gestoord. Hij heeft het zelfs wel amusant gevonden, omdat hij wist wie ze was, wie hij was, hoeveel macht hijzelf had en dat zij met hetzelfde moest kunnen leven: vrouwen die naar hem staren, hem aanraken en schaamteloos met hem flirten.

'Je bent in Charleston een nieuw leven begonnen,' zegt hij. 'Ik geloof niet dat je dat zou kunnen opgeven. Ik kan bijna niet geloven dat het je is gelukt.'

'Je kunt bijna niet geloven...' Komt er dan nooit een einde aan die trap?

'Ik woon in Boston en kan niet naar het zuiden verhuizen. Hoe zouden we dat moeten oplossen?'

'Dat kunnen we niet als je zo jaloers bent. Als je vloekt, terwijl je dat nooit hebt gedaan. O god, ik haat trappen!' Ze snakt naar adem. 'Je hebt geen enkele reden om je zo bedreigd te voelen. Het is niets voor jou om wie dan ook als een bedreiging te zien. Wat mankeert je opeens?'

'Ik verwachtte te veel.'

'Wat verwachtte je dan, Benton?'

'Dat doet er niet toe.'

'Het doet er wel toe.'

Ze beklimmen de rest van de trap zonder nog iets te zeggen, want hun relatie is te belangrijk om te bespreken terwijl ze in ademnood verkeren. Ze weet dat Benton kwaad is omdat hij bang is. Hij voelt zich machteloos in Rome. Hij voelt zich machteloos in hun relatie omdat hij in Massachusetts woont, waar hij met haar instemming naartoe is verhuisd omdat de kans om forensisch psycholoog te worden aan het aan Harvard verbonden McLean Hospital te mooi was om voorbij te laten gaan.

'Hoe hebben we dit zo kunnen doen?' zegt ze boven aan de trap, en ze pakt zijn hand. 'Even idealistisch als altijd, denk ik. En je zou met die hand van je best wat meer kracht kunnen zetten, als je het fijn vindt om de mijne vast te houden. We wonen al zeventien jaar niet meer in dezelfde stad, laat staan in hetzelfde huis.'

'En je gelooft niet dat we daar iets aan kunnen veranderen.' Hij vlecht zijn vingers door de hare en haalt diep adem.

'Hoe dan?'

'Ik denk dat ik stiekem heb gehoopt dat jij naar Boston zou verhuizen. De stad van Harvard, het MIT en Tufts. Ik dacht dat je daar wel les zou willen geven. Misschien aan de medische faculteit, of misschien zou je parttime consultant willen zijn in het McLean. En dan heb je ook nog het bureau van forensische geneeskunde, daar zou je uiteindelijk de baas van kunnen worden.'

'Zo'n leven zou ik nooit meer willen leiden,' zegt Scarpetta. Ze lopen de lobby van het hotel binnen, die ze beschrijft als belle époque omdat het hotel in een tijd van schoonheid is gebouwd. Maar nu besteden ze geen aandacht aan het marmer, het antieke glas uit Murano, de zijde en de beelden, aan wat of wie dan ook. Zelfs niet aan Romeo – zo heet hij echt – die overdag een met goudverf beschilderde mimespeler is, de meeste avonden portier en sinds kort een aantrekkelijke, norse jonge Italiaan die geen zin heeft nog meer vragen over de moord op Drew Martin te beantwoorden.

Romeo is beleefd, maar hij ontwijkt hun blik en is net zo zwijgzaam als een mimespeler.

'Ik wil dat je doet wat het beste voor je is,' zegt Benton. 'Daarom heb ik je geen strobreed in de weg gelegd toen je besloot in Charleston je eigen praktijk te beginnen. Maar ik vond het niet leuk.'

'Dat heb je me nooit verteld.'

'Ik had het je nu ook niet moeten vertellen. Je hebt de juiste beslissing genomen, dat weet ik heus wel. Je hebt jarenlang het gevoel gehad dat je nergens thuishoorde. Sinds je uit Richmond bent vertrokken nadat je, en dat was heel erg en het spijt me dat ik je eraan herinner, was ontslagen, heb je je lange tijd ontheemd en in bepaalde opzichten ongelukkig gevoeld. Die verdomde zeikerd van een gouverneur... In deze fase van je leven doe je precies wat je hoort te doen.' Ze stappen in de lift. 'Maar ik weet niet of ík er nog wel tegen kan.'

Ze doet haar best een onbeschrijflijke angst te onderdrukken. 'Wat wil je eigenlijk zeggen, Benton? Dat we ermee uit moeten scheiden? Bedoel je dat?'

'Misschien zeg ik het tegenovergestelde.'

'Misschien weet ik niet wat dat is, en ik heb niet geflirt.' Ze stappen uit op hun verdieping. 'Ik flirt nooit. Behalve met jou.'

'Ik weet niet wat je doet als ik er niet bij ben.'

'Je weet wel wat ik níét doe.'

Hij opent de deur van hun penthousesuite, een prachtige ruimte vol antiek en wit marmer en met een stenen terras dat groot genoeg is om een heel dorp te ontvangen. Het silhouet van de oude stad staat afgetekend tegen de nacht.

'Benton,' zegt ze, 'laten we alsjeblieft geen ruzie maken. Jij vliegt morgenochtend terug naar Boston, ik ga terug naar Charleston. Laten we elkaar niet wegduwen om het op de een of andere manier gemakkelijker te maken dat we ver bij elkaar vandaan zijn.'

Hij trekt zijn jas uit.

'Begrijp ik het goed dat je nu boos bent omdat ik eindelijk een plek heb gevonden om te blijven wonen, en dat ik een nieuw leven ben begonnen in een stad waar ik me thuis voel?' vraagt ze.

Hij gooit zijn jas op een stoel.

'Eerlijk gezegd, ben ík degene die helemaal opnieuw moest beginnen, die van niets iets moest opbouwen. Ik moet zelf de telefoon beantwoorden en dat verdomde mortuarium schoonmaken. Ik kan geen beroep doen op Harvard. Ik heb geen appartement in Beacon Hill dat een paar miljoen heeft gekost. Ik heb alleen Rose, Marino en soms Lucy. Verder niemand, en daarom moet ik de helft van de tijd zelf de telefoon aannemen. De plaatselijke media. Notarissen. De een of andere club die me vraagt een praatje te houden tijdens de lunch. De ongedierteverdelger. Onlangs was het de verdomde Kamer van Koophandel met de vraag hoeveel telefoongidsen ik wil bestellen, verdorie. Alsof ik net als stomerijen en zo in hun telefoongids wil staan.'

'Maar Rose heeft je telefoontjes toch altijd afgehandeld?' zegt Benton.

'Ze wordt oud, ze kan niet alles meer.'

'Waarom kan Marino het dan niet doen?'

'Waarom? Waarom? Omdat alles anders is geworden. Toen jij iedereen liet geloven dat je dood was, waren we zo ontdaan dat we allemaal een andere kant op zijn gegaan. Ziezo, ik heb het gezegd. Iedereen is erdoor veranderd, jij ook.'

'Ik had geen keus.'

'Dat is het gekke met keuzes. Als iemand geen keus heeft, hebben anderen dat ook niet.'

'Dus daarom ben je in Charleston gaan wonen. Je wilde niet voor míj kiezen, want ik zou opnieuw dood kunnen gaan.'

'Ik heb het gevoel dat ik helemaal alleen in een verdomde explosie sta, dat alles om me heen de lucht in vliegt. En ik sta daar. Je hebt mijn leven verpest. Je hebt verdomme mijn hele leven verpest, Benton.'

'Wie vloekt er nu?'

Ze veegt haar ogen af. 'En nu maak je me nog aan het huilen ook.'

Hij loopt naar haar toe en raakt haar aan. Ze gaan op de bank zitten en staren naar de twee klokkentorens van de Trinità dei Monti, de Villa Medici aan de voet van de Pincioheuvel, met in de verte Vaticaanstad. Ze draait haar gezicht naar hem toe en wordt opnieuw getroffen door de pure lijnen van zijn gezicht, zijn zilvergrijze haar en zijn lange, slanke elegantie, die zo tegenstrijdig lijkt met wat hij doet.

'Hoe gaat het nu?' vraagt ze. 'Hoe voel je je nu vergeleken met toen? In het begin?'

'Anders.'

'Anders klinkt onheilspellend.'

'Anders omdat we zo lang zo veel te verduren hebben gehad. Ik kan me nauwelijks meer herinneren dat ik je ooit niet heb gekend. Ik kan me nauwelijks meer herinneren dat ik voordat ik jou ontmoette, getrouwd was. Die man was iemand anders, iemand die voor de FBI werkte en zich aan de regels hield. Iemand die nergens van in vuur en vlam raakte en niet echt leefde, tot hij op een morgen jouw vergaderzaal inliep, bij de belangrijke zogenaamde profiler die te hulp was geroepen bij het oplossen van een paar moordzaken in je stadje. Daar stond je in je witte jas, je legde een enorme stapel mappen neer en gaf me een hand. Ik vond je de bijzonderste vrouw die ik ooit had ontmoet, ik kon mijn ogen niet van je afhouden. Dat kan ik nog steeds niet.'

'Anders,' helpt ze hem herinneren.

'Wat er tussen twee mensen gebeurt, is elke dag anders.'

'Dat is niet erg zolang ze daar hetzelfde gevoel bij hebben.'

'Heb jij dat nog?' vraagt hij. 'Voel jij nog hetzelfde voor mij? Want als...'

'Als wat?'

'Wil je?'

'Wil ik wat? Er iets mee doen?'

'Ja. Voorgoed.' Hij staat op, loopt naar zijn jasje, haalt iets uit een zak en komt terug naar de bank.

'Voor goed, niet voor slecht,' zegt ze, afgeleid door wat hij in zijn hand heeft.

'Ik probeer niet leuk te zijn, ik meen het.'

'Zodat je me niet kwijtraakt aan een stomme verleider?' Ze trekt hem naar zich toe en slaat haar armen stevig om hem heen. Ze strijkt met haar vingers door zijn haar.

'Misschien,' antwoordt hij. 'Hier, pak aan.'

Hij opent zijn hand en daarin ligt een opgevouwen stukje papier.

'We gaven op school papiertjes door,' zegt ze, bang om het open te vouwen.

'Toe dan! Niet bang zijn.'

Ze vouwt het papiertje open. Er staat: *wil je?* en er ligt een ring.

Een antieke, smalle platina ring, bezet met diamanten.

'Van mijn overgrootmoeder,' zegt hij. Hij schuift de ring aan haar vinger en hij past.

Ze kussen elkaar.

'Als je dit doet omdat je jaloers bent, dan is dat een afschuwelijke reden,' zegt ze.

'Denk je dat ik die ring toevallig bij me heb nadat hij vijftig jaar lang in een kluis heeft gelegen? Ik vraag je oprecht ten huwelijk,' zegt hij. 'Zeg alsjeblieft ja.'

'Maar hoe doen we dat dan? Na je hele verhaal over aparte levens?'

'Hou in godsnaam even op met rationeel denken!'

'Hij is prachtig,' zegt ze en ze kijkt naar de ring. 'Ik hoop dat je het meent, want je krijgt hem niet terug.'

3

Negen dagen later, zondag. Op zee klinkt het melancholieke geluid van een scheepshoorn.

Kerktorens prikken in de bewolkte ochtendlucht boven Charleston en een enkele klok begint te luiden. Even later vallen andere klokken in en luiden ze samen in de geheimtaal die overal ter wereld hetzelfde klinkt. Het klokgelui brengt de dageraad mee en Scarpetta wordt wakker in haar suite, zoals ze de woonruimte op de eerste verdieping van haar koetshuis uit het begin van de negentiende eeuw spottend noemt. Vergeleken met de luxueuze huizen waarin ze in het verleden heeft gewoond, vormt dit onderkomen een vreemde tegenstelling.

Haar slaapkamer is ook haar werkkamer en er staan zo veel meubels dat ze zich nauwelijks kan bewegen zonder zich te stoten tegen de antieke ladekast, een van de boekenkasten of de lange tafel met een zwart kleed eroverheen, waarop haar microscoop staat. Ernaast liggen dia's, latex handschoenen, stofmaskers, een camera met toebehoren en allerlei andere voor moordzaken benodigde, ongewone spullen. De ruimte heeft geen ingebouwde kasten, dus staan er losse kleerkasten, vanbinnen betimmerd met cederhout. Uit een ervan kiest ze een donkergrijs mantelpak, een grijs met wit gestreepte blouse en zwarte pumps met een hakje.

Gekleed voor wat een moeilijke dag zal worden, gaat ze aan haar bureau zitten en kijkt naar de tuin, die door de wisselende schaduwen en het toenemende morgenlicht steeds een ander aanzicht krijgt. Ze bekijkt haar e-mail om te zien of haar detective, Pete Marino, haar iets heeft gestuurd wat haar plannen voor die dag in de war kan sturen. Geen berichten. Voor alle zekerheid belt ze hem op.

'Halloo...' Hij klinkt slaperig. Op de achtergrond zegt een onbekende vrouwenstem klagend: 'Jemig, wat nu weer?'

'Je komt toch wel vandaag?' wil Scarpetta weten. 'Ik kreeg gisteravond laat te horen dat er een lijk onderweg is uit Beaufort en ik ga ervan uit dat jij er zal zijn om het in ontvangst te nemen. En we hebben vanmiddag die afspraak. Ik had een boodschap voor je achtergelaten, maar je hebt niet teruggebeld.'

'Mmm.'

De vrouw op de achtergrond zegt op dezelfde klagende toon: 'Wat wil ze nu weer?'

'Ik verwacht je daar binnen een uur,' zegt Scarpetta resoluut. 'Je moet meteen gaan, anders is er niemand om hem binnen te laten. Uitvaartbedrijf Meddick. Ik ken ze niet.'

'Mmm.'

'Ik kom om een uur of elf om mijn werk met dat jongetje af te maken.'

Alsof de zaak Drew Martin niet erg genoeg is. Op de dag nadat ze terugkwam uit Rome diende zich nog een afschuwelijke zaak aan: de moord op een jongetje van wie ze niet eens weet hoe hij heet. Hij is in haar hoofd gekropen omdat hij nergens anders naartoe kan en op de meest onverwachte momenten ziet ze zijn broze gezichtje, magere lichaam en bruine krulhaar voor zich. En vervolgens de rest. Hoe hij eruitzag toen ze met hem klaar was. Na al die jaren en duizenden zaken is er nog steeds een deel van haar dat gruwt van de noodzaak van wat zij de doden moet aandoen na wat een ander hen heeft aangedaan.

'Oké.' Meer heeft Marino blijkbaar niet te zeggen.

'Nukkig, onbeleefd...' mompelt ze terwijl ze naar beneden gaat.

'Ik word hier zo moe van, verdomme.' Ze blaast haar ergernis uit.

In de keuken tikken haar hakken op de vloer van terracotta tegels. Toen ze in het koetshuis trok, heeft het haar dagen gekost om die op haar knieën in een visgraatpatroon te leggen. Ze heeft de muren wit geschilderd om het licht van de tuin op te vangen en ze heeft de originele plafondbalken van cipressenhout laten restaureren. De keuken, het belangrijkste vertrek van het huis, is ordelijk ingericht met roestvrijstalen apparaten, koperen potten en pannen – altijd glanzend gepoetst – houten snijplanken en met de hand gemaakte Duitse messen van een vooraanstaande chef-kok. Haar nichtje Lucy kan elk moment komen. Daar is Scarpetta erg blij om, maar ze is ook nieuwsgierig. Het gebeurt niet vaak dat Lucy opbelt om zichzelf uit te nodigen voor het ontbijt.

Scarpetta zet klaar wat ze nodig heeft om een eiwitomelet te maken met een vulling van ricotta en in ongefilterde olijfolie met sherry gesauteerde witte champignons. Geen brood, zelfs niet het platte brood dat ze grilt op de terracotta steen, een *testo*, die ze in haar handbagage heeft meegenomen uit Bologna, in de tijd dat de luchthavenbewaking keukengerei nog niet als wapens beschouwde. Lucy is op een streng dieet, in training, zoals ze het zelf noemt. Waarvoor, vraagt Scarpetta altijd. Voor het leven, antwoordt Lucy altijd. Terwijl ze met een garde eiwitten klopt en nadenkt over wat ze vandaag moet doen, schrikt ze op van een onheilspellende klap tegen een van de bovenramen.

'Ach, nee toch!' roept ze ontsteld. Ze legt de garde neer en rent naar de deur.

Ze zet het alarm af en loopt haastig door naar het terras, waar een geelvink hulpeloos op de oude bakstenen ligt. Voorzichtig pakt ze hem op en zijn kopje rolt naar opzij, met halfgesloten ogen. Ze begint sussend tegen hem te praten en streelt zijn zachte veertjes terwijl hij zijn best doet om weg te vliegen, met nog steeds een slap kopje. Misschien gaat hij niet dood. Een domme, te optimistische gedachte van iemand die beter hoort te weten. Ze neemt het vogeltje mee naar binnen. In de onderste la van haar bureau in de keuken, die altijd op slot zit, staat een eveneens afgesloten metalen kistje met daarin een flesje chloroform.

Ze zit op de bakstenen treden van het terras en staat niet op wanneer ze het specifieke gebrul van Lucy's Ferrari dichterbij hoort komen.

De auto rijdt de hoek om van King Street en stopt op de gedeelde oprit voor het huis, en dan komt Lucy het terras op met een envelop in haar hand.

'Het ontbijt staat niet klaar en je hebt niet eens koffie gezet,' zegt ze. 'Je zit buiten en je ogen zijn rood.'

'Een allergie,' zegt Scarpetta.

'De vorige keer dat je zei dat je allergisch was, wat trouwens niet waar is, was toen er een vogel tegen het raam was gevlogen. En toen lag er ook een vuil schepje op tafel.' Lucy wijst naar de oude marmeren tuintafel, waarop een tuinschepje ligt. Vlakbij, onder een pittosporum, ligt een stukje vers omgespitte aarde bedekt met potscherven.

'Een vink,' zegt Scarpetta.

Lucy gaat naast haar zitten en zegt: 'Dus Benton komt dit weekend niet. Als hij wel komt, ligt er altijd een lange boodschappenlijst op het aanrecht.'

'Hij kan niet weg uit het ziekenhuis.' Op de ondiepe vijver midden in de tuin drijven blaadjes van Chinese jasmijn en camelia, als confetti.

Lucy raapt een loquatblad op dat door een recente regenbui is afgebroken en draait het aan het steeltje rond. 'Ik hoop dat dat de enige reden is. Je bent met groot nieuws uit Rome teruggekomen en wat is er nu eigenlijk veranderd? Ik merk er niets van. Hij woont daar, jij hier. En jullie hebben geen plannen om dat te veranderen, of wel?'

'Ben je opeens relatiedeskundige?'

'Wel wat betreft relaties die slecht aflopen.'

'Ik had het je nooit moeten vertellen,' zegt Scarpetta.

'Het is mij ook overkomen, met Janet. We begonnen te praten over een vaste verbintenis, over trouwen, toen perverse mensen eindelijk meer rechten kregen dan een hond. En plotseling kon ze het feit dat ze lesbisch was niet meer aan. Het was voorbij voordat het goed en wel was begonnen. En niet op een prettige manier.'

'Niet prettig? Zeg liever onvergeeflijk.'

'Ik ben degene die niet zou moeten vergeven, niet jij. Jij was er niet bij. Jij hebt geen idee wat zoiets met je doet. Ik wil er niet over praten.'

Een beeldje van een engel waakt over de vijver. Scarpetta is er nog niet achter wat het beschermt. Geen vogels. Misschien niets. Ze staat op en klopt het vuil van de achterkant van haar rok.

'Was dit het waarover je het wilde hebben,' vraagt ze, 'of kwam het toevallig bij je op toen je me hier als een hoopje ellende zag zitten omdat ik weer een vogel moest laten inslapen?'

'Nee, dit was niet de reden dat ik je gisteravond heb gebeld,' zegt Lucy en ze speelt nog steeds met het blad.

Haar haar heeft de kleur van kersenhout met een rozig gouden glans. Het is net gewassen en ze heeft het achter haar oren gekamd. Ze draagt een zwart T-shirt, dat haar dankzij een streng fitnessregime en goede genen mooi gevormde lichaam flatteert. Ze is op weg ergens naartoe, vermoedt Scarpetta, maar ze wil niets vragen. Ze gaat weer zitten.

'Dokter Self.' Lucy staart naar de tuin zoals mensen naar iets staren als ze nergens anders naar kijken dan naar hun probleem.

Scarpetta had iets heel anders verwacht. 'Wat bedoel je?'

'Ik had tegen je gezegd dat je haar in de gaten moest houden, dat je je vijanden altijd in de gaten moet houden,' zegt Lucy. 'Maar je hebt niet naar me geluisterd. Je trekt je er niets van aan dat ze je vanwege die rechtszaak afkraakt wanneer ze de kans krijgt. Dat ze je een leugenaar en een bedrieger noemt. Google jezelf maar eens op internet. Ik volg haar, stuur die onzin door naar jou en je kijkt er nauwelijks naar.'

'Hoe kun jij nou weten of ik al dan niet naar iets kijk?'

'Ik ben je systeembeheerder. Je trouwe IT'er. Ik weet precies hoe lang je een bestand openhoudt. Je zou je kunnen verdedigen,' zegt Lucy.

'Waartegen?'

'Beschuldigingen dat je de jury hebt beïnvloed.'

'Dat doet iedereen tijdens een proces. De jury proberen te beïnvloeden.'

'En dat zeg jij? Of zit ik hier met een vreemde?'

'Als je bent gekneveld, wordt gemarteld en kunt horen dat je geliefden in een ander vertrek worden gepijnigd en vermoord, en als je jezelf dan van kant maakt om aan dat lot te ontsnappen, is dat geen zelfmoord, Lucy. Dan is dat moord.'

'Volgens de wet?'

'Dat kan me geen biet schelen.'

'Vroeger wel.'

'Vroeger ook niet. Je hebt geen flauw idee wat ik ervan vond wanneer ik in al die jaren dat ik dit werk al doe meestal de enige was die aan de kant van het slachtoffer stond. Dokter Self verborg zich ten onrechte achter haar schild van beroepsgeheim en hield informatie achter die gruwelijk lijden en de dood had kunnen voorkomen. Ze verdient erger dan wat ze heeft gekregen. Maar waarom moeten we het hierover hebben? Waarom wil je me van streek maken?'

Lucy kijkt haar aan. 'Hoe zeggen ze dat? Zoete wraak? Zij en Marino hebben weer contact.'

'O, god. Alsof de afgelopen week nog niet erg genoeg was. Is hij stapelgek geworden?'

'Dacht je, toen je na je terugkeer uit Rome je nieuwtje bekendmaakte, dat hij dat leuk zou vinden? Woon je soms op een andere planeet?'

'Dat lijkt er wel op.'

'Hoe kan het je ontgaan zijn? Opeens gaat hij elke avond de hort op, bedrinkt zich en versiert de een of andere del. Deze slaat alles. Wist je dat niet? Shandy Snook, van Snook's Flamin' Chips.'

'Flamin' wat? Wie?'

'Vette, te zoute chips met een saus van *jalapeños* en rode peper. Haar vader heeft er een fortuin mee verdiend. Ze is ongeveer een jaar geleden hier komen wonen. Afgelopen maandag heeft Marino haar in de Kick'N Horse ontmoet en het was liefde op het eerste gezicht.'

'Heeft hij je dat verteld?'

'Ik heb het van Jess.'

Scarpetta schudt haar hoofd. Ze heeft geen idee wie Jess is.

'De eigenares van de Kick'N Horse. Waar Marino's motorvrienden rondhangen, en ik weet dat je hem daar wel eens over hebt horen praten. Ze belde me omdat ze zich zorgen maakt om hem en die slet die hij aan de haak heeft geslagen. Om zijn onbeheerste gedrag. Ze zegt dat ze hem nog nooit in zo'n staat heeft meegemaakt.'

'Hoe komt dokter Self aan Marino's e-mailadres als hij haar niet als eerste heeft gemaild?' vraagt Scarpetta.

'Haar privé-e-mailadres is nog hetzelfde als toen hij in Florida een patiënt van haar was, het zijne niet. Dus denk ik dat we wel weten wie het eerst heeft gemaild. Ik kan nagaan of dat waar is. Niet dat ik het wachtwoord van zijn privécomputer heb, maar door dat soort ongemakjes laat ik me natuurlijk niet uit het veld slaan. Dan moet ik...'

'Ik weet wat je dan moet doen.'

'... bij zijn computer kunnen.'

'Dat weet ik en dat wil ik niet. Laten we dit niet erger maken dan het is.'

'In elk geval staan een paar van de e-mails die hij van haar heeft ontvangen al op zijn computer op kantoor, waar iedereen bij kan,' zegt Lucy.

'Dat begrijp ik niet.'

'Het spreekt voor zich. Om jou boos en jaloers te maken. Vergelding.'

'En jij hebt ze daar zien staan doordat...'

'... doordat er gisteravond iets raars gebeurde. Hij belde me en zei dat hij had gehoord dat het alarm was afgegaan, wat betekende dat de koelkast kapot was. Hij was niet in de buurt van het kantoor en kon ik even gaan kijken. Als ik de bewakingsdienst zou moeten bellen, stond het nummer op het lijstje aan de muur.'

'Het alarm?' zegt Scarpetta verbaasd. 'Niemand heeft me gewaarschuwd.'

'Omdat het niet waar was. Ik ben ernaartoe gegaan en alles was in orde. Met de koelkast was niets aan de hand. En je mag raden wat er op zijn bureau lag toen ik zijn kantoor binnenging om het nummer van de bewakingsdienst op te zoeken om die voor alle zekerheid te bellen.'

'Dat is belachelijk. Hij gedraagt zich als een kind.'

'Maar hij is geen kind, tante Kay. En je zult hem binnenkort moeten ontslaan.'

'Maar wat moet ik dan? Ik kan de praktijk nu al nauwelijks aan. Zelfs met hem erbij heb ik te weinig personeel en ik kan in de wijde omgeving niemand vinden die ik geschikt vind.'

'Dit is nog maar het begin. Hij zal steeds onbetrouwbaarder worden,' zegt Lucy. 'Hij is niet meer dezelfde als vroeger.'

'Dat geloof ik niet en ik kan hem niet ontslaan.'

'Je hebt gelijk, dat is onmogelijk,' zegt Lucy. 'Het zou een scheiding betekenen. Hij is je man. God weet dat je heel wat meer tijd met hem doorbrengt dan met Benton.'

'Hij is in geen enkel opzicht mijn man. Hou op met pesten, alsjeblieft.'

Lucy raapt de envelop op van het stoepje en geeft die aan Scarpetta. 'Zes stuks, allemaal van haar. Toevallig allemaal sinds maandag, de eerste dag na je terugkeer uit Rome. De dag waarop je ons je ring hebt laten zien en wij, slimme speurders die we zijn, meteen snapten dat je die niet in een doosje Cracker Jacks had gevonden.'

'Zijn er ook e-mails van Marino aan dokter Self bij?'

'Ik denk dat hij niet wilde dat je die ook zou lezen. Zet je kiezen alvast maar op elkaar.' Lucy wijst naar de envelop. 'Hoe gaat het met hem? Ze mist hem. Denkt aan hem. Jij bent een tiran, jij hebt je tijd gehad. Hij moet het wel vreselijk vinden voor je te werken en wat kan ze doen om hem te helpen?'

'Leert hij het dan nooit?' Het is vooral deprimerend.

'Je had het voor je moeten houden. Ik snap niet dat je niet besefte wat het voor hem zou betekenen.'

Scarpetta kijkt naar de paarse Mexicaanse petunia's die over de tuinmuur aan de noordkant klimmen. Ze kijkt naar de lavendelblauwe *Lantana*. Ze zien eruit alsof ze water nodig hebben.

'Wil je die verdomde dingen zelf niet lezen?' Lucy wijst opnieuw naar de envelop.

'Op dit moment gun ik hun die macht niet,' antwoordt Scarpetta. 'Ik heb belangrijker dingen te doen. Daarom heb ik dit verdomde mantelpak aan en ga ik verdomme op zondag naar kantoor terwijl ik zou kunnen tuinieren of zelfs een verdomd eind zou kunnen gaan lopen.'

'Ik heb onderzoek gedaan naar de achtergrond van die man met wie je vanmiddag een afspraak hebt. Hij is onlangs gemolesteerd. Er is geen verdachte. In verband hiermee was er een aanklacht tegen hem ingediend wegens onwettig bezit van marihuana, maar die aanklacht is ingetrokken. Afgezien daarvan heeft hij zelfs nooit een boete voor te hard rijden gekregen. Toch lijkt het me niet verstandig dat je met hem alleen bent.'

'Hoe zit het met dat mishandelde jongetje dat helemaal alleen in mijn mortuarium ligt? Over hem heb je nog niets gezegd, dus neem ik aan dat de speurtocht op je computer nog niets heeft opgeleverd.'

'Het lijkt wel alsof hij nooit heeft bestaan.'

'Maar hij heeft wel bestaan. En wat hem is aangedaan, is een van de ergste dingen die ik ooit heb gezien. Misschien moeten we eens iets proberen.'

'Hoe bedoel je?'

'Ik dacht aan statistische genetica.'

'Ik vind het nog steeds ongelooflijk dat niemand daar gebruik van maakt,' zegt Lucy. 'De technologie is beschikbaar. Hij bestaat al een poos. Het is zo dom allemaal. Familieleden hebben dezelfde allellen en net als elke databank is het een kwestie van waarschijnlijkheid.'

'Een vader, moeder, broer of zus zou hoger scoren. Dat zouden we zien en daar zouden we ons op kunnen concentreren. Ik vind dat we het moeten proberen.'

'Als we dat doen, wat gebeurt er dan als blijkt dat het jongetje door een familielid is vermoord? Als we in geval van misdaad gebruik maken van statistische genetica, wat doet de rechter daar dan mee?'

'Laten we eerst uitvinden wie hij is, dan maken we ons later wel zorgen om de rechter.'

Belmont, Massachusetts. Dokter Marilyn Self zit voor het raam van haar kamer met uitzicht. Glooiende grasvelden, bossen en boomgaarden doen denken aan een voorname tijd waarin rijke en beroemde mensen uit hun leven konden verdwijnen, kortstondig of voor zo lang als dat nodig was of in hopeloze gevallen zelfs voorgoed, en werden behandeld met het respect en de zorg die ze verdienden. In het McLean Hospital is het volkomen normaal dat je er beroemde acteurs, musici, atleten en politici ziet rondwandelen over het landelijke terrein, dat door een beroemde tuinarchitect is ontworpen. Door Frederick Law Olmstead, die ook faam heeft gemaakt met zijn ontwerp van Central Park in New York, de tuin van het Capitool en de Biltmore Estate, en de Wereldtentoonstelling in Chicago van 1893.

Het is niet volkomen normaal dat je er dokter Marilyn Self ziet rondwandelen. Maar ze is niet van plan om er nog lang te blijven, en als de waarheid eenmaal bekend is geworden, zal de reden duidelijk zijn. Veiligheid en afzondering en dan, zoals altijd, een bestemming. Het heeft zo moeten zijn, zegt ze zelf altijd. Ze was vergeten dat Benton Wesley hier werkt.

Schokkende geheime experimenten: Frankenstein.

Even denken. Ze werkt aan haar volgende televisieprogramma.

Toen ik me had afgezonderd om mijn leven veilig te stellen, was ik toevallig en ongewild ooggetuige, nee, nog erger, proefkonijn, bij clandestiene experimenten en mishandeling. In naam van de wetenschap. Zoals Kurtz zei in Heart of Darkness: *Gruwelijk! Gruwelijk! Ik werd onderworpen aan een moderne versie van wat er werd gedaan in krankzinnigengestichten in de donkerste dagen van de donkerste tijden, toen mensen die niet goed bij hun hoofd waren als minder dan menselijk werden beschouwd en werden behandeld als... Als?* De juiste vergelijking zal haar nog wel te binnen schieten.

Dokter Self glimlacht als ze zich voorstelt hoe verrukt Marino moet zijn geweest toen hij zag dat ze terug had geschreven. Hij denkt waarschijnlijk dat zij, de beroemdste psychiater ter wereld, blij was iets van hém te horen. Hij gelooft nog steeds dat ze iets om hem geeft! Ze heeft nooit iets om hem gegeven. Zelfs toen hij in die minder glorieuze tijd in Florida een patiënt van haar was, gaf ze niets om hem. Hij betekende nauwelijks meer voor haar dan therapeutisch vermaak en ja, dat moet ze toegeven, een vleugje opwinding, omdat zijn adoratie voor haar bijna net zo zielig was als zijn bespottelijke seksuele obsessie voor Scarpetta.

Arme, zielige Scarpetta. Het is wonderbaarlijk wat je met een paar zorgvuldig gekozen telefoontjes kunt bereiken.

De gedachten tollen door haar hoofd. Ze kan ze niet stopzetten, in haar kamer in het Paviljoen, waar de maaltijden speciaal voor haar worden klaargemaakt en een conciërge beschikbaar is voor als ze naar het theater zou willen, naar een wedstrijd van de Red Sox of naar een schoonheidsinstituut. De bevoorrechte patiënt in het Paviljoen krijgt min of meer wat hij of zij wil hebben en in het geval van dokter Self is dat haar eigen e-mailadres en een kamer die al bezet was door een andere patiënte, Karen, toen dokter Self negen dagen geleden werd opgenomen.

Vanzelfsprekend werd de onacceptabele toewijzing van de kamer de dag na de aankomst van dokter Self zonder bestuurlijke tussenkomst of vertraging gemakkelijk genoeg verholpen door voor zonsopgang bij Karen naar binnen te gaan en zacht op haar ogen te blazen.

'O!' riep Karen opgelucht uit toen ze zag dat het geen verkrachter was die over haar heen gebogen stond, maar dokter Self. 'Ik heb heel raar gedroomd.'

'Hier, ik heb een kop koffie voor je. Je sliep heel vast. Heb je gisteravond soms te lang naar die kristallen lamp gestaard?' Dokter Self keek naar de vage vorm van de victoriaanse kristallen luchter boven het bed.

'Hoezo?' riep Karen geschrokken en ze zette haar koffie op het antieke nachtkastje.

'Je moet altijd oppassen dat je niet naar kristal staart, want het kan een hypnotisch effect op je hebben en je in een soort trance brengen. Waar heb je van gedroomd?'

'Hij was heel echt, dokter Self! Ik voelde iemands adem in mijn gezicht en ik was bang.'

'Weet je soms ook wiens adem het was? Misschien van iemand in je familie? Of van een vriend of vriendin?'

'Toen ik klein was, wreef mijn vader wel eens met zijn snor langs mijn gezicht en dan kon ik zijn adem voelen. Hé, wat gek dat ik me dat nu herinner! Of misschien verbeeld ik het me. Soms weet ik niet meer wat echt is of niet.' Ze keek teleurgesteld.

'Onderdrukte herinneringen, kind,' zei dokter Self. 'Twijfel nooit aan je innerlijke zelf,' voegde ze er langzaam en nadrukkelijk aan toe. 'Dat zeg ik tegen al mijn volgelingen. Twijfel nooit aan wat, Karen?'

'Aan mijn innerlijke zelf.'

'Goed zo. Je innerlijke zelf,' zegt ze opnieuw, 'kent de waarheid. Je innerlijke zelf weet wat echt is.'

'Een waarheid over mijn vader? Iets wat echt is en wat ik me niet meer herinner?'

'Een ondraaglijke waarheid. Een afschuwelijke werkelijkheid die je destijds niet onder ogen kon zien. Ach kind, alles draait om seks, zo is het nu eenmaal. Ik kan je helpen.'

'Help me dan, alstublieft!'

Geduldig nam dokter Self haar mee terug in de tijd naar toen ze zeven was en leidde haar met begripvolle tact naar het toneel van de psychische misdaad. Eindelijk vertelde Karen voor het eerst in haar nutteloze, weggegooide bestaan hoe haar vader bij haar in bed was gekropen en met zijn drankadem in haar gezicht met zijn blote, stijve penis over haar billen had gewreven tot haar pyjamabroek vies was van warm, kleverig slijm. Vervolgens bracht dokter Self Karen tot het traumatische inzicht dat het geen op zichzelf staand voorval was geweest omdat seksueel misbruik, met een enkele uitzondering, wordt herhaald. Bovendien moest haar moeder er, gezien de staat van Karens pyjama en de lakens, van geweten hebben, dus had ze dat wat haar man hun dochtertje aandeed, genegeerd.

'Ik kan me wel herinneren dat mijn vader me toen ik in bed lag een keer een beker chocolademelk heeft gebracht en dat ik toen heb gemorst,' zei Karen ten slotte. 'Ik herinner me de warme, kleverige vlek op mijn pyjamabroek. Misschien is dat de echte herinnering, niet...'

'Omdat het veilig is te geloven dat het warme chocolademelk was. Wat is er toen gebeurd?' Stilte. 'Als het waar is dat je echt hebt gemorst? Hoe kwam dat?'

'Ik had zelf gemorst. Het was mijn schuld,' zei Karen met betraande ogen.

'Ben je daarom vanaf dat moment verslaafd geraakt aan alcohol en drugs? Omdat je vond dat het jouw schuld was?'

'Niet vanaf dat moment. Ik ben pas gaan drinken en stickies gaan roken toen ik veertien was. Ach, ik weet het niet! Maar ik wil niet weer in trance raken, dokter Self! Ik kan die herinneringen niet verdragen! Of als ze niet waar zijn, dat ik nu denk dat ze wél waar zijn!'

'Pitres heeft het in zijn *Leçons cliniques sur l'hysterie et l'hypnotisme* uit 1891 al beschreven,' zei dokter Self, terwijl de bossen en grasvelden prachtig opdoemden in het doorbrekende zonlicht – een uitzicht dat binnenkort het hare zou zijn. Ze gaf uitleg over delirium en hysterie en keek daarbij regelmatig omhoog naar de kristallen luchter boven Karens bed.

'Ik kan hier niet blijven slapen!' riep Karen uit. 'Wilt u niet met me van kamer ruilen?' smeekte ze.

Lucious Meddick doet een elastiekje om zijn rechterpols nadat hij zijn glanzend zwarte lijkwagen heeft geparkeerd in de steeg achter het huis van dr. Scarpetta.

Een steeg bestemd voor paarden, niet voor grote auto's. Wat is dit voor onzin? Zijn hart bonst. Hij is op van de zenuwen. Hij heeft verdomd geboft dat hij niet langs een boom is geschraapt of langs de hoge bakstenen muur die de scheiding vormt tussen de steeg met oude huizen en een openbaar park. Hoe kan ze hem zoiets aandoen? Hij had het gevoel dat zijn gloednieuwe lijkwagen nu al niet meer goed spoorde toen hij over de keien hotste, waarbij zand en dode bladeren alle kanten op stoven. Hij laat de motor draaien en stapt uit, en ziet dat er ergens vanachter een bovenraam een oude vrouw naar hem kijkt. Lucious glimlacht tegen haar, want hij kan er niets aan doen dat hij denkt dat het oude mens binnenkort zijn diensten nodig zal hebben.

Hij drukt op de intercombel naast een indrukwekkend ijzeren hek en zegt: 'Meddick.'

Na een lange stilte, waarin hij zichzelf nogmaals aankondigt, zegt een vrouwenstem ferm door de luidspreker: 'Wie is daar?'

'Uitvaartbedrijf Meddick. Ik kom iets afleveren...'

'U komt híér iets afleveren?'

'Ja, mevrouw.'

'Stap weer in de auto. Ik kom eraan.'

De zuidelijke charme van generaal Patton, denkt Lucious, terwijl hij met een licht gevoel van vernedering geërgerd weer in de lijkwagen stapt. Hij doet het raampje dicht en denkt aan de verhalen die hij heeft gehoord. Ooit was dr. Scarpetta net zo beroemd als Quincy, maar tijdens haar periode als hoofd van de gerechtelijke geneeskundige dienst is er iets gebeurd. Hij weet niet meer waar dat was. Ze werd ontslagen of kon de druk niet meer aan. Een zenuwinzinking. Een schandaal. Misschien meer dan dat. En vervolgens die sensationele zaak in Florida een paar jaar geleden, een naakte vrouw die aan een dakspant was gehangen en was gemarteld en gesard tot ze het niet langer volhield en zichzelf met het touw wurgde.

Een patiënte van die psychiater met die tv-show. Hij probeert het zich te herinneren. Misschien was er meer dan één slachtoffer. Hij weet nog wel dat dr. Scarpetta een van de getuigen was en dat vooral zij het was die de jury ervan overtuigde dat dr. Self schuldig was. Sindsdien heeft hij een aantal artikelen gelezen waarin dr. Self dr. Scarpetta 'onbekwaam en bevooroordeeld' noemt, een 'lesbienne die niet uit de kast durft te komen' en 'iemand die haar tijd heeft gehad'. Ze heeft waarschijnlijk gelijk. De meeste machtige vrouwen zijn net mannen of zouden in elk geval graag een man willen zijn, en toen dr. Scarpetta aan haar loopbaan begon, waren er niet veel vrouwen die hetzelfde beroep uitoefenden. Nu zijn het er waarschijnlijk duizenden. Vraag en aanbod, nu is ze niets bijzonders meer, welnee meneer. Overal doen vrouwen, jonge vrouwen, ideeën op van tv en volgen haar voorbeeld. Dat en alles wat er nog meer over haar is gezegd moet er de oorzaak van zijn geweest dat ze naar de Lowcountry is verhuisd en in dat kleine koetshuis – eerlijk gezegd was het vroeger een paardenstal – is getrokken, terwijl Lucious zich een heel wat betere werkomgeving kan veroorloven.

Hij woont boven het uitvaartbedrijf dat de familie Meddick al ruim honderd jaar runt in Beaufort County. Bij het drie verdiepingen tellende landhuis, vroeger het woonhuis van een plantage, horen nog steeds de oorspronkelijke slavenhuisjes en het is dan ook niet te vergelijken met een armzalig koetshuis in een oud steegje. Het is schandalig, echt schandalig. Als je lijken balsemt en klaarmaakt voor hun begrafenis in een professioneel ingericht vertrek in een landhuis is daar niets op aan te merken, maar sectie verrichten in een koetshuis kan beslist niet door de beugel. Vooral niet als het om een lijk gaat dat in het water heeft gelegen – een 'groene', zoals hij ze noemt – of iemand anders die je alleen met de grootste moeite toonbaar kunt maken voor de familie, al gebruik je nog zoveel D-12 deodorantpoeder om te voorkomen dat de hele kapel naar ze stinkt.

Achter de twee hekken komt een vrouw aanlopen, en hij geeft zich over aan zijn favoriete tijdverdrijf, voyeurisme, terwijl hij haar door het donkere glas bespiedt. Metaal rinkelt wanneer ze eerst het zwarte hek opent en sluit en dan het tweede: een hoog hek met platte, gedraaide spijlen, met in het midden twee J's die samen op een hart lijken. Alsof zij een hart heeft, en daar gelooft hij niets meer van. Ze draagt een zakelijk mantelpak, ze is blond en ze moet ongeveer een meter drieënzestig lang zijn, rokmaat 38 hebben en blousemaat 40. Lucious weet bijna onfeilbaar precies hoe iemand er naakt op de balsemtafel zal uitzien en hij zegt vaak lachend dat hij 'röntgenogen' heeft.

Omdat ze hem zo onbeleefd heeft bevolen weer in zijn auto te gaan zitten, stapt hij niet uit. Ze klopt op het donkere raampje en hij wordt zenuwachtig. Zijn vingers, die op zijn dijen liggen, beginnen te bewegen en willen naar zijn mond gaan, maar dat verbiedt hij ze. Hij laat het elastiek om zijn pols hard tegen zijn huid slaan en maant zijn handen tot rust. Hij trekt nogmaals hard aan het elastiek en klemt zijn handen om het met hout beklede stuur om ze in bedwang te houden.

Ze tikt nog een keer tegen het raampje.

Hij stopt een lichtgroene Lifesaver in zijn mond en laat het raampje zakken. 'U hebt een vreemde plek uitgekozen om uw beroep uit te oefenen,' zegt hij met een brede, geoefende lach.

'U moet hier niet zijn,' zegt ze. Er kan blijkbaar geen 'goedemorgen' of 'dag meneer' van af. 'Wat komt u hier in vredesnaam doen?'

'Op het verkeerde tijdstip op de verkeerde plek, daar leven mensen zoals u en ik van,' antwoordt Lucious en hij lacht nog een keer zijn tanden bloot.

'Van wie hebt u mijn adres gekregen?' vraagt ze, nog steeds op onvriendelijke toon. Ze wekt de indruk dat ze veel haast heeft. 'Dit is niet mijn kantoor en beslist niet het mortuarium. Het spijt me dat u voor niets bent gekomen, maar u moet echt gaan.'

'Ik ben Lucious Meddick van Uitvaartbedrijf Meddick in Beaufort, net buiten Hilton Head.' Hij geeft haar geen hand; hij geeft nooit een hand als dat niet nodig is. 'U zou ons een luxe-uitvaartbedrijf kunnen noemen. Het is een familiebedrijf, van mij en mijn twee broers. We maken altijd het grapje dat als je een Meddick belt, dat niet wil zeggen dat de betrokkene nog leeft. Meddick – medicus. Snapt u?' Hij wijst met zijn duim naar de achterkant van de auto en gaat verder: 'Thuis overleden, waarschijnlijk aan een hartaanval. Oosterse vrouw, zo oud als Methusalem. Ik neem aan dat u de informatie al heeft. Is die buurvrouw van u een spion of zo?' Hij kijkt naar het bovenraam.

'Ik heb gisteravond met de lijkschouwer over dit geval gesproken,' zegt Scarpetta op dezelfde bruuske toon. 'Hoe komt u aan dit adres?'

'De lijkschouwer...'

'Heeft hij u dít adres opgegeven? Hij weet waar mijn praktijk is.'

'Ho, ho, wacht even. In de eerste plaats ben ik niet de vaste bezorger. Maar ik verveelde me dood achter mijn bureau, met al die treurende familieleden aan de telefoon, en vond dat ik maar weer eens moest gaan rijden.'

'Daar wil ik het nu niet over hebben.'

Maar ik wel, denkt hij, en hij vervolgt: 'Dus heb ik deze v-12 Cadillac uit 1998 gekocht, met twee carburateurs, gegoten aluminium wielen, vlaghouders, violetblauw zwaailicht en granietzwarte lijkbaar. Alleen met de dikke dame uit het circus als vrachtje zou hij zwaarder beladen zijn.'

'Meneer Meddick, rechercheur Marino is op weg naar het mortuarium. Ik heb hem zojuist aan de lijn gehad.'

'In de tweede plaats heb ik nooit eerder een lijk bij u hoeven afleveren. Dus had ik geen idee waar u werkte tot ik het opzocht.'

'U zei dat de lijkschouwer het u had verteld.'

'Nee, dat heeft hij niet gedaan.'

'U moet nu echt gaan. Ik kan niet toestaan dat er een lijkwagen achter mijn huis staat.'

'De familie van deze oosterse vrouw wil dat wij de begrafenis regelen, dus heb ik tegen de lijkschouwer gezegd dat ik haar net zo goed kan vervoeren. En toen heb ik uw adres opgezocht.'

'Opgezocht? Waar dan? En waarom hebt u mijn rechercheur niet eerst gebeld?'

'Dat heb ik wel gedaan en hij heeft niet de moeite genomen me terug te bellen, dus moest ik zelf achter uw adres zien te komen. Zoals ik al zei.' Lucious laat het elastiek knallen. 'Op internet. Het staat op de lijst van de Kamer van Koophandel.' Hij bijt het laatste stukje van de Lifesaver met zijn kiezen door.

'Dit is een ongeregistreerd adres, het staat niet op internet en is nooit eerder verward met mijn kantooradres, het mortuarium, terwijl ik hier al twee jaar woon. U bent de eerste die deze fout maakt.'

'U hoeft niet zo verontwaardigd te zijn, want ik heb niets te maken met wat op internet staat.' Hij trekt aan het elastiek. 'Maar als ik begin deze week was gewaarschuwd, toen dat jongetje was gevonden, had ík hem bij u afgeleverd en zouden we dit probleem nu niet hebben. U bent op de plek van het misdrijf pal langs me heen gelopen en hebt me genegeerd, maar als we toen al hadden samengewerkt, had u me vast en zeker het juiste adres opgegeven.' Hij laat het elastiek knallen, kwaad omdat ze niet meer respect voor hem toont.

'Waarom was u op de plek van dat misdrijf als de lijkschouwer u niet had gevraagd het lijk te vervoeren?' Nu wordt ze nog arrogant ook en kijkt hem aan alsof hij een lastpak is.

'Mijn motto is: rij er gewoon naartoe. Zoals: dóé het gewoon, van Nike. Rij er gewoon naartoe. Snapt u? Soms hoef je er alleen maar als eerste te zijn.'

Hij laat het elastiek knallen en ze kijkt naar zijn pols terwijl hij dat doet, en dan naar de politiescanner in zijn auto. Hij glijdt met zijn tong over de doorzichtige plastic gebitsbeschermer die hij draagt om te voorkomen dat hij op zijn nagels bijt. Hij laat het elastiek nóg een keer knallen, heel hard, als een zweep, en het doet vreselijk pijn.

'Rij nu alstublieft door naar het mortuarium.' Ze kijkt omhoog naar de buurvrouw, die nog steeds achter het raam staat. 'Ik zal ervoor zorgen dat rechercheur Marino daar op u wacht.' Ze doet een stap achteruit en haar blik valt op iets aan de achterkant van de auto. 'De dag wordt steeds beter,' zegt ze hoofdschuddend.

Hij stapt uit en kan zijn ogen niet geloven. 'Shit!' roept hij uit. 'Shit! Shit! Shit!'

4

Coastal Forensic Pathology Associates. Vlak naast de hogeschool van Charleston.

Het twee verdiepingen tellende gebouw dateert van voor de Burgeroorlog en staat iets scheef nadat het bij de aardbeving van 1886 op zijn fundament heeft staan trillen. Dat heeft de makelaar Scarpetta tenminste verteld toen ze het gebouw kocht, om redenen die Pete Marino nog steeds niet begrijpt.

Er waren ook mooiere gebouwen te koop, spiksplinternieuwe, die ze zich ook kon veroorloven. Maar om de een of andere reden hebben zij, Lucy en Rose een gebouw gekozen waaraan meer moest worden gedaan dan Marino verwachtte toen hij de baan aannam.

Maandenlang hebben ze lagen verf en vernis afgekrabd, muren gesloopt, ramen en leistenen dakpannen vervangen. Ze zijn op zoek gegaan naar gesloopte onderdelen, vooral bij uitvaartbedrijven, ziekenhuizen en restaurants, tot ze uiteindelijk een heel behoorlijk mortuarium hadden ingericht met een speciaal ventilatiesysteem, chemische afzuigkappen, een reservegenerator, een koel- en een vrieskamer, een autopsiekamer, instrumententrolleys en brancards. De muren en de vloer zijn waterdicht gemaakt met een epoxyverf die kan worden geschrobd en Lucy heeft een draadloos alarm- en computersysteem geïnstalleerd dat voor Marino net zo'n groot raadsel is als de Da Vinci Code.

'Wie zou hier in vredesnaam willen inbreken?' zegt hij tegen Shandy Snook en hij tikt een code in die het alarm van de voordeur van het mortuarium uitschakelt.

'Een heleboel mensen, denk ik,' antwoordt ze. 'Mag ik rondkijken?'

'Nee, hier niet.' Hij neemt haar mee naar nog een deur met een alarm.

'Ik wil graag een paar lijken zien.'

'Nee.'

'Waar ben je dan bang voor? Het verbaast me dat je zo bang voor haar bent,' zegt Shandy, terwijl ze voetje voor voetje over de krakende vloer loopt. 'Het lijkt wel of je haar slaaf bent.'

Dat zegt Shandy steeds en elke keer wordt Marino er kwader om. 'Als ik bang voor haar zou zijn, zou ik jou hier niet binnenlaten, al zeurde je me nog zo aan mijn hoofd. Het hangt hier verdomme stampvol camera's, dus zou ik verdomme zoiets doen als ik bang voor haar was?'

Ze kijkt omhoog naar een camera en begint lachend te wuiven.

'Hou daarmee op,' zegt hij.

'Dat ziet toch niemand? Wij zijn hier de enige lafbekken en het opperhoofd heeft geen reden om de videobanden te bekijken. Anders zouden we hier niet zijn. Je bent hartstikke bang voor haar. Walgelijk, zo'n forse kerel als jij. Je hebt me alleen mee hiernaartoe genomen omdat die stomkop van dat uitvaartbedrijf een lekke band had. Het opperhoofd zal zich hier voorlopig niet laten zien en niemand zal die banden ooit bekijken.' Ze wuift nog een keer naar de camera. 'Je zou nooit het lef hebben om me mee te nemen als de

kans bestond dat iemand het aan het opperhoofd zou verklappen.'
Glimlachend wuift ze naar een andere camera. 'Ik ben erg fotoge-
niek. Ben je ooit op tv geweest? Mijn vader was vroeger voortdurend op tv, in zijn eigen reclameboodschappen. Ik mocht soms ook
meedoen; ik zou best carrière op tv kunnen maken, maar wie vindt
het nou leuk dat iedereen altijd naar hem kijkt?'

'Behalve jij?' Hij geeft haar een tik op haar billen.

De kantoren liggen op de begane grond. Marino heeft nog nooit
zo'n mooi kantoor gehad, met een grenen vloer, lambrisering en
versierd lijstwerk. 'In de achttiende eeuw was dit kantoor waarschijnlijk de eetkamer,' zegt hij tegen Shandy als ze er naar binnen
gaan.

'Onze eetkamer in Charlotte was tien keer zo groot,' zegt ze, terwijl ze op kauwgom kauwend om zich heen kijkt.

Ze is nooit eerder op zijn kantoor geweest, hij heeft haar nooit
eerder mee naar binnen genomen. Hij zou Scarpetta nooit om toestemming durven vragen en Scarpetta zou die nooit geven. Maar na
een lange, decadente nacht was Shandy weer begonnen hem te sar-
ren met de opmerking dat hij Scarpetta's slaaf was en toen had zijn
wrok de kop opgestoken. Na haar eerste telefoontje had Scarpetta
nog een keer gebeld, om te zeggen dat Lucious Meddick wat later
zou komen omdat hij een lekke band had, wat een nieuwe tirade
van Shandy tot gevolg had gehad omdat hij zich voor niets had ge-
haast. Dus nu kon hij haar net zo goed zijn kantoor laten zien, waar
ze al de hele week om had gevraagd. Want ze is zijn vriendin en ze
hoort minstens te weten waar hij werkt. Toen heeft hij gezegd dat
ze op haar motorfiets in noordelijke richting door Meeting Street
achter hem aan moest rijden.

'Het zijn echt antieke meubels,' zegt hij triomfantelijk. 'Uit twee-
dehandswinkels. Doc heeft ze zelf gerestaureerd. Goed, hè? Voor
het eerst van mijn leven zit ik aan een bureau dat ouder is dan ik.'

Shandy gaat op de leren stoel achter zijn bureau zitten en begint
de laden met zwaluwstaartverbindingen open te trekken.

'Rose en ik hebben hier eindeloos rondgelopen om erachter te komen hoe het hier vroeger was en we zijn tot de conclusie gekomen
dat haar kantoor de grootste slaapkamer moet zijn geweest. De
grootste kamer van het hele huis, Docs kantoor, was wat ze vroeger de zitkamer noemden.'

'Klinkt stom.' Shandy staart naar de inhoud van een la. 'Hoe kun je hier ooit iets in vinden? Het lijkt wel of je blindelings alles in je laden propt omdat je geen zin hebt om het fatsoenlijk op te bergen.'

'Ik weet precies waar ik alles kan vinden. Ik heb mijn eigen opbergsysteem, la voor la. Net zoiets als Deweys decibelsysteem.'

'O ja? Waar staat je kaartsysteem dan?'

'Dat zit hier.' Hij tikt tegen zijn glimmende, kaalgeschoren hoofd.

'Zijn er ook een paar spannende moordzaken bij? Met foto's?'

'Nee.'

Ze staat op en trekt haar leren broek recht. 'Dus het opperhoofd heeft de zitkamer. Ik wil hem zien.'

'Nee.'

'Zij is je meesteres, dus mag ik ook zien waar zij werkt.'

'Ze is niet mijn meesteres en we gaan niet naar haar kantoor. Bovendien is daar niets bijzonders te zien, behalve boeken en een microscoop.'

'Ik wil wedden dat er in die zitkamer van haar wél een paar spannende moordzaken liggen.'

'Nee. Zaken waar we zorgvuldig mee omspringen liggen achter slot en grendel, dat wil zeggen zaken die jij spannend zou noemen.'

'Je kunt toch in elke kamer zitten? Waarom noemden ze het dan een zitkamer?' Ze laat het onderwerp niet rusten. 'Wat stom.'

'Vroeger noemden ze het een zitkamer om hem te onderscheiden van de salon,' legt Marino uit en hij kijkt trots zijn kantoor rond, naar zijn diploma's aan de met hout betimmerde muren, het dikke woordenboek dat hij nooit gebruikt en de naslagwerken die Scarpetta aan hem doorgeeft wanneer zij een nieuwe uitgave koopt. En natuurlijk naar zijn bowlingprijzen, die netjes op een rij in de ingebouwde boekenkast staan te glimmen. 'De salon was een deftige kamer vlak naast de voordeur, waar mensen werden ontvangen die niet lang mochten blijven. In tegenstelling tot de zitkamer, die net zoiets was als wat we nu de woonkamer noemen.'

'Het klinkt alsof je blij bent dat ze dit huis heeft gekocht, ook al loop je er eeuwig over te klagen.'

'Voor zo'n ouwe steenklomp valt het best mee, maar zelf zou ik liever een nieuw huis hebben.'

'Jouw ouwe steenklomp valt ook nog best mee.' Ze pakt hem beet tot het pijn doet. 'Hij voelt gloednieuw aan. Laat me haar kantoor zien. Laat me zien waar het opperhoofd werkt.' Ze pakt hem opnieuw beet. 'Verstijf je door mij of door haar?'

'Hou je mond,' zegt hij en hij duwt haar hand weg, geërgerd over haar woordspelingen.

'Laat me zien waar ze werkt.'

'Ik zei nee.'

'Laat me dan het lijkenhuis zien.'

'Ook niet.'

'Waarom niet? Ben je dan zo bang voor haar, verdomme? Wat denk je dat ze zal doen? De lijkenhuispolitie bellen? Laat me die kamer zien,' beveelt ze.

Hij kijkt omhoog naar een piepklein cameraatje in een hoek van de hal. Niemand zal de banden ooit bekijken. Shandy heeft gelijk. Wie zou daar de moeite voor willen nemen? Terwijl het nergens voor nodig is? Hetzelfde gevoel bekruipt hem weer, een mengeling van wrok, agressie en wraakzucht, dat hem ertoe aanzet iets heel ergs te willen doen.

Dokter Selfs vingers vliegen klik-klik over het toetsenbord van haar laptop om de stroom nieuwe e-mailberichten te laten landen. (Van agenten, juristen, bedrijfsmanagers, televisiebazen, speciale patiënten en uitverkoren fans.)

Maar er is niets van hém bij. De Zandman. Ze kan het nauwelijks verdragen. Hij wil dat ze denkt dat hij het ondenkbare heeft gedaan, wil dat ze gekweld wordt door zorgen om hem, door doodsangst, door haar het ondenkbare te laten denken. Toen ze op die noodlottige vrijdag in de koffiepauze in de studio zijn laatste e-mail opende, had wat hij haar had geschreven, zijn laatste boodschap, haar leven veranderd. In elk geval tijdelijk.

Laat het niet waar zijn.

Wat was ze ontzettend dom en naïef geweest toen hij vorig najaar zijn eerste e-mail naar haar privéadres had gestuurd, maar haar belangstelling was gewekt. Hoe was hij aan dat adres, dat bijna niemand kende, gekomen? Ze moest het weten. Ze schreef terug om het te vragen. Hij wilde het haar niet vertellen. Ze begonnen te corresponderen. Hij was een ongewone man, een heel bijzonder mens. Net terug uit Irak, waar hij een zwaar trauma aan over had gehouden. Met de gedachte dat hij een fantastische gast voor een van

haar programma's zou zijn, was ze online een therapeutische relatie met hem begonnen, terwijl ze geen flauw vermoeden had dat hij
in staat was het ondenkbare te doen.

Laat het alsjeblieft niet waar zijn.

Kon ze het maar ongedaan maken. Had ze maar nooit gereageerd.
Had ze maar nooit geprobeerd hem te helpen. Hij is krankzinnig,
een woord dat ze zelden gebruikt. Ze staat bekend om haar uitspraak dat iedereen tot verandering in staat is. Behalve hij. Als hij
het ondenkbare heeft gedaan.

Laat het alsjeblieft niet waar zijn.

Als hij het ondenkbare heeft gedaan, is hij een afschuwelijk slecht
mens en is daar niets meer aan te doen. De Zandman. Wat betekent dat en waarom heeft ze niet geëist dat hij het haar zou vertellen, niet gedreigd dat ze, als hij dat weigerde, nooit meer iets van
hem wilde horen?

Omdat ze psychiater is. Psychiaters gebruiken nooit dreigementen om een patiënt ergens toe te dwingen.

Laat het ondenkbare alsjeblieft niet waar zijn.

Wie hij dan ook is, niemand ter wereld, ook zij niet, kan hem helpen, en nu heeft hij misschien iets gedaan wat ze nooit had verwacht.
Misschien het ondenkbare! Als dat waar is, dan is er maar één manier waarop dokter Self zichZELF kan helpen. Dat heeft ze in de studio bedacht op een dag die ze nooit zal vergeten, toen ze de foto zag
die hij haar had gestuurd en besefte dat ze om een heleboel redenen
in groot gevaar zou kunnen verkeren. En dat had het noodzakelijk
gemaakt dat ze tegen haar producers zei dat er in haar familie iets
ernstigs was gebeurd, maar dat ze er niet over mocht praten. Dat ze
haar programma moesten opschorten, hopelijk niet langer dan een
paar weken. Dat ze moesten terugvallen op haar vaste vervanger (een
psycholoog die best leuk, maar geen rivaal van haar is, hoewel hijzelf denkt dat hij dat wel is). Daarom kan ze niet langer dan een paar
weken wegblijven. Iedereen aast op haar zendtijd. Ze heeft Paulo
Maroni gebeld (ze heeft gezegd dat ze naar hem was verwezen en
werd meteen doorverbonden), ze is vermomd in een limousine gestapt (een van haar eigen chauffeurs kon ze natuurlijk niet gebruiken) en daarna in een privévliegtuig, en ten slotte heeft ze zich laten
opnemen in het McLean. Hier is ze veilig, verborgen, en zal ze hopelijk binnenkort horen dat het ondenkbare niet is gebeurd.

Het is een gruwelijke grap. Hij heeft het niet gedaan. Krankzinnige mensen zeggen altijd dat ze dingen hebben gedaan die niet waar zijn.

(Stel dat het wél waar is?)

Ze moet rekening houden met het ergste: dat iedereen haar de schuld zal geven. Ze zullen zeggen dat het haar schuld is dat die gek geobsedeerd raakte door Drew Martin toen ze vorig najaar het U.S. Open had gewonnen en te gast was in een aantal uitzendingen van dokter Self. Ongelooflijke programma's met exclusieve interviews. Drew en zij hadden op tv een paar heel bijzondere uren doorgebracht en gepraat over positief denken, over zelf met de juiste werktuigen de macht in handen nemen, over bewust de beslissing nemen om te winnen of te verliezen en hoe dat Drew in staat had gesteld om, terwijl ze nog maar zestien was, een van de meest verrassende overwinningen in de geschiedenis van het tennis te behalen. *Wanneer winnen noodzakelijk is*, de tv-show van dokter Self die vele prijzen had gewonnen, was een fenomenaal succes.

Haar hart begint sneller te kloppen als ze haar aandacht richt op de afschuwelijkste kant van de zaak. Ze opent opnieuw de e-mail van de Zandman alsof die, hoe vaker ze hem leest, van inhoud zal veranderen. Hij bevat geen tekst, alleen een aanhangsel, een walgelijk duidelijke foto van Drew terwijl ze naakt in een bad van grijze mozaïektegeltjes zit dat diep is verzonken in een terracotta vloer. Het water komt tot haar middel en als ze de foto vergroot, wat ze al heel wat keren heeft gedaan, ziet ze kippenvel op Drews armen, en blauwe lippen en nagels, wat doet vermoeden dat het water dat uit de oude koperen kraan loopt koud is. Haar haren zijn nat en de uitdrukking op haar mooie gezicht is moeilijk te beschrijven. Verbijstering? Ellende? Shock? Ze ziet eruit alsof ze bedwelmd is.

De Zandman had dokter Self in eerdere e-mails verteld dat het in Irak de gewoonte was om gevangenen naakt in het water te zetten. Ze te slaan, te vernederen en te dwingen op elkaar te plassen. Je doet wat je doen moet, had hij geschreven. Na een tijdje was het normaal en had hij het niet erg gevonden er foto's van te nemen. Hij had het niet erg gevonden tot hij dat éne had gedaan, en hij heeft haar nooit verteld wat dat éne is, maar ze is ervan overtuigd dat hij daardoor is veranderd in een monster. Als ze ervan uitgaat dat hij het ondenkbare heeft gedaan, als dit geen truc is.

(Zelfs als het een truc is, is hij een monster omdat hij haar dit aandoet!)

Ze bestudeert de foto, vergroot en verkleind, om te zien of het misschien een vervalsing is. Ach welnee, stelt ze zichzelf gerust, natuurlijk is hij niet echt!

(Stel dat hij wél echt is?)

Haar gedachten tollen door haar hoofd. Als zij de schuld krijgt, kan ze haar carrière wel vergeten. Althans voorlopig. Haar miljoenen fans zullen zeggen dat het haar schuld is omdat ze het had moeten zien aankomen, dat ze het nooit over Drew had moeten hebben met die anonieme patiënt, die zich de Zandman noemde en zei dat hij altijd op tv naar Drew keek en over haar had gelezen en dacht dat ze een aardig meisje was maar ondraaglijk eenzaam en dat hij haar vast een keer zou ontmoeten en dat ze dan van hem zou gaan houden en zich nooit meer verdrietig zou voelen.

Als het publiek daarachter zou komen, zou het een herhaling van Florida worden en nog erger. Dan zou zij de schuld krijgen. Onterecht. Althans voor een poosje.

'Ik heb Drew in uw programma gezien en kon voelen hoe ondraaglijk ze lijdt,' had de Zandman geschreven. 'Ze zal me dankbaar zijn.'

Dokter Self staart naar het beeld op het scherm. Ze zal ervanlangs krijgen omdat ze, toen ze de e-mail negen dagen geleden ontving, niet onmiddellijk de politie heeft gebeld. Niemand zal haar verklaring daarvoor accepteren, terwijl die heel logisch is: als het een gruwelijke truc is (iets wat met behulp van zo'n softwarepakket in elkaar is geflanst) heeft het toch geen zin daar iemand mee lastig te vallen en misschien een andere gek op een idee te brengen?

Somber gaan haar gedachten naar Marino. Naar Benton.

Naar Scarpetta.

Scarpetta loopt haar geest binnen.

Een zwart pak met brede lichtblauwe strepen en een bijpassende blauwe blouse, die het blauw van haar ogen benadrukt. Kort blond haar, weinig make-up. Opvallend en sterk zit ze kaarsrecht, maar ontspannen op de getuigenbank, met haar gezicht naar de jury. De juryleden waren volkomen in haar ban toen ze vragen beantwoordde en uitleg gaf. Ze keek geen enkele keer naar haar aantekeningen.

'Maar is het niet zo dat bijna iedereen die zich ophangt dat doet om zelfmoord te plegen en dat dat hier ook het geval kan zijn geweest?' Dat was een van de advocaten van dokter Self, die in de rechtszaal in Florida heen en weer liep.

Zijzelf had al een verklaring afgelegd en was als getuige ontslagen, maar ze had het niet kunnen laten het proces te blijven volgen. Naar haar te blijven kijken. Naar Scarpetta. Wachtend op een verspreking of een fout.

'In onze tijd is het, voor zover we weten, statistisch gezien waar dat er in de meeste gevallen van ophanging sprake is van zelfmoord,' zegt Scarpetta tegen de juryleden. Ze weigert de advocaat van dokter Self aan te kijken en antwoordt alsof zijn stem door de intercom uit een andere kamer komt.

'Voor zover we weten? Wilt u beweren, mevrouw Scarpetta, dat...'

'Doktor Scarpetta.' Ze glimlacht tegen de juryleden.

Ze glimlachen terug, geboeid, helemaal weg van haar. Vol adoratie, terwijl ze bezig is stukje bij beetje de geloofwaardigheid en het fatsoen van dokter Self af te breken, zonder dat ook maar iemand beseft dat ze manipuleert en liegt. O ja, liegt. Moord, geen zelfmoord. Dokter Self is indirect schuldig aan moord! Terwijl ze er niets aan kon doen. Ze had niet kunnen weten dat die mensen zouden worden vermoord. Dat ze werden vermist wilde nog niet zeggen dat hun iets ergs was overkomen.

En toen dr. Scarpetta haar, nadat ze een apothekersflesje had gevonden met de naam van dokter Self erop als de arts die de pillen had voorgeschreven, had gebeld om een paar vragen te stellen, had dokter Self in haar recht gestaan toen ze weigerde over een patiënt of vroegere patiënt te praten. Hoe had ze kunnen weten dat er doden zouden vallen? Op zo'n gruwelijke manier? Dat was niet haar schuld. Als het wel haar schuld was, zou het een strafzaak zijn geweest in plaats van een door inhalige familieleden aangespannen civiel proces. Het was niet haar schuld en Scarpetta had de jury er met opzet van overtuigd dat dat wél zo was.

(Ze ziet de rechtszaal weer voor zich.)

'Bedoelt u dat u niet kunt vaststellen of een geval van ophanging zelfmoord of moord is?' De advocaat van dokter Self verheft zijn stem.

Scarpetta antwoordt: 'Niet zonder getuigen of omstandigheden die duidelijk maken wat er precies is gebeurd.'

'Hoe bedoelt u?'

'Of het iets is dat iemand zichzelf kan hebben aangedaan.'

'Zoals?'

'Bijvoorbeeld als iemand op een parkeerplaats aan een hoge lantaarnpaal hangt, zonder ladder eronder. Met op de rug gebonden handen,' legt ze uit.

'Is dat ooit gebeurd of bedenkt u dit nu?' Op hatelijke toon.

'In 1962. Een lynchpartij in Birmingham, Alabama,' zegt Scarpetta tegen de juryleden, onder wie zeven zwarten.

Dokter Self keert terug van de gruwelkant en klikt de foto weg van het scherm. Ze pakt de telefoon en belt het kantoor van Benton Wesley, en ze weet intuïtief dat de vrouw die opneemt jong is, zichzelf erg belangrijk vindt, arrogant is, waarschijnlijk uit een rijke familie komt en tot grote ergernis van Benton als gunst door het ziekenhuis is aangenomen.

'Wat is uw voornaam, dokter Self?' vraagt de vrouw, alsof ze als enige in het ziekenhuis niet weet wie dokter Self is.

'Ik hoop dat dokter Wesley er eindelijk is,' zegt dokter Self. 'Hij verwacht een telefoontje van me.'

'Hij komt pas tegen een uur of elf.' Alsof dokter Self geen speciale status heeft. 'Mag ik weten waarover u hem wilt spreken?'

'Dat doet er niet toe. Wie bent u eigenlijk? De vorige keer kreeg ik iemand anders aan de lijn.'

'Die is er niet meer.'

'Hoe heet u?'

'Jackie Minor. Ik ben zijn nieuwe researchassistente.' Ze klinkt gewichtig, maar waarschijnlijk heeft ze haar studie nog niet afgerond en zal ze dat ook nooit doen.

'Dank je wel, Jackie,' zegt dokter Self vriendelijk. 'Ik neem aan dat je die baan hebt aangenomen om hem te helpen bij zijn research over... Hoe heet zijn project ook alweer? Somatische Training bij Ouderlijk Misprijzen?'

'STOM?' zegt Jackie verbaasd. 'Wie heeft die naam bedacht?'

'Jij, denk ik,' zegt dokter Self. 'De afkorting was nog niet bij me opgekomen. Je bent een geestig meisje. Wie was die grote dichter ook alweer... O ja, ik citeer: "Gevatheid is een combinatie van opmerkingsgave en uitdrukkingsvermogen." Of zoiets. Alexander Pope, meen ik. We zullen elkaar binnenkort ontmoeten. Binnenkort, Jackie. Zoals je waarschijnlijk wel weet, neem ik ook aan dat onderzoek deel. Dat project dat jij "stom" noemt.'

'Ik wist wel dat het om een belangrijke persoon zou gaan. Daarom is doctor Wesley dit weekend hier gebleven en heeft hij mij gevraagd ook te komen. In de agenda stond alleen vip.'

'Hij is vast een veeleisende werkgever.'

'Inderdaad.'

'Iemand die wereldfaam geniet.'

'Daarom wilde ik juist zijn researchassistente worden. Dit is mijn stage om forensisch psycholoog te worden.'

'Brava! Goed zo. Misschien kom je ooit een keer in mijn programma.'

'Dat was nog niet bij me opgekomen.'

'Denk er maar eens over na, Jackie. Ik vraag me al een tijdje af of ik mijn horizon zal verleggen naar de keerzijde van gruweldaden. De kant van misdaden waarin niemand inzicht heeft, namelijk de misdadige geest.'

'Terwijl daar juist grote belangstelling voor is,' beaamt Jackie. 'Zet de tv maar aan en alle programma's gaan over misdaden.'

'Ik overweeg wie ik als productieconsultant zal raadplegen.'

'U mag me daar op elk tijdstip over bellen.'

'Heb je al eens een geweldpleger ondervraagd? Of ben je erbij geweest wanneer dokter Wesley zo iemand ondervroeg?'

'Nog niet, maar dat komt wel.'

'We spreken elkaar binnenkort weer, dokter Minor. Of is het d-o-c-t-o-r?'

'Zodra ik al mijn examens heb gedaan en tijd heb gehad om mijn proefschrift te schrijven. We maken al plannen voor mijn afstudeerplechtigheid.'

'Dat verbaast me niets. Het is een van de mooiste gebeurtenissen in ons leven.'

Eeuwen geleden was het gepleisterde gebouwtje achter het oude bakstenen mortuarium het verblijf van paarden en stalknechten. Gelukkig was die stal voordat een bouwkundige commissie er een stokje voor kon steken verbouwd tot garage met bergruimte, die Lucy vervolgens heeft ingericht als wat ze haar geïmproviseerde computerlab noemt. De muren zijn van baksteen, de ruimte is beperkt. Minimaal. Er wordt een nieuw lab gebouwd op een groot terrein aan de overkant van de rivier de Cooper, waar meer dan genoeg land beschikbaar is en met bouwvergunningen wordt gestrooid, volgens Lucy. Haar nieuwe forensisch laboratorium zal als het klaar is beschikken over alle instrumenten en wetenschappelijke methoden die bestaan. Voorlopig kunnen ze zich redelijk redden op het gebied van vingerafdrukanalyse, toxicologie, vuurwapens, sporenonderzoek en DNA. De federale recherche zal zijn ogen uitkijken. Ze zal die lui eens een poepie laten ruiken.

Maar voorlopig bevindt haar computerdomein zich in deze kleine ruimte met oude bakstenen muren en een grenen vloer, en wordt tegen de buitenwereld beschermd door kogel- en tornadobestendige ramen met rolgordijnen ervoor. Lucy zit voor een computer die is verbonden met een 64 gigabyte server met een chassis van stapelbare *six*U-rekken. Ze heeft de kern, het systeem dat de software met de hardware verbindt, zelf ontworpen en er de laagste assembleertaal voor gebruikt, zodat ze zelf met het moederbord kon praten toen ze haar cyberspace schiep – haar oneindige innerlijke ruimte, die ze IIS noemt: *Infinity of Inner Space*. Ze heeft het prototype voor ongelooflijk veel geld verkocht, een schunnig bedrag dat ze niet wil noemen. Lucy praat nooit over geld.

Boven langs de muren hangt een rij platte videoschermen die elke hoek en elk geluid weergeven dat wordt opgenomen door een draadloos systeem van camera's en verstopte microfoons, en wat ze nu ziet, verbijstert haar.

'Stomme lul,' zegt ze hardop tegen het scherm recht voor haar.

Marino leidt Shandy Snook rond door het mortuarium. De camera's volgen hen van verschillende kanten en hun stemmen klinken zo helder alsof Lucy erbij staat.

Boston. De vierde verdieping van een bakstenen huis uit omstreeks 1850 in Beacon Street. Benton Wesley zit aan zijn bureau en staart uit het raam naar een heteluchtballon die boven het park hangt, boven ruwe iepen die even oud zijn als Amerika zelf. De witte ballon stijgt als een reusachtige maan op boven het silhouet van de stad.

Zijn mobiel rinkelt. Hij drukt het draadloze oordopje in zijn oor, zegt 'Wesley' en hoopt van harte dat het niet iets urgents is wat te maken heeft met dr. Self, de huidige plaag van het ziekenhuis en misschien de gevaarlijkste ooit.

'Met mij,' zegt Lucy's stem in zijn oor. 'Log alsjeblieft in, dit is een conference call.'

Benton vraagt niet waarom. Hij logt in op Lucy's draadloze netwerk, dat beelden, geluiden en data weergeeft in real time. Haar gezicht verschijnt op het scherm van de laptop op zijn bureau. Ze ziet er fris, energiek en aantrekkelijk uit, zoals altijd, maar haar ogen glinsteren van woede.

'Ik probeer iets nieuws,' zegt ze. 'Ik verbind je met mijn bewakingssysteem zodat je kunt meekijken naar wat ik op dit moment zie. Oké? Je scherm wordt in vieren verdeeld om vier locaties te bekijken, afhankelijk van mijn keuze. Op die manier kun je zien wat onze zogenaamde vriend Marino uitspookt.'

'Oké,' zegt Benton. Zijn scherm wordt in vier vakken verdeeld en hij kijkt tegelijkertijd naar vier ruimtes in Scarpetta's gebouw.

Hij hoort de bel van de deur naar het mortuarium.

In de linkerbovenhoek van het scherm ziet hij Marino en een jonge, sexy, maar ordinaire vrouw in een leren motorpak boven in de gang van Scarpetta's kantoor staan. Marino zegt tegen de vrouw: 'Blijf hier tot ik haar heb ingeschreven.'

'Waarom mag ik niet met je mee? Ik ben echt niet bang, hoor.' De stem, hees en met een zwaar zuidelijk accent, komt duidelijk door de luidsprekers op Bentons bureau.

'Wat is dit verdomme?' vraagt Benton door de telefoon aan Lucy.

'Blijf kijken,' antwoordt ze. 'Zijn nieuwste liefje.'

'Sinds wanneer?'

'Eh... even denken. Ik geloof dat ze afgelopen maandag voor het eerst met elkaar naar bed zijn geweest. Op dezelfde avond dat ze elkaar hebben ontmoet en zich samen hebben bedronken.'

Marino en Shandy stappen in de lift en een andere camera filmt hen terwijl hij tegen haar zegt: 'Oké. Maar als hij het tegen de Doc zegt, krijg ik de wind van voren.'

'Anneke Tanneke toverheks, is wel de baas maar wil geen seks,' zegt ze spottend.

'Trek een laboratoriumjas aan om dat leer te verbergen, hou je mond en verroer je niet. Schrik niet en hou je gedeisd. Dat meen ik.'

'Ik heb heus wel eens eerder een lijk gezien, hoor.'

De liftdeur glijdt open en ze stappen uit.

'Mijn vader is in het bijzijn van mij en de hele familie gestikt in een stukje vlees,' vervolgt Shandy.

'De kleedkamer is verderop, aan de linkerkant.' Marino wijst.

'Aan de linkerkant? Zo om of zo om?'

'De eerste nadat je hoek omslaat. Pak een jas en schiet op!'

Shandy rent weg. Op een ander deel van het scherm ziet Benton haar in de kleedkamer, de kleedkamer van Scarpetta, waar ze een blauwe jas uit de kast haalt, Scarpetta's jas uit Scarpetta's kast, en die haastig aantrekt, achterstevoren. Marino wacht in de gang. Zonder de jas dicht te strikken rent ze naar hem terug, met flappende panden.

Een andere deur. Deze geeft toegang tot een hoekje waar de motorfietsen van Marino en Shandy staan geparkeerd, met verkeerskegels ervoor. Er staat een lijkwagen, het gebrom van de motor weerkaatst tegen de oude bakstenen muren. Er stapt een begrafenisondernemer uit, een magere, stuntelige man in een net pak, dat net zo glimmend zwart is als zijn auto. Hij ontvouwt zijn magere lijf alsof het een brancard is, alsof hij is veranderd in wat hij doet voor de kost. Het valt Benton op dat hij rare handen heeft, met als klauwen gekromde vingers.

'Ik ben Lucious Meddick,' zegt hij en hij opent de achterklep van de auto. 'We hebben elkaar onlangs al een keer gezien, toen ze dat dode jongetje uit het moeras hadden gevist.' Hij trekt latex handschoenen aan en Lucy zoomt op hem in. Benton ziet dat hij een plastic gebitsbeschermer draagt en een elastiek om zijn rechterpols heeft.

'Zoom in op zijn handen,' zegt hij tegen Lucy.

Ze doet wat hij vraagt en Marino zegt op een toon alsof hij de man niet kan luchten of zien: 'Ja, dat weet ik.'

Benton kijkt naar Meddicks afgekloven vingertoppen en zegt tegen Lucy: 'Hij bijt op zijn nagels en erg ook. Een vorm van zelfverminking.'

'Hebben ze al iets ontdekt?' Lucious doelt op het vermoorde jongetje dat nog steeds, dat weet Benton, ongeïdentificeerd in het mortuarium ligt.

'Dat gaat je niets aan,' antwoordt Marino. 'Informatie bestemd voor openbare verstrooiing is te horen op het nieuws.'

'Jezus, hij klinkt als Tony Soprano,' zegt Lucy in Bentons oor.

'Zo te zien heb je een wieldop verloren.' Marino wijst naar de linkerachterband van de lijkauto.

'Dat is een reservedop,' zegt Lucious kribbig.

'Hij bederft het effect, vind je niet?' zegt Marino. 'Zo'n mooie glimmende wagen met zo'n lelijke wieldop met schroeven erop.'

Met een geërgerd gezicht trekt Lucious de brancard over de rollers naar buiten. De inklapbare aluminium poten vouwen zich open en zetten zich met een klikje vast. Marino biedt niet aan te helpen wanneer Lucious de brancard met het in een zwarte zak gestopte lichaam de schuine oprit oprijdt, ermee tegen de deurpost stoot en vloekt.

Marino knipoogt tegen Shandy, die er vreemd uitziet in de openhangende laboratoriumjas met zwarte motorlaarzen eronder. Ongeduldig zet Lucious de brancard midden in de gang, laat het elastiek om zijn pols knallen en zegt op luide, boze toon: 'Ik moet het papierwerk nog afhandelen.'

'Schreeuw niet zo,' zegt Marino. 'Straks maak je iemand wakker.'

'Ik heb geen tijd voor flauwe grapjes.' Lucious loopt terug naar de deur.

'Hé, je gaat hier niet weg voordat je me hebt geholpen haar lichaam van jouw brancard op een van onze eigen van de laatste snufjes voorziene modellen te leggen.'

'Opschepper,' zegt Lucy tegen Benton. 'Hij wil indruk maken op die chipssnol.'

Marino haalt een brancard uit de koelruimte en het blijkt een exemplaar te zijn dat vol krassen zit en met kromme poten, waarvan de wielen net als bij een oud winkelwagentje verschillende kanten op willen. Samen met de chagrijnige Lucious tilt hij het lichaam in de zak erop over.

'Die bazin van jou stroomt niet over van vriendelijkheid,' zegt Lucious. 'Wat een feeks.'

'Niemand heeft jou naar je mening gevraagd. Heb je gehoord dat iemand naar zijn mening vroeg?' zegt Marino tegen Shandy.

Ze staart naar de zwarte lijkzak alsof ze hem niet heeft gehoord.

'Het is niet mijn schuld dat haar adressen onduidelijk op het internet staan. Ze deed net alsof het mijn schuld is dat ik eerst naar haar huis ben gereden, terwijl ik alleen maar mijn werk doe. Niet dat ik met iederéén ruzie maak, hoor. Sturen jullie je cliënten altijd naar een bepaald uitvaartbedrijf?'

'Zet verdomme een advertentie in de Gele Gids!'

Lucious verdwijnt vlug naar het kantoortje, met stijve benen, waardoor hij Benton aan een schaar doet denken.

Op een ander deel van het scherm verschijnt Lucious in het kantoortje en gaat daar aan de slag met papieren, en trekt laden open op zoek naar een pen.

In een andere hoek vraagt Marino aan Shandy: 'Wist niemand van jullie hoe je de Heimlichgreep moet toepassen?'

'Ik wil hem graag leren, baby,' zegt ze. 'Ik leer elke greep die je wilt.'

'Ik meen het. Toen je vader stikte in...' Marino begint het uit te leggen.

'We dachten dat hij een hartaanval kreeg, of een beroerte, of een epileptische aanval,' valt ze hem in de rede. 'Het was afschuwelijk. Hij greep naar zijn keel, viel op de grond, stootte hard zijn hoofd en werd helemaal blauw in zijn gezicht. Niemand wist wat we moesten doen, we hadden geen idee dat hij stikte. Maar al hadden we dat wél geweten, dan nog hadden we niets anders kunnen doen dan wat we hebben gedaan: een ambulance bellen.' Opeens kijkt ze alsof ze zal gaan huilen.

'Het spijt me dat ik het zeg, maar je had wel degelijk iets kunnen doen,' zegt Marino. 'Ik zal het je laten zien. Draai je om.'

Lucious is klaar met het invullen van de formulieren en loopt vlug het kantoortje uit en langs Marino en Shandy heen. Ze keuren hem geen blik waardig terwijl hij doorloopt naar de autopsiekamer. Marino slaat zijn forse armen om Shandy's middel en legt een vuist met de duim naar binnen tegen haar buik, vlak boven haar navel. Met zijn andere hand pakt hij zijn vuist vast en drukt die zacht omhoog, maar net hard genoeg om het haar voor te doen. Daarna laat hij zijn handen omhoogglijden naar haar borsten.

'Godsamme, hij heeft verdomme een stijve in het mortuarium,' zegt Lucy in Bentons oor.

In de autopsiekamer volgt de camera Lucious terwijl hij naar een groot zwart blok loopt dat op het aanrecht ligt, het Dodenboek, zoals Rose het beleefd noemt. Daarin schrijft hij de naam van de dode met de pen die hij in de bureaulade in het kantoor heeft gevonden.

'Dat mag hij niet doen,' zegt Lucy tegen Benton. 'Alleen tante Kay mag iets in dat boek schrijven. Het is een officieel document.'

Op dat moment zegt Shandy tegen Marino: 'Zie je wel dat het hier meevalt? Nou ja, het vált niet.' Ze steekt een hand naar achteren en pakt hem vast. 'Jemig, jij weet hoe je een vrouw moet opvrolijken. Op, op, op, bedoel ik. Allemachtig!'

'Niet te geloven,' zegt Benton tegen Lucy.

Shandy draait zich om naar Marino en begint hem te kussen, op zijn mond, midden in het mortuarium, en even denkt Benton dat ze daar in de gang seks met elkaar zullen hebben. Maar Marino zegt: 'Probeer jij het nu eens bij mij.'

In een ander kwadrant van het scherm ziet Benton Lucious door het boek bladeren.

Marino draait zich om en zijn erectie is duidelijk zichtbaar. Shandy's armen zijn maar net lang genoeg om hem te omcirkelen en ze begint te lachen. Hij legt zijn grote hand op haar handen en zegt: 'Niet lachen. Als je ooit ziet dat ik ergens in stik, druk dan je vuist in mijn maag. Harder!' Hij doet het voor. 'Je moet de lucht eruit duwen zodat wat vastzit mee naar buiten vliegt.' Ze laat haar handen omlaag glijden en pakt hem weer vast, maar hij duwt haar weg en keert Lucious, die uit de autopsiekamer komt, zijn rug toe.

'Is ze al iets te weten gekomen over dat dode jongetje?' Lucious trekt aan het elastiek om zijn pols. 'Nou ja, waarschijnlijk niet, want in het Dodenboek staat "naam onbekend".'

'We wisten niet hoe hij heette toen hij werd binnengebracht. Heb je in dat boek staan snuffelen?' Marino is lachwekkend terwijl hij daar staat met zijn rug naar Lucious toe.

'Ze kan zo'n ingewikkelde zaak natuurlijk helemaal niet aan. Jammer dat ík hem niet hierheen heb gebracht, dan had ik haar kunnen helpen. Ik weet meer over het menselijk lichaam dan alle artsen bij elkaar.' Lucious komt een paar stappen dichterbij en richt zijn blik op Marino's kruis. 'Hallo daar,' zegt hij.

'Je weet geen donder en hou nou maar op over dat jongetje,' snauwt Marino. 'Hou ook op over de Doc. En maak nu maar dat je wegkomt.'

'Bedoel je dat jongetje van een paar dagen geleden?' vraagt Shandy.

Lucious verdwijnt met zijn ratelende lijkbaar. Het lichaam dat hij zojuist heeft afgeleverd ligt nog steeds midden in de gang, voor de roestvrijstalen deur van de koelruimte. Marino doet de deur open en duwt de onwillige brancard naar binnen. Zijn seksuele opwinding is nog niet bekoeld.

'Jezus,' zegt Benton tegen Lucy.

'Zou hij viagra slikken of zo?' oppert ze.

'Waarom kopen jullie geen nieuwe wagen of hoe je zo'n ding noemt?' vraagt Shandy aan Marino.

'De Doc geeft geen geld uit aan onnodige zaken.'

'Dus ze is ook een vrek. Ik wil wedden dat ze je een rotsalaris betaalt.'

'Als we iets nodig hebben, koopt ze het, maar ze verspilt het geld niet. In tegenstelling tot Lucy, die heel China zou willen leegkopen.'

'Je komt altijd voor het opperhoofd op, hè? Maar niet zoals je opkomt voor mij, baby.' Shandy streelt hem.

'Ik moet er zo langzamerhand van kotsen,' zegt Lucy.

Shandy loopt de koelruimte in om er eens goed rond te kijken. Benton kan horen dat koude lucht uit de ventilatoren wordt geblazen.

De camera op het voorplein registreert dat Lucious weer in zijn lijkwagen stapt.

'Is ze vermoord?' vraagt Shandy met betrekking tot de zojuist afgeleverde vrouw. Dan kijkt ze naar een andere lijkzak in een hoek. 'En wat is er met dat jochie gebeurd?'

Lucious rijdt ronkend weg in zijn lijkwagen en het toegangshek gaat kletterend, alsof twee auto's tegen elkaar botsen, achter hem dicht.

'Een natuurlijke oorzaak,' antwoordt Marino. 'Een oude oosterse vrouw. Ze was vijfentachtig of zoiets.'

'Waarom is ze hierheen gestuurd als ze door een natuurlijke oorzaak is overleden?'

'Omdat de lijkschouwer dat wil. Waarom? Hoe moet ík dat verdomme weten? De Doc zei dat ik hier moest wachten, meer weet ik er niet van. Volgens mij was het gewoon een hartaanval. Ik ruik iets.' Hij trekt een vies gezicht.

'Laten we even kijken,' stelt Shandy voor. 'Toe nou, heel even.'

Benton ziet op het scherm dat Marino de lijkenzak openritst en dat Shandy haar handen voor haar neus en mond slaat en achteruitdeinst.

'Eigen schuld,' zegt Lucy en ze vergroot het beeld van het lichaam: al in staat van ontbinding, gezwollen van de gassen en met een groene buik. Benton kent de lucht maar al te goed, de specifieke stank van verrotting, die in de lucht blijft hangen en aan je verhemelte kleeft.

'Shit,' zegt Marino en hij ritst de zak dicht. 'Ze ligt er waarschijnlijk al een paar dagen zo bij en die verdomde lijkschouwer van Beaufort County heeft geweigerd haar nog aan te raken. Lekker luchtje, hè?' Hij kijkt Shandy lachend aan. 'En jij dacht nog wel dat ik zo'n makkelijk baantje had.'

Shandy loopt langzaam naar de brancard met de kleine zwarte lijkzak, die in een hoek staat. Ze blijft ervoor staan en kijkt er zwijgend naar.

'Niet doen,' zegt Lucy in Bentons oor, maar ze heeft het tegen Marino's beeld op het scherm.

'Wedden dat ik weet wie er in deze zak zit?' zegt Shandy moeilijk verstaanbaar.

Marina loopt de koelruimte uit. 'Kom mee naar buiten, Shandy. Nu!'

'En anders? Sluit je me hier op? Toe nou, Pete. Maak deze zak ook even open. Ik weet dat het dat dode jongetje is over wie jij en die griezel van de begrafenisonderneming het net hadden. Op het nieuws hadden ze het ook over hem. Dus hier ligt hij. Waarom? Dat arme jochie, koud en helemaal alleen in een koelkast.'

'Hij is gek geworden,' zegt Benton. 'Hij is knettergek geworden.'

'Je kunt beter niet naar hem kijken,' zegt Marino en hij loopt weer naar binnen.

'Waarom niet? Het is dat jongetje dat ze bij Hilton Head hebben gevonden. Dat was op het nieuws,' herhaalt ze. 'Ik wist dat hij het was. Waarom ligt hij hier nog? Weten ze al wie het heeft gedaan?' Ze blijft vastberaden naast de kleine zwarte zak op de brancard staan.

'We weten nog helemaal niets. Daarom ligt hij hier nog. Kom mee.' Hij wenkt haar en nu zijn ze allebei moeilijk te verstaan.

'Ik wil hem zien.'

'Doe het niet.' De stem van Lucy tegen Marino's beeld op het scherm. 'Bederf het niet voor jezelf, Marino.'

'Dat wil je niet,' zegt hij tegen Shandy.

'Ik kan er heus wel tegen. Ik heb er recht op hem te zien, want je hoort geen geheimen voor me te hebben. Dat hebben we afgesproken. Dus moet je nu bewijzen dat je geen dingen voor me geheimhoudt.' Haar ogen laten de zak niet los.

'Nee. Die afspraak geldt niet voor dit soort dingen.'

'Wel waar. Schiet op nou, want ik heb het langzamerhand net zo koud als dat dode joch in die zak.'

'Als de Doc het ooit te weten zou komen...'

'Zie je wel, nou doe je het weer! Je bent bang voor haar alsof je haar eigendom bent. Waarom is dit zo erg dat je denkt dat ik er niet tegen kan?' zegt Shandy woedend, bijna schreeuwend, met haar armen om haar lichaam heen tegen de kou. 'Hij stinkt vast niet zo als die oude vrouw.'

'Zijn huid is er afgestroopt en zijn ogen zijn eruit gehaald,' zegt Marino.

'O nee,' zegt Benton en hij wrijft over zijn gezicht.

Shandy roept: 'Hou me niet voor de gek! Waag het niet hier grapjes over te maken! Laat me hem zien, nu meteen! Ik ben er doodziek van dat je zo'n lafbek bent als zíj je iets heeft verboden!'

'Ik maak geen grapjes. Wat we hier doen, is absoluut niet grappig. Dat probeer ik je alsmaar duidelijk te maken. Je hebt geen idee wat ik hier allemaal meemaak.'

'O, nou, dan wordt me inderdaad iets duidelijk. Je opperhoofd houdt zich met dit soort dingen bezig. Een jochie zijn huid afstropen en zijn ogen er uitsnijden. En je zei nog wel dat ze respect heeft voor de doden.' Minachtend. 'Ze klinkt als een nazi. Die lui stroopten ook mensenhuiden af en ze maakten er lampenkappen van.'

'Soms kom je er pas achter of donkere of rode plekken kneuzingen zijn als je naar de onderkant van de huid kijkt om te zien of de adertjes gesprongen zijn. Dus of het kneuzingen zijn, die wij contusies noemen, en geen symptomen van livor mortis,' legt Marino gewichtig uit.

'Dit kan niet waar zijn,' zegt Lucy in Bentons oor. 'Hij doet alsof hij het hoofd van de gerechtelijke geneeskundige dienst is.'

'Het is wél waar,' antwoordt Benton. 'Hij voelt zich vreselijk onzeker. En bedreigd. En rancuneus. Hij is aan het overcompenseren en decompenseren. Ik weet precies wat er met hem aan de hand is.'

'Jij en tante Kay, dat is er met hem aan de hand.'

'Wáárvan?' Shandy staart naar de kleine zwarte zak.

'Als de bloedsomloop ermee ophoudt en het bloed niet meer stroomt, kan dat rode vlekken op de huid veroorzaken. Alsof het verse kneuzingen zijn. En er kunnen andere oorzaken zijn van wat eruitziet als een wond, die noemen we postmortale artefacten. Heel ingewikkeld allemaal,' zegt Marino opschepperig. 'Dus om het zeker te weten, pel je de huid eraf, met een scalpel' – hij maakt snelle snijbewegingen in de lucht – 'om de onderkant te bekijken, en in dit geval waren het inderdaad kneuzingen. Dat jochie zit van top tot teen onder de blauwe plekken.'

'Waarom heeft ze zijn ogen er uitgehaald?'

'Om nog verder te kijken, op zoek naar bloedingen, zoals bij baby's die te hard door elkaar zijn geschud. Zijn hersens worden ook onderzocht. Ze worden in een emmer met formaline bewaard, niet hier, maar op een medische faculteit waar ze speciaal onderzoek doen.'

'O mijn god, dus zijn hersens liggen in een emmer?'

'Ja, dat moet nu eenmaal. In een chemische vloeistof, zodat ze niet ontbinden en kunnen worden onderzocht. Het is net zoiets als balsemen.'

'Je weet er heel wat van. Jij hoort hier de dokter te zijn, niet zij. Laat het me zien.'

Ze staan nog steeds in de koelruimte, met de deur wijd open.

'Ik doe dit al langer dan jouw leeftijd,' zegt Marino. 'Natuurlijk had ik dokter kunnen worden, maar wie wil er verdomme zo lang studeren? En wie zou zo'n leven willen leiden als zij? Ze heeft geen leven. Ze ziet alleen doden.'

'Ik wil hem zien,' eist Shandy.

'Ik weet verdomme niet hoe het komt,' zegt Marino, 'maar steeds als ik in de koelruimte sta, zou ik een moord doen voor een sigaret.'

Ze tast naar een zak van het leren vest onder de witte jas en haalt er een pakje sigaretten en een aansteker uit. 'Ik kan gewoon niet geloven dat iemand een kind zoiets kan aandoen. Ik moet hem zien.

Ik sta naast hem, dus laat hem me zien.' Ze steekt twee sigaretten op en even later staan ze allebei te roken.

'Manipulerend, borderline,' zegt Benton. 'Aan deze zal hij zijn handen vol hebben.'

Marino duwt de brancard de koelruimte uit.

De zak wordt open geritst. Plastic ritselt. Lucy vergroot het gezicht van Shandy, die rook uitblaast en met grote ogen naar het dode kind staart.

Een mager jongetje, met nette, rechte sneden geopend van zijn kin tot zijn schaamdelen, van zijn schouders tot zijn handen en van zijn heupen tot zijn tenen. Zijn borst lijkt op een uitgeholde watermeloen. Zijn organen zijn uit zijn lichaam gehaald. Zijn huid is opengeslagen en de flappen vertonen tientallen donkerpaarse kneuzingen, oude en verse, erge en minder erge, en onthullen barsten en breuken in kraakbeen en bot. Zijn ogen zijn lege gaten, die een blik gunnen in de binnenkant van zijn schedel.

Shandy gilt: 'Ik haat die vrouw! Ik haat haar! Hoe kan ze hem dit aandoen? Hij is gevild en leeggehaald alsof hij een doodgeschoten hert is! Hoe kun je voor zo'n krankzinnige feeks werken?'

'Rustig maar. Schreeuw niet zo.' Marino doet de zak weer dicht en rolt de brancard terug naar de koelruimte. Hij doet de deur dicht. 'Ik had je gewaarschuwd. Er zijn dingen die je beter niet kunt zien. Van dit soort dingen kun je posttraumatische stress overhouden.'

'Ik zal dat beeld voor altijd voor ogen hebben. Wat een ziek wijf. Een verdomde nazi.'

'Denk eraan dat je dit aan niemand vertelt,' zegt Marino.

'Hoe kun je voor zo iemand werken?'

'Hou je mond, en dat meen ik,' zegt Marino. 'Ik heb meegeholpen met de autopsie en ik ben beslist geen nazi. Zo gaat het nou eenmaal. Mensen die worden vermoord, worden tweemaal mishandeld.' Hij trekt Shandy de witte jas uit en vouwt hem op. 'Dat jochie was waarschijnlijk vanaf zijn geboorte al voorbestemd om te worden vermoord. Geen hond trok zich iets van hem aan en dit is het resultaat.'

'Wat weet jij nou helemaal van het leven? Jullie denken dat jullie alles over iedereen weten, terwijl je alleen te zien krijgt wat er van iemand over is wanneer je hem als een slager aan stukken snijdt.'

'Jij wilde hier per se rondkijken.' Marino wordt boos. 'Dus hou nu maar op en noem me geen slager.'

Hij laat Shandy in de gang staan en brengt de witte jas terug naar de kleedkamer van Scarpetta. Hij zet het alarm aan. De camera bij de ingang volgt hen en de grote deur naar het voorplein valt knarsend en kletterend achter hen dicht.

De stem van Lucy. Benton is degene die Scarpetta moet vertellen wat Marino heeft gedaan, het verraad dat haar ondergang kan zijn als de media ervan zouden horen. Lucy gaat naar het vliegveld en komt pas de volgende avond laat terug. Benton stelt geen vragen. Hij weet bijna zeker dat ze het al weet, ook al heeft ze dat nog niet gezegd. Vervolgens vertelt ze hem over dr. Self en haar e-mails aan Marino.

Benton geeft geen commentaar. Op zijn scherm rijden Marino en Shandy Snook op hun motorfietsen weg.

5

Het geratel van metalen wielen op tegels.

De deur van de vrieskamer gaat met een zucht van protest open. Scarpetta negeert de ijzige kou en de stank van bevroren dood wanneer ze de metalen kar met de kleine zwarte lijkzak erop naar binnen rijdt. Aan het haakje van de rits zit een teenetiket waarop met zwarte inkt is geschreven: ONBEKEND, datum: 30-4-07, en de handtekening van de medewerker van het uitvaartbedrijf die het lichaam heeft gebracht. In het logboek van het mortuarium heeft Scarpetta Onbekend ingeschreven als 'mannelijk, tussen de vijf en tien jaar oud, moordslachtoffer, gevonden op Hilton Head Island'. Het eiland ligt twee uur rijden van Charleston. Onbekend heeft gemengd bloed: vierendertig procent sub-Sahara-Afrikaans en zesenzestig procent Europees.

Zij is de enige die in het logboek mag schrijven, en ze is woedend om wat ze, toen ze een paar uur geleden binnenkwam, heeft ontdekt: dat het geval van die morgen al ingeschreven wás, waarschijnlijk door Lucious Meddick. Ze kan nauwelijks geloven dat hij zelf alvast maar had besloten dat de oude vrouw die hij had vervoerd een 'natuurlijke dood' was gestorven, veroorzaakt door een 'hart- en ademhalingsstilstand'. Of iemand nu doodgeschoten is, aangereden door een auto of doodgeslagen met een honkbalknuppel, hij sterft wanneer het hart en de longen ermee ophouden. Lucious Meddick heeft geen enkel recht of geen enkele reden om te beslissen dat het een natuurlijke dood is geweest. Ze heeft nog geen sectie verricht, en het is niet zijn taak noch heeft hij het recht om wat dan ook te beslissen. Hij is geen forensisch patholoog. Hij moet van het logboek afblijven. Ze begrijpt niet hoe Marino hem de autopsiekamer kon laten binnengaan en hem daar bovendien alleen kon laten.

Haar adem verdampt terwijl ze een klembord van een kar pakt en er de bijzonderheden over Onbekende op invult plus de datum en de tijd. Haar frustratie is even voelbaar als de kou. Hoewel ze haar uiterste best heeft gedaan om erachter te komen, weet ze niet waar de jongen is gestorven, al vermoedt ze dat het in de buurt moet zijn van de plek waar hij is gevonden. Ze weet niet precies hoe oud hij is. Ze weet niet hoe zijn moordenaar het lichaam heeft vervoerd, maar ze denkt per boot. Er hebben zich geen getuigen gemeld en de enige sporen die ze heeft gevonden zijn witte katoenen vezels, die vermoedelijk afkomstig zijn van het laken waarin de lijkschouwer van Beaufort County hem heeft gewikkeld voordat hij hem in de lijkzak heeft gestopt.

Het zand, het zout en de schelp- en plantdeeltjes in de lichaamsholten en op de huid van de jongen zijn afkomstig uit het moerasland waar zijn naakte, in staat van ontbinding verkerende lichaam voorover lag in het slik en de zegge. Nadat ze dagenlang alle methoden heeft toegepast om zijn lichaam tegen haar te laten praten, heeft hij slechts enkele pijnlijke onthullingen gedaan. Zijn buisvormige maag en uitgemergelde lichaam tonen aan dat hij wekenlang of misschien zelfs maandenlang nauwelijks te eten heeft gehad. Licht misvormde nagels wijzen op herhaaldelijk nieuwe aangroei en doen vermoeden dat er meermaals op zijn kleine vingers en tenen is gehamerd of dat ze op een andere manier zijn gemarteld. De subtiele, roodachtige patronen op zijn lichaam verklappen dat hij hard is geslagen, nog onlangs, met een brede riem met een grote, vierkante gesp. Inkepingen, de onderkant van de huid en microscopisch onderzoek hebben bloedingen aangetoond vanaf het zachte weefsel boven op zijn hoofd tot en met zijn voetzolen. Hij is doodgebloed, maar zonder een druppel bloed uit zijn lichaam te verliezen – schijnbaar een metafoor voor zijn onzichtbare, miserabele leven.

Ze heeft delen van zijn organen en wonden in potten met formaline gedaan en zijn hersens en ogen weggestuurd om gedetailleerder te laten onderzoeken. Ze heeft honderden foto's genomen en ze heeft Interpol op de hoogte gesteld, voor het geval dat hij in een ander land wordt vermist. Zijn vinger- en voetafdrukken zijn ingevoerd in het *Integrated Automated Fingerprint Identification System* (IAFIS) en zijn DNA-profiel in het *Combined DNA Index System* (CODIS). Alle informatie is naar de databank van het nationale centrum voor vermiste en misbruikte kinderen gestuurd. En Lucy zoekt nu natuurlijk in het Diepe Web. Tot dusverre zijn er geen aanwijzingen of overeenkomsten, wat doet vermoeden dat hij niet is ontvoerd of verdwaald, en niet is weggelopen en in handen gevallen van een sadistische onbekende. Hoogstwaarschijnlijk is hij doodgeslagen door een ouder, een familielid, een voogd of een zogenaamde oppasouder, die zijn lichaam op een afgelegen plek heeft achtergelaten om zijn of haar misdaad geheim te houden. Dat gebeurt aan de lopende band.

Scarpetta kan op medisch of wetenschappelijk gebied niets meer voor hem doen, maar ze zal het niet opgeven. Ze zal hem niet ontbenen en zijn botten in een doos stoppen, hij krijgt geen armeluisgraf. Tot ze weet wie hij is, houdt ze hem bij zich, niet meer in de koelcel, maar in een soort tijdcapsule: een met polyurethaan geïsoleerde vriezer met een temperatuur van min vijfenzestig graden Celsius. Hij kan zo nodig jarenlang bij haar blijven. Ze sluit de zware stalen deur van de vriezer en loopt naar de lichte, fris ruikende gang, waar ze haar blauwe operatiejas en haar handschoenen uittrekt. Haar wegwerpoverschoenen maken snelle, ruisende geluidjes op de smetteloze tegelvloer.

Vanuit haar kamer met uitzicht praat dr. Self weer met Jackie Minor, omdat Benton haar nog steeds niet heeft teruggebeld en het al tegen tweeën loopt.

'Hij weet dat we dit moeten oplossen. Waarom denk je dat hij hier anders het weekend is gebleven en jou heeft gevraagd ook te komen? Word je daar trouwens extra voor betaald?' Dr. Self laat niets van haar ergernis merken.

'Ik wist dat er plotseling een vip zou komen. Dat is het enige wat we meestal te horen krijgen als het om een beroemdheid gaat. Er komen hier heel wat beroemdheden. Hoe weet u trouwens van dit project?' vraagt Jackie. 'Dat moet ik vragen, want ik moet het bijhouden om erachter te komen hoe we er op de beste manier reclame voor kunnen maken. Advertenties in de kranten en op de radio, aankondigingen op een prikbord, mondeling, u weet wel.'

'Van de oproep in het hoofdgebouw. Toen ik me daar wat nu al heel lang geleden lijkt meldde, zag ik die meteen. En toen dacht ik: waarom niet? Maar ik ga hier binnenkort weg, heel binnenkort. Jammer dat je er je weekend voor moest opofferen,' zegt dr. Self.

'Eerlijk gezegd, komt het goed uit. Het valt niet mee om vrijwilligers te vinden die aan de voorwaarden voldoen, vooral normale mensen. Tijdverspilling. Minstens twee van de drie blijken niet normaal te zijn. Maar je kunt je afvragen waarom je, als je normaal bent, hierheen zou komen om...'

'... aan een wetenschappelijk project deel te nemen,' maakt dr. Self Jackies onbenullige redenering af. 'Ik geloof niet dat je je als "normaal" kunt aanmelden.'

'O, ik bedoelde niet dat u niet...'

'Ik sta altijd open voor iets nieuws en ik heb een ongewone reden om hier te zijn,' zegt dr. Self. 'Je weet natuurlijk wel dat dit strikt vertrouwelijk is.'

'Ik heb horen zeggen dat u zich hier om veiligheidsredenen schuilhoudt.'

'Door dokter Wesley?'

'Het gerucht gaat. En vertrouwelijkheid spreekt vanzelf, volgens HIPAA, waaraan we ons moeten houden. Dus kunt u veilig vertrekken, als u dat van plan bent.'

'Dat hoop ik.'

'Bent u op de hoogte van de details van dit project?'

'Voor zover ik me die van de oproep kan herinneren,' antwoordt dr. Self.

'Heeft dokter Wesley ze nog niet met u besproken?'

'Hij heeft vrijdag pas van dokter Maroni, die nu in Italië is, gehoord dat ik me voor het project wilde opgeven, maar het moet meteen geregeld worden omdat ik heb besloten te vertrekken. Ik weet zeker dat dokter Wesley de bedoeling heeft me grondig in te lichten en ik begrijp dan ook niet waarom hij nog niet heeft gebeld. Misschien heeft hij je boodschap nog niet ontvangen.'

'Ik heb hem die persoonlijk doorgegeven, maar hij is een heel druk, belangrijk man. Ik weet dat hij vandaag de bandopname maakt van het gesprek met de moeder van de vip, uw moeder, dus vermoed ik dat hij dat eerst afhandelt. Ik weet zeker dat hij daarna met u zal praten.'

'Zijn privéleven zal hier beslist onder lijden. Onder die projecten en zo waarvoor hij de weekends hier moet blijven. Ik neem aan dat hij een geliefde heeft, want zo'n knap, vooraanstaand man als hij is vast niet alleen.'

'Hij heeft iemand in het zuiden. Ongeveer een maand geleden was haar nichtje hier.'

'Hm, interessant,' zegt dr. Self.

'Ze kwam voor een scan. Lucy. Type geheim agent, zo probeert ze er tenminste uit te zien. Ik weet dat ze een computerbedrijf heeft, ze is bevriend met Josh.'

'Ze heeft iets met ordehandhaving te maken.' Dr. Self denkt na. 'Ze is een soort geheim agent, technisch hooggeschoold. En ze is rijk, heb ik gehoord. Fascinerend.'

'Ze deed alleen haar mond tegen me open om zich voor te stellen als Lucy en een oppervlakkig babbeltje te maken. Toen heeft ze bij Josh gezeten en daarna een hele poos bij dokter Wesley in zijn kantoor. Met de deur dicht.'

'Wat vond je van haar?'

'Ze vindt zichzelf nogal belangrijk. Ik heb natuurlijk niet veel tijd met haar doorgebracht. Ze zat heel lang bij dokter Wesley. Met de deur dicht,' herhaalt Jackie.

Jaloers. Dat komt goed uit. 'Ach, wat leuk,' zegt dr. Self. 'Dan zijn ze zeker goed bevriend. Ze moet een heel ongewone vrouw zijn. Is ze knap om te zien?'

'Ik vond haar nogal mannelijk, als u begrijpt wat ik bedoel. In het zwart gekleed en vrij gespierd. Gaf een stevige hand, zoals een man. En ze keek me recht aan, met een heel intense blik. Met ogen als groene laserstralen. Het gaf me een ongemakkelijk gevoel. Nu ik erover nadenk, wilde ik niet met haar alleen zijn. Dat soort vrouwen...'

'Ik hoor je zeggen dat ze zich tot je aangetrokken voelde en dat ze met je naar bed wilde voordat ze terug zou vliegen met een... Laat me eens raden: een privévliegtuig,' zegt dr. Self. 'Waar woont ze, zei je?'

'Charleston. Net als haar tante. Ik geloof inderdaad dat ze met me naar bed wilde. Mijn god. Wat stom dat ik dat niet meteen doorhad toen ze me een hand gaf en zo diep in mijn ogen keek. O ja, en ze vroeg of ik tot laat moest doorwerken, alsof ze wilde weten wanneer ik klaar was. Ze vroeg ook waar ik vandaan kom. Ze werd persoonlijk. Alleen drong dat toen niet tot me door.'

'Misschien omdat je bang was het te erkennen, Jackie. Ze klinkt erg aantrekkelijk en charismatisch, het soort vrouw dat op een bijna hypnotische manier een heterovrouw in haar bed lokt en na een heel erotische ervaring...' Ze zwijgt even. 'Je begrijpt vast wel waarom seks tussen vrouwen, zelfs als een van hen hetero is of als ze dat allebei zijn, absoluut niet ongewoon is.'

'Nee, daar begrijp ik niets van.'

'Lees je Freud?'

'Ik heb me nooit aangetrokken gevoeld tot een vrouw. Zelfs niet tot mijn kamergenote op de universiteit. En wij woonden samen. Als ik dat soort neigingen had, zou er heel wat meer zijn gebeurd.'

'Alles draait om seks, Jackie. Seksueel verlangen begint al in de peutertijd. Wat krijgen zowel mannelijke als vrouwelijke peuters dat later vrouwen wordt onthouden?'

'Dat weet ik niet.'

'Liefde aan de moederborst.'

'Zo'n soort liefde wil ik niet. Ik kan me er ook niets van herinneren en besteed alleen aandacht aan borsten omdat mannen ervan houden. Daarom zijn ze belangrijk en daarom let ik erop. Ik geloof trouwens dat ik vroeger de fles heb gekregen.'

'Ik ben het met je eens,' zegt dr. Self. 'Wat vreemd dat ze helemaal hiernaartoe kwam voor een scan. Ik hoop niet dat haar iets mankeert.'

'Ik weet alleen dat ze een paar keer per jaar komt.'

'Een paar keer per jaar?'

'Dat zei een van de laboranten.'

'Het zou tragisch zijn als haar inderdaad iets mankeerde. Jij en ik weten allebei dat het niet normaal is als iemand een paar keer per jaar een hersenscan laat maken. Of zelfs ooit. Wat hoor ik nog meer te weten over mijn scan?'

'Heeft iemand de moeite genomen u te vragen of u het akelig vindt de magneet in te gaan?' vraagt Jackie, zo serieus alsof zij de deskundige is.

'Akelig?'

'Ja, of u daar bang voor bent.'

'Alleen als ik naderhand niet meer zou weten wat het noorden of het zuiden is. Maar het is inderdaad een belangrijk punt. Ik moet me afvragen hoe mensen zoiets ondergaan. Ik weet niet zeker of dat ooit is onderzocht. Per slot van rekening maken we nog niet zo heel lang gebruik van MRI.'

'Dit onderzoek gebeurt met behulp van fMRI, functionele MRI. Om te zien hoe uw hersens werken terwijl u naar de tape luistert.'

'O ja, die tape. Mijn moeder zal het leuk vinden dat ze op de band wordt opgenomen. Waarop kan ik me nog meer verheugen?'

'Volgens het protocol beginnen we met het SCID, dat wil zeggen het *Structured Clinical Interview* voor DSM-drie-R.'

'Dat ken ik. Vooral DSM-vier. De laatste versie.'

'Soms laat dokter Wesley mij het SCID doen. Daarna kunnen we u pas scannen, en het beantwoorden van al die vragen kan veel tijd in beslag nemen.'

'Dat zal ik vandaag met hem bespreken. En als de gelegenheid zich voordoet, zal ik naar Lucy vragen. Nee, misschien is het beter van niet. Maar ik hoop echt dat haar niets mankeert. Vooral omdat hij blijkbaar erg op haar gesteld is.'

'Hij heeft ook nog afspraken met andere patiënten, maar misschien heb ik wel tijd om dat vraaggesprek met u te hebben.'

'Dank je, Jackie. Ik zal het hem vragen zodra hij me belt. Zijn er trouwens nog negatieve reacties op dat fascinerende project van hem gekomen? En wie financiert het? Je vader, zei je?'

'Een paar mensen hadden last van claustrofobie, dus konden we hen na alle voorbereiding toch niet scannen. Terwijl ik al die moeite had gedaan,' zegt Jackie, 'om die vragenlijst af te werken en dat gesprek met hun moeder op te nemen.'

'Telefonisch, neem ik aan. Je hebt in een week heel wat werk verricht.'

'Ja, dat is goedkoper en efficiënter. Het is niet nodig die mensen persoonlijk te ontmoeten. Wat op de band komt te staan, is een standaardgesprek. Ik mag het niet over het geld hebben, maar mijn vader is erg vrijgevig.'

'Wat dat nieuwe programma waar ik mee bezig ben betreft, heb ik gezegd dat ik overweeg een productieconsultant in dienst te nemen? Zei je niet dat Lucy iets met ordehandhaving te maken heeft? Of geheim agent is? Misschien moet ik ook aan haar denken. Tenzij haar iets mankeert. Hoe vaak is ze hier geweest om een hersenscan te laten maken?'

'Het spijt me, maar ik heb niet vaak naar uw programma gekeken. Overdag werk ik, dus kan ik alleen 's avonds televisie kijken.'

'Mijn programma wordt steeds herhaald. 's Morgens, 's middags en 's avonds.'

'Wetenschappelijk onderzoek naar de criminele geest en uitingen daarvan versus gesprekken met mensen die wapens dragen en dat soort lui moeten arresteren, wat een boeiend idee. Uw publiek zal ervan smullen,' zegt Jackie. 'Het klinkt een stuk interessanter dan waar de andere talkshows zich mee bezighouden. Volgens mij zullen uw kijkcijfers flink omhooggaan als u bijvoorbeeld een seksueel gewelddadige, psychopathische moordenaar door een deskundige laat ondervragen.'

'Moet ik daaruit opmaken dat een psychopaat die verkracht of seksueel mishandelt niet gewelddadig hoeft te zijn? Dat is een bijzonder origineel idee, Jackie, en nu vraag ik me dan ook af of bijvoorbeeld alleen psychopathische seksuele moordenaars gewelddadig zijn. Wat horen we ons na deze veronderstelling nog meer af te vragen?'

'Eh...'

'We moeten ons afvragen waar we dwangmatige seksuele moordlust moeten onderbrengen. Of gaat het alleen om woorden? Ik zeg aardappel en jij zegt pieper?'

'Eh...'

'Wat heb je van Freud gelezen en denk je na over je dromen? Je zou ze moeten opschrijven, een blocnote naast je bed leggen.'

'Tijdens mijn studie wel iets, maar dat van die dromen niet. Dat hoefde toen niet,' antwoordt Jackie. 'En tegenwoordig besteedt niemand meer aandacht aan Freud.'

Acht uur 's avonds, in Rome. Meeuwen maken krijsend duikvluchten in het donker. Het lijken net grote witte vleermuizen.

In andere steden langs de kust veroorzaken de meeuwen overdag overlast, maar verdwijnen ze zodra het donker wordt. Zeker in Amerika, waar commissaris Poma vaak is geweest. Als jongen is hij veel met zijn ouders in het buitenland geweest. Hij moest een bereisde man worden die vloeiend vreemde talen sprak, zich onberispelijk gedroeg en een uitstekende opleiding had genoten. Hij moest zich een hoge positie verwerven, zeiden zijn ouders. Hij kijkt naar twee sneeuwwitte meeuwen op de vensterbank naast zijn tafel en ze kijken terug. Misschien azen ze op de Beluga-kaviaar.

'Ik vraag je waar ze is,' zegt hij in het Italiaans, 'en je antwoordt dat er een man is van wie ik iets moet weten? Meer wil je me niet vertellen? Dat vind ik bijzonder frustrerend.'

'Ik zal herhalen wat ik zei,' zegt dr. Paulo Maroni, die de commissaris al jarenlang kent. 'Dokter Self had Drew Martin in haar programma, dat weet je. Een paar weken later begon dokter Self e-mails te ontvangen van een zwaar gestoorde man. Dat weet ik, want ze heeft hem naar mij doorverwezen.'

'Alsjeblieft, Paulo, geef me details over die gestoorde man.'

'Ik hoopte dat je die al had.'

'Ik ben niet over hem begonnen.'

'Maar jij werkt aan deze zaak,' zegt dr. Maroni. 'En nu blijkt dat ik over meer informatie beschik dan jij. Dat is deprimerend. Dus heeft het onderzoek nog niets opgeleverd.'

'Dat wil ik niet hardop zeggen, maar je hebt gelijk. Daarom moet je me meer over die gestoorde man vertellen. Ik heb het gevoel dat je me op een heel vreemde manier aan het lijntje houdt.'

'Als je meer wilt weten, moet je het háár vragen. Hij is geen patiënt van haar, dus kan zij vrijuit over hem praten. Als ze tenminste wil meewerken.' Hij reikt naar de zilveren schaal met blini's. 'Wat ik betwijfel.'

'Help me dan haar te vinden,' zegt commissaris Poma. 'Want ik heb het gevoel dat jij weet waar ze is. Daarom heb je me gebeld en jezelf uitgenodigd voor een heel duur etentje.'

Dr. Maroni lacht. Hij kan zich een kamer vol met de beste Russische kaviaar veroorloven, dus daarom heeft hij zich niet laten uitnodigen. Maar hij weet iets en heeft ingewikkelde andere redenen, een plan. Dat is typisch iets voor hem. Hij is begiftigd met een groot inzicht in menselijke neigingen en drijfveren, hij is wellicht de briljantste man die de commissaris kent. Maar hij is een raadsel, hij heeft een heel eigen opvatting van de waarheid.

'Ik kan je niet zeggen waar ze is,' zegt dr. Maroni.

'Dat betekent niet dat je het niet weet. Je speelt weer eens een woordspelletje met me, Paulo. Ik ben echt niet lui. Ik heb heus erg mijn best gedaan om haar te vinden. Sinds ik heb gehoord dat ze Drew kende, heb ik mensen gesproken die voor haar werken en steeds heb ik hetzelfde verhaal te horen gekregen als dat op het nieuws. Dat ze om onbekende redenen plotseling naar familie moest. Niemand weet waar ze is.'

'Als je logisch nadenkt, zou je moeten weten dat dat onmogelijk waar kan zijn.'

'Ik heb logisch nagedacht en ik ben het met je eens,' zegt de commissaris. Hij smeert kaviaar op een blini en overhandigt die aan dr. Maroni. 'Daarom denk ik dat jij me kunt helpen om haar te vinden. Omdat, zoals ik al heb gezegd, jij weet waar ze is en me daarom hebt gebeld. En nu zitten we inderdaad een woordspelletje te spelen.'

'Heeft haar personeel de e-mails doorgestuurd waarin je haar vraagt je ergens te ontmoeten of je in ieder geval te bellen?' vraagt dr. Maroni.

'Ze zeggen van wel.' De meeuwen vliegen weg om het bij een andere tafel te proberen. 'Via de normale kanalen kan ik haar niet bereiken. Ze wil geen contact met me, want het laatste wat ze wil, is een schakel worden in het onderzoek. Want dan zou ze misschien voor een deel verantwoordelijk worden gehouden.'

'Terecht, waarschijnlijk. Ze is onverantwoordelijk,' zegt dr. Maroni.

De wijnkelner schenkt hun glazen weer vol. Het restaurant op het dak van Hotel Hassler is een van de favoriete eetgelegenheden van commissaris Poma. Het biedt een prachtig uitzicht dat hem nooit verveelt, en hij denkt aan Kay Scarpetta en Benton Wesley en vraagt zich af of zij er ooit hebben gegeten. Waarschijnlijk niet. Ze hadden het te druk. Hij heeft de indruk dat ze het te druk hebben voor alles wat belangrijk is in het leven.

'Zie je nou wel? Hoe meer ze haar best doet om me te ontwijken, des te meer ik geloof dat ze daar een reden voor heeft,' zegt de commissaris. 'Misschien is het die gestoorde man die ze heeft doorverwezen naar jou. Vertel me nu alsjeblieft waar ik haar kan bereiken, want ik ben ervan overtuigd dat jij dat weet.'

Dr. Maroni vraagt: 'Heb ik gezegd dat we in de Verenigde Staten regels en gebruiken hebben en dat rechtszaken een nationale sport zijn?'

'Haar personeel zal me niet vertellen of ze een patiënt in jouw ziekenhuis is.'

'Dat zou ik je ook niet vertellen.'

'Natuurlijk niet.' De commissaris glimlacht. Nu weet hij het. Hij twijfelt er niet aan.

'Ik ben erg blij dat ik daar op dit moment niet ben,' vervolgt dr. Maroni. 'We hebben een heel moeilijke vip in het Paviljoen. Ik hoop dat Benton Wesley weet hoe hij haar moet behandelen.'

'Ik moet met haar praten. Hoe kan ik haar ervan overtuigen dat ik er via iemand anders dan jij achter ben gekomen?'

'Je bent via mij nergens achter gekomen.'

'Ik moet het van iemand te horen hebben gekregen en ze zal willen weten wie dat is.'

'Ik ben het niet. Jij hebt het gezegd, ik heb niets bevestigd.'

'Zullen we het als een hypothetisch geval beschouwen?'

Dr. Maroni neemt een slok wijn. 'Ik vind de Barbaresco die we de vorige keer dronken lekkerder.'

'Dat begrijp ik. Hij kost driehonderd euro.'

'Stevig en toch fris van smaak.'

'Die wijn? Of de vrouw met wie je de nacht hebt doorgebracht?'

Voor een man van zijn leeftijd die eet en drinkt waar hij zin in heeft, ziet dr. Maroni er nog goed uit, en hij heeft dan ook nooit gebrek aan vrouwen. Ze bieden zich aan hem aan alsof hij de god Priapus is, en hij is geen van hen trouw. Wanneer hij naar Rome gaat, laat hij zijn vrouw meestal thuis, in Massachusetts. Ze lijkt het niet erg te vinden. Er wordt goed voor haar gezorgd en hij valt haar niet lastig met seksuele wensen, omdat ze die niet vervult en hij niet meer van haar houdt. Het is een lot dat de commissaris niet zou willen aanvaarden. Hij is een romanticus, en hij denkt weer aan Scarpetta. Voor haar hoeft niet worden gezorgd en ze zou het niet toestaan. Haar aanwezigheid in zijn gedachten is zoiets als het kaarslicht op tafel en de lichtjes van de stad in de verte. Ze raakt hem.

'Ik kan contact met haar opnemen in het ziekenhuis, maar ze zal vragen hoe ik weet dat ze daar is,' zegt hij nogmaals.

'Je bedoelt de vip?' Dr. Maroni steekt een parelmoeren lepel in de kaviaar en schept er genoeg uit voor twee blini's. Hij smeert alles op één blini en eet hem op. 'Je mag geen contact opnemen met iemand in het ziekenhuis.'

'Stel dat ik zeg dat Benton Wesley mijn bron is? Hij was onlangs hier en is bij het onderzoek betrokken. En ze is zijn patiënt. Het ergert me dat we een paar avonden geleden nog over dokter Self hebben gesproken en dat hij toen niet zei dat ze zijn patiënt was.'

'Je bedoelt de vip. Benton is geen psychiater en formeel gezien is de vip niet zijn patiënt. Formeel gezien is ze míjn patiënt.'

De commissaris zwijgt wanneer de kelner aankomt met de *primi piatti*. Risotto met champignons en parmezaanse kaas. Met basilicum gekruide minestrone met *quadrucci*.

'Bovendien zou Benton nooit zoiets verklappen. Dan kun je het evengoed aan een steen vragen,' zegt dr. Maroni wanneer de kelner weg is. 'Ik denk dat de vip binnenkort vertrekt, en dan is het de vraag waar ze naartoe gaat. Waar ze is geweest is alleen van belang vanwege het motief.'

'Het programma van dokter Self wordt opgenomen in New York.'

'Vips mogen gaan en staan waar ze willen. Als je erachter komt waar ze is en waarom, kun je misschien bedenken waar ze naartoe zal gaan. Ik denk dat Lucy Farinelli een betere bron is.'

'Lucy Farinelli?' herhaalt de commissaris verbaasd.

'Het nichtje van doctor Scarpetta. Toevallig bewijs ik haar een gunst en komt ze regelmatig naar het ziekenhuis. Dus kan ze iets hebben opgevangen van het personeel.'

'En dan? Zij heeft het Kay verteld en Kay heeft het doorverteld aan mij?'

'Kay?' Dr. Maroni eet kalm door. 'Heb je vriendschap met haar gesloten?'

'Dat hoop ik. Maar niet met hem. Ik geloof dat hij me niet mag.'

'De meeste mannen mogen je niet, Otto. Alleen homoseksuelen. Maar je begrijpt wel wat ik bedoel. Hypothetisch gesproken. Als de informatie afkomstig is van een buitenstaander – Lucy, die het tegen dokter Scarpetta heeft gezegd, die het weer tegen jou heeft gezegd' – dr. Maroni vindt de risotto blijkbaar erg lekker – 'dan hebben we geen ethisch of wettelijk probleem. Dan kun je het spoor gaan volgen.'

'En de vip weet dat Kay in deze zaak met me samenwerkt, omdat Kay onlangs in Rome was en het op het nieuws is geweest. De vip zal denken dat Kay indirect de bron was en dan is het in orde. Heel goed. Perfect zelfs.'

'De *risotto ai funghi* is bijna perfect. Hoe is de minestrone? Ik heb hem zelf ook al eens genomen,' zegt dr. Maroni.

'Uitstekend. Wat de vip betreft. Kun je me, zonder je beroepsgeheim geweld aan te doen, vertellen waarom ze patiënt is in het McLean?'

'Haar reden of de mijne? Haar reden is persoonlijke veiligheid. De mijne is dat ze gebruik van me kan maken. Pathologisch gezien heeft ze axis een én twee. Cyclisch snel verlopende bipolaire stoornis, en ze weigert het toe te geven. Laat staan dat ze een stemmingsregelaar slikt. Over welke persoonlijkheidsstoornis wil je iets horen? Ze heeft er heel wat. Tot mijn spijt moet ik zeggen dat mensen met een persoonlijkheidsstoornis zelden veranderen.'

'Dus ze is ergens van ingestort. Is dit haar eerste ziekenhuisopname om psychiatrische redenen? Ik heb onderzoek gedaan. Ze is tegen medicatie en denkt dat de mensen alle problemen in de wereld kunnen oplossen als ze haar raad opvolgen. Ze noemt het "gereedschap".'

'De vip is nooit eerder in het ziekenhuis opgenomen. Nu stel je belangrijke vragen. Het is niet belangrijk wáár ze is, maar waaróm. Ik kan je niet vertellen waar zij is, maar wel waar de vip is.'

'Heeft je vip een traumatische ervaring gehad?'

'De vip heeft een e-mail van een gek ontvangen. Toevallig is het dezelfde gek als degene over wie dokter Self me vorig najaar heeft verteld.'

'Ik moet met haar praten.'

'Met wie?'

'Vooruit dan maar. Is het goed als we het over dokter Self hebben?'

'Dan is ons gespreksonderwerp niet langer de vip, maar dokter Self.'

'Vertel me eens iets over die gek.'

'Zoals ik al zei, heb ik hem in mijn praktijk hier in Rome een paar keer gesproken.'

'Ik zal niet naar zijn naam vragen.'

'Mooi zo, want die weet ik niet. Hij heeft contant betaald. En gelogen.'

'Je hebt geen idee hoe hij heet?'

'Anders dan jij, doe ik geen onderzoek naar de achtergrond van een patiënt en vraag ik niet om een identiteitsbewijs,' zegt dr. Maroni.

'Wat was zijn valse naam?'

'Dat zeg ik niet.'

'Waarom had dokter Self die man naar je doorverwezen? En wanneer?'

'Begin oktober. Ze zei dat hij haar e-mails stuurde en dat ze het beter vond hem door te sturen naar iemand anders. Zoals ik al zei.'

'Als ze in staat was om toe te geven dat ze iets niet aankon, moet ze in elk geval een béétje verantwoordelijkheidsgevoel hebben,' zegt commissaris Poma.

'Ik geloof niet dat je haar begrijpt. Ze zal nooit denken dat ze iets niet aankan. Ze had er gewoon geen zin in zich met hem bezig te houden, en het streelde haar maniakale ego dat ze hem kon doorsturen naar een psychiater die de Nobelprijs heeft gewonnen en die tot de staf van de medische faculteit van Harvard behoort. Het gaf haar voldoening dat ze mij ermee lastig kon vallen, wat ze al veel vaker had gedaan. Ze had er haar redenen voor, al was het alleen maar omdat ze wist dat ik niets met hem zou kunnen bereiken. Hij is onbehandelbaar.' Dr. Maroni kijkt naar zijn wijn alsof hij daar een antwoord in kan vinden.

'Vertel me dan eens,' zegt commissaris Poma, 'of je het met me eens bent dat ik, als hij onbehandelbaar is, terecht van mening ben dat een heel abnormale man zoals hij heel abnormale dingen zou kunnen doen. Hij heeft haar ge-e-maild. Wellicht heeft hij haar de e-mails gestuurd waarover ze het had toen ze werd opgenomen in het McLean.'

'Je bedoelt de vip. Ik heb niet gezegd dat dokter Self in het McLean is. Maar als dat zo zou zijn, moet je beslist uitzoeken waarom. Dat lijkt me erg belangrijk. Ik herhaal mezelf als een grammofoonplaat met een kras erop.'

'Misschien heeft hij de vip een e-mail gestuurd waarvan ze zo is geschrokken dat ze vond dat ze zich een poosje in jouw ziekenhuis schuil moest houden. We moeten hem vinden om ons ervan te verzekeren dat hij geen moordenaar is.'

'Ik zou niet weten hoe we hem moeten vinden. Zoals ik al zei, heb ik geen flauw idee wie hij is. Alleen dat hij een Amerikaan is die in Irak heeft gediend.'

'Waarom is hij hier in Rome bij je gekomen? Voor die afspraak moest hij een heel eind reizen.'

'Hij lijdt aan een posttraumatische stressstoornis en hij schijnt hier mensen te kennen. Hij vertelde me een bizar verhaal over een jonge vrouw met wie hij vorige zomer een dag had doorgebracht. Haar lichaam is in de omgeving van Bari gevonden. Je herinnert je die zaak vast nog wel.'

'Die Canadese toeriste?' zegt de commissaris. 'Shit.'

'Juist. Ze werd pas later geïdentificeerd.'

'Ze was naakt en zwaar mishandeld.'

'Maar anders dan wat je me vertelde over Drew Martin. Niet dat wat met haar ogen is gedaan.'

'Maar bij haar ontbraken ook stukken vlees.'

'Ja. Eerst werd aangenomen dat ze een prostituee was, die uit een rijdende auto was gegooid of door een auto was overreden, vanwege die wonden,' zegt dr. Maroni. 'Maar sectie wees uit dat het iets anders moest zijn geweest. Die autopsie is trouwens heel bekwaam uitgevoerd, vooral als je aan de primitieve omstandigheden denkt. Jij weet ook hoe het toegaat in afgelegen gebieden waar ze nooit genoeg geld hebben.'

'En vooral aangezien ze een prostituee was. Ze hebben sectie verricht op een begraafplaats. Als niet net op dat moment een Canadese toeriste als vermist was opgegeven, was ze misschien naamloos op dat kerkhof begraven,' zegt commissaris Poma.

'De conclusie was dat het vlees met een soort mes of zaag was weggesneden.'

'En toch weiger je me meer te vertellen over die patiënt van je die contant betaalde en een valse naam opgaf?' zegt de commissaris verontwaardigd. 'Terwijl je vast wel aantekeningen hebt gemaakt die je me kunt laten zien.'

'Dat kan ik niet doen. En wat hij me heeft verteld, is geen bewijs.'

'Stel dat hij de moordenaar is die we nu zoeken, Paulo?'

'Als ik meer bewijzen had, zou ik het je vertellen. Maar ik heb alleen zijn bizarre verhaal en het oncomfortabele gevoel dat ik kreeg toen ze contact met me opnamen en me vertelden over die vermoorde prostituee, die de vermiste Canadese bleek te zijn.'

'Hebben ze contact met je opgenomen? Waarom? Wilden ze je mening horen? Dat wist ik niet.'

'De staatspolitie had de zaak in behandeling, niet de carabinieri. Ik geef een heleboel mensen gratis advies. Maar om kort te gaan, de patiënt is niet teruggekomen en ik kan echt niet zeggen wie hij is,' zegt Maroni.

'Kan niet of wil niet.'

'Kan niet.'

'Maar begrijp je dan niet dat het best mogelijk is dat hij de moordenaar van Drew Martin is? Dokter Self heeft hem naar jou toe gestuurd en plotseling verschuilt ze zich in jouw ziekenhuis nadat ze een e-mail van een gek heeft ontvangen.'

'Nu begin je weer over die vip. Ik heb nooit gezegd dat dokter Self een patiënt in mijn ziekenhuis is. Maar de reden voor dat schuilen is belangrijker dan de schuilplaats.'

'Kon ik maar met een spade in je hoofd graven, Paulo. Wie weet wat ik daar allemaal zou vinden.'

'Risotto en wijn.'

'Als je dingen weet die bij dit onderzoek van belang kunnen zijn, ben ik het niet met je geheimhouding eens,' zegt de commissaris. Dan zwijgt hij omdat de kelner naar hen toe komt.

Maroni vraagt weer om de menukaart, ook al heeft hij alles wat erop staat al gegeten omdat hij hier vaak komt. De commissaris, die de kaart niet hoeft te zien, beveelt de gegrilde langoest uit de Middellandse Zee aan, en daarna een salade en Italiaanse kazen. De mannetjesmeeuw komt alleen terug. Hij staart door het raam naar binnen en zet zijn witte veren op. Achter de vogel flonkeren de lichtjes van de stad. De gouden koepel van de Sint-Pieter lijkt op een kroon.

'Otto, als ik met zo weinig bewijs mijn gelofte van geheimhouding breek en me vergis, is het afgelopen met mijn carrière,' zegt Maroni ten slotte. 'Ik heb geen wettige reden om informatie over hem aan de politie te verstrekken. Het zou erg dom van me zijn als ik dat deed.'

'Dus begin je me duidelijk te maken wie de moordenaar kan zijn en slaat dan de deur voor mijn neus dicht?' zegt Poma terwijl hij gefrustreerd naar voren leunt.

'Ik heb die deur niet opengedaan,' zegt Maroni. 'Ik heb hem je alleen maar aangewezen.'

Scarpetta, verdiept in haar werk, schrikt op wanneer de wekker in haar horloge om kwart voor drie afloopt.

Ze gaat door met het hechten van de Y-vormige wondnaad in het lichaam van de al in staat van ontbinding verkerende oude vrouw, bij wie sectie overbodig bleek te zijn, tot ze klaar is. Aderverkalking. Doodsoorzaak, zoals verwacht, een hartinfarct ten gevolge van dichtgeslibde bloedvaten. Ze trekt haar handschoenen uit, gooit ze in een knalrode vuilnisbak voor milieugevaarlijk afval en belt Rose.

'Ik kom eraan,' zegt ze. 'Wil jij Meddick bellen en zeggen dat ze opgehaald kan worden?'

'Ik wilde net naar je toe gaan,' zegt Rose. 'Ik was al bang dat je je per ongeluk in de vriezer had opgesloten.' Een oud grapje. 'Benton wil je spreken. Hij zegt dat je naar je e-mail moet kijken wanneer je, ik citeer, alleen en kalm bent.'

'Je klinkt vandaag erger dan gisteren. Nog benauwder.'

'Misschien ben ik verkouden.'

'Ik heb een poosje geleden Marino's motor horen aankomen. En iemand heeft hier gerookt. In de autopsiekamer. Zelfs mijn operatiejas stinkt ernaar.'

'Wat raar.'

'Waar is hij? Het zou prettig zijn geweest als hij tijd had gehad om me hier een handje te helpen.'

'In de keuken,' antwoordt Rose.

Met schone handschoenen aan schuift Scarpetta het lichaam van de oude vrouw van de autopsietafel in een met een laken gevoerde, sterke vinyl zak op een brancard en rijdt de brancard naar de koelcel. Ze spoelt de tafel schoon en zet buisjes met vitreus vocht, urine, gal, bloed en een doos met orgaandelen in de koelkast om later toxicologisch te testen en het weefsel te onderzoeken. Ze legt met bloed bevlekte kaarten onder een droogkap – monsters voor een DNA-test, die bij elke sectie worden afgenomen. Nadat ze de vloer heeft gedweild, haar chirurgische instrumenten en de werkvlakken heeft schoongemaakt en alle papieren heeft verzameld om later te dicteren, gaat ze zich verschonen.

Achter in de autopsiekamer staan droogkasten met HEPA- en koolfilters voor bebloede, vuile kleding voordat die wordt ingepakt en als bewijsmateriaal naar laboratoria wordt gestuurd. Ernaast bevinden zich een bergruimte, een wasruimte en ten slotte de met een glazen wand in tweeën gedeelde kleedkamer. Een deel voor mannen en een voor vrouwen. Nu Scarpetta haar praktijk in Charleston nog aan het opbouwen is, is Marino de enige die haar in het mortuarium helpt. De ene kant van de kleedkamer is voor hem, de andere kant is voor haar, en ze voelt zich altijd oncomfortabel wanneer ze allebei tegelijk een douche nemen en ze hem kan horen en zijn vage vorm ziet bewegen achter het dikke groene glas.

Ze loopt haar deel van de kleedkamer in en doet de deur op slot. Ze trekt haar wegwerpoverschoenen uit, doet haar schort, kapje en masker af, gooit ze in de speciale afvalemmer en laat haar operatiejas in de wasmand vallen. Ze doucht en wast zich grondig met antibacteriële zeep, föhnt haar haren droog en trekt haar mantelpak en pumps weer aan. Ze verlaat de kleedkamer en loopt door de gang naar de deur aan het eind. Achter de deur ligt de steile trap van versleten eikenhout die uitkomt in de keuken, waar Marino net een blikje Pepsi Light opentrekt.

Hij neemt haar van hoofd tot voeten op. 'Wat zie je er chic uit,' zegt hij. 'Ben je vergeten dat het zondag is en denk je dat je naar de rechtbank moet? Dan kan ik mijn ritje naar Myrtle Beach zeker wel vergeten.' Aan zijn rode, stoppelige gezicht is te zien dat hij een ruige nacht heeft gehad.

'Zie het maar als een cadeautje. Weer een dag dat je nog leeft.' Ze haat motoren. 'Bovendien is het slecht weer en wordt het nog slechter.'

'Ooit zal het me lukken je achter op mijn Indian Chief Roadmaster te krijgen en dan zul je eraan verslaafd raken en me smeken je vaker mee te nemen.'

Ze gruwt van het idee dat ze achter op zijn motor zou moeten klimmen, haar armen om hem heen zou moeten slaan en zich tegen hem aan zou moeten drukken, en dat weet hij. Ze is zijn bazin en is dat bijna twintig jaar lang in allerlei opzichten geweest, maar dat schijnt hem niet langer te bevallen. Ze zijn allebei veranderd, dat staat vast. Ze hebben goede en slechte tijden meegemaakt, dat is ook waar. Maar de laatste paar jaar en zeker de laatste tijd merkt ze dat zijn waardering voor haar en zijn baan steeds minder wordt, en nu dit. Ze denkt aan de e-mails van dr. Self en vraagt zich af of hij ervan uitgaat dat zij die ook heeft gezien. Ze denkt aan het spelletje dat dr. Self met hem speelt, wat het dan ook is – een spelletje dat hij niet zal begrijpen en beslist zal verliezen.

'Ik hoorde je aankomen. Natuurlijk heb je je motor weer op het voorplein gezet,' zegt ze. 'Als er een lijkwagen of een vrachtauto tegenaan rijdt,' waarschuwt ze hem voor de zoveelste keer, 'is dat je eigen schuld en zal ik geen medelijden met je hebben.'

'Als er iemand tegenaan rijdt, zal er nóg een lijk naar binnen worden gebracht, dat van die stomme eikel van het uitvaartbedrijf die niet uitkeek.'

Marino's motor, met uitlaten die de geluidsbarrière doorbreken, is ook een twistpunt geworden. Hij rijdt erop naar plaatsen van een misdrijf, de rechtbank, advocatenkantoren en adressen van getuigen. Op kantoor weigert hij hem op de parkeerplaats te zetten en parkeert hij hem in een hoekje van het voorplein dat bestemd is voor het afleveren van doden, niet voor het stallen van persoonlijke voertuigen.

'Is meneer Grant er al?' vraagt Scarpetta.

'Kwam aanrijden in een gammele pick-up met een lullig vissersbootje, garnalennetten, emmers en allerlei andere rotzooi erop. Een enorme kerel, pikzwart. Ik heb nooit zwartere mensen gezien dan de zwarten hier. Geen druppel melk in de koffie. Heel ander dan waar we vroeger zaten in Virginia, waar Thomas Jefferson tussen de lakens was gekropen met het personeel.'

Ze is niet in de stemming om zich door hem te laten opsarren. 'Is hij in mijn kantoor? Ik wil hem niet laten wachten.'

'Ik snap niet dat je je voor hem zo netjes hebt aangekleed, alsof je een afspraak hebt met een advocaat of een rechter, of naar de kerk gaat,' zegt Marino. Ze vraagt zich af of hij eigenlijk hoopt dat ze zich voor hém heeft opgetut, misschien omdat ze de e-mails van dr. Self heeft gelezen en jaloers is.

'Een afspraak met hem is net zo belangrijk als met iemand anders,' zegt ze. 'We tonen altijd respect, dat weet je toch wel?'

Marino ruikt naar sigaretten en drank, en wanneer 'zijn chemie uit balans' is, zoals Scarpetta het tegenwoordig maar al te vaak eufemistisch noemt, heeft zijn gebrek aan zelfvertrouwen tot gevolg dat hij zich nog slechter gedraagt dan anders, wat vanwege zijn respectabele lichamelijke omvang nogal bedreigend is. Hij is midden vijftig, scheert zijn schaars begroeide schedel kaal, draagt een zwarte motorrijdersuitrusting en grote laarzen en sinds een paar dagen een glimmende ketting met een zilveren dollar eraan. Hij is een fanatiek gewichtheffer en zijn borst is zo breed dat hij soms pocht dat er twee röntgenfoto's van zijn longen moeten worden genomen om ze naast elkaar te kunnen bekijken. Lang geleden, dat heeft Scarpetta op foto's gezien, was hij een op een stoere manier sexy, knappe kerel, en hij zou best nog aantrekkelijk kunnen zijn als hij niet zo'n grofgebekt, onverzorgd en verlopen type was geworden, wat in dit stadium van zijn leven niet meer kan worden geweten aan zijn moeilijke jeugd in een ongure buurt ergens in New Jersey.

'Ik weet niet waarom je je nog steeds verbeeldt dat je me voor de gek kunt houden,' zegt Scarpetta, waarmee ze het bespottelijke onderwerp van wat ze die dag draagt en waarom laat rusten. 'Gisteravond. In het mortuarium. Ik vergis me niet.'

'Hoezo voor de gek houden?' Weer een geslurpte slok uit het blikje.

'Als je extra veel aftershave opdoet om sigarettenrook te verdoezelen, bezorg je me alleen maar hoofdpijn.'

'Huh?' Hij laat zacht een boer.

'Ik kan wel raden dat je de hele nacht in de Kick 'n Horse hebt gezeten.'

'Die tent stinkt van de sigarettenrook.' Hij haalt zijn enorme schouders op.

'En daar heb jij natuurlijk niet aan bijgedragen. Jij hebt gerookt in het mortuarium. In de koelcel. Zelfs mijn operatiejas stonk naar sigaretten. Heb je ook in mijn kleedkamer staan roken?'

'De lucht is waarschijnlijk van mijn kant gekomen. De rooklucht, bedoel ik. Misschien ben ik daar met een sigaret in mijn mond naar binnen gegaan. Ik weet het niet meer.'

'Ik weet dat je geen longkanker wilt krijgen.'

Hij wendt zijn blik af, zoals hij altijd doet wanneer een gespreksonderwerp hem niet bevalt, en geeft geen antwoord. 'Heb je nog iets ontdekt? Ik heb het niet over die oude vrouw, die ze niet hierheen hadden moeten sturen alleen maar omdat de lijkschouwer geen trek had in een half bedorven lijk. Ik heb het over die jongen.'

'Ik heb hem in de vriezer gelegd. Voorlopig kunnen we niets meer voor hem doen.'

'Ik kan er niet tegen als het nog een kind is. Als ik erachter kom wie dat jochie op die manier heeft behandeld, vermoord ik hem. Dan scheur ik hem met blote handen aan stukken.'

'Laten we niet dreigen dat we iemand zullen vermoorden, alsjeblieft.' Rose staat in de deuropening, met een vreemde uitdrukking op haar gezicht. Scarpetta heeft geen idee hoe lang ze daar al staat.

'Ik dreig niet,' zegt Marino.

'Daarom zei ik het juist.' Rose komt de keuken in en ze ziet eruit om door een ringetje te halen, zoals ze het zelf noemt. Ze draagt een blauw mantelpak en haar grijswitte haar is netjes opgestoken, maar ze maakt een uitgeputte indruk en haar pupillen zijn zo klein als een speldenknop.

'Lees je me weer de les?' zegt Marino met een knipoog tegen haar.

'Je hebt nog wel een paar lessen nodig. Of zelfs meer,' zegt Rose, en ze schenkt een kop sterke, zwarte koffie voor zichzelf in – een 'slechte' gewoonte, die ze ongeveer een jaar geleden had opgegeven maar blijkbaar in ere heeft hersteld. 'En voor het geval dat je het bent vergeten' – ze kijkt hem over de rand van de mok aan – 'je hebt al meerdere malen iemand gedood. Dus zijn die dreigementen misplaatst.' Ze leunt tegen het aanrecht en haalt diep adem.

'Ik zei toch dat het geen dreigement is?'

'Gaat het wel goed met je?' vraagt Scarpetta aan Rose. 'Misschien is dit niet alleen een verkoudheid. Je had niet moeten komen.'

'Ik heb even met Lucy gepraat,' zegt Rose en ze vervolgt tegen Marino: 'Ik wil niet dat dokter Scarpetta alleen is met meneer Grant. Nog geen seconde.'

'Heeft ze niet gezegd dat hij geen strafblad heeft?' vraagt Scarpetta.

'Hoor je me, Marino? Je laat dokter Scarpetta nog geen seconde met die man alleen. Wel of geen strafblad kan me niets schelen. Hij is groter dan jij,' zegt de eeuwig bezorgde Rose, waarschijnlijk in opdracht van de eeuwig bezorgde Lucy.

Rose is al bijna twintig jaar de secretaresse van Scarpetta. Ze is

haar, zoals ze zelf zegt, van hot naar haar en door dik en dun gevolgd. Ze is drieënzeventig en een aantrekkelijke, imposante vrouw,
kaarsrecht en pienter. Elke dag loopt ze de autopsiekamer in en uit
met telefonische boodschappen, verslagen die onmiddellijk moeten
worden ondertekend, allerlei andere zaken die volgens haar niet
kunnen wachten of met een waarschuwing, nee, een bevel, dat Scarpetta de hele dag nog niet heeft gegeten en dat er boven een af-
haalmaaltijd, een gezonde, dat spreekt vanzelf, voor haar klaarstaat
die ze nú moet opeten, en nee, ze mag geen koffie meer want ze
drinkt al te veel koffie.

'Blijkbaar is hij betrokken geweest bij een steekpartij,' zegt Rose
bezorgd.

'Dat staat in het rapport. Hij was het slachtoffer,' zegt Scarpetta.

'Hij ziet er gevaarlijk gewelddadig uit en is zo groot als een vracht-
schip. Het zit me absoluut niet lekker dat hij per se op een zon-
dagmiddag hier wilde komen, misschien omdat hij hoopte dat je
dan alleen bent,' vervolgt Rose tegen Scarpetta. 'Hoe weet je dat hij
niet de moordenaar van dat kind is?'

'Laten we eerst maar eens horen wat hij te vertellen heeft.'

'Vroeger zouden we het nooit op deze manier hebben gedaan.
Dan zou er een politieagent bij zijn.' Rose geeft het niet op.

'Vroeger is vroeger,' zegt Scarpetta en ze doet haar best om niet
belerend te klinken. 'Dit is een privépraktijk; in sommige opzichten
zijn we flexibeler, in andere juist niet. Maar het hoort nog steeds
bij ons werk dat we iedereen te woord staan die ons misschien nut-
tige informatie kan verschaffen, al of niet in aanwezigheid van een
agent.'

'Wees in elk geval voorzichtig,' zegt Rose tegen Marino. 'Degene die dat arme jochie zo heeft mishandeld, weet heus wel dat het
lichaam hier bij ons is en dat dokter Scarpetta ermee bezig is en dat
zij, als ze ergens aan werkt, meestal de oplossing vindt. Misschien
achtervolgt hij haar, dat zou best kunnen.'

Rose is zelden zo over haar toeren.

'Je hebt gerookt,' gaat ze verder tegen Marino.

Hij neemt weer een grote slok Pepsi Light. 'Je had me gisteravond
moeten zien. Ik had tien sigaretten in mijn mond en twee in mijn
kont terwijl ik accordeon speelde en mijn nieuwe vriendin een beurt
gaf.'

'Ah, weer een gezellige avondje in die motorrijderskroeg met een vrouw met hetzelfde IQ als mijn vrieskast. Onder nul. Stop alsjeblieft met roken, ik wil niet dat je doodgaat.' Met een bezorgd gezicht loopt Rose naar het koffieapparaat en doet er water in om verse koffie te zetten. 'Meneer Grant wil graag een kop koffie,' zegt ze. 'Nee, dokter Scarpetta, jij krijgt niets.'

6

Bulrush Ulysses S. Grant is altijd Bull genoemd. Zonder dat ernaar wordt gevraagd, legt hij meteen uit waarom hij zo heet.

'U zult zich wel afvragen wat die S in mijn naam betekent. Het is alleen een S, met een punt erachter,' zegt hij, vanaf een stoel die niet ver van de gesloten deur van Scarpetta's kantoor staat. 'Mijn moeder weet dat de S in de naam van generaal Grant de eerste letter van Simpson is, maar ze was bang dat het, als ze er voluit Simpson bij zou zetten, te veel voor me zou zijn om op te schrijven. Dus liet ze het bij de S. Maar de uitleg duurt langer dan het opschrijven, vind ik.'

Hij ziet er in gestreken grijze werkkleren schoon en netjes uit en het lijkt wel of zijn sportschoenen rechtstreeks uit de wasmachine komen. Een gerafelde gele baseballpet met een vis erop ligt op zijn dijen, met zijn grote handen er beleefd gevouwen bovenop. De rest van zijn uiterlijk is schrikaanjagend, met een netwerk van wrede, lange roze japen op zijn gezicht, in zijn hals en op zijn schedel. Als hij bij een plastisch chirurg is geweest, was dat geen goed vakman. Hij zal de rest van zijn leven mismaakt blijven, met zijn patroon van hard weefsel dat Scarpetta doet denken aan Queequeg in *Moby Dick*.

'Ik weet dat u hier nog niet zo lang woont,' zegt Bull tot haar verbazing. 'In dat oude koetshuis dat aan de achterkant grenst aan de steeg tussen Meeting en King.'

'Hoe weet jij verdomme waar ze misschien woont en wat gaat het je aan?' valt Marino hem agressief in de rede.

'Ik werkte vroeger voor een van uw buren,' gaat Bull verder tegen Scarpetta. 'Ze is een tijdje geleden gestorven. Om precies te zijn, had ik ongeveer vijftien jaar voor haar gewerkt toen haar man een jaar of vier geleden overleed. Daarna ontsloeg ze het grootste deel van haar personeel, ik denk omdat ze geldzorgen had, en toen moest ik ander werk zoeken. Nu is zij ook dood. Maar wat ik wil zeggen, is dat ik de buurt waar u woont op mijn duimpje ken.'

Ze kijkt naar de roze littekens op zijn duimen.

'Ik ken uw huis...' vervolgt hij.

'Ik heb je net al gevraagd...' begon Marino.

'Laat hem uitspreken,' zegt Scarpetta.

'... en ik weet precies hoe uw tuin eruitziet, want ik heb de vijver gegraven en met cement bekleed, en ik onderhield dat beeld van die engel die ernaast staat, maakte het schoon en zo. De witte muur met pinakels aan de ene kant heb ik gebouwd, maar niet de afscheiding van bakstenen zuilen en gietijzer aan de andere kant. Die stond er al voor mijn tijd en was toen u het huis kocht waarschijnlijk zo overwoekerd met wasgagel en bamboe dat u niet eens wist dat hij daar stond. Ik heb er rozen geplant, Europa, Californische klaprozen en Chinese jasmijn, en ik deed er klusjes in huis.'

Scarpetta is sprakeloos.

'Alles bij elkaar,' gaat Bull verder, 'heb ik voor een heleboel mensen in uw steeg en in King Street, Meeting Street, Church Street en zo van alles gedaan. Sinds ik een jongen was. Dat kon u niet weten, want ik maak geen reclame voor mezelf. Dat is beter als je niet wilt dat de mensen hier zich aan je ergeren.'

Ze vraagt: 'Zoals ze zich ergeren aan mij?'

Marino werpt haar een afkeurende blik toe. Ze wordt te vriendelijk.

'Ja, mevrouw. Zo kunnen ze zich hier gedragen,' antwoordt Bull. 'En dat u al die spinnenwebstickers op de ramen hebt geplakt maakt het er niet beter op, vooral vanwege uw beroep. Eerlijk gezegd, noemt een van uw buren u dokter Halloween.'

'Als ik mag raden, is dat mevrouw Grimball.'

'Ik zou het maar niet serieus nemen,' zegt Bull, 'want mij noemt ze Olé. Omdat ik Bull heet.'

'Die stickers moeten voorkomen dat er vogels tegen de ramen vliegen.'

'Hm. Ik heb nooit kunnen uitvogelen wat vogels eigenlijk zien.

Zien ze bijvoorbeeld een spinnenweb en vliegen ze dan gauw een andere kant op? Want ik heb nooit een vogel net als een insect in spinrag zien hangen. Maar het is net zoiets als beweren dat honden kleurenblind zijn of geen begrip van tijd hebben. Hoe kunnen we dat weten?'

'Wat heb je eigenlijk in de buurt van haar huis te zoeken?' vraagt Marino.

'Ik ben op zoek naar werk. Als jongen hielp ik mevrouw Whaley ook,' zegt Bull tegen Scarpetta. 'U hebt vast wel gehoord van haar tuin, de beroemdste tuin van Charleston, in Church Street.' Hij glimlacht trots en wijst ongeveer in de goede richting, met een hand waarop de littekens felroze afsteken tegen zijn zwarte huid.

Hij heeft ook littekens op zijn handpalmen. Hij heeft zich verdedigd, denkt Scarpetta.

'Het was een voorrecht voor mevrouw Whaley te mogen werken. Ze was erg aardig voor me. Ze heeft een boek geschreven, weet u dat? Er staan er een paar in de etalage van die boekwinkel van het Charleston Hotel. Ze heeft er mij een gegeven met haar handtekening erin. Ik heb het nog steeds.'

'Maar wat kom je hier nou doen, verdomme?' vraagt Marino. 'Ben je gekomen om het over dat dode jongetje te hebben of is dit een sollicitatiegesprek en trakteer je ons meteen op je herinneringen?'

'Soms passen dingen op een geheimzinnige manier in elkaar,' antwoordt Bull. 'Dat zegt mijn moeder altijd. Misschien komt er uit iets slechts iets goeds voort. Misschien kan er uit wat onlangs is gebeurd iets goeds voortkomen. Want wat onlangs is gebeurd, is heel slecht. Ik zie dat jongetje, alsof er een film in mijn hoofd draait, steeds weer in de modder liggen. De krabben en vliegen die over hem heen kruipen.' Bull raakt met een gehavende wijsvinger zijn gehavende, gerimpelde voorhoofd aan. 'Hier zie ik het als ik mijn ogen dichtdoe. De politie van Beaufort County zegt dat u nog aan het inburgeren bent.' Hij laat zijn blik langzaam door Scarpetta's kantoor dwalen, langs haar vele boeken en de ingelijste diploma's. 'Het ziet er hier al heel ingeburgerd uit, maar ik denk dat ik beter werk had kunnen leveren.' Zijn blik gaat naar de onlangs geplaatste kasten waarin ze gevoelige zaken en zaken die nog naar de rechter moeten opbergt achter slot en grendel. 'Kijk maar eens naar die deur van zwart walnotenhout, die loopt niet evenwijdig aan de deur ernaast. Hij hangt niet recht. Dat zou ik zo kunnen fiksen. Hebt u in uw koetshuis ook maar één deur scheef zien hangen? Nee mevrouw, dat hebt u niet. Geen enkele deur die ik heb geplaatst toen ik daar werkte, hangt scheef. Ik kan zo ongeveer alles en wat ik niet kan, ben ik bereid om te leren. Dus zei ik tegen mezelf dat ik het u maar gewoon moest gaan vragen. Vragen kan geen kwaad.'

'Misschien moet ik dan maar gewoon vragen of jij die jongen hebt vermoord. Want het is wel toevallig dat jij hem hebt gevonden, vind je niet?'

'Nee, meneer.' Bull kijkt Marino aan, recht in zijn ogen, en zijn kaakspieren spannen zich. 'Ik loop daar overal rond, om zoete sorghum te snijden, te vissen, garnalen te vangen, venusschelpen op te graven en oesters te zoeken. Zou ik' – hij blijft Marino strak aankijken – 'als ik die jongen had vermoord, de politie hebben gebeld om te zeggen dat ik hem had gevonden?'

'Ja, vertel me dat eens.'

'Dat zou ik echt niet hebben gedaan.'

'Vertel me dan eens hoe jij iemand opbelt.' Marino leunt naar voren op zijn stoel, met zijn handen zo groot als berenklauwen op zijn knieën. 'Heb je een mobiel?' Alsof een arme zwarte man geen mobiel zou hebben.

'Ik heb het alarmnummer gebeld. En zoals ik al zei, waarom zou ik dat doen als ik de moordenaar van die jongen was?'

Dat zou hij niet. Bovendien, maar dat vertelt Scarpetta hem niet, is het slachtoffer een mishandeld kind met oude, genezen botbreuken en littekens en was hij duidelijk uitgehongerd. Dus tenzij Bulrush Ulysses S. Grant de verzorger of pleegvader van de jongen is geweest, of de ontvoerder die hem maanden of zelfs jaren in leven heeft gehouden, is hij beslist niet de moordenaar.

Marino zegt tegen Bull: 'Je hebt ons gebeld om te zeggen dat je ons wilde vertellen wat er vorige week maandagmorgen is gebeurd, vandaag bijna een week geleden. Maar eerst wil ik iets weten. Waar woon je? Want ik begrijp dat je niet op Hilton Head woont.'

'O nee, meneer, beslist niet,' antwoordt Bull lachend. 'Ik geloof niet dat ik dat kan betalen. Ik woon met mijn familie in een huisje ten noordwesten van Charleston, aan de vijfzesentwintig. Ik vis deze hele omgeving af. Zet mijn boot achter op mijn truck, rijd ergens naartoe en leg hem in het water. Garnalen, vis, oesters, zoals ik al zei, dat hangt van het seizoen af. Ik heb een platbodem die zo licht is als een veertje en kan ermee de kreken in, zolang ik het tij in de gaten houd en niet ergens hoog en droog strand met wolken muggen en vliegjes om me heen. En watermocassinslangen en ratelslangen. En kaaimannen, maar die vind je vooral in kanalen en kreken tussen de bomen en in brak water.'

'Die platbodem van je, is dat die boot die achter op de truck ligt die je op de parkeerplaats hebt gezet?' vraagt Marino.

'Dat is 'm.'

'Aluminium met wat? Vijf pk motor?'

'Precies.'

'Voordat je wegrijdt, wil ik hem graag bekijken. Heb je er bezwaar tegen dat ik je boot en je truck inspecteer? Ik neem aan dat de politie dat ook al heeft gedaan.'

'Nee, meneer. Toen ze waren gekomen en ik had verteld wat ik had gevonden, mocht ik gaan. Dus ben ik teruggegaan naar de inham waar mijn truck stond. Tegen die tijd waren er al een heleboel mensen. Maar ga gerust uw gang, ik heb niets te verbergen.'

'Dank u, maar het is niet nodig.' Scarpetta kijkt Marino streng aan. Hij weet verdraaid goed dat ze geen enkel recht hebben om de truck of de boot of wat dan ook van meneer Grant te inspecteren. Dat hoort de politie te doen en die vond het blijkbaar niet nodig.

'Waar heb je je boot zes dagen geleden te water gelaten?' vraagt Marino aan Bull.

'Old House Creek. Er is daar een helling en er staat een winkeltje waar ik, als ik een goeie dag heb gehad, een deel van mijn vangst verkoop. Vooral als ik bof en genoeg garnalen of oesters mee terug heb gebracht.'

'Heb je daar, toen je je truck afgelopen maandagmorgen parkeerde, iets verdachts gezien?'

'Nee, maar waarom zou ik? Dat jongetje lag al waar ik hem later vond en had daar al dagenlang gelegen.'

'Wie heeft je dat verteld?' vraagt Scarpetta.

'Die man van het uitvaartbedrijf op de parkeerplaats.'

'De man die de jongen naar ons toe heeft gebracht?'

'Nee, mevrouw, het was iemand anders. Een man met een grote lijkwagen. Geen idee wat hij daar deed, behalve praten.'

'Lucious Meddick?' vraagt Scarpetta.

'Meddicks Uitvaartbedrijf. Dat klopt, mevrouw. Volgens hem was die jongen toen ik hem vond al een dag of twee, drie dood.'

Die verdomde Lucious Meddick. Zo arrogant als de pest en hij had ongelijk. Op 29 en 30 april was het tussen de drieëntwintig en zesentwintig graden geweest. Als het lichaam zelfs maar één dag in het moeras had gelegen, zou het al zijn gaan rotten en zijn aangevreten door roofdieren en vissen. Vliegen houden zich 's nachts rustig, maar leggen overdag eitjes en daar zouden maden zich al flink aan te goed hebben gedaan. Maar toen het lichaam in het mortuarium aankwam, was de rigor mortis al ingetreden, maar nog niet voltooid, hoewel de specifieke postmortale verandering door ondervoeding en de trage spierontwikkeling die daaruit voort was gekomen, iets zou zijn vertraagd. De livor mortis was nog niet zichtbaar, er was nog geen sprake van de verkleuring die ontbinding met zich meebracht. Krabben en garnalen en zo waren net begonnen aan de oren, neus en lippen. Scarpetta schatte dat de jongen, toen hij werd gevonden, nog geen etmaal geleden was vermoord en misschien zelfs korter dan dat.

'Vertel ons nu dan maar eens precies hoe je het lichaam hebt gevonden.'

'Ik heb het anker uitgegooid en ben in laarzen en handschoenen en met mijn mand en een hamer...'

'Hamer?'

'Om roetmoppen te hakken.'

'Roetmoppen?' herhaalt Marino spottend.

'Zwarte oesters kleven in groepen aan elkaar, dus moet je ze uit elkaar hakken en de dode schelpen weggooien. Meestal vind je alleen die soort, de betere soort is moeilijker te vinden.' Bull denkt even na. 'Blijkbaar weten jullie niet veel van oesters af, dus ik zal het uitleggen. In een restaurant krijg je alleen superieure oesters geserveerd; die zijn lekkerder, maar veel moeilijker te vinden. Maar goed. Ik begon omstreeks het middaguur te zoeken. Het water stond vrij laag. Opeens zag ik iets in het gras wat op modderig haar leek. Ik liep ernaartoe en daar lag hij.'

'Heb je hem aangeraakt of verplaatst?' vraagt Scarpetta.

'Nee, mevrouw.' Hij schudt zijn hoofd. 'Toen ik had gezien wat het was, ben ik meteen weer in mijn boot geklommen en heb ik het alarmnummer gebeld.'

'Laag tij was om een uur of een 's nachts begonnen,' zegt ze.

'Dat klopt. En tegen zevenen was het hoog tij, op z'n hoogst. Toen ik er was, stond het water weer vrij laag.'

'Als jij,' zegt Marino, 'met behulp van je boot een lichaam wilde verstoppen, zou je dat dan bij hoog of laag tij doen?'

'Degene die het heeft gedaan, heeft hem daar waarschijnlijk neergelegd toen het water vrij laag stond, daar in de met gras begroeide modder vlak bij de oever van die kreek. Want als het water hoog had gestaan, zou het lichaam door de stroom zijn meegenomen. Maar als je hem neerlegt op de plek waar ik hem heb gevonden, blijft hij daar waarschijnlijk liggen, tenzij er bij volle maan een springvloed komt, dan kan het water wel drie meter hoger komen te staan. In dat geval zou hij zijn meegesleurd en had hij overal terecht kunnen komen.'

Scarpetta heeft het opgezocht. De nacht voordat het lichaam is gevonden, was de maan niet meer dan een derde vol en was de lucht halfbewolkt.

'Een slimme plek om een lijk te dumpen. Een week later zou er niet veel meer van over zijn geweest dan een paar verspreide botten,' zegt Marino. 'Het is gewoon een wonder dat hij is gevonden, vind je niet?'

'Het zou daar inderdaad niet lang hebben geduurd voordat er alleen een paar botten van over waren gebleven en de kans was groot dat hij nooit zou worden gevonden, dat is waar,' beaamt Bull.

'Maar toen ik je vroeg naar hoog of laag tij wilde ik niet weten wat iemand anders zou hebben gedaan, maar wat jij zou hebben gedaan,' zegt Marino.

'In een kleine boot met nauwelijks diepgang bij laag tij, zodat je op plekken kunt komen die hooguit dertig centimeter diep zijn. Dat zou ik hebben gedaan. Maar dat is niet zo.' Weer kijkt hij Marino recht aan. 'Ik heb die jongen alleen maar gevonden, anders niet.'

Scarpetta werpt Marino opnieuw een bestraffende blik toe. Ze heeft genoeg van zijn intimiderende ondervraging. Ze zegt tegen Bull: 'Kunt u zich nog meer herinneren? Hebt u er iemand gezien die uw aandacht trok? Iemand die u daar niet zou hebben verwacht of die zich vreemd gedroeg?'

'Dat vraag ik mezelf ook steeds af en het enige wat ik kan bedenken, is iets van ongeveer een week geleden, toen ik daar ook

was, bij Old House Creek. Ik had op de markt mijn garnalen verkocht en toen ik wegging, zag ik iemand een boot afmeren. Een
boot om baars mee te vangen. Het viel me op dat er geen visgerei
in lag, dus bedacht ik dat die man het gewoon leuk vond wat in
zijn boot rond te varen. Dat hij niet van vissen en zo hield, maar
wel graag op het water was. Hoewel ik moet bekennen dat de manier waarop hij naar me keek me niet beviel. Gaf me een raar gevoel. Alsof hij dacht dat hij me al eens eerder had gezien.'

'Kun je hem beschrijven?' vraagt Marino. 'Heb je gezien in wat
voor auto hij reed? Een pick-up, neem ik aan, om zijn boot te vervoeren?'

'Hij had een hoed laag over zijn voorhoofd getrokken en een zonnebril op. Geen forse kerel, zo te zien, maar ik kan me vergissen.
Ik had geen reden om hem goed in me op te nemen en ik wilde niet
dat hij dacht dat ik extra veel aandacht aan hem besteedde. Want
zo begint het vaak, weet je. Ik herinner me dat hij laarzen droeg.
En een lange broek en een T-shirt met lange mouwen. Ik weet nog
dat ik dat vreemd vond, omdat het een warme, zonnige dag was.
Ik heb niet gezien wat voor auto hij had, omdat ik eerder wegging
dan hij en er meerdere trucks en auto's op de parkeerplaats stonden. Het was een drukke tijd van de dag, met allerlei mensen die
verse vis en zo kwamen kopen of verkopen.'

'Zou iemand volgens u die omgeving goed moeten kennen om er
een lijk te verbergen?' vraagt Scarpetta.

'In het donker? Ach heremetijd, ik ken niemand die het zou wagen in het donker in die kreken rond te varen. Ik zou het zelf ook
niet doen. Maar dat wil niet zeggen dat het niet gebeurt. Maar degene die dat wel heeft gedaan, is geen normaal mens. Een normaal
mens zou een jongetje zoiets niet aandoen.'

'Is het u, toen u hem vond, opgevallen dat het gras, de modder
of het oesterbed er anders uitzag dan normaal?' vraagt Scarpetta.

'Nee, mevrouw. Maar als iemand daar de vorige avond bij laag
tij dat lichaam had neergelegd, zou bij hoog tij het water de modder hebben gladgestreken, zoals een golf die over het zand rolt. Het
zal een poosje onder water hebben gelegen, maar het is blijven liggen vanwege het hoge gras. En niemand zou over een oesterbed lopen. Je zou eroverheen stappen of eromheen lopen, zo goed moge-

lijk. Bijna niets doet zo'n pijn als een wond van een oesterschelp. En als je midden op zo'n bed je evenwicht verliest, kun je je behoorlijk verwonden.'

'Misschien ben jij zo ook gewond geraakt,' zegt Marino. 'Doordat je op een oesterbed viel.'

Scarpetta, die precies weet hoe meswonden eruitzien, zegt: 'Meneer Grant, op de oevers van dat moeras en bij lange steigers staan huizen, en niet ver van de plek waar u de jongen hebt gevonden, staat ook een huis. Is het mogelijk dat de jongen daar per auto naartoe is gebracht, dat iemand hem naar het eind van die steiger heeft gedragen en dat hij na verloop van tijd terecht is gekomen op de plek waar u hem hebt gevonden?'

'Ik kan me niet voorstellen dat iemand de ladder van zo'n oude steiger is afgeklommen, vooral in het donker, met een lijk en een zaklantaarn. Want je móét daar een sterke zaklantaarn bij je hebben. Je kunt er tot aan je heupen in de modder zakken terwijl je schoenen van je voeten worden gezogen. En dan zouden er modderige voetafdrukken op de steiger hebben gestaan, als hij die ladder ook weer opgeklommen was nadat hij zijn werk had gedaan.'

'Hoe weet jij dat er geen modderige voetafdrukken op die steiger zijn gevonden?' vraagt Marino.

'Dat heeft die man van het uitvaartbedrijf me verteld. Ik heb op het parkeerterrein gewacht tot ze met het lijk terugkwamen en hij heeft met de politie gesproken.'

'Dat moet weer Lucious Meddick zijn geweest,' zegt Scarpetta.

Bull knikt. 'Hij heeft een hele tijd met mij staan praten en wilde van alles van me weten. Maar ik heb hem niet veel verteld.'

Er wordt op de deur geklopt en Rose komt binnen en zet met trillende handen een mok koffie op het tafeltje naast Bull. 'Melk en suiker,' zegt ze. 'Het spijt me dat het zo lang duurde, maar de eerste pot is overgestroomd. Overal lag koffieprut.'

'Dank u, mevrouw.'

'Wil iemand anders ook nog iets hebben?' Rose kijkt naar Scarpetta en Marino, haalt diep adem en ziet nog bleker en vermoeider dan een poosje geleden.

Scarpetta zegt: 'Waarom ga je niet naar huis? Je kunt beter naar bed gaan.'

'Ik ga naar mijn kantoor.'

De deur gaat achter haar dicht en Bull zegt: 'Ik wil u mijn omstandigheden graag uitleggen, als u dat goedvindt.'

'Ga uw gang,' zegt Scarpetta.

'Tot drie weken geleden had ik vast werk.' Hij staart naar zijn duimen en draait ze langzaam om elkaar heen. 'Ik zal niet liegen. Ik raakte in moeilijkheden. Dat kun je wel zien als je naar me kijkt. En ik ben niet op een oesterbed gevallen.' Hij kijkt Marino weer recht aan.

'Wat voor moeilijkheden?' vraagt Scarpetta.

'Wiet roken en vechten. Ik heb die wiet niet echt gerookt, maar ik was het wel van plan.'

'Boffen wij even,' zegt Marino. 'Toevallig eisen we van iedereen die in deze tent wil werken dat hij wiet rookt, een vechtjas is en minstens één lijk heeft gevonden van iemand die is vermoord. Dat geldt ook voor tuinlieden en klusjesmannen bij ons thuis.'

Bull zegt tegen hem: 'Ik weet hoe het klinkt. Maar zo ging het niet. Ik werkte in de haven.'

'Wat deed je daar?' vraagt Marino.

'Ik was technisch assistent voor zware vrachten. Zo noemen ze dat daar. Het kwam erop neer dat ik deed wat mijn baas me opdroeg. Voor de spullen zorgen, tillen en dragen. Ik moest met de walkie-talkie kunnen omgaan en dingen kunnen repareren. Nou ja, toen ik op een avond klaar was met mijn werk, besloot ik in de buurt van een paar oude containers van de scheepswerf te gaan slapen. Die containers worden niet meer gebruikt, ze zien er behoorlijk gehavend uit en staan ergens achteraf. Als je door Concord Street rijdt, kun je zien wat ik bedoel, daar liggen ze achter dat hek van kippengaas. Het was een lange dag geweest en ik moet bekennen dat mijn vrouw en ik die morgen ruzie hadden gehad, dus was ik niet in een vrolijke stemming en besloot ik een stickie te roken. Dat was geen gewoonte van me, ik kan me niet eens meer herinneren wanneer ik dat voor het laatst heb gedaan. Ik had het nog niet opgestoken toen er opeens een man naar me toe kwam uit de richting van het spoor. Hij heeft me bijna aan repen gesneden.'

Hij stroopt zijn mouwen op, steekt zijn gespierde armen en handen naar voren en laat ze rondom zien. Ook over zijn zwarte armen lopen lange, roze littekens.

'Hebben ze de dader te pakken gekregen?' vraagt Scarpetta.

'Ik geloof niet dat ze daar erg hun best voor hebben gedaan. De politie zei dat ik had gevochten, waarschijnlijk met de man die me de wiet had verkocht. Ik heb niet gezegd wie dat was en het was niet de man die me aanviel. Die werkt niet eens in de haven. Toen ze me bij de eerste hulp van het ziekenhuis weg lieten gaan, moest ik een paar nachten in de gevangenis doorbrengen voordat ik voor de rechter moest verschijnen, en toen is de aanklacht verworpen omdat er geen verdachte was en er ook geen wiet was gevonden.'

'O ja? Waarom hebben ze je dan beschuldigd van bezit van marihuana als ze dat niet hebben gevonden?' vraagt Marino.

'Omdat ik tegen de politie had gezegd dat ik, toen het gebeurde, op het punt stond een stickie op te steken. Ik had het net gerold en wilde het aansteken toen die man naar me toe kwam. Misschien heeft de politie het niet gevonden en eerlijk gezegd geloof ik niet dat het ze iets kon schelen. Of misschien heeft die man met dat mes het meegenomen, ik weet het echt niet. Maar ik raak dat spul niet meer aan. Blijf ook van de drank af. Dat heb ik mijn vrouw beloofd.'

'U bent ontslagen bij de haven,' veronderstelt Scarpetta.

'Ja, mevrouw.'

'Waarmee denkt u ons hier eigenlijk te kunnen helpen?' vraagt ze.

'Met alles waarvoor u me nodig hebt. Ik pak alles aan. Ik ben niet bang voor het lijkenhuis, ik ben niet bang voor doden.'

'Misschien kunt u me het nummer van uw mobiel geven of me vertellen hoe ik u op een andere manier kan bereiken,' zegt ze.

Hij haalt een opgevouwen stukje papier uit een achterzak, staat op en legt het beleefd op haar bureau. 'Hier staat alles op, mevrouw. U kunt me elk moment bellen.'

'Rechercheur Marino zal u uitlaten. Hartelijk dank voor uw hulp, meneer Grant.' Scarpetta staat op, loopt om haar bureau heen en geeft hem vanwege zijn littekens voorzichtig een hand.

Ruim honderd kilometer naar het zuidwesten, op het vakantie-eiland Hilton Head, is het bewolkt en waait er een warme wind vanuit zee.

Will Rambo loopt over het donkere, verlaten strand, op weg naar een bestemming. Hij heeft een groene kist met visgerei bij zich en schijnt met zijn Surefire zaklantaarn zomaar wat in het rond, want hij kent de weg. Het licht van de lantaarn is fel genoeg om iemand te verblinden, in elk geval voor een paar seconden en dat is, als het nodig mocht zijn, voldoende. Zandvlagen prikken in zijn gezicht en tikken tegen zijn gekleurde glazen. Het zand wervelt als in tule gehulde danseressen.

De zandstorm kwam als een tsunami aanbrullen in Al Asad en slokte hem en de Humvee op, slokte de lucht en de zon op, slokte alles op. Het bloed sijpelde tussen Rogers vingers door en zijn vingers zagen eruit alsof ze vuurrood waren geschilderd, en het zand striemde en plakte aan zijn bloederige vingers terwijl hij probeerde zijn ingewanden terug te proppen in zijn buik. Op zijn gezicht las Will een paniek en een verbijstering die hij nooit eerder bij iemand had gezien, en hij kon niets anders doen dan zijn vriend beloven dat alles goed zou komen en hem helpen zijn ingewanden weer naar binnen te duwen.

Will hoort Rogers gegil in het krijsen van de meeuwen die boven het strand cirkelen. Gegil van paniek en pijn.

'Will! Will! Will!'

Gegil dat door merg en been gaat en het gebrul van het zand.

'Will! Will! Help me alsjeblieft! Will!'

Later, na Duitsland. Will ging terug naar huis, naar de luchtmachtbasis in Charleston en daarna naar Italië. Verschillende plaatsen in Italië, waar hij was opgegroeid. Zijn bewustzijn ontglipte hem regelmatig. Hij ging naar Rome om zijn vader te zien, omdat het tijd was om zijn vader te zien, en het leek een droom toen hij tussen het gestencilde palmetpatroon en het trompe l'oeil pleisterwerk van het zomerhuis uit zijn jeugd zat, op het Piazza Navona. Met zijn vader dronk hij rode wijn, bloedrode wijn, en hij ergerde zich aan het rumoer van toeristen buiten de open ramen. Domme toeristen, even dom als duiven, die munten in Bernini's Fontana dei Quattro Fiumi wierpen en foto's namen bij het klaterende water.

'Een wens doen die nooit uitkomt. En komt hij wel uit, dan ben je de pineut,' zei hij tegen zijn vader, die er niets van begreep, maar die naar hem keek alsof hij een mutant was.

Aan tafel onder de kroonluchter zag Will zijn gezicht in de Venetiaanse spiegel aan de muur tegenover zich. Het was niet waar. Hij zag eruit als Will, niet als een mutant, en hij zag hoe zijn mond bewoog in de spiegel toen hij zijn vader vertelde dat Roger na zijn terugkeer uit Irak een held had willen zijn. Die wens was uitgekomen, zei Wills mond. Roger was in een goedkope doodskist in de buik van een C5 vrachtvliegtuig als een held naar huis teruggekeerd.

'We hadden geen bril of beschermende kleding of wat dan ook,' zei Will tegen zijn vader in Rome, in de hoop dat hij het zou begrijpen, maar wetend dat dat niet zo was.

'Waarom ben je erheen gegaan als je je nu alleen maar kunt beklagen?'

'Ik moest u schrijven om te vragen of u me batterijen voor onze zaklantaarns wilde sturen. Ik moest u om gereedschap vragen omdat alle schroevendraaiers braken. Ze gaven ons alleen goedkope rotzooi,' zei Wills mond in de spiegel. 'We hadden alleen goedkope rotzooi en dat kwam door al die verdomde leugens, die verdomde leugens van politici.'

'Waarom ben je dan gegaan?'

'Omdat ik wel moest, stomkop.'

'Waag het niet zulke dingen te zeggen! Niet in dit huis, waar je me met respect zult behandelen. Ik heb niet voor die fascistische oorlog gekozen, jij wel. En nu zit je te jammeren als een kind. Heb je daar ooit gebeden?'

Toen de muur van zand tegen hen aan sloeg en Will geen hand voor ogen meer kon zien, had hij gebeden. Toen de bom langs de weg ontplofte en de Humvee kantelde en hij niets meer kon zien en de wind gierde alsof hij in de motor van een C-17 zat, had hij gebeden. Toen hij Roger in zijn armen hield, had hij gebeden en toen hij Rogers pijn niet langer kon verdragen, had hij gebeden en dat was de laatste keer dat hij gebeden had.

'Als we bidden, vragen we eigenlijk onszelf, niet God, om hulp. Dan vragen we om onze eigen goddelijke tussenkomst,' zei Wills mond in de spiegel tegen zijn vader in Rome. 'Dus hoef ik niet tot een god op een troon te bidden. Ik ben Gods Will omdat ik mijn eigen Will ben. Ik heb u of God niet nodig, omdat ik Gods Will ben.'

'Heb je met het verlies van je tenen ook je verstand verloren?' vroeg zijn vader in Rome. Een ironische opmerking in die eetkamer waar op een vergulde console onder de spiegel een stenen voet uit de oudheid stond met alle tenen er nog aan. Maar Will had daar,

nadat zelfmoordterroristen naar drukke plaatsen waren gereden,
wel vaker teenloze voeten gezien, dus veronderstelde hij dat het be-
ter was een paar tenen van je voet te missen dan een complete voet
te zijn die verder alles miste.

'Mijn wonden zijn genezen. Maar wat weet u er eigenlijk van?'
zei hij tegen zijn vader in Rome. 'U bent me nooit komen opzoe-
ken, al die maanden in Duitsland en Charleston en de jaren daar-
voor. U bent nooit in Charleston geweest. Ik ben ontelbare keren
in Rome geweest, maar nooit om u, ook al dacht u dat wel. Behal-
ve deze keer, omdat ik iets moet doen, een missie moet uitvoeren,
snapt u. Ik mocht blijven leven om anderen uit hun lijden te ver-
lossen. Iets wat u nooit zult begrijpen, omdat u een egoïstische, nut-
teloze man bent en alleen om uzelf geeft. Kijk nou eens hoe u daar
zit: een rijke, liefdeloze, koude man.'

Wills lichaam stond op van tafel en hij zag zichzelf naar de spie-
gel lopen met de vergulde console eronder. Hij pakte de stenen voet
uit de oudheid terwijl de fontein onder het raam klaterde en de toe-
risten rumoerig waren.

Met de viskist in zijn hand en een camera over zijn schouder loopt
hij over het strand van Hilton Head om zijn missie uit te voeren.
Hij gaat zitten, opent de viskist en haalt er een diepvrieszakje vol
speciaal zand uit en een paar flesjes lichtpaarse lijm. Hij licht zich
met de zaklantaarn bij terwijl hij de lijm over zijn handpalmen
knijpt. Hij steekt zijn handen in de lucht en de lijm droogt snel en
dan heeft hij schuurpapieren handen. Met nog een paar flesjes doet
hij hetzelfde met zijn voetzolen, waarbij hij zorgvuldig ook de kus-
sentjes van zijn zeven tenen insmeert. Hij stopt de lege flesjes en de
rest van het zand terug in de kist.

Met zijn gekleurde glazen kijkt hij in de rondte en hij knipt de
zaklantaarn uit.

Zijn bestemming is het bord met VERBODEN TOEGANG op een paal
in het zand aan het eind van een lange houten steiger, die leidt naar
de omheinde achtertuin van de villa.

7

De parkeerplaats achter Scarpetta's kantoor.

Toen ze haar praktijk opende, werd daar hevig tegen geprotesteerd en dienden buren formele klachten in tegen bijna alles wat ze van plan was te doen. Wat het veiligheidshek betrof, kreeg ze haar zin doordat ze er klimop en klimrozen tegenaan plantte, maar de verlichting ging niet door. 's Nachts is de parkeerplaats veel te donker.

'Tot nu toe zie ik niet in waarom we hem geen kans zouden geven. We kunnen best iemand gebruiken,' zegt Scarpetta.

Dwergpalmen ritselen en de planten langs het hek wiegen heen en weer terwijl zij en Rose naar hun auto's lopen.

'Ik heb bijvoorbeeld helemaal geen hulp in de tuin. Ik kan toch niet de hele wereld wantrouwen?' voegt ze eraan toe.

'Laat Marino je niet dwingen iets te doen waarvan je later misschien spijt krijgt,' zegt Rose.

'Ik wantrouw hém.'

'Je moet eens een keer met hem praten. Niet op kantoor, bedoel ik. Bij je thuis. Vraag hem te eten. Hij wil je niet kwetsen.'

Ze staan bij de Volvo van Rose.

'Je hoest is erger geworden,' zegt Scarpetta. 'Waarom blijf je morgen niet thuis?'

'Ik wou dat je het hem niet had verteld. Het verbaast me dat je het ons allemaal hebt verteld.'

'Volgens mij was het mijn ring die iets vertelde.'

'Je had het niet hoeven uitleggen,' zegt Rose.

'Het wordt hoog tijd dat Marino accepteert wat hij al zolang ik hem ken weigert te accepteren.'

Rose leunt tegen haar auto alsof ze te moe is om alleen op haar benen te staan, of misschien doen haar knieën pijn. 'Dan had je het hem lang geleden al moeten vertellen. Maar dat heb je niet gedaan, dus is hij blijven hopen. Is zijn fantasie met hem op de loop gegaan. Jij wilt nooit met iemand over gevoelens praten en dat maakt alles alleen maar...' Ze moet zo erg hoesten dat ze de zin niet kan afmaken.

'Volgens mij heb je griep.' Scarpetta legt de rug van haar hand tegen Roses wang. 'Je voelt warm aan.'

Rose haalt een papieren zakdoekje uit haar tas, bet haar ogen en slaakt een zucht. 'Ik snap niet dat je zelfs maar over die man nadenkt.' Ze is terug bij Bull.

'De praktijk groeit. Ik heb een assistent voor het mortuarium nodig en ik heb de hoop opgegeven dat ik iemand zal vinden die daarvoor is opgeleid.'

'Volgens mij heb je daar niet erg je best voor gedaan en ook niet verder gekeken dan je neus lang is.' De Volvo is zo oud dat Rose het portier met het sleuteltje moeten openen. Het binnenlampje gaat aan en haar gezicht is bleek en vermoeid terwijl ze achter het stuur gaat zitten en zedig haar rok over haar dijen trekt.

'Goed opgeleide mortuariumassistenten komen van uitvaartbedrijven of ziekenhuizen,' zegt Scarpetta met haar hand boven op het portier. 'En aangezien het grootste uitvaartbedrijf in de hele omgeving toevallig eigendom is van Henry Hollings, die ook de medische faculteit van de universiteit van South Carolina gebruikt voor autopsies die binnen zijn rechtsbevoegdheid vallen of aan hem worden uitbesteed, denk je toch niet dat hij bereid is om mij bij iemand aan te bevelen? Het laatste wat onze plaatselijke lijkschouwer wil, is mij helpen mijn praktijk uit te breiden.'

'Dat zeg je al twee jaar. En het is nergens op gebaseerd.'

'Hij ontwijkt me.'

'Dat bedoel ik nou als ik zeg dat je nooit over gevoelens wilt praten. Misschien moet je hem eens bellen,' zegt Rose.

'Hoe weet ik dat hij niet degene is die ervoor heeft gezorgd dat mijn huisadres en mijn kantooradres op het internet verwisseld zijn?'

'Waarom zou hij dat nu pas hebben gedaan? Als hij het heeft gedaan.'

'De tijd is er rijp voor. Mijn naam is op het nieuws geweest vanwege dat vermoorde jongetje. Beaufort County heeft mij gevraagd de autopsie te doen en niet Hollings. Ik ben ook betrokken bij het onderzoek in de zaak Drew Martin en ben net terug uit Rome. Een mooi moment om de Kamer van Koophandel te bellen om mijn praktijk aan te melden en daarbij mijn huisadres als kantooradres op te geven. En zelfs de contributie te betalen.'

'Je hebt je naam natuurlijk meteen van het internet laten verwijderen, en ze kunnen vast wel nakijken wie die contributie heeft betaald.'

'Die is contant betaald,' zegt Scarpetta. 'Het enige wat ze me konden vertellen, is dat het een vrouw was. Goddank hebben ze me inderdaad meteen van het internet gehaald, voordat nog meer mensen het konden zien.'

'De lijkschouwer is geen vrouw.'

'Dat zegt helemaal niets. Hij zal het vuile werk heus wel door iemand anders laten opknappen.'

'Bel hem op. Vraag hem rechtstreeks of hij bezig is je het werken hier onmogelijk te maken. Ons allemaal, moet ik zeggen. Volgens mij moet je met meerdere mensen praten. Te beginnen met Marino.' Rose hoest en alsof het een bevel is, gaat het binnenlampje van de Volvo uit.

'Hij had hier niet naartoe moeten verhuizen.' Scarpetta staart naar de achterkant van haar oude bakstenen gebouwtje, met maar één verdieping en een souterrain dat ze heeft omgebouwd tot mortuarium. 'Hij woonde graag in Florida,' vervolgt ze, en dat doet haar weer denken aan dr. Self.

Rose zet de airconditioning aan, draait de ventilatiekleppen zo dat de koude lucht in haar gezicht blaast en haalt diep adem.

'Weet je zeker dat het gaat? Zal ik achter je aan naar je huis rijden?' vraagt Scarpetta.

'Geen sprake van.'

'Zullen we dan iets afspreken voor morgen? Dan zal ik koken. Prosciutto met vijgen en dronken varkenslende, je lievelingsgerecht. Met een lekkere wijn uit Toscane. En ik weet dat je dol bent op mijn ricotta met koffiecrème.'

'Nee, dank je, ik heb al een afspraak,' zegt Rose met een verdrietige klank in haar stem.

De donkere vorm van een watertoren op de zuidpunt van het eiland, of de teen, zoals die wordt genoemd.

Hilton Head heeft de vorm van een schoen, zoals de schoenen die Will heeft gezien op openbare plaatsen in Irak. De witgepleisterde villa die bij het bord met VERBODEN TOEGANG hoort, is minstens vijftien miljoen dollar waard. De elektronische jaloezieën zijn neergelaten en ze ligt waarschijnlijk op de bank in de grote woonkamer weer naar een film te kijken, op het oprolbare scherm voor een deel van het grote raam dat uitzicht biedt op zee. Voor Will, die buiten staat en naar binnen kijkt, loopt de film in spiegelbeeld. Hij speurt het strand af en kijkt naar de naburige, lege huizen. De wolken hangen laag in de donkere lucht en de wind waait met harde vlagen.

Hij stapt op de steiger en loopt naar het hek dat de achtertuin van de buitenwereld scheidt, en de achterkant van de filmbeelden flakkeren op het scherm. Een man en een vrouw die met elkaar aan het neuken zijn. Zijn hartslag versnelt, zijn zanderige voetzolen gaan geruisloos over het verweerde hout, de acteurs doen hun werk op het scherm. Ze neuken in een lift. Het geluid staat zacht. Hij kan het gebonk en gekreun nauwelijks horen, de heftige Hollywoodgeluiden als de personages neuken, en dan staat hij voor het houten hek, dat op slot zit. Hij klimt eroverheen en loopt door naar zijn vaste plaats opzij van het huis.

Door een kier tussen het raam en de jaloezie begluurt hij haar al een paar maanden, ziet hij hoe ze heen en weer loopt en huilt en het haar uit haar hoofd trekt. Ze slaapt nooit 's nachts, ze is bang voor de nacht, bang voor storm. Ze kijkt de hele nacht naar films, tot de volgende morgen. Ze kijkt naar films wanneer het regent, en als het onweert zet ze het geluid keihard. Als de zon schijnt, houdt ze zich schuil. Meestal slaapt ze op de zachte zwarte leren bank waar ze nu ook ligt, op een paar leren kussens en met een deken over zich heen. Ze richt de afstandsbediening en spoelt de dvd terug naar waar Glenn Close en Michael Douglas neuken in de lift.

De huizen aan weerskanten staan verborgen achter hoge afscheidingen van bamboe en bomen, en er is niemand thuis. Ze staan leeg omdat de rijke eigenaars ze niet verhuren en er zelf niet of bijna nooit zijn. Meestal komen de gezinnen pas aan het begin van de grote vakantie naar hun dure strandhuis toe. Zij vindt het juist fijn dat er niemand anders is, ze heeft hier de hele winter alleen doorgebracht. Ze wil alleen zijn en is doodsbang om alleen te zijn. Ze is bang voor onweer en regen, ze is bang voor de blauwe lucht en de zon. Ze wil onder geen enkele omstandigheid nog waar dan ook zijn.

Daarom ben ik gekomen.

Ze spoelt de film nog een keer terug. Inmiddels kent hij haar gewoontes, zoals ze daar altijd in hetzelfde vuile roze trainingspak ligt en films terugspoelt naar bepaalde scènes, meestal met neukende paren. Zo nu en dan loopt ze naar buiten om bij het zwembad een sigaret te roken en haar beklagenswaardige hond uit zijn hok te laten. Ze ruimt nooit zijn troep op, het gazon ligt vol opgedroogde hondenpoep en de Mexicaanse tuinman die om de week komt, ruimt het ook niet op. Ze rookt en staart naar het water terwijl de hond door de tuin scharrelt en soms zijn diepe, schorre gejank laat horen, en dan roept ze hem.

'Brave hond,' of vaker 'stoute hond' en 'kom hier, kom hier!' terwijl ze in haar handen klapt.

Ze knuffelt hem nooit, ze kijkt nauwelijks naar hem om. Maar zonder die hond zou haar leven ondraaglijk zijn. De hond begrijpt er niets van. De kans is klein dat hij zich herinnert wat er is gebeurd of dat hij destijds begreep wat er gebeurde. Wat hij kent, is het hok in de wasruimte waar hij slaapt en zit en jankt. Ze schenkt geen aandacht aan hem wanneer hij jankt en zij wodka drinkt en pillen slikt en haar haren uit haar hoofd trekt, elke dag weer.

Al heel gauw zal ik je in mijn armen houden en door het innerlijk duister naar hogere regionen brengen, en dan zul je afscheid nemen van de fysieke dimensie die nu nog een hel voor je is. Je zult me dankbaar zijn.

Will houdt de wacht en zorgt ervoor dat niemand hem kan zien. Hij ziet dat ze van de bank opstaat en in benevelde staat naar de schuifdeur loopt om te roken, en zoals gewoonlijk vergeet ze dat het alarm aanstaat. Ze springt vloekend op als het begint te loeien en strompelt naar het schakelbord om het uit te zetten. De telefoon rinkelt en ze strijkt met haar vingers door haar dunner wordende donkere haar wanneer ze iets zegt, en dan schreeuwt ze iets en legt met een klap de hoorn op het toestel. Will laat zich achter een struik op zijn hurken zakken en verroert zich niet. Een paar minuten later arriveert de politie: twee agenten in een politieauto van Beaufort County. Uit het zicht kijkt Will naar de agenten wanneer ze op de stoep staan en niet de moeite nemen aan te bellen, omdat ze haar kennen. Weer is ze haar wachtwoord vergeten en weer heeft het beveiligingsbedrijf de politie naar haar toe gestuurd.

'Het is geen goed idee de naam van uw hond te gebruiken, mevrouw.' Een van de agenten zegt wat al vaker tegen haar is gezegd. 'U zou een ander wachtwoord moeten verzinnen. De naam van een huisdier is een van de eerste dingen waar een inbreker aan denkt.'

Slissend zegt ze: 'Als ik de naam van mijn hond al niet kan ont-houden, hoe moet ik dan een ander woord onthouden? Het wacht-woord is de naam van mijn hond, dat is het enige wat ik weet. Ach, verdomme. Karnemelk. Nu weet ik het weer.'

'Inderdaad, mevrouw. Toch vind ik dat u een ander woord moet kiezen. Zoals ik al zei, is het niet verstandig de naam van een huisdier te gebruiken, bovendien vergeet u die ook steeds. Er is vast wel iets wat u kunt onthouden. Er wordt hier regelmatig ingebroken, voor-al in deze tijd van het jaar, als de meeste huizen onbewoond zijn.'

'Ik kan geen ander woord onthouden.' Ze is nauwelijks in staat tot praten. 'Als het alarm gaat, kan ik niet meer nadenken.'

'Weet u zeker dat u hier in uw eentje veilig bent? Is er iemand die we kunnen bellen?'

'Ik heb niemand meer.'

Na een poosje rijden de agenten weg. Will komt uit zijn schuil-plaats tevoorschijn en ziet dat ze het alarm opnieuw inschakelt. Een, twee, drie, vier. Dezelfde code, de enige die ze kan onthouden. Hij ziet dat ze weer op de bank gaat zitten en weer begint te huilen. Ze schenkt nog een glas wodka in. Het is niet meer het juiste moment. Hij loopt over de steiger terug naar het strand.

8

De volgende morgen, acht uur plaatselijke tijd in Californië. Lucy zet de auto stil voor het Stanford Cancer Center.

Elke keer dat ze in haar Citation x straalvliegtuig naar San Fran-cisco vliegt en daar een Ferrari huurt voor de rit van een uur om een bezoek te brengen aan haar neuro-endocrinoloog, heeft ze een gevoel van macht, net als thuis. Haar nauwe spijkerbroek en strak-ke T-shirt benadrukken haar atletische lichaam en geven haar een energiek gevoel, net als thuis. Haar zwarte krokodillenleren laarzen en titanium Breitling Emergency horloge met de knaloranje wijzer-plaat geven haar het gevoel dat ze nog steeds Lucy is, onver-schrokken en talentvol, zoals ze zich voelt wanneer ze niet denkt aan wat haar mankeert.

Ze laat het raampje van de rode F430 Spider een eindje zakken. 'Kun jij dit ding ergens parkeren?' vraagt ze de in een grijs uniform geklede portier, die voor de ingang van het moderne, uit baksteen en glas bestaande gebouw aarzelend naar haar toe komt. Ze herkent hem niet, hij moet nieuw zijn. 'Het is een Formule 1 versnelling, deze hendels aan het stuur. Naar rechts voor hoger, naar links voor lager, allebei tegelijk voor neutraal en deze knop voor achteruit.' Ze ziet de angstige blik in zijn ogen. 'Ja, ik moet toegeven dat het vrij ingewikkeld is,' zegt ze, omdat ze hem niet wil kleineren.

Hij is een oudere man, waarschijnlijk gepensioneerd en omdat hij zich verveelde, parkeert hij auto's bij het ziekenhuis. Of misschien heeft hij een familielid dat aan kanker lijdt of heeft geleden. Maar het is duidelijk dat hij nooit in een Ferrari heeft gereden en misschien heeft hij er zelfs nog nooit een van zo dichtbij gezien. Hij kijkt ernaar alsof het een voertuig is dat zojuist vanuit de ruimte is geland. Hij durft er zelfs geen vinger naar uit te steken, en dat is maar goed ook als het om een auto gaat die duurder is dan sommige huizen.

'Dat valt wel mee,' zegt hij, terwijl hij vol ontzag naar het leren interieur en de rode startknop op het koolstofvezel stuurwiel kijkt. Hij loopt naar de achterkant en bekijkt hoofdschuddend de motor onder de glazen kap. 'Wat een machine. Een cabriolet, neem ik aan. Als je de kap naar beneden doet, zul je bij zo'n snelheid wel uit je hemd waaien. Ik moet toegeven dat het een prachtige kar is. Waarom zet u hem dáár niet neer.' Hij wijst. 'De beste plek die we hebben. Wat een kar!'

Lucy parkeert de auto en pakt haar aktetas en de twee grote enveloppen met MRI-foto's die het verschrikkelijkste geheim van haar leven bevatten. Ze stopt de autosleutels in haar zak, geeft de parkeerwachter een biljet van honderd dollar en zegt op ernstige toon, maar met een knipoog: 'Bewaak hem met uw leven.'

Het oncologisch centrum is een indrukwekkend mooi complex met grote ramen en kilometers glanzende houten vloeren, open en heel licht. De mensen die er werken, onder wie een groot aantal vrijwilligers, zijn altijd even beleefd. De vorige keer dat Lucy er een afspraak had, zat er in de gang een harpiste sierlijk 'Time After Time' te tokkelen. Die middag speelt dezelfde vrouw 'What a Wonderful

World'. Zeg dat wel, denkt Lucy grimmig, en terwijl ze met haar baseballpetje op en zonder iemand aan te kijken vlug door de gangen loopt, beseft ze dat op dat moment niemand iets zou kunnen spelen dat haar niet cynisch of somber zou stemmen.

De klinieken zijn open ruimtes, perfect in aardekleuren ingericht, geen kunst aan de muren, alleen flatscreen tv's met kalmerende natuuropnames: velden en bergen, herfstbladeren, besneeuwde bossen, enorme Californische sequoia's, de rode rotsen van Sedona, vergezeld van het vriendelijke geluid van kabbelend water, tikkende regen, tjilpende vogels en ruisende wind. Op de tafeltjes staan potjes met orchideeën, het licht is gedempt en het is er nooit druk. Wanneer Lucy bij de receptie aankomt, is de enige andere patiënt in Kliniek D een vrouw met een pruik op die het tijdschrift *Glamour* zit te lezen.

Lucy zegt zacht tegen de man achter de balie dat ze een afspraak heeft met dr. Nathan Day, of Nate, zoals ze hem noemt.

'Uw naam?' Met een glimlach.

Lucy noemt zacht de valse naam die ze hier gebruikt. Hij tikt iets in op zijn computer, glimlacht haar weer toe en pakt de telefoon. Nog geen minuut later doet Nate zelf de deur open en wenkt haar naar binnen. Hij omhelst haar; dat doet hij altijd. 'Wat leuk dat ik je weer zie. Je ziet er geweldig uit.' Al pratend neemt hij haar mee naar zijn spreekkamer.

Het is een klein vertrek, absoluut niet wat je van een aan Harvard opgeleide neuro-endocrinoloog die als een van de beste op zijn gebied wordt beschouwd, zou verwachten. Zijn bureau ligt vol, er staan een computer met een groot scherm en een uitpuilende boekenkast, en aan de muren, daar waar je ramen zou verwachten, hangen lichtkasten. Verder staan er nog een bank en een stoel. Lucy overhandigt Nate de enveloppen.

'Laboratoriumuitslagen,' zegt ze. 'Plus de scan van de vorige keer en de meest recente.'

Hij gaat aan zijn bureau zitten en zij op de bank. Hij opent de enveloppen en leest haar status door, waarvan geen woord elektronisch wordt bewaard. Haar documentatie bewaart hij in zijn persoonlijke kluis, gemerkt met een code, haar naam staat nergens genoteerd.

'Het bloedonderzoek is van twee weken geleden. De laatste scan is van een maand geleden. Mijn tante heeft hem bekeken en zegt dat het er goed uitziet, maar ja, als je nagaat waar ze verder naar kijkt...' zegt Lucy.

'Ze bedoelt dat je nog niet dood bent. Dat is een opluchting. Hoe gaat het met Kay?'

'Ze vindt het prettig in Charleston, maar ik weet niet of Charleston wel zo blij is met haar. Ik vind het er prima. Nou ja, ik word altijd gemotiveerd door plaatsen waar ik me eigenlijk niet thuis voel.'

'Dat is bijna overal.'

'Dat weet ik. Gekke Lucy. Ik neem aan dat dit nog steeds geheim is. Het lijkt er wel op, want ik heb diezelfde vent aan de balie, ik weet niet meer hoe hij heet, mijn valse naam opgegeven en hij keek er niet van op. Ondanks de democratische meerderheid is privacy nog steeds een lachertje.'

'Breek me de bek niet open.' Hij bekijkt het laboratoriumrapport. 'Weet je hoeveel patiënten ik heb die, alleen maar om te voorkomen dat hun informatie in databanken terechtkomt, bereid zouden zijn, als ze zich dat konden veroorloven, alles zelf te betalen?'

'Dat geloof ik graag. Als ik jouw databank zou willen kraken, zou ik dat, denk ik, binnen vijf minuten voor elkaar krijgen. Rijksambtenaren hebben er misschien een uur voor nodig, maar die hebben het waarschijnlijk allang gedaan. Ik niet. Omdat ik vind dat je geen inbreuk op iemands burgerrechten mag maken als je daar niet een heel goede reden voor hebt.'

'Dat zeggen zij ook.'

'Ze liegen en zijn oliedom. Vooral agenten van de FBI.'

'Die staan nog steeds boven aan je lijst van boeven, merk ik.'

'Ze hebben me zonder goede reden ontslagen.'

'Terwijl je het Wetboek van Strafrecht aan je laars zou kunnen lappen en er nog voor betaald krijgen ook. Nou ja, niet veel. Wat voor soort computersoftware ben je op dit moment voor miljoenen aan het verkopen?'

'*Data modeling*. Neurale netwerken die, nadat je bepaalde gegevens hebt ingevoerd, op ongeveer dezelfde manier als onze hersens intelligente opdrachten uitvoeren. En ik ben aan het spelen met een DNA-project dat heel interessant kan zijn.'

'Je TSH is uitstekend,' zegt hij. 'Niets mis met je vrije T-vier, dus je stofwisseling werkt. Dat zie ik zelfs zonder laboratoriumrapport. Je bent sinds onze vorige afspraak iets afgevallen.'

'Een pond of vijf.'

'Zo te zien is je spiermassa toegenomen. Dan moet je wel een pond of tien aan vet en water hebben verloren doordat de zwelling is afgenomen.'

'Inderdaad.'

'Hoe vaak doe je aan fitness?'

'Even vaak.'

'Ik noteer dat als verplicht, hoewel het waarschijnlijk een obsessie van je is geworden. Je lever is in orde. En je prolactineniveau ook, gezakt naar twee punt vier. Hoe zit het met je menstruatie?'

'Normaal.'

'Geen witte, heldere of melkachtige uitscheiding uit je tepels? Niet dat ik met zo'n laag prolactineniveau lactatie verwacht.'

'Nee. En denk maar niet dat ik je dat laat controleren.'

Glimlachend maakt hij weer een aantekening.

'Helaas zijn mijn borsten kleiner geworden.'

'Er zijn vrouwen die een smak geld zouden betalen voor wat jij hebt. En die dat al doen,' zegt hij bedaard.

'Ze zijn niet te koop. Ik kan ze tegenwoordig niet eens meer gratis aanbieden.'

'Ik weet dat dat niet waar is.'

Lucy geneert zich niet langer, ze kan met hem overal over praten. In het begin was dat heel anders, toen tot haar afschuw en vernedering een goedaardige macroadenoma van de hypofyse – een hersentumor – overproductie van het hormoon prolactine veroorzaakte, waarop haar lichaam reageerde alsof het zwanger was. Haar menstruatie stopte. Ze kwam aan. Ze had geen galactorroe, ze begon geen melk aan te maken, maar als ze niet meteen had ontdekt wat er aan de hand was, zou dat het volgende symptoom zijn geweest.

'Dus je hebt op dit moment geen partner.' Hij laat de MRI-foto's uit de enveloppen glijden en hangt ze op de lichtkasten.

'Nee.'

'Hoe is het met je libido?' Hij dempt het licht in de kamer en knipt de lichtkasten aan om de foto's van Lucy's hersens te kunnen bekijken. 'Dostinex wordt soms een seksdrug genoemd, wist je dat? Nou ja, als je daar iets aan zou hebben.'

Ze gaat naast hem staan om ook naar de foto's te kijken. 'Ik laat me niet opereren, Nate.'

Met een somber gezicht staart ze naar het min of meer recht-hoekige, wat vagere deel onder aan de hypothalamus. Elke keer dat ze een van haar scans bekijkt, denkt ze dat het een vergissing moet zijn. Dit kan geen weergave van haar hersens zijn. Jonge her-sens, zoals Nate zegt. Anatomisch gezien een fantastisch brein, zegt hij, behalve een klein foutje: een tumor zo groot als een halve pen-ny.

'Het kan me niet schelen wat er in tijdschriften staat. Niemand snijdt mij open. Hoe ziet het eruit? Zeg alsjeblieft dat het er goed uitziet,' zegt ze.

Nate vergelijkt de oude foto met de nieuwe, naast elkaar. 'Geen dramatisch verschil. Nog steeds zeven, hooguit acht millimeter. Niets in de suprasellaire cisterna. De infundibulum van de steel van de hypofyse is iets naar rechts opgeschoven.' Hij wijst met een pen. 'Het chiasma opticum is schoon.' Hij wijst. 'Mooi zo.' Hij legt de pen neer, steekt twee vingers op, legt die tegen elkaar en trekt ze dan uit elkaar om haar perifere zicht te controleren. 'Mooi zo,' her-haalt hij. 'Er is nauwelijks iets veranderd. Het gezwel groeit niet.'

'Het krimpt ook niet.'

'Ga zitten.'

Ze gaat op de rand van de bank zitten. 'Waar het op neerkomt,' zegt ze, 'is dat het niet weg is. De medicatie heeft het niet wegge-brand en er is geen sprake van necrose. Dus zal dat ook niet ge-beuren. Heb ik gelijk of niet?'

'Maar het groeit niet,' zegt hij nogmaals. 'De medicatie heeft er-voor gezorgd dat het iets is gekrompen, dus is het beheersbaar. Oké, nu de mogelijkheden. Maar wat wil je eigenlijk? Eerst moet ik zeg-gen dat ik, al worden Dostinex en de generieke versie ervan in ver-band gebracht met schade aan de hartkleppen, betwijfel of je je daar zorgen om moet maken. Want de research betreft mensen die Dos-tinex slikken voor de ziekte van Parkinson. Jouw dosering is zo laag dat jij daar waarschijnlijk geen last van zult hebben. Het grootste probleem is dat ik je wel tien recepten kan meegeven, maar dat je die pillen in dit land nergens zult kunnen krijgen.'

'Ze worden in Italië geproduceerd. Daar kan ik ze krijgen, daar zal dokter Maroni voor zorgen.'

'Dat is goed. Maar dan wil ik wel dat je om het halfjaar een ECG laat maken.'

De telefoon rinkelt. Nate drukt op een toets, luistert even en zegt tegen degene die belt: 'Dank je. Waarschuw de bewakingsdienst als het uit de hand dreigt te lopen. Zorg ervoor dat niemand hem aanraakt.' Hij legt de hoorn neer en zegt tegen Lucy: 'Iemand is hiernaartoe gekomen in een rode Ferrari en die trekt nogal veel aandacht.'

'De tegenstrijdigheden van het leven.' Ze staat op. 'Het hangt er maar van af wat je belangrijk vindt.'

'Als jij er niet meer in wilt rijden, doe ik het wel, hoor.'

'Het gaat er niet om of ik het wil of niet, maar alles is anders geworden. Dat is niet in alle gevallen verkeerd, maar ik moet eraan wennen.'

'Dat is het probleem met wat er aan de hand is met jou. Je hebt iets wat je niet wilt hebben. Toch heb je er iets bij gewonnen, want misschien ga je nu anders tegen bepaalde dingen aankijken.' Hij laat haar uit. 'Dat maak ik hier elke dag mee.'

'Dat zal best.'

'Het gaat goed met je.' Hij blijft staan bij de deur naar de wachtruimte, waar niemand hen kan horen behalve de man achter de balie, die veel glimlacht en weer zit te telefoneren. 'Wat de kansen van mijn patiënten betreft, zit jij bij de bovenste tien procent.'

'De bovenste tien procent, dat is ongeveer een acht. Maar ik ben begonnen met een tien.'

'Dat is niet waar. Je hebt dit gezwel waarschijnlijk al heel lang met je mee gedragen, maar je hebt het pas gemerkt toen er symptomen optraden. Heb je het Rose al verteld?'

'Ze wil er niet over praten. Ik doe mijn best haar dat niet kwalijk te nemen, maar het kost me moeite. Heel veel moeite. Het is niet eerlijk. Vooral niet wat mijn tante betreft.'

'Laat je niet door Rose wegjagen, want dat probeert ze waarschijnlijk te doen, om de reden die je net noemde. Ze wil er niet mee geconfronteerd worden.' Hij steekt zijn handen in de zakken van zijn witte jas. 'Ze heeft je nodig. En ze zal er beslist niet met iemand anders over praten.'

Voor de ingang van de kliniek loopt een magere vrouw met een sjaal om haar hoofd en met twee kleine jongens om de Ferrari heen. De parkeerwachter komt vlug naar Lucy toe.

'Ze zijn er niet te dichtbij gekomen. Ik heb goed opgelet. Niemand heeft hem aangeraakt,' zegt hij zacht maar nadrukkelijk.

Ze kijkt naar de twee jongetjes en hun zieke moeder en ontsluit met haar afstandbediening de portieren terwijl ze naar de auto toe loopt. De jongens en hun moeder deinzen met verschrikte gezichten achteruit. De moeder ziet er oud uit, maar waarschijnlijk is ze hooguit vijfendertig.

'Het spijt me,' zegt ze tegen Lucy, 'maar ze zijn er wég van. Ze hebben hem niet aangeraakt.'

'Hoe hard kan hij?' vraagt de oudste jongen, die rood haar heeft en een jaar of twaalf moet zijn.

'Even denken. Vierhonderdnegentig pk, zes versnellingen, een vier punt drie liter v8-motor, vijfentachtighonderd toeren en een koolstofvezel diffusiepaneel. Van nul tot bijna honderd kilometer per uur in nog geen vier seconden. Ongeveer driehonderdtwintig kilometer per uur.'

'Gaaf!'

'Heb je wel eens in zo'n auto als deze gereden?' vraagt Lucy aan de oudste jongen.

'Ik heb er zelfs nog nooit een in het echt gezien!'

'En jij?' vraagt Lucy aan het eveneens roodharige jongere broertje, dat een jaar of acht moet zijn.

'Ik ook niet, mevrouw,' antwoordt hij verlegen.

Lucy opent het portier aan de kant van de chauffeur, en de twee roodharige hoofden leunen zo ver mogelijk naar voren om in de auto te kunnen kijken, waarbij ze allebei kreetjes van verbazing slaken.

'Hoe heet je?' vraagt Lucy aan de oudste.

'Fred.'

'Ga achter het stuur zitten, Fred, dan zal ik je laten zien hoe je hem moet starten.'

'Dat hoeft u echt niet te doen, hoor,' zegt de moeder, en ze ziet eruit alsof ze elk moment kan gaan huilen. 'Niets kapotmaken, lieverd.'

'Ik heet Johnny,' zegt de jongste.

'Jij mag ook,' zegt Lucy. 'Kom naast me staan en let goed op.'

Lucy zet de accu aan en kijkt of de versnelling in de vrijstand staat. Ze pakt Freds vinger en zet hem op de rode startknop op het stuur. Dan laat ze zijn hand los. 'Blijf een paar tellen drukken en start de motor,' zegt ze. De Ferrari komt brullend tot leven.

Lucy neemt beide jongens mee voor een ritje over het parkeerterrein terwijl hun moeder alleen in het midden staat en lachend zwaait en haar ogen bet.

Benton neemt het gesprek met Gladys Self op terwijl hij in het Mc-Lean via zijn telefoon in het laboratorium waar de neurologische beeldscanner staat met haar praat. Net als bij haar beroemde dochter past de naam Self goed bij haar.

'Als u zich afvraagt waarom mijn rijke dochter me geen riant huis in Boca heeft gegeven,' zegt ze, 'dan kan ik u vertellen, meneer, dat ik niet in Boca of Palm Beach wil wonen. Ik wil nergens anders wonen dan hier in Hollywood, Florida. In mijn oude appartementje met uitzicht op zee aan de boulevard.'

'Waarom is dat?'

'Om het haar betaald te zetten. Stelt u zich maar eens voor wat voor indruk dat zal maken als ze me op een dag dood aantreffen in zo'n armoedig huisje. Ik ben benieuwd of ze dan nog zo populair is.' Ze grinnikt.

'Het lijkt alsof het u moeite kost iets aardigs over haar te zeggen,' zegt Benton. 'Maar ik wil erg graag dat u haar een paar minuten prijst, mevrouw Self. Zoals ik ook graag wil dat u een paar minuten neutraal over haar praat en dan kritisch.'

'Waarom doet ze hier eigenlijk aan mee?'

'Dat heb ik u net uitgelegd. Ze heeft zich vrijwillig opgegeven voor mijn wetenschappelijk onderzoek.'

'Mijn dochter zal zich nergens vrijwillig voor opgeven als ze er niet iets voor terugkrijgt wat ze erg graag wil hebben. Ik heb nog nooit meegemaakt dat ze iets alleen maar deed om iemand te helpen. Ha, wat een flauwekul, van dat noodgeval in de familie. Ze boft dat ik niet naar CNN ben gegaan om tegen de hele wereld te zeggen dat ze heeft gelogen. Als ik even nadenk, kom ik er misschien achter wat de werkelijke reden is. Als ik alles op een rijtje zet. U bent zo'n psycholoog van de politie in eh... Hoe heet dat ziekenhuis ook alweer? McLean? O ja, zo heet het. Waar rijkelui en beroemdheden naartoe gaan. Dus ook het ziekenhuis waar zij naartoe zou gaan als dat nodig was, en het wás blijkbaar nodig. Het zou u verbazen als ik u vertelde waarom. Bingo! Ze is er opgenomen, daar gaat dit over!'

'Ik heb al gezegd dat ze meewerkt aan mijn onderzoek.' Verdomme, hij had dr. Self nog zo gewaarschuwd dat als hij haar moeder zou bellen voor de bandopname, ze best eens zou kunnen raden dat haar dochter een patiënt in zijn ziekenhuis was. 'Ik mag u niets over haar vertellen. Waar ze is, wat ze doet of waarom. Ik mag over geen enkele medewerker aan ons onderzoek iets loslaten.'

'Maar ik kan ú een heleboel vertellen. Ik wist het wel! Nou, ze is beslist de moeite van een onderzoek waard. Welk normaal mens zou het in zijn hoofd halen op televisie te doen wat zij doet, mensen manipuleren en hun leven verpesten? Zoals die tennisster die onlangs is vermoord. Ik wil er heel wat onder verwedden dat Marilyn daar op de een of andere manier de hand in heeft gehad, door haar in haar tv-programma te halen en haar ten overstaan van de hele wereld het hemd van het lijf te vragen. Het was gewoon gênant, ik begrijp niet dat de familie van dat meisje dat goedvond.'

Benton heeft de opname van het programma gezien. Mevrouw Self heeft gelijk. Het vraaggesprek was te intiem en maakte Drew kwetsbaar en toegankelijk. Een aanleiding om iemand te stalken, als dat bij Drew was gebeurd. Het heeft niets met zijn onderzoek te maken, maar hij kan het niet laten te vragen: 'Ik vraag me af hoe het uw dochter is gelukt Drew Martin in haar programma te krijgen. Kenden ze elkaar?'

'Marilyn kan iedereen in haar programma krijgen. Als ze me voor een speciale gelegenheid belt, schept ze altijd op over allerlei beroemdheden die ze heeft ontmoet. Maar zij doet alsof die mensen blij moeten zijn dat ze háár hebben ontmoet in plaats van andersom.'

'Ik krijg de indruk dat u haar niet vaak ziet.'

'Denkt u nu echt dat ze de moeite zou nemen haar eigen moeder te bezoeken?'

'Maar ze is toch geen gevoelloze vrouw?'

'Toen ze klein was, kon ze lief zijn, al is dat nu nauwelijks te geloven. Maar op haar zestiende is er iets misgegaan. Toen is ze weggelopen met de een of andere playboy en kwam ze met een gebroken hart terug, en dat hebben we geweten. Heeft ze u dat verteld?'

'Nee.'

'Dat verbaast me niets. Ze kan eindeloos zeuren over haar vader die zelfmoord heeft gepleegd en dat ik een afschuwelijk mens ben en zo, maar haar eigen fouten erkent ze niet. Ook ten opzichte van andere mensen. U zou verbaasd zijn als u wist hoeveel mensen ze uit haar leven heeft verbannen alleen maar omdat ze te lastig voor haar zijn geworden. Of het kan iemand zijn die een kant van haar heeft ontdekt die niemand mag zien. Dat beschouwt ze als een halsmisdaad.'

'Ik neem aan dat u dat niet letterlijk bedoelt.'

'Dat hangt ervan af.'

'Kunt u nu een paar positieve dingen over haar zeggen?'

'Heeft ze u verteld dat ze iedereen dwingt een vertrouwelijkheidsverklaring te ondertekenen?'

'Geldt dat ook voor u?'

'Wilt u echt weten waarom ik hier woon? Omdat ik me haar zogenaamde vrijgevigheid niet kan veroorloven. Ik leef van mijn AOW en een klein pensioentje nadat ik mijn hele leven heb gewerkt. Marilyn heeft nooit een vinger naar me uitgestoken en had ook nog het lef tegen me te zeggen dat ik zo'n verklaring van haar moest tekenen. Als ik dat weigerde, zei ze, zou ik nooit meer op haar hoeven te rekenen, al was ik nog zo oud en ziek. Ik heb niet getekend. Ik praat trouwens nooit over haar. Maar ik zou u heel wat over haar kunnen vertellen, echt waar.'

'U praat wel met mij.'

'Dat moest toch van haar? Ze heeft u mijn telefoonnummer gegeven omdat ze daar de een of andere zelfzuchtige reden voor heeft. En ik ben haar zwakke plek. Ze kan het niet laten. Ze snakt ernaar te horen wat ik te vertellen heb. Want dat bevestigt haar eigen mening over zichzelf.'

'Ik zou graag willen dat u nu probeert te doen alsof u haar vertelt wat u leuk vindt aan haar. U kunt vast ook wel iets aardigs over haar zeggen. Bijvoorbeeld dat u altijd bewondering hebt gehad voor haar intelligentie, of dat u trots bent op haar succes of zo.'

'Zelfs als ik het niet meen?'

'Als u helemaal niets aardigs kunt zeggen, kunnen we hier tot mijn spijt niet mee doorgaan.' Dat zou hem helemaal niet spijten.

'Ach, ik kan net zo goed liegen als zij.'

'En wat de negatieve opmerkingen betreft, zou u kunnen zeggen dat u zou willen dat ze wat guller is of minder arrogant, of zoiets.'

'Dat is geen kunst.'

'En ten slotte de neutrale opmerkingen, die kunnen gaan over het weer, dat u boodschappen hebt gedaan, dat soort dingen.'

'U moet haar niet vertrouwen. Ze zal doen alsof en uw onderzoek verpesten.'

'Hersens kunnen niet doen alsof,' zegt Benton. 'Zelfs de hare niet.'

Een uur later. Dr. Self zit in een glanzend rood broekpak en met blote voeten geleund tegen een stapel kussens op haar bed.

'Ik begrijp dat u dit niet nodig vindt,' zegt Benton en hij bladert door het lichtblauwe, voor patiënten bestemde exemplaar van *Gestructureerd klinisch interview voor dsm-IV Axis I-stoornissen.*

'Heb je er een script voor nodig, Benton?'

'Om bij dit project een vaste lijn te volgen, voeren we deze gesprekken volgens het boekje. Elke keer één onderwerp. Ik ga u geen dingen vragen die voor de hand liggen en niet ter zake doen, zoals uw professionele status.'

'Ik zal je een handje helpen,' zegt ze. 'Ik ben nooit eerder patiënt in een psychiatrische inrichting geweest. Ik neem geen medicijnen in. Ik drink niet te veel. Ik slaap gemiddeld vijf uur per nacht. Hoeveel uur per nacht slaapt Kay?'

'Bent u onlangs veel afgevallen of aangekomen?'

'Ik blijf altijd keurig op hetzelfde gewicht. Hoeveel weegt Kay nu? Eet ze veel wanneer ze zich eenzaam of gedeprimeerd voelt? Al dat gefrituurde voedsel daar in het zuiden...'

Benton slaat een paar bladzijden om. 'Hebt u wel eens een raar gevoel in uw lichaam of op uw huid?'

'Dat hangt van mijn gezelschap af.'

'Ruikt of proeft u wel eens dingen die andere mensen niet ruiken of proeven?'

'Ik doe heel veel dingen die andere mensen niet doen.'

Benton kijkt haar aan. 'Ik denk dat u niet geschikt bent voor ons onderzoek, dokter Self. Dit heeft geen zin.'

'Daar kun jij niet over oordelen.'

'Vindt u dan dat dit wel zin heeft?'

'Je bent nog niet aan de stemmingschronologie toegekomen. Wil je niet weten of ik paniekaanvallen heb?'

'Hebt u die?'

'Zweten, trillen, duizeligheid, hartkloppingen... Angst om dood te gaan?' Ze kijkt hem peinzend aan, alsof hij de patiënt is. 'Wat heeft mijn moeder allemaal gezegd?'

'Denk eens terug aan het begin van uw verblijf hier,' zegt hij. 'Toen leek u erg in paniek te zijn ten gevolge van een e-mail. Die mail waarover u het destijds met dokter Maroni hebt gehad en die u sindsdien niet meer hebt genoemd.'

'Je assistente dacht echt dat zij deze gesprekken met mij zou mogen voeren.' Ze glimlacht. 'Ik ben psychiater. Het zou net zoiets zijn als een tenniswedstrijd tussen Drew Martin en een beginner.'

'Hoe voelt u zich als u eraan denkt wat er met haar is gebeurd?' vraagt hij. 'Het is op het nieuws geweest dat u haar in uw programma hebt gehad. Sommigen zeggen dat de moordenaar haar misschien heeft uitgekozen omdat...'

'Alsof ze alleen in mijn programma op televisie is geweest. Bovendien doen er heel veel mensen aan mijn programma mee.'

'Ik wilde zeggen omdat ze toen erg voor het voetlicht trad. Ik bedoelde niet alleen maar haar deelname aan uw programma.'

'Waarschijnlijk win ik weer een Emmy voor die reeks. Tenzij wat er is gebeurd...'

'Wat bedoelt u precies?'

'Dat zou heel oneerlijk zijn,' zegt dr. Self. 'Als de Academy om wat er met haar is gebeurd, bevooroordeeld is. Alsof dat ook maar iets met de kwaliteit van mijn werk te maken heeft. Wat heeft mijn moeder gezegd?'

'Het is belangrijk dat u pas wanneer u in de scanner ligt hoort wat ze heeft gezegd.'

'Ik wil het graag over mijn vader hebben. Hij is gestorven toen ik nog klein was.'

'Dat is goed,' zegt Benton. Hij zit zo ver mogelijk bij haar vandaan, met zijn rug tegen het bureau. Zijn laptop staat op het bureau en op een tafeltje tussen hen in neemt de recorder het gesprek op. 'Laten we het over uw vader hebben.'

'Ik was twee toen hij overleed. Bijna twee.'

'En toch herinnert u zich hem goed genoeg om het gevoel te hebben dat hij u in de steek heeft gelaten?'

'U weet uit onderzoeken die u moet hebben gelezen vast wel dat kinderen die geen borstvoeding krijgen waarschijnlijk hun hele leven meer last van stress en allerlei stoornissen hebben dan andere kinderen. En vrouwen in de gevangenis die geen borstvoeding kunnen geven, zijn minder in staat hun kinderen liefdevol te verzorgen en te beschermen dan andere vrouwen.'

'Ik zie het verband niet. Wilt u zeggen dat uw moeder ooit in de gevangenis heeft gezeten?'

'Ze heeft me nooit aan haar borst gehouden, zelf gevoed, met haar hartenklop getroost. En als ze me de fles gaf en later voerde met een lepel, een schep of wat dan ook, keek ze me nooit aan. Heeft ze dat toegegeven toen je met haar sprak? Heb je haar naar vroeger gevraagd?'

'Voor de opname van de moeder van een medewerker aan ons project is het niet nodig dat ze ons details over hun vroegere relatie vertelt.'

'Haar weigering een emotionele band met me te krijgen heeft het gevoel dat ik in de steek ben gelaten en mijn wrok versterkt, en heeft veroorzaakt dat ik geneigd ben haar er de schuld van te geven dat mijn vader me heeft verlaten.'

'Dat hij is gestorven, bedoelt u.'

'Interessant, vind je niet? Kay en ik hebben allebei jong onze vader verloren en we zijn allebei arts geworden. Maar ik genees de geest van levenden en zij snijdt in lichamen van doden. Ik heb me altijd afgevraagd wat voor soort minnares ze is. Vanwege haar beroep.'

'Dus u geeft uw moeder de schuld van de dood van uw vader.'

'Ik was jaloers. Ik ben een paar keer hun kamer binnengelopen toen ze aan het vrijen waren. Vanuit de deuropening zag ik dat mijn moeder haar lichaam aan hem gaf. Waarom wel aan hem en niet aan mij? Waarom zij wel en ik niet? Ik wilde hebben wat zij aan elkaar gaven, zonder te beseffen wat het was. Ik wilde beslist geen orale of genitale seks met mijn ouders en begreep niet wat ze allemaal aan het doen waren. Waarschijnlijk dacht ik dat ze pijn leden.'

'Toen u nog geen twee was, bent u een paar keer hun slaapkamer binnengelopen en dat herinnert u zich nog steeds?' Hij heeft het diagnostisch handboek onder zijn stoel gelegd en maakt aantekeningen.

Ze gaat verzitten op het bed om een comfortabeler en uitdagender houding aan te nemen, waarbij ze ervoor zorgt dat Benton haar lichaamsvormen duidelijk kan zien. 'Eerst waren allebei mijn ouders levend en vitaal, en opeens was mijn vader weg. Terwijl Kay het lange stervensproces van haar vader mocht meemaken voordat hij aan kanker overleed. Ik moest leven met verlies, zij met sterven, en dat maakt verschil. Daarom, Benton, wil ik het leven van mijn patiënten begrijpen, terwijl Kay de dood van haar patiënten wil begrijpen. Dat moet zijn weerslag op jou hebben.'

'We praten niet over mij.'

'Is het niet geweldig dat ze zich in het Paviljoen niet aan strenge regels houden? Kijk nou toch eens hoe we hier zitten. Ondanks wat er is gebeurd toen ik werd opgenomen. Heeft dokter Maroni je verteld dat hij ook op mijn kamer is geweest? Niet deze, maar waar ik eerst zat? Dat hij de deur achter zich dicht heeft gedaan en mijn kamerjas heeft losgeknoopt? Me heeft betast? Was hij vroeger soms gynaecoloog? Je lijkt je niet op je gemak te voelen, Benton.'

'Voelt u zich hyperseksueel?'

'Dus nu maak ik een manische episode door.' Ze glimlacht. 'Laten we eens zien hoeveel diagnoses we vanmiddag kunnen stellen. Maar daarom ben ik hier niet. En we weten waarom ik hier wél ben.'

'U hebt gezegd dat u hiernaartoe bent gekomen vanwege een e-mail die u las toen u in de studio even pauzeerde. Vorige week vrijdag.'

'Ik heb dokter Maroni al van die e-mail verteld.'

'Ik heb begrepen dat u alleen tegen hem hebt gezegd dat u die ontvangen had,' zegt Benton.

'Als het mogelijk was, zou ik jullie er allemaal van kunnen verdenken dat jullie me onder hypnose hierheen hebben gelokt vanwege die e-mail. Maar zoiets komt alleen voor in een film of bij een psychose, nietwaar?'

'U hebt tegen dokter Maroni gezegd dat u erg van streek was en bang dat iemand u iets wilde aandoen.'

'En toen moest ik tegen mijn zin pillen slikken. En is hij naar Italië gevlucht.'

'Daar heeft hij ook een praktijk. Hij vliegt steeds heen en weer, vooral in deze tijd van het jaar.'

'De *Dipartimento di Scienze Psichiatriche* aan de Universiteit van Rome. Hij heeft een villa in Rome. Hij heeft een appartement in Venetië. Hij komt uit een steenrijke Italiaanse familie. En hij is klinisch directeur van het Paviljoen en iedereen doet wat hij zegt, jij ook. Voordat hij het land verliet, hadden we dat wat er is gebeurd nadat ik hier had ingecheckt aan de orde moeten stellen.'

'Ingecheckt? U doet alsof het McLean een hotel is.'

'En nu is het te laat.'

'Bent u oprecht van mening dat dokter Maroni u op een onfatsoenlijke manier heeft betast?'

'Ik geloof dat ik dat wel duidelijk heb gemaakt.'

'Dus u bent ervan overtuigd.'

'Maar iedereen hier zou het ontkennen.'

'Absoluut niet. Als het waar is.'

'Iedereen zou het ontkennen.'

'Toen de limousine u voor de ingang afzette, was u helder van geest, maar nogal geagiteerd. Weet u dat nog? Weet u nog dat u bij de receptie met dokter Maroni hebt gepraat en tegen hem hebt gezegd dat u een veilige schuilplaats nodig had vanwege een e-mail en dat u het hem later zou uitleggen?' vraagt Benton. 'En weet u ook nog dat u zich toen zowel verbaal als lichamelijk nogal uitdagend hebt gedragen?'

'Je hebt een wonderlijke manier om met patiënten om te gaan. Misschien moet je teruggaan naar de FBI en daar weer rubberen slangen en dat soort dingen gebruiken. En inbreken in mijn e-mail, mijn huizen en mijn bankrekeningen.'

'Het is belangrijk dat u zich herinnert hoe u zich gedroeg toen u hier aankwam. Ik doe mijn best u daarbij te helpen,' zegt hij.

'Dat kwam door de medicijnen. Ik ben erg gevoelig voor alle soorten medicijnen. Ik slik ze niet en geloof er ook niet in.'

'Toen dokter Maroni naar uw kamer kwam, waren er al een vrouwelijke neuropsycholoog en een vrouwelijke verpleegkundige bij u. En herhaalde u steeds dat het niet uw schuld was.'

'Was je er ook bij?'

'Nee.'

'Je doet alsof je er wél bij was.'

'Ik heb uw status gelezen.'

'Mijn status. Ik neem aan dat je overweegt die aan de hoogste bieder te verkopen.'

'Dokter Maroni heeft u vragen gesteld terwijl de verpleegkundige uw bloeddruk en temperatuur opnam, en toen bleek dat het nodig was u met een intramusculaire injectie te kalmeren.'

'Vijf milligram Haldol, twee milligram Ativan, een milligram Cogentin. De beruchte vijf-twee-een chemische dwangbuis die ze op een forensische afdeling gebruiken voor gewelddadige gevangenen. Ik ben behandeld als een gewelddadige gevangene. Daarna kan ik me niets meer herinneren.'

'Kunt u me vertellen wát niet uw schuld was, dokter Self? Had het iets met die e-mail te maken?'

'Wat dokter Maroni deed, was niet mijn schuld.'

'Dus dat u zo van streek was, had niets te maken met de e-mail die volgens u de reden was voor uw komst naar het McLean?'

'Dit is een samenzwering. Jullie doen er allemaal aan mee. Daarom heeft die vriend van u, Pete Marino, contact met me opgenomen, nietwaar? Of misschien wil hij ermee ophouden. Wil hij dat ik hem red. Net als in Florida. Wat doen jullie hem allemaal aan?'

'Er is geen samenzwering.'

'Zie ik daar de rechercheur om de hoek gluren?'

'U bent hier nu tien dagen en u hebt nog tegen niemand gezegd wat er in die e-mail stond.'

'Omdat de persóón die me een aantal e-mails heeft gestuurd veel belangrijker is. Over één e-mail praten, is misleidend. Het gaat om een persoon.'

'Wie?'

'Iemand die dokter Maroni had kunnen helpen. Een heel gestoord individu. Wat hij ook al dan niet gedaan mag hebben, hij heeft hulp nodig. En als er met mij of met iemand anders iets gebeurt, is dat de schuld van dokter Maroni. Niet van mij.'

'Wat zou dan uw schuld kunnen zijn?'

'Ik zei net dat niets mijn schuld is.'

'Dus er is geen e-mail die ons kan helpen die persoon te vinden en u misschien tegen hem in bescherming te nemen?' vraagt hij.

'Het is interessant dat ik was vergeten dat jij hier werkt. Ik werd er pas aan herinnerd toen ik die oproep voor je onderzoeksproject zag hangen bij de receptie. En toen zei Marino natuurlijk iets in zijn e-mail. Dat is niet de bewuste e-mail, dus wees maar niet blij. Nu hij voor Kay werkt, verveelt hij zich en is hij seksueel verschrikkelijk gefrustreerd.'

'Ik wil graag met u praten over alle e-mails die u onlangs hebt ontvangen of verstuurd.'

'Jaloezie. Zo begint het.' Ze kijkt hem aan. 'Kay is jaloers op mij omdat haar leven zo armetierig is. Ze is zo wanhopig jaloers dat ze in de rechtbank over me moest liegen.'

'Nu hebt u het over...'

'Vooral over haar.' Haar haat balt zich samen. 'Ik kijk volkomen objectief naar wat er toen is gebeurd, dat groteske staaltje van gerechtelijk wangedrag, en ik heb het nooit persoonlijk opgevat dat jij en Kay, vooral Kay, getuigen waren, waardoor jullie tweeën, maar vooral Kay, de hoofdrol speelden in dat groteske staaltje van gerechtelijk wangedrag.' IJskoude haat. 'Ik vraag me af wat ze ervan zou denken als ze wist dat jij met de deur dicht in mijn kamer zit.'

'Toen u zei dat u onder vier ogen in uw kamer met me wilde praten, hebben we een afspraak gemaakt. Dat ik ons gesprek zou opnemen en aantekeningen zou maken.'

'Neem maar op. Schrijf maar op. Ooit zul je er iets aan hebben. Je kunt een heleboel van me leren. Laten we het nu over je experiment hebben.'

'Onderzoeksproject. Waarvoor u zich vrijwillig hebt opgegeven en waarvoor u speciale toestemming hebt gekregen, terwijl ik erop tegen ben. Het woord "experiment" is hier niet van toepassing.'

'Ik zou wel eens willen weten waaróm je me niet voor je experiment wilt gebruiken. Tenzij je iets te verbergen hebt.'

'Eerlijk gezegd, dokter Self, geloof ik niet dat u aan onze voorwaarden voldoet.'

'Eerlijk gezegd, Benton, is dat nu ook het laatste wat je zou willen, nietwaar? Maar je hebt geen keus, want je ziekenhuis weet heus wel dat jullie je geen discriminatie jegens mij kunnen veroorloven.'

'Is bij u ooit de diagnose bipolair vastgesteld?'

'De enige diagnose die ooit bij mij is vastgesteld, is dat ik begaafd ben.'

'Zijn er leden van uw familie die een bipolaire stoornis hebben?'

'Wat dit uiteindelijk zal bewijzen, nou ja, dat is jouw zaak. Dat tijdens verschillende stemmingen de dorsolaterale prefrontale cortex van de hersens bij bepaalde externe stimuli oplicht. Nou en? PET en fMRI hebben duidelijk aangetoond dat er bij depressieve mensen sprake is van abnormale bloedtoevoer naar de prefrontale delen en verminderde activiteit in de DLPFC. Nu roer jij gewelddadigheid door dat mengsel en wat wil je daarmee bewijzen? Wat doet het ertoe? En ik weet dat dit experiment van je niet is goedgekeurd door de Commissie Gebruik van Proefpersonen van Harvard.'

'We doen geen onderzoeken zonder dat ze zijn goedgekeurd.'

'Die gezonde proefpersonen ter vergelijking, zijn die als jullie met ze klaar zijn nog steeds gezond? En wat gebeurt er met de minder gezonden? De zielenpoten die lijden aan depressies, schizofrenie, bipolaire of andere stoornissen, die zichzelf of anderen verwonden of dat proberen, of die daar obsessief over fantaseren?'

'Ik merk dat Jackie u op de hoogte heeft gesteld,' zegt hij.

'Niet helemaal. Zij weet het verschil niet tussen de dorsolaterale prefrontale cortex en een kleine kabeljauw. Er is al eerder onderzoek gedaan naar de reacties van de hersens op moederlijke kritiek en waardering. En nu voeg jij er gewelddadigheid aan toe, om wat te bewijzen? Wat kan het iemand schelen? Je wilt de verschillen laten zien tussen de hersens van gewelddadige en niet gewelddadige personen en wat zal dat bewijzen? Wat doet dat ertoe? Had je daar de Zandman mee tegen kunnen houden?'

'De Zandman?'

'Als je naar zijn hersens zou kijken, zou je Irak zien. En dan? Zou je Irak eruit toveren en dan zou hij weer helemaal in orde zijn?'

'Is die e-mail afkomstig van hem?'

'Ik weet niet wie hij is.'

'Is hij misschien de gestoorde persoon die u hebt doorverwezen naar dokter Maroni?'

'Ik snap niet wat je in Kay ziet,' zegt ze. 'Ruikt ze naar lijken als ze thuiskomt? Ach nee, je bent er nooit als ze thuiskomt.'

'Volgens u ontving u die e-mail een paar dagen nadat het lichaam van Drew was gevonden. Was dat toeval? Als u informatie hebt over die moord, moet u die aan me doorgeven,' zegt Benton. 'Ik vraag u die aan me door te geven. Het is een heel ernstige zaak.'

Ze strekt haar benen en raakt met een blote voet het tafeltje tussen hen in aan. 'Als ik die recorder van tafel schop en hij gaat kapot, wat dan?'

'Degene die Drew heeft vermoord, zal opnieuw een moord plegen,' zegt hij.

'Als ik een schop geef tegen die recorder' – ze raakt hem met een blote teen aan en verschuift hem een beetje – 'wat zeggen we dan en wat doen we dan?'

Benton staat op. 'Wilt u dat er nog iemand wordt vermoord, dokter Self?' Hij tilt de recorder op, maar zet hem niet uit. 'Hebt u dit niet eerder meegemaakt?'

'Daar heb je het weer,' zegt ze vanaf haar bed. 'De samenzwering. Kay zal opnieuw over me liegen. Net als de vorige keer.'

Benton doet de deur open. 'Nee,' zegt hij. 'Deze keer zal het veel erger zijn.'

9

Acht uur 's avonds in Venetië. Maroni schenkt zichzelf nog een glas wijn in en ruikt terwijl het daglicht afneemt de onaangename geur van het kanaal onder zijn open raam. Wolken stapelen zich op als een dikke, schuimende laag tot halverwege de lucht en de horizon krijgt langzaam een gouden gloed.

'Zo manisch als de pest.' De stem van Benton Wesley klinkt zo helder alsof hij in de kamer is in plaats van in Massachusetts. 'Het lukt me niet me klinisch en gepast op te stellen. Ik kan dit gemanipuleer en die leugens van haar niet meer aanhoren. Zoek maar iemand anders, ik wil niets meer met haar te maken hebben. Ik geef toe dat ik dit slecht aanpak, Paulo. Zoals een politieagent, niet zoals een arts.'

Dr. Maroni zit voor het raam van zijn appartement en drinkt een uitstekende Barolo, die door dit gesprek wordt bedorven. Hij kan niet aan Marilyn Self ontkomen. Ze is zijn ziekenhuis binnengedrongen. Ze is Rome binnengedrongen. Nu is ze hem gevolgd naar Venetië.

'Ik wil je vragen of ik haar voor het onderzoeksproject mag afwijzen. Ik wil haar niet scannen,' zegt Benton.

'Ik zal je beslist niet zeggen wat je moet doen,' antwoordt dr. Maroni. 'Het is jouw onderzoek. Maar mag ik je een raad geven? Maak haar niet kwaad. Scan haar toch. Maak het je zo gemakkelijk mogelijk en ga ervan uit dat de uitkomst waardeloos zal zijn. En laat haar daarna vertrekken.'

'Hoe bedoel je?'

'Ik merk dat je nog niet op de hoogte bent. Ze is ontslagen en vertrekt na de scan,' zegt Maroni. Door het open venster kijkt hij naar het kanaal, dat de kleur heeft van groene olijven en zo glad is als een spiegel. 'Heb je Otto gesproken?'

'Otto?' herhaalt Benton.

'Commissaris Poma.'

'Ik weet heus wel wie je bedoelt. Waarom zou ik hier met hem over praten?'

'Ik heb gisteravond in Rome met hem gegeten. Het verbaast me dat hij nog geen contact met je heeft opgenomen. Hij is onderweg naar de States. Hij zit nu in het vliegtuig.'

'Jezus christus.'

'Hij wil met dokter Self over Drew Martin praten. Hij is ervan overtuigd dat ze informatie achterhoudt.'

'Vertel me niet dat je je mond voorbij hebt gepraat.'

'Ik heb mijn mond niet voorbijgepraat. Toch weet hij het.'

'Ik begrijp niet hoe dat kan,' zegt Benton. 'Besef je wel wat ze zal doen als ze denkt dat wij hebben verklapt dat ze een patiënt van ons is?'

Een watertaxi vaart met pruttelende motor langzaam voorbij en het water klotst tegen Maroni's appartement.

'Ik heb aangenomen dat hij het van jou had gehoord,' zegt hij. 'Of van Kay. Omdat jullie allebei lid van de IRR zijn en meewerken aan het onderzoek naar de moord op Drew Martin.'

'Dat heeft hij niet.'

'En Lucy?'

'Kay en Lucy weten geen van beiden dat dokter Self hier is,' zegt Benton.

'Lucy is goed bevriend met Josh.'

'Jezus christus. Ze ziet hem als ze een scan laat maken en dan praten ze over computers. Waarom zou hij het haar vertellen?'

Aan de overkant van het kanaal krijst een zeemeeuw en hij klinkt als een kat. Een toerist gooit hem een stukje brood toe en de vogel krijst nog een keer.

'Wat ik zeg, is natuurlijk alleen maar een veronderstelling,' zegt Maroni. 'Ik denk dat het bij me opgekomen is omdat hij haar vaak belt wanneer de computer het begeeft of hij een ander soort probleem heeft dat hij niet kan oplossen. Eigenlijk is het te veel voor Josh om zowel MRI-technicus als IT'er te zijn.'

'Hè?'

'De vraag is waar ze naartoe zal gaan en wat voor problemen ze dan weer zal veroorzaken.'

'New York, denk ik,' zegt Benton.

'Vertel het me zodra je het weet.' Dr. Maroni neemt een slok wijn. 'Het is maar een veronderstelling. Dat van Lucy, bedoel ik.'

'Ook al zou Josh het tegen haar hebben gezegd, neem je dan zomaar aan dat zij het tegen commissaris Poma zou zeggen, terwijl ze hem niet eens kent?'

'We moeten dokter Self na haar vertrek blijven volgen,' zegt Maroni. 'Want ze gaat problemen veroorzaken.'

'Waarom spreek je in raadselen? Ik begrijp er niets van,' zegt Benton.

'Dat merk ik. Jammer. Nou ja, het is niet belangrijk. Ze gaat weg. Laat me weten waar ze naartoe gaat.'

'Niet belangrijk? Als zij erachter komt dat iemand tegen de commissaris heeft gezegd dat zij een patiënt is of was in het McLean, worden wij ervan beschuldigd dat we de HIPAA hebben overtreden. Dan zal ze inderdaad problemen veroorzaken, en daar geniet ze van.'

'Ik kan hem niet voorschrijven wat hij tegen haar mag zeggen of wanneer hij dat mag doen. De carabinieri leidt het onderzoek.'

'Ik begrijp werkelijk niet wat er gaande is, Paulo. Toen we het intakegesprek hadden, vertelde ze me dat ze een patiënt naar jou had doorverwezen,' zegt Benton met iets van teleurstelling in zijn stem. 'Ik begrijp niet waarom je me dat niet hebt verteld.'

De voorgevels van de gebouwen langs het kanaal hebben pasteltinten en waar het pleisterwerk is afgebladderd, zijn bakstenen zichtbaar. Een glanzende teakhouten boot glijdt onder een bakstenen boogbrug door. De kapitein staat, de brug is laag en hij stoot bijna zijn hoofd. Hij bedient de gashendel met zijn duim.

'Ze heeft inderdaad een patiënt naar me doorgestuurd. Daar heeft Otto me naar gevraagd,' zegt Maroni. 'Gisteravond heb ik hem alles verteld wat ik weet. Of in elk geval dat wat ik mag vertellen.'

'Ik zou het op prijs hebben gesteld als je het mij ook had verteld.'

'Ik vertel het je nu. Als je er niet over begonnen was, had ik het je ook verteld. Ik heb hem in de loop van een aantal weken een paar keer bij me gehad. Vorig jaar november,' zegt Maroni.

'Hij noemt zich de Zandman. Volgens dokter Self. Komt dat je bekend voor?'

'De naam Zandman heb ik niet eerder gehoord.'

'Ze zegt dat hij zijn e-mails met die naam ondertekent,' zegt Benton.

'Toen ze me vorig jaar oktober belde om te vragen of ik die man in Rome wilde onderzoeken, heeft ze me geen e-mails doorgestuurd. En niet gezegd dat hij zich de Zandman noemde. Toen hij bij me was, heeft hij die naam zelf ook niet genoemd. Ik heb hem tweemaal gesproken, geloof ik. In Rome, zoals ik al zei. Ik heb geen informatie waaruit ik kan opmaken dat hij iemand heeft vermoord, dat heb ik ook tegen Otto gezegd. Daarom kan ik je zijn status niet geven en moet ik mijn conclusie voor me houden. Ik weet dat je dat begrijpt, Benton.'

Dr. Maroni pakt de karaf en schenkt wijn in zijn glas terwijl de zon in het kanaal zakt. Het briesje dat door de open ramen naar binnen waait, wordt koeler en de stank van het water neemt af.

'Kun je me ook maar iets over hem vertellen?' vraagt Benton. 'Iets over zijn persoonlijke achtergrond? Kun je beschrijven hoe hij eruitziet? Ik weet dat hij in Irak is geweest. Dat is het enige.'

'Al zou ik het willen, dan nog zou ik het niet kunnen, Benton. Ik heb mijn dossier niet bij me.'

'Je bedoelt dat dat wellicht belangrijke informatie zou kunnen bevatten.'

'Dat zou kunnen,' zegt Maroni.

'Vind je niet dat je dat moet nakijken?'

'Ik heb het niet,' zegt Maroni.

'Helemaal niet meer?'

'Niet in Rome, bedoel ik,' zegt Maroni vanuit zijn zinkende stad.

Uren later. De Kick 'n Horse Saloon, ruim dertig kilometer ten noorden van Charleston.

Marino zit aan een tafeltje tegenover Shandy Snook en ze eten allebei gepaneerde gebakken biefstuk met een biscuit, jus en gort. Zijn mobieltje rinkelt. Hij kijkt naar het nummer in het venster.

'Wie is het?' vraagt ze en ze neemt door een rietje een slok van haar bloody mary.

'Waarom kunnen ze me niet met rust laten?'

'Het kan maar beter niet zijn wie ik denk dat het is,' zegt ze. 'Het is verdomme zeven uur en we zitten te eten.'

'Ik ben er niet.' Marino drukt op een toets om het gerinkel te laten ophouden en doet alsof het hem niet interesseert.

'Zo is het.' Ze slurpt de laatste slok uit haar glas en het geluid doet hem denken aan een gootsteen die met een ontstoppingsmiddel is schoongemaakt. 'Niemand thuis.'

In de Feed Troff, het eetgedeelte van het café, brult Lynyrd Skynyrd uit de luidsprekers. De neonreclame van Budweiser is aan, plafondventilatoren draaien zachtjes rond. De muren zijn volgekrabbeld met handtekeningen, overal hangen zadels, op de vensterbanken staan modellen van motorfietsen en rodeopaarden en er liggen aardewerken slangen. Aan de houten tafels zitten motorrijders. Buiten op de veranda zit het ook vol; iedereen eet en drinkt en bereid zich voor op het concert van de Hed Shop Boys.

'Verdomme nog aan toe,' mompelt Marino en hij staart naar het mobieltje op tafel en het draadloze Bluetooth-oortje ernaast. Hij kan het telefoontje niet negeren. Zij is het. Al staat er 'onbekend' in het venster, hij weet dat zij het is. Ze moet inmiddels hebben gezien wat er in zijn computer staat. Het verbaast en ergert hem dat het zo lang heeft geduurd. Tegelijkertijd voelt hij voldoening omdat hij wraak heeft genomen. Hij fantaseert dat dr. Self hem net zo sexy vindt als Shandy. Net zo veeleisend is in bed als Shandy. Hij heeft al een week niet geslapen.

'Zoals ik zo vaak zeg, die persoon kan niet doder worden dan hij al is, toch?' zegt Shandy. 'Laat het opperhoofd het zelf maar opknappen.'

Zij is het. Dat weet Shandy niet, zij denkt dat het een uitvaartbedrijf is. Marino pakt zijn bourbon met gemberbier en gluurt naar zijn mobieltje.

'Laat haar toch eindelijk eens zelf haar klusjes opknappen!' zegt Shandy woedend. 'Ik heb schijt aan haar!'

Marino geeft geen antwoord en draait steeds nerveuzer het restje van zijn drankje rond in zijn glas. Als hij Scarpetta's telefoontjes niet aanneemt of niet terugbelt, voelt hij zijn borst verkrampen van de zenuwen. Hij denkt aan wat dr. Self tegen hem heeft gezegd en voelt zich bedrogen en misbruikt. Zijn gezicht begint te gloeien. Al bijna twintig jaar geeft Scarpetta hem het gevoel dat hij niet goed genoeg is, terwijl zijzelf waarschijnlijk het probleem is. Natuurlijk. Zij is het probleem. Ze houdt niet van mannen. Dat is het, verdomme. En al die jaren heeft ze hem het gevoel gegeven dat het aan hém ligt.

'Laat het opperhoofd het nieuwe lijk maar afhandelen, ze heeft toch niets beters te doen,' zegt Shandy.

'Je weet niets van haar en ook niet wat ze doet.'

'Het zou je verbazen als je wist wat ik van haar weet. Pas maar op.' Shandy gebaart dat ze nog iets wil drinken.

'Waarom moet ik oppassen?'

'Je komt altijd voor haar op en dat werkt zo langzamerhand op mijn zenuwen. Alsof je vergeet waar ík sta in je leven.'

'Na een hele week.'

'Onthou alleen maar, baby, dat "in dienst zijn" niet hetzelfde is als "haar op haar wenken bedienen",' zegt ze. 'Waarom zou je dat moeten doen? Waarom moet je altijd opzitten en pootjes geven wanneer zij je dat beveelt? Zit! Poot!' Ze knipt lachend met haar vingers.

'Hou je mond, verdomme.'

'Zit! Poot!' Ze leunt naar voren zodat hij in haar zijden shirtje kan kijken.

Marino pakt zijn mobiel en het oortje.

'Zal ik je eens wat vertellen?' Ze draagt geen beha. 'Ze behandelt je alsof je haar antwoordapparaat bent, meer niet. Haar duvelstoejager, een nul. Ik ben niet de enige die dat vindt.'

'Ik laat me door niemand zo behandelen,' zegt hij. 'We zullen wel eens zien wie een nul is.' Hij denkt aan dr. Self en ziet zich al op internationale televisie.

Shandy steekt een hand onder de tafel en hij kan alles zien wat er in haar shirtje zit. Ze wrijft over hem heen.

'Niet doen,' zegt hij, terwijl hij wacht en nog nerveuzer en bozer wordt.

Zo meteen zullen andere motorrijders langs hun tafeltje lopen om te zien hoe ze precies op de goede manier tegen de tafelrand leunt. Hij ziet hoe ze dat doet en haar borsten opzwellen en het spleetje ertussen dieper wordt. Ze weet precies hoe ze bij een gesprek belangstellend naar voren moet leunen zodat iemand die interesse toont zich aan haar kan verlekkeren. Een forse kerel met een dikke buik en een ketting aan zijn portefeuille staat op van de bar. Hij loopt op zijn gemak naar de wc en neemt het tafereel in zich op, en Marino krijgt moordneigingen.

'Vind je het niet lekker?' Shandy wrijft. 'Want ik heb de indruk dat je het wél lekker vindt. Weet je nog wat we vannacht hebben gedaan, baby? Je leek verdomme wel een puber.'

'Niet doen,' herhaalt hij.

'Waarom niet? Verstijf je soms van verlegenheid?' zegt Shandy, die trots is op haar woordgebruik.

Hij duwt haar hand weg. 'Nu niet.'

Hij belt Scarpetta terug. 'Met Marino,' zegt hij kortaf, alsof hij tegen een vreemde praat. Zo kan Shandy niet horen wie het is.

'Ik moet je spreken,' zegt Scarpetta.

'Oké. Om hoe laat?' Marino doet alsof hij haar niet kent en hij is opgewonden en jaloers terwijl andere mannen langs hun tafeltje lopen en kijken naar de verleidelijke houding van zijn donkere, exotische vriendin.

'Zo gauw mogelijk. Bij mij thuis,' zegt de stem van Scarpetta in zijn oor. Ze klinkt heel anders dan hij gewend is en hij wordt zich bewust van haar woede alsof het een naderend onweer is. Ze heeft de e-mails gezien, hij weet het zeker.

Shandy kijkt hem met een 'wie is dat?'-blik aan.

'Hm, vooruit dan maar.' Marino doet kribbig en werpt een blik op zijn horloge. 'Over een halfuur ben ik er.' Hij drukt op de uittoets en zegt tegen Shandy: 'Er wordt een lijk afgeleverd.'

Ze kijkt hem aan alsof ze in zijn ogen de waarheid wil lezen, alsof ze op de een of andere manier weet dat hij liegt. 'Welk uitvaartbedrijf?' Ze leunt naar achteren op haar stoel.

'Meddicks, net als de vorige keer. Een druk baasje. Rijdt waarschijnlijk dag en nacht in die verdomde lijkwagen heen en weer. Zo iemand noemen we een ambulancejager.'

'O, jammer,' zegt ze. Met haar ogen volgt ze een man met een halsdoek met een vlammenpatroon en in laarzen met afgetrapte hakken. Zonder op hen te letten, loopt hij langs hen heen naar de geldautomaat.

Marino heeft hem zien aankomen, iemand die hij hier nooit eerder heeft gezien. Hij ziet dat de man het zielige bedrag van vijf dollar uit de geldautomaat haalt terwijl zijn hond, een vuilnisbakkenras, op een stoel bij de bar ligt te slapen. De man heeft hem geen enkele keer geaaid of de barman om een traktatie voor hem gevraagd, zelfs niet om een bakje water.

'Ik snap niet waarom jij altijd de klos bent,' begint Shandy weer, maar haar stem klinkt anders. Zachter en killer, zoals elke keer dat ze haar rancune de vrije teugel geeft. 'Terwijl je zo veel weet en zo veel hebt gedaan. Een belangrijke rechercheur moordzaken bent geweest. Jij hoort de baas te zijn, niet zij. Of die lesbo niet van haar.' Ze haalt het laatste stukje van haar biscuit door de bleke jus op haar papieren bord. 'Het opperhoofd heeft je veranderd in de onzichtbare man.'

'Ik heb al eens gezegd dat je niet op die manier over Lucy moet praten. Je weet er geen donder van.'

'Wat waar is, is waar. Je hoeft mij niets te vertellen. Iedereen in deze tent weet op wat voor zadel zij rijdt.'

'Ik wil niet dat je zo over haar praat.' Boos drinkt Marino zijn glas leeg. 'Ik wil niet meer dat je over Lucy begint. Ik ken haar al sinds haar jeugd. Ik heb haar leren autorijden en leren schieten, en ik wil geen woord meer over haar horen. Heb je dat goed begrepen?' Hij wil nog een drankje, maar weet dat hij dat beter niet kan doen, want hij heeft al drie bourbons op, nogal sterke ook. Hij steekt twee sigaretten op, een voor Shandy en een voor zichzelf. 'We zullen wel eens zien wie er onzichtbaar is.'

'Wat waar is, is waar. Je had een mooie carrière voordat het opperhoofd je overal mee naartoe sleepte. Waarom ben je eigenlijk met haar meegegaan? Ach, ik weet wel waarom.' Ze kijkt hem beschuldigend aan en blaast rook uit. 'Je dacht dat ze misschien verliefd op je was.'

'Misschien moeten we verhuizen,' zegt Marino. 'Naar een grote stad.'

'Jij en ik?' Ze blaast nog meer rook uit.

'Wat vind je van New York?'

'In dat verdomde New York kunnen we niet motorrijden. Ik peins er niet over te verhuizen naar een bijenkorf waar het zwermt van de verwaande yankees.'

Hij kijkt haar zo sexy mogelijk aan en steekt een hand onder de tafel. Hij wrijft over haar dij omdat hij doodsbang is dat hij haar kwijt zal raken. Iedere man in dit café wil haar hebben en ze heeft hém uitgekozen. Hij wrijft over haar dij en denkt aan Scarpetta en vraagt zich af wat ze zal zeggen. Ze heeft de e-mails van dr. Self gelezen. Misschien beseft ze eindelijk wie hij is en hoe andere vrouwen over hem denken.

'Laten we naar jouw huis gaan,' zegt Shandy.

'Waarom gaan we nooit naar jouw huis? Ben je bang dat iemand ons samen ziet of zoiets? Omdat je bij rijke mensen woont en ik misschien niet goed genoeg voor je ben?'

'Ik moet nog beslissen of ik je wil houden. Ik hou niet van slavernij, snap je?' zegt ze. 'Ze laat je als een slaaf werken tot je erbij neervalt, en ik weet alles van slaven. Mijn overgrootvader was een slaaf, maar mijn vader niet. Niemand vertelde hem wat hij moest doen en laten.'

Marino houdt zijn lege plastic beker omhoog en glimlacht tegen Jess, die er die avond prachtig uitziet in een strakke spijkerbroek en een strapless topje. Even later zet ze nog een Maker's Mark met gemberbier voor hem neer en vraagt: 'Moet je nog naar huis rijden?'

'Geen probleem.' Hij geeft haar een knipoog.

'Misschien kun je beter hier op het kampeerterrein slapen. Ik heb er een lege caravan voor je staan.' In het bos achter het café heeft ze een paar caravans neergezet, voor gasten die niet meer naar huis kunnen rijden.

'Ik ben nog zo helder als wat.'

'Breng mij ook nog iets te drinken.' Shandy heeft de slechte gewoonte om op snauwende toon bevelen te geven aan mensen die ze als van een lagere maatschappelijke orde beschouwt.

'Ik wacht er nog steeds op dat jij de wedstrijd motorbouwen wint, Pete.' Jess negeert Shandy en spreekt langzaam en mechanisch, met haar blik op Marino's mond.

Het heeft een tijd geduurd voordat hij eraan gewend was. Hij heeft geleerd Jess aan te kijken wanneer hij tegen haar praat en dan zorgt hij ervoor dat hij niet schreeuwt of overdreven articuleert. Hij staat er nauwelijks meer bij stil dat ze doof is en voelt een soort verwantschap met haar, misschien omdat ze alleen met elkaar kunnen communiceren als ze elkaar aankijken.

'Honderdvijfentwintig dollar contant voor de eerste plaats.' Jess spreekt het enorme bedrag langzaam uit.

'Ik wil wedden dat River Rats het dit jaar wint,' zegt Marino tegen Jess. Hij weet dat ze onzin praat of misschien een beetje met hem flirt, want hij heeft nooit een motor gebouwd of aan een wedstrijd meegedaan en is niet van plan dat ooit te doen.

'En ik wed op Thunder Cycle.' Shandy mengt zich in het gesprek op de arrogante manier die Marino haat. 'Eddie Trotta is een verdomd sexy bink, hij mag bij mij in bed springen wanneer hij maar wil.'

'Zal ik je eens iets vertellen?' zegt Marino tegen Jess. Hij slaat een arm om haar middel en kijkt naar haar op zodat ze zijn gezicht kan zien. 'Ooit zal ik veel geld hebben en dan hoef ik geen wedstrijd motorbouwen meer te winnen of een rotbaantje te hebben.'

'Hij zou dat rotbaantje van hem moeten opgeven. Hij verdient er niet genoeg mee om plezier aan te beleven en ik beleef er helemaal geen plezier aan,' zegt Shandy. 'Hij is niet meer dan een bijvrouw van het opperhoofd. Bovendien hoeft hij helemaal niet te werken, want hij heeft mij.'

'O ja?' Marino weet dat hij het niet moet zeggen, maar hij is dronken en zit vol venijn. 'Wat zeg je als ik je vertel dat ik een aanbod heb om in New York aan een tv-programma mee te werken?'

'Als wat? In een reclame voor een haargroeimiddel?' Shandy lacht en Jess doet haar best het gesprek te volgen.

'Als consultant van dokter Self. Dat heeft ze me gevraagd.' Hij kan zich niet inhouden, al weet hij dat hij op een ander onderwerp moet overgaan.

Shandy kijkt hem verbijsterd aan en zegt: 'Je liegt het. Waarom zou zij zich met iemand zoals jij willen inlaten?'

'We kennen elkaar. Ze wil dat ik voor haar kom werken. Ik denk erover na en had het natuurlijk meteen kunnen aannemen, maar dan zou ik naar New York moeten verhuizen en jou achterlaten, schat.' Hij legt een hand op de hare.

Ze trekt haar hand weg. 'Nou, dan zal haar programma wel ont-aarden in een komedie.'

'Zet de drankjes van die gast daar maar op mijn rekening,' zegt Marino luidruchtig gul, en hij wijst met een hoofdknik naar de man met de gevlamde halsdoek die naast zijn hond aan de bar zit. 'Hij heeft het moeilijk vanavond. Heeft nog maar vijf miezerige dollars op zak.'

De man draait zich om en nu kan Marino zijn gezicht zien, dat vol littekens zit van acné. Hij heeft de giftige ogen die Marino doen denken aan mensen die in de gevangenis hebben gezeten.

'Ik kan heus mijn eigen bier wel betalen,' zegt de man met de ge-vlamde halsdoek.

Shandy vervolgt haar klaagzang tegen Jess, maar ze neemt niet de moeite haar aan te kijken, dus praat ze eigenlijk tegen zich-zelf.

'Je ziet er niet naar uit dat je wat dan ook kunt betalen, maar neem me mijn zuidelijke gastvrijheid alsjeblieft niet kwalijk,' zegt Marino, zo luid dat iedereen het kan horen.

'Ik denk dat het beter is als je hier blijft.' Jess kijkt eerst naar Ma-rino en dan naar zijn plastic beker met drank.

'In zijn leven is plaats voor één vrouw, meer niet, en daar zal hij echt nog wel een keer achter komen,' zegt Shandy tegen Jess en wie er verder luistert. 'Als hij mij niet heeft, wat heeft hij dan wel? Wie denk je dat hem die mooie halsketting cadeau heeft gedaan?'

'Je kunt de pot op,' zegt de man met de halsdoek tegen Marino. 'Samen met je moeder.'

Jess loopt terug naar de bar en slaat haar armen over elkaar. Ze zegt tegen de man met de halsdoek: 'We zijn hier beleefd tegen el-kaar. Je kunt beter gaan.'

'Wat?' schreeuwt hij, met een hand achter zijn oor, om haar be-lachelijk te maken.

Marino schuift zijn stoel achteruit en staat met drie grote stap-pen voor de man met de halsdoek. 'Zeg dat het je spijt, klootzak,' zegt hij.

De man kijkt hem aan met ogen als naalden. Hij verfrommelt het biljet van vijf dollar dat hij uit de geldautomaat heeft gehaald, laat het op de grond vallen en stampt erop met zijn laars alsof het een sigarettenpeuk is. Hij geeft de hond een klap op zijn bil, loopt naar de deur en zegt tegen Marino: 'Als je een flinke vent bent, ga je mee naar buiten. Ik moet je iets vertellen.'

Marino loopt achter de man en zijn hond aan over de ongeplaveide parkeerplaats naar een oude chopper, die waarschijnlijk in de jaren zeventig van de vorige eeuw in elkaar is geflanst. Het ding heeft vier versnellingen en moet aangetrapt worden, hij is beschilderd met vlammen en de nummerplaat ziet er vreemd uit.

'Karton,' beseft Marino hardop. 'Zelfgemaakt. Wat leuk. Zeg nu maar wat je te zeggen hebt.'

'Weet je waarom ik hier vanavond ben? Omdat ik een boodschap voor je heb,' zegt de man met de halsdoek. 'Zit!' schreeuwt hij tegen de hond, en het dier gaat angstig plat op zijn buik liggen.

'Stuur me de volgende keer maar een brief.' Marino pakt hem bij zijn vuile denim jasje. 'Dat is goedkoper dan een begrafenis.'

'Als je me niet meteen loslaat, zal ik het je op een heel vervelende manier betaald zetten. Ik ben hier om een reden, dus kun je maar beter naar me luisteren.'

Marino laat hem los en merkt dat iedereen naar buiten is gekomen om te zien wat er gebeurt. De hond blijft doodsbang plat liggen.

'Dat kreng voor wie je werkt is hier niet welkom en kan beter teruggaan naar waar ze vandaan komt,' zegt de man met de halsdoek. 'Ik geef je alleen maar de raad door van iemand die in staat is om er iets aan te doen.'

'Hoe noemde je haar?'

'Dat kreng heeft fantastische tieten, dat moet ik zeggen.' Hij bolt zijn handen en likt aan de lucht. 'Als ze niet weggaat, kom ik er wel achter hoe fantastisch ze zijn.'

Marino geeft een trap tegen de chopper, die omvalt in het zand. Hij haalt zijn kaliber 40 Glock uit de achterkant van zijn spijkerbroek en richt die op de plek tussen de ogen van de man met de halsdoek.

'Doe niet zo stom,' zegt de man, terwijl de toeschouwers op de veranda beginnen te schreeuwen. 'Als je me doodschiet, is jouw waardeloze leven ook voorbij, dat weet je best.'

'Hé, hé, hé!'

'Rustig, jongens!'

'Pete!'

Marino staart naar de plek tussen de ogen van de man en heeft het gevoel dat de bovenkant van zijn hoofd zich losmaakt en wegdrijft. Hij trekt de slede naar achteren om zijn revolver door te laden

'Als je mij vermoordt, betekent dat ook jouw dood,' zegt de man met de halsdoek, maar hij is bang geworden.

De andere motorrijders staan naar hen te schreeuwen. Marino is er zich vaag van bewust dat er mensen naar hen toe komen.

'Raap die kutmotor van je op,' zegt hij en hij laat zijn wapen zakken, 'en laat die hond hier.'

'Ik laat mijn hond niet achter, verdomme!'

'Dat doe je wel. Je behandelt hem als oud vuil. Maak nu dat je wegkomt, voordat ik je een derde oog bezorg.'

Terwijl de man op zijn brullende chopper wegrijdt, laat Marino de kogel terugvallen in het magazijn en steekt zijn revolver weer achter de band van zijn broek. Hij weet niet wat hem zojuist heeft bezield en is ervan geschrokken. Hij aait de hond, die plat op zijn buik blijft liggen en zijn hand likt.

'We vinden wel iemand die goed voor je zal zorgen,' zegt hij, en dan voelt hij dat iemand zijn arm vastpakt. Hij kijkt op en ziet Jess staan.

'Ik geloof dat het tijd is dat je dit oplost,' zegt ze.

'Waar heb je het over?'

'Dat weet je best. Die vrouw. Ik heb je gewaarschuwd. Ze kleineert je, ze geeft je het gevoel dat je niets voorstelt en kijk nou eens wat er met je gebeurt. In één week heeft ze een wildeman van je gemaakt.'

Zijn handen trillen hevig. Hij kijkt haar aan zodat ze zijn lippen kan lezen. 'Dat was stom, hè Jess? En nu?' Hij aait de hond.

'Hij wordt onze kroeghond en als die man ooit terugkomt, wordt hij niet hartelijk ontvangen. Maar jij moet voorzichtig zijn. Je hebt je in de nesten gewerkt.'

'Heb je hem ooit eerder gezien?'

Ze schudt haar hoofd.

Marino ziet Shandy op de veranda staan, bij de reling. Hij vraagt zich af waarom ze daar is gebleven. Hij heeft bijna iemand vermoord en zij staat nog steeds op de veranda.

10

Ergens in het donker, vrij dichtbij, blaft een hond. Hij blaft steeds dringender.

Scarpetta hoort in de verte het ritmische geknetter van Marino's Roadmaster. Ze hoort het verdomde ding al stratenver aankomen, in zuidelijke richting door Meeting Street. Even later rijdt hij brullend door het steegje achter haar huis. Hij heeft gedronken. Dat hoorde ze aan zijn stem door de telefoon. Hij doet vervelend.

Hij moet nuchter zijn wil ze een zinvol gesprek met hem kunnen voeren, misschien het belangrijkste gesprek dat ze ooit met elkaar zullen hebben. Ze zet koffie terwijl hij links afslaat King Street in en nogmaals links de smalle oprit op die ze deelt met haar onvriendelijke buurvrouw, mevrouw Grimball. Hij laat de motor nog een paar keer loeien om zijn komst aan te kondigen en zet hem af.

'Heb je iets te drinken voor me?' vraagt hij meteen wanneer Scarpetta de deur opendoet. 'Een bourbon zou me wel smaken. Nietwaar, mevrouw Grimball?' schreeuwt hij omhoog naar het huis met de gele kozijnen, waar een gordijn beweegt. Hij doet de motorfiets bij de voorvork op slot en steekt de sleutel in zijn zak.

'Kom binnen,' zegt Scarpetta. Ze ziet dat hij veel meer heeft gedronken dan ze dacht. 'Waarom vond je het verdorie nou weer nodig door de steeg te rijden en tegen mijn buurvrouw te schreeuwen?' zegt ze, terwijl hij achter haar aan loopt naar de keuken. Zijn laarzen klakken hard op de vloer en zijn hoofd raakt bijna de bovenkant van elke deurpost.

'Voor je veiligheid. Ik wil zeker weten dat er daar niemand iets uitspookt en dat er geen verdwaalde lijkwagens of daklozen rondhangen.'

Hij trekt een stoel onder de tafel vandaan en ploft erop neer. Hij stinkt naar drank, zijn gezicht is vuurrood en hij heeft bloeddoorlopen ogen. Hij zegt: 'Ik kan niet lang blijven. Ik moet terug naar mijn meisje, ze denkt dat ik naar het mortuarium ben.'

Scarpetta zet een kop zwarte koffie voor hem neer. 'Je blijft tot je nuchter bent en anders laat je je motor hier staan. Ik kan bijna niet geloven dat je er zojuist in jouw toestand op gereden hebt. Dat is niets voor jou. Wat is er aan de hand?'

'Ik heb een paar borrels op. Wat geeft dat? Ik ben prima in orde.'

'Het geeft veel en je bent helemaal niet in orde, hoe hard je ook beweert dat je goed tegen drank kunt. Iedere dronken chauffeur denkt dat hij prima in orde is voordat hij dood of gewond is of achter de tralies zit.'

'Ik ben niet gekomen om me door jou de les te laten lezen.'

'Ik heb je niet bij mij thuis gevraagd omdat ik een dronkaard op bezoek wilde hebben.'

'Waarom heb je me dan wel gevraagd? Om me op mijn kop te geven? Om me erop te wijzen wat ik allemaal fout doe? Omdat ik niet aan je hoge eisen voldoe?'

'Je gedraagt je heel anders dan normaal.'

'Misschien heb je nooit genoeg aandacht aan me besteed,' zegt hij.

'Ik heb je gevraagd hier te komen in de hoop dat we op een open en eerlijke manier met elkaar konden praten, maar blijkbaar is dit niet het geschikte moment. Ik heb een logeerkamer. Misschien moet je daar maar gaan slapen, dan praten we morgenochtend.'

'Wat mij betreft praten we nu.' Hij geeuwt en rekt zich uit, en hij raakt zijn koffie niet aan. 'Begin maar. Anders stap ik weer op.'

'Laten we dan naar de woonkamer gaan en bij de haard gaan zitten.' Ze staat op van de keukentafel.

'Het is buiten verdomme vierentwintig graden.' Hij staat ook op.

'Dan zal ik het huis lekker koel maken.' Ze loopt naar de thermostaat en zet de airconditioning aan. 'Ik praat altijd gemakkelijker bij de haard.'

Hij volgt haar naar haar favoriete vertrek: een kleine zitkamer met een bakstenen haard, grenen vloer, balkenplafond en gepleisterde muren. Ze legt een chemisch haardblok in de vuurkorf en steekt het aan. Dan schuift ze er twee stoelen naartoe en doet de lampen uit.

Hij kijkt naar de vlammen die het papier om het blok verbranden en zegt: 'Ik kan mijn ogen niet geloven. Dít moet echt blijven, dát moet echt blijven, en dan gebruik je nephoutblokken in de haard.'

Lucious Meddick rijdt een blokje om en zijn wrok neemt toe.

Hij heeft hen naar binnen zien gaan nadat die rotzak die zich detective noemt dronken op zijn motor is komen aanrijden en de buren heeft wakker gemaakt. Twee keer op één dag, denkt Lucious. Hij heeft geluk omdat hij eerst slecht is behandeld en God het nu goedmaakt. Hij wilde haar een lesje leren en nu heeft hij hen allebei betrapt. Langzaam rijdt hij in zijn lijkwagen het donkere steegje in, bang voor weer een lekke band. Steeds kwader trekt hij hard aan het elastiek om zijn pols. De stemmen van de coördinators op zijn politieradio zijn een soort achtergrondgeluid dat hij in zijn slaap kan ontcijferen.

Ze hebben hem niet geroepen. Toen hij op de William Hilton Highway langzaam langs een dodelijk verkeersongeluk reed, zag hij dat het lichaam van het slachtoffer in de lijkauto – een oude – van een concurrent werd geschoven, dus opnieuw hebben ze hem genegeerd. Beaufort County is nu haar werkterrein en niemand belt hem meer. Ze negeert hem omdat hij naar het verkeerde adres is gereden. Als ze dát al als inbreuk op haar privacy beschouwt, weet ze niet wat dat werkelijk betekent.

In het donker een vrouw achter een verlicht raam filmen is niets nieuws. En het is verbazingwekkend gemakkelijk, want een heleboel vrouwen nemen niet de moeite de gordijnen of jaloezieën te sluiten, of ze laten een kier open omdat ze denken: *wie kan me nu nog zien? Wie verstopt zich achter de struiken of klimt in een boom om me te kunnen begluren?* Lucious, inderdaad. En dan zal blijken hoe die arrogante mevrouw de dokter het vindt om zichzelf te zien in een thuisvideo waar ze gratis naar mag kijken zonder te weten wie hem heeft gemaakt. Of nog beter, hij zal hen met zijn camera op heterdaad betrappen. Lucious denkt weer aan de lijkauto – lang niet zo'n mooie als de zijne – en het auto-ongeluk, en hij vindt het zo oneerlijk dat hij het nauwelijks kan verdragen.

Wie hebben ze gebeld? Hem niet. Niet Lucious, ook al had hij de meldkamer van de politie gebeld om te zeggen dat hij in de buurt was. Een vrouw had bits en kortaf geantwoord dat ze hem niet had opgeroepen en tot welke eenheid behoorde hij? Hij had gezegd dat hij tot geen enkele eenheid behoorde en zij had gesnauwd dat hij het kanaal van de politieradio niet meer mocht gebruiken en hen niet meer lastig mocht vallen. Hij trekt aan het elastiek tot het gloeit als een zweepslag. Hij hobbelt over de keien, langs het ijzeren hek van de tuin van het koetshuis van mevrouw de dokter, en ziet dat een witte Cadillac hem de weg verspert. Het is aardedonker. Hij trekt aan het elastiek en vloekt. Hij herkent de ovale bumpersticker achter op de Cadillac.

HH van Hilton Head.

Dan moet hij zijn auto hier verdomme maar laten staan. Niemand gebruikt dit steegje, en misschien moet hij de politie melden dat die Cadillac hier staat en dan kan hij lachen wanneer de eigenaar op de bon wordt geslingerd. Vol leedvermaak denkt hij aan YouTube en de ophef die hij zal veroorzaken. Die verdomde detective ligt bij dat verdomde kreng in bed. Hij heeft hen met eigen ogen naar binnen zien gaan, heel stiekem, de bedriegers. De man heeft een vriendin, dat sexy meisje dat hij in het mortuarium heeft gezien, en hij heeft ook gezien dat ze daar stonden te rotzooien. En dr. Scarpetta heeft een vriend in het noorden, heeft hij gehoord. Ja, ja. Lucious slooft zich uit om reclame voor zijn bedrijf te maken en zegt tegen die lompe detective dat hij, Lucious Meddick, het op prijs zou stellen als hij en zijn bazin hem zouden aanbevelen en wat doen ze? Ze vernederen hem. Ze discrimineren hem. Nu zullen ze daarvoor boeten.

Hij zet de motor af en doet de lichten uit, stapt uit en werpt een boze blik op de Cadillac. Hij opent de laadruimte van de lijkwagen, waar een lege brancard is vastgeklemd aan de vloer, met daarop een stapel keurig opgevouwen witte lakens en witte lijkenzakken. Hij haalt de videocamera uit de doos die hij altijd bij zich heeft en waar ook extra batterijen in zitten, en sluit het achterportier. Hij staart even naar de Cadillac, loopt erlangs en overweegt hoe hij het beste tot vlak bij haar huis kan komen.

Er beweegt iets achter het raampje aan de kant van de bestuurder, een vage figuur in het donkere interieur. Opgewekt zet Lucious de videocamera aan om te zien hoeveel geheugen er nog beschikbaar is, en in de Cadillac beweegt weer iets. Lucious loopt naar de achterkant om het nummerbord te filmen.

Waarschijnlijk een vrijend paar, hij wordt er een beetje opgewonden van. Dan voelt hij zich beledigd. Ze hebben de koplampen van zijn auto gezien en zijn niet uit de weg gegaan. Gebrek aan respect. Ze hebben gezien dat hij zijn auto in het donker moest parkeren omdat hij er niet langs kon en daar hebben ze zich niets van aangetrokken. Dat zal ze berouwen. Hij klopt met zijn knokkels op het raampje om ze eens flink te laten schrikken.

'Ik heb het nummerbord gefilmd!' Nog harder roept hij: 'En ik bel verdomme de politie!'

Het brandende nephoutblok knispert. De Engelse pendule op de schoorsteenmantel tiktakt.

'Wat is er nu eigenlijk met je aan de hand?' vraagt Scarpetta en ze kijkt hem onderzoekend aan. 'Wat mankeert eraan?'

'Jij bent degene die heeft gevraagd of ik wil komen, dus neem ik aan dat er met jou iets aan de hand is.'

'Er is met óns iets aan de hand. Wat vind je daarvan? Jij maakt een ongelukkige indruk. Ik word er ongelukkig van. De afgelopen week is het misgegaan. Wil je me vertellen wat je hebt gedaan en waarom?' vraagt ze. 'Of wil je dat ik het jou vertel?'

Het vuur knettert.

'Zeg iets alsjeblieft, Marino.'

Hij staart naar het vuur. Een poosje zwijgen ze allebei.

'Ik weet van die e-mails,' zegt ze. 'Maar dat weet je waarschijnlijk al, omdat je Lucy die avond had gevraagd dat valse alarm te controleren.'

'Dus heb je haar in mijn computer laten kijken. Noem je dat vertrouwen?'

'Ik geloof niet dat jij de geschikte persoon bent om het over vertrouwen te hebben.'

'Ik mag het over alles hebben wat ik wil.'

'De rondleiding die je je vriendin hebt gegeven, is door de camera's opgenomen. Ik heb alles gezien, van minuut tot minuut.'

Marino's gezicht vertrekt. Hij wist natuurlijk dat er overal camera's en microfoons waren opgesteld, maar Scarpetta ziet dat het niet bij hem was opgekomen dat hij en Shandy de hele tijd werden gevolgd. Hij moet geweten hebben dat alles wat ze deden en zeiden werd geregistreerd, maar waarschijnlijk had hij aangenomen dat Lucy geen reden zou hebben de film te bekijken. Daar had hij gelijk in. Ze had er inderdaad geen reden voor gehad. Hij had erop gerekend dat niemand erachter zou komen en dat maakt wat hij heeft gedaan nog erger.

'Overal hangen camera's,' vervolgt ze. 'Dacht je echt dat niemand ooit te weten zou komen wat je daar allemaal deed?'

Hij geeft geen antwoord.

'Ik dacht dat je meeleefde. Dat je medelijden had met die vermoorde jongen. Maar je hebt zijn zak opengeritst om je vriendin een voorstelling te geven. Hoe heb je dat kunnen doen?'

Hij weigert haar aan te kijken of te reageren.

'Marino. Hoe heb je zoiets kunnen doen?' vraagt ze weer.

'Het was haar idee. Dat heb je op de film kunnen zien,' zegt hij.

'Een rondleiding zonder mijn toestemming is op zich al erg, maar hoe haalde je het in je hoofd haar die lichamen te laten zien? Vooral dat van hem.'

'Je hebt Lucy's spionagefilm gezien.' Hij kijkt haar fel aan. 'Shandy wilde niet luisteren. Ze wilde niet mee de koelcel uit. Wat ik ook zei.'

'Dat is geen excuus.'

'Jullie hebben me bespioneerd. Daar kots ik van.'

'Bedrog en gebrek aan respect. Daar kots ík van,' zegt Scarpetta.

'Ik denk er al een poosje over mijn ontslag in te dienen,' zegt hij op hatelijke toon. 'Als je stiekem mijn e-mails van dokter Self hebt gelezen, weet je dat ik betere vooruitzichten heb dan wanneer ik de rest van mijn leven hier bij jou blijf.'

'Je ontslag indienen? Of hoop je dat ik je ontsla? Want na wat je hebt gedaan, verdien je eigenlijk niet beter. We geven geen rondleidingen door het mortuarium om de arme mensen die er terecht zijn gekomen tentoon te stellen.'

'Jezus, ik haat het dat vrouwen zich altijd zo opwinden over allerlei dingen. Zo emotioneel doordraven. Toe maar, ontsla me dan maar,' zegt hij met dikke tong en nadrukkelijk articulerend, zoals iemand die zijn best doet om nuchter te klinken.

'Dat is precies wat dokter Self wil.'

'Je bent gewoon jaloers omdat ze veel belangrijker is dan jij.'

'Ik zit niet tegenover de Pete Marino die ik heb gekend.'

'Jij bent niet de dokter Scarpetta die ik heb gekend. Heb je gelezen wat ze nog meer over je heeft gezegd?'

'Ze heeft een heleboel over me gezegd.'

'Wat je al je hele leven verzwijgt. Waarom geef je het eindelijk niet eens toe? Misschien heeft Lucy het van jou.'

'Mijn seksuele voorkeur? Wil je die echt zo graag weten?'

'Je bent bang om ervoor uit te komen.'

'Als wat dokter Self suggereert zou kloppen, zou ik daar absoluut niet bang voor zijn. Mensen zoals zij en zoals jij zijn er blijkbaar bang voor.'

Hij leunt achterover op zijn stoel en even lijkt het alsof hij gaat huilen. Maar dan verhardt zijn gezicht en staart hij weer naar het vuur.

'Wat je gisteren hebt gedaan,' zegt ze, 'is niet iets wat de Marino die ik al jarenlang ken zou doen.'

'Misschien wel en wilde je dat nooit inzien.'

'Ik weet het zeker. Wat is er met je gebeurd?'

'Ik weet niet hoe het is gekomen,' zegt hij. 'Als ik terugkijk, zie ik een vent die een tijdlang heel behoorlijk kon boksen, maar die geen spons in plaats van hersens wilde hebben. Ik kreeg er genoeg van agent in uniform te zijn in New York. Ik trouwde met Doris, zij kreeg genoeg van mij. Ik kreeg een zoon die psychopaat was en nu dood is, en ik zit nog steeds achter psychopaten aan. Ik weet niet waarom. Ik heb ook nooit begrepen waarom jij doet wat je doet. En dat wil je me waarschijnlijk niet vertellen.' Hij klinkt gemelijk.

'Misschien omdat ik ben opgegroeid in een huis waar niemand me uitlegde wat ik wilde weten of me het gevoel gaf dat ze me begrepen of dat ik meetelde. Misschien omdat ik mijn vader heb zien sterven. Elke dag weer was dat het enige waarmee we ons bezighielden. Misschien heb ik daarna alleen maar geprobeerd te begrijpen wat ik als kind absoluut niet begreep. De dood. Ik geloof niet dat er eenvoudige of logische redenen zijn die duidelijk maken waarom we zijn wie we zijn en doen wat we doen.' Ze kijkt zijn kant op, maar hij kijkt niet terug. 'Misschien is er dus ook geen eenvoudige of logische verklaring voor jouw gedrag. Maar ik wou dat die er wél was.'

'Vroeger was ik niet bij je in dienst. Dat is er veranderd.' Hij staat op. 'Ik neem een glas bourbon.'

'Dat zal het niet beter maken,' zegt ze teleurgesteld.

Hij luistert niet en weet waar de drank staat. Ze hoort dat hij de kast opent en een glas pakt, en een fles uit een andere kast. Hij komt terug met een glas bourbon in zijn ene en de fles in zijn andere hand. Er bekruipt haar een gevoel van onbehagen en ze wil dat hij weggaat, maar ze kan hem niet midden in de nacht dronken de straat op sturen.

Hij zet de fles op de salontafel en zegt: 'Toen ik in Richmond hoofdrechercheur was en jij de baas van het spul, konden we goed met elkaar overweg.' Hij brengt het glas naar zijn mond. Marino nipt niet aan zijn drank, hij neemt grote slokken. 'Toen werd jij ontslagen en nam ik ontslag. Sindsdien is niets zo gegaan als ik had verwacht. Ik vond het fantastisch in Florida. We hadden een prima opleidingsinstituut. Ik had de leiding van het rechercheteam, werd goed betaald, had zelfs mijn eigen beroemde psychiater. Niet dat ik een psychiater nodig had, maar ik viel af en was zo fit als wat. Alles ging goed, tot ik niet meer naar haar toe ging.'

'Als je met je bezoeken aan haar was doorgegaan, had ze je leven verwoest. En ik kan nauwelijks geloven dat je niet beseft dat ze je, nu jullie weer contact hebben, alleen maar wil manipuleren. Je weet hoe ze is. Je hebt in de rechtbank gezien hoe ze is. Je hebt haar gehoord.'

Hij neemt weer een slok bourbon. 'Eindelijk is er een vrouw die meer macht heeft dan jij en dat kun je niet uitstaan. Misschien kun je ook niet uitstaan dat ik een relatie met haar heb. Dus maak je haar zwart, want dat is het enige wat je kunt doen. Jij zit hier in deze uithoek en wordt binnenkort huisvrouw.'

'Hou op met die beledigende opmerkingen. Ik wil geen ruzie met je.'

Hij drinkt en wordt ronduit kwaadaardig. 'Ik denk dat je vanwege mijn relatie met haar uit Florida weg wilde. Ja, nu begrijp ik het.'

'Ik dacht dat orkaan Wilma de reden van ons vertrek uit Florida was,' zegt ze, en haar onbehagen neemt toe. 'En ik wilde dolgraag weer een eigen praktijk.'

Hij drinkt zijn glas leeg en schenkt het weer vol.

'Je hebt genoeg gedronken,' zegt ze.

'Daar heb je gelijk in.' Hij heft het glas en neemt nog een slok.

'Ik denk dat ik nu een taxi moet bellen om je naar huis te brengen.'

'Misschien moet je ergens anders een praktijk beginnen en maken dat je hier wegkomt. Dat zou beter voor je zijn.'

'Jij kunt niet beoordelen wat beter voor me is,' zegt ze, terwijl ze voorzichtig naar hem kijkt en ziet hoe het licht van het vuur beweegt over zijn brede gezicht. 'Hou alsjeblieft op met drinken. Je hebt genoeg gehad.'

'Ik heb er inderdaad genoeg van.'

'Laten we alsjeblieft voorkomen dat dokter Self ons tegen elkaar opzet, Marino.'

'Daar heb ik haar niet voor nodig. Jij doet dat zelf al.'

'Laten we hiermee ophouden.'

'Oké.' Hij praat onduidelijk, zwaait heen en weer op zijn stoel en kijkt haar met een onheilspellende glans in zijn ogen aan. 'Ik weet niet hoeveel tijd ik nog heb. Wie weet wat er allemaal kan gebeuren. Daarom ben ik niet van plan nog meer tijd te verspillen op een plek die ik haat en met een baan bij iemand die me niet respecteert op de manier die ik verdien. Alsof jij beter bent dan ik. Want dat ben je niet, hoor.'

'Wat bedoel je met hoeveel tijd je nog hebt? Bedoel je dat je ziek bent?' vraagt ze.

'Ziek van alles. Dat bedoel ik.'

Ze heeft hem nooit eerder zo dronken gezien. Hij zwaait heen en weer op zijn benen wanneer hij nogmaals zijn glas volschenkt en erbij morst. Ze wil het liefst de fles van hem afpakken, maar de blik in zijn ogen houdt haar tegen.

'Je woont hier alleen en dat is niet veilig,' zegt hij. 'Het is niet veilig dat je hier alleen in dit oude huisje woont.'

'Ik heb altijd alleen gewoond, tenminste bijna altijd.'

'Juist, ja, en wat zegt dat verdomme over Benton? Ik hoop wel dat jullie het gezellig hebben samen.'

Ze heeft Marino nooit eerder zo dronken en kwaadaardig meegemaakt en weet niet wat ze moet doen.

'Ik zit in een situatie waarin ik keuzes moet maken. Daarom ga ik je nu de waarheid vertellen.' Hij spuugt bij het praten en houdt het glas gevaarlijk scheef. 'Nu ik voor jou werk, verveel ik me dood.'

'Als dat zo is, ben ik blij dat je het me vertelt.' Maar hoe meer ze hem probeert te sussen, des te gemener hij wordt.

'Benton, de rijke snob. Dóctór Wesley. Omdat ik geen dokter, advocaat of indiaans opperhoofd ben, ben ik niet goed genoeg voor je. Maar ik zal je verdomme eens iets vertellen. Ik ben wél goed genoeg voor Shandy, en je weet geen donder van haar af. Ze is van veel betere komaf dan jij. Zij is niet opgegroeid in een arm gezin in Miami met een vader die in een kruidenierszaak werkte en net van de boot was gestapt.'

'Je bent stomdronken. Je mag in de logeerkamer slapen.'

'Jouw familie is geen haar beter dan de mijne. Italiaanse immigranten die vijf dagen per week goedkope macaroni met tomatensaus aten,' zegt hij.

'Ik zal een taxi voor je bellen.'

Hij zet met een klap zijn glas op tafel. 'Ik vind het een beter idee dat ik op mijn paard spring en zelf wegrijd.' Hij grijpt een stoel om overeind te blijven.

'Je blijft van die motor af,' zegt ze.

Hij loopt de kamer uit en botst tegen de deurpost aan, en ze pakt zijn arm vast. Hij sleurt haar bijna mee naar de voordeur terwijl ze hem probeert tegen te houden en hem smeekt te blijven. Hij graaft in zijn zak naar het motorsleuteltje en ze grist het uit zijn hand.

'Geef me dat sleuteltje terug. Ik vraag het je beleefd.'

Ze houdt haar vuist met het sleuteltje achter haar rug, in de kleine hal bij de voordeur. 'Je stapt niet op je motor. Je kunt nauwelijks lopen. Je neemt een taxi of je blijft hier slapen. Ik sta niet toe dat je jezelf of iemand anders doodrijdt. Luister alsjeblieft naar me!'

'Geef hier.' Hij kijkt haar met uitdrukkingsloze ogen aan en hij is een man die ze niet langer kent, een vreemdeling die haar misschien fysiek pijn zal doen. 'Geef hier!' Hij pakt haar achter haar rug bij haar pols en ze schrikt van haar angst.

'Marino, laat me los!' Ze probeert zich los te trekken, maar dat heeft geen enkele zin. 'Je doet me pijn.'

Hij slaat zijn andere arm om haar heen en pakt haar andere pols vast, en haar angst gaat over in doodsangst als hij naar haar overhelt en haar met zijn enorme lichaam tegen de muur drukt. Wanhopig probeert ze te bedenken hoe ze hem kan tegenhouden voordat hij verdergaat.

'Laat me los, Marino. Je doet me pijn. Ga mee terug naar de zitkamer.' Ze doet haar best om niet angstig te klinken, met haar armen op een pijnlijke manier achter haar rug. Hij drukt zich hard tegen haar aan. 'Marino, hou op! Dit wil je niet. Je bent stomdronken.'

Hij kust haar en grijpt haar bij de schouders, ze draait haar hoofd naar opzij en probeert zijn handen weg te duwen. Ze verzet zich en roept nee. Het motorsleuteltje valt kletterend op de grond terwijl hij haar kust en zij zich verzet en hoopt dat hij luistert. Hij scheurt haar blouse open. Ze zegt dat hij moet ophouden, probeert hem te beletten haar kleren uit te trekken. Ze vecht tegen zijn handen, roept dat hij haar pijn doet en dan verzet ze zich niet langer omdat hij iemand anders is. Hij is Marino niet meer. Hij is een vreemdeling die haar in haar eigen huis aanrandt. Ze ziet de revolver in de band van zijn spijkerbroek als hij zich op zijn knieën laat zakken en haar met zijn handen en mond pijn doet.

'Marino? Wil je dit echt? Me verkrachten? Marino?' Ze klinkt zo kalm en totaal niet bang dat het lijkt alsof haar stem van buiten haar lichaam komt. 'Marino? Wil je dit echt doen? Wil je me verkrachten? Ik weet dat je dat niet wilt. Dat weet ik.'

Plotseling geeft hij het op. Hij laat haar los en de lucht stroomt koel om haar lichaam. Haar huid is nat van zijn speeksel, geschaafd en ruw van zijn harde handen en zijn baard. Hij slaat zijn handen voor zijn gezicht, laat zich voorover op zijn knieën zakken, slaat zijn armen om haar benen en begint te snikken als een kind. Hij huilt en ze trekt de revolver uit zijn broekband.

'Laat me los.' Ze probeert weg te lopen. 'Laat me los!'

Hij zit op zijn knieën en slaat opnieuw zijn handen voor zijn gezicht. Ze laat het magazijn uit de revolver vallen en trekt de slede terug om te controleren of er geen kogel in de patroonkamer zit. Ze legt de revolver in de la van het tafeltje naast de deur, raapt het motorsleuteltje op en laat het samen met het magazijn in de paraplubak vallen. Ze helpt Marino met opstaan en neemt hem mee naar de logeerkamer naast de keuken. Er staat een klein bed en als ze hem dwingt te gaan liggen, neemt hij het tot de laatste centimeter in beslag. Ze trekt zijn laarzen uit en legt de quilt over hem heen.

'Ik kom zo terug,' zegt ze en ze laat het licht aan.

In de badkamer voor gasten vult ze een glas met water en schudt vier Advils uit een flesje. Ze trekt een ochtendjas aan, met pijnlijke polsen en een schrijnend lichaam, en ze wordt misselijk bij de gedachte aan zijn handen en mond en tong. Ze buigt zich over de wc en kokhalst. Ze leunt tegen de rand van de wastafel, haalt diep adem en kijkt in de spiegel naar haar rode gezicht, dat haar net zo vreemd voorkomt als het zijne. Ze spoelt haar gezicht met koud water af en spoelt ook haar mond, om hem van de plaatsen die hij heeft aangeraakt af te wassen. Ze wast haar tranen weg en heeft een paar minuten nodig om te kalmeren. Dan gaat ze terug naar de logeerkamer, waar hij ligt te snurken.

'Marino, wakker worden. Ga rechtop zitten.' Ze helpt hem overeind en duwt kussens achter zijn rug. 'Hier, slik deze pillen en drink het hele glas water op. Je moet veel water drinken. Je zult je morgen flink beroerd voelen, maar dit zal een beetje helpen.'

Hij slikt de tabletten, drinkt het water en draait zijn gezicht naar de muur wanneer ze binnenkomt met nog een glas. 'Doe het licht uit,' zegt hij tegen de muur.

'Ik wil dat je wakker blijft.'

Hij zegt niets.

'Je hoeft me niet aan te kijken, maar je moet wel wakker blijven.'

Hij kijkt haar niet aan. Hij stinkt naar bourbon, sigaretten en zweet, en de stank herinnert haar aan het gebeurde, en ze voelt de pijn en de plaatsen waar hij haar heeft aangeraakt en ze wordt opnieuw misselijk.

'Maak je maar geen zorgen,' zegt hij slissend. 'Ik ga weg en je hoeft me nooit meer te zien. Ik zal voorgoed wegblijven.'

'Je bent stomdronken en weet niet meer wat je doet,' zegt ze. 'Maar ik wil dat je het je zult herinneren. Ik wil dat je lang genoeg wakker blijft om het je morgen te herinneren, zodat we verder kunnen.'

'Ik weet niet wat me mankeert. Ik heb hem bijna doodgeschoten. Ik wilde het echt doen. Ik weet niet wat me mankeert.'

'Wie heb je bijna doodgeschoten?' vraagt ze.

'In die kroeg,' brabbelt hij onduidelijk. 'Ik weet niet wat me mankeert.'

'Vertel me dan eens wat er in die kroeg is gebeurd.'

Er valt een stilte terwijl hij naar de muur staart en zwaar begint te ademen.

'Wie heb je bijna doodgeschoten?' vraagt ze met stemverheffing.

'Hij zei dat iemand hem had gestuurd.'

'Gestuurd?'

'Hij uitte dreigementen die bedoeld waren voor jou. Ik heb hem bijna doodgeschoten. Toen ben ik hierheen gereden en heb ik me net zo gedragen als hij. Ik hoor mezelf dood te schieten.'

'Je schiet jezelf niet dood.'

'Dat zou ik wel moeten doen.'

'Dat zou nog erger zijn dan wat je net hebt gedaan. Begrijp je wat ik bedoel?'

Hij geeft geen antwoord en kijkt haar niet aan.

'Als je jezelf van kant maakt, zal ik geen medelijden met je hebben en zal ik het je nooit vergeven,' zegt ze. 'Zelfmoord is egoïstisch, we zullen het je geen van allen vergeven.'

'Ik ben niet goed genoeg voor je en dat zal ik nooit zijn. Zeg dat nu maar eens eerlijk, dan weten we waar we staan.' Hij praat alsof hij een lap in zijn mond heeft.

De telefoon op het nachtkastje rinkelt en ze neemt op.

'Met mij,' zegt Benton. 'Heb je gezien wat ik naar je toe heb gestuurd? Hoe gaat het met je?'

'Ja. En jij?'

'Kay! Wat is er?'

'Ja. En jij?'

'Christus, ben je niet alleen?' vraagt hij geschrokken.

'Het gaat goed.'

'Kay, is er iemand bij je?'

'We zullen het er morgen over hebben. Ik heb besloten thuis te blijven en in de tuin te werken. Ik zal Bull vragen of hij me een handje komt helpen.'

'Weet je dat zeker? Weet je zeker dat alles in orde is?'

'Nu wel,' zegt ze.

Vier uur in de ochtend. Hilton Head. Rollende golven uit de ziedende zee spreiden wit schuim over het strand.

Geluidloos loopt Will Rambo over de houten steiger en klimt over het vergrendelde hekje. De imitatie-Italiaanse villa is gepleisterd en heeft meerdere schoorstenen, diverse gewelfde doorgangen en een puntig dak van rode pannen. Het achterterras wordt verlicht door koperen lampen, er staat een stenen tafel met volle asbakken en lege glazen en tot voor kort lagen daar haar autosleutels. Sindsdien gebruikt ze de reservesleutels, al rijdt ze weinig. Ze is meestal thuis. Hij beweegt zich onhoorbaar; de kleine palmbomen en dennen wiegen in de wind.

Bomen die zwaaien als toverstokjes en Rome betoveren, bloem-

blaadjes die als sneeuwvlokken door de Via D'Monte Tarpeo worden geblazen. De klaprozen waren bloedrood en de wisteria die over oude bakstenen muren hing, had de kleur van een blauwe plek. Duiven hipten op de trappen, en tussen de ruïnes voerden vrouwen wilde katten Whiskas en eieren op plastic bordjes.

Het was een mooie dag om te wandelen. Er waren niet al te veel toeristen en ze was een beetje aangeschoten, maar op haar gemak, vrolijk gezelschap. Hij had geweten dat het zo zou gaan.

'Ik zou je graag willen voorstellen aan mijn vader,' zei hij, toen ze op een muur zaten en naar de wilde katten keken en ze herhaaldelijk zei dat het zielige zwerfkatten waren, inteelt en misvormd, en dat iemand ze hoorde te redden.

'Geen zwerfkatten, wilde katten. Er is een verschil. Die wilde katten willen hier blijven en zouden je aan stukken rijten als je zou proberen ze te redden. Het zijn geen afgedankte of gewonde dieren die geen ander plezier in hun leven hebben dan van de ene naar de andere vuilnisbak rennen en zich in kelders verstoppen tot iemand ze vangt en afmaakt.'

'Waarom zou iemand ze afmaken?' vroeg ze.

'Zo gaat het nu eenmaal. Dat zou gebeuren als ze uit hun toevluchtsoord zouden worden verjaagd en terecht zouden komen op onveilige plaatsen waar ze door auto's worden aangereden, door honden worden opgejaagd, voortdurend in gevaar verkeren en verschrikkelijke wonden oplopen. Dat overkomt deze katten niet. Kijk maar eens goed, ze zijn hier helemaal alleen en niemand durft dichtbij ze te komen als ze dat niet toelaten. Ze voelen zich hier thuis, tussen de ruïnes.'

'Je bent een rare,' zei ze en ze gaf hem een duwtje. 'Dat dacht ik meteen al, maar je bent ook leuk.'

'Kom, we gaan,' zei hij, en hij hielp haar van het muurtje te springen.

'Ik heb het warm,' klaagde ze, want hij had zijn lange zwarte jas om haar schouders gehangen en haar een pet en zijn zonnebril laten opzetten, ook al was het niet koud en was er geen zon.

'Je bent wereldberoemd, de mensen zullen je aanstaren,' zei hij weer. 'Dat weet je, en dat willen we niet.'

'Ik moet terug naar mijn vriendinnen, anders denken ze dat ik ontvoerd ben.'

'Ga eerst met me mee om het appartement te zien. Het is heel bij-
zonder. We nemen de auto omdat ik zie dat je moe bent, en als je
wilt, kun je straks je vriendinnen bellen en vragen of ze naar ons
toe komen. Dan drinken we een heel goede wijn en eten we er lek-
kere kazen bij.'

Toen werd het donker, alsof het licht in zijn hoofd was gedoofd.
Toen hij wakker werd, zag hij overal glinsterende scherven; ze le-
ken op de glinsterende scherven van een gebroken glas-in-loodraam
dat ooit een verhaal of de waarheid had verteld.

De trap aan de noordkant van het huis is niet geveegd en de deur
naar de waskamer is niet meer geopend sinds de huishoudster hier
voor het laatst is geweest, bijna twee maanden geleden. Aan weerskanten van de trap staan hibiscusstruiken en daarachter ziet hij door
het raam het schakelbord van het alarmsysteem met een rood lampje. Hij opent zijn viskist en haalt er een glassnijder uit met een gebogen handvat en een hardmetalen punt. Hij snijdt een raampaneel
uit het kozijn en zet het in het zand achter de struiken, en dan begint de puppy in zijn hok te janken en aarzelt hij, heel rustig. Hij
steekt een hand door het raam en trekt de grendel weg, hij opent
de deur en het alarm begint te rinkelen, hij loopt erheen en toetst
de code in om het te laten ophouden.

Nu staat hij in het huis dat hij al maandenlang in de gaten houdt.
Hij heeft zich dit voorgesteld en het plan zo goed uitgewerkt dat de
uitvoering uiteindelijk heel gemakkelijk is, misschien zelfs een beetje teleurstellend. Hij gaat op zijn hurken zitten en steekt zijn zanderige vingers door de openingen van het gaas van het hondenhok
en fluistert tegen de basset: 'Stil maar, er is niets mis. Alles komt
goed.'

De hond houdt op met janken en Will laat hem de rug van zijn
hand likken, die niet beplakt is met het speciale zand.

'Brave jongen,' fluistert hij. 'Maak je maar geen zorgen.'

Op zijn zanderige voeten loopt hij van de waskamer naar het geluid van de film die op dit moment in de grote woonkamer wordt
gedraaid. Als ze buiten een sigaret gaat roken, heeft ze de slechte
gewoonte de deur wijd open te laten terwijl ze op de treden zit te
staren naar het zwembad met zwarte bodem – een gapende wond
– en de rook gedeeltelijk naar binnen waait terwijl ze daar zit en
rookt en naar het zwembad staart. De rook is blijven hangen in al-

les waarmee hij in aanraking komt en Will ruikt de muffe geur die de lucht een beetje stenig doet ruiken, zoals een harde, dofgrijze bovenlaag, zoals haar aura. Een bijna-doodaura.

De muren en plafonds zijn okergeel en donkerbruin gesaust, aardekleuren. De stenen vloer heeft de kleur van de zee. De deuropeningen zijn gewelfd en er staan grote potten met acanthus waarvan de bladeren bruin en slap zijn omdat ze de planten geen water geeft. Op de stenen vloer liggen plukken donker haar – hoofdhaar, schaamhaar. Het haar dat ze, wanneer ze heen en weer loopt – soms naakt – uittrekt. Ze ligt op de bank te slapen, met haar rug naar hem toe. De kale plek op haar hoofd lijkt een bleke vollemaan.

Zijn blote, zanderige voeten maken geen geluid en de film draait. Michael Douglas en Glenn Close drinken wijn en luisteren naar een aria uit *Madame Butterfly* uit de geluidsinstallatie. Will blijft in de gewelfde deuropening staan en kijkt naar *Fatal Attraction*. Hij kan die film wel dromen, zo vaak heeft hij hem al gezien, samen met haar, door het raam, zonder dat ze het wist. Hij hoort de gesprekken al in zijn hoofd voordat ze door de personages worden uitgesproken, en dan wil Michael Douglas weggaan en wordt Glenn Close kwaad en rukt hem het hemd van zijn lijf.

Trekken, scheuren, in wanhopige haast om te komen bij wat eronder zat. Zijn handen zaten zo onder het bloed dat hij zijn huid niet meer kon zien terwijl hij probeerde Rogers darmen terug te duwen in zijn buik, terwijl de wind en het zand langs hen heen joegen en ze elkaar nauwelijks meer konden horen of zien.

Ze ligt op de bank te slapen, te dronken en verdoofd om te horen dat hij binnen is gekomen. Ze is zich er niet van bewust dat zijn geest om haar heen hangt en haar wil wegdragen. Ze zal hem dankbaar zijn.

'*Will! Help me! Help me alsjeblieft! O, God, alsjeblieft!*' Hij gilt het uit. '*Het doet zo vreselijk veel pijn! Laat me alsjeblieft niet doodgaan!*'

'*Je gaat niet dood.*' Een arm om hem heen. '*Ik ben bij je. Ik ben bij je, dicht bij je.*'

'*Ik hou het niet uit!*'

'*God geeft je nooit meer dan je kunt verdragen.*' Dat zei zijn vader altijd, al sinds hij klein was.

'*Het is niet waar.*'

'Wat is niet waar?' vroeg zijn vader in Rome toen ze wijn dronken in de eetkamer en Will de stenen voet uit de oudheid in zijn hand hield.

'Mijn handen en gezicht zaten er vol mee en ik proefde het, ik proefde hem. Ik proefde er zo veel mogelijk van om hem in mezelf in leven te houden, omdat ik hem had beloofd dat hij niet dood zou gaan.'

'Laten we naar buiten gaan, ergens koffie drinken.'

Will draait aan een knop op de muur om het stereogeluid harder te zetten en dan is het geluid oorverdovend en gaat ze zitten en begint ze te schreeuwen. Haar geschreeuw komt nauwelijks boven het lawaai van de film uit terwijl hij zich naar haar toe buigt, een zanderige vinger tegen haar lippen drukt en langzaam zijn hoofd schudt. Hij schenkt een glas wodka voor haar in en knikt ten teken dat ze ervan moet drinken. Hij zet de viskist op het kleed, legt de zaklantaarn en de camera ernaast, gaat bij haar op de bank zitten en kijkt diep in haar wazige, bloeddoorlopen, paniekerige ogen. Ze heeft geen wimpers, die heeft ze er allemaal uitgetrokken. Ze probeert niet op te staan en weg te lopen. Hij knikt dat ze weer een slok wodka moet nemen en dat doet ze. Ze aanvaardt al wat onvermijdelijk is. Ze zal hem dankbaar zijn.

De film doet het huis trillen en haar lippen zeggen: 'Doe me alsjeblieft geen pijn.'

Ze was ooit een knap meisje.

'Ssst.' Hij schudt zijn hoofd en legt haar opnieuw het zwijgen op door met zijn zanderige vinger haar lippen hard tegen haar tanden te drukken. Dan opent hij met zijn zanderige vingers de viskist met flesjes lijm, lijmoplosser en het zakje zand, een vijftien centimeter lange zaag met twee heen en weer bewegende zaagkanten en een zwart handvat, en enkele hobbymessen.

Weer de stem in zijn hoofd. Roger, die huilt, gilt, terwijl bloederig schuim uit zijn mond borrelt. Maar het is niet Roger die gilt, het is de vrouw die met bloederige lippen smeekt: 'Doe me alsjeblieft geen pijn!'

Terwijl Glenn Close tegen Michael Douglas zegt dat hij moet opsodemieteren en het lawaai de grote kamer doet trillen.

Ze snikt hysterisch en trilt alsof ze een epileptische aanval heeft. Hij trekt zijn benen op en gaat in kleermakerszit op de bank zitten.

Ze staart naar zijn schuurpapieren handen en schuurpapieren voetzolen en de viskist en de camera op de vloer, en het besef van het
onvermijdelijke daagt in haar vlekkerige, opgezwollen gezicht. Hij
ziet hoe onverzorgd haar nagels zijn en wordt overmand door het
gevoel dat hij altijd krijgt wanneer hij spiritueel mensen omarmt die
ondraaglijk lijden en hij hen uit hun lijden verlost.

Hij voelt de subwoofer in zijn botten.

Haar kapotgebeten, bloederige lippen bewegen. 'Doe me alsjeblieft
geen pijn, alsjeblieft niet!' Ze huilt en het snot stroomt uit haar neus
en ze likt langs haar bloederige lippen. 'Wat wil je hebben? Geld?
Doe me alsjeblieft geen pijn!' Haar bloederige lippen bewegen.

Hij trekt zijn shirt en kaki broek uit, vouwt ze netjes op en legt
ze op de salontafel. Hij trekt zijn ondergoed uit en legt het op de
andere kleren. Hij voelt zijn kracht, die als een elektroshock door
zijn hersens schiet, en hij pakt haar hard bij haar polsen.

11

Zonsopgang. Het ziet eruit of het zal gaan regenen.

Rose kijkt uit het raam van haar hoekappartement naar de oceaan, die aan de overkant van Murray Boulevard zacht tegen de kade klotst. In de buurt van het gebouw waar ze woont, dat ooit een
chic hotel was, staan enkele van de duurste huizen van Charleston.
Majestueuze landhuizen langs de boulevard, die ze heeft gefotografeerd en waarvan ze de foto's in een album heeft geplakt, dat ze
af en toe doorbladert. Ze kan bijna niet geloven wat er is gebeurd
en beseft dat ze zowel in een nachtmerrie als in een droom leeft.

Toen ze verhuisde naar Charleston, was haar enige wens dat ze
dicht bij het water wilde wonen. 'Dicht genoeg om te weten dat het
er is,' had ze gezegd. 'Ik denk dat dit de laatste keer is dat ik met
je meega,' had ze tegen Scarpetta gezegd. 'Op mijn leeftijd heb ik
geen zin meer in een tuin en ik heb altijd aan het water willen wonen, maar niet aan zo'n naar rotte eieren stinkend moeras. De oceaan. Wat ik dolgraag zou willen, is dicht genoeg bij de oceaan wonen om ernaartoe te kunnen lopen.'

Ze hadden lang gezocht. Uiteindelijk was Rose terechtgekomen in een vervallen appartement aan de rivier de Ashley, dat Scarpetta, Lucy en Marino hadden opgeknapt. Het had Rose geen cent gekost en toen had Scarpetta haar ook nog salarisverhoging gegeven. Anders had Rose de huur niet kunnen betalen, maar dat was nooit gezegd. Scarpetta had alleen gezegd dat Charleston, vergeleken bij andere plaatsen waar ze hadden gewoond, een dure stad was, maar ook al was dat niet zo, dan nog verdiende Rose opslag.

Ze zet koffie, kijkt naar het nieuws en wacht op een telefoontje van Marino. Er gaat weer een uur voorbij en ze vraagt zich af waar hij is. Nog een uur, en ze hoort niets van hem en wordt steeds bozer. Ze heeft een paar keer een boodschap voor hem achtergelaten om te zeggen dat ze vanmorgen niet op kantoor komt en of hij langs wil komen om haar te helpen de bank te verplaatsen. Bovendien moet ze met hem praten. Dat heeft ze Scarpetta beloofd. Dat moet dan maar zo gauw mogelijk. Het loopt tegen tienen. Weer belt ze zijn mobieltje en wordt meteen doorverbonden naar zijn voicemail. Ze kijkt uit het open raam, waardoor koele lucht van achter de kade naar binnen waait. Het water klotst driftig en is loodgrijs geworden.

Ze weet heel goed dat ze de bank niet zelf moet verplaatsen, maar ze is ongeduldig en geërgerd genoeg om het toch te doen. Hoestend overweegt ze hoe dom ze zal zijn als ze iets probeert wat ze nog niet zo lang geleden in een handomdraai voor elkaar zou hebben gekregen. Vermoeid gaat ze zitten en verliest zich in herinneringen aan de vorige avond, toen ze hand in hand op deze bank heeft zitten praten en zoenen. Ze had dingen gevoeld die ze had gedacht nooit meer te voelen, en vraagt zich af hoe lang het zal duren. Ze kan het niet opgeven, maar het kan niet lang duren, en het verdriet dat ze voelt is zo diep en donker dat ze niet de moeite neemt om te onderzoeken hoe dat komt.

De telefoon rinkelt en het is Lucy.

'Hoe was het?' vraagt Rose.

'De groeten van Nate.'

'Vertel me liever wat hij zei over jou.'

'Geen nieuws.'

'Dat is erg goed nieuws.' Rose loopt naar het aanrecht in de keuken en pakt de afstandbediening van de tv. Ze haalt diep adem.

'Marino zou langskomen om mijn bank te verplaatsen, maar zoals gewoonlijk...'

Er valt een stilte en dan zegt Lucy: 'Dat is een van de redenen dat ik bel. Ik wilde bij tante Kay langsgaan om verslag uit te brengen van mijn afspraak met Nate. Ze weet niet dat ik bij hem ben geweest. Ik vertel het haar altijd pas daarna, anders wordt ze gek van bezorgdheid. Marino's motor staat bij haar huis.'

'Verwacht ze je?'

'Nee.'

'Hoe laat was je bij haar?'

'Om een uur of acht.'

'Dan kan het niet,' zegt Rose. 'Marino is om acht uur nog bewusteloos. Tegenwoordig tenminste.'

'Ik ben naar Starbucks gegaan en om een uur of negen teruggereden naar haar huis, en weet je wie ik toen tegenkwam? Zijn chipsvriendin in haar BMW.'

'Weet je dat zeker?'

'Ik kan je haar kenteken opgeven, of haar verjaardag, of het bedrag op haar bankrekening – niet dat dat veel is. Zo te zien heeft ze het grootste deel van haar geld al opgemaakt en het was niet afkomstig van haar overleden rijke pa, want die heeft haar niets nagelaten. Wist je dat? Maar ze stort vaak geld op haar rekening zonder dat duidelijk is waar het vandaan komt en ze jaagt het er even snel doorheen.'

'Dat klinkt niet goed. Heeft zij jou ook gezien?'

'Ik reed in mijn Ferrari, dus tenzij ze niet alleen een leeghoofdig kutwijf, maar ook stekeblind is... Sorry.'

'Dat hoeft niet. Ik weet wat een kutwijf is en dat is zij ongetwijfeld. Marino heeft een speciale doelzoeker die hem naar kutwijven leidt.'

'Je klinkt niet gezond, alsof je nauwelijks adem krijgt,' zegt Lucy. 'Zal ik straks naar je toe komen en je helpen die bank te verplaatsen?'

'Ik ga nergens heen,' zegt Rose hoestend en ze hangt op.

Ze zet de tv aan en ziet een rood stofwolkje waar een tennisbal stuitert naast een witte lijn. Drew Marin serveert zo hard en precies dat haar tegenstandster niet eens moeite doet ernaartoe te rennen. CNN laat beelden van Roland Garros zien van een jaar geleden

– aan het verhaal van Drew Martin komt nog lang geen eind. Fragmenten van tenniswedstrijden, haar leven en haar dood worden eindeloos herhaald. Rome. De oude stad. Een deel van een bouwput met politieagenten en geel lint eromheen. Zwaailichten.

'Weten we inmiddels meer? Zijn er nieuwe ontwikkelingen?'

'De autoriteiten in Rome weigeren nog steeds elk commentaar. Blijkbaar zijn er geen aanwijzingen en geen verdachten, en blijft deze afschuwelijke misdaad vooralsnog een mysterie. De mensen vragen zich af waarom. Je ziet dat ze bloemen neerleggen langs de rand van de bouwput waar haar lichaam is gevonden.'

Nog meer herhalingen. Rose probeert niet te kijken. Ze heeft het allemaal al vele keren gezien, maar de zaak blijft haar boeien.

Drew slicet een backhand.

Drew rent naar het net en smasht een lob zo hard terug dat de bal in het publiek stuitert. Het publiek springt op en juicht.

Drews mooie gezicht in het tv-programma van dr. Self. Ze spreekt snel, springt van de hak op de tak, opgewonden omdat ze zojuist het U.S. Open heeft gewonnen en de Tiger Woods van het tennis wordt genoemd. Dr. Self leunt naar voren en stelt impertinente vragen.

'Ben je nog maagd, Drew?'

Drew lacht, bloost, slaat haar handen voor haar gezicht.

'Kom, kom.' Dr. Self glimlacht, altijd even zelfgenoegzaam. 'Dit bedoel ik nou, mensen.' Tegen haar publiek. 'Schaamte. Waarom vinden we het zo gênant om over seks te praten?'

'Ik ben sinds mijn tiende geen maagd meer,' zegt Drew. 'Dankzij de fiets van mijn broer.'

Het publiek schatert het uit.

'Drew Martin was zestien toen ze werd vermoord,' zegt een nieuwslezer.

Rose slaagt erin de bank naar de andere kant van de kamer te schuiven, tegen de muur. Ze gaat erop zitten en begint te huilen. Ze staat op en ijsbeert en huilt en kreunt dat de dood niet deugt, dat geweld onverdraaglijk is en dat ze het haat. Dat ze alles haat. Ze haalt een flesje pillen uit de badkamer. In de keuken schenkt ze zichzelf een glas wijn in. Ze stopt een pil in haar mond en slikt hem door met een slok wijn, en even later, hoestend en buiten adem, neemt ze nog een pil. De telefoon rinkelt en ze wankelt ernaartoe, laat de hoorn uit haar hand vallen en probeert hem weer te pakken.

'Hallo?'

'Rose?' zegt Scarpetta.

'Ik moet ook niet naar het nieuws kijken.'

'Huil je?'

De kamer draait om haar heen. Ze ziet dubbel. 'Ik heb griep, meer niet.'

'Ik kom eraan,' zegt Scarpetta.

Marino legt zijn hoofd tegen de rugleuning van de stoel. Zijn ogen gaan schuil achter een zonnebril, zijn grote handen liggen op zijn dijen.

Hij draagt dezelfde kleren als de vorige avond. Hij heeft erin geslapen, dat is te zien. Zijn gezicht is donkerrood en hij wasemt de stank uit van een dronkaard die al heel lang niet in bad is geweest. De aanblik van hem en de stank brengen herinneringen boven die te afschuwelijk zijn om te beschrijven, en ze voelt haar huid schrijnen op plaatsen die hij nooit had horen te zien of aan te raken. Ze draagt laagjes zijde en katoen, zachte stoffen; haar blouse is tot bovenaan gesloten en de rits van haar jasje zit dicht. Om haar wonden te verbergen. Om haar vernedering te verbergen. In zijn gezelschap voelt ze zich machteloos en naakt.

Het is akelig stil terwijl ze rijdt. In de auto ruikt het sterk naar knoflook en pikante kaas, en het raampje aan zijn kant staat open.

Hij zegt: 'Het licht doet pijn aan mijn ogen. Ik had nooit gedacht dat licht zo'n pijn kan doen aan je ogen.'

Dat heeft hij al een paar keer gezegd, als een soort antwoord op de niet-gestelde vragen waarom hij haar niet wil aankijken en zijn bril niet wil afzetten, terwijl het bewolkt is en af en toe regent. Toen ze hem nog geen uur geleden in bed een mok koffie en een droog stuk toast had gebracht, was hij kreunend overeind gekomen, had naar zijn hoofd gegrepen en onoprecht gevraagd: 'Waar ben ik?'

'Je was stomdronken gisteravond.' Ze zet de koffie en de toast op het nachtkastje. 'Kun je je dat herinneren?'

'Als ik iets eet, kots ik het er weer uit.'

'Herinner je je wat er gisteravond is gebeurd?'

Hij zegt dat hij zich alleen nog herinnert dat hij op de motor naar haar huis is gereden. Zijn gedrag zegt dat hij zich alles herinnert. Hij blijft jammeren dat hij zich ziek voelt.

'Ik wou dat het hier niet naar eten rook. Ik kan de lucht ervan niet verdragen.'

'Dan heb je pech. Rose heeft griep.'

Ze rijdt de parkeerplaats op naast het gebouw waar Rose woont.

'Ik wil verdomme niet ook griep krijgen,' zegt hij.

'Blijf dan maar in de auto zitten.'

'Ik wil weten waar je mijn revolver hebt gelaten.' Dat heeft hij ook al een paar keer gezegd.

'Ik heb je al verteld dat ik die op een veilige plek heb opgeborgen.'

Ze parkeert de auto. Op de achterbank staat een doos met schalen. Ze heeft de hele nacht gekookt. Ze heeft genoeg tagliolini met fontinasaus, lasagne met bolognesesaus en groentesoep gemaakt om twintig mensen te eten te geven.

'Gisteravond was het niet verantwoord je met een geladen revolver rond te laten lopen,' voegt ze eraan toe.

'Ik wil weten waar hij is. Waar hem je hem gelaten?'

Hij loopt een eindje voor haar uit en neemt niet de moeite aan te bieden de doos te dragen.

'Ik zal het je nog een keer uitleggen. Gisteravond heb ik je je revolver afgepakt. En je motorsleutel. Herinner je je dat ik je je sleutel heb afgepakt omdat je per se op de motor naar huis wilde terwijl je bijna niet meer op je benen kon staan?'

'Die bourbon van jou,' zegt hij, terwijl ze in de regen naar het witgepleisterde gebouw lopen. 'Booker's.' Alsof het haar schuld is. 'Ik kan me zulke dure bourbon niet veroorloven. Hij glijdt zo lekker naar binnen dat ik was vergeten dat er honderdtwintig procent alcohol in zit.'

'Dus het is mijn eigen schuld.'

'Ik snap niet dat je zulke sterke drank in huis hebt.'

'Omdat je die fles op oudejaarsavond voor me mee hebt gebracht.'

'Iemand had me net zo goed met een breekijzer op mijn hoofd kunnen slaan,' zegt hij, terwijl ze de trap oplopen en de portier hen binnenlaat.

'Goedemorgen, Ed,' zegt Scarpetta. Ze hoort dat in zijn kantoortje naast de hal de tv aanstaat. De nieuwsuitzending brengt alweer een item over de moord op Drew Martin.

Ed kijkt in de richting van zijn kantoor, schudt zijn hoofd en zegt: 'Vreselijk, vreselijk. Ze was een aardig meisje, echt een aardig meisje. Ik heb haar vlak voordat ze werd vermoord nog hier naar binnen zien gaan. Elke keer gaf ze me twintig dollar fooi. Vreselijk. Zo'n aardig meisje. Gedroeg zich heel normaal, echt waar.'

'Logeerde ze hier?' vraagt Scarpetta. 'Ik dacht dat ze altijd in het Charleston Place Hotel logeerde. Dat zeiden ze tenminste altijd op het nieuws als ze hier in de buurt was.'

'Haar tenniscoach heeft hier een appartement. Hij is bijna nooit thuis, maar hij woont hier wel,' zegt Ed.

Scarpetta vraagt zich af waarom ze daar nooit iets over heeft gehoord. Maar ze heeft geen tijd om ernaar te vragen. Ze maakt zich zorgen om Rose. Ed laat de lift komen en toetst de verdieping van Rose in.

De deuren glijden dicht. Achter zijn zonnebril kijkt Marino recht vooruit.

'Ik geloof dat ik migraine heb,' zegt hij. 'Heb je iets tegen migraine voor me?'

'Je hebt al achthonderd milligram ibuprofen geslikt. Je mag minstens vijf uur niets meer hebben.'

'Dat helpt niet tegen migraine. Ik wou dat je die rommel niet in huis had gehad. Het lijkt wel of iemand me stiekem iets heeft toegediend, een drug of zo.'

'De enige die je iets heeft toegediend, ben je zelf.'

'Ik snap niet dat je Bull hebt gebeld. Stel dat hij gevaarlijk is?'

Scarpetta snapt niet dat hij, na wat er de vorige avond is gebeurd, zoiets kan zeggen.

'Ik hoop verdomme wel dat je hem niet gaat vragen of hij je ook op kantoor wil helpen,' zegt hij. 'Zo iemand weet toch nergens van? Hij zal alleen maar in de weg lopen.'

'Ik kan hier nu niet over nadenken. Ik denk nu alleen aan Rose. En misschien is het hoog tijd dat jij eens aan iemand anders denkt dan jezelf.' Scarpetta voelt woede opwellen en ze loopt vlug door de gang met oude, witgepleisterde muren en een versleten vloerkleed.

Ze belt aan bij het appartement van Rose. Geen reactie, geen ander geluid binnen dan de tv. Ze zet de doos op de grond en belt nog een keer. En nog een keer. Ze belt naar het mobieltje van Rose en dan naar haar vaste telefoon. Ze hoort ze binnen rinkelen en vervolgens de voicemail.

'Rose!' Ze bonst op de deur. 'Rose!'

Ze hoort de tv. Alleen de tv.

'We moeten een sleutel hebben,' zegt ze tegen Marino. 'Ed heeft er een. Rose!'

'Laat die sleutel maar zitten.' Marino trapt uit alle macht tegen de deur, hout versplintert, de veiligheidsketting breekt, koperen schakels kletteren op de grond en de deur vliegt open en slaat met een klap tegen de muur.

Binnen ligt Rose op de bank, roerloos, met haar ogen dicht en een asgrauw gezicht en lange slierten sneeuwwit haar los om haar hoofd.

'Bel het alarmnummer, vlug!' Scarpetta trekt Rose omhoog en duwt kussens achter haar rug terwijl Marino een ambulance belt.

Ze neemt Rose' polsslag op. Eenenzestig.

'Ze komen eraan,' zegt Marino.

'Ga mijn dokterstas uit de kofferbak van de auto halen.'

Hij rent het appartement uit en ze ziet een wijnglas en een flesje pillen op de vloer liggen, bijna verborgen onder de volant langs de bank. Tot haar verbijstering ziet ze dat Rose Roxicodone slikt, de handelsnaam van oxycodone waterstofchloride, een opioïde pijnstiller die verslavend is. Het recept voor honderd tabletten dateert van tien dagen geleden. Ze schroeft het flesje open en telt de groene tabletten van vijftien milligram. Er zijn er nog zeventien over.

'Rose!' Scarpetta schudt Rose door elkaar. Ze heeft het warm en transpireert. 'Rose, word wakker! Kun je me horen? Rose!'

Scarpetta loopt naar de badkamer en komt terug met een koud washandje. Ze legt het op Rose' voorhoofd, houdt haar hand vast en blijft tegen haar praten in een poging haar wakker te maken. Dan komt Marino terug. Met een bezorgd, geschrokken gezicht geeft hij de dokterstas aan Scarpetta.

'Ze heeft de bank verschoven. Dat zou ik voor haar doen,' zegt hij en zijn zonnebril kijkt naar de bank.

Rose beweegt en in de verte loeit een sirene. Scarpetta haalt een bloeddrukmanchet en een stethoscoop uit haar tas.

'Ik had haar beloofd dat ik langs zou komen om hem te ver-plaatsen,' zegt Marino. 'Ze heeft het zelf gedaan. Hij stond daar.' Nog steeds met zijn zonnebril op kijkt hij naar een lege plek bij een raam.

Scarpetta stroopt een van Rose' mouwen op en bindt de manchet vlak boven haar elleboog om haar arm, strak genoeg om de bloed-toevoer af te snijden.

De sirene klinkt steeds harder.

Ze knijpt in de bal, blaast de manchet op en opent de klep om de lucht er langzaam uit te laten lopen terwijl ze luistert naar het bloed dat weer door de slagader stroomt. Met een zacht gesis loopt de manchet leeg.

De sirene stopt. De ambulance staat voor de deur.

De systolische druk is zesentachtig. De diastolische druk is ach-tenvijftig. Ze schuift het diafragma heen en weer over Rose' borst. Ze haalt oppervlakkig adem en haar bloeddruk is veel te laag.

Rose beweegt haar hoofd.

'Rose?' roept Scarpetta. 'Kun je me horen?'

Haar oogleden gaan trillend omhoog.

'Ik ga je temperatuur opnemen.' Ze legt een digitale thermome-ter onder Rose' tong en na een paar tellen begint die te piepen. Haar lichaamstemperatuur is iets boven de zevenendertig graden. Ze houdt het flesje met de pillen omhoog. 'Hoeveel heb je er geslikt?' vraagt ze. 'En hoeveel wijn heb je gedronken?'

'Het is griep, meer niet.'

'Heb je de bank in je eentje verschoven?' vraagt Marino, alsof dat nog belangrijk is.

Rose knikt. 'Was te zwaar voor me. Dat is alles.'

Vlugge voetstappen en in de gang het gekletter van ambulance-personeel met een brancard.

'Nee!' protesteert Rose. 'Stuur ze weg!'

Twee ambulancebroeders in blauwe overalls duwen de brancard de kamer in, met een defibrillator en nog meer spullen erop.

Rose zegt nee en schudt haar hoofd. 'Nee. Ik ben alweer opge-knapt. Ik ga niet naar het ziekenhuis.'

Dan staat Ed in de deuropening en kijkt met een bezorgd gezicht naar binnen.

'Wat is er met u aan de hand, mevrouw?' Een van de broeders, een blonde man met lichtblauwe ogen, loopt naar de bank en kijkt Rose onderzoekend aan. Daarna kijkt hij op dezelfde manier naar Scarpetta.

'Nee.' Vastberaden gebaart Rose dat hij moet vertrekken. 'Ik meen het. Ga alsjeblieft weg. Ik ben flauwgevallen, dat is alles.'

'Dat is niet alles,' zegt Marino tegen haar, maar hij kijkt naar de blonde broeder. 'Ik moest verdomme de deur intrappen.'

'Repareer hem dan maar voordat jij ook vertrekt,' moppert Rose.

Scarpetta stelt zich voor en legt uit dat Rose oxycodone heeft ingenomen met alcohol en bewusteloos was toen ze aankwamen.

'Mevrouw?' De blonde broeder buigt zich naar Rose toe. 'Hoeveel alcohol en oxycodone heeft u ingenomen en hoe lang geleden was dat?'

'Een meer dan normaal. Drie tabletten. Met een beetje wijn. Een half glas.'

'Het is erg belangrijk dat u eerlijk antwoord geeft, mevrouw.'

Scarpetta geeft hem het flesje met tabletten en zegt tegen Rose: 'Een tablet om de vier tot zes uur. Jij hebt er twee meer genomen, en de dosis die je mag nemen is al hoog. Ik wil dat je naar het ziekenhuis gaat en laat nakijken of je echt weer in orde bent.'

'Nee.'

'Heb je ze fijngemaakt, erop gekauwd of ze heel doorgeslikt?' vraagt Scarpetta. Want fijngemaakte tabletten lossen sneller op en dan komt de oxycodone sneller vrij en wordt die sneller opgenomen.'

'Ik heb ze heel doorgeslikt, dat doe ik altijd. Mijn knieën deden vreselijk pijn.' Ze kijkt naar Marino. 'Ik had de bank niet zelf moeten verschuiven.'

'Als je niet met deze aardige ambulancebroeders mee wilt gaan, zal ik je zelf naar het ziekenhuis brengen,' zegt Scarpetta, die zich ervan bewust is dat de blonde broeder haar aandachtig opneemt.

'Nee.' Rose schudt koppig haar hoofd.

Marino kijkt naar de blonde broeder, die naar Scarpetta kijkt. Hij gaat niet beschermend dicht bij haar staan, wat hij vroeger wel zou hebben gedaan. De vraag die Scarpetta het meest zorgen baart – waarom slikt Rose Roxicodone? – stelt ze niet.

'Ik ga niet naar het ziekenhuis,' herhaalt Rose. 'Dat meen ik.'

'Dan hebben we u achteraf toch niet nodig,' zegt Scarpetta tegen de ambulancebroeders. 'Maar bedankt voor uw komst.'

'Ik ben een paar maanden geleden naar een lezing van u geweest,' zegt de blonde broeder tegen haar. 'Over doodsoorzaken bij kinderen, op de National Forensic Academy. Dat was u.'

Zijn naamkaartje vermeldt 'T. Turkington'. Hij komt haar niet bekend voor.

'Wat deed jij daar in vredesnaam?' vraagt Marino aan hem. 'De NFA is voor de politie.'

'Ik ben rechercheur bij het kantoor van de sheriff van Beaufort County. Zij hebben me naar de NFA gestuurd. Ik heb de opleiding afgerond.'

'Nou moet het niet gekker worden,' zegt Marino. 'Wat doe je dan verdomme in Charleston op een ziekenauto?'

'Op vrije dagen werk ik als ambulancebroeder.'

'Je bent hier niet in Beaufort County.'

'Ik kan het geld goed gebruiken en eerstehulpverlening is een mooie aanvulling voor mijn echte werk. En ik heb hier een vriendin. Althans, die had ik,' voegt Turkington er nonchalant aan toe. Tegen Scarpetta vervolgt hij: 'Als u zeker weet dat we hier niets meer kunnen doen, gaan we ervandoor.'

'Dank u wel. Ik houd haar wel in de gaten,' zegt Scarpetta.

'Ik vond het leuk u weer te zien.' Zijn blauwe ogen kijken haar een moment recht aan en dan zijn hij en zijn partner verdwenen.

Scarpetta zegt tegen Rose: 'Ik breng je naar het ziekenhuis om je te laten onderzoeken, want ik wil zeker weten dat er niets anders aan de hand is.'

'Je brengt me nergens naartoe,' zegt Rose. 'Wil jij alsjeblieft voor een nieuwe deur zorgen?' vraagt ze Marino. 'Of een nieuw slot, of wat dan ook om de schade die je hebt aangericht te herstellen.'

'Neem mijn auto maar.' Scarpetta gooit hem de sleutels toe. 'Ik loop wel naar huis.'

'Maar ik moet je huis in.'

'Dat kan straks wel,' zegt ze.

De zon speelt kiekeboe achter rookgrijze wolken en de golven slaan onstuimig op de kust.

Ashley Dooley, geboren en getogen in South Carolina, heeft zijn windjack uitgetrokken en de mouwen om zijn dikke buik geknoopt.

Hij richt zijn spiksplinternieuwe videocamera op zijn vrouw Madelisa, maar staakt het filmen wanneer hij uit het zeegras in de duinen een zwart-witte basset ziet aankomen. De hond draaft naar Madelisa toe en zijn lange oren slepen door het zand. Hijgend drukt hij zich tegen haar benen.

'Ach, Ashley, kijk nou eens.' Ze hurkt om de hond te aaien. 'Arm diertje, hij trilt helemaal. Wat is er, schatje? Wees maar niet bang, hoor. Het is nog maar een puppy.'

Honden zijn dol op haar. Ze komen altijd op haar af. Er heeft nog nooit een hond tegen haar gegromd, integendeel, ze houden meteen van haar. Een jaar geleden moesten ze Frisbee laten afmaken omdat hij kanker had. Madelisa is er nog steeds niet overheen en ze kan het Ashley niet vergeven dat hij het te duur vond om de hond te laten behandelen.

'Loop eens die kant op,' zegt hij. 'De hond mag ook op de film als je wilt, maar dan krijg ik ook die mooie huizen erop. Allemachtig, moet je dat huis eens zien! Het lijkt wel een Europees huis. Wie wil er in vredesnaam in zo'n groot huis wonen?'

'Ik zou dolgraag een reis naar Europa willen maken.'

'Dit is een fantastische videocamera, echt waar.'

Madelisa wil er geen woord over horen. Hij was wel bereid dertienhonderd dollar uit te geven voor een videocamera, maar nog geen cent voor Frisbee.

'Kijk eens naar al die balkons en dat rode dak,' zegt hij. 'Stel je voor dat je in zo'n kast van een huis woont.'

Als we in zo'n kast van een huis zouden wonen, denkt ze, zou ik het niet erg vinden dat je een dure videocamera en een tv met plasmascherm kocht, want dan hadden we ook een dierenarts voor Frisbee kunnen betalen. 'Ik kan het me niet voorstellen,' zegt ze en ze gaat met haar rug naar de duinen staan. De basset gaat hijgend naast haar zitten.

'Ik heb gehoord dat er verderop een huis van dertig miljoen dollar staat.' Hij wijst. 'Lach eens. Dat is toch geen lachen. Lach eens vrolijk. Ik geloof dat het van een beroemd iemand is, misschien de oprichter van Wal-Mart. Waarom hijgt die hond zo? Zo warm is het nou ook weer niet. En hij zit te rillen. Misschien is hij ziek, lijdt hij aan hondsdolheid.'

'Nee, lieverd, hij trilt omdat hij bang is. En misschien heeft hij dorst. Ik had toch gezegd dat je een flesje water mee moest nemen? En de oprichter van Wal-Mart is dood,' voegt ze eraan toe, terwijl ze de basset aait en speurend over het strand kijkt. In de verte staan een paar mensen te vissen, verder ziet ze niemand. 'Volgens mij is hij verdwaald,' gaat ze verder. 'Want ik zie hier niemand van wie hij zou kunnen zijn.'

'We gaan zoeken en dan film ik door.'

'Waarnaar?' vraagt ze, terwijl de hond zich weer hijgend en trillend tegen haar benen drukt. Ze bekijkt hem aandachtig en ziet dat hij in bad moet en dat zijn nagels moeten worden geknipt. En dan ziet ze nog iets. 'O jee, ik denk dat hij gewond is.' Ze raakt zijn nek aan, bekijkt het bloed op haar vinger en begint zijn vacht te onderzoeken, maar ze vindt geen wond. 'Wat gek. Hoe komt hij aan dat bloed op zijn nek? En op die andere plekken? Terwijl hij zo te zien niet gewond is. Jakkes, wat raar.'

Ze veegt haar vingers af aan haar short.

'Misschien ligt hier ergens het karkas van een aangevreten kat.' Ashley haat katten. 'Laten we doorlopen. We hebben om twee uur tennisles en ik wil eerst wat eten. Is er nog van die ham met honingsaus over?'

Ze kijkt achterom. De basset zit op het zand en kijkt hen hijgend na.

'Ik weet dat er een reservesleutel ligt in dat kistje dat je onder die stapel bakstenen achter de struiken hebt begraven,' zegt Rose.

'Hij heeft een flinke kater en ik wil niet dat hij op zijn motor rijdt met een kaliber veertig revolver in zijn broekband,' zegt Scarpetta.

'Hoe is het trouwens bij je thuis gegaan? Hoe komt het dat hij daar heeft geslapen?'

'Ik wil het niet over hem hebben, maar over jou.'

'Ga dan eerst op een stoel tegenover me zitten. Ik vind het moeilijk met je te praten als je zo dicht tegen me aan zit,' zegt Rose.

Scarpetta haalt een stoel onder de eettafel vandaan, zet die tegenover Rose en zegt: 'Die medicijnen.'

'Ik heb ze niet uit het mortuarium gestolen, als je dat soms denkt. Al die beklagenswaardige mensen die tientallen medicijnen bij zich hebben, hoe denk je dat dat komt? Omdat ze ze niet hebben ingenomen. Pillen helpen nergens voor. Als ze wel hadden geholpen, waren die mensen niet in het mortuarium beland.'

'Op het flesje staat jouw naam en die van je dokter. Ik kan hem opzoeken of je kunt me vertellen wat voor soort dokter hij is en waarom je naar hem toe gaat.'

'Hij is oncoloog.'

Scarpetta heeft het gevoel alsof ze een trap tegen haar borst heeft gekregen.

'Maak het alsjeblieft niet moeilijker voor me dan het al is,' zegt Rose. 'Ik hoopte dat je er pas achter zou komen wanneer het tijd was om een fatsoenlijke urn voor mijn as uit te zoeken. Ik weet heus wel dat ik het niet had moeten doen.' Haar adem stokt even. 'Maar ik was in alle staten, ik voelde me ellendig en alles deed pijn.'

Scarpetta pakt haar hand vast. 'Het is gek hoe onze gevoelens ons uiteindelijk in de val lokken. Terwijl je zo ijzig kalm was. Of mag ik het koppig noemen? En vandaag krijg je de rekening gepresenteerd.'

'Ik ga dood,' zegt Rose. 'En ik vind het vreselijk dat ik jullie dit moet aandoen.'

'Wat voor soort kanker?' Ze houdt Rose' hand stevig vast.

'Longkanker. En voordat je denkt dat het komt omdat ik al die rook moest inademen toen jij nog de hele dag op kantoor zat te paffen...' begint ze.

'Had ik dat maar nooit gedaan. O god, wat heb ik daar nu spijt van.'

'Dat waar ik aan doodga, heeft niets met jou te maken,' zegt Rose. 'Dat verzeker ik je. Ik heb het zelf gekregen.'

'Niet-kleincellig of kleincellig?'

'Niet-kleincellig.'

'Adenoomcarcinoom, schubachtig?'

'Adenoomcarcinoom. Mijn tante is er ook aan gestorven. Zij had ook nooit gerookt, net als ik. Haar grootvader was gestorven aan de schubachtige soort. Hij rookte. Ik heb nooit van mijn leven gedacht dat ik ooit longkanker zou krijgen. Maar ja, ik heb er ook nooit bij stilgestaan dat ik ooit zou sterven. Belachelijk, nietwaar?' Ze zucht; haar gezicht krijgt langzaam weer kleur en haar ogen worden levendiger. 'We hebben dagelijks te maken met de dood en we blijven hem negeren. Je hebt gelijk, dokter Scarpetta. Vandaag heeft hij me van achteren beslopen. Ik heb hem niet zien aankomen.'

'Misschien moet je me eindelijk eens Kay noemen.'

Rose schudt haar hoofd.

'Waarom niet? Zijn we geen vriendinnen?'

'We hebben altijd geloofd in grenzen stellen en dat is goed bevallen. Ik werk voor iemand voor wie ik veel respect heb. Ze heet dokter Scarpetta. Of Baas.' Ze glimlacht. 'Ik zou nooit Kay kunnen zeggen.'

'Dus je ontkent mijn persoonlijkheid. Tenzij je het over iemand anders hebt.'

'Ze ís iemand anders. Iemand die je niet goed kent. Ik denk dat jij haar veel minder hoog aanslaat dan ik. Vooral de laatste tijd.'

'Het spijt me, ik ben echt niet de heldhaftige vrouw die je beschrijft, maar laat me alsjeblieft doen wat ik kan. Ik kan je naar het beste kankerinstituut in het land sturen: Stanford. Waar Lucy ook naartoe gaat. Ik ga met je mee. Dan kun je elke behandeling ondergaan die...'

'Nee, nee, nee.' Rose schudt opnieuw langzaam haar hoofd. 'Hou je mond en luister naar wat ik zeg. Ik ben al bij allerlei specialisten geweest. Weet je nog dat ik vorige zomer drie weken een reis met een cruiseschip heb gemaakt? Dat was niet waar. De enige reis die ik heb gemaakt was van de ene specialist naar de andere, en toen heeft Lucy me meegenomen naar Stanford. Daar heb ik nu mijn dokter. De prognose was overal hetzelfde. Ik kon kiezen tussen chemotherapie en bestraling, en ik heb allebei geweigerd.'

'Maar we moeten alles proberen wat mogelijk is!'

'Ik ben al in fase drie-B.'

'Het zit al in de lymfklieren?'

'In de lymfklieren en in mijn botten. Al een heel eind op weg naar fase vier. Inoperabel.'

'Chemotherapie en bestraling, of zelfs alleen bestraling. We moeten het proberen. We kunnen het niet zomaar opgeven.'

'Ten eerste is het geen "wij", maar "ik". Nee, dat doe ik mezelf niet aan. Ik verdom het mijn haar te laten uitvallen en me misselijk en ellendig te voelen terwijl ik weet dat de ziekte me vroeg of laat zal vellen. Liever vroeg dan laat. Lucy bood zelfs aan te zorgen voor marihuana, tegen de misselijkheid tijdens de chemokuur. Zie je mij al een stickie roken?'

'Dus zij weet het al net zo lang als jijzelf,' zegt Scarpetta.

Rose knikt.

'Je had het mij ook moeten vertellen.'

'Ik heb het Lucy verteld en zij is een meesteres in het bewaken van geheimen. Ze heeft er zo veel dat we waarschijnlijk geen van allen meer weten wat waar is of niet. Wat ik beslist niet wilde, is wat er nu is gebeurd. Dat ik jou van streek heb gemaakt.'

'Vertel me dan alsjeblieft wat ik voor je kan doen.' Het verdriet krijgt haar in zijn greep.

'Verander wat je kunt veranderen. Denk nooit dat iets niet kan.'

'Wat dan? Ik doe alles wat je wilt,' zegt Scarpetta.

'Pas wanneer je stervende bent, besef je wat je in je leven allemaal anders had kunnen doen. Dít kan ik niet veranderen.' Rose tikt een paar keer op haar borst. 'Maar jij kunt nog bijna alles veranderen wat je wilt.'

Beelden van de vorige avond, en even denkt Scarpetta dat ze hem weer kan ruiken, voelen. Uit alle macht probeert ze niet te laten merken hoe verschrikkelijk ze het vindt.

'Wat is er?' Rose geeft een kneepje in haar hand.

'Het is toch normaal dat ik dit vreselijk vind?'

'Je dacht aan iets en dat had niets met mij te maken,' zegt Rose. 'Het heeft te maken met Marino. Hij ziet er afschuwelijk uit en doet vreemd.'

'Omdat hij straalbezopen was,' zegt Scarpetta en er klinkt woede door in haar stem.

'Straalbezopen. Dat heb ik je nooit eerder horen zeggen. Maar ik gebruik tegenwoordig ook steeds vaker een platte uitdrukking. Toen ik vanmorgen Lucy aan de telefoon had, zei ik zelfs kutwijf, met betrekking tot het nieuwste liefje van Marino. Toevallig kwam Lucy haar vanmorgen om een uur of acht tegen in de buurt van jouw huis. Toen de motor van Marino er ook nog stond.'

'Ik heb een doos eten voor je meegebracht, hij staat nog in de gang. Ik zal hem halen en alles in de keuken zetten.'

Een hoestbui, en als Rose het papieren zakdoekje laat zakken, zitten er helderrode bloedspatjes op.

'Laat me je alsjeblieft naar Stanford brengen,' zegt Scarpetta.

'Vertel me wat er gisteravond is gebeurd.'

'We hebben gepraat.' Scarpetta voelt dat ze bloost. 'Tot hij te dronken was.'

'Ik geloof niet dat ik je ooit heb zien blozen.'

'Een opvlieger.'

'Ja, en ik heb griep.'

'Zeg me wat ik voor je kan doen.'

'Laat me gewoon met mijn leven doorgaan. Ik wil niet gereanimeerd worden. Ik wil niet in een ziekenhuis sterven.'

'Kom dan bij mij wonen.'

'Dat is niet gewoon met mijn leven doorgaan,' zegt Rose.

'Vind je het dan in elk geval goed dat ik met je dokter praat?'

'Meer dan dit hoef je niet te weten. Je vroeg me wat ik wil en dat heb ik gezegd. Geen behandelingen. Palliatieve zorg.'

'Ik heb een logeerkamer, al is hij klein. Misschien moet ik een groter huis zoeken,' zegt Scarpetta.

'Wees niet zo onzelfzuchtig dat het je zelfzuchtig maakt. Want je bent zelfzuchtig als je mij een schuldgevoel bezorgt en ik me ga schamen omdat ik iedereen verdriet doe.'

Scarpetta aarzelt en vraagt dan: 'Mag ik het Benton vertellen?'

'Benton wel, maar Marino niet. Ik wil niet dat hij het weet.' Rose gaat rechtop zitten en zet haar voeten op de grond. Ze pakt Scarpetta's handen vast. 'Ik ben geen forensisch patholoog,' zegt ze, 'maar hoe kom je aan die blauwe plekken op je polsen?'

De basset zit nog steeds waar ze hem hebben achtergelaten, op het zand bij het bord met VERBODEN TOEGANG.

'Kijk nou eens, dit is echt niet normaal!' roep Madelisa. 'Hij zit hier al ruim een uur te wachten tot we terugkomen. Kom, Droopy! Wat een schatje ben je.'

'Zo heet hij vast niet, liever. Geef hem alsjeblieft geen naam. Kijk eens op zijn naamplaatje,' zegt Ashley. 'Daar staan zijn echte naam en zijn adres op.'

Ze bukt zich en de basset komt naar haar toe, drukt zich tegen haar aan en likt haar handen. Ze tuurt naar het identificatieplaatje, maar ze heeft haar leesbril niet bij zich en Ashley heeft de zijne ook thuisgelaten.

'Ik zie geen naam,' zegt ze. 'Voor zover ik iets kan lezen. Nee, ook geen telefoonnummer. Ik heb trouwens mijn mobieltje niet bij me.'

'Ik het mijne ook niet.'

'Dat is heel dom van je. Stel dat ik hier ergens val en mijn enkel verstuik of zoiets? Er is iemand aan het barbecuen,' zegt ze. Ze kijkt snuivend om zich heen en ziet een rookpluim opstijgen achter het grote witte huis met de balkons en het rode dak, een van de weinige huizen met een bord met VERBODEN TOEGANG ervoor. 'Waarom ren jij er niet heen om te zien wat daar op het vuur ligt?' zegt ze tegen de hond, en ze aait zijn lange flaporen. 'Misschien moeten wij zo'n kleine barbecue kopen en vanavond ook buiten eten.'

Ze probeert nog een keer te lezen wat er op het plaatje aan zijn halsband staat, maar zonder haar bril lukt het niet. Ze stelt zich voor dat het rijke mensen zijn, dat daar de een of andere miljonair vlees roostert op het terras van dat enorme witte huis in de duinen, half verscholen achter hoge dennen.

'Groet die vrijgezelle zus van je,' zegt Ashley terwijl hij filmt. 'Vertel haar over ons luxueuze huis hier aan de goudkust op Hilton Head. Vertel haar dat we de volgende keer dat we hier zijn in zo'n huis als waar ze aan het barbecuen zijn zullen logeren.'

Madelisa kijkt over het strand de kant op waar hun huis staat, dat wordt afgeschermd door een rij bomen. Dan kijkt ze weer naar de hond en zegt: 'Ik wil wedden dat hij dáár woont.' Ze wijst naar het Europees uitziende landhuis waar ze aan het barbecuen zijn. 'Ik loop er even heen om het te vragen.'

'Doe maar. Ik loop nog een eindje door, om te filmen. Ik heb net een paar bruinvissen gezien.'

'Kom, Droopy, dan gaan we terug naar je familie,' zegt Madelisa tegen de hond.

Maar hij gaat zitten en wil niet mee. Ze trekt aan zijn halsband, maar hij blijft zich verzetten. 'Vooruit dan maar,' zegt ze. 'Blijf jij maar hier, dan ga ik bij dat grote huis vragen of ze weten waar je thuishoort. Of misschien ben je ongemerkt ontsnapt. Ik weet zeker dat iemand je vreselijk mist.'

Ze knuffelt en kust hem. Ze loopt over het harde zand en door het rulle zand en dwars door het zeegras, ook al heeft ze gehoord dat het verboden is door de duinen te lopen. Ze aarzelt voor het bord met VERBODEN TOEGANG, beklimt dapper de trap naar de houten steiger en loopt door naar het enorme witte huis, waar de een of andere rijkaard, misschien een bekende persoon, aan het barbecuen is. Voor de lunch, vermoedt ze. Ze kijkt steeds achterom en hoopt dat de basset niet wegrent, maar hij is achter het duin uit het zicht verdwenen. Verderop op het strand ziet ze hem ook niet, daar ziet ze alleen Ashley, een figuurtje, enkele dartelende dolfijnen filmen. Steeds steken hun vinnen boven de golven uit en zakken weer onder water. Aan het eind van de steiger is een houten hekje, dat tot haar verbazing niet op slot zit. Het staat zelfs een stukje open.

Ze loopt om zich heen kijkend door de achtertuin en roept 'hallo!' Ze heeft nog nooit zo'n groot zwembad gezien, met een zwarte bodem en zijkanten van bijzondere tegels, die waarschijnlijk uit Italië, Spanje of een ander ver, exotisch land komen. Ze kijkt opnieuw om zich heen en roept weer 'hallo', en ze blijft verwonderd staan bij de rokende gasbarbecue, waarop een stuk rafelig gesneden vlees ligt waarvan de onderkant zwart verbrand is en de bovenkant nog rauw. Het valt haar op dat het geen vlees is dat ze kent, geen biefstuk of varkensvlees en beslist geen kip.

'Hallo!' roept ze weer. 'Is er iemand thuis?'

Ze bonst op de deur van de serre. Geen antwoord. Ze loopt naar de zijkant van het huis, in de veronderstelling dat ze de kok daar misschien zal vinden, maar ook in de verwilderde zijtuin is niemand te zien. Ze tuurt door een kier tussen de jaloezieën en het kozijn van een groot raam en ziet een lege keuken, met alles van steen en roestvrij staal. Alleen in tijdschriften heeft ze zulke keukens gezien. Op een mat voor het hakbord staan twee grote voerbakken voor een hond.

'Hallo!' roept ze. 'Misschien heb ik uw hond gevonden! Hallo!' Ze loopt door naar de achterkant van het huis en blijft roepen. Ze loopt de trap op naar een deur, naast een raam waaruit een ruit mist en waarvan een andere ruit is gebroken. Ze overweegt of ze vlug terug zal gaan naar het strand, maar in de wasruimte staat een groot, leeg hondenhok.

'Hallo!' Haar hart bonkt. Ze is een indringer, maar ze weet dat de basset hier thuishoort en ze wil helpen. Want hoe zou zij het hebben gevonden als Frisbee was weggelopen en iemand wilde hem niet terugbrengen?

'Hallo!' Ze probeert de deur en hij gaat open.

12

Regendruppels vallen uit de Amerikaanse eiken.

In de donkere schaduw van de taxusboom en de schijnhulst legt Scarpetta bloempotscherven onder in potten om het water beter te laten weglopen, zodat de planten niet gaan rotten. De warme lucht dampt na van een stortbui die plotseling begon en even plotseling ophield.

Bull draagt een ladder naar een eik waarvan het bladerdak over het grootste deel van Scarpetta's tuin hangt. Ze schept potgrond in de potten en plant petunia's, peterselie, dille en venkel – de kruiden trekken vlinders aan. Ze verplant donzig zilvergrijze ezelsoren en artemisia naar een betere plek, waar ze zon krijgen. De geur van vochtige, leemachtige aarde vermengt zich met de scherpere geur van oude bakstenen en mos. Ze loopt een beetje stijf – als gevolg van harde tegelvloeren in mortuaria – naar een bakstenen zuil die schuilgaat onder ijzervaren en stelt vast wat het probleem is.

'Als ik deze varen weghaal, beschadig ik misschien de stenen. Wat denk jij, Bull?'

'Het zijn lokaal gemaakte bakstenen van waarschijnlijk wel tweehonderd jaar oud, denk ik.' Hij staat hoog op de ladder. 'Trek heel voorzichtig een stukje los en kijk wat er gebeurt.'

De varen laat zich zonder protest weghalen. Ze vult een gieter met water en probeert niet aan Marino te denken. Ze wordt doodongelukkig als ze aan Rose denkt.

Bull zegt: 'Vlak voordat u thuiskwam, reed er een man op een chopper door de steeg.'

Scarpetta houdt op met wat ze aan het doen is en kijkt omhoog. 'Was het Marino?'

Toen ze terugkwam van het appartement van Rose was zijn motor verdwenen. Hij is blijkbaar in haar auto naar zijn eigen huis gereden om de reservesleutel te halen.

'Nee, mevrouw, hij was het niet. Ik stond op de ladder de mispel te snoeien en kon de man op de chopper over het hek zien. Hij zag mij niet. Misschien was het gewoon een voorbijganger.' De snoeischaar klikt en jonge scheuten vallen op de grond. 'Als iemand u lastigvalt, wil ik dat graag weten.'

'Wat deed die man daar?'

'Hij reed langzaam tot halverwege de steeg, draaide om en reed terug. Volgens mij had hij een halsdoek om, oranje met geel, dacht ik. Dat was moeilijk te zien. Zijn chopper had een kapotte uitlaat, hij rammelde en spuugde alsof hij er elk moment mee kon ophouden. U moet me vertellen wat ik hoor te weten, dan zal ik extra goed opletten.'

'Heb je hem hier ooit eerder gezien?'

'Ik zou die chopper overal herkennen.'

Ze denkt terug aan wat Marino haar de vorige avond heeft verteld. Een motorrijder had hem op het parkeerterrein bedreigd en gezegd dat haar iets zou overkomen als ze niet uit Charleston weg zou gaan. Wie wilde haar zo graag weg hebben dat hij haar zo'n boodschap liet sturen? Ze denkt meteen aan de plaatselijke lijkschouwer.

Ze vraagt Bull: 'Weet jij iets over de lijkschouwer hier? Henry Hollings?'

'Alleen dat zijn familie al sinds de Burgeroorlog dat uitvaartbedrijf heeft, dat enorme gebouw achter een hoge muur in Calhoun, niet ver hiervandaan. Het zou me niet bevallen als iemand u lastig zou vallen. En uw buurvrouw is erg nieuwsgierig.'

Mevrouw Grimball kijkt weer uit het raam.

'Ze houdt me scherp in de gaten,' vervolgt Bull. 'Geen aardig mens, als ik het zeggen mag, en ze zal het niet erg vinden iemand kwaad te doen.'

Scarpetta gaat door met haar werk. De viooltjes zijn aangevreten. Ze zegt het tegen Bull.

'Er heerst hier een rattenplaag,' zegt hij. Het klinkt profetisch.

Ze bekijkt de viooltjes aandachtig. 'Slakken,' zegt ze.

'U kunt bier proberen,' zegt Bull terwijl zijn snoeischaar blijft klikken. 'Zet straks als het donker is schoteltjes met bier neer. Ze kruipen erin, worden dronken en verdrinken.'

'En het bier trekt nog meer slakken aan. Bovendien kan ik niets laten verdrinken.'

Takken regenen vanuit de boom op de grond. 'Ik heb daar wasbeerkeutels zien liggen.' Hij wijst met de snoeischaar. 'Misschien eten zij de viooltjes op.'

'Wasberen, eekhoorns... Ik kan er niets aan doen.'

'Dat kunt u wel, maar dat wilt u niet. U houdt er niet van iets dood te maken. Eigenlijk gek, als je bedenkt wat u doet. Je zou zeggen dat het u koud zou laten.' Hij praat hoog in de boom.

'Door wat ik doe, heb ik eerder het gevoel dat niets me koud laat.'

'Hm. Dat komt ervan als je te veel weet. Die hortensia's daar waar u staat, als u daar een paar roestige spijkers omheen strooit, worden ze mooi blauw.'

'Dat gebeurt ook met bitterzout.'

'Dat wist ik niet.'

Scarpetta bekijkt door een vergrootglas met een steel de achterkant van een cameliablad en ziet daar witachtige schubben op. 'Deze snoeien we ook en omdat de plant ziektekiemen bevat, moeten we het gereedschap desinfecteren voordat we het voor andere planten gebruiken. Ik zal de plantendokter moeten bellen.'

'Hm. Planten kunnen inderdaad ziek worden, net als mensen.'

In het bladerdak van de Amerikaanse eik die Bull aan het snoeien is, worden de kraaien onrustig en alsof ze ergens van schrikken, vliegen er enkele weg.

Madelisa verstijft, zoals de vrouw in de Bijbel die niet naar God had geluisterd en door Hem werd veranderd in een zoutpilaar. Ze is een indringster, ze overtreedt de wet.

'Hallo?' roept ze nogmaals.

Ze verzamelt moed en loopt vanuit de waskamer de grote keuken in van het mooiste huis dat ze ooit heeft gezien. Ze blijft 'hallo' roepen en weet eigenlijk niet wat ze moet doen. Ze is nog nooit zo bang geweest, eigenlijk zou ze zo hard mogelijk weg moeten lopen. Maar ze dwaalt door het huis en kijkt vol ontzag om zich heen, terwijl ze het gevoel heeft dat ze een inbreker is en bang is dat ze elk moment zal worden betrapt en naar de gevangenis zal worden gestuurd.

Ze kan beter vertrekken, nu meteen. Haar nek begint te prikken, ze roept steeds weer 'hallo' en 'is er iemand thuis?' en ze vraagt zich af hoe het mogelijk is dat de deur open was en dat er vlees op de barbecue ligt terwijl er niemand thuis is. Ze verbeeldt zich dat er iemand naar haar kijkt terwijl ze rondloopt, en haar gezond verstand zegt haar dat ze dit huis zo snel mogelijk moet verlaten en terug moet naar Ashley. Ze heeft niet het recht hier rond te snuffelen, maar ze kan het zichzelf niet beletten nu ze eenmaal binnen is. Ze is nog nooit in zo'n prachtig huis geweest en begrijpt niet waar de bewoners zijn gebleven. Ze is te nieuwsgierig om meteen weer weg te gaan, of ze vindt dat ze het nog niet mag opgeven.

Ze loopt door een gewelfde deuropening naar de enorme woonkamer. De vloer is van een blauwe steensoort, het lijkt wel edelsteen, en er liggen schitterende oosterse tapijten. Het vertrek heeft een plafond met lange, dikke balken en de open haard is groot genoeg om er een heel varken in te roosteren. Er hangt een filmscherm voor een groot raam dat uitkijkt over zee. Stofjes zweven in de lichtbundel uit de filmprojector aan het plafond en het scherm is verlicht, maar het laat geen beelden zien en er is geen geluid. Haar blik gaat naar de grote ronde zwartleren bank en verbaasd kijkt ze naar het stapeltje netjes opgevouwen kleren dat erop ligt: een donker T-shirt, een donkere broek en een mannenonderbroek van het merk Jockey. Op de grote glazen salontafel liggen pakjes sigaretten en flesjes pillen, en er staat een bijna lege fles Grey Goose wodka.

Madelisa stelt zich voor dat hier iemand woont, waarschijnlijk een man, die dronken en gedeprimeerd is of misschien ziek, en dat de hond daarom de kans heeft gekregen te ontsnappen. Iemand heeft hier nog niet lang geleden zitten drinken, denkt ze, en die persoon heeft dat vlees op de barbecue gelegd en is plotseling verdwenen. Haar hart klopt wild. Ze heeft nog steeds het gevoel dat iemand haar in de gaten houdt en ze denkt: mijn god, wat is het hier koud!

'Hallo? Is er iemand thuis?' roept ze schor.

Het lijkt alsof haar voeten hun eigen weg vinden terwijl ze verder door het huis dwaalt en de angst als elektriciteit door haar lichaam zoemt. Ze moet weggaan. Ze gedraagt zich als een inbreker. Ze heeft zich onrechtmatig toegang verschaft. Ze zal er last mee krijgen. Ze voelt dat er iemand naar haar kijkt. De politie zal ook naar haar kijken, als die zo meteen wordt gewaarschuwd. Ze raakt in paniek, maar haar voeten weigeren haar te gehoorzamen. Ze slepen haar mee door het hele huis.

'Hallo?' roept ze, en ze hoort hoe schor ze klinkt.

Achter de woonkamer, links van de hal, ligt een vertrek waar ze water hoort stromen.

'Hallo!'

Aarzelend loopt ze naar het geluid van het stromende water, ze kan het haar voeten niet beletten. Ze brengen haar naar een grote slaapkamer met fraaie klassieke meubels, dichtgetrokken zijden gordijnen en overal foto's aan de muur. Van een beeldschoon klein meisje met een heel knappe, vrolijke vrouw, waarschijnlijk haar moeder. Het meisje lachend in een ondiep zwembad met een puppy – de basset. Dezelfde knappe vrouw terwijl ze huilend op een bank zit te praten met de beroemde tv-psychiater dr. Self, met grote camera's om hen heen. Dezelfde knappe vrouw met Drew Martin en een knappe man met een lichtbruine huid en heel donker haar. Drew en de man hebben tenniskleding aan en staan met een racket in de hand ergens op een tennisbaan.

Drew Martin is dood. Vermoord.

Het lichtblauwe dekbed op het bed ligt er slordig bij. Op de zwarte marmeren vloer liggen bij het hoofdeinde van het bed wat kleren, die iemand daar zo te zien gewoon heeft laten vallen. Een roze joggingpak, een paar sokken en een beha. Het geluid van het stromende water wordt sterker naarmate haar voeten haar dichterbij brengen, en Madelisa beveelt haar voeten de andere kant op te rennen, maar dat doen ze niet. Wegrennen, beveelt ze, maar ze brengen haar naar een badkamer van zwarte onyx en koper. Wegrennen! Langzaam dwalen haar ogen over de natte, bebloede handdoeken in de koperen wasbak, het bebloede zaagmes en bebloede schaar op de rand van de zwarte wc en de nette stapel schone, lichtroze lakens op de wasmand.

Achter de gordijnen met tijgerpatroon om het koperen bad stroomt het water en valt op iets wat niet klinkt als metaal.

13

De avond is gevallen. Scarpetta richt haar zaklantaarn op een roestvrijstalen Colt revolver, die midden in de steeg achter haar huis ligt.

Ze heeft de politie niet gewaarschuwd. Als de lijkschouwer iets met dit nieuwste blijk van een sinistere ontwikkeling te maken heeft, zou ze het, als ze de politie zou bellen, misschien alleen maar erger maken. Je weet nooit wie zijn vrienden zijn. Bull heeft haar vreemd verhaal verteld, ze weet niet wat ze ervan moet de zei dat hij, toen de kraaien wegvlogen uit de eik in haar dat het iets betekende. Dus had hij haar een onwaarheid verte... gezegd dat hij naar huis moest, terwijl hij van plan was op de loer te gaan liggen, zoals hij het had genoemd. Hij had zich achter een paar struiken tussen haar twee hekken verstopt en gewacht. Hij had bijna vijf uur gewacht. Scarpetta had er niets van geweten.

Ze had haar werk in de tuin afgemaakt. Een douche genomen. Boven kantoorwerk gedaan. Mensen gebeld. Rose. Lucy. Benton. Al die tijd had ze niet geweten dat Bull zich tussen de twee hekken achter het huis had verstopt. Hij zei dat het net zoiets is als vissen. Je vangt pas wat als je de vissen hebt laten geloven dat je het hebt opgegeven. Toen de zon laag stond en de schaduwen langer waren geworden en Bull de hele middag op de donkere, koele stenen tussen de hekken had gezeten, had hij een man de steeg in zien komen. De man was rechtstreeks naar Scarpetta's buitenste hek gelopen en had geprobeerd er zijn hand doorheen te steken om het te ontgrendelen. Toen dat niet lukte, was hij in het hek geklommen en op dat moment had Bull het hek geopend en was achter hem aan geklommen. Hij denkt dat het de man was die op de chopper reed, maar het was hoe dan ook iemand die niet veel goeds in de zin had. Tijdens hun worsteling had de man zijn revolver laten vallen.

'Blijf hier staan,' zegt ze in de donkere steeg tegen Bull. 'Als een van de buren naar buiten komt of als er om wat voor reden dan ook iemand anders hier moet zijn, doe er dan wat aan. Laat niemand iets aanraken. Gelukkig kan niemand ons hier zien, denk ik.'

Bull richt zijn zaklantaarn op de hobbelige straatstenen terwijl Scarpetta terugloopt naar huis. Ze gaat naar boven en komt even later terug met haar camera en het koffertje dat ze altijd bij zich heeft als ze naar de plaats van een misdrijf moet. Ze neemt foto's. Ze trekt latex handschoenen aan. Ze raapt de revolver op, opent de cilinder, laat er zes kaliber achtendertig patroonhulzen uit vallen en stopt die in een papieren zak. Ze stopt de revolver in een andere papieren zak. Ze plakt de zakken dicht met knalgeel politietape, vult de labels in en zet er met een Sharpie haar initialen bij.

Bull zoekt verder en de lichtbundel gaat op en neer terwijl hij loopt, stilstaat, zich bukt en doorloopt, heel langzaam. Na een paar minuten zegt hij: 'Ik zie hier iets waar u naar moet kijken, denk ik.'

Ze loopt met voorzichtige stappen naar hem toe. Een meter of dertig bij haar hek vandaan ligt op het deels met bladeren bedekte asfalt een gouden muntje aan een gebroken gouden ketting. Ze glinsteren in het licht van haar zaklantaarn; het goud is even helder als de maan.

'Zijn jullie, toen je met hem aan het worstelen was, zo ver bij mijn hek vandaan geraakt?' vraagt ze. 'Maar waarom lag zijn revolver dan dáár?' Ze wijst naar de donkere omtrekken van haar hekken en de tuinmuur.

'Ik weet niet meer precies waar we terecht zijn gekomen,' antwoordt hij. 'Het ging allemaal erg snel. Ik geloof niet dat we helemaal hier zijn geweest, maar ik ben er niet zeker van.'

Ze kijkt achterom naar haar huis. 'Van hier naar daar is een heel eind,' zegt ze. 'Weet je zeker dat je, nadat hij zijn revolver had laten vallen, niet achter hem aan bent gerend?'

'Ik kan alleen maar zeggen,' zegt Bull, 'dat een gouden ketting met een gouden munt eraan hier niet lang heeft kunnen liggen. Dus kan het zijn dat ik hem achterna ben gerend en dat die ketting tijdens de schermutseling is gebroken. Ik geloof niet dat ik hem achterna ben gerend, maar als het een zaak is van leven en dood, is de kans groot dat je tijd en afstand verkeerd inschat.'

'Dat is waar,' beaamt ze.

Ze trekt schone handschoenen aan en raapt de kapotte ketting voorzichtig op. Zonder vergrootglas kan ze niet zien wat voor munt het is, alleen dat er op de ene kant een gekroond hoofd staat en op de andere kant een lauwerkrans en het cijfer één.

'Waarschijnlijk is die ketting gebroken toen ik aan die kerel begon te trekken,' zegt Bull, alsof hij zichzelf wil overtuigen. 'Ik hoop dat ze u niet dwingen al die dingen in te leveren. De politie, bedoel ik.'

'We hebben niets om in te leveren,' zegt ze. 'Er is nog geen misdaad gepleegd. Je hebt geworsteld met een onbekende man, dat is alles. Ik ben niet van plan dat tegen iemand te zeggen. Behalve Lucy. We zullen zien wat we morgen in het lab te weten kunnen komen.'

Hij ís al een keer in de problemen geraakt en als het aan haar ligt, zal dat niet nog eens gebeuren.

'Als iemand een wapen vindt, hoort hij dat naar de politie te brengen,' zegt Bull.

'Dat kan wel zijn, maar dat doe ik niet.' Ze raapt haar spullen bij elkaar.

'U bent bang dat ze zullen denken dat het iets met mij te maken heeft en dat ze me zullen oppakken. Ik wil niet dat u last krijgt door mij, dokter Kay.'

'Niemand zal jou oppakken,' zegt ze.

De zwarte Porsche 911 Carrera van Gianni Lupano staat permanent in Charleston, al is hijzelf daar zelden.

'Waar is hij?' vraagt Lucy aan Ed.

'Ik heb hem niet gezien.'

'Maar hij is hier nog wel.'

'Ik heb hem gisteren gesproken. Hij belde me en vroeg of ik een monteur wilde sturen omdat zijn airconditioning het niet deed. Dus toen hij niet thuis was, en ik weet echt niet waar hij naartoe is gegaan, hebben ze het filter vervangen. Hij zegt nooit iets. Ik weet wanneer hij komt en gaat omdat ik zijn auto eens per week moet starten, zodat de accu niet leegloopt.' Ed opent een schuimplastic doos, waarop een patatlucht door zijn kantoortje trekt. 'Sorry, maar ik wil niet dat dit koud wordt. Hoe weet u dat van zijn auto?'

'Rose wist niet dat hij hier ook woonde,' zegt Lucy vanuit de deuropening. Ze kijkt naar de lobby om te zien wie er binnenkomt. 'Toen ze het hoorde, heeft ze uitgezocht wie hij is en me verteld dat hij in een dure sportauto rijdt, volgens haar een Porsche.'

'Zij rijdt in een Volvo die even oud is als mijn kat.'

'Ik ben altijd gek op auto's geweest, dus Rose weet er ook veel van, of ze wil of niet,' zegt Lucy. 'Als je iets wilt weten over een Porsche, een Ferrari of een Lamborghini moet je het haar vragen, dan zal zij het je vertellen. In deze omgeving huurt niemand een Porsche. Misschien een Mercedes, maar geen Porsche, zoals die van hem. Dus dacht ik dat hij hier geparkeerd zou staan.'

'Hoe gaat het nu met haar?' Ed zit achter zijn bureau en eet een cheeseburger van het Sweetwater Café. 'Een poosje geleden ging het niet zo goed.'

'Nou ja, ze voelt zich niet geweldig,' zegt Lucy.

'Ik heb dit jaar een griepprik gehaald. Maar ik heb al twee keer griep gehad en een keer een verkoudheid. Het is net zoiets als iemand snoep geven tegen gaatjes in het gebit. Ik doe het nooit meer.'

'Was Gianni Lupano hier toen Drew Martin werd vermoord in Rome?' vraagt Lucy. 'Ze hebben me verteld dat hij toen in New York was, maar dat hoeft natuurlijk niet waar te zijn.'

'Ze had dat toernooi hier gewonnen op een zondag halverwege de maand.' Hij veegt zijn mond af met een papieren servet, pakt een grote beker frisdrank en drinkt door een rietje. 'Ik weet dat Gianni die avond uit Charleston is vertrokken, omdat hij me toen vroeg voor zijn auto te zorgen. Hij zei dat hij niet wist wanneer hij terug zou komen, maar plotseling is hij weer opgedoken.'

'Maar je hebt hem nog niet gezien.'

'Ik zie hem zelden.'

'Je spreekt hem door de telefoon.'

'Daar komt het meestal op neer.'

'Ik begrijp het niet,' zegt Lucy. 'Waarom zou hij, behalve omdat Drew hier aan de Family Circle Cup meedeed, in Charleston een appartement hebben? Hoe lang duurt dat toernooi? Eén week per jaar?'

'U zou verbaasd staan als u wist hoeveel mensen hier ergens een huis hebben. Zelfs filmsterren.'

'Heeft hij een GPS in zijn auto?'

'Hij heeft alles. Het is een fantastische auto.'

'Ik wil de sleutel even lenen.'

'O.' Ed legt de cheeseburger terug in de doos. 'Dat mag ik niet doen.'

'Je hoeft niet bang te zijn dat ik erin ga rijden, hoor. Ik wil alleen iets controleren, en ik weet zeker dat je dat tegen niemand zult zeggen.'

'Maar ik kan u de sleutel niet geven.' Hij eet niet door. 'Als hij er ooit achter zou komen...'

'Het is maar voor tien minuten, hooguit een kwartier. Hij komt er niet achter, dat beloof ik je.'

'Ach, misschien kunt u hem dan meteen even starten, dat kan geen kwaad.' Hij scheurt het zakje ketchup open.

'Dat zal ik doen.'

Ze loopt door de achterdeur het gebouw uit en ziet dat de Porsche in een veilige hoek van de parkeerplaats staat. Ze start de motor en opent het dashboardkastje om het kentekenbewijs te controleren. Het bouwjaar van de Carrera is 2006 en hij staat op naam van Lupano. Ze zet de GPS aan, bekijkt de bestemmingen van de afgelopen tijd en noteert ze.

De snelle ademhaling van de koeling van de magneet.

Op de MRI-afdeling kijkt Benton door het glas naar de voeten van dr. Self onder het laken. Ze ligt op de lade in de boring van de veertien ton wegende magneet, met plakband over haar kin om te voorkomen dat ze haar hoofd beweegt. Haar hoofd ligt tegen de spiraal die de magneetgolven opvangt die het beeld van haar hersens zullen produceren. Ze heeft een koptelefoon op die de druk vermindert en waardoor ze later, wanneer de beelden op gang zijn gekomen, de band met de stem van haar moeder zal horen.

'Tot nu toe gaat het goed,' zegt hij tegen dr. Susan Lane. 'Afgezien van haar kapsones. Het spijt me dat iedereen op haar moest wachten.' Tegen de technicus: 'Josh? Hoe gaat het? Ben je wakker?'

'Je hebt geen idee hoe ik me hierop heb verheugd,' zegt Josh vanachter zijn console. 'Mijn dochtertje moet al de hele dag overgeven. Mijn vrouw kan me wel vermoorden.'

'Geen mens brengt zo veel geluk in de wereld als zij.' Benton bedoelt dr. Self, het oog van de tornado. Hij werpt weer een blik door het glas en vangt een glimp op van een panty. 'Weet je dat ze een panty draagt?'

'Wees blij. Toen ik haar binnenliet, wilde ze per se alles uittrekken,' zegt dr. Lane.

'Dat verbaast me niets.' Hij is voorzichtig. Hoewel dr. Self hen, tenzij de intercom aanstaat, niet kan horen, kan ze hen wel zien. 'Zo manisch als de pest. Al sinds haar aankomst. Een succesvol verblijf hier, als je haar mag geloven. Haar geestelijke gezondheid is piekfijn in orde.'

'Ik heb haar gevraagd of ze iets van metaal droeg, bijvoorbeeld een beugelbeha,' zegt dr. Lane. 'Ik heb uitgelegd dat de magnetische kracht van de scanner zestigduizend keer sterker is dan die van de aarde, dat er geen ijzer bij in de buurt mag komen en dat behaverbranding een unieke betekenis zou krijgen als ze er een met een beugel droeg en ons dat niet vertelde. Ze bleek er inderdaad een te dragen, ze was er zelfs trots op en dramde eindeloos door over de

– ahum – last van grote borsten. Ik zei natuurlijk dat die beha uit moest en toen zei zij dat ze dan liever alles uittrok en vroeg om een ziekenhuishemd.'

'Ik zeg niets meer.'

'Daarom heeft ze een ziekenhuishemd aan, maar ik heb haar kunnen overhalen haar onderbroek aan te houden. En haar panty.'

'Goed zo, Susan. Laten we nu beginnen, dan hebben we haar tenminste gehad.'

Dr. Lane drukt op de spreekknop van de intercom en zegt: 'We beginnen met enkele specifieke opnamen, die we structurele beelden noemen. Het eerste deel duurt ongeveer zes minuten en dan maakt het apparaat vrij harde, vreemde geluiden. Ligt u goed?'

'Begin, alstublieft,' zegt dr. Self.

De intercom gaat uit en dr. Lane zegt tegen Benton: 'Klaar voor de PANAS?' Om de mate van positief en negatief affect vast te stellen.

Benton drukt weer op de intercomknop en zegt: 'Dokter Self, ik begin met een reeks vragen over uw gemoedstoestand. Ik zal u tijdens deze sessie een paar keer dezelfde vragen stellen, is dat goed?'

'Ik weet heus wel wat een PANAS is.' Haar stem.

Benton en dr. Lane wisselen een blik, met een neutrale gezichtsuitdrukking die niets verraadt wanneer dr. Lane sarcastisch zegt: 'Fantastisch.'

Benton zegt: 'Niet reageren. Gewoon doorgaan.'

Josh kijkt naar Benton, klaar om te beginnen. Benton denkt aan zijn gesprek met dr. Maroni en de bedekte beschuldiging dat Josh Lucy heeft ingelicht over hun vip-patiënt en dat Lucy de informatie vervolgens heeft doorgegeven aan Scarpetta. Benton begrijpt het nog steeds niet. Wat bedoelde dr. Maroni eigenlijk? Terwijl hij door het glas naar dr. Self kijkt, komt er iets bij hem op. Het medisch dossier dat niet in Rome ligt. Het dossier van de Zandman. Misschien ligt het hier in het McLean.

Een monitor toont de vitale functies van dr. Self, die worden doorgegeven door een soort knijper op een van haar vingers en een bloeddrukmanchet. Benton zegt: 'Bloeddruk, honderdtwaalf over achtenzeventig.' Hij noteert het. 'Hartslag, tweeënzeventig.'

'En haar saturatie?' vraagt dr. Lane.

Hij antwoordt dat dr. Selfs oxihemoglobinesaturatie – het percentage zuurstof in haar bloed – negenennegentig is. Normaal. Hij drukt op de intercomknop om met de PANAS te beginnen.

'Dokter Self, bent u klaar voor een paar vragen?'

'Hè, hè.' Haar stem door de intercom.

'Ik stel de vragen en dan wil ik graag dat u het gevoel dat u daarbij krijgt een cijfer geeft, van een tot en met vijf. Een betekent dat u niets voelt, twee dat u weinig voelt, drie is matig, vier is veel en vijf is heel veel. Begrijpt u het?'

'Ik weet wat PANAS is. Ik ben psychiater.'

'Blijkbaar is ze ook neuroloog,' zegt dr. Lane. 'Ze zal in dit deel geen eerlijke antwoorden geven.'

'Dat kan me geen bal schelen.' Benton drukt op de intercomknop en stelt de vragen, die hij later nog een paar keer zal stellen. Is ze van streek, voelt ze zich beschaamd, nerveus, vijandig, geërgerd of schuldig? Of is ze geïnteresseerd, trots, vastberaden, actief, sterk, geïnspireerd, opgewonden, enthousiast en alert? Ze geeft alle antwoorden het cijfer één en zegt dat ze niets voelt.

Hij controleert haar vitale functies en noteert ze opnieuw. Ze zijn normaal, er is niets veranderd.

'Josh?' Dr. Lane gebaart dat het zo ver is.

De structurele scan begint. Het klinkt als luid gehamer en er verschijnen beelden van de hersens van dr. Self op het scherm voor Josh. Er is niet veel te zien. Tenzij er sprake is van omvangrijke schade, bijvoorbeeld een tumor, zullen ze pas later veel meer zien, wanneer de duizenden opgevangen beelden worden geanalyseerd.

'We zijn er klaar voor,' zegt dr. Lane door de intercom. 'Gaat het goed?'

'Ja.' Kortaf.

'De eerste dertig seconden hoort u niets,' legt dr. Lane uit. 'Wees dus stil en ontspan u. Daarna hoort u de band met de stem van uw moeder, waarnaar u aandachtig moet luisteren. Lig doodstil en luister goed.'

De vitale functies blijven onveranderd.

Dan klinkt er een soort spookachtig sonargeluid, dat aan een onderzeeër doet denken. Benton staart naar dr. Selfs voeten achter het glas.

Het is hier heerlijk weer, Marilyn. De op de band opgenomen stem van Gladys Self. *Ik heb zelfs de airconditioning nog niet aan*

gehad. Niet dat die het doet. Hij ratelt als een reusachtig insect. Ik
zet gewoon de ramen en deuren open, want de temperatuur valt
best mee.'

Hoewel dit het neutrale deel van het gesprek is, het minst aan-
stootgevende deel, geeft de monitor veranderingen weer.

'Hartslag drieënzeventig, vierenzeventig,' zegt Benton en hij noteert het.

'Voor haar is dit blijkbaar niet neutraal,' zegt dr. Lane.

'Ik dacht aan die prachtige fruitbomen die jij had staan toen je
hier woonde, Marilyn. De bomen die het departement van Land-
bouw vanwege citruskanker moest vellen. Ik ben dol op een mooie
tuin. Je zult wel blij zijn te horen dat dat belachelijke kapproject
aan een voortijdig einde is gekomen omdat het niet helpt. Jammer,
hoor. Het draait in het leven altijd weer om timing, nietwaar?'

'Hartslag vijfenzeventig, zesenzeventig. Saturatie achtennegentig,'
zegt Benton.

'... iets heel raars, Marilyn. Die onderzeeboot die ongeveer an-
derhalve kilometer voor de kust de hele dag heen en weer vaart.
Met een Amerikaans vlaggetje aan de hoe je dat ook noemt. Die
toren met de periscoop erin. Dat is vast vanwege de oorlog. Heen
en weer, heen en weer, een soort oefening, met dat wapperende
vlaggetje. Oefening waarvoor? zeg ik tegen mijn vriendinnen.
Heeft niemand ze verteld dat ze in Irak geen onderzeeërs nodig
hebben?'

Hier eindigt het eerste neutrale deel en in de herstelperiode van
dertig seconden wordt dr. Selfs bloeddruk weer opgenomen. Die is
gestegen naar honderdzestien over tweeëntachtig. Dan gaat de stem
van de moeder verder. Gladys Self vertelt waar ze in het zuiden van
Florida graag winkelt en over de eeuwige bouwputten. Overal rij-
zen flatgebouwen hoog de lucht in, zegt ze. Waarvan er veel leeg
blijven, omdat de onroerendgoedmarkt is ingestort. Vooral vanwege de oorlog in Irak. Die voor iedereen gevolgen heeft.

Dr. Self blijft reageren.

'Goh,' zegt dr. Lane. 'Iets heeft haar amygdala op scherp gezet.
Kijk maar eens naar haar saturatie.'

Die is gezakt naar zevenennegentig.

Weer de stem van haar moeder. Positieve opmerkingen. Vervolgens de kritiek.

'... *Je was een aartsleugenaar, Marilyn. Vanaf het moment dat je kon praten, heb je me nooit de waarheid verteld. En wat is er later met je gebeurd? Hoe kom je aan dat soort principes? Die heb je niet van huis uit meegekregen. Jij met je valse geheimpjes. Het is afschuwelijk en verwerpelijk. Heb je geen hart, Marilyn? Je fans moesten eens weten. Je moest je schamen, Marilyn...*'

Dr. Selfs zuurstofrijk bloedpercentage is gedaald naar zesennegentig procent, haar ademhaling is snel en oppervlakkig geworden en is door de intercom te horen.

'... *De mensen die je hebt afgedankt. Je weet wat en wie ik bedoel. Je liegt alsof het gedrukt staat. Daar maak ik me al je hele leven zorgen om en ooit zul je daar problemen mee krijgen...*'

'Hartslag honderddrieëntwintig,' zegt dr. Lane.

'Ze heeft haar hoofd bewogen,' zegt Josh.

'Kan de computer dat corrigeren?' vraagt dr. Lane.

'Dat weet ik niet.'

'... *En je denkt dat je met geld alles kunt oplossen. Stuur de weduwe haar penningske en je bent van je verantwoordelijkheid ontheven. Koop ze om. Ach, ooit komt de dag dat je je verdiende loon krijgt. Ik hoef je geld niet. Als ik met mijn vrienden een borrel drink in het strandcafé, weten ze niet eens dat je familie van me bent...*'

Hartslag honderdvierendertig. Zuurstofrijk bloed gezakt naar vijfennegentig. Rusteloze voeten. Nog negen seconden. Moeder praat en activeert neuronen in het brein van haar dochter. Bloed stroomt naar die neuronen en het zuurstofgehalte in het bloed neemt af, wat wordt weergegeven door de scanner. De beelden worden vastgelegd. Dr. Self is lichamelijk en emotioneel overstuur. Het is niet gespeeld.

'Wat er met haar vitale functies gebeurt, bevalt me niet. We houden ermee op,' zegt Benton tegen dr. Lane.

'Goed idee.'

Hij drukt op de intercomknop. 'Dokter Self, we laten het erbij.'

Terwijl Lucy in het computerlab een telefoongesprek voert met Benton, haalt ze uit een vergrendelde kast een gereedschapskist, een *memory stick* en een zwart doosje.

'Stel geen vragen,' zegt hij. 'We hebben net een scan gedaan. Of liever, we moesten er halverwege mee ophouden. Ik kan je er niets over vertellen, maar ik heb iets nodig.'

'Oké.' Ze gaat voor een van de computers zitten.

'Ik wil dat je met Josh praat. Ik wil dat je meekijkt.'

'Waarom?'

'Een patiënt laat haar e-mails doorsturen naar de server van het Paviljoen.'

'En?'

'Diezelfde server bevat elektronische dossiers. Een ervan is van iemand die bij de klinisch directeur van het Paviljoen is geweest. Je weet wel wie ik bedoel.'

'En?'

'En hij heeft afgelopen november in Rome een interessant individu in zijn spreekkamer gehad. Het enige wat ik van die interessante patiënt weet, is dat hij in Irak heeft gediend. Dokter Self had hem blijkbaar doorverwezen.'

'En?' Lucy logt in op het internet.

'Josh is net klaar met de scan. Die we hebben afgebroken. Van iemand die vanavond vertrekt, wat betekent dat er geen e-mails meer zullen komen. We hebben nog maar weinig tijd.'

'De persoon die vertrekt, is die er nog?'

'Nog wel. Josh is al weg, heeft thuis een ziek kind. Hij had haast.'

'Als je me het wachtwoord geeft, heb ik toegang tot het netwerk,' zegt Lucy. 'Dat zal het gemakkelijker maken. Maar dan kun je er zelf ongeveer een uur niet bij.'

Ze belt Josh op zijn mobiel. Hij is op weg naar huis. Dat komt goed uit. Ze vertelt hem dat Benton niet bij zijn e-mails kan, dat er iets mis is met de server wat zij onmiddellijk moet herstellen en dat het misschien even zal duren. Ze kan het op afstand doen, maar daar heeft ze het wachtwoord van de systeembeheerder voor nodig, tenzij hij terug wil gaan naar het ziekenhuis om het zelf te doen. Dat wil hij beslist niet, en hij legt uit wat er met zijn vrouw en hun kind aan de hand is. Goed dan, fantastisch als Lucy het probleem wil oplossen. Ze lossen regelmatig samen technische problemen op en het komt geen moment bij hem op haar ervan te verdenken dat ze de e-mails van een patiënt en de dossiers van dr. Maroni wil inzien. En als hij dat al zou vermoeden, dan zou hij ervan uitgaan dat ze hem niet om het wachtwoord zou vragen, maar gewoon zou hacken. Want hij weet heus wel wat ze kan en hoe ze haar geld verdient.

Ze wil niet hacken in het ziekenhuis van Benton. En het zou te veel tijd kosten. Een uur later belt ze Benton terug. 'Ik heb geen tijd om alles te lezen,' zegt ze. 'Dat laat ik aan jou over. Ik heb het je toegestuurd. En je e-mail doet het weer.'

Ze verlaat het lab en rijdt weg op haar motor, een Agusta Brutale, en ze wordt overvallen door grote bezorgdheid en woede. Dr. Self verblijft in het McLean. Al bijna twee weken. Verdomme! En Benton wist dat.

Ze rijdt snel; de warme wind beukt tegen haar helm alsof hij haar maant kalm te blijven.

Ze begrijpt heus wel waarom Benton er niets over kon zeggen, maar het klopt niet. Dr. Self en Marino sturen elkaar e-mails terwijl ze bij Benton in het McLean is en hij Marino of Scarpetta niet waarschuwt. Hij heeft haar zelfs niet gewaarschuwd toen ze samen naar de videofilm keken van Marino die Shandy een rondleiding gaf in het mortuarium. Ze heeft commentaar gegeven op Marino en zijn e-mails aan dr. Self en Benton heeft het alleen maar aangehoord, en nu vindt ze zichzelf een stommeling. Ze voelt zich bedrogen. Hij zit er niet mee haar te vragen of ze een vertrouwelijk elektronisch dossier wil stelen, maar hij vindt dat hij haar niet mag vertellen dat dr. Self patiënt in zijn ziekenhuis is, in een privékamer in het o zo privé Paviljoen, en verdomme drieduizend dollar per dag betaalt om iedereen verdomme om de tuin te leiden.

De zesde versnelling, invoegen en auto's inhalen op de Arthur Ravenel Jr. Brug, met hoge pieken en verticale kabels die haar aan het Stanford kankercentrum doen denken, en aan de vrouw die uit de toon vallende liedjes speelde op een harp. Marino was natuurlijk al lange tijd zichzelf niet meer, maar hij was niet voorbereid op de chaos die dr. Self kon veroorzaken. Hij is te dom om de werking van een neutronenbom te begrijpen. Vergeleken met dr. Self is hij een onnozele schooljongen met een katapult in zijn zak. Misschien is hij begonnen met haar een e-mail te sturen, maar zij weet hoe ze iets moet afmaken. Zij weet hoe ze hém moet afmaken.

Ze racet langs garnalenkotters die in Shem Creek voor anker liggen en over de Ben Sawyer Brug naar Sullivan's Island, waar Marino woont in wat hij een keer zijn droomhuis heeft genoemd: een gammele vissershut op palen met een roodijzeren dak. De ramen zijn donker, zelfs bij de voordeur brandt geen licht. Achter de hut loopt een lange steiger door het moeras naar een smalle kreek die slingerend uitmondt in de Intracoastal Waterway. Toen hij hier ging wonen, heeft hij een drifter gekocht om door de kreken te varen en te vissen, of om alleen maar met een paar biertjes rond te dobberen. Ze weet niet wat er is gebeurd. Waar is hij gebleven? Wie huist er nu in zijn lichaam?

Zijn voortuintje is een stukje zandgrond met miezerig onkruid. Ze baant zich een weg door de rommel onder de hut: oude koelkasten, een verroeste barbecue, krabpotten, rottende visnetten, vuilnisbakken die stinken als een moeras. Ze loopt de krakkemikkige houten trap op en probeert de afbladderende deur te openen. Er zit een gammel slot op, maar ze wil het niet kapotmaken. Ze tilt de deur liever uit zijn scharnieren om op die manier naar binnen te gaan. Een schroevendraaier, en even later staat ze in Marino's huis. Hij heeft geen alarminstallatie, hij zegt altijd dat zijn wapens alarmerend genoeg zijn.

Ze trekt aan het touwtje van de gloeilamp aan het plafond en kijkt in het felle licht met schommelende schaduwen rond om te zien wat er sinds haar vorige bezoek is veranderd. Wanneer was dat? Een halfjaar geleden? Hij heeft niets opgeknapt, alsof hij hier al een poos niet meer woont. De woonkamer heeft een kale houten vloer en er staan een goedkope geruite bank, twee eetkamerstoelen, een groot tv-toestel, een computer en een printer. Tegen een van de muren bevindt zich een keukentje; op het aanrecht staan een paar lege bierblikjes en een fles Jack Daniel's. In de koelkast liggen allerlei vleeswaren, kaas en blikjes bier.

Ze gaat aan Marino's bureau zitten en verwijdert uit de USB-ingang van zijn computer een memory stick van tweehonderdzesenvijftig megabyte aan een snoer. Ze opent haar gereedschapskist en pakt een buigtang met dunne punten, een schroevendraaierpen en een door batterijen aangedreven boortje – zo klein als dat van een goudsmid. In het zwarte doosje zitten vier unidirectionele microfoons met een doorsnee van hooguit acht millimeter, ofwel zo groot als een kinderaspirientje. Ze haalt de memory stick uit het plastic omhulsel, verwijdert de schacht en het koord en drukt er een microfoontje in. Het metalen roostertje aan de bovenkant valt niet op in het gaatje waar het snoer heeft vastgezeten. De boor zoemt zacht als ze een gaatje boort in de onderkant van het omhulsel, waar ze het snoer weer vastmaakt.

Daarna haalt ze uit een van de zakken van haar cargobroek nog een memory stick – het exemplaar dat ze zelf heeft meegebracht – en steekt die in de USB-ingang. Ze download haar eigen versie van een spionagemethode die elke toetsaanslag van Marino naar een van haar e-mailadressen zal sturen. Ze scrolt door zijn harddisk op zoek naar documenten. Ze vindt nauwelijks iets van waarde, behalve de e-mails van dr. Self, die hij heeft overgenomen van zijn computer op kantoor. Het verbaast haar niet. Ze kan zich niet voorstellen dat hij op zijn computer artikelen voor beroepstijdschriften of een boek schrijft. Hij heeft op kantoor al zo'n moeite met papierwerk. Ze plugt zijn eigen USB-stick weer in de computer en doorzoekt vlug zijn huis, ook de kasten en laden. Sigaretten, een paar *Playboy*'s, een .357-magnum Smith & Wesson, een paar dollarbiljetten en wat kleingeld, rekeningen, reclames.

Ze heeft zich nooit kunnen voorstellen dat hij in de slaapkamer past, waar zijn kleerkast bestaat uit een stang tussen de muren aan het voeteneinde van zijn bed. Zijn kleren hangen slordig op elkaar geprpt en er liggen kledingstukken op de grond, onder andere een enorme boxershort en sokken. Ze ziet ook een rode kanten beha en een slipje liggen, een zwarte leren riem met metalen knoppen en een riem van krokodillenleer, veel te kort om van hem te zijn. En er staat een plastic boterkuipje met condooms en penisringen. Het bed is niet opgemaakt. God mag weten wanneer de lakens voor het laatst zijn gewassen.

Ernaast ligt een badkamer met de afmetingen van een telefooncel. Wc, douche, wastafel. Ze kijkt in het medicijnkastje en ziet enkele normale toiletartikelen en remedies tegen een kater. Ze pakt een flesje Fiorinal met codeïne, met Shandy Snooks naam erop. Het is bijna leeg. Op een andere plank ligt een tube Testroderm, bestemd voor iemand van wie ze nooit heeft gehoord. Ze noteert de informatie in haar BlackBerry. Als ze klaar is, zet ze de voordeur terug in de scharnieren en loopt in het donker de gammele trap af. Het is harder gaan waaien en ze hoort vage geluiden ergens bij de steiger. Ze pakt haar Glock, spitst haar oren en schijnt met haar zaklantaarn de kant op van het geluid, maar de lichtbundel reikt niet ver genoeg en het eind van de steiger blijft pikdonker.

Ze klimt de trap op naar de steiger, waarvan de planken omkrullen van ouderdom en hier en daar een plank ontbreekt. Het ruikt er sterk naar plofmodder. Ze wappert insecten weg en denkt aan wat een antropoloog haar ooit heeft verteld. Het hangt af van je bloedgroep. Plaaggeesten zoals muggen houden van groep O. Zij heeft groep O, maar ze begrijpt niet hoe een mug haar bloedgroep kan ruiken als ze niet bloedt. Ze zwermen om haar heen en bijten haar zelfs op haar hoofd.

Ze loopt zo geluidloos mogelijk en blijft scherp luisteren naar het bonkende geluid. Het licht van de zaklantaarn glijdt over verweerd hout en kromme, roestige spijkers. De bries strijkt ritselend en fluisterend door het moerasgras. De lichtjes van Charleston lijken ver weg in de naar zwavel ruikende, vochtige lucht, de maan houdt zich schuil achter dikke wolken en aan het eind van de steiger ontdekt ze waar het vreemde geluid vandaan komt. Marino's vissersboot is weg en knaloranje stootkussens slaan met doffe klappen tegen de palen.

14

Karen en dr. Self zitten in het halfdonker op het bordes voor het Paviljoen.

De lamp bij de ingang geeft niet veel licht en dr. Self haalt een opgevouwen vel papier uit de zak van haar regenjas. Ze vouwt het open en pakt een pen. In het bos achter het gebouw klinkt het schrille geluid van insecten. Ver weg huilen prairiewolven.

'Wat is dat?' vraagt Karen.

'Elke gast in mijn programma moet dit ondertekenen. Er staat alleen dat die persoon mij toestemming geeft hem of haar tijdens de uitzending te ondervragen en over hem of haar te praten. Niemand anders kan je helpen, Karen. Dat begrijp je toch?'

'Ik voel me al iets beter.'

'Zo gaat het altijd. Dat komt omdat ze je programmeren. Dat hebben ze bij mij ook geprobeerd. Het is een samenzwering. Daarom dwongen ze me naar mijn moeder te luisteren.'

Karen pakt de verklaring van afstand van dr. Self aan en probeert hem te lezen. Er is niet genoeg licht.

'Ik zou het fijn vinden als ik onze geweldige gesprekken en wat we ervan hebben geleerd kon delen met mijn miljoenen kijkers in de hele wereld, omdat het hen misschien kan helpen. Maar daar heb ik jouw toestemming voor nodig. Tenzij je liever een pseudoniem gebruikt.'

'O nee! Ik vind het juist prima dat je over me praat en mijn echte naam noemt! Dat ik zelfs in je programma mag komen, Marilyn! Wat bedoel je met een samenzwering? Geldt dat ook voor mij?'

'Je moet dit ondertekenen.' Ze overhandigt Karen de pen.

Karen zet haar handtekening. 'Wil je me laten weten wanneer je over me gaat praten, zodat ik kan kijken? Als je dat echt gaat doen, bedoel ik. Denk je dat je het echt gaat doen?'

'Als je dan nog hier bent.'

'Hè?'

'In mijn volgende uitzending heb ik er nog geen gelegenheid voor, Karen. Die gaat over Frankenstein en schokkende ervaringen. Het toedienen van bedwelmende middelen tegen mijn wil. Te worden gekweld en vernederd in de magneet. Een enorme magneet, dat kan ik je verzekeren, waarin ik moest luisteren naar mijn moeder. Ze dwongen me te luisteren naar mijn moeder, die over me loog en me beschuldigde. Het kan nog weken duren voordat jij in mijn programma aan de beurt komt, Karen. Ik hoop dat je hier dan nog bent.'

'In het ziekenhuis? Ik ga morgenochtend weg.'

'Ik bedoel hier.'

'Waar dan?'

'Wil je nog steeds in deze wereld blijven, Karen? Wilde je hier ooit zijn? Dat is namelijk de belangrijkste vraag.'

Karen steekt met trillende handen een sigaret op.

'Je hebt mijn programma over Drew Martin gezien,' zegt dr. Self.

'Erg verdrietig.'

'Ik zou iedereen de waarheid over haar coach moeten vertellen. Ik heb oprecht geprobeerd haar die te vertellen.'

'Wat heeft hij dan gedaan?'

'Heb je ooit mijn website bekeken?'

'Nee. Dat had ik moeten doen.' Karen zit ineengedoken op de koude stenen trede en rookt.

'Wat wil je dat ik over jou vermeld? Tot je in mijn programma komt?'

'Over mij vermeldt? Bedoel je dat je daar alvast mijn verhaal wilt vertellen?'

'In het kort. We hebben een onderdeel dat we *Zelf met Self* noemen. Voor mensen die willen bloggen, hun verhaal willen vertellen en elkaar willen schrijven. Natuurlijk kunnen een heleboel mensen niet goed schrijven, daarom heb ik een team mensen die redigeren, op- en herschrijven en interviewen. Herinner je je dat ik je bij onze eerste ontmoeting mijn kaartje heb gegeven?'

'Dat heb ik nog.'

'Ik wil dat je jouw verhaal naar het e-mailadres op dat kaartje stuurt, dan zullen wij het posten. Je zult veel mensen inspireren. In tegenstelling tot dat arme nichtje van dokter Wesley.'

'Wie?'

'Ze is niet zijn echte nichtje. Ze heeft een hersentumor. Zelfs mijn gereedschap kan daar niets aan veranderen.'

'Ach jee, wat afschuwelijk. Een hersentumor kan je gek maken, geloof ik, en niemand kan daar iets aan doen.'

'Als je inlogt, kun je van alles over haar lezen. Haar eigen verhaal en alle blogs. Je zult verbaasd staan,' zegt dr. Self van één trede hoger dan Karen. De wind blaast de rook welwillend een andere kant op. 'Jouw verhaal zal een sterke boodschap zijn. Hoe vaak ben je al opgenomen? Minstens tien keer. Waarom faalt de behandeling steeds weer?'

Dr. Self ziet zichzelf deze vraag al stellen aan haar publiek, terwijl de camera een close-up van haar gezicht maakt – een van de beroemdste gezichten ter wereld. Ze vindt haar eigen naam prachtig. Haar naam maakt deel uit van haar ongelooflijke lotsbestemming. Self. Ze heeft haar naam nooit willen veranderen. Dat zou ze nooit doen, voor niemand, en ze wil hem ook niet delen. Maar ze veroordeelt iedereen die hem niet zou willen hebben, want de onvergeeflijke zonde is niet seks, maar falen.

'Ik ben bereid om wanneer dan ook aan je programma mee te doen. Bel me alsjeblieft wanneer je me wilt hebben, dan kom ik zo gauw mogelijk,' zegt Karen voor de zoveelste keer. 'Zolang ik maar niet hoef te praten over... Ik kan het niet zeggen.'

Maar zelfs in de tijd dat dr. Selfs fantasie levendiger was dan ooit, dat ze magische dingen dacht en van alles voorvoelde, had ze geen flauw vermoeden van wat er zou gebeuren.

Ik ben dokter Marilyn Self. Welkom bij Stem op Self. SOS. Hebt u hulp nodig? Aan het begin van elk programma, gevolgd door luid applaus van het publiek in de zaal terwijl miljoenen kijkers overal ter wereld voor de buis zitten.

'Je dwingt me toch niet het te vertellen? Want mijn familie zou het me nooit vergeven. Het is de reden dat ik niet kan stoppen met drinken. Ik zal het jou vertellen als je me niet dwingt het op tv of op je website bekend te maken,' brabbelt Karen zenuwachtig.

Dank u, dank u. Soms kan dr. Self het publiek bijna niet tot bedaren brengen. *Ik houd ook van u.*

'Mijn Boston terriër, Bandiet. Ik heb haar een keer 's avonds laat naar buiten laten gaan en ben vergeten haar weer binnen te laten omdat ik dronken was. Het was winter.'

Applaus dat klinkt als stortregen, als duizenden klappende handen.

'En de volgende morgen lag ze dood voor de keukendeur, waarvan het hout helemaal kapot was gekrabd. Mijn arme Bandietje met haar korte vacht. Ze heeft staan rillen en janken en blaffen, dat weet ik zeker. En maar krabben, omdat het ijskoud was en ze naar binnen wilde.' Karen huilt. 'Dus dood ik mijn hersens om niet te hoeven nadenken. Ze zeggen dat ik allemaal witte vlekken heb en wijdere... Nou ja, en atrofie. Goed zo, Karen, zeg ik tegen mezelf. Je doodt je eigen hersens, dat doe je bewust. Ik ben niet normaal, dat spreekt vanzelf.' Ze tikt tegen haar slaap. 'Dat was duidelijk te zien op die lichtkast bij de neuroloog, levensgroot, mijn abnormale hersens. Ik word nooit meer normaal. Ik ben bijna zestig en gedane zaken nemen geen keer.'

'Als het om honden gaat, vergeven ze het je nooit,' zegt dr. Self peinzend.

'Dat doe ik ook niet. Wat moet ik doen om het te vergeten? Vertel me dat alsjeblieft.'

'Mensen die geestesziek zijn, hebben een vreemd gevormde schedel. Krankzinnigen hebben een gekrompen of een misvormd hoofd,' zegt dr. Self. 'Maniakken hebben zachte hersens. Deze wetenschappelijke feiten zijn ontdekt bij een onderzoek in Parijs in 1824, toen bleek dat van honderd idioten en imbecielen er slechts veertien een normaal hoofd hadden.'

'Wil je zeggen dat ik imbeciel ben?'

'Klinkt dat veel anders dan wat artsen je al hebben verteld? Dat je hoofd anders is, wat betekent dat jij anders bent?'

'Ben ik imbeciel? Ik heb mijn hond vermoord.'

'Dit soort bijgelovige, bedrieglijke onzin bestaat al eeuwen. Zoals het meten van de schedels van mensen in krankzinnigengestichten en het ontleden van de hersens van idioten en imbecielen.'

'Ben ik imbeciel?'

'Tegenwoordig leggen ze je in een soort toverbuis, een magneet, en vertellen ze je dat je een misvormd brein hebt en dat je naar je moeder moet luisteren.' Dr. Self zwijgt als ze in het donker een lange figuur vastberaden naar hen toe ziet komen.

'Neem me niet kwalijk, Karen, maar ik wil graag even met dokter Self praten,' zegt Benton Wesley.

'Ben ik imbeciel?' vraagt Karen en ze staat op.

'Je bent niet imbeciel,' antwoordt Benton vriendelijk.

Karens wenst hem goedenavond. 'U bent altijd vriendelijk tegen me geweest,' zegt ze tegen hem. 'Ik vlieg naar huis en ik kom niet terug,' voegt ze eraan toe.

Dr. Self nodigt Benton uit naast haar op de trede te komen zitten, maar hij weigert. Ze merkt dat hij boos is en beschouwt dat ook weer als een overwinning.

'Ik voel me een stuk beter,' zegt ze.

De door lampen vervaagde schaduwen geven hem een ander aanzien. Ze heeft hem nooit eerder in het donker gesproken en vindt het een fascinerende ervaring.

'Ik vraag me af wat dokter Maroni hiervan zou zeggen. En Kay,' zegt ze. 'Het doet me denken aan de voorjaarsvakantie aan het strand. Een jong meisje ziet een geweldige jongeman en dan? Hij ziet haar ook. Ze zitten in het zand en waden door het water en spatten elkaar nat en doen alles wat ze willen tot de zon opkomt. Ze trekken zich er niets van aan dat ze nat zijn en plakkerig van het zand en elkaar. Waar is die magie gebleven, Benton? Oud worden is het gevoel hebben dat niets meer genoeg is en weten dat de magie nooit terugkomt. Ik ken de dood, jij ook. Kom naast me zitten, Benton. Ik ben blij dat je nog een praatje met me komt maken voordat ik vertrek.'

'Ik heb uw moeder gesproken,' zegt Benton. 'Nog een keer.'

'Dan zul je haar wel aardig vinden.'

'Ze heeft me iets heel belangwekkends verteld, wat me ertoe brengt iets terug te nemen wat ik tegen u heb gezegd, dokter Self.'

'Een spijtbetuiging is altijd welkom, maar als die van jou komt, is dat een onverwacht genoegen.'

'U had gelijk wat dokter Maroni betreft,' zegt Benton. 'Dat u en hij seks hebben gehad.'

'Ik heb nooit gezegd dat ik seks met hem heb gehad.' Dr. Self wordt koud vanbinnen. 'Wanneer zou ik dat moeten hebben gedaan? In die verdomde kamer met dat verdomde uitzicht? Ik was verdoofd. Het kon alleen als het tegen mijn wil was geweest. Hij had me verdoofd.'

'Ik heb het niet over nu.'

'Toen ik bewusteloos was, heeft hij mijn peignoir losgemaakt en me betast. Hij zei dat ik een heerlijk lichaam had.'

'Omdat hij het zich herinnerde.'

'Wie beweert dat ik seks met hem heb gehad? Heeft die verdomde feeks dat gezegd? Hoe weet zij nou wat er vlak na mijn aankomst is gebeurd? Je hebt haar blijkbaar verteld dat ik hier patiënt ben. Ik sleep je voor de rechter. Ik heb gezegd dat hij er niets aan kon doen, dat hij zich niet kon beheersen en dat hij toen mijn kamer uit is gerend. Ik heb gezegd dat hij wist dat hij over de schreef was gegaan en dat hij naar Italië is gevlucht. Ik heb nooit gezegd dat ik seks met hem heb gehad. Dat heb ik je nooit verteld. Hij heeft me verdoofd en misbruik van me gemaakt, en dat had ik moeten weten. Want waarom zou hij het niet doen?'

Ze raakt er opnieuw opgewonden van en dat had ze niet voorzien. Toen het gebeurde, had ze hem gewaarschuwd, maar ze had niet gezegd dat hij ermee moest ophouden. 'Waarom moet je me zo enthousiast onderzoeken?' had ze gezegd. 'Omdat ik het moet weten, het is belangrijk,' had hij geantwoord. En toen had zij gezegd: 'Ja, je moet weten wat niet van jou is.' En hij had haar betast en gezegd: 'Het is net zoiets als terugkeren naar een bijzondere plek waar je jarenlang niet bent geweest. Je wilt weten wat er al dan niet veranderd is en of je er weer evenveel van zult genieten als voorheen.' Zij had gezegd: 'Zou je dat doen?' 'Nee,' had hij geantwoord. Toen was hij weggevlucht en dat was het ergste, want dat had hij al eerder gedaan.

'Ik heb het over heel lang geleden,' zegt Benton.

Het water kabbelt zacht.

Will Rambo is omringd door water en de nacht wanneer hij weg roeit van Sullivan's Island, waar hij de Cadillac heeft geparkeerd op een verborgen plek, een klein eindje lopen bij de steiger vandaan waar hij de vissersboot heeft geleend. Hij heeft hem al eerder geleend. Als het nodig is, gebruikt hij de buitenboordmotor. Als hij geen geluid wil maken, roeit hij. Het water kabbelt. In het donker.

De Grotta Bianca in, de plek waar hij de eerste mee naartoe heeft genomen. Het vertrouwde gevoel terwijl de stukjes in elkaar passen in een diepe grot in zijn geest, omringd door kalkstenen druipstenen en mos op plekken waar het zonlicht doordringt. Hij heeft haar meegenomen langs de Herculeszuil naar de onderwereld van stenen gangen, met glinsterende ertsvlekjes en het onophoudelijke geluid van druppelend water.

Op die dromerige dag waren ze helemaal alleen, behalve toen hij opgewonden schoolkinderen in jasjes en met petjes op voorbij liet gaan en tegen haar zei: 'Net zo lawaaiig als een zwerm vleermuizen.' Ze lachte en zei dat ze het leuk vond met hem, ze pakte zijn arm vast en drukte zich tegen hem aan en hij voelde hoe zacht ze was. In de stilte, met alleen het geluid van druppelend water. Hij nam haar mee door de Slangentunnel, onder stenen kroonluchters door. Langs doorzichtige stenen gordijnen naar de Woestijngang.

'Als je me hier achterlaat, kan ik de uitgang niet terugvinden,' zei ze.

'Waarom zou ik je hier achterlaten? Ik ben je gids. In de woestijn kun je zonder een gids niet overleven, tenzij je de weg weet.'

En de zandstorm rees op als een reusachtige muur en hij wreef in zijn ogen om het beeld die dag niet voor ogen te krijgen.

'Hoe weet jij hier de weg? Je komt hier zeker vaak,' zei ze. En toen liet hij de zandstorm achter zich en keerde terug naar de grot, en ze was beeldschoon. Bleek en mooi gevormd, alsof ze uit kwarts was gesneden, maar verdrietig, omdat haar minnaar haar had verlaten voor een andere vrouw.

'Hoe komt het dat je zo bijzonder bent dat je deze plek zo goed kent?' vroeg ze aan Will. 'Zo diep onder het aardoppervlak en een eindeloze doolhof van nat gesteente. Het moet verschrikkelijk zijn om hier te verdwalen. Zou iemand hier ooit zijn verdwaald? Wan-

neer ze na sluitingstijd het licht uitdoen, is het hier vast pikdonker en zo koud als een kelder.'

Hij zag geen hand voor ogen. Het enige wat hij nog zag, was een vuurrode kleur tijdens de zandstorm die bezig was de huid van zijn lichaam te stropen.

'Will! O God, help me, Will!' Het gegil van Roger ging over in het gegil van de schoolkinderen een eind verderop en het geloei van de storm hield op.

Het water druppelde en hun voetstappen klonken nat. 'Waarom wrijf je steeds in je ogen?' vroeg ze.

'Ik zou hier zelfs in het donker de weg weten. Ik kan heel goed in het donker zien en ik ben hier als kind vaak geweest. Ik ben je gids.' Hij behandelde haar erg vriendelijk en voorzichtig, omdat hij begreep dat ze haar verlies nauwelijks kon verdragen. 'Zie je hoe het licht door deze steen heen schijnt? Hij is plat en even sterk als pezen en spieren, en de kristallen zijn net zo wasachtig geel als botten. En achter deze smalle gang staat de Dom van Milaan, zo grijs, vochtig en koel als het weefsel van een heel oud lichaam.'

'Mijn schoenen en de onderkant van mijn broekspijpen zitten onder de kalksteenspatten, het lijkt net witkalk. Je hebt mijn kleren verpest.'

Hij ergerde zich aan haar geklaag. Hij liet haar een natuurlijke poel zien, met groene munten op de bodem, en vroeg zich hardop af of de wensen van sommige mensen waren vervuld. Zij wierp er ook een muntstuk in en het spatte en zonk naar de bodem.

'Je kunt wensen wat je wilt,' zei hij, 'maar je wensen komen nooit uit en als dat wel zo is, heb je pech.'

'Wat een akelige opmerking,' zei ze. 'Hoe kun je het pech noemen als een wens wordt vervuld? Je weet niet eens wat mijn wens is. Stel dat ik heb gewenst dat we straks met elkaar naar bed gaan? Ben je soms een slechte minnaar?'

Hij antwoordde niet, maar werd bozer. Want als ze met elkaar naar bed zouden gaan, zou ze zijn blote voeten zien. De laatste keer dat hij seks had gehad, was in Irak, met een twaalfjarig meisje dat gilde en huilde en hem met haar kleine vuisten stompte. Na afloop was hij in slaap gevallen, en hij had er nooit spijt van gehad omdat ze toch al geen leven had, niets om zich op te verheugen behalve de voortdurende verwoesting van haar land en eindeloze aantallen do-

217

den. Haar gezicht verdwijnt uit zijn geestesbeeld en het water drup-
pelt. Hij houdt het pistool in zijn hand terwijl Roger gilt omdat hij
de pijn niet langer kan verdragen.

In de Koepelgrot waren de stenen zo rond als schedels en het wa-
ter druppelde, druppelde, druppelde alsof het had geregend, en ver-
volgens waren er versteende ijsformaties en bevroren pegels en spo-
ren die straalden als kaarslicht. Hij zei dat ze die niet mocht
aanraken.

'Als je ze aanraakt, worden ze zo zwart als roet,' waarschuwde
hij.

'Het lijkt mijn leven wel,' zei ze. 'Alles was ik aanraak, bederft.'

'Je zult me dankbaar zijn,' zei hij.

'Waarvoor?' vroeg ze.

In de Weg Terug was het warm en vochtig, en stroomde het wa-
ter als bloed langs de muren. Hij hield het pistool in zijn hand en
was één vinger verwijderd van alles wat hij wist van zichzelf. Als
Roger hem had kunnen bedanken, zou hij dat hebben gedaan.

Een eenvoudig bedankje en hij had het nooit weer hoeven doen.
Mensen zijn ondankbaar en pakken dat wat iets voor je bete-
kent van je af. Daarna raakt het je niet meer. Kan niets je meer
raken.

Een rood-wit gestreepte vuurtoren, die vlak na de Burgeroorlog
is gebouwd, staat eenzaam ongeveer negentig meter landinwaarts
en er zit geen lamp meer in.

Wills schouders doen zeer van het roeien en hij heeft pijnlijke billen van het glasvezel-bankje. Het is zwoegen, omdat zijn vracht bijna evenveel weegt als de platbodem zelf. Maar nu hij vlakbij is, wil
hij de buitenboordmotor niet meer aanzetten. Dat doet hij hier
nooit. Die maakt lawaai en hij wil geen lawaai maken, ook al kan
niemand het hier horen. Er woont hier niemand. Alleen overdag komen hier mensen en dan nog alleen als het mooi weer is. En niemand weet dat deze plek van hém is. Liefde voor een vuurtoren en
een emmer zand. Hoeveel jongens bezitten een eiland? Een handschoen, een bal en een picknick en kamperen. Allemaal voorbij.
Dood. De eenzame voorbijgang van een boot naar de andere kant.

Aan de overkant van het water de lichtjes van Mount Pleasant,
en de lichtjes van James Island en Charleston. In zuidwestelijke richting ligt Folly Beach. Morgen wordt het warm en bewolkt, in de

namiddag is het eb. De boot schraapt over oesterschelpen wanneer hij hem op het strand trekt.

15

In het forensisch fotolaboratorium, de volgende morgen vroeg. Het is inmiddels woensdag.

Scarpetta legt klaar wat ze nodig denkt te hebben, deze keer geen ingewikkelde dingen. Uit kasten en laden haalt ze aardewerken schalen, papier, schuimplastic bekers, papieren handdoeken, steriele watten, enveloppen, boetseerklei, gedistilleerd water, een fles blauwsel (een oplossing van seleenzuur, die metaal een donkerblauwe of zwarte kleur geeft), een fles RTX (rutheniumtetroxide), tubes tiensecondenlijm en een aluminium pannetje. Ze bevestigt een macrolens en een afstandbediening aan een digitale camera die ze op een speciale tafel heeft gezet en spreidt bruin pakpapier over een aanrecht.

Hoewel ze kan kiezen welke mengsels ze wil gebruiken om onzichtbare afdrukken op niet-poreuze oppervlakken, bijvoorbeeld metaal, zichtbaar te maken, is uitzwavelen de meest gebruikte methode. Geen magie, maar chemie. Tiensecondenlijm bestaat bijna uitsluitend uit cyanoacrylaat, een acrylhars die reageert op de aminozuren, glucose, natrium, melkzuur en andere scheikundige stoffen die door huidporiën worden uitgewasemd. Als de damp van tiensecondenlijm in contact komt met een onzichtbare afdruk (onzichtbaar voor het blote oog) veroorzaakt de chemische reactie een nieuwe samenstelling – hopelijk een met duurzame, duidelijk zichtbare witte lijnen.

Scarpetta overweegt hoe ze het zal aanpakken. Een DNA-monster, maar niet in dit lab. Dat hoeft niet het eerst worden gedaan, omdat RTX en tiensecondenlijm DNA niet vernietigen. De lijm, besluit ze, en ze haalt de revolver uit de papieren zak en noteert het serienummer. Ze opent de lege cilinder en propt een papieren handdoek in beide uiteinden van de loop. Uit de andere zak haalt ze de zes .38 speciale kogels en zet ze rechtop in de zuurkast, die uit niets anders bestaat dan een warmtebron in een soort glazen vitrine. Ze hangt de revolver met de trekkerbeugel aan de in de kast gespannen draad. Ze zet een kom warm water in de kast voor de vochtigheid, knijpt superlijm in het aluminium pannetje en doet het deksel van de zuurkast dicht. Ze zet de afzuigkap aan.

Ze trekt schone handschoenen aan en pakt het plastic zakje met de gouden ketting en de munt erin. De ketting is waarschijnlijk een bron van DNA, dus die doet ze in een ander zakje en merkt het. De munt zal niet alleen DNA, maar ook vingerafdrukken opleveren. Ze houdt hem voorzichtig aan de rand vast en bekijkt hem door de microscoop, en dan hoort ze het biometrische slot van de voordeur klikken. Lucy komt binnen en Scarpetta weet meteen wat haar gemoedstoestand is.

'Ik wou dat we een programma hadden dat aan fotoherkenning doet,' zegt Scarpetta, want ze weet wanneer ze niet moet vragen hoe Lucy zich voelt en wat de oorzaak daarvan is.

'Dat hebben we,' zegt Lucy en ze kijkt Scarpetta niet aan. 'Maar dan moet je vergelijkingsmateriaal hebben. Er zijn maar een paar politieafdelingen die databanken met portretfoto's hebben en die... Nou ja, niets is met elkaar verbonden. Het komt er waarschijnlijk op neer dat we deze klojo op een andere manier moeten identificeren. En dan heb ik het niet speciaal over de klojo op de chopper die door jouw steeg is gereden.'

'Over wie dan wel?'

'Over degene die de ketting heeft gedragen en die revolver bij zich had. Want je weet niet zeker dat het Bull niet was.'

'Daar zou ik dan geen snars van begrijpen.'

'Wel als je ervan uitgaat dat hij voor held wil spelen. Of iets anders wil verdoezelen. Je weet niet wie de eigenaar van die ketting en die revolver is geweest, omdat je nooit degene hebt gezien die ze in bezit had.'

'Tenzij er iets is wat het tegendeel bewijst,' zegt Scarpetta, 'geloof ik Bull op zijn woord en ben ik hem dankbaar dat hij zichzelf in gevaar heeft gebracht om mij te beschermen.'

'Je mag geloven wat je wilt.'

Scarpetta kijkt Lucy onderzoekend aan. 'Ik geloof ook dat er iets mis is.'

'Ik zeg alleen maar dat er van die zogenaamde worsteling tussen hem en wie die vent op die chopper dan ook mag zijn, geen getuigen zijn. Meer niet.'

Scarpetta werpt een blik op haar horloge en loopt naar de zuurkast. 'Vijf minuten, dat moet genoeg zijn.' Ze doet het deksel open om het proces te beëindigen. 'We moeten het serienummer van de revolver checken.'

Lucy komt naar haar toe en tuurt in de glazen kast. Ze trekt handschoenen aan, steekt haar hand erin, maakt de draad los en haalt de revolver eruit. 'Een randje. Hier, op de loop.' Ze bekijkt het wapen van alle kanten en legt het op het met papier bedekte aanrecht. Vervolgens haalt ze de patroonhulzen uit de kast. 'Er zijn er een paar van gebruikt. Genoeg details, denk ik.' Ze legt de hulzen neer.

'Ik zal afdrukken maken, dan kun jij die misschien met behulp van IAFIS scannen om meer aan de weet te komen.'

Scarpetta loopt naar de telefoon, belt het vingerafdrukkenlab en legt uit waar ze mee bezig zijn.

'Ik zal eerst doen wat zij nodig hebben, om tijd te winnen,' zegt Lucy, maar niet op vriendelijke toon. 'Verwijder de kleurkanalen zodat het wit zwart wordt en laat ze zo gauw mogelijk onderzoeken.'

'Er is beslist iets mis, maar dat vertel je me natuurlijk pas wanneer het jou uitkomt.'

Lucy hoort het niet. 'Rotzooi erin, rotzooi eruit.' Kwaad.

Haar favoriete argument wanneer ze in een cynische bui is. Als er een afdruk door IAFIS wordt gescand, weet de computer niet of hij naar een brok steen of een vis kijkt. Het automatische systeem denkt niet na. Het weet niets. Het legt de kenmerken van een afdruk op de overeenkomende kenmerken van een andere afdruk, en als er kenmerken ontbreken, worden verdoezeld of door een bevoegde forensisch researcher niet correct zijn ingevoerd, is de kans groot dat het onderzoek niets oplevert. IAFIS maakt geen fouten, mensen maken fouten. Hetzelfde geldt voor DNA. Het resultaat hangt af van het monster en hoe en door wie het wordt behandeld.

'Weet je hoe zeldzaam het is dat er zelfs maar fatsoenlijke afdrukken worden gemaakt?' vervolgt Lucy geërgerd. Op bijtende toon. 'De een of andere ambtenaar op het politiebureau stempelt met behulp van antieke inktkussendozen die kaarten met tien vakjes vol en dumpt ze in IAFIS, en dat werkt natuurlijk voor geen meter, terwijl we in plaats daarvan rechtstreeks biometrisch optische scans zouden kunnen doen. Maar daar heeft de politie geen geld voor. Dit verdomde land heeft nergens meer geld voor.'

Scarpetta legt de gouden munt, nog in het plastic zakje, onder de microscoop. 'Ga je me nu eindelijk eens vertellen waarom je zo'n rotbui hebt?' Ze is bang voor het antwoord.

'Waar is het serienummer van de revolver, voor NCIC?'

'Dat staat op een papiertje dat op het aanrecht ligt. Heb je Rose gesproken?'

Lucy pakt het papiertje en gaat voor een van de computers zitten. Toetsen klikken. 'Ik heb haar gebeld. Ze zegt dat ik je in de gaten moet houden.'

'Eén Amerikaanse dollar,' zegt Scarpetta terwijl ze naar de vergrote munt kijkt, zodat ze niets anders hoeft te zeggen. 'Uit 1873.' Dan ziet ze iets wat ze bij een onbewerkt bewijsstuk nooit eerder heeft gezien.

Lucy zegt: 'Ik wil deze revolver graag in de watertank afvuren en met behulp van het NIBIN ballistisch onderzoeken.' Het National Integrated Ballistic Identification Network. 'Om erachter te komen of hij al eerder voor een misdrijf is gebruikt,' voegt ze eraan toe. 'Ook al beschouw je het gebeurde nog niet als een misdrijf en wil je de politie erbuiten laten.'

'Ik heb je al verteld' – Scarpetta doet haar best niet defensief te klinken – 'dat Bull met hem heeft geworsteld en de revolver uit zijn hand heeft geslagen.' Ze bestudeert de munt en stelt de microscoop iets bij. 'Ik kan niet bewijzen dat die man op de chopper door de steeg reed met de bedoeling mij iets aan te doen. Hij is niet in mijn tuin geweest, al heeft hij dat wel geprobeerd.'

'Dat zegt Bull.'

'Als ik niet beter wist, zou ik denken dat deze munt al eens eerder op vingerafdrukken is onderzocht.' Door de microscoop bekijkt Scarpetta op beide kanten wat eruitziet als vage witte richeltjes.

'Wat bedoel je met "als ik niet beter wist"? Je weet niet beter. Je weet niets van die munt af, waar hij vandaan komt en zo, behalve dat Bull hem achter je huis heeft gevonden. Wie hem heeft verloren, is een ander verhaal.'

'Het ziet eruit als een restje polymeer. Superlijm. Ik begrijp er niets van,' zegt Scarpetta en ze neemt de munt in het plastic zakje mee naar de tafel met de camera. 'Ik begrijp een heleboel dingen niet.' Ze kijkt naar Lucy. 'Ik begrijp wel dat je pas tegen me zult praten wanneer je eraan toe bent.' Ze doet haar handschoenen uit, trekt een schoon paar aan en doet een mondkapje voor.

'We hoeven ze dus alleen te fotograferen. Geen wapenblauw of RTX.' Lucy heeft het over de lijntjes op de munt.

'Misschien alleen zwart poeder, maar zelfs dat niet, vermoed ik.' Scarpetta richt de camera die op de zuil van de fotografeertafel staat. Ze buigt de armen van de vier lampen om het licht te richten. 'Ik neem er een paar foto's van en dan kan alles weg voor DNA-onderzoek.'

Ze scheurt een vel bruin papier af om onder de munt te leggen, haalt de munt uit het zakje en legt die erop met de afbeelding naar boven. Ze snijdt een schuimplastic bekertje in tweeën en zet de halve trechtervorm over de munt. Geïmproviseerd tentlicht om het licht te temperen, terwijl de witte lijntjes zichtbaarder zijn geworden. Ze pakt de afstandbediening van de camera en maakt foto's.

'Tiensecondenlijm,' zegt Lucy. 'Misschien is het een bewijsstuk van een eerdere misdaad en is het op de een of andere manier weer in omloop gekomen.'

'Dat zou een verklaring kunnen zijn. Ik weet niet of het zo is, maar het zou kunnen.'

Toetsen klikken razendsnel. 'Gouden munt van één dollar,' zegt Lucy. 'Amerikaans, 1873. Laten we eens kijken wat ik kan vinden.' Toetsen klikken. 'Waarom slikt iemand Fiorinal met codeïne? Wat is dat trouwens voor spul?'

'Butalbital plus codeïnefosfaat, aspirine en cafeïne,' antwoordt Scarpetta. Voorzichtig draait ze de munt om zodat ze de andere kant kan fotograferen. 'Een sterk verdovend middel tegen pijn. Wordt vaak voorgeschreven voor erge spanningshoofdpijn.' De sluiter van de camera klikt. 'Hoezo?'

'En Testroderm?'

'Een testosterongel die je op je huid smeert.'

'Heb je ooit gehoord van iemand die Stephen Siegel heet?'

Scarpetta denkt even na, maar de naam komt haar niet bekend voor. 'Nee, ik kan me die naam niet herinneren.'

'Hij is proctoloog en hij heeft die de Testroderm voorgeschreven. Hij is een onbetrouwbaar sujet en toevallig woont hij in Charlotte, waar Shandy Snook vandaan komt. En ook toevallig was haar vader een patiënt van deze proctoloog, wat doet vermoeden dat Shandy hem goed genoeg kent om hem allerlei recepten te kunnen aftroggelen.'

'Welke apotheek heeft die zalf verstrekt?'

'Een apotheek op Sullivan's Island, waar Shandy toevallig een landhuis van twee miljoen dollar bezit, dat op naam staat van een LLC,' antwoordt Lucy, terwijl ze weer op toetsen drukt. 'Misschien moet je Marino eens vragen wat er in vredesnaam aan de hand is, want volgens mij hebben we allemaal reden ons zorgen te maken.'

'Ik maak me meer zorgen om je boosheid.'

'Ik denk dat je geen idee hebt hoe ik me gedraag als ik echt boos ben.' Lucy tikt in snel tempo kwaad op de toetsen. 'Dus Marino leeft in zalige verdoving. Onwettig. Smeert zich in met testosterongel alsof het zonnebrandcrème is en slikt handenvol pillen voor zijn katers omdat hij plotseling is veranderd in een razende King Kong.' Hard geklik van toetsen. 'Lijdt nu waarschijnlijk aan priapisme en kan elk moment een hartaanval krijgen. Of zo agressief worden dat hij zich niet meer kan beheersen, terwijl hij zich vanwege de drank al niet meer kan beheersen. Het is verbazingwekkend hoe iemand in één week zo'n invloed op een ander kan hebben.'

'Zijn nieuwe vriendin doet hem dus geen goed.'

'Ik heb het niet over haar, maar over jou. Jij vond dat je hem je nieuwtje moest vertellen.'

'Dat is waar, dat vond ik. En ook jou en Rose,' zegt Scarpetta zacht.

'Je gouden munt is ongeveer zeshonderd dollar waard,' zegt Lucy en ze sluit een file in de computer. 'Zonder de ketting.'

Dr. Maroni zit bij de haard in zijn appartement ten zuiden van de San Marco. In de regen zien de koepels van de basiliek er grauw uit. De mensen op straat, vooral de inwoners, dragen groene rubberlaarzen, terwijl toeristen goedkope gele laarzen dragen. In een mum van tijd staan de straten van Venetië blank.

'Ik heb alleen maar gehoord dat haar lichaam is gevonden.' Hij telefoneert met Benton.

'Hoe kwam dat? In het begin was het geen belangrijke zaak. Waarom zou jij zoiets horen?'

'Otto heeft het me verteld.'

'Je bedoelt commissaris Poma.'

Benton wil de afstand tussen hem en de commissaris zo groot mogelijk houden en kan zelfs diens voornaam niet over zijn lippen krijgen.

Dr. Maroni zegt: 'Otto belde over iets anders en toen kwam het ter sprake.'

'Hoe wist hij het dan? Het was niet meteen op het nieuws.'

'Hij wist het omdat hij carabiniere is.'

'Maakt hem dat alwetend?' vraagt Benton.

'Je mag hem niet.'

'Ik kan hem niet plaatsen,' zegt Benton. 'Hij is gerechtelijk arts bij de carabinieri, maar de nationale politie had rechtsbevoegdheid in deze zaak, niet de carabinieri. Dat kwam doordat de nationale politie, zoals gewoonlijk, het eerst op de plaats van het misdrijf aankwam. Wie het eerst komt, het eerst maalt, zeiden we vroeger. Al is dat natuurlijk niet rechtsgeldig.'

'Nou ja, ik weet het ook niet. Zo gaat het hier nu eenmaal. De instelling die het eerst op de plaats van het misdrijf is of die gebeld wordt, neemt de zaak in behandeling. Maar dat is niet de reden dat je zo kribbig bent.'

'Ik ben niet kribbig.'

'Je zegt nu tegen een psychiater dat je niet kribbig bent.' Dr. Maroni steekt een pijp op. 'Ik sta niet voor je om je affect te kunnen zien, maar dat is ook niet nodig. Je bent kribbig. Vertel me waarom je zo graag wilt weten hoe ik van die dode vrouw in de buurt van Bari heb gehoord.'

'Nu impliceer je dat ik niet objectief ben.'

'Wat ik impliceer, is dat je je bedreigd voelt door Otto. Ik zal je de volgorde van de gebeurtenissen duidelijk uitleggen. Het lichaam is gevonden langs de autostrade buiten Bari, en toen ik het hoorde, heb ik er geen aandacht aan geschonken. Niemand wist wie ze was en men nam aan dat ze een prostituee was. De politie veronderstelde dat de moord iets met de Sacra Corona Unita te maken had, de maffia in Puglia. Otto zei dat hij blij was dat de carabinieri er niet bij betrokken was, omdat hij zich liever niet met gangsters bemoeide. Er zijn geen verzachtende omstandigheden voor slachtoffers die even corrupt zijn als hun moordenaars, zei hij. Een dag later, denk ik, vertelde hij me dat hij de forensisch patholoog van de Sezione di Medicina Legale in Bari had gesproken en dat het slachtoffer een vermiste Canadese toeriste was, die voor het laatst was gezien in een discotheek in Ostuni. Ze was stomdronken en ging weg met een man. De volgende dag is een vrouw die voldeed aan dezelfde beschrijving gezien in de Grotta Bianca in Puglia. De Witte Grot.'

'Dus commissaris Poma is inderdaad alwetend en de hele wereld brengt hem verslag uit.'

'Je mag hem echt niet, hè?'

'Laten we het over die witte grot hebben. We moeten ervan uitgaan dat de moordenaar symbolische verbanden legt,' zegt Benton.

'De diepere bewustzijnsniveaus,' zegt Maroni. 'Begraven jeugdherinneringen. Onderdrukte herinneringen aan trauma's en verdriet. We zouden de ontdekkingstocht door een grot kunnen interpreteren als zijn mythologische reis door de geheimen van zijn eigen neurosen en psychosen, zijn angsten. Er is hem iets verschrikkelijks overkomen en dat is waarschijnlijk gebeurd voordat hem volgens hemzelf iets verschrikkelijks overkwam.'

'Kun je je nog herinneren hoe hij eruitzag? Hebben de mensen die beweren dat ze hem samen met het slachtoffer in de disco, de grot of ergens anders hebben gezien, hem beschreven?'

'Een jongeman met een pet op,' zegt Maroni. 'Dat is alles.'

'Meer niet? Van welk ras?'

'In de disco en in de grot was het vrijwel donker.'

'In het dossier van je patiënt – het ligt hier voor me – staat dat hij zei dat hij in een disco een Canadese vrouw had ontmoet. Dat zei hij de dag nadat het lichaam is gevonden. Daarna heb je nooit meer iets van hem gehoord. Van welk ras is hij?'

'Hij is blank.'

'In je aantekeningen staat dat hij heeft gezegd dat hij, ik citeer, "het meisje heeft achtergelaten langs de kant van de weg in Bari".'

'Toen wist ik nog niet dat ze een Canadese was. Ze was nog niet geïdentificeerd. Er werd aangenomen dat ze een prostituee was, zoals ik net heb gezegd.'

'Maar heb je, toen je hoorde dat ze een Canadese toeriste was, niet meteen aan je patiënt gedacht?'

'Ik schrok er natuurlijk wel van. Maar ik had geen bewijs.'

'Jawel, Paulo, bescherm jij vooral je patiënt. Het is blijkbaar bij niemand opgekomen dat een Canadese toeriste ook beschermd hoort te worden, terwijl zij alleen maar iets te veel pret heeft gemaakt in een disco en daar iemand heeft ontmoet die ze blijkbaar aardig vond en meende te kunnen vertrouwen. Haar vakantie in Zuid-Italië is geëindigd met een autopsie op een begraafplaats. Ze boft nog dat ze niet in een zwerversgraf is begraven.'

'Je bent erg ongeduldig en verontwaardigd,' zegt Maroni.

'Misschien heeft je geheugen een zetje gekregen nu je het dossier weer voor je hebt, Paulo.'

'Ik heb het je niet gegeven, Benton. Ik weet niet hoe je eraan bent gekomen.' Dat moet hij een paar keer zeggen en Benton moet net doen alsof hij het ook niet weet.

'Als je patiëntendossiers in elektronische vorm bewaart bij de server van het ziekenhuis, kun je in het vervolg beter voorkomen dat er derden bij kunnen,' raadt Benton hem aan. 'Want als iemand kan ontdekken op welke harddisk je je zeer vertrouwelijke dossiers opslaat, kan hij ze openen.'

'Het internet is verraderlijk terrein.'

'Die Canadese toeriste is bijna een jaar geleden vermoord,' zegt Benton. 'En op dezelfde manier verminkt. Leg me nu eens uit hoe het komt dat je niet meteen aan die zaak hebt gedacht, en niet aan die patiënt, na wat er met Drew Martin is gebeurd. Stukken vlees die op dezelfde plaatsen uit het lichaam zijn gesneden. Naakt, achtergelaten op een plek waar het snel en in het openbaar wordt ontdekt. En geen bewijsmateriaal.'

'Blijkbaar heeft hij ze niet verkracht.'

'We weten niet wát hij al dan niet doet. Vooral omdat hij ze God weet hoe lang in een koud bad laat zitten. Ik wil Kay bij dit gesprek betrekken. Vlak voordat ik jou belde, heb ik haar gesproken. Ik hoop dat ze tijd heeft gehad om dat wat ik naar haar toe heb gestuurd te lezen.'

Dr. Maroni wacht. Hij staart naar zijn computerscherm terwijl het buiten hard regent en het water in het kanaal stijgt. Hij opent de luiken ver genoeg om te kunnen zien dat het water op straat inmiddels enkelhoog staat. Hij is blij dat hij niet naar buiten hoeft. Een overstroming is voor hem niet zo'n avontuur als het voor toeristen schijnt te zijn.

'Paulo?' De stem van Benton over de lijn. 'Kay?'

'Hier ben ik.'

'Zij heeft het dossier nu ook,' zegt Benton tegen dr. Maroni. 'Kijk je naar de twee foto's?' vraagt hij aan Scarpetta. 'En heb je de rest ook gekregen?'

'Er staat niet bij of hij dat wat hij met Drew Martins ogen heeft gedaan ook bij die vermoorde vrouw in Bari heeft gedaan. Ik heb haar sectierapport voor me. Het is in het Italiaans. Ik probeer het zo goed mogelijk te begrijpen. En ik vraag me af waarom dit rapport bij het dossier van deze patiënt zit. De Zandman, neem ik aan.'

'Zo noemt hij zich blijkbaar,' zegt Maroni. 'Dat concludeer ik uit de e-mails van dokter Self. Heb je die ook gelezen?'

'Ik heb ze nu voor me.'

'Waarom zat dat autopsierapport bij het dossier van je patiënt? Van de Zandman?' vraagt Benton nog een keer.

'Omdat ik me zorgen maakte. Maar ik had geen bewijs.'

'Asfyxie?' zegt Scarpetta op vragende toon. 'Gebaseerd op petechiën en het ontbreken van andere symptomen.'

'Kan het zijn dat ze verdronken is?' vraagt Maroni, met de dossiers die Benton naar hem toe heeft gestuurd geprint op schoot. 'En Drew ook?'

'Nee, Drew beslist niet. Zij is met een koord gewurgd.'

'Ik denk aan verdrinken vanwege die badkuip, in het geval van Drew,' zegt Maroni. 'En nu die laatste foto van de vrouw in de koperen badkuip. Maar ik kan me natuurlijk vergissen.'

'Wat Drew betreft, vergis je je. Maar slachtoffers in badkuipen vlak voordat ze sterven, als we dat helaas moeten aannemen... Het zou kunnen. Zonder iets wat het tegendeel bewijst, moeten we aan verdrinken denken. Maar ik kan je verzekeren dat Drew niet verdronken is,' herhaalt Scarpetta. 'Wat niet betekent dat het slachtoffer in Bari net zomin is verdronken. En we weten nog niet wat er met die vrouw in de koperen badkuip is gebeurd. We weten nog niet eens of ze dood is, al ben ik bang van wel.'

'Ze ziet eruit alsof ze verdoofd is,' zegt Benton.

'Ik heb een sterk vermoeden dat de drie vrouwen dat gemeen hadden,' zegt Scarpetta. 'Het slachtoffer in Bari verkeerde in een bedwelmde toestand vanwege het alcoholpromillage in haar bloed, dat driemaal zo hoog was als wettelijk is toegestaan. Dat van Drew was ruim tweemaal zo hoog.'

'Hij had ze dronken gevoerd zodat hij met ze kon doen wat hij wilde,' zegt Benton. 'Dus niets wijst erop dat het slachtoffer in Bari verdronken is? Niets in het rapport? Diatomeeën?'

'Diatomeeën?' vraagt Maroni.

'Kiezelalgen, eencellige wieren,' zegt Scarpetta. 'Dat had iemand moeten onderzoeken, maar als dood door verdrinking wordt uitgesloten, wordt dat niet gedaan.'

'Waarom zou iemand aan verdrinking denken als ze langs de weg is gevonden?' zegt Maroni.

'Ten tweede,' zegt Scarpetta, 'komen diatomeeën overal voor. In water, in de lucht. Het enige onderzoek dat betrouwbare aanwijzingen kan opleveren, is dat van beenmerg of interne organen. En u hebt gelijk, dr. Maroni. Waarom zouden ze dat doen? Wat het slachtoffer in Bari betreft, vermoed ik dat ze gewoon pech heeft gehad. Misschien heeft de Zandman – zo zal ik hem voortaan noemen...'

'We weten niet hoe hij zichzelf in die tijd noemde,' zegt Maroni. 'Mijn patiënt heeft die naam nooit gebruikt.'

'Ik noem hem de Zandman voor de duidelijkheid,' zegt Scarpetta. 'Misschien liep hij kroegen, disco's en toeristische attracties af en bevond zij zich helaas op het verkeerde tijdstip op de verkeerde plaats. Maar de moord op Drew Martin was volgens mij geen toeval.'

'Dat weten we net zomin.' Dr. Maroni rookt zijn pijp.

'Ik denk dat ik dat wél weet,' zegt ze. 'Hij is vorig najaar begonnen met zijn e-mails over Drew Martin aan dokter Self.'

'Als we ervan uitgaan dat hij de moordenaar is.'

'Hij heeft dokter Self de foto van Drew in de badkuip gestuurd die hij een paar uur voordat ze werd vermoord had genomen,' zegt Scarpetta. 'Voor mij staat vast dat hij de moordenaar is.'

'Leg me dat van haar ogen nog eens uit,' zegt Maroni tegen haar.

'Volgens dit rapport heeft de moordenaar de ogen van het Canadese slachtoffer niet verwijderd. Die van Drew wel, en toen heeft hij de holtes gevuld met zand en de oogleden dichtgeplakt. Voor zover ik weet, heeft hij dat godzijdank pas gedaan nadat hij haar had vermoord.'

'Geen sadisme, maar symbolisme,' zegt Benton.

'De Zandman strooit zand in je ogen en dan val je in slaap,' zegt Scarpetta.

'Dat is de mythologie waar ik het over had,' zegt dr. Maroni. 'Freudiaans, jungiaans, maar relevant. Als we de dieptepsychologie van deze zaak negeren, schieten we tekort.'

'Ik negeer niets. Ik wou dat jij niet had genegeerd wat je wist van je patiënt. Je was bang dat hij iets met de moord op die toerist te maken had en hield je mond,' zegt Benton.

De discussie tussen hen drieën wordt voortgezet. Er wordt gezinspeeld op fouten en schuld. In Venetië stijgt het water. Dan zegt Scarpetta dat ze in het lab aan het werk is en als ze haar niet meer nodig hebben, laat ze het hierbij. Dat doet ze, en dr. Maroni zet zijn verdediging voort.

'Anders zou ik het vertrouwen van mijn patiënt hebben beschaamd. Ik had geen bewijs, geen enkele concrete aanwijzing,' zegt hij tegen Benton. 'Jij kent de regels ook. Stel dat we elke keer dat een patiënt zinspeelt op gewelddadigheid of gewelddaden noemt terwijl we geen reden hebben hem te geloven, naar de politie gaan? Dan zouden we elke dag op het politiebureau zitten.'

'Ik ben van mening dat je je patiënt had moeten aangeven en ik vind ook dat je dokter Self om meer informatie had moeten vragen.'

'Ik ben van mening dat jij niet langer een agent van de FBI bent die zomaar mensen kan arresteren, Benton. Je bent nu forensisch psycholoog van een psychiatrische inrichting. Je bent lid van de geneeskundige faculteit van Harvard. Je hoort in de eerste plaats loyaal te zijn aan je patiënten.'

'Misschien ben ik daar niet meer toe in staat. Na twee weken met dokter Self denk ik niet meer hetzelfde over allerlei dingen als daarvoor. Dat geldt ook voor jou, Paulo. Jij hebt je patiënt beschermd en nu zijn er nog minstens twee vrouwen dood.'

'Als hij de dader is.'

'Dat is hij.'

'Vertel me eens wat de reactie was van dokter Self toen je haar met die beelden confronteerde. Van Drew in de badkuip. Die badkamer ziet er Italiaans uit, en oud,' zegt Maroni.

'Het moet een huis in of in de buurt van Rome zijn, dat kan niet anders,' zegt Benton. 'Want we mogen aannemen dat ze in Rome is vermoord.'

'En de tweede foto?' Hij klikt op de tweede file die in dr. Selfs e-mailbestand is gevonden. Een vrouw in een badkuip, ditmaal een koperen kuip. Ze lijkt in de dertig en ze heeft lang, donker haar. Haar lippen zijn gezwollen en bloederig, haar rechteroog is gezwollen en zit dicht. 'Wat zei dokter Self toen je haar deze recente foto die de Zandman haar had gestuurd liet zien?'

'Toen hij werd gestuurd, lag zij in de magneet. Toen ik haar de foto daarna liet zien, was het de eerste keer dat ze hem onder ogen kreeg. Maar ze werd kwaad omdat we in haar e-mailbestand hadden gehackt – haar woord – en inbreuk op haar privacy hadden gemaakt. Bovendien hadden we HIPAA overtreden omdat Lucy de hacker was, wat betekende dat buitenstaanders nu zouden weten dat dokter Self patiënt was in het McLean. Ik vraag me trouwens af waarom ze Lucy meteen de schuld gaf.'

'Vreemd dat Lucy inderdaad meteen als de schuldige werd aangewezen, dat ben ik met je eens.'

'Heb je gezien wat dokter Self op haar website bekend heeft gemaakt? Zogenaamd een bekentenis van Lucy dat ze een hersentumor heeft. Iedereen kan het lezen.'

'Heeft Lucy dat gedaan?' zegt Maroni verbaasd. Hij wist het nog niet.

'Natuurlijk niet. Het enige wat ik kan bedenken, is dat dokter Self er op een of andere manier achter is gekomen dat Lucy regelmatig naar het McLean komt voor een scan, en omdat ze niets liever doet dan anderen het leven zuur maken, heeft ze zelf die zogenaamde bekentenis gepubliceerd.'

'Hoe gaat het met Lucy?'

'Wat denk je?'

'Wat heeft dokter Self verder nog over die tweede foto gezegd? En die vrouw in de koperen badkuip, weten we al wie ze is?'

'Dus iemand moet dokter Self op het idee hebben gebracht dat Lucy haar e-mails kan lezen. Heel vreemd.'

'Die vrouw in de koperen badkuip,' herhaalt Maroni. 'Wat zei dokter Self toen je haar daar op het bordes in het donker mee confronteerde? Dat moet een bijzonder moment zijn geweest.' Hij wacht. Steekt opnieuw zijn pijp aan.

'Ik heb niet gezegd dat ze op het bordes stond.'

Dr. Maroni glimlacht en paft rook terwijl de tabak in de kop van de pijp gloeit. 'Toen je haar die foto liet zien, wat zei ze?'

'Ze vroeg of het een echte foto was. Ik heb geantwoord dat we dat pas konden nagaan als we de computerfiles van de afzender te zien kregen. Maar hij lijkt echt. Ik zie geen enkel teken dat ermee is geknoeid. Zoals een ontbrekende schaduw, een foutje in het perspectief, vreemde belichting of het weer dat niet klopt.'

'Ik denk ook niet dat ermee geknoeid is,' zegt Maroni, terwijl buiten de regen valt en kanaalwater tegen pleisterwerk klotst. 'Voor zover ik zoiets kan zien.'

'Ze bleef volhouden dat het een misselijkmakende grap kon zijn. Een walgelijke truc. Toen heb ik gezegd dat de foto van Drew Martin ook echt was en beslist geen misselijkmakende grap. Dat zij dood was. Ik heb gezegd dat ik vreesde dat de vrouw op de tweede foto ook dood was. Ik heb de indruk dat iemand vrijuit met dokter Self praat en niet alleen over deze zaak.'

'Wat antwoordde ze toen?'

'Dat het niet haar schuld was,' zegt Benton.

'En nu Lucy ons deze informatie heeft toegestuurd, weet zij misschien...' begint Maroni, maar Benton laat hem niet uitspreken.

'... waar ze vandaan komen. Dat heeft Lucy me uitgelegd. Doordat ze dokter Selfs e-mails kon lezen, kon ze ook het ip-adres van de Zandman achterhalen. Dat bewijst eens te meer dat dokter Self het niet belangrijk vond. Ze had dat adres zelf kunnen achterhalen of het iemand anders laten doen, maar dat heeft ze niet gedaan. Dat is waarschijnlijk nooit bij haar opgekomen. Het bevindt zich ergens in Charleston, in de buurt van de haven.'

'Dat is erg interessant.'

'Wat ben je weer openhartig en breedsprakig, Paulo.'

'Wat bedoel je daarmee? Openhartig en breedsprakig?'

'Lucy heeft met de it'er van het havenkantoor gepraat, de man die de leiding heeft over de computer- en radionetwerken en zo,' zegt Benton. 'Ze zegt dat het vreemd is dat het ip van de Zandman niet overeenkomt met een van de macs op het havenkantoor. Een *Machine Address Code*. De computer die de Zandman gebruikt voor zijn e-mails staat blijkbaar niet in het havenkantoor, dus is hij daar waarschijnlijk geen werknemer. Lucy heeft een paar mogelijkheden geopperd. Hij kan iemand zijn die regelmatig in de haven komt, op een cruiseschip of een vrachtboot, en dan onwettig gebruik maakt van het netwerk van het havenkantoor. Als dat zo is, moet dat een schip zijn dat in de haven heeft gelegen toen hij zijn e-mails aan dokter Self verstuurde. Al die e-mails, het zijn er zevenentwintig in totaal, zijn via het havennetwerk verzonden. Ook de laatste, met de foto van de vrouw in de koperen badkuip.'

'Dan moet hij op dit moment in Charleston zijn,' zegt dr. Maroni. 'Ik hoop dat je de haven laat bewaken. Misschien kunnen ze hem op die manier te pakken krijgen.'

'We moeten heel voorzichtig te werk gaan en de politie er voorlopig buiten laten. We willen hem niet afschrikken.'

'Er moeten vaarschema's zijn voor cruiseschepen en vrachtboten. Zijn er data die overeenkomen met data waarop de e-mails aan dokter Self zijn verzonden?'

'Sommige wel, andere niet. Een van de cruiseschepen is inderdaad op enkele van die data aangekomen of vertrokken, maar lang niet alle data komen overeen. Daarom ben ik er zo goed als zeker van dat hij een reden heeft om regelmatig in Charleston te zijn of er misschien zelfs woont, en dat hij zich toegang tot het havennetwerk verschaft door er vlakbij te parkeren en het te kapen.'

'Nu volg ik je niet meer,' zegt Maroni. 'Ik leef nog in een heel oude wereld.' Hij steekt opnieuw zijn pijp aan; een van de redenen dat hij graag een pijp rookt, is het genoegen van het aansteken.

'Te vergelijken met rondrijden met een scanner om mensen met een mobiele telefoon af te luisteren,' legt Benton uit.

'Misschien heeft dokter Self hier toch eigenlijk geen schuld aan,' zegt Maroni op spijtige toon. 'De moordenaar heeft sinds vorig najaar vanuit Charleston e-mails gestuurd en misschien heeft zij dat geweten en tegen iemand gezegd.'

'Ze had het tegen jou kunnen zeggen, Paulo, toen ze de Zandman naar je doorverwees.'

'Dus zij weet van deze connectie met Charleston?'

'Ik heb het haar verteld. Ik hoopte dat ze zich daardoor iets zou herinneren of dat ze me andere belangrijke informatie zou kunnen geven.'

'Wat zei ze toen je haar vertelde dat alle e-mails van de Zandman uit Charleston afkomstig waren?'

'Dat het niet haar schuld was,' antwoordt Benton. 'Toen stapte ze in haar limousine om naar het vliegveld te rijden en daar haar privévliegtuig te nemen.'

16

Applaus, muziek en de stem van dr. Self. Haar website.

Scarpetta kan haar ontsteltenis niet onderdrukken wanneer ze Lucy's valse verklaring leest over haar hersenscans in het McLean, de reden daarvoor en hoe ze zich voelt. Scarpetta leest de blogs tot ze het niet meer kan verdragen, en Lucy kan het niet helpen dat ze denkt dat het voor haar tante gemakkelijker is ontsteld te zijn dan te voelen wat ze zou moeten voelen.

'Ik kan er niets meer aan doen. Gedane zaken nemen geen keer,' zegt Lucy, terwijl ze met behulp van een digitaal beeldsysteem gedeeltelijke vingerafdrukken scant. 'Zelfs ik kan dingen die zijn verzonden of gepubliceerd of wat dan ook niet ongedaan maken. Ik kan het ook zien als het wegnemen van mijn angst dat het uitkomt, omdat het al uitgekomen is.'

'Uitgekomen? Wat een vreemd woord om hiervoor te gebruiken.'

'Wat mij betreft, vind ik een fysiek probleem erger dan het andere waar ik voor uitgekomen ben. Dus misschien is het beter dat iedereen het eindelijk weet, dan hebben we dat alvast gehad. De waarheid is een opluchting. Het is beter geen dingen verborgen te houden, vind je niet? Het gekke van bekend zijn is dat het onverwachte geschenken met zich meebrengt. Mensen die je steunen terwijl je niet wist dat ze iets om je gaven. Stemmen uit het verleden die zich weer laten horen. Andere stemmen die eindelijk verstommen. Mensen die eindelijk uit je leven verdwijnen.'

'Over wie heb je het?'

'Laten we zeggen dat het me niet heeft verbaasd.'

'Geschenk of niet, dokter Self had niet het recht om dit te doen,' zegt Scarpetta.

'Je zou jezelf eens moeten horen.'

Scarpetta zwijgt.

'Je zou kunnen bedenken dat het misschien jouw schuld is. Als ik niet het nichtje van de beruchte dokter Scarpetta was, zou niemand belangstelling voor me hebben. Je kunt het niet laten alles zo te verdraaien dat het jouw schuld is en dan wring je je in allerlei bochten om te proberen het goed te maken,' zegt Lucy.

'Ik kan dit niet langer lezen.' Scarpetta logt uit.

'Dat is je zwakke punt,' zegt Lucy. 'En eerlijk gezegd heb ik daar grote moeite mee.'

'We moeten een advocaat zoeken die in dit soort dingen gespecialiseerd is. Smadelijke aantijgingen op het internet. Lasterpraat op het internet. Daar zijn nog steeds geen regels voor, het is een soort wetteloze maatschappij.'

'Probeer maar eens te bewijzen dat ik het niet heb geschreven. Probeer maar eens een aanklacht te formuleren. En richt je niet op mij omdat je je niet op jezelf wilt richten. Ik heb er de hele ochtend naar moeten luisteren en nu heb ik er genoeg van. Ik kan er niet meer tegen.'

Scarpetta begint een werkblad op te ruimen en allerlei spullen op te bergen.

'Ik zit hier te luisteren terwijl je doodkalm een telefoongesprek voert met Benton en dr. Maroni. Hoe krijg je dat voor elkaar zonder te stikken in alles wat je ontkent en uit de weg gaat?'

Scarpetta laat water stromen in een stalen gootsteen naast een oogspoelapparaat. Ze borstelt haar handen alsof ze zojuist een autopsie heeft verricht in plaats van karweitjes in een smetteloos schoon laboratorium, waar eigenlijk alleen foto's worden genomen. Lucy ziet de blauwe plekken op de polsen van haar tante. Scarpetta kan nog zo haar best doen, maar die kan ze niet verbergen.

'Blijf je die schoft dan je hele leven beschermen?' Lucy bedoelt Marino. 'Goed, zeg maar niks. Misschien is het grootste verschil tussen hem en mij niet dat wat voor de hand ligt. Het zal mij niet gebeuren dat ik me door dokter Self laat manipuleren tot ik mezelf iets aandoe wat me fataal wordt.'

'Fataal? Ik hoop het niet. Ik vind het niet prettig dat je dat woord gebruikt.' Scarpetta heeft het druk met het opnieuw inpakken van de gouden munt en de ketting. 'Wat bedoel je eigenlijk? Met fataal?'

Lucy trekt haar laboratoriumjas uit en hangt hem aan de gesloten deur. 'Ik gun haar niet het genoegen dat ze mij ertoe aanzet iets te doen wat nooit meer hersteld kan worden. Ik ben Marino niet.'

'Deze moeten meteen door naar DNA.' Scarpetta scheurt tape voor bewijsmateriaal af om de enveloppen mee dicht te plakken. 'Ik zal ze zelf brengen om de bewijsketen intact te houden en dan weten we over zesendertig uur of zelfs minder misschien meer. Behoudens onvoorziene complicaties. Ik wil niet dat ze de analyse uitstellen, dat begrijp je zeker wel. Stel dat die persoon van de revolver nog een keer langskomt.'

'Ik weet nog dat ik in mijn studietijd een keer de kerstdagen doorbracht bij jou in Richmond. Ik had een vriendin meegebracht, en toen heeft hij in mijn bijzijn geprobeerd haar te versieren.'

'Wanneer was dat? Zoiets heeft hij wel vaker gedaan.' Scarpetta heeft een uitdrukking op haar gezicht die Lucy nooit eerder heeft gezien.

Haar tante werkt de administratie bij en blijft druk bezig om Lucy niet te hoeven aankijken, omdat ze dat niet kan. Lucy kan zich niet herinneren dat haar tante ooit eerder zo boos en beschaamd heeft gekeken. Misschien wel zo boos, maar nooit beschaamd, en Lucy voelt zich steeds ellendiger.

'Omdat hij zich niet wist te gedragen in gezelschap van vrouwen die hij wilde imponeren. En behalve dat wij niet geïmponeerd waren, althans niet zoals hij graag wilde, hadden we alleen maar belangstelling voor hem op een manier waarmee hij geen raad wist,' zegt Lucy. 'Wij wilden gewoon van mens tot mens met hem omgaan, en wat deed hij? Hij probeerde mijn vriendin in mijn bijzijn te betasten. Hij was natuurlijk dronken.'

Ze staat op van de bureaustoel en loopt naar het aanrecht, waar haar tante nu gekleurde viltstiften uit een la haalt, de doppen eraf trekt en kijkt of ze het nog doen.

'Maar ik liet hem niet zijn gang gaan,' vervolgt Lucy. 'Ik vocht terug. Ik was pas achttien, maar ik gaf hem ervanlangs en hij bofte dat het daarbij bleef. Blijf je allerlei stomme karweitjes doen in de hoop dat het probleem dan vanzelf verdwijnt?'

Lucy pakt de handen van haar tante vast en schuift voorzichtig haar mouwen omhoog. Haar polsen zijn vuurrood. De onderliggende huidlaag is beschadigd, alsof ze ijzeren handboeien om heeft gehad.

'Niet doen,' zegt Scarpetta. 'Ik weet dat je je bezorgd maakt.' Ze trekt haar handen los en schuift haar mouwen omlaag. 'Maar ik wil er niet over praten, Lucy.'

'Wat heeft hij met je gedaan?'

Scarpetta gaat zitten.

'Je kunt het me maar beter vertellen,' zegt Lucy. 'Ik weet niet wat dokter Self heeft gedaan om hem kwaad te maken, maar we weten allebei dat daar niet veel voor nodig is. Hij is te ver gegaan en er is niets meer aan te doen en we maken voor hem geen uitzondering. Ik zal hem straffen.'

'Laat dat alsjeblieft aan mij over.'

'Nee, want dan laat je het erbij zitten. Je ziet zijn wangedrag altijd door de vingers.'

'Niet waar. En hem straffen helpt niet. Wat denk je daarmee te bereiken?'

'Wat is er precies gebeurd?' Lucy is heel rustig, maar vanbinnen voelt ze zich verdoofd, zoals altijd wanneer ze tot alles in staat is. 'Hij is de hele nacht bij je gebleven. Wat heeft hij gedaan? Niet iets wat jij wilde, dat weet ik zeker, anders zou je geen gekneusde polsen hebben. Je wilt beslist geen fysiek contact met hem, dus heeft hij je gedwongen. Nietwaar? Hij heeft je bij je polsen vastgepakt. En toen? Je hals is geschaafd. Wat nog meer? Wat heeft die rotzak nog meer gedaan? Al die hoeren met wie hij naar bed gaat, wie weet wat voor ziekten...'

'Zo ver is het niet gekomen.'

'Hoe ver bedoel je? Wát heeft hij gedaan.' Het klinkt niet als een vraag, maar als een feit dat moet worden uitgelegd.

'Hij was dronken,' zegt Scarpetta. 'En nu weten we dat hij waarschijnlijk een testosteronzalf gebruikte waarvan hij heel agressief kan worden, afhankelijk van de hoeveelheid die hij gebruikt, en het woord "matig" kent hij niet. Hij draaft altijd door. Hij overdrijft altijd. Te veel. Je hebt gelijk, hij heeft de afgelopen week veel te veel gedronken, en te veel gerookt. Hij kende toch al nauwelijks zijn grenzen en nu zijn die verdwenen. Nou ja, hier moest het waarschijnlijk op uitlopen.'

'Hier moest het op uitlopen? Jullie hebben jarenlang samengewerkt en het moest erop uitlopen dat hij je aanrandt?'

'Ik heb hem nooit eerder zo meegemaakt. Hij was opeens iemand die ik niet kende. Heel agressief en kwaad, hij sloeg helemaal door. Misschien moeten we ons eerder zorgen om hem maken dan om mij.'

'Waag het niet.'

'Probeer het alsjeblieft te begrijpen.'

'Ik zal het beter begrijpen als je me vertelt wat hij heeft gedaan.'

Lucy's stem klinkt vlak, zoals ze praat wanneer ze tot alles in staat is. 'Wat heeft hij gedaan? Hoe meer je mijn vragen ontwijkt, des te meer wil ik hem straffen en hoe erger ik hem zál straffen. En je kent me goed genoeg om te weten dat ik het meen, tante Kay.'

'Hij ging tot op een bepaald punt door en toen hield hij op en begon te huilen,' zegt Scarpetta.

'Hoe ver was dat bepaalde punt?'

'Ik kan er niet over praten.'

'O nee? En als je de politie had gebeld? Die had ook alles precies willen weten. Dat weet je best. Je bent aangerand en je wordt voor de tweede keer aangerand wanneer je alles vertelt en de agent stelt het zich voor en raakt er stiekem opgewonden van. Net als perverse lieden die rechtbanken langsgaan op zoek naar verkrachtingszaken om zich tussen het publiek te zitten verlekkeren.'

'Waarom draaf je zo door? Dat heeft niets met mij te maken.'

'Wat denk je dat er zou zijn gebeurd als je de politie had gebeld en Marino was aangeklaagd wegens seksuele geweldpleging? Op zijn minst? Dan zou je voor de rechter moeten verschijnen, en God weet wat voor spektakel dat zou opleveren. Een zaal vol mensen die naar alle details luisteren en hun fantasie de vrije loop laten. Zoiets als naakt in het openbaar als seksueel object worden bekeken, heel vernederend. De vooraanstaande dokter Kay Scarpetta, die zich naakt die vernedering moet laten welgevallen.'

'Zo ver is het niet gekomen.'

'O nee? Knoop je blouse dan eens los. Wat wil je verbergen? Ik zie de schrammen in je hals.' Lucy steekt haar handen uit en maakt het bovenste knoopje los.

Scarpetta duwt haar handen weg. 'Je bent geen forensisch verpleegkundige en zo is het genoeg. Anders word ik erg boos op je.'

Lucy's woede begint de kop op te steken. Ze voelt het in haar hart, in haar voeten en in haar handen. 'Ik zal dit wel afhandelen,' zegt ze.

'Ik wil niet dat jij het afhandelt. Ik weet dat je zijn huis al hebt doorzocht. Ik weet hoe jij zaken afhandelt, en ik weet heus wel hoe ik voor mezelf moet zorgen. Ik zit niet te wachten op een confrontatie tussen jullie beiden.'

'Wat heeft hij gedaan? Wat heeft die dronken, stomme klootzak met je gedaan?'

Scarpetta zwijgt.

'Hij leidt die sletterige vriendin van hem rond door jouw kantoor. Benton en ik hebben ze van minuut tot minuut gevolgd en het was overduidelijk dat hij een stijve had in het mortuarium. Geen wonder. Dankzij die hormoonzalf is hij een wandelende stijve, zodat hij dat kreng dat nog niet eens half zo oud is als hij kan bevredigen. En dan doet hij jou dit ook nog aan.'

'Hou op.'

'Ik hou niet op. Wat heeft hij gedaan? Je de kleren van je lichaam gescheurd? Waar zijn ze? Het zijn bewijsstukken. Waar zijn die kleren?'

'Hou op, Lucy.'

'Waar zijn ze? Ik wil ze hebben. Ik wil de kleren hebben die je aanhad. Wat heb je ermee gedaan?'

'Je maakt het alleen maar erger.'

'Je hebt ze weggegooid, hè?'

'Schei alsjeblieft uit.'

'Seksuele geweldpleging. Een misdrijf. En je wilt het Benton ook niet vertellen, anders had je dat al gedaan. Je wilde het ook voor mij verzwijgen. Rose moest het me vertellen, althans dat ze het vermoedde. Wat mankeert je in vredesnaam? Ik heb altijd gedacht dat je een sterke vrouw was. Sterk en machtig. Dat heb ik mijn hele leven gedacht. Maar hier heb je het weer. Het gebrek. Van iemand die hem dit liet doen en het verzwijgt. Hoe komt dat?'

'Daar gaat dit dus eigenlijk om.'

'Hoe komt dat?'

'Daar gaat het om,' herhaalt Scarpetta. 'Laten we het nu eens over jouw gebrek hebben.'

'Draai het niet om.'

'Ik had de politie kunnen bellen. Ik kon zijn revolver pakken en ik had hem kunnen doden en dan zou ik in mijn recht hebben gestaan. Ik had een heleboel dingen kunnen doen,' zegt Scarpetta.

'Waarom heb je die dan niet gedaan?'

'Ik heb gekozen voor het minste kwaad. Het komt heus wel weer goed. Na elke andere keuze zou het nooit meer goed zijn gekomen,' zegt Scarpetta. 'En je weet waarom je dit doet.'

'Het gaat er niet om wat ík doe, het gaat erom wat jij hebt gedaan.'

'Het komt door je moeder. Mijn beklagenswaardige zus. Die de ene man na de andere mee naar huis neemt. Ze is niet afhankelijk van mannen, ze is eraan verslaafd,' zegt Scarpetta. 'Weet je nog wat je me een keer hebt gevraagd? Je vroeg waarom mannen altijd belangrijker waren dan jij.'

Lucy balt haar handen tot vuisten.

'Je zei dat elke man in het leven van je moeder belangrijker was dan jij. En daar had je gelijk in. Weet je nog dat ik je heb uitgelegd waarom? Omdat Dorothy een leeg vat is. Het heeft niets met jou te maken. Het heeft alleen met haarzelf te maken. Jij voelde je altijd mishandeld door wat er bij je thuis gebeurde...' Haar stem sterft weg en er valt een schaduw over haar blauwe ogen, die ze donkerder maakt. 'Is er ook nog iets anders gebeurd? Heeft een van haar vriendjes zich ooit misdragen tegenover jou?'

'Ik snakte waarschijnlijk naar aandacht.'

'Wat is er dan gebeurd?'

'Laat maar.'

'Wat is er gebeurd, Lucy?' vraagt Scarpetta.

'Dat doet er niet toe. We hebben het nu niet over mij. En ik was nog een kind. Jij bent geen kind meer.'

'Dat maakt geen verschil. Ik kon toch ook niet tegen hem op?'

Ze zwijgen een poosje. De spanning tussen hen is opeens verdwenen. Lucy wil niet langer ruzie met haar tante maken. Ze heeft haar hele leven nog nooit zo'n hekel aan iemand gehad als op dit moment aan Marino, omdat hij er de oorzaak van is dat zij zo onaardig is geweest tegen haar tante. Ze heeft haar tante genadeloos behandeld, terwijl die vreselijk lijdt. Hij heeft haar tante een wond toegebracht die nooit meer zal genezen, niet echt, en Lucy heeft het nog erger gemaakt.

'Het was niet eerlijk van me,' zegt Lucy. 'Ik wou alleen maar dat ik erbij was geweest.'

'Jij kunt ook niet altijd alles beter maken,' zegt Scarpetta. 'Jij en ik lijken meer op elkaar dan we van elkaar verschillen.'

'De coach van Drew Martin is bij het uitvaartbedrijf van Henry Hollings geweest,' zegt Lucy, omdat het beter is dat ze niet meer over Marino praten. 'Het adres is opgeslagen in het GPS van de Porsche. Ik kan nagaan wat hij er heeft gedaan, als jij liever bij de lijkschouwer uit de buurt blijft.'

'Nee,' zegt Scarpetta. 'Het is hoog tijd dat we met elkaar kennismaken.'

Een kantoor dat smaakvol is ingericht met mooie antieke meubels en damasten gordijnen, die open zijn getrokken om het daglicht binnen te laten. Aan de met mahoniehout betimmerde muren hangen olieverfportretten van de voorvaders van Henry Hollings, een reeks somber ogende mannen die de wacht hielden over hun verleden.

Zijn bureaustoel is omgedraaid naar het raam. Buiten ligt een van de prachtige tuinen van Charleston. Blijkbaar beseft hij niet dat Scarpetta in de deuropening staat.

'Ik kan iets aanbevelen wat u waarschijnlijk erg geschikt zult vinden.' Hij praat door de telefoon met een rustige stem met een zwaar zuidelijk accent. 'We hebben daar speciale urnen voor, een vernieuwing die uitstekend bevalt, hoewel nog niet veel mensen ervan hebben gehoord. Milieuvriendelijk, lost op in water, niet te overdadig versierd en niet duur... Ja, als u de as te water wilt laten... Dat is juist... U kunt zijn as op zee uitstrooien... Inderdaad. U voorkomt dat die alle kanten op waait door de urn onder water te dompelen. Ik begrijp dat u denkt dat dat niet hetzelfde is. Het spreekt vanzelf dat u mag kiezen wat u aanspreekt en ik zal u op alle mogelijke manieren helpen... Ja, ja, dat raad ik u aan... Nee, u wilt niet dat die alle kanten op waait. Hoe moet ik dit tactvol zeggen? Dat die in de boot terugwaait. Dat zou erg vervelend zijn.'

Hij voegt er nog enkele meelevende opmerkingen aan toe en hangt op. Wanneer hij zich omdraait, kijkt hij niet verbaasd als hij Scarpetta ziet staan. Hij heeft haar verwacht. Zij heeft hem als eerste gebeld. Als het bij hem opkomt dat ze naar zijn telefoongesprek heeft geluisterd, vindt hij dat blijkbaar geen probleem. Dat hij een oprecht meelevende, aardige man lijkt te zijn, brengt haar van haar stuk. Een veronderstelling kan een comfortabel gevoel met zich meebrengen en zij heeft altijd verondersteld dat hij een hebzuchtige, schijnheilige, arrogante man is.

'Dokter Scarpetta.' Hij staat glimlachend op en loopt om zijn keurig opgeruimde bureau heen om haar een hand te geven.

'Ik stel het op prijs dat u tijd voor me vrijmaakt, vooral omdat ik u pas onlangs heb gebeld,' zegt ze. Ze neemt de leunstoel en hij gaat op de bank zitten, waarmee hij iets duidelijk maakt. Als hij haar had willen imponeren of het gevoel geven dat ze minder belangrijk was dan hij, was hij weer achter zijn enorme, wortelhouten bureau gaan zitten.

Henry Hollings is een gedistingeerde man in een mooi, met de hand gemaakt, donker pak met een scherpe vouw in de broek. Het jasje heeft een zijden voering en een enkele rij knopen, eronder draagt hij een lichtblauw overhemd. Zijn haar heeft dezelfde zilvergrijze kleur als zijn zijden das, zijn gezicht is gerimpeld, maar niet op een strenge manier: de rimpels verraden dat hij vaker lacht dan boos kijkt. Hij heeft vriendelijke ogen. Het verwart haar nog steeds dat hij er niet uitziet als de sluwe politicus die ze had verwacht, maar dat is juist het probleem met sluwe politici, denkt ze. Ze gedragen zich sympathiek en dan slaan ze toe.

'Ik zal er geen doekjes om winden,' begint Scarpetta. 'U hebt heel lang de gelegenheid gehad om me hier te verwelkomen. Ik ben hier nu bijna twee jaar. Dat wilde ik zeggen voordat we verdergaan.'

'Als ik u had opgezocht, zou dat erg vrijpostig zijn geweest,' zegt hij.

'Het zou een vriendelijk gebaar zijn geweest. Ik ben de nieuwkomer. We beoefenen hetzelfde vak. Dat zou een band horen te scheppen.'

'Dank u wel dat u zo openhartig bent. Het biedt mij de gelegenheid het uit te leggen. Hier in Charleston hebben we de neiging nogal etnocentrisch te zijn. We nemen de tijd te zien wat voor vlees we in de kuip hebben. Ik denk dat u zo langzamerhand wel weet dat alles hier zijn tijd nodig heeft. De mensen lopen ook niet snel.' Hij glimlacht. 'Dus heb ik gewacht tot u het initiatief nam, als u daar behoefte aan zou hebben. Ik dacht van niet. Mag ik dat ook uitleggen? U bent forensisch patholoog en hebt een uitstekende naam. Mensen zoals u hebben over het algemeen geen hoge dunk van gekozen lijkschouwers. We zijn meestal geen arts of forensisch deskundige. Ik verwachtte dat u zich, toen u hier uw praktijk opende, tegen mij zou afzetten.'

'Blijkbaar zijn we allebei bevooroordeeld geweest.' Ze gunt hem het voordeel van de twijfel, of doet in elk geval alsof.

'Er wordt graag geroddeld in Charleston.' Hij doet haar denken aan een foto van Matthew Brady: rechtop in zijn stoel met een been over het andere geslagen en zijn handen gevouwen op schoot. 'Vaak op een rancuneuze, kleingeestige manier,' zegt hij.

'Ik weet zeker dat u en ik op een professionele manier met elkaar om kunnen gaan.' Ze weet het absoluut niet zeker.

'Hebt u kennisgemaakt met uw buurvrouw, mevrouw Grimball?'

'Ik zie haar eigenlijk alleen wanneer ze door het raam naar me kijkt.'

'Blijkbaar heeft ze een klacht ingediend dat er een lijkwagen in de steeg achter uw huis stond. Tot twee keer toe.'

'Ik weet dat dat één keer is gebeurd.' Van een tweede keer weet ze niets. 'Lucious Meddick. Een raadselachtige verwisseling van mijn adressen, die naar ik hoop is rechtgezet.'

'Ze heeft geklaagd tegen mensen die u een heleboel last hadden kunnen bezorgen. Ik werd erover gebeld en heb de zaak gesust. Ik heb gezegd dat ik zeker wist dat u geen lijken bij u thuis liet afleveren en dat het een vergissing moest zijn geweest.'

'Ik vraag me af of u me dit zou hebben verteld als ik u niet had gebeld.'

'Als ik het op u gemunt had, zou ik u toch niet verdedigd hebben?'

'Dat weet ik niet.'

'Ik vind dat er al genoeg dood en ellende op de wereld is. Maar niet iedereen denkt er zo over als ik,' zegt hij. 'In heel South Carolina is er geen enkel uitvaartbedrijf dat geen zaken met me wil doen. Met inbegrip van Lucious Meddick. Ik geloof er geen steek van dat hij echt dacht dat uw koetshuis het mortuarium was. Zelfs al had hij ergens het verkeerde adres gelezen.'

'Waarom zou hij mij willen benadelen? Ik ken hem niet eens.'

'Daarom juist. Hij beschouwt u niet als bron van inkomsten omdat u, en dit vermoed ik alleen maar, niets doet om hem te helpen,' zegt Hollings.

'Ik doe niet aan marketing.'

'Als u het goedvindt, stuur ik een e-mail naar alle lijkschouwers, uitvaart- en vervoersbedrijven met wie u te maken zou kunnen krijgen om ervoor te zorgen dat ze uw juiste adres hebben.'

'Dat hoeft niet, dat kan ik zelf wel.' Hoe aardiger hij is, des te minder ze hem vertrouwt.

'Eerlijk gezegd is het beter als ik het doe. Dan krijgen ze de boodschap door dat u en ik samenwerken. Daarom bent u immers gekomen?'

'Gianni Lupano,' zegt ze.

Hij kijkt haar niet-begrijpend aan.

'De tenniscoach van Drew Martin.'

'U weet vast wel dat ik in die zaak geen enkele rechtsbevoegdheid heb. En er niets meer van weet dan wat de media hebben vermeld,' zegt Hollings.

'Hij heeft een bezoek gebracht aan uw bedrijf. Minstens één keer.'

'Als hij hier is geweest om vragen over haar te stellen, zou ik dat beslist hebben gehoord.'

'Hij is hier geweest om een bepaalde reden,' zegt ze.

'Mag ik vragen hoe u dat zo zeker weet? Misschien hebt u meer plaatselijke roddels gehoord dan ik.'

'Hij heeft in elk geval op uw parkeerterrein gestaan, laat ik het zo zeggen,' zegt ze.

'Aha.' Hij knikt. 'Dan heeft de politie of iemand anders zeker het GPS in zijn auto bekeken en daar mijn adres in zien staan. Wat me ertoe brengt u te vragen of hij verdacht wordt van de moord op haar.'

'Ik denk dat iedereen die iets met haar te maken heeft gehad, wordt ondervraagd. U zei "zijn auto". Hoe weet u dat hij hier in Charleston een auto heeft?'

'Omdat ik weet dat hij hier een appartement heeft,' zegt hij.

'De meeste mensen, ook in zijn appartementengebouw, weten niet dat hij hier een appartement heeft. Ik vraag me af hoe het komt dat u het wél weet.'

'We hebben een gastenboek,' zegt hij. 'Het ligt altijd op het podium voor de kapel, zodat degenen die een wake of een dienst bijwonen, er hun naam in kunnen schrijven. Misschien heeft hij hier een begrafenis bijgewoond. U mag het boek gerust inkijken. Of andere boeken. Teruggaan tot welk tijdstip u maar wilt.'

'Ik zou graag de afgelopen twee jaar willen bekijken,' zegt ze.

Boeien die vastzitten aan een houten stoel in een verhoorkamer.

Madelisa Dooley vraagt zich af of zij daar straks ook zal zitten. Omdat ze heeft gelogen.

'Een heleboel drugs, maar we hebben alles gevonden,' zegt re-

chercheur Turkington wanneer Ashley en zij in het zuidelijke bij-
kantoor van de sheriff van Beaufort County achter hem aan langs
een reeks naargeestige vertrekjes lopen. 'Inbraken, diefstallen, moorden.'

Het is groter dan ze had gedacht, want het was nooit bij haar opgekomen dat er op Hilton Head Island misdaden werden gepleegd.
Maar volgens Turkington zijn het er ten zuiden van de Broad River
genoeg om zestig agenten, onder wie acht rechercheurs, dag in, dag
uit aan het werk te houden.

'Vorig jaar hebben we ruim zeshonderd ernstige misdaden in behandeling gehad,' zegt hij.

Madelisa vraagt zich af hoeveel van die boeven indringers en leu-
genaars waren.

'Ik kan u niet vertellen hoe ik daarvan schrik,' zegt ze nerveus.
'We dachten dat het hier zo veilig was dat we niet eens de deuren
op slot deden.'

Hij brengt hen naar een vergaderzaaltje en zegt: 'U zou verbaasd
staan als u wist hoeveel mensen denken dat ze, omdat ze rijk zijn,
immuun zijn voor akelige gebeurtenissen.'

Madelisa voelt zich gevleid omdat hij blijkbaar aanneemt dat Ashley en zij rijk zijn. Niemand anders heeft dat ooit van hen gedacht
en het maakt haar heel even gelukkig, tot ze zich herinnert waarom ze zijn gekomen. Zo meteen zal deze jongeman in zijn nette pak
de waarheid over de economische status van de heer en mevrouw
Dooley ontdekken. Dat zal gebeuren zodra hij hoort dat ze een goed-
koop rijtjeshuis huren in een doodgewone straat in het noorden van
Charleston, zo ver landinwaarts tussen de dennenbomen dat ze zelfs
geen streepje zee kunnen zien.

'Ga zitten, alstublieft.' Hij trekt een stoel voor haar naar achteren.

'U hebt gelijk,' zegt ze. 'Geld maakt beslist niet gelukkig en zorgt
er ook niet voor dat mensen met elkaar kunnen opschieten.' Alsof
zij dat weet.

'Wat een mooie videocamera is dat,' zegt de rechercheur tegen
Ashley. 'Hoeveel hebt u ervoor betaald? Minstens duizend dollar,
vermoed ik.' Hij gebaart dat Ashley hem de videocamera moet over-
handigen.

'Ik begrijp niet dat het nodig is dat u hem in beslag neemt,' zegt

Ashley. 'Waarom kunt u er niet gewoon even naar kijken?'

'Het is me nog steeds niet duidelijk' – Turkingtons lichte ogen kijken Madelisa recht aan – 'waarom u eigenlijk naar dat huis toe bent gegaan. Waarom u bovendien gewoon door bent gelopen terwijl er een bord met VERBODEN TOEGANG staat.'

'Ze was op zoek naar de eigenaar,' antwoordt Ashley, alsof hij het tegen de videocamera op tafel heeft.

'Meneer Dooley, laat uw vrouw alstublieft zelf antwoord geven. Ze heeft me verteld dat u er niet bij was, dat u op het strand liep toen zij haar vondst deed in het huis.'

'Ik begrijp niet waarom u hem wilt houden.' Ashley maakt zich zorgen om zijn videocamera en Madelisa maakt zich zorgen om de basset, die alleen in de auto is achtergelaten.

Ze heeft de raampjes op een kier laten staan zodat hij frisse lucht krijgt, en goddank is het niet te warm buiten. Laat hij alsjeblieft niet blaffen! Ze houdt nu al van hem. Het arme dier. Hij heeft iets vreselijks meegemaakt – ze denkt aan het kleverige bloed in zijn vacht. Ze wil niets over de hond zeggen, ook al zou het verklaren dat ze naar dat huis is gegaan om de eigenaar te zoeken. Als de politie erachter komt dat zij dat arme, schattige hondje heeft meegenomen, zullen ze het van haar afpakken, hem naar het asiel brengen en hem daar een spuitje geven. Net als Frisbee.

'U zocht de eigenaar van het huis. Dat hebt u al een paar keer gezegd. Maar het is me nog steeds niet duidelijk waaróm u de eigenaar zocht.' Turkingtons lichte ogen kijken haar opnieuw aan en zijn pen ligt op de blocnote waarop hij haar leugens een voor een opschrijft.

'Het is een schitterend huis,' zegt ze. 'Ik wilde dat Ashley het zou filmen, maar ik vond dat dat niet kon als de eigenaar daar geen toestemming voor had gegeven. Dus ging ik kijken of er soms iemand bij het zwembad zat of anders binnen.'

'In deze tijd van het jaar zijn hier niet veel mensen, zeker niet op de plek waar u aan het wandelen was. Veel van die grote huizen zijn het tweede of derde huis van heel welgestelde mensen en worden niet verhuurd, en het is laagseizoen.'

'Daar hebt u gelijk in,' beaamt ze.

'Maar u nam aan dat er iemand thuis was omdat u vlees op de barbecue zag liggen?'

'Dat klopt.'

'Hoe kon u dat vanaf het strand al zien?'

'Ik zag rook.'

'U zag rook van de barbecue en kon ruiken dat er iets op lag, geloof ik.' Hij schrijft het op.

'Dat klopt precies.'

'Wat was het?'

'Wat was wat?'

'Wat lag er op de barbecue?'

'Vlees. Misschien varkensvlees. Misschien waren het hamlappen.'

'En toen besloot u zomaar het huis binnen te gaan.' Hij schrijft verder, houdt dan de pen stil en kijkt haar weer aan. 'En dat is nu juist wat ik niet begrijp.'

Dat is ook wat zijzelf nauwelijks kan begrijpen, hoe ze daar ook haar best voor doet. Welke leugen kan ze opdissen die voor waar zou kunnen doorgaan?

'Toen ik u belde, heb ik ook al gezegd dat ik op zoek was naar de eigenaar en dat ik me zorgen begon te maken,' zegt ze. 'Ik dacht dat een of ander rijk oud mens daar aan het barbecuen was en een hartaanval had gekregen of zo. Waarom zou je anders vlees op de barbecue leggen en dan verdwijnen? Dus liep ik naar het huis toe en riep steeds "Is er iemand thuis?" Toen zag ik dat de deur van de wasruimte openstond.'

'U bedoelt dat die niet op slot zat.'

'Dat bedoel ik.'

'De deur naast een raam waarvan een ruit ontbrak en een andere ruit was kapot,' zegt rechercheur Turkington, en hij schrijft het op.

'Toen ging ik naar binnen, terwijl ik wist dat ik dat niet mocht doen. Maar ik dacht: stel dat die rijke persoon ergens op de grond ligt en een beroerte heeft gehad?'

'Soms sta je in het leven voor een moeilijke keus,' zegt Ashley en zijn ogen flitsen heen en weer tussen de rechercheur en de videocamera. 'Niet naar binnen gaan of jezelf verwijten dat je dat niet hebt gedaan wanneer je later in de krant leest dat iemand hulp nodig had.'

'Hebt u het huis nog gefilmd, meneer?'

'Ik heb bruinvissen gefilmd terwijl ik wachtte tot Madelisa terugkwam van het huis.'

'Ik vroeg of u het huis hebt gefilmd.'

'Even denken. Heel even, geloof ik. Daarvoor, met Madelisa op de voorgrond. Maar ik was niet van plan dat aan iemand te laten zien als ze geen toestemming zou krijgen.'

'Aha. U wilde toestemming om het huis te filmen, maar u filmde het alvast zonder toestemming.'

'En toen we geen toestemming hadden gekregen, heb ik het gewist,' zegt Ashley.

'O ja?' zegt Turkington en hij kijkt Ashley doordringend aan. 'Uw vrouw komt vanuit het huis naar u toe rennen omdat ze bang is dat daar iemand is vermoord en u denkt eraan een deel van de film te wissen omdat u geen toestemming hebt gekregen van degene die misschien is vermoord?'

'Ik weet heus wel dat het raar klinkt,' zegt Madelisa. 'Maar het gaat erom dat ik geen kwaad in de zin had.'

Ashley zegt: 'Toen Madelisa weer naar buiten kwam en helemaal van streek was na wat ze daar had gezien, wilde ik meteen het alarmnummer bellen, maar ik had mijn mobiel niet bij me. Zij ook niet.'

'En het kwam niet bij u op de telefoon in het huis te gebruiken?'

'Niet na wat ik daar had gezien,' zegt Madelisa. 'Ik had het gevoel dat hij er nog steeds was.'

'Hij?'

'Ik had een afschuwelijk gevoel. Ik ben nog nooit zo bang geweest. U denkt toch niet echt dat ik, na wat ik had gezien, zou blijven om de telefoon te gebruiken terwijl ik het gevoel had dat iemand me in de gaten hield?' Ze zoekt in haar tas naar een tissue.

'Dus zijn we zo vlug mogelijk naar huis gegaan en ze was zo overstuur dat ik haar eerst moest kalmeren,' zegt Ashley. 'Ze huilde als een klein kind en we moesten onze tennisles laten schieten. Ze heeft de hele avond gehuild. Ten slotte heb ik gezegd: "Lieverd, ga eerst lekker slapen, dan praten we morgen verder." Eerlijk gezegd, wist ik niet of ik haar moest geloven. Mijn vrouw heeft een rijke fantasie, ziet u. Leest graag detectives en kijkt naar misdaadfilms en zo. Maar toen ze bleef huilen, begon ik me zorgen te maken en dacht ik dat er misschien toch iets mis was. Toen heb ik u gebeld.'

'Pas na de volgende tennisles,' zegt Turkington nadrukkelijk. 'Hoewel uw vrouw nog steeds overstuur was, bent u vanmorgen eerst naar de tennisles gegaan, toen terug naar huis om te douchen

en u te verkleden, toen hebt u de auto gepakt en toen bent u teruggereden naar de stad. Waarna u de politie hebt gebeld. Het spijt
me, maar moet ik dit echt geloven?'

'Waarom zouden we, als het niet waar was, onze vakantie met
twee dagen verkorten? We hadden ons er het hele jaar op verheugd,'
zegt Ashley. 'Je zou verwachten dat je in een noodgeval je geld terugkrijgt. Misschien kunt u bij de verhuurder een goed woordje voor
ons doen.'

'Als u daarom de politie hebt gebeld,' zegt Turkington, 'hebt u
uw tijd verspild.'

'Ik wou dat u me mijn videocamera teruggaf. Ik heb dat stukje
met het huis op de achtergrond gewist, dus is er niets meer van te
zien. Alleen Madelisa op het strand terwijl ze tegen haar zus praat,
ongeveer tien seconden.'

'O, was haar zus er ook bij?'

'Ze praatte tegen haar via de videocamera. Ik weet niet waarom
u denkt dat u nog iets zult zien waar u wat aan hebt, want ik heb
het gewist.'

Madelisa had erop gestaan dat hij het wiste vanwege de hond.
Hij had haar gefilmd terwijl ze de hond aaide.

'Misschien kan ik, als ik naar uw film kijk, de rook van de barbecue zien,' zegt Turkington tegen Ashley. 'Want u hebt immers gezegd dat u die rook vanaf het strand al kon zien? Als u het huis hebt
gefilmd, dan is die rook er toch ook op gekomen?'

Daar heeft Ashley niet aan gedacht. 'Nou eh... Ik geloof niet dat
ik de camera op die kant van het huis heb gericht. Kunt u niet even
kijken en me mijn camera dan teruggeven? Ik heb vooral Madelisa
gefilmd en een paar bruinvissen en verder nog wat dingen thuis. Ik
begrijp niet waarom u de camera wilt houden.'

'We moeten ons ervan verzekeren dat er niets op uw film staat
wat van nut kan zijn bij het onderzoek, details die u niet bewust
hebt opgenomen.'

'Wat bijvoorbeeld?' vraagt Ashley geschrokken.

'Bijvoorbeeld iets waaraan we kunnen zien of u ons de waarheid
hebt verteld toen u zei dat u niet ook het huis binnen bent gegaan
nadat uw vrouw u had verteld wat ze had gedaan.' Rechercheur
Turkington klinkt opeens bars. 'Ik vind het heel vreemd dat u na
het verhaal van uw vrouw niet zelf bent gaan kijken.'

'Als het waar was wat ze zei, dan zou ik het toch niet in mijn hoofd halen ook dat huis binnen te gaan?' zegt Ashley. 'Stel dat er zich echt een moordenaar schuilhield?'

Madelisa denkt aan het geluid van het stromende water, het bloed, de kleren en de foto van de vermoorde tennisster. Ze ziet de rommel in de enorme woonkamer weer voor zich, met al die medicijnflesjes en de wodka. En de filmprojector die draait terwijl er geen film wordt vertoond op het scherm. De rechercheur gelooft haar niet. Ze heeft zich in de nesten gewerkt. Een huis binnendringen. Een hond stelen. Liegen. Maar dat van de hond mag hij niet weten. Want dan laten ze hem afmaken. Ze houdt van die hond. Ze zal liegen alsof het gedrukt staat. Voor die hond zal ze liegen tot ze erin stikt.

'Ik weet dat het me niets aangaat,' zegt Madelisa en ze moet al haar moed bijeenrapen om het te vragen, 'maar weet u soms wie er in dat huis woont en of er inderdaad iets heel ergs is gebeurd?'

'We weten wie er woont. Een vrouw van wie ik de naam niet zal noemen. Maar ze is niet thuis, en haar hond en haar auto zijn verdwenen.'

'Haar auto is verdwenen?' Madelisa's onderlip begint te trillen.

'Het lijkt erop dat ze ergens naartoe is gegaan en haar hond heeft meegenomen, vindt u niet? En weet u wat ik denk? U wilde een gratis rondleiding door haar huis en was bang dat iemand u daar had gezien. U hebt dit wilde verhaal bedacht om uzelf vrij te pleiten. Het is u bijna gelukt.'

'Als u de moeite zou nemen om dat huis te doorzoeken, zou u weten dat het de waarheid is.' Madelisa's stem trilt.

'We hebben die moeite inderdaad genomen, mevrouw. Ik heb er een paar agenten naartoe gestuurd en zij hebben geen van de dingen gezien die u daar zogenaamd hebt aangetroffen. Er ontbrak geen ruit in het raam naast de deur naar de wasruimte. Geen enkele ruit was kapot. Nergens zat bloed. Nergens lagen messen. De barbecue was uit en brandschoon. Geen enkel teken dat er onlangs iets op was geroosterd. En de filmprojector stond niet aan,' zegt hij.

In de spreekkamer, waar Hollings en zijn personeel met families praten, zit Scarpetta op een met zachtgoud en crème gestreepte stof beklede bank het tweede gastenboek door te bladeren.

Gebaseerd op wat ze tot nu toe heeft gezien, is Hollings een attente man met een goede smaak. De grote, dikke gastenboeken zijn gebonden in mooi zwart leer en hebben roomkleurige, gelinieerde bladzijden, en hij doet zulke goede zaken dat er wel drie tot vier boeken per jaar nodig zijn. Het zorgvuldig doorzoeken van de eerste vier maanden van vorig jaar heeft geen bewijs opgeleverd dat Gianni Lupano hier een begrafenis heeft bijgewoond.

Ze pakt het volgende boek en slaat de bladzijden langzaam om. Terwijl ze haar vinger over de bladzijden laat glijden, herkent ze namen van bekende plaatselijke families. Van januari tot en met maart is er geen Gianni Lupano bij. Ook niet in april, en Scarpetta's teleurstelling wordt steeds groter. Niet in mei of juni. Dan stopt haar vinger bij een duidelijk leesbare, zwierige handtekening. Het afgelopen jaar heeft hij op 12 juli de begrafenis bijgewoond van Holly Webster. Er waren niet veel mensen, want er staan maar elf handtekeningen. Scarpetta noteert de namen en staat op. Ze loopt langs de kapel, waar twee dames bloemen zetten rondom een glanzende, bronskleurige kist. Ze loopt de mahoniehouten trap op en gaat terug naar Henry Hollings' kantoor. Weer zit hij met zijn rug naar de deur te telefoneren.

'Sommige mensen willen dat de vlag driehoekig wordt opgevouwen en onder het hoofd van de overledene wordt gelegd,' zegt hij met zijn troostrijke, zangerige stem. 'Maar natuurlijk kunnen we hem ook over de kist spreiden. Wat ik u aanraad?' Hij pakt een vel papier. 'U lijkt de voorkeur te geven aan walnotenhout en zachtgeel satijn. Maar u denkt ook aan twintig millimeter dik staal... Dat weet ik, ja. Dat zegt iedereen... Het is verschrikkelijk moeilijk dit soort beslissingen te moeten nemen. Als u mijn eerlijke mening wilt horen, dan zou ik voor staal kiezen.'

Hij praat nog even door, draait zich om en ziet opnieuw Scarpetta in zijn deuropening staan. 'Soms is het vreselijk droevig,' zegt hij. 'Een tweeënzeventigjarige veteraan die onlangs zijn vrouw had verloren en erg gedeprimeerd was. Heeft een geweer in zijn mond gezet. We hebben gedaan wat we konden, maar er bestaat geen enkele methode om hem weer toonbaar te maken, en ik weet dat u weet wat ik bedoel. Je kunt de kist niet openlaten, maar de familie staat erop.'

'Wie was Holly Webster?' vraagt Scarpetta.

'Dat was een tragedie,' zegt hij meteen. 'Een van die gevallen die je nooit vergeet.'

'Kunt u zich herinneren dat Gianni Lupano haar begrafenis heeft bijgewoond?'

'Toen kende ik hem nog niet,' is zijn vreemde antwoord.

'Was hij een vriend van de familie?'

Hij staat op, gaat naar een kersenhouten archiefkast en trekt een la open. Hij loopt door de mappen en trekt er een uit.

'Hierin bewaar ik de details van begrafenissen en kopieën van rekeningen en dergelijke. Ik kan u die niet laten inzien, uit respect voor de familie. Maar ik mag u wel de krantenartikelen laten lezen.' Hij overhandigt haar de map. 'Die bewaar ik ook. Zoals u weet, zijn de gerechtelijke gegevens alleen te vinden bij de politie en de forensisch arts die de zaak in behandeling heeft gehad, en bij de lijkschouwer die ons sectie heeft laten verrichten omdat Beaufort County geen gerechtelijke geneeskundige dienst heeft. Maar dat weet u natuurlijk, omdat hij die gevallen nu door u laat behandelen. Toen Holly stierf, ging het anders, toen was u er nog niet. Waarschijnlijk zou deze verdrietige zaak dan bij u terecht zijn gekomen in plaats van bij mij.'

Ze hoort geen spoor van wrok in zijn stem, hij lijkt er niet mee te zitten.

Hij zegt: 'Ze stierf op Hilton Head. Het is een steenrijke familie.'

Ze opent de map. Er zitten maar een paar knipsels in en het langste artikel komt uit de *Island Packet* van Hilton Head. Er staat in dat Holly Webster laat in de morgen van 10 juli 2006 op het terras met haar jonge basset speelde. Het meisje mocht niet bij het zwembad van olympische afmetingen komen als er geen oppas bij was, en die was er niet. Volgens de krant waren haar ouders de stad uit en logeerden er vrienden in het huis. De verblijfplaats van de ouders en de namen van de vrienden worden niet genoemd. Tegen het middaguur ging iemand Holly roepen voor de lunch. Het meisje was nergens meer te zien en de puppy draafde langs het zwembad heen en weer en sloeg steeds met zijn poot in het water. Holly lag op de bodem; haar lange, donkere haar zat vast in de afvoer. Vlakbij lag een rubber bot; de politie vermoedde dat ze dat voor haar hondje uit het water had willen halen.

Een ander, heel kort artikel vermeldt dat de moeder, Lydia Webster, nog geen twee maanden later te gast was in een programma van dr. Self.

'Ik kan me deze zaak nog herinneren,' zegt Scarpetta. 'Ik geloof dat ik destijds in Massachusetts was.'

'Slecht nieuws, maar geen belangrijk nieuws. De politie heeft het zo stil mogelijk gehouden. Een van de redenen is dat badplaatsen het niet bepaald leuk vinden als ze op een eh... negatieve manier in het nieuws komen.' Hollings pakt de telefoon. 'Ik denk niet dat u veel wijzer van hem zult worden, van de forensisch arts die de sectie heeft verricht, bedoel ik. Maar we zullen eens zien.' Hij zwijgt even en dan: 'Met Henry Hollings... Heel goed, heel goed... Stapels werk, ik weet het... Het is hoog tijd dat ze je eens wat meer personeel geven... Nee, ik heb al een hele tijd niet gevaren... Juist... Ik ben je nog een vistochtje schuldig. En jij bent me iets schuldig voor die lezing die ik onlangs bij jullie heb gehouden voor die jongelui die denken dat moordonderzoek een soort amusement is... Dat geval Holly Webster. Ik heb dokter Scarpetta hier op kantoor. Zou je het erg vinden even met haar te praten?'

Hollings geeft haar de telefoon. Ze legt het plaatsvervangend hoofd van de forensische dienst, die verbonden is aan de medische faculteit van de universiteit van South Carolina, uit dat ze te hulp is geroepen bij een zaak die misschien iets te maken heeft met de verdrinkingsdood van Holly Webster.

'Welke zaak?' vraagt het plaatsvervangend hoofd.

'Het spijt me, maar dat mag ik u niet vertellen,' antwoordt ze. 'Het onderzoek van deze moord is nog in volle gang.'

'Ik ben blij dat u begrijpt hoe het werkt. Ik mag u niets over de zaak Webster vertellen.'

Hij bedoelt dat hij dat niet wil.

'Het is niet mijn bedoeling u last te bezorgen,' zegt Scarpetta. 'Ik zal het u zo goed mogelijk uitleggen. Ik ben bij lijkschouwer Hollings omdat is gebleken dat de tenniscoach van Drew Martin, Gianni Lupano, de begrafenis van Holly Webster heeft bijgewoond. Ik probeer erachter te komen waarom, meer kan ik niet zeggen.'

'Ik ken hem niet, heb nog nooit van hem gehoord.'

'Dat was een van mijn vragen, of u enig idee had hoe hij de familie Webster kende.'

'Geen flauw idee.'

'Wat kunt u me over de dood van Holly Webster vertellen?'

'Ze is verdronken. Het was een ongeluk, niets wijst op het tegendeel.'

'U bedoelt dat u geen pathognostische symptomen hebt gevonden en dat de diagnose is gebaseerd op omstandigheden,' zegt Scarpetta. 'Vooral op de omstandigheden toen ze werd gevonden.'

'Dat klopt.'

'Zou u me willen vertellen welke rechercheur dat onderzoek heeft geleid?'

'Geen probleem, wacht even.' Computertoetsen klikken. 'Even kijken. Ja, dat dacht ik al. Turkington, van het kantoor van de sheriff van Beaufort County. Als u meer wilt weten, moet u hem bellen.'

Scarpetta bedankt hem, beëindigt het gesprek en zegt tegen Hollings: 'Wist u dat de moeder, Lydia Webster, nog geen twee maanden na de dood van haar kind te gast was in het programma van dokter Self?'

'Ik heb die uitzending niet gezien, ik kijk nooit naar haar programma. Die vrouw moeten ze afmaken,' zegt hij.

'Weet u misschien hoe mevrouw Webster in een programma van dokter Self terecht is gekomen?'

'Ik vermoed dat dokter Self een team tot haar beschikking heeft dat het nieuws afspeurt op zoek naar materiaal. Op zoek naar gasten. Volgens mij was het psychologisch gezien een slecht idee dat mevrouw Webster zich in het openbaar blootgaf terwijl ze de dood van haar kind nog lang niet had verwerkt. Blijkbaar ging het met Drew Martin net zo,' zegt hij.

'U bedoelt de keer dat zij vorig najaar aan een uitzending meewerkte?'

'Ik hoor veel van wat er hier gaande is, of ik dat prettig vind of niet. Wanneer Drew in Charleston was, logeerde ze altijd in het Charleston Palace Hotel. De laatste keer, nog geen drie weken geleden, was ze zelden in haar kamer en heeft ze er niet één keer geslapen. Het personeel trof haar bed steeds onbeslapen aan en niets verried dat ze er was geweest, behalve haar bagage. Een deel van haar bagage.'

'Hoe weet u dat?' vraagt Scarpetta.

'Een goede vriendin van me is daar hoofd van de bewakingsdienst.

Ik raad familieleden of vrienden van overledenen altijd aan in het Charleston Place te overnachten. Als ze dat kunnen betalen.'

Scarpetta herinnert zich wat Ed, de portier, heeft gezegd. Drew liep het appartement in en uit en gaf hem elke keer twintig dollar fooi. Misschien was dat niet alleen een gul gebaar. Misschien was het een aansporing om zijn mond te houden.

17

Sea Pines, de exclusiefste plantage op Hilton Head Island.

Voor vijf dollar kan men er bij de ingang een dagkaart kopen. De bewakers in hun grijs met blauwe uniform vragen niet om een identiteitsbewijs. Scarpetta had daarover geklaagd toen zij en Benton er een appartement hadden. De herinneringen aan die tijd doen nog steeds pijn.

'Ze heeft die Cadillac in Savannah gekocht,' zegt rechercheur Turkington, terwijl hij Scarpetta en Lucy rondrijdt in een onopvallende dienstauto. 'Een witte. Wat het niet gemakkelijker maakt. Hebt u enig idee hoeveel mensen hier een witte Cadillac of Lincoln hebben? En twee van de drie huurauto's zijn wit.'

'De bewakers bij de ingang herinneren het zich niet dat ze hem misschien op een ongewoon uur hebben zien langskomen? En de camera's hebben hem ook niet ergens gefilmd?' vraagt Lucy, die voorin zit.

'Nee, er is geen enkele aanwijzing waar we iets aan hebben. Iemand zegt dat hij die auto misschien heeft gezien, iemand anders zegt van niet. Volgens mij is hij erin weggereden, niet naar binnen, dus hebben ze er niet op gelet.'

'Dat hangt van het tijdstip af,' zegt Lucy. 'Stond die auto altijd in de garage?'

'Meestal stond hij op de oprit. Daarom lijkt het me onwaarschijnlijk dat hij hem lang geleden heeft meegenomen. Jou ook niet?' Hij kijkt even van opzij naar haar gezicht. 'Hij heeft de sleutels ergens gevonden en is zonder dat zij het merkte in haar auto weggereden.'

'We weten niet wat zij merkte of niet.'

'Je bent nog steeds overtuigd van het ergste,' zegt Turkington.

'Inderdaad. Gebaseerd op feiten en gezond verstand.' Hij heeft hen van het vliegveld gehaald en sinds hij daar een wijsneuzige opmerking over haar helikopter heeft gemaakt, praat Lucy op plagerige toon tegen hem.

Hij noemde de helikopter een schuimspaan. Zij noemde hem een luddiet. Hij wist niet wat een luddiet was en dat weet hij nog steeds niet, want ze heeft het niet uitgelegd.

'Maar ik sluit nog niet uit dat ze voor losgeld is ontvoerd,' gaat Lucy verder. 'Ik beweer niet dat dat niet mogelijk is. Ik geloof het niet, maar het is mogelijk, en we moeten doorgaan met waar we mee bezig zijn. Elke onderzoeksinstelling laten zoeken.'

'Ik wou verdorie dat we hadden kunnen voorkomen dat de media er lucht van zouden krijgen. Becky zegt dat ze de hele morgen mensen bij het huis moesten wegsturen.'

'Wie is Becky?' vraagt Lucy.

'Het hoofd van csı. Net als ik werkt ze ook nog op een ambulance.'

Scarpetta vraagt zich af waarom hij dat zegt. Misschien schaamt hij zich omdat hij er nog een baan bij heeft.

'Maar jij hoeft je waarschijnlijk over de huur geen zorgen te maken,' voegt hij eraan toe.

'Jawel, hoor. Alleen is mijn huur iets hoger dan de jouwe.'

'Ja, ja, ietsje maar. Ik heb geen idee wat die laboratoria kosten, laat staan die vijftig huizen van je en die Ferrari's.'

'Het zijn er geen vijftig, en hoe weet jij wat ik allemaal bezit?'

'Maken er al veel bureaus gebruik van je laboratoria?' vraagt hij.

'Een stuk of wat. Ze zijn nog in aanbouw, maar we werken er al wel. En we zijn erkend. Jullie mogen kiezen: wij of sled.' De afdeling ordehandhaving in South Carolina.

'Maar wij werken sneller,' voegt ze eraan toe. 'Als je iets wilt wat niet op de kaart staat, dan hebben wij technisch hoogst bekwame vrienden. In Oak Ridge. Y-Twaalf.'

'Ik dacht dat ze daar atoomwapens maakten.'

'Niet alleen dat.'

'Dat meen je niet. Doen ze ook forensisch werk? Wat dan?' vraagt hij.

'Dat is geheim.'

'Nou ja, het doet er niet toe. Je bent toch te duur voor ons.'

'Dat is waar, maar dat wil niet zeggen dat we jullie niet zouden helpen.'

Zijn zonnebril verschijnt in het achteruitkijkspiegeltje en hij zegt tegen Scarpetta, waarschijnlijk omdat hij even genoeg heeft van Lucy: 'Bent u er nog?'

Hij draagt een roomkleurig pak en Scarpetta vraagt zich af hoe hij dat op plaatsen waar een misdrijf is gepleegd schoonhoudt. Ze gaat in op de belangrijkste dingen die hij en Lucy hebben besproken en benadrukt dat ze niets voor zeker moeten aannemen, ook niet het tijdstip waarop de Cadillac van Lydia Webster is verdwenen. Want ze reed er zelden in, alleen soms om sigaretten, drank of iets te eten te kopen. Helaas was ze een gevaar op de weg. Dus kan het best zijn dat de auto al wat langer geleden is verdwenen en dat het niets met de verdwijning van de hond te maken heeft. Daarnaast moeten ze rekening houden met de foto's die de Zandman aan dr. Self heeft gestuurd. Zowel Drew Martin als Lydia Webster was gefotografeerd in een badkuip, die blijkbaar was gevuld met koud water. Ze maakten allebei de indruk dat ze bedwelmd waren, en dan hebben ze ook nog die verklaring van mevrouw Dooley. Ze moeten deze zaak behandelen als een moord, ongeacht wat de waarheid zal blijken te zijn. Omdat – en daar hamert Scarpetta al ruim twintig jaar op – er geen weg terug is.

Maar dan gaat ze terug naar haar eigen leven. Ze kan er niets aan doen. Ze denkt aan de laatste keer dat ze op Hilton Head was, toen ze Bentons appartement leegruimde. In die zwartste periode in haar leven is het geen seconde bij haar opgekomen dat de moord op hem in scène was gezet om hem te beschermen tegen degenen die hem, als ze de kans hadden gekregen, zouden hebben vermoord. Waar zijn die potentiële moordenaars gebleven? Hebben ze hun belangstelling voor hem verloren, hebben ze besloten dat hij geen bedreiging meer voor hen vormt of niet meer de moeite van een wraakactie waard is? Ze heeft het Benton gevraagd, maar hij wil er niet over praten, zegt dat hij dat niet kan. Ze laat het raampje van Turkingtons auto zakken en haar ring glinstert in het zonlicht, maar dat stelt haar niet gerust, want het mooie weer zal niet aanhouden. Voor later op de dag is er regen voorspeld.

De weg meandert door golfbanen en over bruggen over smalle kanalen en meertjes. Een boomstronk op een met gras begroeide oever blijkt een kaaiman te zijn, de waterschildpadden houden zich stil in de modder en een witte zilverreiger staat op dunne poten in ondiep water. Op de voorbank gaat het gesprek al een tijdje over dr. Self, en onder hoge eiken gaat het licht over in schaduw. Spaans mos ziet eruit als dor grijs haar. Er is weinig veranderd. Hier en daar is een nieuw huis gebouwd, en ze herinnert zich lange wandelingen, zilte lucht en wind, zonsondergangen op het balkon. En het moment dat het opeens allemaal voorbij was. Ze ziet voor zich wat ze voor hém aanzag in de verkoolde resten waar hij zogenaamd was gestorven. Ze ziet zijn zilvergrijze haar en geblakerde lichaam tussen het beroete hout en de smurrie nadat de brand was geblust, het vuur smeulde nog na. Hij had geen gezicht meer, hij was niets meer dan verbrande botten, en het sectierapport was vervalst. Ze hadden haar bedrogen. Ze was er kapot van. Haar leven was verwoest. Na wat Benton toen heeft gedaan, is ze voorgoed veranderd. Veel meer veranderd dan na wat Marino onlangs heeft gedaan.

Ze parkeren op de oprit van Lydia Websters enorme witte villa. Scarpetta herinnert zich dat ze die vanaf het strand heeft zien liggen, en het lijkt onwerkelijk dat ze hier nu staan. Op straat staat een rij politieauto's.

'Ze hebben dit huis ongeveer een jaar geleden gekocht, van de een of andere magnaat uit Dubai,' zegt Turkington terwijl hij uitstapt. 'Een tragische toestand. Ze hebben het helemaal laten verbouwen en ze zaten er nog maar net in toen dat meisje verdronk. Ik snap niet dat mevrouw Webster daarna nog hier wilde wonen.'

'Soms kunnen mensen iets niet loslaten,' zegt Scarpetta, terwijl ze over het tegelpad naar de dubbele teakhouten deur boven aan een stenen bordes lopen. 'Dan blijven ze zich vastklampen aan een plek en de bijbehorende herinneringen.'

'Had zij na de scheiding dit huis gekregen?' vraagt Lucy.

'Dat denk ik wel.' Alsof het al vaststaat dat ze dood is. 'Maar de scheiding was nog niet uitgesproken. Haar man doet iets met hedgefondsen en investeringen en zo. Hij is bijna net zo rijk als jij.'

'Zullen we daar nu eens over ophouden?' zegt Lucy bits.

Turkington opent de voordeur. Binnen zijn agenten van de criminele recherche aan het werk. Tegen de gepleisterde muur van de hal staat een raam met een kapotte ruit.

'De vrouw die hier op vakantie was,' zegt Turkington tegen Scarpetta. 'Madelisa Dooley. Zij zei dat er een ruit aan dat raam ontbrak toen ze door de deur van de wasruimte naar binnen ging. Deze ruit.' Hij laat zich op zijn hurken zakken en wijst naar een ruit rechts onderaan. 'Hij heeft hem eruit gehaald en er weer in gelijmd. Als je goed kijkt, zie je de lijm. Ik heb tegen haar gezegd dat de agenten die ik hiernaartoe had gestuurd geen kapotte ruit hadden gezien. Ik wilde weten of ze haar verhaal zou veranderen als ik zei dat er geen sprake was van een kapotte ruit.'

'Ik neem aan dat u die niet met schuim hebt bespoten,' zegt Scarpetta.

'Daar heb ik van gehoord,' zegt Turkington. 'Dat moeten wij ook gaan doen. Als mevrouw Dooley de waarheid heeft verteld, is er hier volgens mij, nadat ze vertrokken was, ook nog van alles gebeurd.'

'We zullen er schuim op spuiten voordat hij wordt verpakt en vervoerd,' zegt Scarpetta. 'Om het gebroken glas op zijn plaats te houden.'

'Ga uw gang.' Hij loopt naar de woonkamer, waar een rechercheur foto's maakt van de rommel op de salontafel en iemand anders de kussens van de bank haalt.

Scarpetta en Lucy openen hun zwarte koffertjes. Ze trekken overschoenen en handschoenen aan, en dan komt er een vrouw in een soldatenbroek en een poloshirt met in grote letters FORENSICS op de rug uit de woonkamer. Ze ziet eruit als een jaar of veertig en ze heeft bruine ogen en kort, donker haar. Ze is klein en slank, en Scarpetta kan zich nauwelijks voorstellen dat zo'n tengere vrouw bij de politie wilde.

'Jij bent Becky, denk ik,' zegt ze en ze stelt zichzelf en Lucy voor.

Becky wijst naar het raam dat tegen de muur staat en zegt: 'Het ruitje rechts onderaan. Maar dat heeft Tommy natuurlijk al gezegd.' Ze bedoelt Turkington en wijst, ze heeft handschoenen aan. 'Hij heeft een glassnijder gebruikt en de ruit er later weer in gelijmd. Weet je hoe ik dat heb gezien?' Ze is trots op zichzelf. 'Aan het zand dat aan de lijm is blijven kleven. Kijk maar.'

Ze gaan kijken. Ze zien het ook.

'Dus is het heel goed mogelijk dat de ruit, toen mevrouw Dooley op zoek was naar de eigenaar,' zegt Becky, 'uit het raam was gehaald en op de grond lag. Ik vind haar verhaal geloofwaardig. Ze is er als een haas vandoor gegaan en daarna heeft de moordenaar de boel weer op zijn plaats gezet.'

Lucy zet twee spuitflessen in een houder op een mengpistool.

'Doodeng, als je erover nadenkt,' vervolgt Becky. 'Die arme vrouw ging hier naar binnen toen hij er nog was. Ze zei dat ze het gevoel had dat iemand haar in de gaten hield. Is dat een lijmspray? Daar heb ik van gehoord. Houdt gebroken glas op z'n plaats. Wat voor spul is het?'

'Voor het merendeel polyurethaan en gas,' zegt Scarpetta. 'Nemen jullie foto's? Vingerafdrukken? DNA-monsters?'

Lucy maakt foto's van het raam, met en zonder schaalverdeling.

'Foto's en DNA-monsters. Geen afdrukken. Ben benieuwd naar het DNA, want het is brandschoon,' zegt Becky. 'Hij heeft het raam schoongemaakt, het hele raam. Ik weet niet hoe dat ruitje gebroken is. Het ziet eruit alsof er een grote vogel tegenaan is gevlogen, een pelikaan of een buizerd.'

Scarpetta maakt notities, beschrijft het gebroken glas en meet het op.

Lucy plakt band op het raamkozijn en vraagt: 'Welke kant, denk je?'

'Ik denk dat het van binnenuit is ingeslagen,' zegt Scarpetta. 'Kunnen we het omdraaien? We moeten de andere kant bespuiten.'

Lucy en Scarpetta tillen het raam voorzichtig op en draaien het om. Ze zetten het weer tegen de muur, nemen nog meer foto's en maken nog meer aantekeningen, terwijl Becky van een afstandje toekijkt.

Scarpetta zegt tegen haar: 'Ik heb hulp nodig. Wil je even hier komen?'

Becky komt naast haar staan.

'Wijs op de muur aan waar de kapotte ruit zat toen het raam nog op zijn plaats zat. Ik zal zo meteen kijken waar je het hebt weggehaald, maar ik wil vast een idee hebben.'

Becky raakt de muur aan. 'Maar ik ben klein van stuk,' zegt ze.

'Ongeveer ter hoogte van mijn hoofd,' zegt Scarpetta en ze bestudeert het gebroken glas. 'De breuk lijkt op die bij auto-ongelukken. Van iemand die zonder gordel om met zijn hoofd tegen de voorruit is geslagen. Dit stuk is er niet uitgehakt.' Ze wijst naar het gat in het glas. 'Het is alleen de plek waarop de grootste druk is uitgeoefend, en ik wil wedden dat daar nog glas op de grond ligt. In de waskamer. Misschien ook op de vensterbank.'

'Ik heb het opgeraapt. Bedoel je dat iemand met zijn hoofd tegen het glas is geknald?' vraagt Becky. 'Zou er dan geen bloed op zitten?'

'Dat hoeft niet.'

Lucy plakt bruin pakpapier over een kant van het raam. Ze opent de voordeur en vraagt Scarpetta en Becky of ze buiten willen wachten tot ze klaar is met spuiten.

'Ik heb Lydia Webster een keer ontmoet,' zegt Becky wanneer ze op het bordes staan. 'Toen haar dochtertje verdronken was en ik hier foto's moest nemen. Ik kan je niet vertellen wat er toen door me heen ging, omdat ik zelf ook een dochtertje heb. Ik zie nog voor me hoe Holly in haar paarse zwempakje voorover onder water dreef, met haar haren in de afvoer. O ja, we hebben Lydia's rijbewijs en we hebben de informatie doorgegeven voor het opsporingsbevel, maar koester alsjeblieft niet al te veel hoop. Ze is ongeveer even groot als jij. Zij had dus tegen dat raam kunnen lopen toen het brak. Ik weet niet of Tommy je al heeft verteld dat haar portefeuille in de keuken lag. Zo te zien, heeft er niemand aangezeten. Volgens mij is degene die hier bezig is geweest geen dief.'

Zelfs buiten ruikt Scarpetta het polyurethaan. Ze kijkt naar de enorme Amerikaanse eiken met hun draperieën van Spaans mos en naar een blauwe watertoren die boven de dennen uitsteekt. Twee fietsers rijden langzaam voorbij en staren naar het huis.

'Kom maar weer binnen.' Lucy staat in de deuropening en doet haar stofbril en mondmasker af.

Het gebroken glas is bedekt met een dikke, gele schuimlaag.

'Wat gaan we er nu mee doen?' vraagt Becky en ze blijft naar Lucy kijken.

'Ik wil het graag inpakken en meenemen,' zegt Scarpetta.

'Wat wil je dan onderzoeken?'

'De lijm. Deeltjes die eraan kleven. De elementaire of chemische samenstelling ervan. Soms weet je niet waar je naar zoekt tot je het vindt.'

'Ik hoop dat het raam onder je microscoop past,' zegt Becky lachend.

'Ik wil ook graag die glasscherven hebben,' zegt Scarpetta.

'En de monsters?'

'Alles wat we voor je in onze laboratoria kunnen onderzoeken. Mogen we de waskamer bekijken?' vraagt Scarpetta.

De waskamer grenst aan de keuken en binnen, rechts van de deur, is bruin papier over de opening geplakt waar het raam heeft gezeten. Heel voorzichtig loopt Scarpetta naar de kant waar de moordenaar moet zijn binnengekomen. Ze doet wat ze altijd doet: ze gaat buiten staan, kijkt naar binnen en laat haar blik langzaam door de ruimte dwalen. Ze vraagt of hier ook foto's zijn genomen. Dat is zo, en er is onderzoek gedaan naar voetafdrukken, schoenafdrukken en vingerafdrukken. Tegen een van de muren staan vier dure wasmachines en vier drogers, en voor de muur ertegenover staat een leeg hondenhok. Er staan ook een paar kasten en een grote tafel. In een hoek staat een rieten wasmand vol vuile kleren.

'Zat deze deur op slot toen jullie hier aankwamen?' Scarpetta wijst naar de met houtsnijwerk versierde teakhouten buitendeur.

'Nee, en mevrouw Dooley zei ook dat hij niet op slot zat, daarom kon ze zo naar binnen. Ik denk dat hij de ruit eruit heeft gesneden en zijn hand door het gat heeft gestoken. Je kunt zien' – Becky loopt naar de met papier bedekte opening waar het raam heeft gezeten – 'dat je, als je het ruitje hier eruit haalt, gemakkelijk bij de grendel kunt. Daarom raden we mensen aan geen grendels zonder sleutel te plaatsen in de buurt van een raam. Maar als het alarmsysteem was ingeschakeld...'

'Was dat niet zo?'

'Niet toen mevrouw Dooley naar binnen ging.'

'Maar we weten niet of het al dan niet aanstond toen hij naar binnen ging?'

'Daar heb ik over nagedacht. Als het aanstond, ook de sensoren op de ramen...' begint Becky, maar dan denkt ze even na. 'Nou ja, ik geloof niet dat het alarm afgaat als er een ruit wordt uitgesneden. Zo'n systeem is alleen gevoelig voor lawaai.'

'Wat doet vermoeden dat het alarm niet aanstond toen die andere ruit brak. Wat doet vermoeden dat hij toen al binnen was. Tenzij die ruit al kapot was. Wat ik betwijfel.'

'Ik ook,' beaamt Becky. 'Je zou denken dat iemand zoiets meteen zou laten maken om regen en ongedierte buiten te houden. Of dat iemand in elk geval de scherven zou opruimen. Vooral omdat de hond hier sliep. Ik vraag me af of ze zich tegen hem heeft verzet. Heeft geprobeerd naar de deur te rennen om te vluchten. Eergisteravond is haar alarm afgegaan. Ik weet niet of u dat al hebt gehoord. Dat gebeurde vrij regelmatig, wanneer ze stomdronken was en vergat dat het alarm aanstond als ze de schuifdeur wilde openen. Dan belde de bewakingsdienst en wist ze haar wachtwoord niet meer. En dan moesten wij ernaartoe.'

'Is dat de laatste keer dat het alarm is afgegaan?' vraagt Scarpetta. 'Heb je al tijd gehad om met de bewakingsdienst te praten? Bijvoorbeeld over die laatste keer? Wanneer is het alarm voor het laatst ingesteld en uitgezet?'

'Dat valse alarm van eergisteravond was de laatste keer.'

Scarpetta vraagt: 'Hebben de agenten toen de witte Cadillac zien staan?'

Becky antwoordt van niet, niet voor zover de agenten het zich kunnen herinneren. Maar misschien stond hij in de garage. 'Blijkbaar had ze maandagavond toen het begon te schemeren het alarm aangezet,' vervolgt ze. 'Daarna is het om een uur of negen uitgeschakeld en later opnieuw aangezet. Om veertien over vier de volgende ochtend, dat is gisterochtend, is het weer uitgezet.'

'En niet meer aangezet?' vraagt Scarpetta.

'Nee. Maar mensen die drinken en drugs gebruiken, houden volgens mij geen normale uren aan. Ze vallen overdag regelmatig in slaap en staan op de gekste tijden op. Dus kan het zijn dat ze om veertien over vier het alarm heeft uitgeschakeld om de hond uit te laten of misschien om een sigaret te roken, en dat die vent haar in de gaten hield. Dat deed hij misschien al heel lang. Ik bedoel dat hij haar begluurde. Misschien had hij dat raampje er allang uitgesneden en zat hij gewoon in het donker te wachten op zijn kans. Aan deze kant van het huis groeien bamboe en allerlei struiken en er staat geen huis naast, dus zelfs met het buitenlicht aan kon hij zich ongezien verstoppen. Maar het is gek dat die hond weg is; ik vraag me af waar hij is gebleven.'

'Daar laat ik iemand naar zoeken,' zegt Scarpetta.

'Misschien kan hij praten en de zaak voor ons oplossen.' Een grapje.

'We moeten hem vinden. De oplossing komt vaak uit een onverwachte hoek.'

'Als hij is weggelopen, moet iemand hem hebben gevonden,' zegt Becky. 'Het wemelt hier niet van de bassets en in deze buurt valt een loslopende hond meteen op. Maar als mevrouw Dooley de waarheid vertelt, moet die man nog een hele tijd bij mevrouw Webster zijn gebleven en heeft hij haar misschien nog een paar uur laten leven. Het alarm ging gisterochtend om veertien over vier af en mevrouw Dooley heeft omstreeks het middaguur overal bloed en zo gezien. Ongeveer acht uur later, en toen was die man waarschijnlijk nog hier.'

Scarpetta bekijkt de vuile kleren in de wasmand. Bovenop ligt een losjes opgevouwen T-shirt. Met haar in een handschoen gestoken hand pakt ze het en laat het openvallen. Het is vochtig en erg vuil. Ze richt zich op en gaat de wasbak inspecteren. Er zitten druppels water op het roestvrije staal en om de afvoer ligt een plasje water.

'Ik vraag me af of hij dit shirt heeft gebruikt om het raam mee schoon te maken,' zegt Scarpetta. 'Het is nog vochtig en het ziet eruit alsof iemand het als poetslap heeft gebruikt. Ik zal het in een papieren zak doen en aan het lab geven.'

'Waar moeten ze dan naar zoeken?' vraagt Becky.

'Als hij het in zijn handen heeft gehad, zit er misschien DNA aan. Sporen als bewijsmateriaal. Welk lab zullen we nemen?'

'Dat van SLED is prima, maar ze hebben nooit haast. Misschien kun je ons helpen en het door een van jouw labs laten doen?'

'Daar zijn ze voor bedoeld.' Scarpetta kijkt naar het alarmpaneel naast de deur naar de hal. 'Misschien heeft hij bij zijn binnenkomst het alarm uitgeschakeld. Daar moeten we rekening mee houden. Een LCD-aanraakschermpje in plaats van toetsen. Een goeie plek voor vingerafdrukken, en misschien DNA.'

'Als hij het alarm heeft uitgeschakeld, wil dat zeggen dat hij haar kende. Dat zou best mogelijk zijn, als je nagaat hoe lang hij bij haar is geweest.'

'Het wil zeggen dat hij dit huis kende, niet dat hij haar kende,' zegt Scarpetta. 'Wat is de code?'

'Wat wij de "een, twee, drie, vier, huisje van papier"-code noemen. Waarschijnlijk de code die er al in zat, omdat ze nooit de moeite heeft genomen die te veranderen. Laat me even checken of het goed is van dat lab voordat we de formulieren invullen. Ik moet het Tommy vragen.'

Hij staat met Lucy te praten in de hal en als Becky het hem vraagt, zegt hij dat het verbazingwekkend is wat er tegenwoordig allemaal wordt geprivatiseerd. Sommige bureaus nemen zelfs privéagenten in dienst.

'Dat zullen wij ook doen,' zegt Lucy en ze overhandigt Scarpetta een stofbril met gele glazen. 'Die hadden we in Florida ook.'

Becky kijkt vol belangstelling naar de koffer die open op de vloer staat. Ze bestudeert de vijf forensische, uiterst sterke lampen in de vorm van een zaklantaarn, de nikkelen negen volt batterijen, de stofbril en *multiport* oplader. 'Ik heb de sheriff gesmeekt om een van die draagbare Crime-lites. Ze hebben toch allemaal een verschillende bandwijdte?'

'Violet, blauw, blauwgroen en spectraal groen,' antwoordt Lucy. 'En deze handige witte breedbandlamp' – ze haalt hem uit de koffer – 'met verwisselbare blauwe, groene en rode filters voor contrastvergroting.'

'Werkt dat goed?'

'Lichaamsvocht, vingerafdrukken, drugresten, vezels, sporen... Jep, het werkt goed.'

Lucy pakt een violet-lamp met een bereik van 400 tot 430 nanometer en loopt met Becky en Scarpetta naar de woonkamer. De gordijnen zijn open en buiten ligt het zwarte zwembad waarin Holly Webster is verdronken. Daarachter liggen de duinen, het zeegras en het strand. De zee is kalm en het zonlicht laat het water schitteren alsof er scholen zilveren vissen zwemmen.

'Hier zijn overal voetafdrukken,' zegt Becky terwijl ze om zich heen kijken. 'Van blote voeten en van schoenen, allemaal kleine, waarschijnlijk die van haar. Dat is raar, want hij heeft niet de moeite genomen om voordat hij wegging de vloer schoon te maken, zoals hij wel met het raam heeft gedaan. Dus zou je ook zijn schoenafdrukken verwachten. Wat is dit voor steensoort? Ik heb nog nooit zulke glanzend blauwe tegels gezien. Het is de kleur van de oceaan.'

'Dat is waarschijnlijk de bedoeling,' zegt Scarpetta. 'Het is sodalietblauw marmer, misschien lapis lazuli.'

'Jemig. Ik heb ooit een ring met lapis lazuli gehad en hier hebben ze er een hele vloer van! Je ziet er bijna niets op, maar hij is beslist niet onlangs gedweild,' zegt ze. 'Hij ligt vol stof en vuil, het hele huis trouwens. Als je er je zaklantaarn schuin op richt, zie je wat ik bedoel. Ik snap alleen niet hoe het komt dat hij geen enkele schoenafdruk heeft achtergelaten, zelfs niet in de wasruimte, waar hij binnen is gekomen.'

'Ik ga even rondlopen,' zegt Lucy. 'Zijn jullie al boven geweest?'

'Ik geloof niet dat ze de bovenverdieping gebruikte en volgens mij is hij er ook niet geweest. Er is niets overhoopgehaald. Er zijn logeerkamers, een kunstgalerij en een speelzaal. Ik heb nog nooit zo'n huis als dit gezien. Moet leuk zijn op deze manier te wonen.'

'Dat was het voor haar niet,' zegt Scarpetta. Ze kijkt naar het lange, donkere haar dat overal op de vloer ligt, en de lege glazen en de fles wodka op de salontafel voor de bank. 'Ik denk dat ze hier geen moment gelukkig is geweest.'

Madelisa is nog geen uur thuis of er belt al iemand aan.

Vroeger zou ze nooit de moeite hebben genomen te vragen wie het was.

'Wie bent u?' roept ze vanachter de vergrendelde voordeur.

'Rechercheur Pete Marino van het bureau van de forensische dienst,' antwoordt een stem, een diepe stem met een accent dat haar aan het noorden doet denken, aan yankees.

Madelisa vermoedt dat haar angst bewaarheid wordt. De vrouw op Hilton Head is dood. Waarom zou er anders iemand van het bureau van de forensische dienst voor de deur staan? Ze wou dat Ashley niet meteen na hun thuiskomst boodschappen was gaan doen en haar, na wat ze had meegemaakt, alleen had gelaten. Ze luistert of ze de basset hoort, maar goddank houdt hij zich in de logeerkamer koest. Ze opent de voordeur en verstijft van schrik. Het is een reus van een vent en hij ziet eruit als een lid van een motorbende. Hij is het monster dat die arme vrouw heeft vermoord en hij is haar achternagekomen om haar ook te vermoorden.

'Ik kan u niets vertellen,' zegt ze en ze probeert de deur weer dicht te duwen.

De moordenaar zet zijn voet tussen de deur en loopt zo haar huis binnen. 'Rustig maar,' zegt hij en hij haalt zijn portefeuille tevoorschijn en laat haar zijn penning zien. 'Ik ben Pete Marino van het bureau van de forensische dienst, ziet u wel?'

Ze weet niet wat ze moet doen. Als ze de politie belt, zal hij haar meteen vermoorden. Iedereen kan tegenwoordig aan zo'n penning komen.

'Laten we gaan zitten om even te praten,' zegt hij. 'Ik heb gehoord dat u op het bureau van de sheriff van Beaufort County op Hilton Head bent geweest.'

'Van wie hebt u dat gehoord?' Ze voelt zich iets beter. 'Heeft die rechercheur u gebeld? Waarom? Ik heb hem alles verteld wat ik wist, maar hij geloofde me niet eens. Hoe weet u waar ik woon? Dit zit me niet lekker. Ik probeer de politie te helpen en ze geven zomaar iemand mijn adres.'

'Uw verhaal klopt volgens ons niet helemaal,' zegt Pete Marino.

Lucy kijkt Scarpetta vanachter haar gele stofbril aan.

Ze staan in de grote slaapkamer en de gordijnen zijn dicht. De bundel hyperintensief violet licht valt op enkele fluorescerende groene vlekken en vegen op de bruine zijden bedsprei.

'Het kan sperma zijn,' zegt Lucy, 'maar ook iets anders.' Ze laat de lichtbundel langzaam over het bed gaan.

'Speeksel, urine, talg, zweet,' zegt Scarpetta. Ze buigt zich over een grote fluorescerende plek. 'Ik ruik niets. Schijn hier eens wat langer op. Het probleem is dat we niet weten wanneer deze sprei voor het laatst gewassen is. Ik geloof niet dat dit een propere huishouding was, wat kenmerkend is voor depressieve mensen. Deze sprei moet naar het lab. Ook haar tandenborstel en haarborstel. En natuurlijk de glazen op de salontafel.'

'Op het terras achter het huis staat een asbak vol peuken,' zegt Lucy. 'Ik denk dat we genoeg DNA van haar zullen vinden. En voeten vingerafdrukken. Hij is het probleem. Hij weet wat hij doet. Tegenwoordig is iedereen deskundig.'

'Nee, dat denken ze alleen maar,' zegt Scarpetta.

Ze zet de stofbril af en de groene vlek op het bed verdwijnt. Lucy knipt de Crime-lite uit en zet ook haar bril af.

'Waar zijn we mee bezig?' vraagt ze.

Scarpetta staat voor een foto die haar meteen toen ze binnenkwam was opgevallen. Dr. Self zit in een woonkamerdecor tegenover een knappe vrouw met lang, donker haar. Om hen heen staan televisiecamera's. Lachend publiek applaudisseert.

'Toen ze meedeed aan dat programma van dokter Self,' zegt ze tegen Lucy. 'Maar wat op die andere foto staat, had ik niet verwacht.'

Lydia met Drew Martin en een donkere, mediterraan uitziende man. Drews coach, vermoedt Scarpetta. Gianni Lupano. Het drietal kijkt glimlachend en met dichtgeknepen ogen tegen de zon naar de camera, op het center court van de tennisclub op Daniel Island, een paar kilometer van het centrum van Charleston, waar jaarlijks het Family Circle-toernooi plaatsvindt.

'Wat hebben ze allemaal gemeen?' zegt Lucy. 'Laat me eens raden. De zelfzuchtige dokter Self.'

'Niet toen dit toernooi werd gespeeld,' zegt Scarpetta. 'Kijk maar eens naar het verschil tussen de foto's.' Ze wijst naar de foto van Lydia en Drew, en dan naar die van Lydia en dr. Self. 'Je kunt duidelijk zien dat het hier slecht met haar gesteld is. Kijk maar eens naar haar ogen.'

Lucy doet het slaapkamerlicht aan.

'Toen de foto op de tennisbaan werd genomen, zag Lydia er echt niet uit als iemand die verslaafd is aan drank en medicijnen,' zegt ze.

'En die al haar haren uittrekt,' voegt Lucy eraan toe. 'Ik begrijp niet waarom iemand zoiets doet. Hoofdhaar, schaamhaar... Alles. Op die foto van haar in de badkuip is de helft van haar haren verdwenen. Ook haar wenkbrauwen en wimpers.'

'Trichotillomanie,' zegt Scarpetta. 'Een dwangneurose. Nervositeit. Depressiviteit. Haar leven was een hel.'

'Als ze dokter Self gemeen hebben, hoe zit het dan met die vermoorde vrouw in Bari? Die Canadese toeriste? Niets wijst erop dat zij ooit in een uitzending van dokter Self is geweest of dat ze haar kende.'

'Ik vermoed dat hij door de moord op haar de smaak te pakken heeft gekregen.'

'De smaak waarvan?'

'Van het vermoorden van burgers,' antwoordt Scarpetta.

'Maar dat heeft niets met dokter Self te maken.'

'Dat hij haar foto's stuurt, betekent dat hij een psychologisch landschap en een ritueel voor zijn misdaden aan het creëren is. Het wordt dan een spel, het heeft een doel. Het scheidt hem van zijn gruweldaad, want dat hij op een sadistische manier pijn en de dood veroorzaakt, is waarschijnlijk een onverdraaglijke gedachte voor hem. Daarom moet hij er betekenis aan geven. Er een sluw spel van maken.' Uit haar koffertje haalt ze een onwetenschappelijk, maar praktisch blocnoteje met zelfklevende velletjes. 'Zoiets als religie. Als je iets doet in naam van God, is het in orde. Bijvoorbeeld mensen stenigen tot de dood erop volgt. Of ze op de brandstapel vermoorden. De inquisitie. De kruistochten. Mensen onderdrukken die anders zijn dan jij. Hij heeft dat wat hij doet betekenis gegeven. Althans, volgens mij.'

Ze onderzoekt het bed met behulp van een felle witte lamp, en met de plakkant van de blocnotevelletjes verzamelt ze vezels, haren, vuil en zandkorrels.

'Dus je gelooft niet dat die man een persoonlijke band heeft met dokter Self, maar dat ze alleen maar een attribuut in zijn toneelstuk is? Dat hij haar alleen heeft gekozen omdat ze bestaat? Op televisie. En iedereen haar kent.'

Scarpetta stopt de velletjes papier in een plastic zakje voor bewijsmateriaal, plakt het dicht met geel band en vult het etiket in met haar Sharpie. Vervolgens vouwt ze samen met Lucy de beddensprei op.

'Ik geloof juist dat het heel persoonlijk is,' zegt Scarpetta. 'Je geeft iemand niet een rol in je spel of je psychologisch drama als de band tussen jou en die persoon niet persoonlijk is. Maar ik weet niet waarom.'

Een luid scheurend geluid terwijl Lucy een groot stuk bruin papier van de rol trekt.

'Het kan best zijn dat hij haar nooit heeft ontmoet. Wat vaak het geval is als iemand een ander hinderlijk achtervolgt. Maar misschien ook wel,' zegt Scarpetta. 'Misschien heeft hij zelfs een keer meegewerkt aan haar programma en toen veel met haar gepraat.'

Ze leggen de opgevouwen sprei midden op het bruine papier.

'Je hebt gelijk. Het is hoe dan ook persoonlijk,' zegt Lucy. 'Misschien heeft hij, nadat hij die vrouw in Bari had vermoord, zijn daad zo goed als opgebiecht aan dokter Maroni omdat hij hoopt dat dokter Self het dan ook te horen zal krijgen. Maar dat gebeurt niet. En dan?'

'Dan voelt hij zich genegeerd.'

'En dan?'

'Dan gaat hij een stap verder.'

'Wat gebeurt er als een moeder geen aandacht besteedt aan haar zeer gestoorde en beschadigde kind?' vraagt Scarpetta, terwijl ze doorgaat met inpakken.

'Even denken,' zegt Lucy. 'Dan wordt het net zo'n volwassene als ik?'

Scarpetta knipt een stuk geel plakband af en zegt: 'Het is afschuwelijk. Vrouwen die te gast zijn geweest in je programma martelen en doden. Of dat doen om aandacht te trekken.'

Het platte tv-scherm met een doorsnede van een meter vijftig maakt Marino iets duidelijk. Het vertelt hem iets over Madelisa wat hij tegen haar kan gebruiken.

'Is dat een plasmascherm?' vraagt hij. 'Ik heb nog nooit zo'n groot plasmascherm gezien.'

Ze is te dik, haar oogleden hangen over haar ogen en ze moet hoognodig naar de tandarts. Haar gebit doet hem denken aan een wit paaltjeshek, en haar kapper verdient de kogel. Ze zit op een gebloemde bank en wriemelt met haar handen.

'Mijn man en zijn speeltjes,' zegt ze. 'Ik heb geen idee wat het is, behalve groot en duur.'

'Het moet fantastisch zijn op zo'n scherm naar een wedstrijd te kijken. Ik zou er waarschijnlijk de hele dag voor zitten en geen steek meer uitvoeren.'

Dat doet zij waarschijnlijk ook. De hele dag wezenloos voor de tv hangen.

'Waar kijkt u graag naar?' vraagt hij.

'Naar detectives en andere misdaadverhalen, omdat ik meestal raad wie het heeft gedaan. Maar nu me dit is overkomen, weet ik niet of ik ooit nog een gewelddadige film wil zien.'

'Dan weet u waarschijnlijk hoe speurders te werk gaan,' zegt Marino. 'Van al die misdaadfilms die u al hebt gezien.'

'Ongeveer een jaar geleden moest ik mijn juryplicht vervullen en ik wist er meer van dan de rechter zelf. Dat pleitte natuurlijk niet voor de rechter. Maar ik weet er wel het een en ander van.'

'Hebt u ook wel eens van beeldherstel gehoord?'

'Jawel.'

'Ik bedoel het terugwinnen van foto's, video's of digitale opnamen die gewist zijn.'

'Wilt u een glas ijsthee? Dan haal ik het even voor u.'

'Nee, dank u.'

'Ik geloof dat Ashley ook even langs Jimmy Dengate gaat. Hebt u ooit hun gefrituurde kip gegeten? Hij komt zo terug, misschien wilt u daar iets van proeven.'

'Wat ik wil, is dat u niet van onderwerp verandert. Met een beeldherstelprogramma is het bijna niet mogelijk digitale beelden van een disk of een geheugenstick of zo te verwijderen. Je kunt een dag lang proberen dingen te deleten, maar we kunnen het altijd weer terughalen.' Het is niet helemaal waar, maar Marino zit er niet mee als hij liegt.

Madelisa kijkt als een kat in het nauw.

'U begrijpt toch waar ik het over heb, hè?' zegt Marino. Madelisa heeft het Spaans benauwd, ziet hij, maar het schenkt hem geen voldoening en hij weet zelf eigenlijk niet eens waar hij het over heeft.

Toen Scarpetta hem een poosje geleden belde en hem vertelde dat Turkington argwanend is over de videofilm van meneer Dooley omdat meneer Dooley steeds weer had herhaald dat hij een stuk gewist had, had Marino gezegd dat hij de zaak zou onderzoeken. Hij wil niets liever dan het Scarpetta naar de zin maken, zodat ze gelooft dat hij nog steeds een fatsoenlijke kerel is. Hij was zich wild geschrokken toen ze hem belde.

'Waarom vraagt u me dit?' zegt Madelisa en ze begint te huilen. 'Ik heb toch gezegd dat ik niets meer weet dan wat ik die rechercheur heb verteld?'

Ze kijkt steeds langs Marino heen naar de achterkant van haar gele huisje. Geel behang, geel vloerkleed. Marino heeft nog nooit zo veel geel gezien. Het lijkt wel alsof een interieurdeskundige de hele inrichting heeft besproeid met urine.

'Ik ben over beeldherstel begonnen omdat ik heb gehoord dat uw man een deel van wat hij op het strand heeft gefilmd, heeft gewist,' zegt Marino, ongevoelig voor haar tranen.

'Alleen waar ik voor het huis sta zonder dat we daar toestemming voor hadden gekregen. Dat is het enige wat hij heeft gewist. Die toestemming heb ik natuurlijk nooit gekregen, want hoe kon dat nou? Maar ik heb het echt willen vragen. Ik weet heus wel hoe het hoort.'

'Dat u weet hoe het hoort, kan me geen donder schelen. Wat me wel kan schelen, is dat u iets voor mij en voor anderen verborgen houdt.' Hij buigt zich naar voren op zijn stoel. 'Ik weet verdomd goed dat u me niet de waarheid vertelt. Hoe ik dat weet? Door de wetenschap.'

Dat weet hij helemaal niet. Het terughalen van gewiste beelden uit een digitale camera is niet iets wat altijd lukt. Als het wel lukt, is er heel lang en zorgvuldig aan gewerkt.

'Doe het niet,' smeekt ze. 'Het spijt me, maar neem hem alstublieft niet mee. Ik hou heel veel van hem.'

Marino heeft geen idee wat ze bedoelt. Hij denkt dat ze het over haar man heeft, maar hij weet het niet zeker.

Hij zegt: 'Maar wat moet ik dan als ik hem niet meeneem? Hoe leg ik dat straks uit?'

'Doe net alsof u het niet weet.' Ze gaat harder huilen. 'Wat maakt het nou uit? Hij heeft niets gedaan. Ach, dat arme schatje. Wie weet wat hij allemaal heeft moeten doorstaan. Hij trilde en zat onder het bloed. Hij heeft niet gedaan, hij was alleen bang en is weggerend, en als u hem meeneemt, weet u wat er zal gebeuren. Dan maken ze hem af. O, laat me hem alstublieft houden! Alstublieft! Alstublieft!'

'Waarom zat hij onder het bloed?' vraagt Marino.

In de badkamer naast de grote slaapkamer schijnt Scarpetta met haar zaklantaarn schuin op de onyx vloer, die de kleur heeft van tijgeroog.

'Afdrukken van blote voeten,' zegt ze vanuit de deuropening. 'Aan de kleine kant. Misschien weer die van haar. En nog meer haren.'

'Als we Madelisa Dooley moeten geloven, moet hij hier rondgelopen hebben. Het is gewoon bizar,' zegt Becky, terwijl Lucy eraan komt met een blauw met geel kistje en een flesje steriel water.

Scarpetta loopt de badkamer in. Ze trekt het douchegordijn met tijgerstrepen open en schijnt met haar lamp in de diepe, koperen badkuip. Niets. Dan ziet ze toch iets en ze haalt er iets uit wat lijkt op een scherfje wit aardewerk, dat verstopt zit tussen een wit stuk zeep en het zeepbakje dat over de rand van het bad hangt. Ze bekijkt het zorgvuldig en pakt haar vergrootglas.

'Een stukje van een tandkroon,' zegt ze. 'Niet een van porselein, maar een tijdelijke, die is afgebroken.'

'Waar zou het andere stuk zijn?' zegt Becky en ze laat zich op haar hurken zakken om met haar zaklantaarn de vloer af te zoeken. 'Tenzij het langer geleden is gebeurd.'

'Het kan weggespoeld zijn. We moeten de afvoer inspecteren. Het kan overal zijn.' Scarpetta denkt dat ze een bloedvlekje ziet op wat volgens haar schatting bijna een halve kroon van een voortand is. 'Kunnen we erachter komen of Lydia Webster onlangs bij de tandarts is geweest?'

'Dat kan ik laten navragen. Er zijn niet veel tandartsen op dit eiland, dus tenzij ze ergens anders naartoe is gegaan, moet het geen probleem zijn.'

'Het moet nog maar heel kortgeleden zijn,' zegt Scarpetta. 'Al ben je nog zo'n viespeuk geworden, een gebroken kroon negeer je niet, vooral niet als het een voortand is.'

'Hij kan ook van hem zijn,' zegt Lucy.

'Dat zou nog mooier zijn,' zegt Scarpetta. 'Ik moet een kleine papieren envelop hebben.'

'Ik haal er wel een,' zegt Lucy.

'Ik zie niets. Als hij hier is gebroken, kan ik de andere helft niet vinden. Die kan natuurlijk ook nog op de tand zitten. Ik heb ook een keer een kroon gebroken en een deel bleef achter op het stompje van mijn tand.' Becky kijkt langs Scarpetta heen naar de koperen badkuip. 'Een gemiste kans, wat jammer nou,' gaat ze verder. 'Zou ik eindelijk weer eens luminol kunnen gebruiken en dan zijn die verdomde kuip en die wasbak van koper. Nou ja, dan gaat het niet door.'

'Ik gebruik geen luminol meer,' zegt Scarpetta, alsof het oxidatiemiddel een ontrouwe vriend is.

Tot voor kort was het een vertrouwd forensisch hulpmiddel en gebruikte ze het steevast om te zoeken naar bloedvlekken die waren vervaagd. Als bloed ergens uit was gewassen of als eroverheen was geschilderd, kon je het oppervlak besproeien met luminol om de plekken te laten oplichten. Maar de methode was niet betrouwbaar. Zoals een hond die met zijn staart kwispelt wanneer hij de buren ziet, wordt luminol vrolijk van meer dan alleen de hemoglobine in bloed en reageert het helaas ook op bijvoorbeeld verf, lak, gootsteenontstopper, bleekwater, paardenbloemen, distels, maagdenpalm en maïs. En natuurlijk op koper.

Lucy pakt een flesje Hemastix om te speuren naar eventuele restanten van weggewassen bloed. Scarpetta opent het doosje met Bluestar Magnum en haalt er een bruin glazen flesje, een zakje van aluminiumfolie en een sproeifles uit.

'Sterker, duurzamer en het hoeft niet pikdonker te zijn,' zegt ze tegen Becky. 'Geen natriumperboraattetrahydraat, dus niet giftig. Kan gebruikt worden op koper, want de reactie heeft een andere intensiteit en kleurenspectrum en een andere duurzaamheid dan bloed.'

Maar in de grote slaapkamer heeft ze nog geen bloed gezien. Ondanks de verklaring van Madelisa heeft het meest intensieve witte licht nog niet het kleinste spatje aangetoond. Maar ze had niet anders verwacht. Voor zover tot nu toe is gebleken, heeft de moordenaar na Madelisa's vlucht uit het huis alles smetteloos schoongemaakt. Scarpetta zet de spuit op de fijnste verstuiving en giet honderdtwintig milliliter steriel water in het flesje. Ze doet er twee tabletten bij, roert het mengsel een paar minuten voorzichtig om met een pipet, draait de dop van het bruine glazen flesje en giet er een natriumhydroxideoplossing in.

Ze begint te sproeien en dan lichten er door de hele badkamer kobaltblauwe vlekken, vegen, vormen en spatten op. Becky neemt foto's. Een tijdje later, wanneer Scarpetta haar spullen weer in haar koffertje doet, rinkelt haar mobiel. Het is de vingerafdrukexpert uit Lucy's laboratorium.

'Je zult dit niet geloven,' zegt hij.

'Begin nooit op die manier een gesprek met me als je het niet meent.' Scarpetta maakt geen grapje.

'De afdruk op de gouden munt.' Hij is opgewonden en praat snel. 'Die hebben we kunnen identificeren. Hij is van dat onbekende jongetje dat vorige week is gevonden. Dat jongetje van Hilton Head.'

'Weet je dat zeker? Dat bestaat niet. Daar begrijp ik niets van.'

'Misschien niet, maar het lijdt geen twijfel.'

'Zeg dat ook niet als je het niet meent. Mijn eerste reactie is dat er een fout moet zijn gemaakt,' zegt Scarpetta.

'Er is geen fout gemaakt. Ik heb de kaart gebruikt met de vingerafdrukken die Marino in het mortuarium van alle tien vingers van die jongen heeft gemaakt. Ik heb het zelf gecontroleerd. De lijntjes van de gedeeltelijke afdruk op de munt komen overeen met de afdruk van de rechterduim van die jongen. Er is geen vergissing mogelijk.'

'Een vingerafdruk op een munt die met lijm is uitgezwaveld? Dat kan toch niet?'

'Ik begrijp waarom je het zo ongeloofwaardig vindt. We weten allemaal dat vingerafdrukken van jonge kinderen niet duurzaam genoeg zijn om uit te zwavelen. Ze bestaan voor het grootste deel uit water. Alleen zweet in plaats van de vetten, aminozuren en andere dingen die in de puberteit worden aangemaakt. Ik heb nog nooit afdrukken van een kind uitgezwaveld en ik dacht dat het niet kon. Maar deze afdruk is van een kind en dat kind ligt in jouw mortuarium.'

'Misschien is het anders gegaan,' zegt Scarpetta. 'Misschien is die munt toch niet uitgezwaveld.'

'Dat moet wel. Die lijntjes staan in wat verdacht veel op superlijm lijkt, precies zoals na uitzwaveling.'

'Misschien zat er lijm op zijn vinger toen hij de munt aanraakte,' zegt ze. 'Misschien heeft hij de afdruk op die manier achtergelaten.'

18

Negen uur 's avonds. Stortregen klettert op de straat voor de vishut van Marino.

Lucy is kletsnat terwijl ze een draadloze minidiskrecorder aanzet die eruitziet als een iPod. Over precies zes minuten zal Scarpetta Marino bellen. Op dit moment maakt hij ruzie met Shandy en wordt dat woordelijk opgevangen door de met een uiterst gevoelige antenne uitgeruste microfoon in de geheugenstick in zijn computer.

Zware voetstappen, de deur van de koelkast die opengaat, het gesis van een blikje dat wordt opengetrokken, waarschijnlijk bier.

In Lucy's oortje klinkt de woedende stem van Shandy: '... Lieg niet tegen me. Ik waarschuw je. Zomaar ineens? Je besluit zomaar ineens dat je toch geen vaste relatie wilt? Wie heeft trouwens gezegd dat ik dat wél wil met jou? De enige die verdomme vast hoort te zitten ben jij, in een gekkenhuis. Misschien kan de verloofde van het opperhoofd je daar in het noorden korting op een kamer geven.'

Hij heeft haar verteld dat Scarpetta en Benton zich hebben verloofd. Shandy raakt Marino waar het pijn doet, wat betekent dat ze weet wát hem pijn doet. Lucy vraagt zich af hoe vaak ze dat feit eerder tegen hem heeft gebruikt, hoe vaak ze hem daar al mee heeft gesard.

'Ik ben je bezit niet. Je moet niet denken dat je me kunt houden tot je genoeg van me hebt, dus misschien heb ik wel eerder genoeg van jou!' schreeuwt hij. 'Je bent slecht voor me. Je hebt me die hormonentroep aangesmeerd, het is verdomme een wonder dat ik geen beroerte heb gekregen of zo. Al na nauwelijks meer dan een week. Ik vraag me af wat er na een maand zou gebeuren. Heb je verdomme al een graf voor me besteld? Of misschien zit ik binnenkort in de bajes, verdomme, omdat ik ben doorgeslagen en iets heb uitgehaald.'

'Misschien héb je al iets uitgehaald.'

'Val dood.'

'Waarom zou ik me willen binden aan een ouwe, dikke zak zoals jij, die hem niet eens zonder die hormonentroep overeind kan krijgen?'

'Hou nu maar op, Shandy. Ik wil die kleinerende opmerkingen van je niet meer horen, snap je dat? Als ik helemaal niets voorstel, wat doe je hier dan? Ik wil alleen zijn, ik moet even rustig nadenken. Mijn leven is een zootje. Mijn werk boeit me niet meer. Ik rook, ik doe niet aan fitness, ik drink te veel en ik slik pillen. Alles is klote en jij maakt het alleen maar erger.'

Zijn mobiel rinkelt. Hij neemt niet op. Het blijft rinkelen.

'Vooruit, neem op!' zegt Lucy in de stromende regen.

'Hallo,' klinkt zijn stem in haar oortje.

Goddank. Hij is even stil om te luisteren en zegt dan tegen Scarpetta aan de andere kant van de lijn: 'Dat kan niet waar zijn.'

Lucy kan niet horen wat Scarpetta zegt, maar ze weet het wel. Ze deelt Marino mee dat het serienummer van de Colt .38 niet bij NIBIN of IAFIS bekend is, net zomin als de hele of gedeeltelijke vingerafdrukken op de revolver en de patroonhulzen die Bull in haar steeg heeft gevonden.

'En hij?' vraagt Marino.

Hij bedoelt Bull. Daar kan Scarpetta geen antwoord op geven. Bulls vingerafdrukken worden niet bij IAFIS bewaard omdat hij nooit wegens een misdaad is veroordeeld – de arrestatie van een paar weken geleden heeft daar geen invloed op gehad. Als de Colt van hem is, maar niet is gestolen of bij een misdaad gebruikt en weer op straat beland, staat hij niet bij NIBIN geregistreerd. Ze heeft al tegen Bull gezegd dat het zou helpen als hij zijn vingerafdrukken laat nemen om hem uit te sluiten, maar daar is hij nog niet aan toegekomen. Ze kan hem er niet aan herinneren omdat ze hem niet te pakken kan krijgen, terwijl zowel zijzelf als Lucy daar sinds hun bezoek aan het huis van Lydia Webster moeite voor heeft gedaan. Bulls moeder zegt dat hij in zijn boot oesters is gaan plukken. Scarpetta en Lucy vragen zich af waarom hij dat in dit weer is gaan doen.

'Uh-huh, uh-huh,' zegt Marino. Hij loopt weer rond en zorgt er blijkbaar voor dat hij in het bijzijn van Shandy niet te veel zegt.

Scarpetta zal Marino ook vertellen dat er op de gouden munt een gedeeltelijke vingerafdruk is gevonden. Misschien doet ze dat op dit moment, want hij slaakt verbaasd een kreet.

Dan zegt hij: 'Goed dat ik het weet.'

Hij zwijgt weer een poosje. Lucy hoort hem rondlopen. Hij loopt naar de computer, naar de geheugenstick, en er schraapt een stoel over de houten vloer alsof hij gaat zitten. Shandy houdt zich stil; waarschijnlijk probeert ze te bedenken waar het gesprek over gaat en wie hij aan de telefoon heeft.

'Oké,' zegt hij ten slotte. 'Kunnen we dit later afhandelen? Ik ben ergens mee bezig.'

Nee! Lucy weet zeker dat haar tante hem zal dwingen te praten over dat waarover zij wil praten, of hem in elk geval zal dwingen te luisteren. Ze zal het gesprek niet beëindigen voordat ze hem er- aan heeft herinnerd dat hij sinds een week een oude zilveren Mor- gan-dollar aan een ketting om zijn hals draagt. Wellicht heeft dat niets te maken met de ketting met de gouden munt die in elk geval vastgehouden is door de dode jongen in Scarpetta's vrieskast, maar hoe komt Marino aan zijn ordinaire nieuwe sieraad? Als ze hem dat vraagt, zal hij daar geen antwoord op geven. Dat kan niet. Shandy luistert mee. Terwijl Lucy daar in het donker staat, in de regen, en haar hoedje doorweekt raakt van de regen en het water onder de kraag van haar regenjack sijpelt, denkt ze aan wat Marino haar tante heeft aangedaan en dan komt datzelfde gevoel terug. Dat onbevreesde, lege gevoel.

'Ja, ja, geen probleem,' zegt Marino. 'Zoals een rijpe appel die van de boom valt.'

Lucy veronderstelt dat haar tante hem bedankt. Hoe ironisch dat ze hem bedankt. Hoe kan ze hém verdomme bedanken? Lucy weet waarom ze het heeft gedaan, maar ze vindt het nog steeds walgelijk. Scarpetta bedankt hem omdat hij met Madelisa heeft gepraat, wat tot gevolg heeft gehad dat de vrouw heeft opgebiecht dat ze de basset heeft meegenomen en dat ze Marino een short met bloedvlekken erop heeft laten zien. Het bloed dat op de hond heeft gezeten. Madelisa had haar handen afgeveegd aan haar short, wat bewijst dat ze vrij snel nadat er iemand gewond was geraakt of gedood op de plek des onheils is geweest, omdat het bloed op de hond nog nat was. Marino heeft de short meegenomen, maar hij heeft haar de hond laten houden. Hij heeft Madelisa verteld dat hij zal zeggen dat de moordenaar de basset had gestolen en die waarschijnlijk had gedood en ergens begraven. Verbazingwekkend hoe aardig en fatsoenlijk hij zich gedraagt jegens vrouwen die hij niet kent.

De regent trommelt met meedogenloos koude vingers op Lucy's hoofd. Ze loopt heen en weer, maar zorgt dat ze niet kan worden gezien als Marino of Shandy uit het raam zou kijken. Al is het donker, Lucy blijft voorzichtig. Marino heeft opgehangen.

'Denk je echt dat ik zo stom ben dat ik niet weet wie je aan de lijn had en dat je uit alle macht probeerde te voorkomen dat ik zou raden waar jullie het over hadden? Met die raadselachtige antwoorden van je?' schreeuwt Shandy. 'Alsof ik zo'n stomkop ben dat ik dat niet doorhad. Het opperhoofd, daar praatte je mee!'

'Dat gaat jou verdomme geen moer aan! Hoe vaak moet ik dat nog zeggen? Ik mag praten met wie ik verdomme wil!'

'Alles gaat mij aan! Je hebt bij haar geslapen, leugenachtige klootzak! Ik heb die verdomde motor van je daar de volgende morgen zien staan! Denk je dat ik achterlijk ben? Was het lekker? Ik weet heus wel dat je daar je halve leven naar hebt gesnakt. Was het lekker, vette rotzak?'

'Ik weet niet wie het in je verwende rijkemeisjeshoofd heeft gestampt dat alles jou aangaat, maar luister goed naar wat ik zeg: dit gaat je geen zak aan!'

Nadat er nog een aantal keren 'krijg de klere' en andere scheldwoorden en dreigementen over en weer zijn gegaan, stormt Shandy het huis uit en gooit de deur met een klap achter zich dicht. Vanaf haar schuilplaats ziet Lucy dat ze woedend naar haar motor onder de hut beent, woedend door Marino's zanderige voortuintje wegrijdt en lawaaiig verdwijnt in de richting van de Ben Sawyer brug. Lucy wacht nog een paar minuten met gespitste oren om er zeker van te zijn dat ze niet terugkomt. Niets. Alleen verkeersgeluiden in de verte en het gekletter van de regen. Ze klimt de trap op naar de veranda en klopt op de deur. Hij rukt de deur open en op zijn gezicht maakt woede plaats voor verbazing en dan schrik, alsof zijn gezicht een fruitmachine is waar de emoties razendsnel doorheen lopen.

'Wat doe jij hier?' vraagt hij en hij kijkt langs haar heen alsof hij bang is dat Shandy alsnog terug zal komen.

Lucy betreedt het armzalige toevluchtsoord dat ze beter kent dan hij weet. Ze werpt een blik op zijn computer en ziet dat de geheugenstick er nog in zit. Haar imitatie-iPod en het oortje zitten in de zak van haar regenjack. Hij doet de deur dicht, gaat ervoor staan en voelt zich duidelijk steeds minder op zijn gemak, terwijl zij op de geruite bank gaat zitten, die naar schimmel ruikt.

'Ik heb gehoord dat je mij en Shandy hebt bespioneerd toen we in het mortuarium waren, alsof je verdomme denkt dat we de nationale veiligheid in gevaar brengen.' Hij begint er meteen over, misschien omdat hij denkt dat ze daarvoor is gekomen. 'Weet je nou nog steeds niet dat je met mij dat soort grapjes niet moet uithalen?'

Hij is zo dom om te proberen haar te intimideren, terwijl hij donders goed weet dat hij haar niet kán intimideren. Dan kon hij al niet toen ze nog een kind was en zelfs niet toen ze een tiener was en hij haar belachelijk maakte, en soms bespotte en ontweek, om wie en wat ze is.

'Ik heb het er al met de Doc over gehad,' vervolgt Marino, 'en we hoeven er geen woorden meer aan vuil te maken. Hou dus je mond maar.'

'Dat is het enige wat je met haar hebt gedaan? Praten?' Lucy buigt zich voorover, haalt haar Glock uit de enkelholster en richt die op hem. 'Geef me één goede reden om me te beletten je te vermoorden,' zegt ze emotieloos.

Hij zwijgt.

'Eén goede reden,' herhaalt Lucy. 'Je hebt net slaande ruzie gehad met Shandy. Ik kon jullie buiten horen schreeuwen.'

Ze staat op van de bank, loopt naar de tafel en trekt de la open. Ze haalt er de Smith & Wesson .357 revolver uit die ze gisteravond heeft gezien, gaat weer zitten en stopt haar Glock terug in de enkelholster. Ze richt Marino's revolver op hem.

'Shandy's vingerafdrukken zitten op alles hier in huis. Ik denk dat er ook overal DNA van haar te vinden is. Jullie hebben ruzie, ze schiet je neer en racet op haar motor weg. Wat een zielig, jaloers kreng is ze toch.'

Ze trekt de haan naar achteren. Hij geeft geen krimp. Het schijnt hem niets te doen.

'Eén goede reden,' zegt ze weer.

'Ik heb geen goede reden voor je,' zegt hij. 'Ga je gang maar. Ik wilde het met haar doen en zij wilde niet.' Hij heeft het over Scarpetta. 'Ze had het wel moeten willen. Maar ze wilde niet, dus ga je gang. Het kan me geen moer schelen als Shandy er de schuld van krijgt. Ik zal je zelfs een handje helpen. Er ligt ondergoed in de slaapkamer met haar DNA. Als ze dat op de revolver aantreffen, bewijst dat genoeg. Iedereen in die kroeg weet hoe ze is. Vraag maar aan Jess. Het zal niemand verbazen.'

Dan houdt hij zijn mond. Even kijken ze elkaar roerloos aan. Hij staat voor de deur, met zijn armen langs zijn lichaam. Lucy zit op de bank, met de revolver op zijn hoofd gericht. Ze hoeft niet op een groter doelwit, zijn borst, te richten en dat weet hij.

Ze laat de revolver zakken. 'Ga zitten,' zegt ze.

Hij pakt de stoel voor zijn computer. 'Ik had moeten weten dat ze het je zou vertellen,' zegt hij.

'Je hoort te weten dat ze het me niet heeft verteld. Dat ze het niemand heeft verteld. Ze beschermt je nog steeds. Is dat niet geweldig?' zegt Lucy. 'Heb je gezien wat je met haar polsen hebt gedaan?'

Zijn bloeddoorlopen ogen beginnen te glanzen. Lucy heeft hem nog nooit zien huilen.

Ze vervolgt: 'Rose zag het en heeft het mij verteld. Toen we van morgen in het lab waren, heb ik het zelf ook gezien, tante Kays gekneusde polsen. Wat ben je van plan eraan te doen?'

Ze doet haar best beelden van wat hij met haar tante moet hebben gedaan te verdrijven. De gedachte dat hij haar tante heeft gezien en aangeraakt doet haar meer pijn dan als zijzelf het slachtoffer van zijn geweldpleging zou zijn geweest. Ze kijkt naar zijn enorme handen en armen, naar zijn mond, en probeert niet voor zich te zien wat hij daarmee heeft gedaan.

'Gedane zaken nemen geen keer,' zegt hij. 'Zo is het nu eenmaal. Ik beloof dat ik nooit meer bij haar in de buurt zal komen. Bij geen van jullie. Anders mag je me doodschieten, zoals je al wilde doen, en vrijuit gaan, zoals altijd. Zoals eerder. Jij kunt doen en laten wat je wilt. Ga je gang. Als iemand anders met haar had gedaan wat ik met haar heb gedaan, zou ik hem vermoorden. Dan zou hij al dood zijn.'

'Schijterige zielenpoot. Het minste wat je kunt doen, is tegen haar zeggen dat het je spijt, in plaats van weg te lopen of zelfmoord te plegen omdat je bent betrapt.'

'Wat heeft ze eraan als ik zeg dat het me spijt? Het is afgelopen. Daarom krijg ik alles pas later te horen. Niemand had me gebeld om naar Hilton Head te gaan.'

'Wees niet zo kinderachtig. Tante Kay heeft je gevraagd met Madelisa Dooley te gaan praten. Ik kon mijn oren niet geloven toen ze het me vertelde, ik werd er misselijk van.'

'Ze zal me nooit meer iets vragen. Niet nu je hier bent geweest. Ik wil niet dat een van jullie me ooit nog iets vraagt,' zegt Marino. 'Het is afgelopen.'

'Weet je nog wat je hebt gedaan?'

Hij antwoordt niet. Hij weet het nog.

'Zeg tegen haar dat het je spijt,' zegt ze. 'Zeg dat je niet zo dronken was dat je niet meer weet wat je hebt gedaan. Zeg dat je het je herinnert en dat het je spijt, en dat je er niets meer aan kunt veranderen, maar dat het je spijt. Wacht af wat ze dan doet. Ze zal je niet neerschieten. Ze zal je niet eens wegsturen. Ze is een veel beter mens dan ik.' Lucy klemt haar hand steviger om de revolver. 'Waarom heb je het gedaan? Leg me dat eens uit. Ze heeft je wel eens eerder dronken meegemaakt. Je bent duizenden keren met haar alleen geweest, zelfs in hotelkamers. Waarom? Wat bezielde je?'

Hij steekt met trillende handen een sigaret op. 'Het waren een heleboel dingen bij elkaar. Ik weet heus wel dat me dat niet vrijpleit. Ik was door het dolle heen. Alles is misgegaan en ik weet dat dat geen reden is. Ze kwam terug met die ring en toen wist ik het niet meer.'

'Je weet het best.'

'Ik had dokter Self nooit een e-mail moeten sturen. Zij heeft me in de war gebracht. En toen kwam Shandy. Met die pillen en zo. Drank. Alsof er een soort monster in mijn lijf kroop,' zegt Marino. 'Ik weet niet waar het vandaan kwam.'

Lucy staat vol afschuw op en laat de revolver op de bank vallen. Ze loopt langs hem heen naar de deur.

'Je moet naar me luisteren,' zegt hij. 'Shandy had dat spul voor me geregeld. Ik ben niet de eerste voor wie ze dat heeft gedaan. De vorige vent had drie dagen lang een stijve. Zij vond dat grappig.'

'Welk spul?' Ook al weet ze wat hij bedoelt.

'Hormoongel. Ik werd er knettergek van. Ik wilde iedereen neuken, iedereen vermoorden. Zij krijgt er nooit genoeg van. Ik heb nooit eerder een vrouw ontmoet die er nooit genoeg van krijgt.'

Lucy leunt tegen de deur en slaat haar armen over elkaar. 'Testosteron, op recept van een griezelige proctoloog in Charlotte.'

Marino kijkt haar verbaasd aan. 'Hoe weet je...' Zijn gezicht betrekt. 'O, ik snap het al. Je hebt hier rondgesnuffeld. Natuurlijk.'

'Wie is die idioot op die chopper, Marino? Wie is die klootzak die je op het parkeerterrein van de Kick 'n Horse bijna hebt vermoord? Die kerel die schijnt te hebben gezegd dat tante Kay moet verhuizen of anders het loodje zal leggen?'

'Wist ik het maar.'

'Volgens mij weet je het.'

'Het is de waarheid, dat zweer ik je. Ik denk dat Shandy weet wie hij is. Ik denk dat zij degene is die de Doc wil wegjagen. Dat jaloerse rotwijf.'

'Of misschien is het dokter Self.'

'Ik weet het verdomme ook niet.'

'Misschien had je eens wat onderzoek naar dat jaloerse rotwijf moeten doen,' zegt Lucy. 'En misschien was het sturen van die e-mail naar dokter Self om tante Kay jaloers te maken net zoiets als met een stok zwaaien naar een slang. Maar ja, je had het natuurlijk te druk met testosteronseks en het verkrachten van mijn tante.'

'Dat heb ik niet gedaan.'

'Hoe noem jij het dan?'

'Het ergste wat ik ooit heb gedaan,' zegt Marino.

Lucy kijkt hem strak aan. 'Die ketting met die zilveren dollar die je om je nek hebt hangen, hoe kom je daaraan?'

'Dat weet je best.'

'Heeft Shandy je ooit verteld dat er, vlak voordat ze hierheen is verhuisd, in het huis van haar chipspapa is ingebroken? Dat gebeurde vlak na zijn dood. Hij had een muntenverzameling en er lag geld, en dat is allemaal verdwenen. De politie vermoedt dat het een bekende van de familie is geweest, maar ze kunnen het niet bewijzen.'

'De gouden munt die Bull heeft gevonden,' zegt Marino. 'Ze heeft nooit iets over een gouden munt gezegd. De enige munt die ik heb gezien, is deze zilveren dollar. Hoe weet je dat Bull hem niet heeft verloren? Hij heeft die jongen gevonden en op die munt staat een vingerafdruk van die jongen, nietwaar?'

'Stel dat die munt was gestolen van de overleden papa van Shandy?' zegt Lucy. 'Wat zou je dan denken?'

'Zij heeft die jongen niet vermoord,' zegt Marino, maar met een vleugje twijfel in zijn stem. 'Nou ja, ze heeft nooit gezegd dat ze kinderen had. Als die munt iets met haar te maken heeft, had ze hem waarschijnlijk aan iemand gegeven. Toen ze me de mijne gaf, zei ze lachend dat het een identiteitsplaatje was om me eraan te herinneren dat ik een van haar soldaten was. Dat ik van haar was. Ik wist niet dat ze het letterlijk meende.'

'Het lijkt me verstandig haar DNA mee te nemen,' zegt Lucy.

Marino staat op en loopt de kamer uit. Hij komt terug met een rood onderbroekje, dat hij in een broodzakje stopt en aan Lucy overhandigt.

'Ik vind het een beetje raar dat je niet weet waar ze woont,' zegt Lucy.

'Ik weet helemaal niets van haar. Dat is de waarheid, verdomme,' zegt Marino.

'Dan zal ik je vertellen waar ze woont. Op ditzelfde eiland. In een leuk huisje aan het water. Het ziet er romantisch uit. O ja, ik moet erbij zeggen dat er, toen ik het ging bekijken, een motor stond.

Een oude chopper met een kartonnen nummerplaat, hij stond in de carport. Er was niemand thuis.'

'Dat had ik nooit verwacht. Zoiets zou me vroeger niet zijn overkomen.'

'Hij zal geen enkele kans meer krijgen ooit nog bij tante Kay in de buurt te komen. Daar heb ik voor gezorgd, want ik kon er niet op vertrouwen dat jij dat zou doen. Het is een heel oude chopper. Een roestbak met zo'n groot stuur. Levensgevaarlijk, volgens mij.'

Nu weigert Marino haar aan te kijken. Hij zegt: 'Vroeger was ik heel anders.'

Ze opent de voordeur.

'Waarom verdwijn je verdomme niet uit ons leven,' zegt ze, in de regen op de veranda. 'Wat er verder met je gebeurt, kan me geen moer meer schelen.'

Het oude bakstenen gebouw kijkt Benton met lege ogen aan – veel ramen ontbreken. In de vroegere sigarenfabriek brandt geen licht en op het parkeerterrein is het aardedonker.

Zijn laptop staat op zijn dijen terwijl hij inlogt op het radionetwerk van het havenkantoor, het kaapt en wacht in de zwarte Subaru suv van Lucy, een auto die je niet meteen met wetsdienaren in verband brengt. Zo nu en dan kijkt hij door de voorruit naar buiten. De regen druppelt langzaam over het glas, alsof de avond huilt. Hij kijkt naar de kippengazen omheining om de verlaten scheepswerf aan de overkant van de straat, en naar de containers die daar als treinwagons na een botsing zijn neergezet.

'Niets te zien,' zegt hij.

Lucy's stem zegt door zijn oortje: 'Laten we zo lang mogelijk wachten.'

Het is een beveiligde radiofrequentie. Lucy's technische bekwaamheid gaat Bentons begrip te boven, maar hij is niet naïef. Hij weet alleen dat ze weet hoe ze allerlei dingen moet beveiligen en vervormen, en dat ze het fantastisch vindt dat zij anderen kan bespioneren terwijl anderen dat niet bij haar kunnen doen. Hij hoopt dat ze gelijk heeft. Ook wat betreft een heleboel andere dingen. Met inbegrip van haar tante. Toen hij Lucy vroeg haar vliegtuig naar hem toe te sturen, heeft hij erbij gezegd dat hij niet wilde dat Scarpetta dat te horen zou krijgen.

'Waarom niet?' had Lucy gevraagd.

'Omdat ik waarschijnlijk de hele nacht in een geparkeerde auto dat verdomde haventerrein in de gaten moet houden,' had hij geantwoord.

Het zou te lastig zijn als ze wist dat hij hier was, slechts een paar kilometer van haar huis. Dan zou ze er misschien op aandringen dat hij haar mee zou nemen. Waarop Lucy had gezegd dat hij niet goed bij zijn hoofd was. Dat Scarpetta er niet over zou peinzen met hem op het haventerrein te gaan zitten. Dat haar tante dat niet als haar taak zou beschouwen. Ze is geen geheim agent. Ze is niet dol op wapens, al kan ze er uitstekend mee omgaan. Ze bekommert zich liever om slachtoffers, terwijl Lucy en Benton zich om anderen bekommeren. Maar wat Lucy bedoelde, was dat de wacht houden op het haventerrein gevaar met zich meebrengt en dat ze haar tante niet daaraan wilde blootstellen.

Vreemd dat Lucy Marino's naam niet heeft genoemd. Dat hij zou kunnen helpen.

Benton zit in de donkere Subaru. De auto ruikt nieuw, naar leer. Hij kijkt naar de regen en kijkt erdoorheen naar de overkant van de straat, en hij controleert steeds op de laptop of de Zandman inmiddels het radionetwerk van het havenkantoor heeft gekaapt en heeft ingelogd. Maar waar zou hij dat moeten doen? Niet op dit parkeerterrein. Niet op straat, want hij zou het niet aandurven zijn auto midden op straat stil te zetten en vanaf die plek weer zo'n vervloekte e-mail te sturen naar die vervloekte dr. Self, die nu waarschijnlijk weer tevreden in haar penthouse in Central Park West in New York zit. Het is onverteerbaar. Het is hoogst oneerlijk. Zelfs als de Zandman uiteindelijk wordt gepakt, zal dr. Self de dans ontspringen, terwijl zij evenveel schuld heeft aan de moorden als de Zandman. Zij heeft informatie achtergehouden, zich niet in de zaak verdiept, zich aan haar verantwoordelijkheid onttrokken. Benton haat haar. Hij wou dat het niet zo was, maar nog nooit van zijn leven heeft hij iemand zo gehaat.

De regen klettert op het dak van de suv en mist hangt als een sluier om de straatlantaarns in de verte. Hij kan de horizon niet meer van de lucht onderscheiden, ziet geen verschil meer tussen haven en hemel. Hij ziet bijna niets meer, tot er iets beweegt. Hij blijft roerloos zitten en zijn hart bonkt wanneer er een donkere figuur langzaam langs het hek aan de overkant van de straat loopt.

'Er gebeurt iets,' geeft hij door aan Lucy. 'Heeft er iemand ingelogd? Want ik kan het niet zien.'

'Niemand heeft ingelogd.' Ze bevestigt dat de Zandman zich nog niet op het netwerk van het havenkantoor heeft gemeld. 'Wat zie je?'

'Bij het hek. Ongeveer op drie uur, staat nu stil. Staat stil op drie uur.'

'Ik ben op tien minuten afstand bij je vandaan. Zelfs minder.'

'Ik ga erheen,' zegt Benton. Langzaam opent hij het portier; hij heeft het binnenlicht uitgedaan. Het is pikdonker en de regen maakt steeds meer lawaai.

Hij steekt zijn hand onder zijn jack en pakt zijn revolver, en hij doet het portier van de auto niet helemaal dicht. Hij maakt geen geluid. Hij weet hoe hij dat moet doen, hij heeft het vaker moeten doen dan hem lief is. Hij sluipt als een geest, donker en stil, door de plassen en de regen. Om de twee stappen staat hij even stil en hij weet zeker dat de gestalte aan de overkant van de straat hem niet heeft gezien. Wat doet hij daar? Nu staat hij roerloos bij het hek. Benton loopt naar hem toe en de gestalte verroert zich nog steeds niet. Door de regenvlagen kan Benton hem nauwelijks zien en hij hoort niets anders dan het gekletter van de regen.

'Alles in orde?' Lucy's stem in zijn hoofd.

Hij geeft geen antwoord. Hij staat stil achter een telefoonpaal en ruikt creosoot. De gedaante bij het hek loopt naar links, naar één uur, en steekt de straat over.

Lucy zegt: 'Ben je op tien-vier?'

Benton geeft geen antwoord en dan is de gestalte zo dichtbij dat hij de donkere vlek van een hoofd kan zien en de omtrekken van een hoed, en bewegende armen en benen. Benton stapt naar voren en richt zijn revolver op hem.

'Verroer je niet.' Hij zegt het op een kalme toon die tot gehoorzaamheid dwingt. 'Ik houd een negen millimeter op je hoofd gericht, dus maak geen enkele beweging.'

De man, Benton weet zeker dat het een man is, staat zo stil als een standbeeld. Hij maakt geen geluid.

'Stap van de straat af, maar niet mijn kant op. Stap naar links.

Heel langzaam. Laat je op je knieën zakken en leg je handen op je hoofd.' Tegen Lucy zegt hij: 'Ik heb hem. Je kunt komen.'

Alsof ze op een steenworp afstand staat.

'Wacht op me.' Ze klinkt gespannen. 'Wacht op me, ik kom eraan.'

Hij weet dat ze ver weg is, te ver om hem te helpen als er iets fout gaat.

De man houdt zijn handen op zijn hoofd en hij knielt op het gebarsten, zwarte asfalt en hij zegt: 'Schiet alsjeblieft niet.'

'Wie ben je?' vraagt Benton. 'Zeg me wie je bent.'

'Niet schieten.'

'Wie ben je?' Benton schreeuwt boven de regen uit. 'Wat doe je hier? Zeg wie je bent!'

'Niet schieten!'

'Vertel me wie je bent, verdomme! Wat doe je hier op het haventerrein? Ik vraag het niet nóg een keer.'

'Ik weet wie jij bent. Ik herken je. Ik heb mijn handen op mijn hoofd, dus je hoeft niet te schieten,' zegt de stem, terwijl de regen plenst. Benton hoort een accent. 'Ik ben hier om een moordenaar op te pakken, net als jij. Zo is het toch, Benton Wesley? Stop die revolver alsjeblieft weg. Ik ben Otto Poma. Ik ben hier om dezelfde reden als jij. Ik ben commissaris Otto Poma. Laat je revolver alsjeblieft zakken.'

Poe's Tavern, een paar minuten rijden bij de vishut van Marino vandaan. Hij snakt naar een paar biertjes.

De straat is nat en glimmend zwart, de wind ruikt naar regen, de zee en het moeras. Hij kalmeert terwijl hij op zijn Roadmaster door de donkere, regenachtige nacht rijdt en weet dat hij niet moet drinken, maar niet weet hoe hij het zichzelf kan beletten. Nou ja, wat doet het er eigenlijk nog toe? Sinds het is gebeurd huist er een ziekte in zijn ziel, een gevoel van doodsangst. Het beest in hem heeft de kop opgestoken, het monster heeft zich laten zien en wat hij altijd heeft gevreesd, staat hem nu te wachten.

Peter Rocco Marino is geen fatsoenlijk mens. Net als bijna elke misdadiger die hij heeft gevangen, gelooft hij dat maar weinig van wat er in zijn leven gebeurt zijn eigen schuld is en dat hij in de grond van de zaak een goed, moedig en welwillend mens is. Maar het tegendeel is waar. Hij is een zelfzuchtige, akelige, slechte man. Een heel slecht mens. Daarom heeft zijn vrouw hem verlaten. Daarom is zijn carrière op niets uitgelopen. Daarom haat Lucy hem. Daarom heeft hij het beste wat hij ooit heeft gehad, kapotgemaakt. Zijn relatie met Scarpetta is verbroken. Dat heeft hij gedaan. Hij heeft hun relatie verwoest. Hij heeft haar keer op keer bedrogen, om iets waaraan zij niets kan doen. Ze heeft hem nooit willen hebben en waarom zou ze? Ze heeft zich nooit tot hem aangetrokken gevoeld. Hoe zou dat ook kunnen? Dus heeft hij haar gestraft.

Hij gaat naar een hogere versnelling en geeft meer gas. Hij rijdt veel te hard. De regen prikt in zijn huid terwijl hij naar de Strip racet, zoals hij de uitgaansgelegenheden op Sullivan's Island noemt. Overal staan geparkeerde auto's. Geen motoren, alleen de zijne, vanwege het weer. Hij heeft het koud, zijn handen zijn verstijfd en hij voelt ondraaglijke pijn en schaamte vermengd met een giftige woede. Hij gespt zijn zinloze hersenpanbeschermer los, hangt hem aan het stuur en doet de voorvork op slot. Zijn regenkleding maakt een soppend geluid terwijl hij een restaurant binnenloopt met veel ongeverfd oud hout en plafondventilators, en ingelijste posters van raven en waarschijnlijk elke film die er ooit van een Edgar Allan Poe verhaal is gemaakt. Het is druk in de bar en zijn hart begint te bonken en te fladderen als een angstige vogel als hij Shandy ziet zitten, tussen twee mannen in. Een van hen heeft een halsdoek om, het is de man die Marino onlangs bijna heeft neergeknald. Ze praat tegen hem en drukt haar lichaam tegen zijn arm.

Marino blijft bij de deur staan. Regenwater druipt op de kale vloer terwijl hij kijkt en overweegt wat hij zal doen. Terwijl de wonden in zijn binnenste groter worden en zijn hart racet alsof er paarden door zijn hals galopperen. Shandy en de man met de halsdoek drinken bier en glaasjes tequila, en ze eten er tortillachips met chili *con queso* bij – dat bestelden Marino en zij hier ook altijd. Vroeger. Verleden tijd. Einde verhaal. Vanmorgen heeft hij die hormoongel niet gebruikt, hij heeft de tube met tegenzin weggegooid terwijl het walgelijke schepsel in zijn binnenste hem uitlachte. Hij kan nauwelijks geloven dat Shandy het lef heeft hier met die man te gaan zitten, en nu weet hij het zeker. Zij heeft die man ertoe aangezet de Doc te bedreigen. Maar hoe slecht Shandy ook is, hoe slecht die kerel ook is, hoe slecht ze samen ook zijn, Marino is nog slechter.

Wat zij de Doc wilden aandoen, valt in het niet vergeleken bij wat hij haar heeft aangedaan.

Hij loopt naar de bar zonder hun kant op te kijken, doet net alsof hij hen niet ziet en vraagt zich af hoe het komt dat hij de BMW van Shandy niet heeft zien staan. Ze heeft hem waarschijnlijk ergens in een zijstraat gezet, want ze is altijd bang dat iemand een deuk in een van de portieren maakt. Hij vraagt zich ook af waar de man met de halsdoek zijn chopper heeft gelaten en denkt aan Lucy's woorden. Dat het een levensgevaarlijk ding is. Ze heeft eraan geknoeid. Waarschijnlijk knoeit ze over een poosje aan zijn motor.

'Wat wil je hebben, schat? Waar was je trouwens de laatste tijd?' Het barmeisje ziet er niet ouder uit dan vijftien, maar dat vindt Marino tegenwoordig van alle jonge mensen.

Hij is zo gedeprimeerd en verstrooid dat hij niet meer weet hoe ze heet. Shelly, denkt hij, maar hij durft het niet te zeggen. Misschien is het Kelly. 'Budweiser Light.' Hij leunt naar haar toe. 'Niet kijken, maar wie is die vent naast Shandy?'

'Ze zijn hier wel vaker geweest.'

'Sinds wanneer?' vraagt Marino, terwijl zij een tapbiertje naar hem toe laat glijden en hij vijf dollar terugschuift.

'Twee voor één geld, dus je mag er straks nog een, schat. Even denken. Sinds ik hier werk, heb ik ze regelmatig gezien, schat. Het afgelopen jaar, denk ik. Ik mag ze geen van beiden, maar dat moet tussen ons blijven. Vraag me niet hoe hij heet, want dat weet ik niet. Hij is niet de enige man die ze meebrengt. Volgens mij is ze getrouwd.'

'Dat meen je niet.'

'Ik hoop dat jij en zij pauze hebben genomen. Voorgoed, schat.'

'Ik ga niet meer met haar om,' zegt Marino en hij neemt een slok bier. 'Het stelde trouwens niet veel voor.'

'Niet veel meer dan ellende, vermoed ik,' zegt Shelly of Kelly.

Hij voelt dat Shandy naar hem kijkt. Ze praat niet meer tegen de man met de halsdoek en Marino vraagt zich af of ze al die tijd ook met hém naar bed ging. En hij denkt aan de gestolen munten en vraagt zich af hoe ze aan haar geld komt. Misschien heeft haar papa haar geen cent nagelaten en vond ze dat ze dan maar iets van hem moest stelen. Plotseling vraagt hij zich een heleboel dingen af en hij wou dat hij dat eerder had gedaan. Ze kijkt naar hem terwijl hij zijn beslagen pul optilt en weer een slok bier neemt. Haar felle ogen hebben een maniakale blik. Hij overweegt of hij naar haar toe zal gaan, maar hij kan zich er niet toe zetten.

Hij weet dat hij niet veel wijzer van hen zal worden en dat ze hem zullen uitlachen. Shandy geeft de man met de halsdoek een por, en hij kijkt naar Marino en grijnst spottend. Hij vindt het waarschijnlijk erg leuk dat hij daar met Shandy zit te flikflooien en dat hij weet dat ze nooit van Marino is geweest. Met wie zou ze verdomme nog meer naar bed gaan?

Marino rukt de ketting met de zilveren dollar van zijn hals en laat hem in zijn bier vallen. Met ploffende geluidjes zakt hij naar de bodem van het glas. Hij geeft het glas een zet zodat het over de bar naar hen toe glijdt en loopt het restaurant uit, terwijl hij hoopt dat ze achter hem aan zullen komen. Het regent minder hard, de straat dampt onder de lantaarns en hij gaat op het zadel van zijn motor zitten wachten, in de hoop dat ze ook naar buiten zullen komen. Vol verwachting houdt hij zijn blik gericht op de ingang van Poe's Tavern. Misschien kan hij beginnen te vechten. En dan kunnen zij het afmaken. Hij wou dat zijn hart tot bedaren kwam en zijn borst niet zo'n pijn deed. Misschien krijgt hij zo meteen een hartaanval. Zijn hart heeft alle recht hem aan te vallen, zo slecht is hij. Hij wacht en kijkt naar de ingang, naar de mensen achter de verlichte ramen. Iedereen is gelukkig, behalve hij. Hij wacht, steekt een sigaret op en zit in zijn natte kleren op zijn natte motor te roken en te wachten.

Hij stelt nog maar zo weinig voor dat hij zelfs niemand meer kwaad kan maken. Niemand ertoe kan bewegen met hem te vechten. Hij is zo'n nietsnut dat hij hier in het regenachtige donker zit te roken en naar de ingang kijkt in de hoop dat Shandy of de man met de halsdoek of zij allebei naar buiten komen en hem het gevoel geven dat hij toch nog een beetje de moeite waard is. Maar de deur gaat niet open. Hij betekent niets meer voor hen. Ze zijn niet bang voor hem. Ze lachen hem alleen nog maar uit. Hij wacht en rookt. Hij ontgrendelt de voorvork en start de motor.

Hij geeft gas en scheurt met gierende banden weg. Hij stalt de motor onder de vishut en laat het sleuteltje erin zitten, omdat hij zijn motor niet meer nodig heeft. Waar hij naartoe gaat, zal hij geen motor meer rijden. Hij loopt snel, maar niet zo snel als zijn hart

klopt en wanneer hij in het donker het trapje beklimt naar zijn steiger, denkt hij aan de grapjes die Shandy over zijn oude, gammele
steiger heeft gemaakt. Dat die net zo lang, mager en krom was als
een wandelende tak. Toen ze dat de eerste keer dat hij haar hier
mee naartoe had genomen zei, vond hij dat ze op een knappe, geesti-
ge manier dingen kon zeggen en hadden ze de hele nacht de liefde
bedreven. Dat was tien dagen geleden. Nog maar tien dagen geleden. Hij moet er rekening mee houden dat ze hem erin heeft ge-
luisd, dat het geen toeval was dat ze op de avond van de dag dat
die dode jongen is gevonden met hem begon te flirten. Misschien
wilde ze dingen van hem aan de weet komen. Hij heeft haar haar
gang laten gaan. En dat alleen maar om een ring. De Doc kreeg een
ring en Marino verloor zijn verstand. Zijn zware laarzen gaan luid
stampend over de steiger en de verweerde planken trillen onder zijn
gewicht, en wolken insecten zwermen om hem heen alsof het een
tekenfilm is.

Aan het eind van de steiger staat hij stil, zwaar ademend, terwijl
wat wel een miljoen onzichtbare tanden lijken hem bijten en zijn
ogen zich vullen met tranen en zijn borst snel op en neer gaat, zoals hij ooit bij een man heeft gezien die net een dodelijke injectie
had gekregen, vlak voordat zijn gezicht grijsblauw werd en hij stierf.
Het is zo donker en bewolkt dat het water en de lucht één geheel
vormen, en onder hem bonken de stootkussens en kabbelt het water zacht tegen de palen.

Hij schreeuwt iets wat niet uit zijn mond lijkt te komen en gooit
zijn mobiel en zijn oortje zo ver mogelijk het water in. Zo ver dat
hij niet hoort wanneer ze met een plonsje het oppervlak raken.

19

Y-12, het Nationale Veiligheidsinstituut. Scarpetta zet haar huurauto stil voor een wachtpost te midden van bomvrije, betonnen bar-
rières en hekken met prikkeldraad erop.

Voor de tweede keer in vijf minuten laat ze het portierraampje
zakken en overhandigt haar legitimatiebewijs. De bewaker loopt

zijn hokje in om te telefoneren, terwijl de tweede bewaker in de kofferbak kijkt van de rode Dodge Stratus die tot ongenoegen van Scarpetta bij Hertz op haar stond te wachten toen ze een uur geleden in Knoxville arriveerde. Ze had om een SUV gevraagd. Ze rijdt nooit in een rode auto. Ze draagt zelfs nooit rood. De bewakers lijken waakzamer dan de vorige keren, alsof de auto hun argwaan opwekt, en ze zijn al zo argwanend. Y-12 heeft de grootste voorraad verrijkt uranium in het land. De veiligheidsdienst ziet niets door de vingers en Scarpetta valt de wetenschappers hier dan ook alleen lastig als ze iets nodig heeft wat, zoals ze het noemt, kritieke massa is geworden.

Achter in de auto liggen het in bruin papier verpakte raam van de waskamer van Lydia Webster en een doosje met de gouden munt met de vingerafdruk van de onbekende vermoorde jongen. Ergens in een uithoek van het complex staat een rood bakstenen laboratorium dat er vanbuiten net zo uitziet als de andere gebouwen, maar waar de grootste elektronenmicroscoop ter wereld staat.

'U mag daar even gaan staan.' De bewaker wijst. 'Hij komt eraan om u op te halen.'

Ze parkeert de auto op de aangewezen plaats om te wachten op de zwarte Tahoe van dr. Franz, het hoofd van het laboratorium voor materiaalonderzoek. Ze rijdt altijd achter hem aan naar binnen. Hoe vaak ze hier ook al is geweest, ze weet nog steeds niet de weg en bovendien zou ze het niet wagen in haar eentje op zoek te gaan. Verdwalen in een complex waar atoomwapens worden gemaakt, is niet verstandig. De Tahoe komt aanrijden, keert om en dr. Franz gebaart met een arm uit het raampje dat ze hem moet volgen. Ze passeren saaie gebouwen met nietszeggende namen en even later rijden ze door een verrassend mooi landschap van bossen en velden naar een laag gebouw dat Technology 2020 wordt genoemd. Het staat in een misleidend landelijke omgeving. Scarpetta en dr. Franz stappen uit. Scarpetta haalt het in bruin papier verpakte raam van de achterbank, waar ze het met een veiligheidsgordel had vastgemaakt.

'Wat breng je toch altijd leuke dingen mee,' zegt hij. 'De vorige keer was het een deur.'

'En toen vonden we een laarsafdruk, weet je nog, terwijl niemand dat had gezien.'

'Er is altijd íéts te zien.' Het motto van dr. Franz.

Hij is ongeveer even oud als Scarpetta en in een poloshirt en een wijde spijkerbroek is hij niet het toonbeeld van een kernmetallurgisch ingenieur die het fascinerend vindt een gekarteld onderdeel van een stuk gereedschap, een spindop of het een of andere stukje van een ruimteveer of onderzeeboot onder zijn microscoop te leggen. Ze loopt met hem mee naar wat er zou uitzien als een normaal laboratorium als er niet een enorme metalen kamer op vier boomdikke afvoerzuilen zou staan.

De VisiTech Large Chamber Scanning Electron Microscope – LCSEM – weegt tien ton en moest door een vorkheftruck met een capaciteit van veertig ton op zijn plaats worden gezet. Het is de grootste microscoop ter wereld en hij is in de eerste plaats bedoeld voor het analyseren van metaalmoeheid in wapens, niet voor forensisch onderzoek. Maar volgens Scarpetta is het allemaal technologie, en Y-12 is inmiddels aan haar schaamteloze smeekbeden gewend.

Dr. Franz pakt het raam uit. Hij legt het samen met de munt op een acht centimeter dikke stalen draaitafel en stelt een elektronenpistool met de afmetingen van een kleine raket in, met de detectoren erachter, waarbij hij ervoor zorgt dat het zo laag mogelijk boven de verdachte plaatsen met zand, lijm en kapot glas hangt. Met een afstandbediening voor de assen laat hij het apparaat glijden en kantelen. Het zoemt en klikt. Het staat op tijd stil om te voorkomen dat dure onderdelen tegen de monsters of tegen elkaar stoten of over de rand gaan. Dan sluit hij de deur om de kamer tot tien tot de min zesde luchtledig te laten zuigen. Daarna zal hij de rest weer opvullen tot tien tot de min tweede en dan kun je de deur met geen mogelijkheid meer openen, zegt hij, en hij laat het zien. Dan heeft de kamer dezelfde atmosfeer als de ruimte, legt hij uit. Geen vocht, geen zuurstof, alleen de moleculen van een misdaad.

Het geluid van vacuümpompen en de lucht van elektriciteit, en het wordt warm in de schone ruimte. Scarpetta en Franz gaan terug naar het normale laboratorium en doen de deur van de microscoopkamer achter zich dicht. Een kolom van rood, geel, groen en wit licht wijst erop dat er zich niemand meer in de kamer bevindt, want voor een mens zou dat een onmiddellijke dood betekenen. Net zoiets als een wandeling in de ruimte zonder ruimtepak aan, zegt Franz.

Hij gaat voor een computerconsole met een aantal grote, platte videoschermen zitten en zegt tegen Scarpetta: 'Laten we nu eens kijken. Welke vergroting zullen we nemen? We kunnen naar tweehonderdduizend maal zo groot gaan.' Dat is waar, maar hij maakt een grapje.

'Dan ziet een zandkorrel eruit als een planeet en zien we er misschien mensjes op rondlopen,' zegt ze.

'Wie weet.' Hij klikt door een menu.

Ze gaat naast hem zitten. De grote, lawaaiige vacuümpompen doen Scarpetta denken aan een MRI-scanner. Vervolgens doet de turbopomp mee, en dan valt er een stilte die met regelmatige tussenpozen wordt onderbroken door de luchtdroger, wat klinkt als de lange, diepe zucht van een walvis. Ze wachten een ogenblik en als het groene lampje brandt, beginnen ze te zien wat het apparaat ziet wanneer de elektronenbundel zich richt op een deel van de ruit.

'Zand,' zegt Franz. 'Maar wat krijgen we nou?'

Vermengd met de verschillende vormen en maten van de zandkorrels, die eruitzien als scherfjes en brokjes steen, zitten bollen met kraters erin, die eruitzien als minuscule meteorieten en manen. Een elementaire analyse bepaalt dat ze naast silica ook barium en antimonium bevatten.

'Is er in deze zaak een vuurwapen gebruikt?' vraagt dr. Franz.

'Niet dat ik weet,' antwoordt Scarpetta en ze voegt eraan toe: 'Het is net zoiets als dat geval in Rome.'

'Het zou met de omgeving of een bepaald beroep te maken kunnen hebben,' veronderstelt hij. 'Het grootste deel is natuurlijk silicium. Plus sporen van kalium, natrium, calcium en, ik weet niet waarom, een beetje aluminium. Ik ga de achtergrond wegnemen, het glas.' Nu praat hij in zichzelf.

'Dit lijkt heel erg, heel erg, op wat ze in Rome hebben gevonden,' herhaalt ze. 'Het zand in de oogholtes van Drew Martin. Precies hetzelfde, en ik verval in herhaling, maar ik kan het bijna niet geloven. En ik begrijp er niets van. Sporen van een afgevuurd wapen. Wat zijn die donkere vlekken daar?' Ze wijst. 'Die lagen?'

'Lijm,' antwoordt hij. 'Ik weet bijna zeker dat het zand niet uit Rome of die contreien komt. Net zomin als het zand in de zaak Drew Martin. Omdat er geen basalt in zit, niets wat duidt op vulkanische activiteit, wat je in die streek wel zou verwachten. Dus moet hij zijn eigen zand mee naar Rome hebben genomen.'

'Ik weet dat ze er nooit van uit zijn gegaan dat het zand daarvandaan kwam. In elk geval niet van de nabijgelegen stranden in Ostia. Ik heb geen idee wat hij heeft gedaan. Misschien is het zand iets symbolisch, heeft het een betekenis. Ik heb vergroot zand gezien en vergrote aarde, maar zoiets als dit heb ik nooit eerder gezien.'

Dr. Franz vergroot en verscherpt het beeld nog iets meer en zegt: 'Nu wordt het nog gekker.'

'Epithele cellen, zo te zien. Huid?' Ze tuurt naar het scherm. 'Daar is in het geval van Drew Martin niets over gezegd. Ik moet commissaris Poma bellen. Het hangt ervan af wat ze belangrijk vonden. Of hebben gezien. En hoe modern een politielab ook is uitgerust, het instrumentarium is niet van R&D-kwaliteit. Dít hebben ze niet.' Ze bedoelt de LC-SEM.

'Ik hoop alleen dat ze geen massaspectrum hebben gebruikt en het hele monster in een zuur hebben opgelost. Want dan is er niets van over om opnieuw te onderzoeken.'

'Dat hebben ze niet gedaan,' zegt ze. 'Gefaseerde röntgenanalyse. Raman. Eventuele huidcellen horen er daar nog in te zitten, maar zoals ik al zei, heb ik er niets over gehoord. Er staat niets over in het rapport. Niemand heeft het erover gehad. Ik moet commissaris Poma bellen.'

'Het is daar al zeven uur 's avonds.'

'Hij is hier. Nou ja, in Charleston.'

'Nu begrijp ik er niets meer van. Ik dacht dat je zei dat hij een carabiniere is. Niet iemand van de politie in Charleston.'

'Hij is nogal onverwachts opgedoken. Gisteravond, in Charleston. Verder weet ik het ook niet. Ik begrijp er nog minder van dan jij.'

Ze voelt zich nog steeds beledigd. Het was geen leuke verrassing toen Benton de vorige avond op de stoep stond met commissaris Poma. Ze was een ogenblik sprakeloos geweest van verbazing, en na koffie en soep waren ze even abrupt vertrokken als ze gekomen waren. Ze heeft Benton sindsdien niet meer gezien en ze voelt zich gegriefd en ongelukkig. Ze weet niet wat ze bij hun volgende ontmoeting tegen hem moet zeggen, wanneer dat dan ook zal zijn. Voordat ze die morgen in het vliegtuig stapte, had ze overwogen of ze haar ring zou afdoen.

'DNA,' zegt Franz. 'Dus willen we geen bleekmiddel gebruiken. Hoewel het signaal beter zou zijn als we de huidresten en talg konden verwijderen. Als het dat is.'

Het is net zoiets als naar sterrenbeelden kijken. Lijken ze op een dier of eerder op een soeplepel? Heeft de maan een gezicht? Wat ziet ze echt? Ze verdrijft de gedachte aan Benton om zich beter te kunnen concentreren.

'Geen bleekmiddel en voor alle zekerheid moeten we DNA proberen te vinden,' zegt ze.

'Hoewel het normaal is dat bij een galvanische huidreactie epithele cellen vrijkomen, gebeurt dat eigenlijk alleen als je de handen van een verdachte onderzoekt met behulp van dubbelzijdig carbontape. Dus als dit inderdaad huidcellen zijn, moeten ze door de handen van de moordenaar zijn overgebracht. Tenzij ze al op het glas zaten. Maar dat zou dan weer heel vreemd zijn omdat het glas is schoongemaakt met een doek, waarvan we vezels hebben aangetroffen. Van wit katoen, en het vuile T-shirt dat we in de wasmand hebben gevonden is van wit katoen, maar wat betekent dat? Eigenlijk niet veel. Want in een wasruimte vind je natuurlijk genoeg vezels om een stortplaats mee te vullen.'

'Alles wat je op deze manier vergroot, is genoeg om een stortterrein te vullen.' Dr. Franz klikt met de muis, stelt bij en verplaatst, en de elektronenbundel valt op een stuk gebroken glas.

Onder polyurethaanschuim, dat helder opdroogt, lijken barsten op bergkloven. De vage witte vlekken kunnen nog meer epithele cellen zijn, lijnen en poriën zijn een huidafdruk van het lichaamsdeel dat het glas heeft geraakt. Er zitten ook haardeeltjes op.

'Iemand is ertegenaan gelopen of heeft die ruit ingeslagen,' zegt dr. Franz. 'Zo is hij gebroken, denk ik.'

'Maar niet met een hand of met de zool van een voet,' zegt Scarpetta. 'Want de lijnen wijzen niet op wrijving.' Ze moet steeds aan Rome denken. 'Misschien is die galvanische huidreactie niet opgewekt door handen, maar door zand,' voegt ze eraan toe.

'Voordat hij eraan zat, bedoel je?'

'Wie weet. Drew Martin is niet doodgeschoten. Dat weten we zeker. Maar in het zand in haar oogkassen zijn sporen van barium, antimonium en lood gevonden.' Ze zet alles in gedachten weer op een rij. 'Hij heeft het zand erin gestopt en haar oogleden dichtgelijmd. Dus wat op die bepaalde huidsporen lijkt, kan aan zijn handen hebben gezeten en zijn overgebracht op het zand, want dát heeft hij in elk geval aangeraakt. Maar stel dat die huidsporen daar al vóór die tijd zaten?'

'Ik heb nooit eerder gehoord dat iemand zoiets heeft gedaan. In wat voor wereld leven we eigenlijk?'

'Ik hoop dat dit de laatste keer is dat we horen dat iemand zoiets heeft gedaan, en die vraag stel ik me al bijna mijn hele leven,' zegt ze.

'Niets wijst erop dat het er niet al in zat,' zegt Franz. 'Wat ik me hierbij afvraag' – hij wijst naar de beelden op het scherm – 'is of het zand op de lijm zat of de lijm op het zand. En zat het zand op zijn handen of heeft hij zijn handen in het zand gestoken? Die lijm in Rome, je zei dat ze geen massaspectrum hebben gebruikt. Hebben ze het met FTIR geanalyseerd?'

'Ik denk het niet. Het is cyanoacrylaat. Meer weet ik niet,' antwoordt ze. 'We zouden FTIR kunnen proberen om te zien of we moleculaire vingerafdrukken krijgen.'

'Goed.'

'Op de lijm op het raam en ook de lijm op de munt?'

'Goed.'

Fourier Transform Infrared Spectroscopy is eenvoudiger dan het klinkt. De chemische verbindingen van een molecule absorberen lichtgolflengtes en produceren een geannoteerd spectrum dat even uniek is als een vingerafdruk. In eerste instantie verbaast het resultaat hen niet. De spectra van de lijm op het raam en de lijm op de munt zijn hetzelfde. Ze bestaan allebei uit cyanoacrylaat, maar niet van een soort die Scarpetta of dr. Franz herkent. De moleculaire structuur is niet die van het ethylcyanoacrylaat van normale superlijm. Het is iets heel anders.

'Twee-octylcyanoacrylaat,' zegt Franz. De dag vliegt om. Het is half drie. 'Ik heb geen idee wat dat is, behalve een plakmiddel, dat is duidelijk. En die lijm in Rome? Wat is daar de moleculaire structuur van?'

'Ik weet niet of iemand daarnaar heeft gevraagd,' antwoordt ze.

Zacht verlichte historische gebouwen en de witte toren van de Saint Michael, die spits naar de maan wijst.

Vanuit haar prachtige kamer kan dr. Self de haven en de zee niet meer van de lucht onderscheiden, omdat er geen sterren zijn. Het regent niet meer, maar dat zal niet lang duren.

'Ik ben dol op de ananasfontein, al kun je die van hier niet zien.' Ze praat tegen de lichtjes van de stad omdat dat prettiger is dan tegen Shandy praten. 'Hij staat daar beneden bij het water, voorbij de markt. Kleine kinderen, veelal van arme families, maken er 's zomers plezier. Maar als je daar een van die dure appartementen hebt, kan het lawaai je humeur behoorlijk bederven. Hé, ik hoor een helikopter. Hoor jij hem ook?' vraagt dr. Self. 'De kustwacht. De luchtmacht heeft enorme vliegtuigen, het lijken wel vliegende slagschepen, die vliegen hier ook voortdurend over. Al weet je natuurlijk best dat ze met die grote vliegtuigen alleen maar ons belastinggeld verspillen, en voor welk doel?'

'Ik zou het u niet hebben verteld als ik had vermoed dat u me niet meer zou betalen,' zegt Shandy vanuit haar stoel bij een raam, waar het uitzicht haar koud laat.

'Voor nog meer verspilling en nog meer doden,' zegt dr. Self. 'We weten wat er gebeurt als die jongens en meisjes weer thuiskomen. Dat weten we maar al te goed, nietwaar, Shandy?'

'Geef me wat we hebben afgesproken, misschien laat ik u dan verder met rust. Ik wil alleen maar hetzelfde als andere mensen. Daar is niets mis mee. Ik heb schijt aan Irak,' zegt Shandy. 'Ik heb geen zin om hier urenlang te zitten en naar uw politieke opinie te luisteren. Als u opinies wilt horen die belangrijk zijn, moet u een keer naar onze kroeg komen.' Ze lacht op een onaangename manier. 'Ik zie het al voor me: u in onze kroeg. Om de bloemetjes eens lekker buiten te zetten.' Ze draait ratelend het ijs rond in haar glas. 'Een Bush-hater in Bush-land.'

'Misschien zijn jullie zelf de buitenbeentjes.'

'Omdat we Arabieren en homo's haten, geen baby's door de wc willen spoelen of hun onderdelen aan de medische wetenschap willen verkopen? En dol zijn op appeltaart, kippenvleugeltjes, Budweiser en Jezus. O ja, en op neuken. Geef me nou maar waar ik voor gekomen ben, dan hou ik mijn mond en ga weg.'

'Als psychiater zeg ik altijd: ken uzelf. Maar dat geldt niet voor jou, kind. Ik raad je aan koste wat kost te voorkomen dat je jezelf leert kennen.'

'Eén ding weet ik zeker,' zegt Shandy hatelijk, 'en dat is dat Marino niet meer op jou viel toen hij eenmaal op mij was gevallen.'

'Hij heeft precies gedaan wat ik had voorspeld. Hij heeft met het verkeerde hoofd nagedacht,' zegt dr. Self.

'U mag dan net zo rijk en beroemd zijn als Oprah, maar alle macht en roem ter wereld is niet genoeg om een man net zo geil te maken als ik doe. Ik ben jong en lekker en ik weet wat hij wil, ik kan het net zo lang volhouden als hij en ik kan ervoor zorgen dat hij het veel langer volhoudt dan hij ooit had durven dromen,' zegt Shandy.

'Heb je het over seks of de paardenraces?'

'Ik heb het over uw vergevorderde leeftijd,' zegt Shandy.

'Misschien moet ik je eens uitnodigen voor een van mijn programma's. Ik zou je fascinerende vragen kunnen stellen. Wat mannen in je zien. Wat voor magische muskusgeur je uitwasemt om ze zo ver te krijgen dat ze net als je dikke kont achter je aan gaan. Dan kom je precies zoals je daar nu zit, in een zwarte leren broek die zoals de schil om een pruim om je heen spant, en een spijkerjack met niets eronder. En natuurlijk in die laarzen. En het pièce de résistance: die vlammende halsdoek. Een beetje vuil, om het zo maar te noemen, maar ja, hij is van die arme vriend van je geweest die onlangs een afschuwelijk ongeluk heeft gehad. Mijn publiek zou smelten van ontroering omdat je zijn halsdoek draagt en zegt dat je die pas afdoet als hij beter is. Ik vind het heel erg dat ik je moet zeggen dat, wanneer een hoofd als een ei is opengebarsten en de hersens in aanraking zijn gekomen met de omgeving, in dit geval de straat, het vrij ernstig is.'

Shandy neemt een slok.

'Ik denk dat we na een uur – ik stel me geen reeks programma's met jou voor, alleen een deel van een uitzending – tot de conclusie zullen komen dat je verleidelijk en knap bent, en niet te vergeten heel soepel en sexy,' vervolgt dr. Self. 'Dat je voorlopig nog je laag-bij-de-grondse hobby's kunt uitoefenen, maar dat je, wanneer je even oud bent als je denkt dat ik ben, zult moeten toegeven dat de zwaartekracht het van je wint. Wat zeg ik in mijn programma? Dat de zwaartekracht het van je zal winnen. Het leven neigt naar vallen. Niet naar staan of vliegen, zelfs nauwelijks naar zitten, maar naar vallen. Even hard als Marino is gevallen. Toen ik je aanmoedigde om hem aan te spreken, nadat hij zo dom was geweest weer contact met me op te nemen, leek de kans op een val nog erg klein. Je hoefde hem alleen maar een beetje in verwarring te brengen, kind. Bovendien, hoe hard kon Marino vallen terwijl hij nooit zo hoog opgeklommen was?'

'Geef me het geld,' zegt Shandy. 'Of misschien moet ik u betalen om niet meer naar u te hoeven luisteren. Geen wonder dat uw...'

'Zeg het niet!' zegt dr. Self bits, maar met een glimlach. 'We hebben afgesproken niet over bepaalde mensen te praten en bepaalde namen niet te noemen. Voor je eigen bestwil. Vergeet dat niet. Jij hebt meer problemen dan ik.'

'Wees daar maar blij om,' zegt Shandy. 'Maar eerlijk gezegd bewijs ik u een gunst, omdat ik u niet langer lastig zal vallen. U vindt mij waarschijnlijk even sympathiek als dokter Phil.'

'Hij is gast in mijn programma geweest.'

'O ja? Vraag dan zijn handtekening voor mij.'

'Ik ben niet blij,' zegt dr. Self. 'Ik wou dat je me nooit met dat walgelijke nieuws had gebeld, want nu moet ik je zwijggeld betalen en moet ik ervoor zorgen dat je niet in de gevangenis terechtkomt. Je bent een slim meisje, je weet dat het voor mij beter is als je uit de gevangenis blijft.'

'Ik wou dat ik niet had gebeld. Ik wist niet dat u de betalingen zou stopzetten omdat...'

'Waarom niet? Waarvoor zou ik je nu nog moeten betalen? Waar ik voor betaalde, heeft mijn hulp niet meer nodig.'

'Ik had het u niet moeten vertellen. Maar u hebt altijd gezegd dat ik eerlijk moest zijn.'

'Als dat zo is, waren mijn woorden niet aan je besteed,' zegt dr. Self.

'En u vraagt zich af waarom...'

'Ik vraag me af waarom je me wilt tegenwerken door onze regel te overtreden. Er zijn onderwerpen waar we niet over praten.'

'Ik mag het niet over Marino hebben, toch heb ik dat gedaan.' Shandy gniffelt. 'Heb ik al gezegd dat hij nog steeds met het opperhoofd naar bed wil? Dat zou u niet leuk moeten vinden, want jullie zijn ongeveer even oud.'

Shandy propt de borrelhapjes naar binnen alsof ze bij Kentucky Fried Chicken zijn.

'Misschien wil hij, als u hem lief aankijkt, ook wel een keer met u tussen de lakens. Maar als hij de keus had, zou hij haar liever neuken dan mij. Kunt u zich dat voorstellen?'

Als bourbon lucht was, zouden ze inmiddels moeite krijgen met hun ademhaling. Shandy had er in de Club Level salon zoveel van gepakt dat ze de conciërge om een dienblad had moeten vragen, terwijl dr. Self een kop kamillethee had gemaakt en de andere kant op had gekeken.

'Ze moet wel een heel bijzonder mens zijn,' gaat Shandy verder. 'Geen wonder dat u zo'n hekel aan haar hebt.'

Het was een metafoor. Alles wat Shandy vertegenwoordigt, dwingt dr. Self ertoe de andere kant op te kijken en dat heeft ze al zo lang gedaan dat ze niet heeft gezien dat een botsing onvermijdelijk was.

'Dit gaan we doen,' zegt dr. Self. 'Je vertrekt uit dit leuke stadje en komt nooit meer terug. Ik weet dat je je strandhuis zult missen, maar omdat ik alleen uit beleefdheid heb gezegd dat het van jou is, voorspel ik je dat je daar gauw overheen zult zijn. Voordat je verdwijnt, haal je er alles weg. Herinner je je die verhalen over het appartement van prinses Diana nog? Wat er na haar dood mee is gebeurd? De vloerbedekking is van de vloer en het behang is van de muren getrokken, zelfs de gloeilampen zijn eruit gedraaid. Haar auto is tot een prop verfrommeld.'

'Laat ik niet merken dat iemand aan mijn BMW of mijn motor komt!'

'Je begint er vanavond aan. Boen, verf of gebruik bleekwater. Verbrand dingen, dat kan me niets schelen. Maar er mag geen druppel bloed, sperma of speeksel achterblijven, geen enkel kledingstuk, geen haar of vezel of kruimel eten. Ga terug naar Charlotte, daar hoor je thuis. Word lid van de Kerk van de Sportbar en aanbid de god van het geld. Je overleden vader was verstandiger dan ik. Hij heeft je niets nagelaten, maar ik moet je iets nalaten, er zit niets anders op. Ik heb het in mijn zak. En dan ben ik van je af.'

'Jij bent degene die heeft gezegd dat ik in Charleston moest gaan wonen zodat ik kon...'

'En nu heb ik het voorrecht om van gedachten te veranderen.'

'U kunt me verdomme nergens toe dwingen! Het kan me geen

moer schelen wie u bent en ik heb er schoon genoeg van dat u me wilt voorschrijven wat ik al dan niet mag zeggen!'

'Ik ben wie ik ben en ik kan je voorschrijven wat ik wil,' zegt dr. Self. 'En het zou verstandig van je zijn als je wat aardiger tegen me zou doen. Jij hebt mijn hulp ingeroepen en hier ben ik. Ik heb je net verteld wat je moet doen om de straf voor je zonden te ontlopen. Wat je zou moeten zeggen, is: "Dank u wel," en: "Uw wens is mijn bevel," en: "Ik zal nooit meer iets doen wat u niet leuk vindt of waarmee ik u last bezorg."'

'Geef hier dan. Mijn bourbon is op en ik kan niet meer denken. U maakt me nog gekker dan een rioolrat.'

'Ho, ho, ons borreluurtje is nog niet afgelopen. Wat heb je met Marino gedaan?'

'Die is *gonzo* geworden.'

'Gonzo. Dus je leest toch nog wel eens wat. Fictie levert de meeste feiten op en sensatiejournalistiek overtreft de waarheid. Met uitzondering van de oorlog, omdat fictie ons ertoe heeft gebracht eraan te beginnen. En dat heeft geleid tot wat jij hebt gedaan, die walgelijke, gruwelijke daad. Eigenlijk verbazingwekkend, als je erover nadenkt,' zegt dr. Self. 'Jij zit hier op dit moment en in die stoel vanwege George W. Bush. En daarom zit ik hier ook. Eigenlijk ben ik te goed om jou audiëntie te verlenen en dit is dan ook de laatste keer dat ik je te hulp schiet.'

'Ik moet een ander huis hebben. Ik kan niet verhuizen zonder dat ik een ander huis heb,' zegt Shandy.

'Ik weet niet of ik ooit zal ophouden me over de ironie te verbazen. Ik heb jou gevraagd je te amuseren met Marino omdat ik me wilde amuseren met het opperhoofd, zoals jij haar noemt. Meer heb ik je niet gevraagd. Meer wist ik niet, maar nu wel. Er zijn maar weinig mensen die me te slim af zijn en jij bent de ergste van allemaal. Voordat je je spullen pakt, de boel schoonmaakt en verdwijnt naar waar je dan ook naartoe wilt verdwijnen, wil ik je nog één vraag stellen. Heb je het ook maar één minuut erg gevonden? Dit is geen kwestie van gebrek aan zelfbeheersing, kind. Het gaat hier over een verschrikkelijke daad die keer op keer is herhaald. Hoe kun je daar elke dag weer mee leven? Ik kan nog niet eens toezien dat een hond wordt mishandeld.'

'Geef me nou maar waar ik voor gekomen ben, hè?' zegt Shandy. 'Marino is er niet meer.' Ze gebruikt het woord 'gonzo' niet meer. 'Ik heb gedaan wat je me had opgedragen.'

'Ik had je niet opgedragen te doen wat me ertoe heeft gedwongen naar Charleston te komen terwijl ik wel wat beters te doen heb. En ik ga niet weg voordat ik weet dat jij weggaat.'

'U bent me iets verschuldigd.'

'Zullen we eens bij elkaar optellen wat je me in de loop der jaren hebt gekost?'

'U bent me wel degelijk iets verschuldigd, omdat ik het niet wilde houden en u me hebt gedwongen het te houden. Ik heb er genoeg van te worden betrokken bij uw verleden. Rottige dingen te doen omdat u zich dan minder schuldig voelt over uw eigen rottige dingen. U had het zo van me over kunnen nemen, maar u wilde het ook niet hebben. Dat is me uiteindelijk duidelijk geworden. U wilde het ook niet hebben. Waarom moet ik er dan onder lijden?'

'Besef je dat dit mooie hotel in Meeting Street staat en dat we, als deze suite aan de noordkant zou liggen in plaats van aan de oostkant, bijna het mortuarium zouden kunnen zien?'

'Ze is een nazi en ik weet zo goed als zeker dat hij met haar naar bed is geweest en er niet alleen naar snakte. Hij heeft het echt met haar gedaan. Hij heeft tegen mij gelogen om de nacht bij haar thuis te kunnen doorbrengen. Wat vind je daarvan? Ze moet heel wat te bieden hebben. Hij is zo gek van haar dat hij zou blaffen als een hond of in de kattenbak zou pissen als ze dat van hem zou verlangen. Ik moest dat allemaal maar goedvinden, dus bent u me daar iets voor verschuldigd. Het zou me niet zijn overkomen als u niet weer een grapje met me had uitgehaald door te zeggen: "Ik zit in mijn maag met een grote, stomme smeris en daar moet jij me mee helpen, Shandy."'

'Je hebt jezelf geholpen. Je hebt informatie gekregen die je blijkbaar wilde hebben,' zegt dr. Self. 'Ik heb je inderdaad een voorstel gedaan, maar dat heb je niet alleen aangenomen om mij te helpen. Want voor jou was het een gouden kans. En je weet altijd precies wanneer je een kans moet grijpen. Daar ben je briljant in. Maar goed, deze wonderbaarlijke onthulling. Misschien is het een beloning voor alles wat ik al voor je heb gedaan. Heeft ze hem bedrogen? Dokter Kay Scarpetta heeft hem bedrogen? Ik vraag me af of haar verloofde dat weet.'

'En ik dan? Die stomkop heeft mij bedrogen. Dat duld ik van niemand. Ik kan alle mannen krijgen die ik wil hebben en die klootzak heeft mij bedrogen.'

'Weet je wat je nu moet doen?' Dr. Self haalt een envelop uit de zak van haar rode zijden kamerjas. 'Je moet het Benton Wesley vertellen.'

'Wat ben jij gemeen.'

'Hij hoort het te weten, daar gaat het om. Hier, een cheque. Voordat ik het vergeet.' Ze houdt de envelop omhoog.

'Dus nu ga je weer een spelletje met me spelen.'

'O, het is geen spelletje, kind. En toevallig weet ik Bentons e-mailadres,' zegt dr. Self. 'Mijn laptop staat op het bureau.'

De vergaderzaal in Scarpetta's kantoor.

'Niets ongewoons,' zegt Lucy. 'Het zag er hetzelfde uit.'

'Hetzelfde?' zegt Benton. 'Hetzelfde als wat?'

Ze zitten met z'n vieren om een kleine tafel in wat vroeger een bediendenkamer was, waar waarschijnlijk een jonge vrouw sliep die Mary heette. Ze was een in vrijheid gestelde slavin en ze had geweigerd na de Burgeroorlog de familie te verlaten. Scarpetta heeft veel moeite gedaan de geschiedenis van het gebouw te achterhalen, maar nu wou ze dat ze het nooit had gekocht.

'Ik zal de vraag nog een keer stellen,' zegt commissaris Poma. 'Zit hij in moeilijkheden? Heeft hij problemen met zijn werk?'

Lucy zegt: 'Heeft hij ooit geen problemen met zijn werk?'

Niemand heeft meer iets van Marino gehoord. Scarpetta heeft hem al minstens tien keer gebeld, maar hij belt niet terug. Op weg naar kantoor is Lucy langs zijn vishut gereden. Zijn motor stond eronder, maar zijn truck was weg. Hij deed niet open. Hij was niet thuis. Ze heeft gezegd dat ze door een raam naar binnen heeft gekeken, maar Scarpetta weet wel beter. Ze kent Lucy.

'Ja, volgens mij wel,' antwoordt Scarpetta. 'Volgens mij is hij ongelukkig. Hij mist Florida en heeft er spijt van dat hij hierheen is gekomen. Waarschijnlijk vindt hij het niet leuk dat hij nu voor mij werkt. Maar dit is niet het juiste moment om Marino's problemen te analyseren.'

Ze voelt dat Benton naar haar kijkt. Ze maakt aantekeningen op een blocnote en leest de aantekening die ze al heeft gemaakt nog eens door. Ze leest ook de eerste laboratoriumrapporten nog eens door, al weet ze precies wat erin staat.

'Hij is niet verhuisd,' zegt Lucy. 'Of als hij wél verhuisd is, heeft hij al zijn spullen achtergelaten.'

'Dat heb je allemaal door een raam kunnen zien?' vraagt commissaris Poma. Hij vraagt zich nieuwsgierig af wie Lucy is.

Hij heeft vanaf hun binnenkomst steeds tersluiks naar haar gekeken. Hij lijkt haar amusant te vinden en zij reageert daarop door hem te negeren. Naar Scarpetta kijkt hij op dezelfde manier als in Rome.

'Het lijkt me nogal veel om door een raam te kunnen zien,' zegt hij tegen Scarpetta, hoewel het voor Lucy bestemd is.

'Hij heeft zijn e-mails ook niet bekeken,' vervolgt Lucy. 'Misschien vermoedt hij dat ik dat in de gaten houd. Hij en dokter Self hebben elkaar niet meer gemaild.'

'Het komt erop neer dat hij van het radarscherm is verdwenen,' zegt Scarpetta. 'Er is geen spoor meer van hem te bekennen.'

Ze staat op en trekt de jaloezieën omlaag omdat het buiten donker is geworden. Het regent al weer sinds Lucy haar heeft opgehaald uit Knoxville, waar de bergen onzichtbaar waren in de mist. Lucy heeft een omweg moeten maken en heel langzaam moeten vliegen, boven rivieren en zo laag mogelijk. Ze hebben geluk gehad, of misschien is God hun genadig geweest, dat ze niet ergens in een uithoek hebben moeten landen. Alle opsporingspogingen zijn gestaakt, behalve op de grond. Lydia Webster is niet gevonden, levend of dood, en niemand heeft haar Cadillac gezien.

'Laten we de feiten eens op een rijtje zetten,' zegt Scarpetta, omdat ze niet langer over Marino wil praten. Ze is bang dat Benton dan zal merken hoe ze zich voelt.

Schuldig en boos, en steeds angstiger. Blijkbaar heeft Marino willen verdwijnen, is hij expres zonder hen te waarschuwen in zijn truck gestapt en weggereden. Zonder de moeite te nemen het kwaad dat hij heeft aangericht te herstellen. Hij heeft zich nooit gemakkelijk kunnen uitdrukken en hij heeft nooit geprobeerd zijn ingewikkelde emoties te doorgronden, en deze keer kan hij niet repareren wat hij kapot heeft gemaakt. Ze heeft haar best gedaan om niet meer aan hem te denken en het gebeurde van zich af te laten glijden, maar hij blijft net als de mist om haar heen hangen. De gedachte aan hem versluiert alles om haar heen en de ene leugen leidt tot de andere. Ze heeft tegen Benton gezegd dat ze haar polsen heeft gekneusd toen de achterklep van haar SUV onverwachts dichtviel. Ze heeft zich niet uitgekleed waar hij bij was.

'Laten we de feiten eens naast elkaar leggen,' zegt ze tegen de drie anderen. 'Ik wil het graag over het zand hebben. Silica, of kwarts, en kalksteen, en sterk vergroot zijn er stukjes schelp en koraal te zien. De kenmerken van zand in subtropische gebieden, zoals hier. Maar wat heel interessant en raadselachtig is, is dat er componenten van afgeschoten vuurwapens in zitten. Ik zal het gewoon vuurwapenresten noemen, omdat we geen enkele andere verklaring kunnen bedenken voor barium, antimonium en lood in strandzand.'

'Als het strandzand is,' zegt commissaris Poma. 'Misschien is dat niet zo. Dokter Maroni heeft me verteld dat de patiënt die naar hem was doorverwezen zei dat hij net terug was uit Irak. Misschien heeft hij zand meegenomen uit Irak, omdat hij daar door het lint is gegaan en het zand hem daaraan herinnert.'

'We hebben geen gips gevonden en in woestijnzand zit meestal gips,' zegt Scarpetta. 'Maar het hangt er waarschijnlijk van af uit welk deel van Irak het afkomstig is en ik geloof niet dat dokter Maroni ons dat kan vertellen.'

'Hij heeft het mij in elk geval niet verteld,' zegt Benton.

'Staat het niet in zijn aantekeningen?' vraagt Lucy.

'Nee.'

'Het zand in de verschillende delen van Irak heeft een verschillende samenstelling en morfologie,' zegt Scarpetta. 'Het heeft te maken met sediment en hoe dat ergens terecht is gekomen. Hoewel een hoog zoutgehalte geen bewijs is dat zand van een strand afkomstig is, hebben beide monsters – dat uit het lichaam van Drew Martin en dat uit het huis van Lydia Webster – een hoog zoutgehalte.'

'Volgens mij moeten we erachter zien te komen waarom hij zand zo belangrijk vindt,' zegt Benton. 'Wat zegt dat zand over hem? Hij noemt zichzelf de Zandman. Is dat symbolisch voor mensen laten inslapen? Wie weet. Een soort euthanasie die iets met die lijm te maken heeft, met de een of andere medicinale component. Wie weet.'

De lijm. Twee-octylcyanoacrylaat. Chirurgische lijm, die vooral wordt gebruikt door plastisch chirurgen en ook door andere artsen om kleine incisies of wondjes te sluiten, en in het leger om door frictie veroorzaakte blaren mee te behandelen.

Scarpetta zegt: 'Het kan ook zijn dat die chirurgische lijm te maken heeft met wat hij doet of wie hij is. Dat het niet alleen maar een symbool is.'

'Heeft het een voordeel?' vraagt commissaris Poma. 'Heeft chirurgische lijm een voordeel boven normale superlijm? Ik ben niet bekend genoeg met het werk van een plastisch chirurg.'

'Chirurgische lijm is biologisch afbreekbaar,' zegt ze. 'En niet kankerverwekkend.'

'Een gezonde lijm.' Hij glimlacht tegen haar.

'Zo zou je het kunnen noemen.'

'Denkt hij dat hij lijden verlicht? Misschien wel.' Benton praat door alsof hij hen niet heeft gehoord.

'Je hebt gezegd dat het seksueel is,' brengt commissaris Poma hem in herinnering.

Hij draagt een donkerblauw pak en een zwart overhemd met een zwarte das, en ziet eruit alsof hij rechtstreeks van een première in Hollywood komt of uit een reclame van Armani is gestapt. Hij ziet er beslist niet uit als een inwoner van Charleston, en Benton vindt hem blijkbaar nog even onsympathiek als in Rome.

'Ik heb niet gezegd dat het uitsluitend seksueel was,' antwoordt Benton. 'Ik heb gezegd dat er een seksueel aspect aan zit. Ik moet eraan toevoegen dat ik denk dat hij dat zelf niet beseft, en we weten niet of hij zijn slachtoffers, behalve dat hij ze martelt, ook seksueel kwelt.'

'Weten we wel zeker dat hij ze martelt?'

'Je hebt de foto's gezien die hij naar dokter Self heeft gestuurd. Hoe noem jij het als iemand een vrouw dwingt om naakt in een bad met koud water te gaan zitten? En haar misschien onderdompelt?'

'Ik weet niet hoe ik dat zou noemen, omdat ik er niet bij ben geweest,' antwoordt commissaris Poma.

'Als dat wel zo was, zouden we hier waarschijnlijk niet zitten, omdat die zaken dan zouden zijn opgelost.' Benton kijkt commissaris Poma met kille ogen aan.

'Ik kan me niet voorstellen dat hij hun lijden heeft willen verlichten,' zegt commissaris Poma. 'Vooral als je gelijk hebt en hij ze gemarteld heeft. Dan heeft hij hun lijden veroorzaakt, niet verlicht.'

'Natuurlijk heeft hij hun lijden veroorzaakt. Maar we hebben niet te maken met iemand die rationeel denkt. Hij denkt in patronen. Hij is sluw en alles wat hij doet, heeft een reden. Hij is intelligent en wereldwijs. Hij weet hoe hij ergens moet inbreken zonder een enkel spoor achter te laten. Het kan zijn dat hij een kannibaal is en gelooft dat zijn slachtoffers daardoor een deel van hemzelf worden. Dat hij een bijzondere band met hen heeft en dat hij uit mededogen handelt.'

'Het bewijsmateriaal.' Daar heeft Lucy veel meer belangstelling voor. 'Denk je dat hij weet dat er vuurwapensporen in dat zand zitten?'

'Misschien wel,' antwoordt Benton.

'Dat betwijfel ik sterk,' zegt Scarpetta. 'Heel sterk. Zelfs als het zand afkomstig is van een slagveld, om het zo maar te noemen, een plek die iets voor hem betekent, dan hoeft dat nog niet te betekenen dat hij weet waaruit dat zand bestaat. Hoe zou hij dat trouwens moeten weten?'

'Je hebt gelijk. Het is heel goed mogelijk dat hij dat zand zelf meebrengt,' zegt Benton. 'En ook zijn eigen gereedschap en messen. Alles wat hij meebrengt, heeft niet alleen een gebruiksfunctie. Zijn wereld zit vol symbolen, en we kunnen pas begrijpen wat hem tot zijn daden beweegt als we die kunnen verklaren.'

'Zijn symbolen interesseren me geen biet,' zegt Lucy. 'Wat me wel interesseert, is dat hij die e-mails heeft gestuurd aan dokter Self. Daar draait het om, volgens mij. Waarom naar haar? En waarom kaapt hij het netwerk van de haven? Waarom klimt hij over de omheining? Ik neem aan dat hij dat doet. Waarom gaat hij in een lege container zitten? Alsof hij een vracht is?'

Dit is typisch Lucy. Ze is eerder die avond over het hek van de scheepswerf geklommen en heeft daar rondgeneusd, omdat ze het gevoel had dat ze daar iets te weten zou komen. Waar kon iemand het netwerk van de haven kapen zonder te worden gezien? Ze heeft het antwoord gevonden in een oude, beschadigde container met een tafel, een stoel en een radiozoeker. Scarpetta heeft veel nagedacht over Bull, over de avond dat hij besloot een stickie te gaan roken bij de afgedankte containers en daar in elkaar is geslagen. Was de Zandman daar toen ook? Was Bull te dicht bij hem in de buurt gekomen? Ze wil het hem vragen, maar ze heeft hem niet meer gezien

sinds ze samen de steeg hebben doorzocht en de revolver en de gouden munt hebben gevonden.

'Ik heb alles laten staan,' zegt Lucy. 'In de hoop dat hij niet merkt
dat ik er ben geweest. Maar misschien doet hij dat wel. Ik weet het
niet. Vanavond heeft hij vanaf het haventerrein geen e-mails verzonden, maar hij heeft al een tijdje helemaal niet ge-e-maild.'

'Hoe wordt het weer?' vraagt Scarpetta, die op de tijd let.

'Tegen middernacht klaart het op. Ik ga langs het lab en dan door
naar het vliegveld,' zegt Lucy.

Ze staat op. Commissaris Poma volgt haar voorbeeld. Benton
blijft zitten en Scarpetta kijkt hem aan en ze krijgt het opnieuw benauwd.

'Ik moet even met je praten,' zegt hij tegen haar.

Lucy en commissaris Poma gaan weg en Scarpetta doet de deur
achter hen dicht.

'Misschien moet ik beginnen. Je komt zonder me te waarschuwen naar Charleston,' zegt ze. 'Je hebt me niet gebeld. Ik had al dagenlang niets van je gehoord en toen stond je gisteravond onverwachts voor mijn deur.'

'Kay,' zegt hij en hij pakt zijn aktetas en zet die op zijn knieën,
'dit is geen geschikt moment om hierover te praten.'

'Je praat nauwelijks meer met me.'

'Kunnen we...' begint hij.

'Nee, dit kunnen we niet uitstellen. Ik kan me nauwelijks concentreren. Ik moet naar het appartement van Rose, ik moet van alles doen, te veel, alles stort in en ik weet waarover je het wilt hebben. Maar ik kan je niet uitleggen hoe ik me voel. Misschien kan
ik dat echt niet. Ik neem het je niet kwalijk als je een besluit hebt
genomen. Ik kan het heel goed begrijpen.'

'Ik wilde je helemaal niet vragen of we het konden uitstellen,' zegt
Benton. 'Ik wilde alleen maar voorstellen dat we elkaar niet steeds
in de rede vallen.'

Nu brengt hij haar in verwarring. Dat licht in zijn ogen. Ze heeft
altijd gedacht dat die uitdrukking in zijn ogen alleen voor haar was,
en nu is ze bang dat ze zich heeft vergist en dat dat nooit zo is geweest. Hij kijkt haar aan en ze wendt haar blik af.

'Waar wil je dan over praten, Benton?'

'Over hem.'

'Otto?'

'Ik vertrouw hem niet. Dat hij daar op de Zandman stond te wachten om te zien of die weer zou gaan e-mailen? Zonder auto? In de regen? In het donker? Had hij jou verteld dat hij hierheen zou komen?'

'Ik neem aan dat iemand hem van de situatie op de hoogte heeft gebracht. Dat deze zaak in Charleston, op Hilton Head, verband houdt met de zaak Drew Martin.'

'Misschien heeft dokter Maroni hem gesproken,' oppert Benton. 'Ik weet het niet. Hij is een soort geestverschijning.' Hij bedoelt de commissaris. 'Hij duikt overal op, verdomme. Ik vertrouw hem niet.'

'Misschien vertrouw je mij niet,' zegt ze. 'Misschien moet je dat eens uitspreken en er een eind aan maken.'

'Ik vertrouw hem voor geen meter.'

'Dan moet je niet zo veel tijd aan hem besteden.'

'Dat doe ik ook niet. Ik heb geen idee wat hij doet of waar hij logeert. Behalve dat ik denk dat hij voor jou naar Charleston is gekomen. Zijn bedoeling is duidelijk. Hij wil de held uithangen. Indruk op je maken. Met je naar bed. Ik kan het jou niet kwalijk nemen. Het is een knappe, charmante man, dat moet ik toegeven.'

'Waarom ben je toch zo jaloers op hem? Met jou vergeleken stelt hij niets voor. Ik heb niets gedaan om je wantrouwig te maken. Jij bent degene die in het noorden woont en mij alleen laat. Ik begrijp dat je geen zin meer in onze relatie hebt, maar dan moet je dat tegen me zeggen en er een eind aan maken.' Scarpetta kijkt naar haar linkerhand, naar de ring. 'Moet ik hem afdoen?' Ze maakt aanstalten om hem af te doen.

'Niet doen,' zegt Benton. 'Doe dat alsjeblieft niet. Ik geloof niet dat je dát wilt doen.'

'Het gaat niet om wat ik wil, het gaat om wat ik verdien.'

'Ik begrijp best dat andere mannen verliefd op je worden. Of met je naar bed willen. Weet je wat er is gebeurd?'

'Ik moet je je ring teruggeven.'

'Ik zal je vertellen wat er is gebeurd,' zegt Benton. 'Het is hoog tijd dat je dat weet. Toen je vader stierf, heeft hij een deel van je meegenomen.'

'Wees alsjeblieft niet zo wreed.'

'Omdat hij je aanbad,' zegt Benton. 'Dat kon toch niet anders? Zijn schattige dochtertje. Zijn briljante dochtertje. Zijn lieve dochtertje.'

'Hier doe je me vreselijk veel pijn mee.'

'Ik vertel je de waarheid, Kay. Een heel belangrijke waarheid.' Weer dat licht in zijn ogen.

Ze kan hem niet aankijken.

'Vanaf die dag heeft een deel van je besloten dat het te gevaarlijk is om te zien hoe iemand die je aanbidt of seksueel naar je verlangt naar je kijkt. Stel dat hij je aanbidt en sterft? Je denkt dat je dat nooit meer zult kunnen verdragen. Seksueel naar je verlangt? Hoe kun je samenwerken met politieagenten en rechters als je denkt dat ze zich proberen voor te stellen hoe je er onder je kleren uitziet en wat ze daarmee zouden willen doen?'

'Hou op. Dit verdien ik niet.'

'Je hebt het nooit verdiend.'

'Dat ik ervoor kies het niet te zien, wil nog niet zeggen dat ik verdien wat hij heeft gedaan.'

'Absoluut niet, geen sprake van.'

'Ik wil hier niet blijven,' zegt ze. 'En ik moet je je ring teruggeven. Hij is van je overgrootmoeder geweest.'

'En van huis weglopen? Net als toen je alleen je moeder en Dorothy nog maar over had? Toen ben je weggelopen zonder ergens naartoe te gaan. Heb je je gestort op studie en prestaties. En je bent blijven weglopen, te druk om iets te voelen. Nu wil je er wéér vandoor, net als Marino.'

'Ik had hem nooit binnen moeten laten.'

'Je hebt hem twintig jaar lang binnengelaten. Waarom zou je dat die avond niet hebben gedaan? Vooral omdat hij stomdronken en een gevaar voor zichzelf was. Want je bent wél heel aardig.'

'Rose heeft het je verteld. Of misschien Lucy.'

'Een e-mail van dokter Self, indirect. Marino en jij hebben een liefdesrelatie. Ik heb de rest van Lucy gehoord. De waarheid. Kijk me aan, Kay. Ik kijk naar jou.'

'Beloof me dat je hem niets zult aandoen. En het erger maken, want dan ben je net als hij. Dus hierom heb je me ontweken en me niet verteld dat je naar Charleston zou komen. Heb je me nauwelijks gebeld.'

'Ik heb je niet ontweken. Waar moet ik beginnen? Het is zo veel.'

'Wat nog meer?'

'We hadden een patiënt,' begint hij. 'Dokter Self sloot vriendschap met haar – in de oppervlakkige betekenis van het woord. Ze noemde die patiënt een imbeciel, daar kwam het op neer, en omdat het van háár kwam, was het geen scheldwoord of grapje. Het was een oordeel, een diagnose. Het was nog erger omdat het van dokter Self kwam en de patiënt naar huis zou gaan, waar ze niet veilig was. Ze ging naar de eerste de beste drankwinkel die ze zag. Blijkbaar heeft ze bijna een hele fles wodka gedronken en toen heeft ze zichzelf opgehangen. Dus dat heeft me beziggehouden. Plus nog een heleboel andere dingen waar je niets van weet. Daarom heb ik weinig van me laten horen. De afgelopen tijd weinig met je gepraat.'

Hij klikt de hendels van zijn koffertje open en haalt er zijn laptop uit.

'Ik heb de telefoon in het ziekenhuis zo weinig mogelijk gebruikt, net als hun internet, ik ben in alle opzichten heel voorzichtig geweest. Zelfs thuis. Dat is een van de redenen dat ik daar weg wilde. Nu wil jij me vragen wat er dan aan de hand is en zal ik antwoorden dat ik dat niet weet. Maar het heeft met het elektronische databestand van Paulo te maken. Waarin Lucy zich toegang heeft kunnen verschaffen omdat hij het verbazingwekkend gemakkelijk toegankelijk heeft gemaakt.'

'Toegankelijk als je weet hoe het moet. Lucy is niet zomaar iemand.'

'Zij had ook een beperking, omdat ze het van een afstand moest doen en niet voor zijn computer kon gaan zitten.' Hij zet zijn laptop aan. Hij doet er een cd in. 'Kom hier.'

Ze schuift haar stoel naast de zijne en kijkt naar het scherm. Hij heeft een document aangeklikt.

'De aantekeningen die we al hebben gelezen,' zegt ze, wanneer ze ziet dat het de file is die Lucy heeft gevonden.

'Niet precies,' zegt Benton. 'Met alle respect voor Lucy, maar ik ken ook enkele heel knappe mensen. Niet zo knap als zij, maar zij weten er ook heel wat van. Dit is een file die gedelete is en toen weer teruggehaald. Het is niet de file die je al hebt gelezen, de file die Lucy heeft gevonden toen ze Josh het wachtwoord had ontfutseld. Die file was al een paar keer bijgewerkt, dit is de oorspronkelijke.'

Ze tikt op het pijltje naar beneden terwijl ze leest. 'Ik zie geen verschil.'

'Het verschil zit 'm niet in de tekst. Het gaat hierom.' Hij wijst naar de bestandsnaam boven aan het scherm. 'Zie je wat ik zag toen Josh me dit liet zien?'

'Josh? Ik hoop dat je hem kunt vertrouwen.'

'O ja, en om een goede reden. Hij heeft precies hetzelfde gedaan als Lucy. Ingebroken waar hij niets te zoeken had, soort zoekt soort en zo. Gelukkig zijn ze bondgenoten en heeft hij haar die truc vergeven. Hij was er zelfs van onder de indruk.'

'De bestandsnaam is MSNote-tien-twintig-een-nul-zes,' zegt Scarpetta. 'Ik denk dat MSNotes de initialen van de patiënt zijn en dokter Maroni's notities. En tien-twintig-een-nul-zes is 20 oktober 2006.'

'Je hebt het net gezegd. Je zei MSNotes en de bestandsnaam is MSNote.' Hij wijst weer naar het scherm. 'Een bestand dat minstens één keer is gekopieerd, waarbij de naam per ongeluk is veranderd. Een tikfout. Wat dan ook. Of misschien heeft hij het expres gedaan, zodat de kopie de oorspronkelijke tekst niet zou uitwissen. Dat doe ik soms ook, als ik een eerdere versie niet kwijt wil. Maar het belangrijkste is dat toen Josh alle gedelete files betreffende die patiënt terughaalde, we konden zien dat de eerste versie dateert van twee weken geleden.'

'Het kan ook zijn dat het de eerste versie is die op die harddisk is opgeslagen,' zegt ze. 'Of dat hij die file twee weken geleden heeft geopend en heeft bewaard, waardoor de datum is veranderd. Maar dan vraag ik me af waarom hij die notities zou hebben willen bekijken voordat hij de Zandman in zijn spreekkamer had gehad. Want toen hij naar Rome ging, hadden we nog nooit van de Zandman gehoord.'

'Juist,' beaamt Benton. 'Plus dat die file is vervalst. Want het is een vervalsing. Inderdaad, Paulo heeft dit verslag voordat hij naar Rome vertrok geschreven. Op de dag dat dokter Self in het McLean werd opgenomen, 27 april. Zelfs een paar uur voordat ze aankwam. Ik ben daar zo goed als zeker van omdat Paulo weliswaar zijn afval heeft geloosd, maar Josh het weer heeft opgehaald.'

Hij opent een ander bestand, een ruwe versie van de aantekeningen die Scarpetta heeft gelezen. Maar in deze versie zijn de initialen van de patiënt niet MS, maar WR.

'Dan lijkt het erop dat dokter Self Paulo heeft gebeld. Daar gaan we toch al van uit, omdat ze niet onverwachts in het ziekenhuis kon inchecken. En wat ze hem tijdens dat telefoongesprek vertelde, heeft hem ertoe aangezet die aantekeningen te maken,' zegt Scarpetta.

'Ook weer een teken dat het een vervalsing is,' zegt Benton. 'De initialen van een patiënt gebruiken voor de naam van een bestand, dat hoort niet. En zelfs als je aan het protocol en je gezonde verstand voorbijgaat, is het vreemd dat hij de initialen van zijn patiënt heeft veranderd. Waarom? Om hem een andere naam te geven. Waarom? Een pseudoniem? Paulo hoort beter te weten.'

'Misschien bestaat die patiënt niet eens,' zegt Scarpetta.

'Nu begrijp je waar ik naartoe wil,' zegt Benton. 'Ik geloof niet dat de Zandman ooit een patiënt van Paulo is geweest.'

20

Ed, de portier, is nergens te zien wanneer Scarpetta tegen tienen het appartementengebouw waar Rose woont binnengaat. Het motregent, de dichte mist is aan het optrekken en wolken jagen door de lucht terwijl het front naar zee trekt.

Ze loopt zijn kantoor in en kijkt om zich heen. Het bureau is vrij leeg, ze ziet een Rolodex, een schrift met 'bewoners' op de kaft, een stapeltje ongeopende post – voor Ed en de twee andere portiers – pennen, een nietapparaat en wat persoonlijke eigendommen: een bordje met een klok erop, een prijs van een visclub, een mobiel, een sleutelbos en een portefeuille. Ze opent de portefeuille, die van Ed blijkt te zijn. Hij heeft vannacht dienst en hij heeft in elk geval drie dollar bij zich.

Scarpetta verlaat het kantoor en speurt opnieuw rond op zoek naar Ed. Ze gaat terug naar het kantoor en bladert door het bewonersschrift, tot ze ziet dat Gianni Lupano een appartement heeft op de bovenste verdieping. Ze neemt de lift ernaartoe en luistert aan de deur. Ze hoort muziek, maar vrij zacht, en wanneer ze aanbelt, hoort ze iemand lopen. Ze belt nog een keer en klopt. Voetstappen, de deur gaat open en tegenover haar staat Ed.

'Waar is Gianni Lupano?' Ze loopt langs hem heen in de richting van de de kamer vullende muziek van Santana.

De wind waait door een open raam de woonkamer binnen.

Met paniek in zijn ogen en over zijn toeren zegt Ed: 'Ik wist niet wat ik moest doen! Het is verschrikkelijk! Ik wist niet wat ik moest doen!'

Scarpetta kijkt uit het open raam. Ze kijkt naar beneden, maar in het donker ziet ze alleen maar dicht struikgewas, de stoep en de straat. Ze loopt weg bij het raam en kijkt om zich heen naar het weelderige appartement met veel marmer, in pastelkleuren geschilderd pleisterwerk, druk versierd lijstwerk, Italiaanse meubels en markante kunst. De boekenkast staat vol met mooi ingebonden, oude boeken – waarschijnlijk door een binnenhuisarchitect per meter gekocht – en een hele wand wordt in beslag genomen door video- en audioapparatuur die veel te groot zijn voor de ruimte.

'Wat is er gebeurd?' vraagt ze aan Ed.

'Ongeveer een kwartier geleden kreeg ik een telefoontje,' vertelt hij opgewonden. 'Eerst vroeg hij: "Hé, Ed, heb je mijn auto gestart?" En ik zei: "Ja, waarom vraagt u dat?" Ik werd een beetje zenuwachtig.'

Scarpetta ziet dat er een stuk of zes tennisrackets in hoezen tegen de muur achter de bank staan en een stapel dozen met tennisschoenen. Op een glazen salontafel met een onderstel van Italiaans glas ligt een stapeltje tennistijdschriften. Op de voorpagina van het bovenste tijdschrift staat Drew Martin, op het punt te smashen.

'Waarom werd je zenuwachtig?' vraagt ze.

'Die jonge vrouw, Lucy. Zij heeft zijn auto gestart omdat ze naar iets wilde kijken en ik was bang dat hij dat op de een of andere manier had ontdekt. Maar daar ging het toch niet om, want toen zei hij: "Je hebt er altijd zo goed voor gezorgd dat je hem mag hebben." Ik zei: "Hè? Waar heeft u het over, meneer Lupano? Ik kan uw auto niet aannemen. Waarom wilt u die prachtige auto weggeven?" En toen zei hij: "Ed, ik zal het op een papiertje schrijven, zodat iedereen weet dat ik je die auto heb gegeven." Toen ben ik zo snel mogelijk naar boven gegaan en de deur stond open, alsof hij iedereen rechtstreeks binnen wilde laten. En het raam stond ook open.'

Hij loopt naar het raam en wijst, alsof Scarpetta het niet zelf kan zien.

Ze belt het alarmnummer terwijl ze door de gang rennen. Ze zegt tegen de telefonist dat er misschien iemand uit het raam is gesprongen en geeft het adres. In de lift vertelt Ed op een onsamenhangende manier dat hij voor alle zekerheid het hele appartement heeft doorzocht en het papiertje inderdaad heeft gevonden, maar dat hij het heeft laten liggen, op het bed, en dat hij steeds weer Lupano's naam heeft geroepen en net de politie wilde bellen toen Scarpetta binnenkwam.

In de hal loopt een oude vrouw met een stok tikkend over de marmeren vloer. Scarpetta en Ed rennen langs haar heen naar de voordeur en naar buiten. Ze rennen in het donker de hoek om en blijven recht onder het open raam van Lupano's appartement staan, een verlicht vierkant boven in het gebouw. Scarpetta wringt zich door een hoge heg heen, waarbij takken breken en schrammen, en ze vindt wat ze vreesde. Het lichaam is naakt en ligt in een vreemde houding, met de ledematen en de nek in een onnatuurlijke houding, tegen de bakstenen muur, en in het donker glinstert bloed. Ze drukt twee vingers tegen de halsslagader en voelt geen hartslag. Ze legt het lichaam plat op zijn rug en begint te reanimeren. Wanneer ze haar hoofd opheft, veegt ze bloed van haar gezicht en mond. Sirenes loeien, blauwe en rode zwaailichten flitsen verderop over de straten langs de East Bay. Ze staat op en wringt zich opnieuw door de heg.

'Kom hier,' zegt ze tegen Ed. 'Kijk goed en vertel me of hij het is of niet.'

'Is hij...'

'Kom kijken.'

Ed dringt zich eveneens door de heg en komt meteen terug.

'Godallemachtig!' zegt hij. 'O, nee! O, god...'

'Is hij het?' vraagt ze. Ed knikt ja. Vaag verwijt ze zichzelf dat ze Lupano heeft beademd zonder iets voor haar mond te houden. 'Waar was je vlak voordat hij je belde over zijn Porsche?'

'Ik zat aan mijn bureau.' Ed is bang, zijn ogen flitsen heen en weer. Hij zweet, likt steeds over zijn lippen en schraapt zijn keel.

'Is er ongeveer op dat moment iemand het gebouw binnengekomen, of misschien vlak voordat hij je belde?'

Sirenes loeien terwijl politieauto's en een ambulance voor het gebouw stoppen, en het licht flitst met rode en blauwe strepen over Eds gezicht. 'Nee,' antwoordt hij. Behalve een paar bewoners heeft hij niemand gezien, zegt hij.

Portieren klappen dicht, radio's kwetteren, dieselmotoren brommen. Agenten en ziekenbroeders stappen uit hun voertuigen.

Scapetta zegt tegen Ed: 'Je portefeuille ligt nog op het bureau. Had je die soms net uit je zak gehaald toen je werd gebeld? Is dat zo?' Tegen een agent in burger zegt ze: 'Die kant op.' Ze wijst naar de heg. 'Uit dat raam gevallen.' Ze wijst naar het verlichte venster op de bovenste verdieping.

'U bent toch die nieuwe forensisch arts?' De rechercheur kijkt haar onzeker aan.

'Inderdaad.'

'Hebt u hem dood verklaard?'

'Dat moet de lijkschouwer doen.'

De rechercheur loopt naar de struiken terwijl ze beaamt dat de man, hij heet Lupano, dood is. 'U moet een getuigenverklaring afleggen, ga dus niet weg!' roept hij achterom. Struiken kraken en ritselen terwijl hij zich erdoorheen wurmt.

'Ik begrijp niet wat dat ermee te maken heeft. Mijn portefeuille,' zegt Ed.

Scarpetta gaat opzij om het ambulancepersoneel met hun brancard en instrumenten door te laten. Ze lopen naar de andere hoek van het gebouw, zodat ze achter de heg langs kunnen in plaats van er dwars doorheen te moeten.

'Je portefeuille ligt op je bureau. En de deur van je kantoor staat open. Gebeurt dat wel vaker?' vraagt ze aan Ed.

'Kunnen we binnen verder praten?'

'Laten we eerst een verklaring afleggen tegenover de rechercheur,' zegt ze. 'Daarna kunnen we naar binnen gaan.'

Dan ziet ze op de stoep iemand naar hen toe komen. Een vrouw in een ochtendjas. De vrouw komt haar bekend voor en blijkt Rose te zijn. Scarpetta loopt haar vlug tegemoet.

'Niet doorlopen,' zegt ze.

'Alsof ik niet alles al heb gezien.' Rose kijkt omhoog naar het verlichte open raam. 'Daar woonde hij toch?'

'Wie?'

'Wat had je, na wat er is gebeurd, anders verwacht?' zegt Rose hoestend, en ze haalt diep adem. 'Wat had het leven hem nog te bieden?'

'Zijn timing, daar gaat het om.'

'Misschien vanwege Lydia Webster. Het is de hele dag op het nieuws. Jij en ik weten allebei dat ze dood is,' zegt Rose.

Scarpetta luistert en vraagt zich af waarom het voor Rose zo vanzelfsprekend is. Waarom gaat Rose ervan uit dat Lupano iets te maken had met wat er met Lydia Webster is gebeurd? Hoe komt het dat Rose weet dat hij dood is?

'Toen ik hem voor het eerst ontmoette, gedroeg hij zich nogal arrogant,' zegt Rose. Ze staart naar het donkere struikgewas onder het raam.

'Ik wist niet dat je hem had ontmoet.'

'Eén keer, dat is alles. Ik wist niet dat hij het was tot Ed een opmerking over hem maakte. Het is vrij lang geleden en hij stond in het kantoor met Ed te praten. Een nogal ruw type om te zien. Ik dacht dat hij bij de onderhoudsdienst hoorde, ik had geen idee dat hij de coach van Drew Martin was.'

Scarpetta ziet dat Ed een eind verder op de stoep met de rechercheur staat te praten. Ziekenbroeders schuiven de brancard in de ambulance. De zwaailichten staan nog steeds aan en agenten lopen met zaklantaarns de omgeving af te speuren.

'Drew Martin was de kans van zijn leven. Wat had hij nu nog over?' zegt Rose. 'Waarschijnlijk niets. Mensen gaan dood als ze niets meer overhebben. Ik kan het ze niet kwalijk nemen.'

'De vochtige avondlucht is niet goed voor je. Kom, dan loop ik met je mee naar binnen,' zegt Scarpetta.

Als ze teruglopen de hoek om, komt Henry Hollings de trap voor de ingang van het gebouw af. Hij kijkt niet hun kant op en loopt met snelle, vastberaden stappen langs de kade in de richting van East Bay Street.

'Was hij hier al voordat de politie arriveerde?' vraagt Scarpetta.

'Hij woont hier maar vijf minuten lopen vandaan,' antwoordt Rose. 'Hij heeft een schitterend huis aan de Battery.'

Scarpetta kijkt de kant op waar Hollings uit het zicht is verdwenen. Aan de horizon zien twee verlichte schepen eruit alsof ze van gele lego-blokken zijn gemaakt. Het klaart op. Ze ziet al een paar sterren. Ze zegt niet tegen Rose dat de lijkschouwer van Charleston County zojuist langs een lijk is gelopen en niet de moeite heeft genomen even te komen kijken. Al was het maar om hem dood te verklaren. Dat hij niets heeft gedaan. Binnen stapt ze met Rose in de lift, terwijl Rose niet eens probeert te verbergen dat ze geen behoefte aan Scarpetta's gezelschap heeft.

'Maak je over mij maar geen zorgen,' zegt Rose en ze houdt de liftdeur open. 'Ik ga meteen terug naar bed. Ik weet zeker dat er buiten mensen zijn die met je willen praten.'

'Ik heb niets met deze zaak te maken.'

'Ze willen altijd met je praten.'

'Pas als ik zeker weet dat jij veilig terug bent in je appartement.'

'Omdat je hier toch al bent, heeft hij misschien aangenomen dat jij deze zaak voor je rekening zult nemen,' zegt Rose, voordat de deur sluit en Scarpetta op de knop van haar verdieping drukt.

'Je hebt het over de lijkschouwer.' Hoewel Scarpetta niets over hem heeft gezegd, zeker niet dat het vreemd is dat hij zonder zijn werk te doen is vertrokken.

Rose heeft het te benauwd om te antwoorden terwijl ze door de gang naar haar appartement lopen. Voor haar deur blijft ze staan en geeft Scarpetta een paar klapjes op haar arm.

'Doe de deur open, dan ga ik weg,' zegt Scarpetta.

Rose pakt haar sleutel, maar ze wil de deur niet opendoen terwijl Scarpetta nog naast haar staat.

'Ga naar binnen,' zegt Scarpetta.

Rose gaat niet naar binnen. Hoe meer ze aarzelt, des te koppiger blijft Scarpetta wachten. Ten slotte pakt Scarpetta haar de sleutel af en opent de deur. Voor het raam met het uitzicht op de haven staan twee stoelen, met daartussen een tafeltje met twee wijnglazen en een schaaltje noten.

'De man met wie je omgaat,' zegt Scarpetta en ze loopt ongevraagd naar binnen. 'Henry Hollings.' Ze doet de deur dicht en kijkt Rose recht aan. 'Daarom had hij zo'n haast om weg te komen. De politie heeft hem gebeld om hem te vertellen wat er met Lupano is gebeurd en hij heeft het jou verteld en is vertrokken, zodat hij terug kan komen zonder dat iemand weet dat hij hier al was.'

Ze loopt naar het raam alsof ze verwacht hem buiten te zien aankomen. Ze kijkt naar beneden. Het appartement van Rose ligt niet ver van dat van Lupano.

'Hij is een vooraanstaand iemand en moet voorzichtig zijn,' zegt Rose. Ze zit uitgeput en bleek op de bank. 'We hoeven niet stiekem te doen, want zijn vrouw is overleden.'

'Waarom is hij er dan zo stiekem vandoor gegaan?' Scarpetta gaat naast Rose zitten. 'Het spijt me, maar ik begrijp het niet.'

'Om mij te beschermen.' Ze haalt diep adem.

'Tegen wie of wat?'

'Als bekend zou worden dat de lijkschouwer een relatie heeft met jouw secretaresse, zou iemand daar een heel verhaal bij kunnen verzinnen. En het zou beslist in de krant komen te staan.'

'O.'

'Je begrijpt het absoluut niet,' zegt Rose.

'Als jij gelukkig bent, ben ik dat ook.'

'Tot je bij hem langsging, nam hij aan dat je een hekel aan hem had. Dat maakte het nog ingewikkelder,' zegt Rose.

'Dan was het mijn schuld dat ik hem niet eens een kans heb gegeven,' zegt Scarpetta.

'Ik kon er helemaal niets aan doen. Jij ging ervan uit dat hij niet deugde en hij ging ervan uit dat jij niet deugde.' Rose heeft grote moeite met ademhalen, ze krijgt het steeds benauwder. De kanker vernietigt haar waar Scarpetta bij zit.

'Van nu af aan gaat het anders,' zegt ze tegen Rose.

'Hij was zo blij dat je bij hem was geweest,' zegt Rose. Ze hoest en pakt een tissue. 'Daarom was hij vanavond hier. Hij wilde me vertellen hoe het was gegaan. Hij was er vol van. Hij vindt je aardig. Hij wil graag met je samenwerken. In plaats van elkaar tegen te werken.' Ze hoest opnieuw en er verschijnen bloedvlekjes op de tissue.

'Weet hij het?'

'Natuurlijk. Vanaf het begin.' Ze kijkt verdrietig. 'In dat wijnwinkeltje op East Bay. Het was een soort donderslag bij heldere hemel. Toen we elkaar ontmoetten. We begonnen een discussie over bourgogne versus bordeaux. Alsof ik daar verstand van heb. Hij stelde zomaar voor dat we er een paar zouden proeven. Hij wist niet waar ik werkte, dus dat had er niets mee te maken. Ik heb hem pas later verteld dat ik voor jou werk.'

'Dat doet er niet toe. Het kan mij niets schelen.'

'Hij houdt van me. Ik heb gezegd dat hij dat niet moet doen. Hij zei dat als je van iemand houdt, dat dan zo is. Niemand weet hoe lang we hier zijn. Dat is Henry's visie op het leven.'

'Dan sluit ik vriendschap met hem,' zegt Scarpetta.

Ze laat Rose alleen en treft Hollings aan in gesprek met de rechercheur, vlak bij de struiken waar het lichaam is gevonden. De ambulance en de brandweerauto zijn weg, langs de stoeprand staan alleen nog een anonieme auto en een surveillancewagen.

'Ik dacht dat u ervandoor was gegaan,' zegt de rechercheur wanneer Scarpetta naar hen toe komt.

'Ik wilde eerst Rose veilig terugbrengen naar haar appartement,' zegt ze tegen Hollings.

'Ik zal je even op de hoogte brengen,' zegt Hollings tegen haar. 'Het lichaam is onderweg naar het medisch centrum van de universiteit en ze zullen morgenochtend sectie verrichten. Je mag erbij zijn en met ze meewerken, als je dat zou willen.'

'Tot nu toe wijst niets erop dat het geen zelfmoord zou zijn,' zegt de rechercheur. 'Behalve dat ik het vreemd vind dat hij geen kleren aanhad. Waarom heeft hij zich, voordat hij sprong, helemaal uitgekleed?'

'Misschien geeft toxicologie een antwoord op die vraag,' zegt Scarpetta. 'De portier zei dat Lupano klonk alsof hij dronken was toen hij kort voor zijn dood belde. Ik denk dat we alle drie genoeg hebben meegemaakt om te weten dat als iemand besluit zelfmoord te plegen, hij in staat is schijnbaar onlogische dingen te doen, zelfs dingen die argwaan opwekken. Hebt u toevallig in zijn appartement de kleren gevonden die hij kan hebben uitgetrokken?'

'Er zijn daar op dit moment een paar mensen aan het rondkijken. Er lagen kleren op zijn bed. Een spijkerbroek, een shirt. Daar is niets ongewoons aan. En niets wijst erop dat er iemand bij hem was toen hij uit het raam sprong.'

'Heeft Ed soms gezien dat er vanavond een onbekende binnenkwam?' vraagt Hollings aan Scarpetta. 'Of is er bezoek voor Lupano geweest? Ik kan je verzekeren dat Ed verdraaid goed oplet wie hij binnenlaat.'

'Ik heb niet lang genoeg met hem gepraat,' antwoordt Scarpetta. 'Ik heb wel gevraagd waarom zijn portefeuille zomaar op zijn bureau lag en toen zei hij dat hij die net tevoorschijn had gehaald toen Lupano belde en dat hij meteen naar boven is gegaan.'

'Hij had een pizza besteld,' zegt de rechercheur. 'Dat heeft hij tegen mij gezegd. Dat hij net een biljet van honderd dollar uit zijn portefeuille had gehaald toen Lupano belde. Hij had inderdaad een pizza besteld. Bij Mama Mia's. Maar niemand deed open en toen is de bezorger weer weggegaan. Maar dat van dat biljet van honderd dollar zit me niet lekker. Dacht hij echt dat een pizzabezorger dat kon wisselen?'

'Misschien moet u hem vragen wie het eerst heeft gebeld.'

'Dat is een goed idee,' zegt Hollings. 'Lupano stond bekend om zijn opzichtige manier van leven en zijn dure smaak, en iedereen wist dat hij altijd veel contant geld bij zich had. Als hij thuis is gekomen toen Ed dienst had, heeft Ed dat geweten. Hij bestelt zijn pizza en ziet dan pas dat hij alleen drie dollar en een biljet van honderd dollar in zijn portefeuille heeft.'

Scarpetta is niet van plan hun te vertellen dat Lucy gisteren in Lupano's auto naar zijn gps heeft gekeken.

Ze zegt: 'Ja, misschien is het zo gegaan. Ed heeft Lupano gebeld om te vragen of hij honderd dollar kon wisselen. Maar Lupano was inmiddels dronken, misschien had hij pillen geslikt, en hij was niet meer aanspreekbaar. Ed maakte zich zorgen en ging naar boven.'

'Of misschien is hij naar boven gegaan om geld te wisselen,' zegt Hollings.

'Als we er nog steeds van uitgaan dat Ed de eerste was die belde.'

De rechercheur loopt weg en zegt: 'Ik ga het hem vragen.'

'Ik geloof dat u en ik een paar dingen moeten bespreken,' zegt Hollings tegen Scarpetta.

Ze kijkt naar de lucht en denkt aan wegvliegen.

'Zullen we ergens naartoe gaan waar we dat kunnen doen?' stelt hij voor.

Aan de overkant van de straat ligt White Point Gardens, een park met monumenten uit de Burgeroorlog, Amerikaanse eiken en onklaar gemaakte kanonnen die gericht zijn op Fort Sumter. Scarpetta en Hollings gaan er op een bank zitten.

'Ik weet het van Rose,' zegt ze.

'Dat dacht ik al.'

'Ik hoop dat u goed voor haar zult zorgen.'

'Ik heb de indruk dat u dat ook al doet. Ik heb vanavond uw ragout gegeten.'

'Voordat u wegging en terugkwam, zodat niemand zou merken dat u al in het gebouw was,' zegt Scarpetta.

'Dus u hebt er geen bezwaar tegen,' zegt hij, alsof hij toestemming vraagt.

'Zolang u goed voor haar bent. Want als dat niet zo is, zal ik ingrijpen.'

'Dat geloof ik graag.'

'Ik moet u iets vragen over Lupano,' zegt ze. 'Ik wil graag weten of u hem hebt gebeld nadat ik vandaag bij u op kantoor was.'

'Mag ik vragen waarom u dat wilt weten?'

'Omdat we het over hem hebben gehad. Ik heb u gevraagd waarom hij op de begrafenis van Holly Webster is geweest. Ik denk dat u wel weet wat er vervolgens bij me is opgekomen.'

'Dat ik het hém heb gevraagd.'

'Is dat zo?'

'Ja.'

'De nieuwsberichten vermelden dat Lydia Webster wordt vermist en dat wordt aangenomen dat ze dood is,' zegt Scarpetta.

'Hij kende haar. Heel goed. We hebben een lang gesprek gehad. Hij was heel erg van streek.'

'Had hij dat appartement vanwege Lydia?'

'Kay – ik hoop dat je het goedvindt dat ik je zo noem – ik wist heus nog wel dat Gianni afgelopen zomer Holly's begrafenis heeft bijgewoond. Maar ik kon het je niet vertellen, omdat ik dan iemands vertrouwen zou beschamen.'

'Ik word zo langzamerhand doodmoe van al die mensen en hun geheimen.'

'Het was niet mijn bedoeling je tegen te werken. Als je het zelf had ontdekt...'

'Daar ben ik ook doodmoe van. Zelf dingen ontdekken.'

'Als je er zelf achter was gekomen dat hij op Holly's begrafenis was geweest, kon ik daar niets aan doen. Dus heb ik je in de gastenboeken laten kijken. Ik begrijp je frustratie, maar jij zou hetzelfde doen. Jij zou net zomin iemands vertrouwen beschamen. Zo is het toch?'

'Dat hangt ervan af. Meer kan ik er niet van zeggen.'

Hollings kijkt naar de verlichte ramen in het appartementengebouw. Hij zegt: 'Nu moet ik me afvragen of het op de een of andere manier mijn schuld is.'

'Wat moest er dan geheim blijven?' vraagt Scarpetta. 'Nu we het toch over hen hebben en jij iets geheim moest houden.'

'Dat hij Lydia een paar jaar geleden heeft ontmoet, toen ze nog op Hilton Head om de Family Circle Cup speelden. Ze hadden een verhouding, al heel lang, daarom had hij hier een appartement. En op die dag in juli werden ze daarvoor gestraft. Lydia en hij waren in haar slaapkamer, de rest kun je wel raden. Niemand lette op Holly en toen is ze verdronken. Ze zijn uit elkaar gegaan. Haar man heeft haar verlaten. Ze is ingestort, totaal.'

'En hij werd de minnaar van Drew?'

'God weet met hoeveel vrouwen hij sindsdien naar bed is gegaan, Kay.'

'Waarom heeft hij dat appartement aangehouden? Nadat hij met Lydia had gebroken.'

'Misschien om een plek te hebben waar hij Drew kon ontmoeten. Zogenaamd om haar te coachen. Misschien omdat de weelderige plantengroei, het weer, het smeedijzer en de oude gepleisterde huizen hem aan Italië deden denken. Hij was wel bevriend gebleven met Lydia, zei hij. Hij ging zo af en toe bij haar langs.'

'Wanneer was de laatste keer? Heeft hij dat ook gezegd?'

'Een paar weken geleden. Nadat Drew hier het toernooi had gewonnen, is hij uit Charleston vertrokken en later terugkomen.'

'Misschien is het plaatje me nog niet helemaal duidelijk.' Scarpetta's mobiel rinkelt. 'Waarom is hij teruggekomen? Waarom is hij niet met Drew meegegaan naar Rome? Of heeft hij dat wél gedaan? Ze had het Italiaanse Open en Wimbledon voor de boeg. Ik heb nooit begrepen waarom ze er plotseling met een paar vriendinnen tussenuit ging in plaats van te trainen voor wat de belangrijkste overwinningen van haar loopbaan hadden kunnen worden. Ze gaat naar Rome. Niet om te trainen voor het Italiaanse Open. Om vakantie te vieren? Ik snap er niets van.'

Scarpetta laat haar mobiel rinkelen. Ze kijkt niet eens wie er belt.

'Hij heeft tegen mij gezegd dat hij, meteen nadat zij hier het toernooi had gewonnen, naar New York is gegaan. Dat is nog geen maand geleden. Ik kan het nauwelijks geloven.'

Het rinkelen stopt.

Hollings vervolgt: 'Gianni is niet met Drew meegegaan omdat ze hem had ontslagen.'

'Ontslagen? Is dat algemeen bekend?'

'Nee.'

'Waarom had ze hem ontslagen?' Haar mobiel begint opnieuw te rinkelen.

'Omdat dokter Self had gezegd dat ze dat moest doen,' antwoordt Hollings. 'Daarom is hij naar New York gegaan. Om met dokter Self te praten. Om Drew van gedachten te laten veranderen.'

'Ik kan maar beter aannemen.' Scarpetta pakt haar mobiel.

'Je moet op weg naar het vliegveld bij me langs komen,' zegt Lucy.

'Dat is een hele omweg.'

'We kunnen een uur later vertrekken, hooguit anderhalf uur later. Dan is het weer opgeklaard. Je moet langs het lab komen.' Lucy legt uit waar ze op Scarpetta zal wachten en voegt eraan toe: 'Door de telefoon wil ik er niets over zeggen.'

Scarpetta belooft dat ze er zal zijn. Tegen Henry Hollings zegt ze: 'Ik neem aan dat Drew niet van gedachten was veranderd.'

'Ze wilde niet meer met hem praten.'

'En dokter Self?'

'Hij heeft haar inderdaad gesproken. In haar appartement. Dat zei hij tenminste tegen mij. Ze heeft tegen hem gezegd dat hij een slechte invloed op Drew had, een ongezonde invloed, en dat ze Drew zou blijven aanraden elk contact met hem te vermijden. Terwijl hij me dit vertelde, werd hij steeds ongelukkiger en bozer, en nu zie ik in dat ik beter had moeten weten. Ik had meteen naar hem toe moeten gaan om hem te kalmeren. Ik had iets moeten doen.'

'Wat is er nog meer gebeurd met betrekking tot dokter Self?' vraagt Scarpetta. 'Drew ging naar New York en vertrok de volgende dag naar Rome. Nauwelijks een etmaal later verdween ze en werd vermoord, waarschijnlijk door dezelfde persoon die Lydia heeft vermoord. Maar nu moet ik naar het vliegveld. Je mag mee, als je wilt. Als we geluk hebben, zullen we je trouwens nodig hebben.'

'Het vliegveld?' Hij staat op. 'Nu?'

'Ik wil niet nog een dag wachten. Haar lichaam raakt elk uur in een verdere staat van ontbinding.'

Ze gaan op weg.

'Nu? Ik moet midden in de nacht met je mee en ik heb geen flauw idee waar je het over hebt,' zegt Hollings verbaasd.

'Hitteafdrukken,' zegt ze. 'Infrarood. Thermale veranderingen zijn in het donker beter te zien en maden kunnen de temperatuur van een ontbindend lichaam wel met twintig graden Celsius verhogen. Er zijn al ruim twee dagen voorbijgegaan, want ik weet zeker dat ze niet meer leefde toen hij haar huis verliet. Door wat we hebben gevonden. Wat is er nog meer gebeurd bij dokter Self? Heeft Lupano daar nog iets over gezegd?'

Ze zijn bijna bij haar auto.

'Hij zei dat hij zich hevig beledigd voelde,' antwoordt Hollings. 'Ze heeft heel vernederende dingen tegen hem gezegd en weigerde te zeggen waar hij Drew kon vinden. Later heeft hij dokter Self nog een keer gebeld. Het zou het mooiste moment van zijn loopbaan worden en dat had zij voor hem verpest, en toen gaf ze hem de genadeslag. Ze zei dat Drew bij haar had gelogeerd, dat ze de hele tijd dat hij dokter Self had gesmeekt ongedaan te maken wat ze had veroorzaakt, in het appartement was geweest. Ik ga niet met je mee. Je hebt me niet nodig enne... Nou ja, ik wil even bij Rose gaan kijken.'

Scarpetta opent het portier en denkt na over de timing. Drew heeft in het penthouse van dokter Self de nacht doorgebracht en is de volgende dag naar Rome gevlogen. De volgende dag, de zeventiende, is ze verdwenen. Op de achttiende is ze gevonden. Op de zevenentwintigste waren Benton en zij in Rome voor het onderzoek naar de moord op Drew. Diezelfde dag werd dr. Self opgenomen in het McLean en schreef dr. Maroni aantekeningen die hij zogenaamd had geschreven toen hij de Zandman bij zich op het spreekuur had gehad – wat volgens Benton nooit is gebeurd.

Scarpetta gaat achter het stuur zitten. Hollings is een heer, hij zal niet weggaan voordat ze de motor heeft gestart en het portier op slot heeft gedaan.

Ze zegt tegen hem: 'Was er nog iemand anders bij toen Lupano in haar appartement dat gesprek met dokter Self had?'

'Drew.'

'Ik bedoel iemand anders dan Drew.'

Hij denkt even na en antwoordt: 'Misschien wel.' Hij aarzelt. 'Hij

zei dat hij er had gegeten. Geluncht, geloof ik. Hij maakte een opmerking over de kok van dokter Self.'

21

Het gerechtelijk laboratorium.

Het hoofdgebouw is van rode baksteen en beton, met grote ramen van reflecterend glas dat beschermt tegen UV-stralen, zodat de
buitenwereld zichzelf weerspiegeld ziet en wat er zich binnen afspeelt ongevoelig is voor nieuwsgierige ogen en de schadelijke stra-
ling van de zon. Een kleiner gebouw is nog niet klaar en het terrein
is modderig. Scarpetta zit in haar auto en kijkt naar de grote gara-
gedeur die omhooggaat, en ze wou dat het hek van haar voorplein
niet zo veel lawaai maakte. Wanneer het hek piept en knarst als een
ophaalbrug maakt dat de onaangename sfeer van een mortuarium
nog erger.

Binnen is alles nieuw en smetteloos, fel verlicht en geschilderd in
witte en grijze tinten. Sommige laboratoriumruimtes zijn nog leeg,
andere zijn volledig ingericht. Maar de werkbladen zijn netjes op-
geruimd, de werkruimtes zijn schoon. Ze verheugt zich op de dag
dat het eruitziet alsof er iemand thuis is. Het is natuurlijk buiten
werktijd, maar zelfs overdag komen hier hooguit twintig mensen
naar hun werk, van wie de helft Lucy vanuit haar vroegere lab in
Florida is gevolgd. Ooit zal ze de beste forensische faciliteiten in het
land hebben, en Scarpetta beseft waarom ze daar eerder ongerust
dan blij om is. In haar beroep staat Lucy boven aan de ladder, maar
haar persoonlijke leven is allerminst een succes, net als dat van Scarpetta. Geen van beiden slagen ze erin intieme relaties in stand te
houden, en Scarpetta weigert nog steeds in te zien dat ze dat met
elkaar gemeen hebben.

Hoewel Benton op een heel aardige manier met haar heeft gepraat, hebben zijn woorden haar er alleen maar aan herinnerd dat
hij gelijk heeft. Het is de deprimerende waarheid. Ze rent al vijftig jaar zo hard van hot naar haar dat het haar nauwelijks meer
heeft opgeleverd dan een buitengewoon talent om met verdriet en

stress om te gaan, wat haar steeds weer voor dezelfde problemen stelt. Het is het gemakkelijkst gewoon haar werk te doen en haar dagen te vullen met lange, drukke uren en lege compartimenten. En nu ze toch eerlijk naar zichzelf kijkt, moet ze toegeven dat ze, toen Benton haar die ring gaf, geen gelukkig of veilig gevoel kreeg. De ring is een symbool van waar ze doodsbang voor is: dat hij wat hij geeft, terug zal nemen of dat hij zal beseffen dat hij het niet heeft gemeend.

Geen wonder dat Marino ten slotte door het lint is gegaan. Natuurlijk, hij was dronken en opgefokt door de hormonen, en waarschijnlijk hadden Shandy en dr. Self hem een handje geholpen. Maar als Scarpetta in al die jaren beter op hem had gelet, had ze hem wellicht tegen zichzelf kunnen beschermen en de overtreding waaraan zijzelf ook deel heeft gehad, kunnen voorkomen. Zij heeft hem ook schade berokkend, omdat ze geen eerlijke, betrouwbare vriendin voor hem is geweest. Ze heeft hem niet duidelijk gemaakt dat hij geen enkele kans maakte, tot hij uiteindelijk te ver ging, terwijl ze dat al twintig jaar geleden had moeten doen.

Ik ben niet verliefd op je en zal dat nooit worden, Marino. Je bent mijn type niet, Marino. Dat betekent niet dat ik beter ben dan jij, Marino. Het betekent alleen dat het onmogelijk is.

Ze bedenkt wat ze had moeten zeggen en eist een antwoord op de vraag waarom ze dat niet heeft gedaan. Misschien zou hij ontslag nemen. Misschien zou ze het zonder zijn voortdurende aanwezigheid moeten stellen, al ergert ze zich soms groen en geel aan hem. Misschien doet ze hém aan wat zijzelf zo succesvol ontwijkt: persoonlijke afwijzing, verlies. En nu zijn beide dingen haar overkomen en hem ook.

De liftdeur gaat op de eerste verdieping open en ze loopt door de lege gang naar een reeks laboratoria die elk apart met een metalen deur en een luchtsluis worden gesloten. In een voorvertrek trekt ze een witte wegwerpjas aan, doet een haarnet om, zet een kapje op, trekt overschoenen en handschoenen aan en doet een masker voor. Ze loopt door een ruimte waarin ze met ultraviolet licht wordt ontsmet naar een volautomatisch laboratorium waar DNA wordt onttrokken en gerepliceerd – en waar Lucy, eveneens van top tot teen in het wit, haar om een onbekende reden wilde ontmoeten. Ze zit bij een wasemkap met een andere, ook in het wit geklede wetenschapper te praten en Scarpetta kan niet meteen zien wie wie is.

'Tante Kay?' zegt Lucy. 'Je weet vast nog wel wie Aaron is, on-ze interimdirecteur.'

Het gezicht achter het plastic masker glimlacht en komt Scarpetta opeens bekend voor. Ze gaat bij hen zitten.

'Ik weet dat je forensisch specialist bent,' zegt Scarpetta tegen hem, 'maar ik wist niet dat je een nieuwe baan had.' Ze vraagt wat er met zijn voorganger is gebeurd.

'Die heeft ontslag genomen. Om wat dokter Self op het internet heeft gezet,' zegt Lucy met een kwade blik.

'Ontslag?' zegt Scarpetta verbaasd. 'Zomaar ineens?'

'Denkt dat ik doodga en is gauw een andere baan gaan zoeken. Nou ja, het was toch al een idioot en anders had ik hem zelf ont-slagen. Ironisch, hè? De klootzak heeft me eigenlijk een gunst be-wezen. Maar daarvoor zijn we hier niet. We hebben een paar re-sultaten.'

'Bloed, speeksel, epithele cellen,' zegt Aaron. 'Om te beginnen van Lydia Websters tandenborstel en van bloed op de badkamer-vloer. We zijn al aardig op weg wat haar DNA betreft, wat vooral belangrijk is om haar uit te sluiten. Of om haar uiteindelijk te iden-tificeren.' Alsof hij er niet aan twijfelt dat ze dood is. 'Vervolgens hebben we een profiel gekregen van de huidcellen, het zand en de lijm van het kapotte raam van de waskamer. En van het toetsen-bord van het alarm. En het vuile T-shirt uit de wasmand. Alle drie bevatten haar DNA, wat te verwachten was. Maar ook dat van ie-mand anders.'

'En die short van Madelisa Dooley?' vraagt Scarpetta. 'Het bloed dat erop zat?'

Aaron antwoordt: 'Dezelfde donor als van de drie dingen die ik zojuist heb genoemd.'

'De moordenaar, denken we,' zegt Lucy. 'Of wie dan ook die heeft ingebroken in haar huis.'

'Ik denk dat we moeten oppassen met wat we zeggen,' zegt Scar-petta. 'Er zijn ook andere mensen in haar huis geweest, zoals haar man.'

'Het DNA is niet van hem en we zullen je zo meteen vertellen waar-om niet,' zegt Lucy.

Aaron zegt: 'Wat we hebben gedaan, was jouw idee. We zijn verder gegaan dan alleen profielen vergelijken via CODIS door ook te zoeken via het DNA-afdruktechnologieplatform waar Lucy en jij het over hebben gehad. Een analyse die gebruikmaakt van ouderschaps- en gezinsindexen om mogelijke verwantschap vast te stellen.'

'Vraag één,' zegt Lucy. 'Waarom zou Madelisa Dooleys short bloedsporen vertonen van Lydia's ex-man?'

'Oké, dat is een steekhoudend argument,' geeft Scarpetta toe. 'En als het bloed van de Zandman is – zo zal ik hem voortaan noemen – dan moet hij zichzélf op de een of andere manier hebben verwond.'

'Misschien weten we op welke manier,' zegt Lucy. 'En we beginnen ook een idee te krijgen wie hij is.'

Aaron pakt een map, haalt er een document uit en overhandigt het aan Scarpetta.

'De onbekende jongen en de Zandman,' zegt hij. 'Omdat we weten dat iedere ouder ongeveer de helft van zijn of haar genetische materiaal doorgeeft aan zijn of haar kind, kunnen we verwachten dat monsters van een ouder en een kind hun relatie vaststellen. In het geval van de Zandman en de onbekende jongen impliceert het nauwe bloedverwantschap.'

Scarpetta bekijkt de uitslag van het onderzoek. 'Ik herhaal wat ik heb gezegd toen bleek dat de vingerafdrukken overeenkwamen,' zegt ze. 'Weten we zeker dat er geen fout is gemaakt? Dat er bijvoorbeeld geen sprake is van besmetting?'

'We maken geen fouten, althans niet wat dit soort dingen betreft,' zegt Lucy. 'Als je één fout maakt, kun je het verder wel vergeten.'

'Dus die jongen is de zoon van de Zandman?' Scarpetta wil het zeker weten.

'Ik zou nader onderzoek willen doen, maar ik vermoed van wel,' antwoordt Aaron. 'Ze zijn op z'n minst bloedverwanten, zoals ik al zei.'

'Je zei dat hijzelf ook gewond was,' zegt Lucy. 'Dat het bloed van de Zandman op die short zit. Het zit ook op de afgebroken kroon die je in Lydia Websters badkuip hebt gevonden.'

'Misschien heeft ze hem gebeten,' oppert Scarpetta.

'Zou best kunnen,' zegt Lucy.

'Laten we het weer over die jongen hebben,' zegt Scarpetta. 'Als we bedoelen dat de Zandman zijn zoon heeft vermoord, weet ik niet wat ik moet denken. De jongen is lange tijd mishandeld. Het kind was ondergebracht bij iemand anders toen de Zandman in Irak was en daarna in Italië, als onze informatie klopt.'

'Ik kan je ook iets vertellen over de moeder van die jongen,' zegt Lucy. 'Dat verband kunnen we ook leggen, tenzij het DNA op het ondergoed van Shandy Snook afkomstig is van iemand anders. Misschien wilde ze daarom zo graag het mortuarium bekijken, om de jongen te zien en erachter te komen wat je over die zaak had ontdekt. Wat Marino van die zaak wist.'

'Heb je de politie al ingelicht?' vraagt Scarpetta. 'En mag ik vragen hoe je aan haar ondergoed bent gekomen?'

Aaron glimlacht. Scarpetta beseft waarom het een grappige vraag zou kunnen zijn.

'Marino,' antwoordt Lucy. 'En het is beslist niet zíjn DNA. Zijn profiel hebben we om hem te kunnen uitsluiten, zoals we ook het jouwe en het mijne hebben. De politie zal meer bewijs willen hebben dan ondergoed dat in Marino's huis op de vloer lag, maar ook al heeft Shandy niet zelf haar zoon doodgeslagen, ze moet weten wie het dan wél heeft gedaan.'

'Ik moet me afvragen of Marino dat ook wist,' zegt Scarpetta.

'Je hebt de opnames gezien van haar en Marino in het mortuarium,' zegt Lucy. 'Ik kreeg beslist niet de indruk dat hij meer wist dan wij. En al kun je van alles van hem zeggen, hij zou nooit iemand in bescherming nemen die een kind zoiets heeft aangedaan.'

Er is meer bewijsmateriaal. Het wijst allemaal naar de Zandman en onthult nog een verbijsterend feit: de twee DNA-bronnen die onder de nagels van Drew Martin zijn aangetroffen, zijn van de Zandman en een bloedverwant van hem.

'Een man,' legt Aaron uit. 'Volgens de Italiaanse analyse voor negenennegentig procent Europeaan. Misschien nog een zoon? Misschien een broer? Zijn vader?'

'Drie DNA-bronnen uit hetzelfde gezin?' zegt Scarpetta verbaasd.

'En nog een misdaad,' zegt Lucy.

Aaron overhandigt Scarpetta een ander rapport en zegt: 'Een overeenkomst met een biologisch monster dat over was van een onopgeloste misdaad die niemand in verband heeft gebracht met Drew, Lydia of welke andere zaak dan ook.'

'Een verkrachting in 2004,' zegt Lucy. 'De man die het huis van

Lydia Webster is binnengedrongen en waarschijnlijk Drew Martin heeft vermoord, heeft drie jaar geleden een toerist in Venetië verkracht. Het DNA-profiel van dat bewijsmateriaal zit in de Italiaanse databank, waar we hebben gezocht. Natuurlijk hebben we er geen verdachte bij, want ze mogen nog steeds geen namen bij profielen vermelden. Dus hebben we wel zijn sperma, maar niet zijn naam.'

'Ja, laten we de privacy van verkrachters en moordenaars vooral blijven beschermen,' zegt Aaron.

'Er is nauwelijks mediadocumentatie beschikbaar,' zegt Lucy. 'Een twintigjarige studente in Venetië, een zomercursus kunstgeschiedenis. Laat in de avond in een bar, loopt terug naar haar hotel bij de Brug der Zuchten en wordt aangevallen. Meer weten we nog niet. Maar de carabinieri heeft de zaak behandeld, dus je vriend de commissaris kan je er vast meer over vertellen.'

'Wellicht was dat het eerste geweldsmisdrijf van de Zandman,' zegt Scarpetta. 'Als burger, tenminste. Aangenomen dat hij inderdaad in Irak is geweest. Iemand die voor het eerst een misdaad pleegt, laat vaak bewijsmateriaal achter en is de volgende keer voorzichtiger. Deze man is heel voorzichtig, hij gaat inmiddels veel sluwer te werk. Hij wist zijn sporen uit, hij volgt een ritueel en is veel gewelddadiger geworden, en als hij klaar is, kunnen zijn slachtoffers het niet navertellen. Gelukkig is het niet bij hem opgekomen dat hij DNA zou kunnen achterlaten in chirurgische lijm. Weet Benton dit allemaal al?' vraagt ze.

'Ja. En hij weet dat we een probleem hebben met die gouden munt,' zegt Lucy. Dat is haar volgende punt. 'Het DNA op de munt en de ketting zijn ook van de Zandman, dus moet hij degene zijn die op de avond dat Bull en jij die revolver hebben gevonden, in de steeg achter je huis is geweest. Ik vraag me af of dat toch iets met Bull te maken heeft. Die ketting kan ook van hém zijn geweest. Maar die vraag heb ik al eerder gesteld en we hebben geen DNA van Bull om het uit te zoeken.'

'Of hij de Zandman is?' Dat gelooft Scarpetta geen seconde.

'Ik zeg alleen maar dat we geen DNA van hem hebben,' zegt Lucy.

'En de revolver? De patroonhuls?' vraagt Scarpetta.

'Geen spoor van het DNA van de Zandman,' antwoordt Lucy.

'Maar dat wil eigenlijk niets zeggen. Zijn DNA op een ketting is iets heel anders dan op een revolver, omdat hij die van iemand anders kan hebben gekregen. Misschien heeft hij zijn DNA en vingerafdrukken er expres op achtergelaten vanwege het verhaal dat hij heeft opgedist, dat die rotzak die jou bedreigde hem had laten vallen, terwijl we niet absoluut zeker weten of die vent ooit in de buurt van je huis is geweest. We moeten Bull op zijn woord geloven, want er zijn geen getuigen.'

'Wil je zeggen dat Bull – als we aannemen dat hij de Zandman is, wat ik niet geloof – die revolver met opzet heeft "verloren", maar dat het niet zijn bedoeling was de ketting te verliezen?' vraagt Scarpetta. 'Dat vind ik onlogisch, om twee redenen. Ten eerste: waardoor is die ketting gebroken? Ten tweede: als hij pas wist dat de ketting van zijn hals was gevallen toen hij hem vond, waarom heeft hij mijn aandacht er dan op gevestigd? Waarom heeft hij hem niet vlug in zijn zak gestopt? Ik kan eraan toevoegen dat ik het vreemd zou vinden als hij net zo'n soort ketting met een munt eraan had gehad als de ketting met die zilveren dollar die Shandy aan Marino heeft gegeven.'

'Het zou fijn zijn als we Bulls vingerafdrukken hadden,' zegt Aaron. 'En als we een DNA-monster van hem zouden hebben. Want ik vind het erg vreemd dat hij opeens is verdwenen.'

'Dit is voorlopig alles,' zegt Lucy. 'We proberen hem te klonen. We maken een kopie van hem in een petrischaal en dan weten we wie hij is.' Ze maakt er een grapje van.

'Nog niet zo lang geleden moesten we weken of soms maanden wachten op DNA.' Scarpetta is blij dat die tijd voorbij is, omdat ze het betreurt dat er destijds zo veel mensen mishandeld of vermoord zijn doordat een geweldpleger niet snel genoeg kon worden geïdentificeerd.

'Het zicht is vijfhonderd voet en tweeduizend en wordt steeds beter,' zegt Lucy tegen Scarpetta. 'Volgens de regels mogen we vertrekken. Ik zie je op het vliegveld.'

In het kantoor van Marino staan de bekers die hij met bowlen heeft gewonnen als silhouetten voor de oude bepleisterde muur, en er hangt een lege sfeer.

Benton doet de deur dicht en knipt het licht niet aan. Hij gaat in het donker aan Marino's bureau zitten en beseft voor het eerst dat hij, wat hij ook heeft gezegd, Marino nooit serieus heeft genomen of hem ergens bij heeft betrokken. Als hij eerlijk is, heeft hij hem altijd beschouwd als Scarpetta's ondergeschikte – een domme, bekrompen, ongemanierde smeris die niet in de moderne wereld thuishoort en die, om nog een heleboel andere redenen, geen prettig gezelschap en nauwelijks van nut is. Benton heeft hem getolereerd. Hij heeft hem op sommige gebieden onderschat en op andere precies begrepen, maar wat voor de hand lag, heeft hij niet gezien. En nu hij aan Marino's weinig gebruikte bureau zit en door het raam naar de lichtjes van Charleston staart, zou hij willen dat hij meer aandacht aan hem had besteed, aan alles. Want wat hij moet weten, heeft altijd binnen zijn bereik gelegen.

In Venetië is het bijna vier uur in de ochtend. Geen wonder dat Paulo weg is gegaan uit het McLean en nu uit Rome is vertrokken.

'*Pronto*,' zegt hij wanneer hij opneemt.

'Sliep je?' vraagt Benton.

'Als je je daarom had bekommerd, had je niet gebeld. Waarom moet je me per se op dit onmogelijke tijdstip spreken? Hopelijk hebben jullie vooruitgang geboekt in die zaak.'

'Ik weet niet of je het vooruitgang kunt noemen.'

'Wat is er dan?' In de stem van Maroni klinkt tegenzin door, of misschien hoort Benton berusting.

'Die patiënt van je.'

'Daar heb ik je over verteld.'

'Je hebt me verteld wat je kwijt wilde, Paulo.'

'Waarmee had ik je dan nog meer kunnen helpen? Naast mijn verklaring heb je mijn aantekeningen gelezen,' zegt Maroni. 'Ik heb me als een vriend gedragen en je niet gevraagd hoe dat mogelijk was. Ik heb het Lucy bijvoorbeeld niet verweten.'

'Je zou het jezelf kunnen verwijten. Denk je soms dat het inmiddels niet tot me is doorgedrongen dat je wílde dat ik dat dossier van je patiënt zou lezen? Je hebt het op het net van het ziekenhuis achtergelaten. Je hebt ervoor gezorgd dat iemand die kon uitvogelen waar het was, erbij kon. Voor Lucy was dat inderdaad geen probleem. Je hebt geen fout gemaakt, daar ben je te intelligent voor.'

'Dus je geeft toe dat Lucy heeft ingebroken in mijn elektronische bestand.'

'Je wist dat we het dossier van die patiënt zouden willen inzien. Dus heb je dat mogelijk gemaakt voordat je naar Rome ging. Eerder dan de bedoeling was, trouwens. Meteen nadat je had gehoord dat dokter Self in het McLean zou worden opgenomen, wat goed uitkwam. Jij stond toe dat ze werd opgenomen. Ze was niet toegelaten in het Paviljoen als jij het niet goed had gevonden.'

'Ze was manisch.'

'Ze heeft je gemanipuleerd. Weet ze het?'

'Wat?'

'Lieg niet tegen me.'

'Het is interessant dat je denkt dat ik tegen je zou kunnen liegen,' zegt Maroni.

'Ik heb een gesprek gehad met de moeder van dokter Self.'

'Is dat nog steeds zo'n onsympathieke vrouw?'

'Ik denk niet dat ze is veranderd,' zegt Benton.

'Mensen zoals zij veranderen zelden. Soms worden ze milder naarmate ze ouder worden. Zij is waarschijnlijk nog erger dan vroeger. Dat zal ook met Marilyn gebeuren. Dat is al het geval.'

'Ik denk dat zij ook nauwelijks is veranderd. Hoewel haar moeder de persoonlijkheidsstoornis van haar dochter toeschrijft aan jou,' zegt Benton.

'En we weten dat het niet zo gaat. Ze heeft geen door Paulo veroorzaakte persoonlijkheidsstoornis. Ze heeft hem eerlijk zelf gekregen.'

'Het is niet grappig.'

'Beslist niet.'

'Waar is hij?' vraagt Benton. 'Je weet precies wie ik bedoel.'

'Lang geleden was iemand op zijn zestiende nog minderjarig. Begrijp je wat ik bedoel?'

'En jij was negenentwintig.'

'Tweeëntwintig. Als Gladys me zo veel ouder had gemaakt, zou ze me hebben beledigd. Ik weet dat je begrijpt waarom ik moest vertrekken,' zegt dr. Maroni.

'Vertrekken of vluchten? Als je dokter Self je haastige vertrek van een paar weken geleden hoort beschrijven, is het het laatste. Je hebt je onbetamelijk jegens haar gedragen en bent naar Italië gevlucht. Waar is hij, Paulo? Doe dit jezelf en ook andere mensen niet aan.'

'Zou je me geloven als ik zei dat zij zich onbetamelijk jegens mij heeft gedragen?'

'Dat is niet belangrijk en het kan me geen moer schelen. Waar is hij?' vraagt Benton.

'Ze zouden het ontucht met een minderjarig meisje hebben genoemd. Daar dreigde haar moeder mee en ze weigerde te geloven dat Marilyn seks had gehad met een man die ze in de voorjaarsvakantie had ontmoet. Ze was beeldschoon en opwindend en bood me haar maagdelijkheid aan, en ik heb het aanbod aangenomen. Ik hield echt van haar. Maar ik ben ook bij haar weggevlucht. Ik zag toen al in dat ze gevaarlijk was. Maar ik ben niet teruggegaan naar Italië, zoals ik tegen haar had gezegd. Ik ben teruggegaan naar Harvard om mijn studie medicijnen af te maken, en ze is er nooit achtergekomen dat ik destijds in Amerika ben gebleven.'

'We hebben een DNA-onderzoek gedaan, Paulo.'

'Na de geboorte van het kind wist ze het nog steeds niet. Ik heb haar geschreven, moet je weten. Maar ik liet de brieven in Rome posten.'

'Waar is hij, Paulo? Waar is je zoon?'

'Ik heb haar gesmeekt geen abortus te laten plegen, want dat druist in tegen mijn geloof. Ze zei dat als zij het kind ter wereld zou brengen, ik het zou moeten opvoeden. En ik heb mijn best gedaan met wat een misbaksel bleek te zijn, een duivel met een hoog IQ. Tot zijn achttiende heeft hij het grootste deel van zijn leven in Italië gewoond en af en toe bij haar gelogeerd. Híj is negenentwintig. Misschien heeft Gladys haar gebruikelijke spelletjes gespeeld... Nou ja. In heel veel opzichten is hij van geen van ons beiden en hij haat ons allebei. Marilyn nog meer dan mij, hoewel ik toen ik hem de laatste keer zag, vreesde voor mijn veiligheid. Misschien zelfs voor mijn leven. Ik dacht dat hij me met een oud beeldhouwwerk wilde aanvallen, maar ik kon hem kalmeren.'

'Wanneer was dat?'

'Vlak na mijn aankomst in Italië. Hij was in Rome.'

'En hij was in Rome toen Drew Martin werd vermoord. Op een zeker tijdstip is hij teruggekeerd naar Charleston. We weten dat hij onlangs op Hilton Head is geweest.'

'Wat moet ik zeggen, Benton? Je weet het antwoord. De badkuip op de foto is de badkuip in mijn appartement op het Piazza Navona, maar je wist niet dat ik daar woon. Als je dat wél had geweten, had je me vragen kunnen stellen over het feit dat mijn appartement zo dicht bij de bouwput ligt waar Drews lichaam is gevonden. Dan zou je je hebben kunnen afvragen of het toeval is dat ik hier in een zwarte Lancia rijd. Waarschijnlijk heeft hij haar in mijn appartement vermoord en haar in mijn auto vervoerd, naar die plek er vlakbij. Een straat verder. Ik weet zeker dat het zo is gegaan. Dus zou het misschien beter zijn geweest als hij met die antieke gebeeldhouwde voet mijn hersens had ingeslagen. Er zijn geen woorden voor om de gruwelijke dingen die hij heeft gedaan te beschrijven. Maar ja, hij is Marilyns zoon.'

'Jouw zoon.'

'Hij is Amerikaans staatsburger, hij wilde niet studeren en hij maakte het nog erger door dienst te nemen bij de Amerikaanse luchtmacht om fotograaf te worden in die fascistische oorlog van jullie, waar hij gewond is geraakt. Aan zijn voet. Volgens mij heeft hij dat zelf gedaan nadat hij zijn vriend uit zijn lijden had verlost door hem een kogel door zijn hoofd te jagen. Hoe dan ook, als hij voordat hij naar Irak ging al labiel was, was hij verstandelijk en psychologisch onherkenbaar toen hij terugkwam. Ik geef toe dat ik een betere vader voor hem had moeten zijn. Ik heb hem spullen gestuurd. Gereedschap, batterijen, geneesmiddelen. Maar ik heb hem naderhand niet opgezocht. Ik vond het niet belangrijk genoeg. Dat moet ik toegeven.'

'Waar is hij?'

'Toen hij bij de luchtmacht ging, wilde ik niets meer met hem te maken hebben. Dat geef ik ook toe. Er kwam niets van hem terecht. Na alles, nadat ik zo mijn best had gedaan om hem een leven te gunnen terwijl Marilyn dat niet deed, was er niets van hem terechtgekomen. Is het niet ironisch? Ik heb zijn leven gespaard omdat de kerk zegt dat abortus moord is, en wat doet hij? Hij vermoordt mensen. Hij vermoordde ze daarginds omdat het zijn werk was en nu vermoordt hij ze omdat hij krankzinnig is geworden.'

'En zijn kind?'

'Marilyn en haar patronen. Als zij een patroon volgt, kun je haar daar niet meer van afbrengen. Ze heeft tegen de moeder gezegd dat ze het kind moest houden, net als ik dat tegen haar had gezegd. Dat had ik waarschijnlijk niet moeten doen. Onze zoon is niet geschikt om vader te zijn, al houdt hij veel van zijn zoon.'

'Zijn zoon is dood,' zegt Benton. 'Uitgehongerd, doodgeslagen en gedumpt in het moeras als voer voor maden en krabben.'

'Dat vind ik heel erg. Ik heb het kind nooit ontmoet.'

'Je loopt over van medelijden, Paulo. Waar is je zoon?'

'Dat weet ik niet.'

'Je beseft toch wel hoe ernstig dit is? Wil je naar de gevangenis?'

'De laatste keer dat hij hier was, ben ik met hem naar buiten gegaan en op straat, waar ik dat veilig kon doen, heb ik tegen hem gezegd dat ik hem nooit meer wilde zien. Er liepen toeristen bij de bouwput waar het lichaam van Drew is gevonden. Er lagen stapels bloemen en knuffeldieren. Dat heb ik gezien toen ik tegen hem zei dat hij weg moest gaan en nooit terug mocht komen, en dat ik, als hij niet deed wat ik zei, naar de politie zou gaan. Daarna heb ik mijn appartement grondig laten schoonmaken. En ik heb mijn auto weggedaan. Ik heb Otto gebeld om te zeggen dat ik hem bij deze zaak graag van dienst wilde zijn, omdat ik wilde weten wat de politie al wist.'

'Ik geloof je niet als je zegt dat je niet weet waar hij is,' zegt Benton. 'Ik geloof niet dat je niet weet waar hij verblijft of woont of, wat op dit moment waarschijnlijker is, zich schuilhoudt. Ik wil het niet aan je vrouw vragen, want ik ga ervan uit dat zij geen idee heeft.'

'Laat mijn vrouw er alsjeblieft buiten. Zij weet helemaal niets.'

'Misschien kun je me vertellen of de moeder van je dode kleinzoon nog bij je zoon is,' zegt Benton.

'Het is net zoiets als dat van mij en Marilyn. Soms moeten we ons hele leven boeten omdat we een keer met iemand naar bed zijn geweest. Die vrouwen worden expres zwanger, hoor. Om je aan hen te binden. Het is heel vreemd. Ze doen het en dan willen ze het kind niet hebben; ze willen alleen jou hebben.'

'Dat vroeg ik niet.'

'Ik heb haar nooit ontmoet. Marilyn heeft me een keer verteld dat ze Shandy of Sandy heet en dat ze een hoer is. En heel dom.'

'Zijn ze nog bij elkaar, je zoon en zij? Dat was mijn vraag.'

'Ze hadden samen dat kind, meer niet. Hetzelfde verhaal. De zonden van de vader. De geschiedenis die zich herhaalt. Nu kan ik uit de grond van mijn hart zeggen dat ik wou dat mijn zoon nooit geboren was.'

'Dus Marilyn kent Shandy,' zegt Benton. 'En zo kom ik bij Marino.'

'Ik ken hem niet en weet ook niet wat hij hiermee te maken heeft.'

Benton vertelt het hem. Hij vertelt Maroni alles, behalve wat Marino Scarpetta heeft aangedaan.

'En nu wil je dat ik de zaak analyseer,' zegt Maroni. 'Omdat ik Marilyn ken en nu ik dit allemaal van jou heb gehoord. Ik durf te stellen dat Marino een heel grote fout heeft gemaakt toen hij Marilyn een e-mail stuurde. Want dat heeft haar op mogelijkheden gewezen die niets te maken hadden met de reden dat ze werd opgenomen in het McLean. Nu kan ze wraak nemen op de persoon die ze oprecht haat. Dat is Kay, natuurlijk. En er is geen betere manier om wraak op Kay te nemen dan Kays geliefden te kwellen.'

'Dus zij heeft ervoor gezorgd dat Marino Shandy ontmoette?'

'Dat vermoed ik wel, ja. Maar het is niet de enige reden dat Shandy zo veel belangstelling voor hem kreeg. Denk ook aan de jongen. Marilyn weet het niet. Of ze wist het niet, anders had ze het me wel verteld. Marilyn zou zoiets nooit hebben goedgekeurd.'

'Ze is net zo'n meelevend mens als jij,' zegt Benton. 'Ze is trouwens hier.'

'In New York?'

'In Charleston. Ik heb een anonieme e-mail ontvangen met informatie die ik voor me wil houden en die vanuit het Charleston Place Hotel is verzonden. Ik herkende de toegangscode. Je mag raden wie daar op dit moment logeert.'

'Ik wil je waarschuwen dat je voorzichtig moet zijn met wat je tegen haar zegt. Ze weet het niet van Will.'

'Will?'

'Will Rambo. Toen Marilyn steeds beroemder werd, heeft hij zijn naam veranderd van Willard Self in Will Rambo. Rambo, een naam die hij zelf heeft gekozen, is een keurige Zweedse naam. Maar hij is absoluut geen Rambo en dat is voor een deel zijn probleem. Will is klein van stuk. Een knappe jongen om te zien, maar klein van stuk.'

'Toen ze die e-mails kreeg van de Zandman had ze geen flauw idee dat hij haar zoon was?' vraagt Benton. Het ergert hem dat Maroni de Zandman een jongen noemt.

'Nee, althans niet bewust. Volgens mij weet ze dat nog steeds niet. Niet bewust, maar ik weet natuurlijk niet wat zich in de diepe krochten van haar geest afspeelt. Toen ze was opgenomen in het

McLean en me over die e-mail vertelde, die foto van Drew Martin...'

'Dat heeft ze je verteld?'

'Natuurlijk.'

Benton was het liefst door de telefoon heen gesprongen om Maroni bij zijn keel te grijpen. Hij hoort naar de gevangenis te gaan. Hij hoort naar de hel te gaan.

'Als ik terugkijk, is het tragisch duidelijk. Ik vermoedde het natuurlijk al die tijd al, maar dat heb ik nooit tegen haar gezegd. Ik bedoel vanaf het begin, toen ze me belde om hem door te verwijzen, waar Will op had gerekend. Hij had het zo gepland. Hij had natuurlijk haar e-mailadres. Marilyn stuurt gul zo nu en dan een e-mail naar mensen voor wie ze verder geen tijd heeft. Hij begon haar bizarre e-mails te sturen omdat hij wist dat hij daarmee haar belangstelling zou wekken, want hij is gek genoeg om haar haarscherp door te hebben. Ik weet zeker dat hij het amusant vond toen ze hem naar mij doorverwees. En toen hij mijn praktijk in Rome belde om een afspraak te maken, leidde dat er natuurlijk toe dat we samen gingen eten in plaats van dat ik een beroepsmatig onderhoud met hem had. Ik maakte me zorgen om zijn geestelijke gezondheid, maar het was niet bij me opgekomen dat hij iemand zou kunnen vermoorden. Toen ik dat hoorde van die vermoorde toeriste in Bari, wilde ik er niet bij stilstaan.'

'Hij heeft een vrouw in Venetië verkracht. Ook een toeriste.'

'Dat verbaast me niets. Laat me eens raden. Nadat de oorlog was begonnen. En elke keer dat hij erheen werd gestuurd, ging het slechter met hem.'

'Dus die aantekeningen waren niet het resultaat van de keren dat je hem had onderzocht. Want hij is je zoon en hij is nooit je patiënt geweest.'

'Die aantekeningen heb ik verzonnen. Ik verwachtte al dat je daarachter zou komen.'

'Waarom heb je dat gedaan?'

'Zodat jij dít zou doen. Zodat jij hem zelf zou vinden, omdat ík hem nooit zou kunnen aangeven. Je moest me al deze vragen stellen zodat ik ze kon beantwoorden, en nu heb ik dat gedaan.'

'Als we hem niet vlug vinden, Paulo, pleegt hij opnieuw een moord. Je kunt me vast nog wel meer vertellen. Heb je een foto van hem?'

'Geen recente.'

'Mail me de foto die je hebt.'

'De luchtmacht zal je kunnen geven wat je nodig hebt. Misschien zijn vingerafdrukken en zijn DNA. In elk geval een recente foto. Het is beter dat je die dingen van hén krijgt.'

'En tegen de tijd dat mijn verzoek door de ambtelijke molen is gegaan, is het verdomme te laat,' zegt Benton.

'Ik kom trouwens niet terug,' zegt dr. Maroni. 'Ik weet zeker dat je me niet zult dwingen terug te komen en me met rust zult laten, omdat ik je met respect heb behandeld en jij mij met respect zult behandelen. Bovendien zou het geen zin hebben, Benton. Ik heb hier veel vrienden.'

22

Lucy werkt haar checklist af om te kunnen starten.

Landingslichten. Nr-schakelaar. OEI-limiet, brandstofkleppen. Ze controleert de instelling van de instrumenten, zet de hoogtemeter en de accu aan. Ze start de eerste motor wanneer Scarpetta uit het luchthavenkantoor komt en over de baan naar de helikopter loopt. Ze schuift de achterdeur open, zet haar koffertje met opsporingsmateriaal en haar camera met toebehoren op de grond en opent de linkervoordeur. Ze stapt op de treeplank en klimt naar binnen.

Motor nummer één draait stationair en Lucy start motor nummer twee. Het geloei van de turbines en het gebonk van de wieken worden harder, en Scarpetta doet haar vierpuntsgordel om. Er komt een marshal aandraven die met zijn staven zwaait en Scarpetta zet haar koptelefoon op.

'Hè verdorie,' zegt Lucy in haar microfoon. 'Hé!' Alsof de man haar kan horen. 'We hebben je niet nodig! Nu blijft hij daar nog staan ook.' Lucy opent haar deur en gebaart dat hij weg moet gaan. 'We zijn geen vliegtuig!' Ze roept nog meer dingen die hij niet kan verstaan. 'We kunnen heel goed opstijgen zonder je hulp! Ga weg!'

'Wat ben je gespannen,' zegt Scarpetta's stem in Lucy's koptelefoon. 'Heb je al gehoord dat anderen aan het zoeken zijn?'

'Nee. Er vliegen nog geen heli's boven Hilton Head, want daar is het nog te mistig. De zoektocht op de grond heeft ook nog niets opgeleverd. FLIR op standby.' Lucy zet de stroomschakelaar boven haar hoofd om. 'Hij moet een minuut of acht afkoelen, dan kunnen we vertrekken. Hé!' Alsof de marshal ook een koptelefoon op heeft en haar kan horen. 'Ga weg! We zijn bezig. Verdorie, hij is vast nieuw hier.'

De loods blijft met de oranje staven langs zijn benen werkloos staan. 'Een zware C-17 komt benedenwinds aanvliegen,' zegt de verkeerstoren tegen Lucy.

Het militaire vrachtvliegtuig is een verzameling grote, felle lichten en hangt als een enorm monster schijnbaar bewegingloos in de lucht. Lucy antwoordt dat ze hem ziet aankomen. De 'zware C-17' en de sterke wervelwinden onder zijn vleugeluiteinden zijn voor Lucy niet van belang, omdat ze in de richting van het centrum wil vliegen, naar de brug over de rivier de Cooper: de Arthur Ravenel Jr.-brug. De richting uit die ze zelf heeft gekozen. Ze kan doen wat ze wil, rondjes draaien vlak boven het water of de grond, als ze dat wil. Omdat waar zij mee vliegt geen vliegtuig is. Over de radio legt ze het anders uit, maar dat bedoelt ze.

'Ik heb Turkington gebeld,' zegt ze vervolgens tegen Scarpetta. 'Om hem op de hoogte te brengen. Benton heeft mij gebeld, dus heb jij waarschijnlijk al met hem gepraat en heeft hij jou op de hoogte gebracht. Hij kan elk moment komen, dat is hem tenminste geraden. Ik blijf niet eeuwig wachten. We weten nu wie die klootzak is.'

'We weten alleen niet wáár hij is,' zegt Scarpetta. 'En ik neem aan dat we ook nog niet weten waar Marino is.'

'Als ik het mag zeggen, vind ik dat we op zoek moeten naar de Zandman, niet naar een dode.'

'Binnen het uur zal iedereen naar hem zoeken. Benton heeft de politie gewaarschuwd, de lokale en de militaire. Maar er moet ook iemand naar háár zoeken. Dat is mijn werk en ik ga het doen. Heb je het vrachtnet meegebracht? En hebben we al iets van Marino gehoord? Wat dan ook?'

'Ik heb het vrachtnet meegebracht.'

'En alle spullen liggen achterin?'

Benton loopt naar de marshal toe. Hij geeft hem een fooi en Lucy begint te lachen.

'Ik neem aan dat je me, elke keer dat ik naar Marino vraag, zult negeren,' zegt Scarpetta wanneer Benton naar hen toe komt.

'Misschien moet je eens wat eerlijker zijn tegen de man met wie je wordt geacht te gaan trouwen.' Lucy kijkt naar Benton.

'Waarom denk je dat ik niet eerlijk tegen hem ben?'

'Ik heb geen idee wat je al dan niet doet.'

'Benton en ik hebben een gesprek gehad,' zegt Scarpetta en ze kijkt naar Lucy. 'En je hebt gelijk, ik moet eerlijk zijn en dat ben ik ook geweest.'

Benton schuift de achterdeur open en stapt in.

'Mooi zo. Want hoe meer je iemand vertrouwt, des te misdadiger is het tegen die persoon te liegen. Daaronder valt ook dingen verzwijgen,' zegt Lucy.

Klikkende en knarsende geluiden terwijl Benton zijn koptelefoon opzet.

'Ik moet hier overheen komen,' zegt Lucy.

'Ik ben degene die eroverheen moet komen,' zegt Scarpetta. 'Maar daar gaan we het nu niet over hebben.'

'Waar gaan we het nu niet over hebben?' De stem van Benton klinkt door Lucy's koptelefoon.

'De helderziendheid van tante Kay,' antwoordt Lucy. 'Ze is ervan overtuigd dat ze weet waar het lichaam zich bevindt. Voor alle zekerheid heb ik alle spullen en chemicaliën voor het ontsmetten bij me. En lijkzakken voor het geval dat we het lichaam aan de kabel moeten vervoeren. Sorry dat ik zo ongevoelig klink, maar ik peins er niet over een ontbindend lijk aan boord te nemen.'

'Het komt niet door helderziendheid, maar door vuurwapensporen,' zegt Scarpetta. 'Bovendien wil hij dat ze wordt gevonden.'

'Dan had hij het ons wel wat gemakkelijker mogen maken,' zegt Lucy en ze trekt aan de hendel.

'Hoe zit het dan met die vuurwapensporen?' vraagt Benton.

'Ik heb een idee. Vraag je eens af welk zand in deze omgeving residu van afgevuurde wapens bevat.'

'Jezus, die vent wordt weggeblazen,' zegt Lucy. 'Kijk hem daar nou toch staan met zijn staven, als een suffe scheidsrechter bij een wedstrijd. Ik ben blij dat je hem een fooi hebt gegeven, Benton. De ziel, hij doet zijn best.'

'Een fooi, geen biljet van honderd dollar,' zegt Scarpetta, terwijl Lucy wacht tot ze met de verkeersleiding mag praten.

Het luchtverkeer zit verstopt omdat alle vluchten van die dag zijn uitgesteld en de verkeerstoren het nu niet meer kan bijbenen.

'Weet je nog wat je deed toen ik naar de universiteit ging?' zegt Lucy tegen Scarpetta. 'Je stuurde me zo nu en dan honderd dollar. Zomaar. Dat schreef je dan op de cheque.'

'Het was geen groot gebaar.' Scarpetta's stem gaat rechtstreeks Lucy's hoofd in.

'Voor boeken. Eten. Kleren. Computerspullen.'

Als mensen via een door de stem geactiveerde microfoon praten, hebben ze de neiging hun zinnen in te korten.

'Het was erg aardig van je,' zegt Scarpetta. 'Maar het is veel geld voor zo iemand als Ed.'

'Misschien wilde ik hem omkopen.' Lucy buigt zich naar Scarpetta over om op het scherm van de FLIR te kijken. 'Klaar voor de start,' zegt ze. 'We gaan zodra je ons laat gaan.' Alsof de toren haar kan horen. 'We zijn verdorie een helikopter! We hebben geen startbaan nodig! En jullie hoeven geen koers voor ons te bepalen. Ik word hier gek van.'

'Misschien ben je te kribbig om te vliegen.' Dat zegt Benton.

Lucy praat weer met de toren en eindelijk mag ze in zuidoostelijke richting wegvliegen.

'Nu het nog kan,' zegt ze, en de helikopter verheft zich op het landingsgestel. De marshal zwaait met zijn staven alsof hij hen ergens wil laten parkeren. 'Misschien moet hij een baantje zoeken als stoplicht,' zegt Lucy, terwijl ze haar drie en een kwart ton wegende wentelwiek optilt en boven de grond laat hangen. 'We volgen eerst een eindje de Ashley, draaien dan naar het oosten en vliegen langs de kust naar Folly Beach.' Ze blijft boven het kruispunt van twee startbanen hangen. 'Even de FLIR leegmaken.'

Ze schakelt over van 'stand-by' naar 'aan' en het scherm wordt donkergrijs met helderwitte stippen. De C-17 dendert voorbij en spuit lange pluimen wit vuur uit zijn motoren. Het verlichte raam van het luchthavenkantoor. De lichten langs de startbanen. Surrealistisch in infrarood.

'Laag en traag, en we zullen onderweg alles scannen. In een rasterpatroon?'

Scarpetta haalt de System Control Unit uit de houder en bedient de FLIR met het zoeklicht, dat ze niet aandoet. Grijze en felwitte beelden op het scherm bij haar linkerknie. Ze vliegen langs de haven, waar de gekleurde containers als speelgoedblokken op elkaar zijn gestapeld. Hijskranen staan als reusachtige bidsprinkhanen afgetekend tegen de donkere lucht. De helikopter zweeft langzaam over de lichtjes van de stad en het lijkt alsof ze drijven. Verderop is de haven zwart. Er zijn geen sterren en de maan is een donkergrijze vlek achter dikke wolken, die van boven afgeplat zijn en op aambeelden lijken.

'Waar gaan we precies naartoe?' vraagt Benton.

Scarpetta draait aan de knop van de FLIR om beelden over het scherm te laten glijden. Lucy vertraagt haar snelheid naar tachtig knopen en blijft op een hoogte van vijfhonderd voet.

Scarpetta zegt: 'Probeer eens te bedenken wat je zou vinden als je zand van Iwo Jima onder de microscoop zou leggen. Maar dan moet het wel zand zijn dat sindsdien schoon is gehouden.'

'Bij het water vandaan,' zegt Lucy. 'Bijvoorbeeld duinzand.'

'Iwo Jima?' zegt Benton ironisch. 'Vliegen we naar Japan?'

Links van Scarpetta passeren ze de grote huizen langs de Battery, hun lichten zijn helderwitte vegen in infrarood. Ze denkt aan Henry Hollings. Ze denkt aan Rose. De afstand tussen de lichten van de huizen wordt groter wanneer ze de kust van James Island naderen en die langzaam passeren.

Scarpetta zegt: 'Een kuststreek die sinds de Burgeroorlog onaangeroerd is. Als het zand daar beschermd is, vind je er waarschijnlijk residu van vuurwapens. Volgens mij zijn we er.' Tegen Lucy: 'Bijna recht onder ons.'

Lucy blijft zo goed als stil boven de plek hangen en daalt tot driehonderd voet boven de meest noordelijke punt van Morris Island. Het is onbewoond en alleen te bereiken per helikopter of boot, tenzij het tij zo laag is dat je er vanaf Folly Beach naartoe kunt waden. Ze kijken neer op ruim driehonderd hectare troosteloos natuurgebied, waar in de Burgeroorlog zwaar is gevochten.

'Het ziet er daar waarschijnlijk nog bijna net zo uit als honderdveertig jaar geleden,' zegt Scarpetta, terwijl Lucy nog honderd voet zakt.

'Waar het Afrikaans-Amerikaanse regiment, de vierenvijftigste Massachusetts, is afgeslacht,' zegt Bentons stem. 'Hoe heet die film ook alweer die ze daarover hebben gemaakt?'

'Kijk jij aan jouw kant,' zegt Lucy tegen hem, 'en zeg het als je iets ziet, dan vliegen we er met het zoeklicht aan overheen.'

'Die film heet *Glory*,' zegt Scarpetta. 'We laten het zoeklicht nog even uit, want het verstoort het infrarood.'

Het scherm toont een vlekkerig grijs terrein met een golvend deel, het water, dat glimmend als gesmolten lood naar de kust stroomt en met geschulpte witte randen op het zand kruipt.

'Ik zie hier alleen de donkere vormen van de duinen en steeds weer die verdomde vuurtoren,' zegt Scarpetta.

'Het zou fijn zijn als ze het licht zouden repareren, zodat mensen zoals wij er niet tegenaan vliegen,' zegt Lucy.

'Nu voel ik me een stuk beter.' De stem van Benton.

'Ik begin aan een raster. Zestig knopen, tweehonderd voet. Elke centimeter van de grond,' zegt Lucy.

Ze hoeven het niet lang vol te houden.

'Kun je daar even boven blijven hangen?' Scarpetta wijst naar wat Lucy ook net heeft gezien. 'Waar we zojuist overheen zijn gevlogen. Dat stukje van het strand. Nee, nee, nog een eindje terug. Een duidelijke thermale verandering.'

Lucy maakt een bocht. De vuurtoren aan haar kant is een stompe, infrarood gestreepte vorm, omringd door het deinende, loodachtige water halverwege de haven. Verderop lijkt een cruiseschip op een spookschip, met ramen van wit vuur en een lange pluim uit de schoorsteen.

'Daar. Twintig graden links van dat duin,' zegt Scarpetta. 'Ik geloof dat ik daar iets zie.'

'Ik zie het ook,' zegt Lucy.

Het voorwerp is op het scherm een withete vlek op dof, gevlekt grijs. Lucy kijkt omlaag en probeert er zo dicht mogelijk boven te gaan hangen. Ze laat de helikopter cirkelend zakken.

Scarpetta zoomt in en de felwitte vorm wordt een lichaam, onaards helder – zo helder als een ster – op de oever van een getijdenkreek, die glinstert als glas.

Lucy schakelt de FLIR uit en klikt een zoeklicht aan dat evenveel licht geeft als tien miljoen kaarsen. Zeegras wordt tegen de grond gedrukt en zand wervelt op terwijl ze landen.

Een zwarte stropdas die fladdert in de wind van de steeds langzamer draaiende wieken.

Scarpetta kijkt uit het raampje en een eindje verderop, in het zand, flitst de lichtbundel over een gezicht – grijnzende witte tanden in een opgezwollen vleesklomp – waaraan niet is te zien of daar een man of een vrouw ligt. Zonder het pak en de das zou ze het echt niet weten.

'Jezus, wat is dat?' De stem van Benton in haar koptelefoon.

'Zij is het niet,' zegt Lucy, terwijl ze de instrumenten uitzet. 'Ik weet niet wat jullie doen, maar ik neem mijn revolver mee. Dit klopt niet.'

Lucy schakelt de accu uit, ze schuiven de deuren open en stappen uit. Het zand is zacht onder hun voeten. De stank is overweldigend, tot ze bovenwinds lopen. Zaklantaarns schijnen, revolvers zijn gericht. De helikopter staat als een reusachtige libel op het donkere strand en het enige geluid is de branding. Scarpetta beweegt haar lichtbundel over het zand en stopt bij brede sleepsporen, die vlak voor een duin eindigen.

'Iemand had een boot,' zegt Lucy. Ze loopt naar de duinen. 'Een platbodem.'

Tussen het strand en de duinen ligt een strook zeegras en andere planten, en de duinen lopen door tot zover het oog reikt, onaangetast door de getijden. Scarpetta denkt aan de veldslagen die hier hebben plaatsgevonden en aan de levens die zijn verspild voor een doel dat absoluut niet strookte met de principes van het zuiden. Het kwaad van slavernij. Zwarte yankeesoldaten die het leven lieten. Ze verbeeldt zich dat ze hen hoort kreunen en fluisteren in het hoge gras, en ze zegt tegen Lucy en Benton dat ze niet te ver mogen afdwalen. Ze kijkt naar hun lichten, die als lange, felle zwaarden door het donkere land snijden.

'Hier!' zegt Lucy vanuit het donker tussen twee duinen. 'God bewaar me. Tante Kay, wil je maskers gaan halen?'

Scarpetta loopt terug naar de helikopter, opent het bagageruim en tilt er haar grote instrumentenkoffer uit. Ze zet hem op het zand en zoekt maskers. Het moet wel heel erg zijn als Lucy erom vraagt.

'We kunnen ze niet allebei meenemen.' Bentons stem komt met de wind mee.

'Wat moet dit verdomme voorstellen?' De stem van Lucy. 'Hoorden jullie dat?'

Een klapwiekend geluid. Dieper de duinen in.

Scarpetta loopt terug naar hun lichten en de stank wordt erger. Hij lijkt de lucht te verzwaren en haar ogen branden wanneer ze hun allebei een masker geeft en er zelf ook een opzet, omdat ze nauwelijks meer adem kan halen. Ze blijft bij Lucy en Benton in de holte tussen de duinen staan, op een plek die hoger ligt dan het strand en vanaf het strand onzichtbaar is. De vrouw is naakt en enorm opgezwollen na hier dagenlang te hebben gelegen. Maden hebben bezit van haar genomen, haar gezicht is weggevreten, haar lippen en ogen zijn verdwenen, haar tanden liggen bloot. Scarpetta ziet in het licht van haar zaklantaarn de geïmplanteerde titanium pen waarop de kroon heeft gezeten. Haar hoofdhuid is van haar hoofd aan het glijden en haar lange haar ligt gespreid op het zand.

Lucy waadt door het zeegras naar het klapperende geluid, dat Scarpetta nu ook hoort. Ze weet niet wat ze moet doen. Ze denkt aan vuurwapenresidu en zand en deze plek, en ze vraagt zich af wat die voor hem betekent. Hij heeft zijn eigen slagveld geschapen. Er zouden hier nog veel meer doden komen te liggen als zij deze plek niet had gevonden, dankzij barium, antimonium en lood, waarvan hij waarschijnlijk geen weet heeft. Ze voelt zijn aanwezigheid. Het lijkt alsof zijn zieke geest in de lucht hangt.

'Een tent!' roept Lucy, en ze gaan naar haar toe.

Ze staat achter een volgend duin, en de duinen zijn donkere golven die van hen weg rollen, schaars begroeid met struikgewas en gras. Hier heeft hij een tenthuis gemaakt, of het stond er al. Aluminium stokken en een zeil, en achter een spleet in een flap die klappert in de wind ligt een soort kamertje. Een matras is netjes bedekt met een deken en er staat een lantaarn. Lucy opent met haar voet een koelkist, waarin enkele centimeters water staan. Ze doopt haar vinger erin en zegt dat het lauw is.

'Ik heb één draagplank achter in de helikopter liggen,' zegt ze. 'Hoe wil je dit doen, tante Kay?'

'Eerst moeten we alles fotograferen. En alles opmeten. De politie waarschuwen.' Er is veel te doen. 'Kunnen we de twee lichamen ook tegelijkertijd meenemen?'

'Niet op één plank.'

'Ik wil alles in deze tent goed bekijken,' zegt Benton.

'Dan stoppen we ze in lijkenzakken en neem je ze een voor een mee,' zegt Scarpetta. 'Waar wil je ze straks zolang neerleggen, Lucy? Ergens achteraf, niet in het luchthavenkantoor, waar je ijverige marshal waarschijnlijk druk bezig is muggen de weg te wijzen. Ik zal Hollings bellen en vragen of hij iemand kan sturen.'

Dan zwijgen ze en luisteren naar het klapperen van de eenvoudige tent, het ruisen van het gras, het zachte, natte geklots van de golven. De vuurtoren ziet eruit als een grote, donkere pion van een schaakspel, omringd door de weidse vlakte van de geribbelde zwarte zee. Daar ergens loopt hij rond; een onwerkelijke gedachte. Een soldaat die rampspoed met zich mee draagt, maar Scarpetta heeft geen medelijden met hem.

'Kom, aan de slag,' zegt ze en ze pakt haar mobiel.

Natuurlijk is er geen signaal.

'Je moet het vanuit de lucht proberen,' zegt ze tegen Lucy. 'Of misschien moet je Rose bellen.'

'Rose?'

'Probeer het maar.'

'Waarom?'

'Ik denk dat zij wel weet waar hij is.'

Ze halen de draagplank, de lijkzakken, de geplastificeerde lakens en de rest van de spullen voor milieugevaarlijke voorwerpen. Ze beginnen met de vrouw. Ze is slap, omdat de rigor mortis alweer is verdwenen, alsof die het heeft opgegeven zich koppig tegen haar dood te verzetten en haar heeft overgelaten aan insecten, krabben en andere diertjes. Ze hebben alles wat zacht en gewond was verorberd. Haar gezicht is gezwollen, haar lichaam opgezwollen door bacterieel gas en haar huid is groen-zwart gevlekt volgens het vertakte patroon van haar bloedvaten. Haar linkerbil en de achterkant van haar dijbeen zijn slordig weggesneden, maar er zijn geen andere zichtbare wonden of verminkingen en niets wijst op de oorzaak van haar dood. Ze tillen haar op en leggen haar midden op het laken en vervolgens in een zak, die Scarpetta dichtritst.

Daarna lopen ze naar de man op het strand. Hij heeft een doorzichtige plastic beugel om zijn opeengeklemde tanden en een elastiek om zijn rechterpols. Zijn pak en das zijn zwart, op zijn witte overhemd zitten donkere vlekken van braaksel en bloed. De vele langwerpige scheuren in de voor- en achterkant van zijn jasje doen vermoeden dat hij meerdere malen is gestoken. Ook in zijn wonden krioelt het van de maden, die zijn kleren op en neer doen gaan, en in een broekzak zit een portefeuille waarvan Lucious Meddick de eigenaar is. De moordenaar was blijkbaar niet uit op creditcards of contant geld.

Ze nemen nog meer foto's en maken aantekeningen, en dan binden Scarpetta en Benton het in een lijkzak verpakte lichaam van de vrouw, van Lydia Webster, vast op de plank, terwijl Lucy een vijftien meter lange kabel en een net uit de helikopter haalt. Ze geeft Scarpetta haar revolver.

'Jullie hebben hem meer nodig dan ik,' zegt ze.

Ze klimt in de helikopter, start de motoren en de hefschroeven slaan dreunend lucht naar opzij. Lichten flitsen en de helikopter stijgt langzaam op van het strand en keert om. Heel langzaam klimt hij hoger tot de kabel strak staat en het net met zijn morbide last van het strand wordt getild. Ze vliegt weg en de vracht slingert zacht heen en weer. Scarpetta en Benton lopen terug naar de tent. Als het dag was, zouden de vliegen klinken als een loeiende wind en zou de lucht doordesemd zijn van verrotting.

'Hier slaapt hij, maar misschien niet altijd,' zegt Benton.

Hij geeft met zijn voet een duwtje tegen het kussen. Eronder ligt een rand van de deken en daaronder het matras. Een doosje lucifers blijft droog in een diepvrieszakje, maar paperbacks zijn blijkbaar minder belangrijk voor hem. Ze zijn klef, bladzijden kleven aan elkaar – het soort familieverhalen en romannetjes dat je ergens koopt als je iets te lezen wilt hebben en het je niet kan schelen wat het is. Iets lager dan het tentje ligt een vuurkuil, met een roestig grillrooster op een paar stenen en houtskool om te branden. Er liggen ook frisdrankblikjes. Scarpetta en Benton raken niets aan, en even later lopen ze terug naar de plaats op het strand waar de helikopter is geland, waar de afdrukken van het landingsgestel diep in het zand liggen. Er zijn sterren bij gekomen en het stinkt hier ook, maar een stuk minder.

'Eerst dacht je dat hij het was,' zegt Benton. 'Ik zag het aan je gezicht.'

'Ik hoop dat het goed met hem gaat en dat hij geen domme dingen heeft gedaan,' antwoordt ze. 'Ook weer iets waaraan dokter Self schuld heeft. Alles wat we hadden, heeft ze kapotgemaakt. Ze heeft ons uiteengedreven. Je hebt me nog niet verteld hoe je erachter bent gekomen.' Er welt woede in haar op. Oude en nieuwe woede.

'Ze doet niets liever dan mensen uiteendrijven.'

Ze wachten bij het water, bovenwinds van de zwarte cocon van Lucious Meddick, waar de stank de andere kant op waait. Scarpetta ruikt de zee en hoort die ademen en zacht het strand op rollen. De horizon is zwart, de vuurtoren waarschuwt nergens meer voor.

Een poos later doemen flikkerende lichtjes op en komt Lucy aanvliegen, en ze draaien hun rug naar het wervelende zand wanneer ze land. Met het lichaam van Lucious Meddick veilig in het vrachtnet stijgen ze op en vliegen terug naar Charleston. Op de landingsplaats flitsen de zwaailichten van een politieauto en staan Henry Hollings en commissaris Poma naast een raamloze bestelwagen.

Scarpetta loopt voorop. Haar voeten worden door woede aangedreven. Ze hoort nauwelijks wat de andere vier zeggen. De lijkwagen van Lucious Meddick stond geparkeerd achter het uitvaartbedrijf van Henry Hollings, met het contactsleuteltje erin. Hoe is hij daar terechtgekomen als de moordenaar hem daar niet heeft neergezet? Of misschien Shandy. Bonnie en Clyde – zo noemt commissaris Poma hen, en dan brengt hij Bull ter sprake. Waar is hij, wat weet hij nog meer? Bulls moeder zegt dat hij niet thuis is, dat beweert ze al dagen. Geen spoor van Marino, en nu zoekt de politie naar hem. Hollings zegt dat de lichamen rechtstreeks naar het mortuarium gaan. Niet naar Scarpetta's mortuarium, maar naar dat van de universiteit, waar twee forensisch pathologen, nadat ze bijna de hele nacht aan het lichaam van Gianni Lupano hebben gewerkt, staan te wachten.

'We kunnen jou ook gebruiken, als je dat zou willen,' zegt Hollings tegen Scarpetta. 'Jij hebt ze gevonden, jij hoort ermee verder te gaan. Maar alleen als je daar geen bezwaar tegen hebt.'

'De politie moet meteen naar Morris Island om het terrein af te bakenen,' zegt ze.

'Ze zijn al in rubberboten op weg ernaartoe. Ik zal je uitleggen waar het mortuarium is.'

'Ik ben er wel eens geweest. Je hebt me verteld dat het hoofd van de bewakingsdienst een vriendin van je is,' gaat ze verder. 'Van het Charleston Place Hotel. Hoe heet ze?'

Ze lopen weg.

Hollings zegt: 'Zelfmoord. Letsel na contact met een plat vlak, zoals na een sprong of een val. Niets wat op boze opzet wijst. Tenzij je iemand daarvan kunt beschuldigen als hij een ander ertoe gedreven heeft. In dat geval hoort dokter Self als dader te worden aangemerkt. Mijn vriendin in het hotel heet Ruth.'

In het luchtvaartkantoor branden alle lampen. Scarpetta loopt door naar het damestoilet om haar handen, haar gezicht en de binnenkant van haar neus te wassen. Ze spuit met de luchtverfrisser en gaat in de nevel staan, en ze poetst haar tanden. Wanneer ze naar buiten komt, staat Benton op haar te wachten.

'Je kunt beter naar huis gaan,' zegt hij.

'Ik kan toch niet slapen.'

Hij loopt met haar mee terwijl de raamloze bestelwagen wegrijdt. Hollings staat met commissaris Poma en Lucy te praten.

'Ik moet nog iets doen,' zegt Scarpetta.

Benton laat haar gaan. Ze loopt alleen naar haar suv.

Het kantoor van Ruth ligt in de buurt van de keuken, waar het hotel ontelbare problemen met diefstal heeft gehad.

Vooral van garnalen. Gewiekste kleine criminelen, vermomd als kok. Ze vertelt het ene na het andere vermakelijke verhaal en Scarpetta luistert aandachtig, omdat ze iets wil hebben en de enige manier om het te krijgen is het publiek spelen bij de voorstelling van het hoofd van de bewakingsdienst. Ruth is een elegante oudere vrouw. Ze is kapitein in de Nationale Garde, maar ziet eruit als een bescheiden bibliothecaresse. Eigenlijk lijkt ze wel een beetje op Rose.

'Maar u bent hier niet gekomen om naar mijn verhalen te luisteren,' zegt Ruth vanachter haar bureau, dat waarschijnlijk tot het overtollige meubilair van het hotel behoort. 'U wilt me vragen stellen over Drew Martin, en meneer Hollings heeft u waarschijnlijk al verteld dat ze de laatste keer dat ze hier logeerde nauwelijks van haar kamer gebruik heeft gemaakt.'

'Dat heeft hij me inderdaad verteld,' zegt Scarpetta en ze probeert te zien of Ruth onder haar gebloemde jasje een revolver draagt. 'Kwam haar coach wel eens hier?'

'Hij at zo nu en dan in de Grill. Bestelde altijd hetzelfde: kaviaar en Dom Pérignon. Ik heb nooit gehoord dat zij er at, maar ik denk niet dat een professionele tennisser op de avond voor een belangrijke wedstrijd zwaar eet en champagne drinkt. Ik zei al dat ze haar tijd ergens anders doorbracht en zich hier nauwelijks liet zien.'

'U hebt hier op dit moment een andere beroemde gast,' zegt Scarpetta.

'We hebben voortdurend beroemde gasten.'

'Ik zou ook kunnen doorlopen en op de deur kloppen.'

'Voor de beveiligde etage hebt u een sleutel nodig. Er liggen daar veertig suites. Dat zijn heel wat deuren.'

'In de eerste plaats wil ik weten of ze hier nog is, en ik vermoed dat de kamer niet op haar naam staat. Anders zou ik haar gewoon kunnen bellen,' zegt Scarpetta.

'We hebben roomservice de klok rond. Ik zit hier zo dicht bij de keuken dat ik de serveerwagens langs hoor ratelen,' zegt Ruth.

'Dus ze is al op. Mooi zo. Ik wil haar niet wakker maken.' Woede. Hij begint achter Scarpetta's ogen en kruipt omlaag.

'Koffie, elke ochtend om vijf uur. Ze geeft niet veel fooi. We zijn niet bepaald dol op haar,' zegt Ruth.

Dr. Self heeft een hoeksuite op de zevende verdieping. Scarpetta steekt een magnetische kaart in de lift en staat even later voor de juiste deur. Ze voelt dat dr. Self door het kijkgaatje kijkt.

Dr. Self doet open en zegt: 'Ik zie dat iemand indiscreet is geweest. Dag Kay.'

Ze draagt een opzichtige, rode zijden kamerjas, losjes dichtgeknoopt om haar middel, en zwarte zijden slofjes.

'Wat een prettige verrassing. Ik vraag me af wie het je heeft verteld. Kom binnen.' Ze stapt opzij om Scarpetta binnen te laten. 'Toevallig hebben ze me twee kopjes en een extra pot koffie gebracht. Laat me eens raden hoe je wist dat ik hier was, en dan bedoel ik niet alleen in deze prachtige kamer.' Dr. Self gaat op de bank zitten en trekt haar benen op. 'Shandy. Blijkbaar heb ik, door haar te geven wat ze wilde hebben, minder invloed op haar gekregen. Zo kinderachtig zou ze kunnen zijn.'

'Ik heb Shandy nooit ontmoet,' zegt Scarpetta vanuit een leunstoel bij een raam dat uitzicht biedt op het verlichte, oude deel van de stad.

'Niet persoonlijk, bedoel je,' zegt dr. Self. 'Maar ik geloof dat je haar wel hebt gezien. Tijdens haar privérondleiding door je mortuarium. Als ik terugdenk aan die vreselijke tijd in de rechtbank, Kay, vraag ik me af hoe het zou zijn gegaan als iedereen had geweten hoe je werkelijk bent. Dat je rondleidingen door je mortuarium geeft en een schouwspel maakt van de doden. Vooral dat jongetje dat je hebt gevild en in stukken hebt gesneden. Waarom heb je zijn ogen eruit gesneden? Hoeveel wonden moest je beschrijven voordat je kon besluiten wat zijn dood had veroorzaakt? Zijn ogen? Kay toch...'

'Van wie weet je dat van die rondleiding?'

'Shandy heeft het me triomfantelijk verteld. Stel je eens voor wat een jury ervan zou vinden. Stel je eens voor wat de jury in Florida zou hebben gevonden als ze hadden geweten hoe je bent.'

'Hun uitspraak heeft jou geen kwaad gedaan,' zegt Scarpetta. 'Jij krijgt het voor elkaar anderen veel meer kwaad te doen dan iemand jou ooit kwaad doet. Heb je gehoord dat je vriendin Karen nauwelijks een etmaal na haar vertrek uit het McLean zelfmoord heeft gepleegd?'

Het gezicht van dr. Self klaart op. 'Dan heeft haar droevige verhaal een toepasselijk einde gekregen.' Ze kijkt Scarpetta recht aan. 'Denk maar niet dat ik doe alsof. Ik zou schrikken als je me vertelde dat Karen voor de zoveelste keer in de ontwenningskliniek zat. De massa die een leven vol stille wanhoop leeft. Thoreau. Bentons deel van de wereld. Maar jij woont hier. Hoe doe je dat als jullie getrouwd zijn?' Haar blik valt op de ring aan Scarpetta's linkerhand. 'Zetten jullie dit eigenlijk wel door? Jullie lijken je geen van beiden te willen binden. Nou ja, Benton eigenlijk wel, maar hij doet aan andere soorten verbintenissen. Dat experiment van hem was erg grappig, ik popel om erover te praten.'

'Dat proces in Florida heeft je niets meer gekost dan geld, en waarschijnlijk heb je je tegen nalatigheid verzekerd en het teruggekregen. Je betaalt natuurlijk een heel hoge premie en dat is maar goed ook. Het verbaast me dat er nog verzekeringsmaatschappijen zijn die met jou in zee willen gaan,' zegt Scarpetta.

'Ik moet mijn koffer pakken. Terug naar New York, terug naar mijn programma. Heb ik je verteld dat het een spiksplinternieuw programma wordt over de criminele geest? Maak je geen zorgen, ik zal jou er niet voor vragen.'

'Waarschijnlijk heeft Shandy haar zoon gedood,' zegt Scarpetta. 'Ik vraag me af wat je daaraan zult doen.'

'Ik heb haar zo lang mogelijk ontweken,' zegt dr. Self. 'Ik verkeerde in dezelfde positie als jij, Kay. Ik wist van haar bestaan. Waarom laten mensen zich vangen in de tentakels van een giftig mens? Ik hoor mezelf praten en elke opmerking levert me een idee op voor een uitzending. Het is dodelijk vermoeiend, maar ook fantastisch als je je realiseert dat je altijd weer nieuwe ideeën voor je programma zult hebben. Marino had beter moeten weten. Het is zo'n simpele ziel. Heb je al iets van hem gehoord?'

'Jij was het begin en het einde,' zegt Scarpetta. 'Had je hem niet met rust kunnen laten?'

'Hij is degene die contact met mij opnam.'

'Zijn e-mails waren berichten van een doodongelukkige, bange man. Jij was zijn psychiater.'

'Jaren geleden. Ik kan het me nauwelijks herinneren.'

'Jij kent hem door en door, en je hebt misbruik van hem gemaakt. Je hebt hem gebruikt omdat je mij kwaad wilde doen. Het kan me niets schelen dat je mij kwaad wilt doen, maar je had hem met rust moeten laten. En toen heb je het nog een keer geprobeerd, nietwaar? Met Benton. Waarom? Om me Florida betaald te zetten? Ik dacht dat je wel wat anders te doen had.'

'Ik zit in een impasse, Kay. Shandy hoort haar verdiende loon te krijgen, en inmiddels heeft Paulo een lang gesprek met Benton gehad. Dat is toch zo? Natuurlijk heeft Paulo mij gebeld. Ik heb een aantal stukjes in elkaar kunnen passen.'

'Om je te vertellen dat de Zandman je zoon is,' zegt Scarpetta. 'Paulo heeft je gebeld om je dat te vertellen.'

'Een van die stukjes is Shandy. Een ander stukje is Will. Weer een ander is kleine Will, zoals ik hem altijd heb genoemd. Mijn Will kwam van een oorlog naar huis en kwam in een veel wredere oorlog terecht. Denk je niet dat hij daardoor tot het uiterste is gedreven? Hij was natuurlijk niet normaal. Ik zal de eerste zijn die zegt dat zelfs mijn gereedschap onder zijn motorkap niets kan uitrichten. Het was ongeveer een jaar, misschien anderhalf jaar geleden, Kay. Hij kwam thuis en zag dat zijn zoontje halfdood was van de honger en bont en blauw was geslagen.'

'Shandy,' zegt Scarpetta.

'Dat had Will niet gedaan. Wát hij sindsdien ook heeft gedaan, dát had hij niet gedaan. Mijn zoon zou nooit een kind iets aandoen.

Shandy vond het blijkbaar heel normaal om dat jongetje te martelen en ze heeft er de kans voor gekregen. Ze vond hem een lastpak. Dat zou ze je zelf ook vertellen. Een ziekelijke baby en een dreinerige kleuter.'

'En ze kreeg het voor elkaar dat voor iedereen verborgen te houden?'

'Will zat bij de luchtmacht. Zij woonde met hun zoontje in Charlotte, tot haar vader overleed. Toen heb ik haar overgehaald hierheen te komen en toen is ze hem gaan mishandelen. Op een heel ernstige manier.'

'En ze heeft zijn lichaam in het moeras gedumpt? Midden in de nacht?'

'Zij? Nee, dat kan niet. Ze heeft niet eens een boot.'

'Hoe weet je dat het per boot is gedaan? Volgens mij is dat nooit vast komen te staan.'

'Ze kent die kreken niet en weet niets van getijden, en ze zou nooit in het donker het water op gaan. Ik zal je een geheimpje vertellen: ze kan niet zwemmen. Dus moet ze hulp hebben gehad.'

'Heeft je zoon een boot en is hij wél bekend met de kreken en getijden?'

'Hij heeft er wel een gehad en genoot ervan zijn zoontje mee te nemen op avontuur. Of voor een picknick. Of om op een verlaten eiland te kamperen. Sprookjeslanden te ontdekken, alleen zij tweeën. Hij had veel fantasie en een melancholieke natuur, hij was eigenlijk zelf ook nog een kind. Volgens mij heeft Shandy, de laatste keer dat hij werd uitgezonden, een heleboel van zijn spullen verkocht. Een zorgzaam meisje, hoor. Ik weet niet eens zeker of hij nog wel een auto heeft. Maar hij is inventief. Lichtvoetig. En hij kan zich onzichtbaar maken. Waarschijnlijk heeft hij dat daar geleerd.' Ze bedoelt in Irak.

Scarpetta denkt aan Marino's vissersboot met platte bodem. Die heeft een sterke buitenboordmotor, een op de boeg gemonteerde motor om met een sleeplijn te vissen en roeiriemen. De boot die hij al maanden niet heeft gebruikt en waar hij blijkbaar niet eens meer aan denkt. Vooral niet de laatste tijd. Vooral niet sinds hij Shandy heeft ontmoet. Maar zij moet van die boot geweten hebben, ook al hebben ze er nooit in gevaren. Zij kan er Will over hebben verteld. Misschien heeft hij hem geleend. De boot van Marino moet onderzocht worden. Scarpetta vraagt zich af hoe ze dit allemaal aan de politie moet uitleggen.

'Wie had Shandy's probleempje anders moeten oplossen? Het lichaam. Wat moest mijn zoon anders?' zegt dr. Self. 'Zo gaat het, nietwaar? De zonde van een ander wordt jouw zonde. Will hield van zijn zoon. Maar als papa gaat vechten in het leger, moet mama vader en moeder zijn. En in dit geval was mama een monster. Ik heb altijd een hekel aan haar gehad.'

'Je hebt haar financieel gesteund,' zegt Scarpetta. 'Heel genereus zelfs.'

'Zo, zo, dat weet je dus. Mag ik eens raden? Lucy heeft Shandy's privacy geschonden en weet waarschijnlijk precies wat er op haar bankrekening staat, of stond. Ik zou nooit geweten hebben dat mijn kleinzoon dood was als Shandy me niet had gebeld. Op de dag dat het lichaam was gevonden, vermoed ik. Ze wilde geld. Meer geld. En raad.'

'Is zij en wat zij je heeft verteld de reden dat je hier bent?'

'Shandy heeft het al die jaren knap voor elkaar gekregen mij te chanteren. Niemand weet dat ik een zoon heb en zeker niet dat ik een kleinzoon heb gehad. Als dat bekend zou worden, zouden ze me ervan beschuldigen dat ik ze heb verwaarloosd. Dat ik een slechte moeder ben. En een slechte grootmoeder. Mijn eigen lieve moeder beschuldigt me daar al van. Maar toen ik beroemd werd, was het te laat mijn met opzet afstandelijke houding bij te stellen. Ik moest ermee doorgaan. Onze lieve mammie – daar bedoel ik Shandy mee – heeft mijn geheim bewaard in ruil voor geld.'

'En nu wil jij haar geheim bewaren in ruil voor wat?' zegt Scarpetta. 'Ze heeft haar zoontje mishandeld tot de dood erop volgde en jij wilt dat ze vrijuit gaat, in ruil voor wat?'

'Ik denk dat een jury heel nieuwsgierig zou zijn naar de film waarin ze in jouw mortuarium, in jouw koelcel, naar haar dode zoontje kijkt. De moordenares in jouw mortuarium. Bedenk eens wat een fantastisch verhaal dat zou zijn! Ik zou zelfs durven beweren dat je dan je loopbaan verder wel kunt vergeten, Kay. Dus eigenlijk hoor je me te bedanken. Mijn privacy verzekert jou van jouw privacy.'

'Dan ken je me niet.'

'Ik ben helemaal vergeten je een kop koffie aan te bieden. Er zijn twee kopjes.' Een glimlach.

'Ik zal niet vergeten wat je hebt gedaan,' zegt Scarpetta en ze staat op. 'Wat je Lucy, Benton en mij hebt aangedaan. Ik weet nog niet precies wat je Marino hebt aangedaan.'

'Ik weet niet precies wat hij jou heeft aangedaan, maar ik weet genoeg. Hoe heeft Benton erop gereageerd?' Dr. Self schenkt zichzelf nog een kop koffie in. 'Een rare gedachte.' Ze leunt achterover tegen de kussens. 'Toen Marino in Florida die gesprekken met me had, had hij zijn seksuele begeerte alleen nog duidelijker kunnen maken door me te bespringen en mij mijn kleren van het lijf te scheuren. Het is eudipaal en meelijwekkend. Eigenlijk wil hij zijn moeder neuken, de machtigste persoon in zijn leven, en hij zal zijn hele leven op zoek zijn naar het einde van zijn eudipale regenboog. Hij heeft de schat niet gevonden toen hij met jou naar bed ging. Eindelijk, eindelijk. Marino, gefeliciteerd! Het verbaast me dat hij daarna geen zelfmoord heeft gepleegd.'

Scarpetta staat bij de deur en staart dr. Self aan.

'Wat voor soort minnaar is hij?' vraagt dr. Self. 'Bij Benton kan ik me iets voorstellen, maar Marino? Ik heb al dagenlang niets meer van hem gehoord. Hebben jullie de zaak uitgepraat? Wat zegt Benton ervan?'

'Als Marino het je niet heeft verteld, wie heeft dat dan wél gedaan?' vraagt Scarpetta zacht.

'Marino? O nee, hij niet. Hij heeft me niets over jullie avontuurtje verteld. Iemand heeft hem gevolgd van – o jee, hoe heet die kroeg ook alweer? – naar je huis. Ook weer een van Shandy's zware jongens, degene die opdracht had gekregen jou serieus over een verhuizing te laten nadenken.'

'Dat was jij dus. Dat dacht ik al.'

'Om je te helpen.'

'Stelt je eigen leven zo weinig voor dat je het leven van andere mensen op deze manier wilt beïnvloeden?'

'Charleston is geen geschikte woonplaats voor je, Kay.'

Scarpetta trekt de deur achter zich dicht. Ze verlaat het hotel. Over keien en langs een klaterende fontein met paarden loopt ze naar de garage van het hotel. De zon is nog niet op en ze moet de politie bellen, maar het enige waaraan ze kan denken, is de ellende die één mens kans veroorzaken. Op een verlaten verdieping van beton en auto's voelt ze de eerste opwelling van paniek als ze aan een van de dingen denkt die dr. Self heeft gezegd. *Het verbaast me dat hij geen zelfmoord heeft gepleegd.* Was dat een voorspelling, een verwachting of een verwijzing naar nóg een van haar walgelijke geheimen? Scarpetta kan nergens anders meer aan denken, en Lucy of Benton kan ze niet bellen. Want eerlijk gezegd hebben zij geen medelijden met Marino en hopen ze misschien zelfs dat hij zijn revolver in zijn mond heeft gestoken of van een brug is gereden. Ze ziet voor zich hoe Marino op de bodem van de rivier de Cooper dood achter het stuur van zijn pick-up zit.

Ze besluit Rose te bellen en pakt haar mobiel, maar er is geen signaal en ze loopt door naar haar suv, terwijl ze vaag beseft dat die naast een witte Cadillac staat geparkeerd. Haar blik gaat naar een ovale bumpersticker en de nummerplaat met HH voor Hilton Head, en ze voelt wat er gaat gebeuren en draait zich om terwijl commissaris Poma vanachter een betonnen pilaar naar haar toe rent. Ze voelt, of hoort, de lucht achter zich bewegen en hij neemt een sprong, en ze tolt rond terwijl iemand anders haar arm vastgrijpt. Een lange seconde ziet ze een gezicht recht tegenover het hare, het gezicht van een jongeman met gemillimeterd haar en een rood, opgezwollen oor en met verwilderde ogen. Hij smakt tegen haar auto, er klettert een mes op de grond bij haar voeten en de commissaris slaat hem schreeuwend in elkaar.

23

Bull heeft zijn pet in zijn handen.

Hij zit iets voorovergebogen op de voorstoel, omdat hij weet dat hij met zijn hoofd het dak raakt als hij rechtop zit, wat hij meestal doet. Bull heeft een zelfbewuste houding, zelfs nu hij zojuist op borgtocht is vrijgelaten uit de plaatselijke gevangenis, waar hij was opgesloten voor een misdaad die hij niet heeft gepleegd.

'Dank u wel voor het afhalen, dokter Kay,' zegt hij, wanneer ze de auto voor haar huis parkeert. 'Het spijt me dat ik u last heb bezorgd.'

'Zeg dat alsjeblieft niet nog een keer, Bull. Ik ben erg boos.'

'Dat weet ik en dat spijt me, omdat u niets hebt gedaan.'

Hij opent het portier en stapt langzaam uit. 'Ik heb geprobeerd mijn laarzen schoon te maken, maar uw mat is toch een beetje vuil geworden. Ik zal hem schoonmaken of in elk geval uitkloppen.'

'Hou op met je te verontschuldigen, Bull. Dat doe je al sinds we bij de gevangenis zijn weggereden en ik barst bijna van woede, en als er ooit weer zoiets gebeurt en je me niet meteen belt, zal ik ook kwaad op jou zijn.'

'Dat zou ik niet willen.' Hij klopt de mat uit en het komt bij haar op dat hij net zo koppig is als zij.

Ze heeft een lange dag achter de rug van pijnlijke beelden, dingen die bijna verkeerd zijn afgelopen en vieze geuren, en toen belde Rose. Scarpetta stond met haar armen tot aan de ellebogen in het ontbindende lichaam van Lydia Webster toen Hollings opeens voor haar stond en zei dat hij nieuws had dat ze moest horen. Hoe Rose erachter was gekomen was niet helemaal duidelijk, maar een van haar buren, die een buur van een buur van Scarpetta kent – iemand die ze nooit heeft ontmoet – had het gerucht gehoord dat de buurvrouw die Scarpetta wél heeft ontmoet – mevrouw Grimball – Bull had laten arresteren wegens het betreden van verboden terrein en poging tot inbraak.

Hij zat verstopt achter de pittosporum links van het bordes van Scarpetta's huis en dat zag mevrouw Grimball toen ze boven uit het raam keek. Het was avond. Scarpetta kan het een buurvrouw niet kwalijk nemen dat ze daarvan schrikt, behalve als die buurvrouw mevrouw Grimball is. En ze vond het niet genoeg het alarmnummer te bellen om een verdachte persoon aan te geven, maar ook nog nodig haar verhaal aan te dikken met de bewering dat Bull zich op haar terrein bevond, niet op dat van Scarpetta. Dat alles had tot gevolg dat Bull, die al eens eerder was opgepakt, naar de gevangenis werd gebracht. Daar had hij al een paar dagen gezeten en daar zou hij waarschijnlijk nog zitten als Rose Scarpetta niet halverwege een autopsie had laten storen. Nadat Scarpetta was aangevallen in een parkeergarage.

Nu zit Will Rambo in de plaatselijke gevangenis, niet Bull.

Nu kan Bulls moeder opgelucht ademhalen en hoeft ze niet langer te liegen dat hij oesters is gaan zoeken of gewoon niet thuis is, omdat ze niet wil dat hij opnieuw wordt ontslagen.

'Ik heb ragout ontdooit,' zegt Scarpetta terwijl ze de voordeur opent. 'Er is meer dan genoeg. Ik moet er niet aan denken wat ze je de afgelopen dagen te eten hebben gegeven.'

Bull loopt met haar mee naar binnen en daar valt haar oog op de paraplubak, en meteen voelt ze zich ellendig. Ze steekt haar hand erin en haalt er Marino's motorsleutel uit en de patroonhuls van zijn Glock, en dan haalt ze de Glock uit een la. Ze is zo van streek dat ze bijna misselijk is. Bull zegt niets, maar ze voelt dat hij zich afvraagt wat ze uit de paraplubak heeft gehaald en waarom die dingen erin lagen. Ze kan het niet direct vertellen. Ze stopt de sleutel, de patroonhuls en de revolver in het metalen kistje waarin ze het flesje chloroform bewaart en doet het weer op slot.

Ze warmt de ragout en zelfgebakken brood op, dekt de tafel, schenkt een groot glas ijsthee met perziksmaak in en doet er een takje munt bij. Ze zegt tegen Bull dat hij moet gaan zitten en moet eten, dat ze boven met Benton op het balkon zal zitten en dat hij moeten roepen als hij nog iets nodig heeft. Ze herinnert hem eraan dat het peperboompje van te veel water binnen een week zal wegkwijnen en dat hij verwelkte viooltjes moet afplukken, en hij gaat zitten en ze schept zijn bord vol.

'Ik weet niet waarom ik dat heb gezegd,' zegt ze. 'Jij weet meer van tuinieren dan ik.'

'Het kan geen kwaad ergens aan herinnerd te worden,' zegt hij.

'Misschien moeten we een peperboompje in de voortuin planten, zodat mevrouw Grimball de heerlijke geur kan ruiken. Misschien wordt ze dan een beetje vriendelijker.'

'Ze bedoelde het goed.' Bull vouwt zijn servet open en stopt het in zijn overhemd. 'Ik had me niet moeten verstoppen, maar nadat die man op die chopper met een revolver naar de steeg was gekomen, heb ik extra opgelet. Ik had het gevoel dat dat nodig was.'

'Het is goed om op je gevoel te vertrouwen, vind ik.'

'Dat doe ik altijd. Er is altijd een reden voor,' zegt Bull en hij neemt een slok thee. 'Ik had het gevoel dat ik die avond achter een struik de wacht moest houden. Ik hield uw voordeur in de gaten, maar gek genoeg had ik beter de steeg in de gaten kunnen houden. Omdat u me had verteld dat de lijkauto waarschijnlijk in de steeg stond toen Lucious werd vermoord, wat betekent dat de moordenaar áchter het huis was.'

'Ik ben blij dat jij aan de voorkant zat.' Ze denkt aan Morris Island en wat ze daar hebben gevonden.

'Nou ja, het was beter geweest.'

'Het zou beter zijn geweest als mevrouw Grimball de politie had gewaarschuwd dat die lijkauto daar stond,' zegt Scarpetta. 'Ze laat jou gevangenzetten en neemt niet de moeite te melden dat er laat op de avond een lijkauto in de steeg staat.'

'Ik heb gezien dat ze hem binnenbrachten,' zegt Bull. 'Ze sloten hem op en hij zeurde dat zijn oor pijn deed, en een van de bewakers vroeg wat er met zijn oor was gebeurd en hij zei dat hij door een hond was gebeten en dat het geïnfecteerd was en dat hij naar de dokter moest. Ik hoorde ze over hem praten, over zijn Cadillac met gestolen nummerplaat, en ik hoorde een agent zeggen dat hij een vrouw had geroosterd op een barbecue.' Bull drinkt zijn thee. 'Het kwam bij me op dat mevrouw Grimball misschien zijn Cadillac had gezien en dat ze dat net zomin had gemeld als van die lijkauto. Aan de politie, bedoel ik. Gek hoe iemand denkt dat iets belangrijk is en iets anders niet. Het zou bij je op kunnen komen dat je kunt gaan vragen of een lijkauto in de steeg betekent dat er iemand is overleden, dat je misschien even moet gaan kijken. Stel dat het iemand is die je kent? Ze zal het niet leuk vinden dat ze voor de rechter moet verschijnen.'

'Dat vinden we geen van allen.'

'Nou, zij zal het nog het ergste vinden,' zegt Bull. Hij pakt zijn lepel, maar is te beleefd om te eten terwijl ze nog met elkaar praten. 'En ze zal zich voornemen de rechter op zijn nummer te zetten, en dat wil ik wel eens meemaken. Een paar jaar geleden was ik aan het werk in deze tuin, uw tuin, en toen zag ik dat ze een emmer water over een kat gooide die zich had verstopt onder haar huis omdat ze net had gejongd.'

'Hou nu maar op, Bull. Ik kan het niet langer aanhoren.'

Ze loopt de trap op en door de slaapkamer heen naar het kleine balkon aan de tuinkant van het huis. Benton is aan het telefoneren, dat heeft hij waarschijnlijk al die tijd dat ze weg was gedaan. Hij heeft zich omgekleed en een kaki broek en een poloshirt aangetrokken, hij ruikt schoon en zijn haar is vochtig. Hij staat voor een rek van koperen buizen, dat ze heeft gemaakt om de passiebloem als een minnaar naar haar slaapkamerraam te laten klimmen. Onder het balkon ligt het terras van flagstone met daarvoor de ondiepe vijver, die ze vult met een oude, lekke tuinslang. Afhankelijk van het jaargetijde is haar tuin een symfonie. *Lagerstroemia*'s, camelia's, canna's, hyacinthen, hòrtensia's, narcissen en dahlia's. Ze zou nog veel meer *Pittosporums* en peperboompjes willen planten, want ze is dol op alles wat geurt.

De zon schijnt en opeens is ze zo moe dat ze wazig ziet.

'Dat was de commissaris,' zegt Benton en hij legt de telefoon op een glazen tafeltje.

'Heb je honger? Zal ik thee zetten?' vraagt ze.

'Zal ik iets voor jou halen?' Benton kijkt haar aan.

'Zet je bril af zodat ik je ogen kan zien,' zegt Scarpetta. 'Ik heb nu geen zin om tegen een zonnebril aan te kijken. Ik ben doodop. Ik weet niet waarom ik zo moe ben. Vroeger was ik nooit zo gauw moe.'

Hij zet zijn bril af, vouwt hem op en legt hem op het tafeltje. 'Paulo heeft ontslag genomen en komt niet terug uit Italië, en ik denk niet dat er iets met hem zal gebeuren. De directeur van het ziekenhuis probeert de schade zo veel mogelijk te beperken, omdat onze vriendin dokter Self bij Howard Stern in de uitzending verhalen aan het vertellen is die rechtstreeks uit Mary Shelleys *Frankenstein* zouden kunnen komen. Ik hoop dat hij haar vraagt hoe groot haar borsten zijn en of ze echt zijn. Ach, welnee. Ze zou het meteen zeggen. Ze zou ze waarschijnlijk laten zien.'

'Ik neem aan dat niemand iets van Marino heeft gehoord.'

'Hoor eens, Kay, je moet me even de tijd geven. We komen hier heus wel doorheen. Ik wil je weer aanraken zonder aan hem te denken. Zo, nu heb ik het gezegd. Inderdaad, ik vind het verdomd moeilijk.' Hij pakt haar hand vast. 'Omdat ik het gevoel heb dat het ook een beetje mijn schuld is. Of misschien zelfs meer dan een beetje. Als ik bij je was geweest, was er niets gebeurd. Daar ga ik verandering in brengen. Tenzij je dat niet wilt.'

'Natuurlijk wil ik dat.'

'Ik zou het niet erg vinden als Marino niet terug zou komen,' zegt Benton. 'Maar ik wens hem geen kwaad toe en ik hoop dat er niets ergs met hem is gebeurd. Ik probeer te accepteren dat je hem verdedigt, dat je je zorgen om hem maakt en dat je nog steeds op hem gesteld bent.'

'Over een uur komt de plantendokter. We hebben spintmijten.'

'En ik dacht nog wel dat ík ergens last van had.'

'Als er iets met hem is gebeurd, vooral als hij het zichzelf heeft aangedaan, zal ik daar nooit overheen komen,' zegt Scarpetta. 'Dat is wellicht mijn grootste zwakte. Ik vergeef mensen om wie ik geef en dan doen ze hetzelfde nog een keer. Probeer hem alsjeblieft te vinden.'

'Iedereen probeert hem te vinden, Kay.'

Er valt een lange stilte, alleen de vogels laten zich horen. Dan loopt Bull de tuin in. Hij begint de tuinslang te ontrollen.

'Ik moet een douche nemen,' zegt Scarpetta. 'Ik zie er niet uit. Ik heb daar niet gedoucht omdat er nauwelijks privacy was en ik geen schone kleren bij me had. Dat je het met me uithoudt, zal ik nooit begrijpen. Maak je geen zorgen om dokter Self. Een paar maanden in de gevangenis zou haar goeddoen.'

'Ze zou daar haar programma's opnemen en er miljoenen mee verdienen. Een van de andere vrouwen zou haar slavin worden en een sjaal voor haar breien.'

Bull besproeit een bed violen en er verschijnt een regenboog in de straal water.

De telefoon rinkelt weer. Benton zegt: 'O god,' en neemt op. Hij luistert omdat hij goed kan luisteren maar eigenlijk niet genoeg praat, en dat zegt Scarpetta tegen hem wanneer ze zich eenzaam voelt.

'Nee,' zegt Benton. 'Ik waardeer het erg, maar het is niet nodig dat we erbij zijn. Ik zeg dit niet namens Kay, maar ik denk dat we dan alleen maar in de weg lopen.'

Hij beëindigt het gesprek en zegt tegen haar: 'De commissaris. Je prins op het witte paard.'

'Hou op. Wees niet zo cynisch. Hij verdient niet dat je zo onaardig over hem doet. Je hoort hem dankbaar te zijn.'

'Hij is op weg naar New York. Ze gaan het penthouse van dokter Self onderzoeken.'

'Wat hopen ze daar te vinden?'

'Drew heeft daar de nacht voordat ze naar Rome vloog gelogeerd. Wie was er toen nog meer? Misschien dokter Selfs zoon. Waarschijnlijk was hij vermomd als kok, zoals Hollings suggereerde. Het gemakkelijkste antwoord is vaak het juiste,' zegt Benton. 'Ik heb die vlucht laten checken. Wie denk je dat er samen met Drew in dat vliegtuig zat?'

'Bedoel je dat ze bij de Spaanse Trappen op hem heeft gewacht?'

'Niet op de met goud beschilderde mimespeler. Dat was een smoes. Ze wachtte op Will en wilde dat niet tegen haar vriendinnen zeggen. Volgens mij.'

'Ze had net haar coach de bons gegeven.' Scarpetta ziet dat Bull de ondiepe vijver bijvult. 'Nadat dokter Self haar had overgehaald dat te doen. Zal ik je vertellen wat ík denk? Dat Will Drew wilde ontmoeten en dat zijn moeder het verband niet zag en niet doorhad dat hij het was die haar de door de Zandman ondertekende, obsessieve e-mails stuurde. Zonder het te weten, heeft zij Drew in contact gebracht met haar moordenaar.'

'Het fijne zullen we er waarschijnlijk nooit van weten,' zegt Benton. 'Mensen vertellen niet de waarheid en na een tijdje beseffen ze dat niet eens meer.'

Bull bukt zich om verlepte viooltjes weg te halen. Hij kijkt op en op dat moment kijkt mevrouw Grimball vanachter een bovenraam naar beneden. Bull knoopt een vuilniszak dicht en gaat door met zijn werk. Scarpetta ziet dat haar nieuwsgierige buurvrouw de telefoon tegen haar oor drukt.

'Nu heb ik er genoeg van,' zegt Scarpetta. Ze staat op en begint glimlachend te zwaaien.

Mevrouw Grimball kijkt naar haar en schuift het raam omhoog, terwijl Benton met een uitdrukkingsloos gezicht toekijkt en Scarpetta blijft zwaaien alsof ze dringend iets wil zeggen.

'Hij is net uit de gevangenis gekomen!' roept Scarpetta. 'Als u hem terugstuurt, steek ik uw huis in brand!'

Het raam gaat met een klap dicht. Het gezicht van mevrouw Grimball verdwijnt.

'Dat heb ik je niet horen zeggen,' zegt Benton.

'Ik mag zeggen wat ik wil, verdomme. Ik wóón hier,' zegt Scarpetta.

WOORD VAN DANK

Ik ben bijzonder veel dank verschuldigd aan dr. Staci Gruber, weten-schappelijk medewerker in de psychiatrie aan de Harvard Medical School en mededirecteur van het Cognitive Neuroimaging Labora-tory, McLean Hospital.